周俊儒◎著

残梦

新疆五十年的个人体验　　经历"文革"的人生隐痛
灵魂塑形的上下求索　　　才华不足的难成大器

九州出版社
JIUZHOUPRESS

图书在版编目（CIP）数据

残梦／周俊儒著. --北京：九州出版社，2016.10

ISBN 978－7－5108－4827－8

Ⅰ.①残… Ⅱ.①周… Ⅲ.①自传体小说—中国—当代 Ⅳ.①I247.5

中国版本图书馆 CIP 数据核字（2016）第 255218 号

残梦

作　　者	周俊儒　著	
出版发行	九州出版社	
地　　址	北京市西城区阜外大街甲 35 号（100037）	
发行电话	（010）68992190/3/5/6	
网　　址	www.jiuzhoupress.com	
电子信箱	jiuzhou@jiuzhoupress.com	
印　　刷	北京天正元印务有限公司	
开　　本	710 毫米×1000 毫米　16 开	
印　　张	36.5	
字　　数	596 千字	
印　　次	2018 年 1 月第 1 版第 2 次印刷	
书　　号	ISBN 978－7－5108－4827－8	
定　　价	88.00 元	

目录

引 子 …………………………………………………………………… 1

第一章

　　八岁进北京……灰暗的小四合院里是非太多……十四岁有了作家梦……妈妈身患癌症,三十八岁去世……我们见到了亲生父亲 ……………… **4**

第二章

　　悲观厌世,渴望回归大自然……团支书孙铁民说"我们都是革命后代,有个接班的问题"……批判成名成家思想……人生之路该怎么走 ……… **29**

第三章

　　离开大北京,来到新疆塔城……认识新同学,心胸变开朗……后娘年轻美貌,却自私狠毒……处境艰难,引起公愤 ……………………………… **48**

第四章

　　山雨欲来,突然害怕落后,害怕打成反革命……我变得血气方刚,积极参加运动……接受毛主席检阅……造反有理——找到了人生价值 ……… **69**

第五章

罢课有理……批判工作组……烈火烧向社会,批判资产阶级反动路线……开展革命大串联,战斗队冰天雪地步行去了乌鲁木齐 …………………………… **84**

第六章

浩浩荡荡杀回塔城夺权……咦,权已经被别人夺了……一番激辩,支持了夺权……到了八月份,反对派的力量又起来了……没完没了的争斗 ……… **98**

第七章

我认识了张志兵——老爹是"特嫌"还在蹲监狱,居然敢搞武斗,死了白死……一文一武,相濡以沫……我把众老师画进了漫画 **118**

第八章

边境上开了仗,怒火万丈……又忙着上山下乡……我突然跑进了兵团……这山沟好荒凉……准备实现独身主义 **132**

第九章

弟弟们当兵离开山沟……妹妹说,哥哥,你对生活没必要这么悲观……你当老师如何? 不,我当工人,好好地改造 **153**

第十章

艰苦创业,经受锻炼……我这是怎么了,竟然想谈恋爱……这就是她的家……你到底让我答应你什么? 那我提出来行吗 **175**

第十一章

我决不能让她住地窝子……我又成了塔城人,如鱼得水……你们真幸福,两口子上大学……眼睛不合格,我独自从乌市返回 **193**

第十二章

女大学生继续跟我谈——与工农兵画等号……尝试着文学写作……又从画画方面冒了出来,成了塔城的土画家 …………………………………… **229**

第十三章

父亲吐了一口血……跟遗体告别时我又笑又哭……后娘不参加追悼会……女大学生毕业,"反潮流",要回农村务农 …………………………………… **257**

第十四章

主席去世,泪雨滂沱……"四人帮"垮台……彻底否定"文革",两派都要整下去……早知道如此,还不如当逍遥派……我想平庸 ……………… **278**

第十五章

边境再度紧张,老百姓纷纷提前过年……张志兵越来越嗜酒如命……他父亲要带他走澳大利亚,他说,生是中国人,死是中国鬼 ……………… **295**

第十六章

我开始写长篇小说……阴差阳错,我竟然成了武警干部……张志兵到广州给单位买车被骗……我转业到昌吉——远离塔城是为了完成作品 …………… **310**

第十七章

听说张志兵快病死了,我赶回塔城……一审判了八年……帮他写二审材料,结果依然……被送到塔里木劳改农场,又成了摘棉能手——一个总想冒尖的人 **342**

第十八章

邓小平南行讲话,又把我的思想震撼了……我怎么还是"左"……毛遂自荐搞公司,当经济动物……我差点把书稿全烧了 …………………………………… **357**

第十九章

……被河南盲流骗走了六万元……几笔生意的款追不回来……我只落了个心眼好的名声……夫人介入我的生意，我感激她又恨她 …………………… **379**

第二十章

我又得爬纸格子，别无选择……我突然发现，我了解的只是自己——只能以自己为主角写书……一切重来，我想哭 …………………… **401**

第二十一章

总算出了一本书，却是反映环境保护的童话集……我岂是只出一本书的人，又出第二本反映环保的童话集……当年的回归山林找到了积极意义 ……… **415**

第二十二章

与李强、张文阁相聚火焰山，"三驾马车"各有成就……张侠说，可以给老杨开个研讨会啦……认识了新疆众多文人，被誉为"绿色作家" ……………… **437**

第二十三章

热爱新疆，尤热爱新疆的人……忙着写出《古道情形》——赞美新疆的长篇小说……与张侠成为知己……他突然去世，痛煞我也 …………………… **454**

第二十四章

蒋欢想把长篇小说《古道情影》拍成影视剧，视为知音……与秦建国、闫永孝成为酒友……几多酒醉……是不是出本集子叫《酒殇》 ………………… **472**

第二十五章

不断与蒋欢相见……声称有香港老板投资，有名导愿导……又言推荐童话到香港，拍电影……昌吉电视台拍了专题片《桑榆童心》……我说白活 ………… **502**

第二十六章

希望尽快拍出《古道倩影》电视剧,却终无结果……欲出"老三届"的知青回忆录,也未如愿……………………………………………… **516**

第二十七章

生态文明,美丽中国,成了最终的追求……四面出击,想使更多的人读到绿色童话……清明扫墓,祭拜父母——此生也将过去 …………………… **550**

引　子

　　我这辈子犯的最大的错误就是过早地确定了当作家的理想，而且固执、偏执地走过了一生。我那年十四岁，正上初二。我这个想当作家的念头没有一点由来，你说你从小爱写作文，写出的东西透出那么一点才气，受到老师、同学的夸奖，你自己也觉得有从这方面发展的空间，下定决心往这方面发展，没有，一点没有。正是在我想当作家的时候，我最头疼的就是作文，一上作文课就忐忑不安，不知又出什么题目，写起作文来也是敷衍了事，能及格就行。我能记住自己的最大"文采"就是小学五年级时，写的一篇作文《开学了》，凡是上过学的人估计没有没写过这篇作文的。老师夸我有一句写得不错，就是看刚上学的小孩如何小时，没直写，而是写了一句"书包快拖到地了"来反衬小孩的小。这句"文采"让我记了一辈子，那也就是我在想当作家时唯一可称道的才气。

　　我，一个其貌不扬、深度近视的小子，被房东大妈形容为"杨柳细腰大高挑"（有点像形容女人），总是耸着双肩，驼着背，天一冷，像老北京人那样双手拢在袖子里，活脱脱的一个少年老汉。最糟糕的不是身子单薄，而是上小学五年级就配上了近视镜，一配就是三百五十度。我的近视受妈妈影响，妈妈一只眼睛好，一只眼睛近视，遗传到我，却两只眼睛都近视了。

　　正是想到自己弱不禁风的瘦麻秆身体和已有的深度近视，有许多方面的理想是难以实现的，其实按照我当时具有的特长，我应该定位当一个画家，我在画画方面倒是有点天分。我也不是没想到当画家，可是两者相比，觉得当作家，更能通过作品深刻地反映人的思想，还是当作家好。

自从有了当作家的理想，我也就给自己背上了沉重的枷锁。

现在看起来，自己实在太单纯幼稚，好像完成一个理想像喝凉水一样容易，有人说过，风平浪静的幸福生活虽然是人人希望的，但对想成为作家的人并不完全是好事，因为生活的艰难曲折更能成就一个作家。我当时想当作家时，哪有这个思想准备！难道我想把自己的人生弄得很不幸吗？虽然，我后来半生坎坷，可当时想却没往这上想。再有一点，我不善于调整自己，也就是说，理想是可以改变的，正如一篇文章所说，人在确定理想时不能太偏执，不要太死心眼，如果不具备实现的条件，不如放弃，改换别的，不要硬负担自己无法承受的角色。我缺乏写作的才气，写作成了一件吃力痛苦的事情；我如果有自知之明，迷途速返，改换别的，也就没有几十年的灵魂煎熬和生命时间的无端耗费；可是当我明白这个道理已经晚了，已经积重难返，已经饮鸩止渴，已经没有回头路了。

偶尔看到王国维的《人间词话》，认为人能成大事者，必须经过三个阶段。

一、独上高楼，望断天涯路。

二、衣带渐宽终不悔，为伊消得人憔悴。

三、蓦然回首，那人却在灯火阑珊处。

记得最初看到把人生用这三句诗词高度概括，不禁拍案叫绝，真的，谁的人生追求能跑出这个框子呢？我回顾自己走过的追求当作家的人生之路，比照这三条，第一条"独上高楼，望断天涯路"，自己上了想当作家的高楼，自以为志存高远，前不见古人，后不见来者，要成就大事呢；第二条"衣带渐宽终不悔，为伊消得人憔悴"，四十多年，为追求这个作家的梦想，付出的实在太多，一言难尽，悔也无用；我想说的是第三条"众里寻他千百度，蓦然回首，那人却在灯火阑珊处"，现在最痛苦的就是寻也寻了千百度，回首也回了无数次，灯火阑珊处也见了，就是见不到"那人"。

"那人"应该是追求的结果，是理想的实现，为找到"那人"我把生命中别的追求都放弃了，都做砸了；如果不是把生命的精力集中到这上，而是用在别的上，我也许活得轻松得多、快乐得多。

我一生做着大梦，现在到了梦醒时分，乘着现在还有精力，就想把写的东西赶快整理出来，给自己做个了结。其实我早已知道找不到"那人"了，我只是写追求"那人"的过程，也就是写一写那些追求理想不成功的小人物。这一点在科学家中最为明显，每一项科学发明，其实都有好多人在研究，研究成功的人，辉煌荣耀、世人皆知；而没有登顶的人，就只能湮没无闻；虽然他们付出的绝不比成功的人少，但也没办法，人的社会就是如此。我看写作也跟这差不多。我同情那些为文学默默奉献，终因才气不足或其他原因而难成大器的人。到了我这个年纪，因为实现不了自己追求的目标，也就有了一种自我安慰的"阿Q精神"，强调"不以成败论英雄"，说什么最终的结果并不重要，重要的是追求的过程，是生命的体验。我甚至总结，人生是什么？人生的终极目的是没有的，只不过是七情六欲的情感的体验。你体验过了，你这个生命来世一场的任务也就完成了。

这也许是一种自欺欺人，可是对我们这些付出与结果不成比例，蓦然回首，"那人"不在灯火阑珊处的寻梦人来说，也只能如此了。

第一章

八岁进北京……灰暗的小四合院里是非太多……十四岁有了作家梦……妈妈身患癌症，三十八岁去世……我们见到了亲生父亲

一

当我脑海里隐隐约约浮现当作家的轮廓时，我遇到了人生的第一个大不幸：我的妈妈，我的生命中须臾不可离去的，唯一给我注入情感又使我想尽毕生精力给予回报的母亲得了癌症！这是人类视为魔鬼，至今无法制服的绝症。妈妈得病的年纪是三十六岁，现在回过头去看看三十多岁的人是多么年轻！年轻得令人心痛！让人难以相信生命会在这个阶段出问题！严酷的现实是，妈妈她的确得上了这种病！正如同一般的对待这种病人的方法一样，医生叫去了病人的家属——代表家属的是舅舅和作为家中长子的我。医生明确告诉我们：病人得的是乳腺癌，是恶性肿瘤，但不要跟病人说，以免病人的情绪受打击，对病人只能说是良性肿瘤，切除掉就会好的。

我听了这话，心情只是异样的沉重，也许在我十五岁的年龄，感情的神经纤维还未变得丰富多彩，我竟没有如"五雷轰顶"、"心如刀绞"、"悲痛欲绝"等等应该表现出来的感情。如果以我对母亲的爱，我应该有一种任何语言无法表达的痛苦。

妈妈在还没被确诊为肿瘤前，已经发现了征兆，一个乳房是软软的，一个乳房摸上去里面有硬块。妈妈让我们摸那硬块，妈妈对我说："小时候奶你，奶

头上生过疥疮，是不是那时候留下的病?"

我听了十分不安，是我使妈妈身体有病，落到眼下的地步。

受到病痛最大打击的还是妈妈自己。她从军十年，一九五五年复员到北京，一直想找一个工作，有一次就安排在我们胡同电影院卖票，真是又清闲又近便；可是妈妈脱不开身，她带着我们五个孩子，上学、吃饭，还有种种家务活，要工作是根本不可能的。妈妈有时感叹："全是你们把我拖累住了!"到了一九六三年，一是为了给家里增加收入；二是妈妈不甘心一辈子只当个家庭妇女；三是我们多少都长大了一些，还是毅然走出了家门，在北京齿轮厂找到了一份工作。

从我们家到北京齿轮厂相当远，要换两次车。妈妈天黑黑的就得起来，弄早饭，安顿得差不多了，匆匆去上班。工厂管得严，是不能迟到早退的。晚上我们放学回来后很久，妈妈才下班回来。应该说，自从妈妈有工作上班后，我替妈妈承担了更多的照顾弟弟妹妹的家务。

妈妈虽然起早贪黑，但对她找到的工作很满意。北京齿轮厂是个国营大厂，挺正规的。这在那个全民所有制经济占绝对主导地位的时代是很值得自豪的。

……人生的命运有时是多么不公平，如果就照这么下去该多好啊!

可惜好景不长，妈妈才工作不到一年就发现了癌症，唯一幸运的是妈妈有了工作，是公费医疗。看病，手术，都是公家掏钱；如果没工作，那情景会如何，真是不敢想象!

妈妈在医院做了手术，整个左乳房被切除掉了，斜长的刀口结成不平的疙疙瘩瘩，仿佛是大地板块的断裂层。妈妈用布和棉花缝制了一个假的乳房戴在左边，以保持对称，女性的爱美之心由此可见一斑。

治病最痛苦的还是电疗，每星期妈妈都要到附近的指定的医院去接受放射，说是把体内剩余的癌细胞杀死。被放射的部位往往被烤得糜烂，又要擦药，稍稍好点又得去化疗，妈妈显得十分痛苦，恶心，吃不下饭，却也没办法……

对我来说，不管怎么着，妈妈的存在就是我的最大安慰和幸福。

妈妈动了手术，身体虚弱，却仍然支撑着干各种家务活儿。九月份的太阳有了点凉意，快入冬了。我放学回家，见妈妈在院子泡了一大盆的床单、被里、被面。

"妈，你洗它干吗。"我愤愤然，嫌妈妈不好好养病。

"再不洗太脏了，没事，我慢慢地揉，每天洗一点，累不着的。"

房东蔡大妈过来串门，也说："这一盆东西，咋洗得出来，千万别累着。"

蔡大妈是我在北京四合院中唯一存有好感的大妈，但也不是没有毛病，蔡大妈爱串门，爱传闲话，谁家的事情她都了如指掌，东家长李家短的事也都是从她嘴里说出来的。我们住的这个四合院共有四家人，与我家并排住的一家有个整天吊着脸、阴沉沉、话语不多的耿大妈。据说耿大妈的男的属"历史反革命"，解放初期被镇压了。蔡大妈家的成分也不好，男的是国民党的旅长之类，也不在了。北屋里住的姓袁的。我们刚进此院时，袁家的男主人尚在，喜欢点美术，屋子里挂着自己画的油画小景，没多久，男的便消失了，好像是"现行反革命"。于是，我们住的院子的四家房主，都是没男人的女人。

我们一家六口人浩浩荡荡进驻此小小的四合院肯定是不会受欢迎的，首先人多这一条，怎么也会使同院的几个邻居侧目而视，加上我父亲是共产党的高级军官，与对共产党有仇的人共处一院，也是难以受欢迎的。最明显的当属耿大妈，有一次，她在院子里就说过："毛泽东是土包子的头。"

有一次弟弟们在院子里玩，不知哪点触犯老耿家，耿大妈便骂弟弟们为"土包子"。

有一次，弟弟宝军不知好歹，不知从哪儿学了几句顺口溜，想往耿大妈的头上按："我们家穷，你们家阔，你们家尿盆一大摞。"

耿大妈撇撇嘴，哂然道："谁们家尿盆一大摞？"

妈妈从屋子里出来，朝着宝军的后脑勺子一拍，哭笑不得地说："回家去，不许跟耿大妈这么没礼貌。"

真正尿盆子一大摞的是我们家。我们家的睡觉是这样的：妈妈和妹妹宝琴睡大床。另有四张木板床，每两张上下罗起来，如同集体宿舍的上下铺。为了半夜里小便方便，每天晚上，在床前放一把大椅子，大椅子上放一把小椅子，小椅子上放一个小凳子，小凳子上放上一个尿盆，成宝塔状。地上又放一个大尿盆子。小尿盆的尿满了，倒进大尿盆子。北京人习惯天天晚饭喝稀的，尿尿特别多，每天早晨几乎都是端满了一大盆子倒进地沟。

妈妈是因父亲提出离婚而离婚的，原本可以判给父亲两三个娃娃，可是妈妈一个也舍不得，妈妈怕把我们其中的谁给了父亲，会受后娘的气。妈妈说："五个手指头，咬咬哪个也心疼，你们都是妈的心头肉。"结果我们五个都跟了妈妈。妈妈离婚时二十八岁，谁也可以想象出，一个年轻女人带五个孩子是什么滋味！

我是八岁时又回到妈妈身边的。我除了记得在朝鲜时与妹妹宝琴跟爸爸、妈妈在一起，再记得的就是我在武汉一个山沟里的幼儿园，全日制寄宿——曾有一张我在幼儿园门前的台阶上跟一个吴阿姨照的照片为证。后来我不知怎么到了长春，在长春"八一"小学上学，也是全日制寄宿，上课有上课的老师，生活有生活的老师。上到小学二年级下半学期，陌生的妈妈来接我去北京。妈妈像取寄放的行李似的，一路上不断地增加人，我见到了我的妹妹，见到了从未谋面的宝军、宝平。我说我从未谋面，可是从妈妈存在一个大皮箱里的一堆照片上看，却有爸爸、妈妈、我、宝琴、宝军在一起的照片；还有一张妈妈与我们四个在一起的照片，我们四个从高往低排，像幼儿园的一组小朋友。我怎么不记得曾有过跟宝军、宝平在一起的时候？……我们坐火车到一个车站。下车后，一大堆行李和我们四个娃娃。我是老大，妈妈先把一部分行李和我移到一个地方让我看着，当然是她能看见的地方；然后再回头继续拿行李，直到把这堆行李倒过去；再照此继续倒下去，一直到出了车站。然后我们坐上了三轮车，在冬天的街上走了很长时间，到了一处地方，进了一个小屋子，里边有老人。妈妈让我们叫姥姥、姥爷。床上还有一个光屁股的小男孩——是我最小的弟弟。

我成了北京人。

从此我跟妈妈、妹妹、三个弟弟长时间地生活在一起。妈妈像筑巢一样，在灰暗的小四合院的一间屋子里撑起了六口之家。

刚到北京时，妈妈连馒头都不会蒸，不是碱放多了，馒头发黄，就是碱放少了，馒头发酸……操持家务都是慢慢锻炼出来的。刚离婚时，父亲给我们寄的钱还可以，每月一百七十元，是法院判决的。以后就以种种理由，越寄越少，减到九十元。在钱尚可以的时候，妈妈买了一个大床、樟木柜、立柜等。买了一台五星牌电子收音机。这在四合院里是"高档享受"，晚上能听听相声、京剧、评剧，中午能听听长篇评书。比如我着迷地听过《三国演义》、《西游记》等。有时，蔡大妈、袁大妈也来我们家听戏匣子，聊聊天。

妈妈最听不得京剧或评剧《秦香莲》，也有叫《铡美案》的，这是一出演得最多的包公戏，戏文大意是：穷秀才陈世美与秦香莲结为夫妇，生有一儿一女。后来陈世美进京赶考，中了状元。皇帝看上了陈世美，问他结过婚没有，陈世美谎称没有结过婚，皇帝便把公主嫁给他，把他招了驸马。一去几年，陈世美不回家，秦香莲带着一儿一女进京找他。他得知后，派武士韩琪追杀秦香莲母子三人灭口。韩琪从秦香莲口中得知实情后，良心发现，自刎身亡。秦香莲拿着刀上开封府鸣冤告状。包公见告的是当朝驸马陈世美，也感到难以断案。先是叫来陈世美认妻，陈不认，又加上国太、公主大闹开封府，包公左右为难，自己拿出三百两银子，劝秦香莲带儿女回家过日子。秦香莲一气之下，斥责包公是'官官相护有牵连'。包公一听这话受不了了，他最容不得别人说他为官不清，一怒之下，冒着丢乌纱帽的危险，用狗头铡刀铡了陈世美……

妈妈一听《铡美案》就要对我们，主要是对我说："你爸爸就是陈世美，要不是新社会，他早把咱们娘儿几个害死啦！"

我听了此话，便皱起眉头，装出一副愤愤然、长大了非报此仇的样子。从内心，我倒没有表面看上去的那么激烈的仇恨——我不太相信父亲会把我们几个害死。我天真地想：父亲是共产党的干部，总不会下此毒手吧？再有，父亲对我来说，远在天边，我此生也没什么可跟他打交道的，唯一的联系就是每月寄几个钱来，等我们几个长大工作了，再不需要他任何东西。只要有妈妈在，妈妈为我们受了苦，我们好好孝敬妈妈，让妈妈日后活得高兴就行了。

妈妈把能向父亲抗衡，能为她争气的希望放在儿女有出息上。特别对我寄予厚望。亲自抓我的学习。每次学了新课文后，听写我的单词。妈妈一手拿着书，一手拿着鸡毛掸子——是抓着有鸡毛的部分，竹棍子部分对着我。单词写不上来，朝着头上一掸子。——妈妈毕竟是从旧式家庭出来的，又上过几年私塾，这种从严教育的方法也是从老辈那儿模仿来的。

有一次，我在学校玩过了头，新课文的好几个单词都写不上来，我想，这顿打是躲不过去了，干脆，爱怎么打就怎么打吧。也是，人为什么害怕打呢？为什么害怕疼？这种疼是不是能抗过去？如果你感到疼了，硬挺住，疼上再加疼，也总不过是一种疼法，豁出去又怎么样？……想到这，我突然有了一种反抗的心理：我倒要试试我能不能抗住鸡毛掸子打在肉上的那种生疼。果然，当我单词写不上来，藤棍打在我头上，我咬紧牙关，既不躲闪，也不告饶，像日本武士道精神。这下，妈妈真的气坏了，手簌簌地抖起来，皱着眉头，照着我的头上又是几掸子，我挺直身板，咬紧牙关，仍然一声不吭。

妈妈跌坐在椅子上，气得说不出话来，气得软瘫掉了，我从没见妈妈生这么大的气——我可真有本事，在外边草包一个，气不了别人，会气自己的妈妈了！

妹妹见不是回事，从床上下来，冲我气哼哼地喊道："哥，看你把妈气的……"

我这时才感到自己干了件多么愚蠢的事，我干吗呢？我跟谁斗气？跟谁显志气？我学习不好，应该想到妈妈祈盼的一片苦心，应该立志发奋才对。妈妈打我，打得对，打得好。我应该低首垂肩，请求原谅，羞愧难言才对。我硬起脖子不躲不闪，让妈妈失去了尊严，感到她没有力量制约我，失望至极，这就是我要显示的目的？

妈妈伤心透了，跑到大床那儿，伏在床上伤心地啜泣。我的心也碎了，我赶紧跑过去，跪在妈妈跟前，悔恨道："妈妈，我错了，我不该惹您生气！"

妈妈越发伤心，嘤嘤哭道："我是恨铁不成钢呀！"

啊，"恨铁不成钢"，这里包含着妈妈多少屈辱、不平、奋斗、渴望，而我整个是一个弱者、懦夫，就像鲁迅小说《眉尺剑》中那个胆小无能连老鼠都怕的眉尺剑，如果有一个能为母亲报仇的人，我也愿把自己的头割下来，让义士献给我那个不仁不义的父亲，让义士也割下他的头，义士再割下自己的头，让三个头在油锅里咬到一块，让我和义士的头去把父亲的头咬烂……

妈妈"恨铁不成钢"，反思过来，这也是妈妈没有意识到的：是妈妈在我身上种下的一种不幸的结果——我的一生随了妈妈，性格女性化。内心的傲骨，不甘平庸，都被表面上的软弱和缺乏坚强的毅力所抵销。我在自己最可塑形的年龄，唯一可模仿的就是自己的母亲。我以妈妈为蓝本，塑造了我自己。而弟弟们因为年龄尚小，尚未被塑造，从后来的发展上看，他们远比我性格坚强、男性十足。

二

我对自己的这种判断，是从几十年的风雨历程之后才定论的，而在当时，我在妈妈和弟妹们的眼中却是一个性格暴戾、古怪，翻起脸来六亲不认的"男子汉"。我最爱揍我的三个弟弟，而且出手没轻没重，宝军、宝平、宝宁都怕我这个哥哥，怕极了。妈妈有时管不住淘气的弟弟们，便动用我这个家中的老大来辅佐家政。我一个巴掌上去，有时就把弟弟们打得鼻青脸肿，有时打得嘴角冒血。

妈妈见了，又心疼，说我把弟弟们打得太狠了。

我倒像受了多大委屈："你不说让我打的吗？"

"唉！"妈妈叹口气，"也不能打这么狠。"

"不狠，他听吗？就这样，都不听话。"我理直气壮地说。

三个弟弟见了我像老鼠见了猫一般。妈妈在房子里，他们倒还敢放肆一下，妈妈一不在家，都一个个老实得大气不敢出。我那会儿不知脾气怎么那么暴躁，打弟弟们打顺了手，说不上三句话就上手打，而且一扇就扇到头上。妈妈不让我打头部，说怕打傻了，要打打屁股，我觉得可笑，打屁股，能打疼吗？

我最恨的是大弟弟宝军，一瞧见宝军整天鼻涕邋遢的懒兮兮的样子就有气，宝军还最爱哭，动不动就哭，一哭就更让人冒火。一次，我放学回家，走在街上，一眼看见宝军在我前边不远处走着，宝军也看见了我，在一瞬间的互相对视之后，几乎是同时，宝军撒开细长的瘦腿飞跑起来，我也撒开细长的瘦腿追起来，一股无名的怒火冲上我的心头，好哇，你敢见了我就跑，这简直是对我的一种极大的不尊重，对我的权威的一次极大的挑战。宝军比我小三岁，谁知跑起来也蛮快的，我拼足了力气也没追上他，这极大地伤了我的自尊，我记恨在心，找个机会把宝军恨恨地收拾了一顿。

我打弟弟们打昏了头，有一次，妹妹跟我提抗议，数落我不该总打弟弟。我正在做稀饭，觉得妹妹真是站着说话不嫌腰疼（此时她考上了北京的外国语学院附中，学的是法语，住校，每个星期六才回家）。家里的弟弟们这么淘，不是我镇着，妈妈能管得住吗？"噢，我帮妈妈把弟弟们管住了，你又说我，当老好人。"兄妹俩互相顶起嘴来，我一气之下，用饭勺的背给宝琴后背一下，宝琴受不了了，呜呜哭起来，说是给妈妈告。

给妈妈告我也不怕。

妈妈下班回来，宝琴果然告了状。妈妈得知我竟敢用铁饭勺背打宝琴，顿时大发雷霆，抄起鸡毛掸子没头没脑地抽了我几下，抽得生疼。我这才领教了妹妹宝琴是神圣不可侵犯的。我们家五个孩子，只有妹妹宝琴一个是女的，倍受妈妈的宠爱，视为掌上明珠，放在手上怕碎了，含在嘴里怕化了，也养成了宝琴的小有娇气。妈妈从没动过宝琴一个指头，我竟然用上了铁勺背，这还了得！妹妹小时候长得很漂亮。在朝鲜时，跟爸爸一块儿的志愿军叔叔都喜欢抱着她玩。上学后，宝琴学习也好，年年五好生，学习成绩双百，又是少先队中队长、大队长，上初中时，考上了外语学院附中学法语，的确显示出很有出息的样子，也是妈妈最值得骄傲自豪的人生幸事。我第一次见妈妈为我打了宝琴发那么大的火，再也不敢在宝琴面前显示威风。实际上，我跟宝琴从小到大一直相处不错，连口角什么的也很少发生，那一铁勺子，实属偶然之中的偶然。

妈妈到齿轮厂上班后，弟弟们失去了保护伞，因为害怕妈妈不在时我揍他们，妈妈早晨黑黑的起来时，三个弟弟顾不得多睡懒觉，一听见动静，也跟着爬起来，穿上衣服，匆匆地吃点东西。妈妈离家去上班，三个弟弟也背着书包早早离开家门，跟妈妈一块儿走了。晚上，弟弟们放学后在街道口转悠等妈妈，只有妈妈回家后他们才敢进家门。妈妈埋怨我把三个弟弟吓得不敢着家。我生气极了，说弟弟们这么做都是装出来的，他们早上不跟着走，晚上放学按时回家还打他们不成？

妈妈也劝弟弟们不要起那么早，学校的门还没开呢，在门外待一个多小时，晚上回家太晚又影响做功课。

可是不行，妈妈早晨起来，弟弟们都不由自主地爬起来，不敢在房子待，怕我想着法揍他们——他们真的害怕我。

我真没想到我在弟弟们的眼中竟那么可怕，其实想想，我那会儿也真的太变态、太残暴，谁知道我怎么会有那样一种性格？——我后来看过鲁迅的小说《风筝》，鲁迅回忆他弟弟玩风筝，他把弟弟的风筝撕了，看见弟弟见别人放风筝的寂寞的神情而深感后悔。我比鲁迅对他的弟弟有过之而无不及。弟弟们虽然与我同样承受了父母离异，与母亲相依为命，过清贫的生活之外，还承受着我这个无能却又残暴的哥哥的无数次的殴打的痛苦，令我每想起来，常常地不安和内疚。在弟弟们的童年回忆中，我实在没有给弟弟们留下多少值得回忆的美好印象。别看我小时候瘦几麻秆的，火了三个弟弟一块儿揍，把他们所有的不是都想起来啦，这个一个大巴掌，那个一个大嘴巴，弟弟站在地上，还不许他们躲，谁躲闪揍得更狠；还不许哭，谁哭，又是一巴掌，直打得弟弟们不敢哭出声，倒抽气，两个肩膀一个劲地随着抽气抖动。那会儿，弟弟们都怕我，大约也打不过我，没一个敢还手、敢反抗的。……在后来的人生日子里，弟弟们从不主动说小时候我打他们的事，反倒说："我哥哥带我们长大也不容易。"

一个人如果真的刚强，应该表现得里外一致，那倒也不失为一个男子汉，我在家打弟弟有本事，在学校、在社会上打过谁？能打过谁？最使我难忘的一次，院里西房的袁大妈雄赳赳地站在院子里对我们家破口大骂，骂得兴起，竟然大步来到我家的门前，用手指节"砰砰"地敲窗户的大玻璃，进行挑衅。那是一个夏天的中午，我们都躺在各自的床上睡午觉，妈妈也在大床上。

巴掌大的一个院子，放个屁左邻右舍都能听到，何况是在极静的中午大声骂人。房东蔡大妈家、同为北屋耿大妈家肯定都在支棱耳朵听。

"你有本事出来，躲在房子里算什么！"姓袁的一手插着腰，一手敲着玻璃，气势汹汹地喊。我完全可以看见她从玻璃窗外往里张望。

妈妈皱着眉，坐在床上一动没动，反说我们："睡你们的觉。"

事情的缘由得从耿大妈丢牛奶说起。

耿大妈在院子里的四户人家中，当属过得比较好的首户。她有个儿子，我们随院子里的人称为"二哥"，在医院当医生，英俊、文雅，儿媳妇是个护士，娇小美丽，极守妇道，悄儿没声的，都不记得她说话的声音。他们生了一个儿子，叫熊熊。牛奶是订给小熊娃子喝的。为了方便送牛奶的人，在街门旁边钉了一个小木头箱子，每天送牛奶的把鲜牛奶放进小木箱，取走头天的空奶瓶子。有一个时期，连着几次，耿家去取牛奶，牛奶不见了——也就是说，牛奶丢了，不知让谁偷走了。这在小小的四合院足够构成一个重大的案件。当时疑云密布，风声四起，老耿家怀疑是我们家干的，这是蔡大妈串门时透露给我们的消息。妈妈听了又闷又气，与我商量此事。我说弟弟们虽然淘气，但是要说做出偷喝别人牛奶的事似乎是很难成立的；如果是弟弟们偷喝牛奶，去哪儿热牛奶呢？早晨我离家晚，中午弟弟们都带饭不回家，晚上妈妈回家后他们才敢进家，没有热牛奶的机会呀，总不能把牛奶生着喝掉吧；可是完全肯定不是三个弟弟中某个人干的，也不敢马上下结论。弟弟们早早跟妈妈起来，妈妈一走，他们便跑出去，万一做出偷牛奶的淘气事也未可知。背着偷牛奶的名声可不是好玩的。妈妈原是自尊自强的人，岂容得别人在背后嘀嘀咕咕，说三道四。于是妈妈让我当助手——也就是当陪审，当打手，在自个儿家搞了一场秘密审讯。

宝军、宝平、宝宁一并儿站在房子的中间，晚上，窗帘子、门帘子都拉上了。妈妈手里拿着鸡毛掸子，皱着眉头，表情严峻，对三个弟弟一个个盘问，说："你们谁拿了牛奶，如果不说实话，看我不……"妈妈扬扬鸡毛掸子——这是我们最重的家法了。弟弟们都怕鸡毛掸子，一个个直瞪瞪地望着妈妈，望着我；我更是凶神恶煞一般，宁眉怒目，盯着三个"嫌疑犯"，看看谁有撒谎的蛛丝马迹，一旦发现谁犯了，非痛打不饶。

三个弟弟也都知道事情的严重性，一个个发誓赌咒，说没拿过牛奶。

我并不完全相信弟弟们的话。

我问宝平："老老实实说，是不是你偷的？"

妈妈不让我用"偷"字。有时弟弟们从房里拿点吃的，我跟妈妈告状，说弟弟们偷了什么什么东西，妈妈就不让说偷。我不服气，不实事求是，本来就是偷嘛。我盯着宝平问，当然是压低嗓子，不能让左邻右舍听到。说是要揍弟弟们，也只是摆出一个架势，妈妈是很少用藤条打人的——对我倒是用过几次。而对弟弟们来说，大都是靠我的巴掌来解决问题。宝平是我的二弟，据说一般人家在排子女时，不把女孩子包括进去。比如我是老大，下来是妹妹宝琴，下来是宝军……照一般排法，应是我是老大，宝军是老二，宝平是老三，宝宁是老四，不把女孩子排在内。妈妈给我们排队时，把宝琴也排了进去，大约是一视同仁，把宝琴特别看重。这样宝军又叫小三子，宝平叫小四子，宝宁就叫小五子。宝平四方大嘴，双眼皮，长得最秀气。宝平虽然也淘气，但跟宝军、宝宁有所不同，这孩子犟得很，脾气有点憨，说话不多，爱打乒乓球。宝琴和宝平同上一个学校，一块儿上学，一块儿回，关系比较密切。宝琴不相信宝平能干出这种事来。

我可不能感情用事，因为宝平小时候，当然是很小的时候，一次妈妈带我们上街遛弯，在一个买西瓜的玻璃罩前站下，妈妈见我们都馋得直流口水，决心给每个人买一牙切好的西瓜。一牙是五分钱。宝平当时还是小矮个儿，顶多比玻璃罩下边的边角高半个头。他看见玻璃罩里扔着许多毛票子，知道这钱能买东西，便伸出小手抓了两角钱，还是我看见了，妈妈气得打了宝平一下。卖西瓜的看见了，倒没在意，说，小孩子，不懂事。回到家里，妈妈又好好地把小四教育了一番。妈妈讲了一番小孩子不能拿别人东西的道理，引用的典故到现在我还记得，叫"小时偷针，大时偷金。"意思是小时候偷针，看起来是小事，如不改正，会越来越胆大，偷的东西越来越多，最后酿成大祸。后来，我在小画书店看了以这两句话为内容的连环画，是说一个母亲非常宠爱自己的儿子。有时到邻居家串门，边做针线活儿边聊天，儿子从别人的针线笸里拔了一根针拿回家，当母亲的见了，不但不批评教育，反而夸儿子聪明、能干。儿子听了心里很得意，认为自己干的是对的。儿子长大后偷鸡摸狗，当母亲的还是一个劲地夸儿子有本事。最后儿子当了强盗，杀人越货，终于被官府抓住，判了死刑。到了执行死刑的这一天，当妈的给儿子送临刑的酒菜。儿子提出一个要求，在临死时最后吃一口妈妈的奶子。当妈的无所不依，掏出乳房让儿子吃，儿子一口咬掉了妈妈的奶头，把妈妈疼得昏了过去，醒来后问儿子为什么这么做？儿子流泪道，这是对你的报应，小时候偷针，你不好好教育我，还夸我，结果越偷越大，终于走到这一步，这都是你不好好教育我的结果，如果从小教育我，我何至于落到这个地步。

我有过宝平小时候拿过两毛钱的印象，便一个劲地追问宝平。宝平眨着大眼，撇着大嘴，说他没偷牛奶喝。从宝平嘴里问不出什么，又转问宝宁。小五特乖巧，顶会哄人，姥爷常被小五哄得团团转，给他买好吃的。因他最小，妈妈也十分疼爱他。但我是秉公办事，不徇私情。有一次，小五偷偷和了一块面，想自己烙饼子吃。平时他见我们和面总是放碱，以为发面是用碱发的，于是在偷和的面里放了不少碱，都成了黄色。事情败露后，妈妈和我都觉得又可气又可笑。我自然是没好气地把弟弟收拾了一顿。——现在想想也挺心酸，弟弟偷偷和面，无非是吃不饱肚子，谁吃饱了和面烙饼干什么。那会儿还是一九六二年，三年困难时期，粮食供应少，伙食少，弟弟们都是长身体的时候，饭量又大，真正放开了吃，粮食肯定是不够的。又加上我替妈妈当半个家，总嫌弟弟们吃得太多，怕粮食不够吃，把弟弟们管得很紧，宝宁当然吃不饱，想美美地吃顿饱饭。

不过想到了宝宁偷偷和面的事，自然将他列入了怀疑的对象，自然也是声色俱厉地"审问"一番，宝宁也是一口咬定，他没有拿牛奶喝。

对宝军自然也是一视同仁地进行了"审问"。可是妈妈认为宝军胆小，大约是不会做这件事的。

审问来审问去，弟弟们都不承认偷过牛奶喝。妈妈考虑是不是怕挨打，吓得不敢说实话，于是改变方式，和颜悦色地提出："不管是谁拿的，只要说出来，敢于承认错误就是好孩子，妈妈不打，大哥也不打，能承认错误就是好孩子，为什么还要打呢？"

三个弟弟见不会挨打了，精神上松弛下来，不那么紧张了。

我以为会有哪个弟弟在冥冥之中偷喝了牛奶，现在良心发现，在一番宣传教育之下会突然轻启小嘴，说出让人既不想听又不得不听的话来。

三个弟弟还是说他们没有偷牛奶喝。

审问了大半天也没个结果，妈妈倒累出了一身汗。我对弟弟们的话也将信将疑。

实在问不出什么，妈妈才对弟弟们放了生，让他们上床睡觉。

妈妈对这件事的确是认真的。背后妈妈说出她的心里话，她不相信自己的孩子会做出那样的事。我是不敢下断言。不过，在审问时，宝宁说有一天，他出院门，好像看见袁大妈在放牛奶的箱子前转悠，那会儿，天刚蒙蒙亮，袁大妈起那么早干什么？小孩子不说假话，但也不足为证。

老耿家把丢牛奶的事报告了街道派出所，派出所了解情况找的治安员（本四合院）是我的妈妈（复员军人，政治成分最好）。妈妈讲了本院的情况，也作为线索提到了小五看到袁大妈的可疑举动——这就是袁大妈雄赳赳打上门来的导火索，她要妈妈讲清楚，为什么怀疑牛奶是她偷拿的。

妈妈没法跟她评理，因为事情并未完全清楚，但妈妈如果脾气再刚强点，或者再外露点，完全可以冲出家门，去院子里跟那泼妇论理一番。我在想象中都做好了袁大妈上前跟妈妈撕扯到一块儿的画面，妈妈大约是打不过姓袁的，我得帮助妈妈打架。姓袁的有一儿一女，儿子与我同岁，体质比我强多了，打起来大约我也得吃亏；妹妹如果参战，与姓袁的女儿对打，也绝占不了便宜；我们这边还有三个弟弟，或许还能助一臂之力……想象归想象，妈妈在床上坐着没动。我也没动，又生气又无奈，也没见过这种阵势，不知以什么方式帮助妈妈才好？

姓袁的敲着玻璃谩骂了一阵，见里边没什么动静，便凯旋般地走了，无论如何人家不算输。这种加给我们的屈辱给妈妈造成很长时间的心理阴影。妈妈说她不吵架是为了我们，不影响我们午睡、上学。我觉得这既是一个借口又不是一个借口，我看出妈妈性格中有她软弱的一面，妈妈后来住院后，偶尔一次还提起她这病是让院子里的人气的。我突然觉得，妈妈的精神被北京四合院的市侩的东西侵蚀得太深，对这种邻里勾心斗角的最最市侩的风气原本不应太在意的，不管怎么样，妈妈是当过兵的，而且在我看来是不俗的人。

妈妈性格软弱的一面，从她的离婚也能看出来。一次，一个姓江的阿姨从武汉到北京出差，父亲托她来看我们。江阿姨三十多岁，比妈妈小一岁，长得漂亮，身材很好，特别是说话的声音，悦耳动听，是个军医。我们几个很快喜欢上了她。妈妈也把江阿姨视为知己，两个人躺在大床上聊了好长时间的天。

江阿姨尽说爸爸的那位如何如何的不好，脾气怎么怎么大，还提到爷爷到武汉给王素娣带孩子，偶尔把孩子的脚露在外边，如何受到王素娣的大骂……妈妈对江阿姨说的话都挺相信。江阿姨绘声绘色，声音悦耳，坦诚相对的表情都不由人不信。我心里多少有点嘀咕，我想，她在妈妈面前肯定不会说爸爸那位的好话，可是她既然是爸爸的一个好朋友，与爸爸的那位关系肯定也不错，那么当着妈妈这儿说爸爸的那位是不是真的？

妈妈和江阿姨说得很投机，说得很晚，以为我们都睡着了，其实我没睡。

江阿姨问妈妈："你为什么要离婚呢？要是我，我就不离，看他怎么办！"

妈妈大约有难以说出的隐痛，也许真的不想离："唉，不离不行，再什么那人狠着呢，我担心，会下毒药把我们娘儿几个毒死。"——我躺在床上，不相信这是个理由，爸爸至于光天化日之下把我们几个毒死，他不死吗？妈妈这个想法太天真荒诞。

"他敢。"江阿姨也说，"他再怎么着也不敢下这个手。"

"唉！"妈妈叹口气，"再说，我也想离，我已经有五个孩子，再不想生了。你不知道，生孩子真受罪，一个接一个……"——我想妈妈的这个逻辑应当成立的，我们五个已经不少了。

"那也可以想办法不生嘛。"江阿姨还在为妈妈打抱不平。

妈妈又摆出第三条理由："唉！不离也不行，你不知道，当时，他已经跟那个女的有了关系，这边不离，领导要给他处分，还要降职。"

"唉！"该到江阿姨叹起气来，"你也是太老实、太软弱，领导处分他去，你管他呢。"

……

妈妈害怕爸爸受处分而离婚，这是无情还是有情？到今天我也难以理解清楚。

离了就离了，离了更好，这是我最简明的想法。

三

袁大妈敲我们的玻璃骂人不久，不知怎么又同妈妈好起来，有时也进来坐坐，妈妈也只当没那回事。

我们刚搬到此院时，袁大妈是最先与我们家打交道的，热火过一阵儿。袁大妈与妈妈年龄差不多，年轻，漂亮，身材匀称。偶尔做点什么好吃的，送我们家一碗；我们做了什么好吃的，也送他们一碗，这是北京人典型的交往方式之一。院子里的几家人都合不来，他们之间很少往来，彼此说闲话。妈妈来后都是到我们家来说，压低嗓了，神神秘秘，说来说去也没个正经事儿，都是鸡零狗碎的事，虽然是这些事，足以永远地勾心斗角下去。妈妈挺随和地听，并不参与到是非中去。

有一回，来个算命的瞎子，在袁大妈家算命。袁大妈算完了，跑到我们家，说那个瞎子算得如何如何准，拉着妈妈也算算。在我们印象中，妈妈并不太迷信，不知是妈妈的好奇，还是不想扫袁大妈的兴，妈妈挺高兴地跟着袁大妈去了她家。大约一个多小时后，妈妈回来了，很高兴地跟我们讲，那个瞎子算命太准了，拿了五元过去送给瞎子。

"那瞎子算命真准，知道我的生辰八字，知道我有五个孩子，还说你姥姥、姥爷都在。说妈是个最小最孝的女儿。算命的说我前半生操劳，后半生享福，能得儿女们的济。算命的说我能活到五十五岁。"

我原本对算命的就不相信——算命是封建迷信，这是学校早就教育过的。我怪妈妈竟然相信骗子的鬼话，还给了他五元钱。五元钱，能干多少事呀！一听算命的说妈妈只能活到五十五岁，我更受不了了。"妈，您别听瞎子胡说，你怎么才能活到五十五岁？就凭这话，就是胡说八道！"

妈妈依然情绪乐观："妈妈这么操劳，能活到五十五岁就不错啦！"

宝琴也接受不了这个年龄："妈，您别胡说，我们一定让您活到一百岁。"

妈妈乐了。

我对算命的算五十五岁感到一种愤怒，五十五岁，这是一个多么年轻的年龄，我嗤之以鼻，不以为然。

弟弟们也嚷嚷，妈妈不会只活到五十五岁，妈妈长生不老。

——啊，命运，我该怎么说你呢？该怎么说你的恶作剧？说活到五十五岁，是对妈妈的不恭，是算命的根据妈妈过于操劳而做出的不负责任的推论，而实际上，妈妈只活了三十八岁，连五十五岁也没有活到啊！算命的，你对此又做何解释？

一九六二年的某一天，几乎已经被人忘却的"丢牛奶"案件终于水落石出，袁大妈在东四市场偷东西时被人抓住。当时她又哭又喊，打滚，吐白沫子，装出一副有神经病的样子。周围的群众弄不清是真是假，把她扭送到附近的精神病医院。正好耿二哥在那上班。一见袁大妈，真相自然大白，骗不过去了。于是袁大妈从小四合院消失了，送去进行劳改。丢牛奶的迷雾也澄清了。小五看见的是对的，牛奶是姓袁的拿去喝了，又把空瓶子放回牛奶箱中。说起来，袁大妈也真够鬼的，也真胆大，俗话说，"兔子不吃窝边草"，本是邻里街坊，她竟然做得出来，不怕人骂吗？败露了又怎么在院子见人？她却不想，竟敢做。

妈妈愤愤然道："我就说，我的孩子不会干出偷牛奶的事来。"

我们对因为我们家孩子多就被怀疑很是愤愤，也多亏耿二哥破了此案，好一阵儿压在妈妈心上的阴影是太不让人痛快了。

在一九六三年的煦和的秋阳下，妈妈用她的最后的力气洗完了床单、被里、被面，晒干，又把被子缝好……过多的劳累使她第二次躺倒了，第二次被送进了医院——一家离我们家最近的医院。

我和弟弟们轮流请假，到医院照顾妈妈。妹妹宝琴是不能请假的，一是她上外语学院附中住校很远，只能星期天回来看看；二是她学外语，是明显的有前程的专业知识，我们都指望她能成才呢，不能耽误她。请假最多的是三个弟弟。宝平请了半年的假照顾妈妈，妈妈说没想到得了小四的济了。当然，年级越小的请假越多，功课少，边看边做作业。

妈妈住院后，变得很沉默。不知她体内什么原因造成的一半额头总是渗出细细的虚汗。我轻轻地帮妈妈擦去。妈妈一声声地呻吟，手里抱着一个大茶缸子当痰盂，不时地把一口痰费力地吐进缸中。她那原本在眉宇间竖着的皱纹越来越深，仿佛深藏着无限的幽怨。最最让我终生难忘、百思不解的是妈妈的那双眼睛——平静的、内视地朝外望着，使你一点儿猜不透那内心的世界里藏着什么？在我阅尽了人世沧桑，再回想妈妈那平静的目光，更明白那里面实在是有着太深太深的苦痛！别忘了，妈妈那年才三十八岁！她本来就命运多舛，希望通过大苦大难之后能换得一个好的后半生，而且眼看着我们几个一天天长大、懂事，她自己也有了盼望已久的工作，后半生的幸福和应得的善报是应该有的啊！在她的生命的价值和快乐都呈现出希望时，却要变得一无所有、不复存在，这能想得通吗？妈妈又能向谁去说？说了又能有什么用呢！她是多么的冤屈绝望！——虽然从医生到家人都瞒着妈妈的真实病况，我估计妈妈已经猜到了，已经用一种看破死亡的人的眼光看待这个生的世界。

妈妈在病床上，唯一提出的是想看看姥姥。

妈妈是孝顺女儿，一男三女中她最孝。妈妈复员回到北京也就等于守在老人身边，给姥姥姥爷的晚年带来最大的快乐。舅舅也在北京，但他有自己一大家子的事，每年也到不了姥姥姥爷家几次。到姥姥姥爷家走动最频繁的就是妈妈和我们。姥爷也有时步行到我们家看看。赶上寒暑假，妹妹、弟弟们都争着到姥姥家去长住。我上的中学就在姥爷家的胡同，在姥姥姥爷家住的时间最长。逢年过节，特别是春节，我们全家收拾打扮整齐到姥姥姥爷家拜年。给姥姥姥爷磕头领压岁钱更是一件大事。我小的时候也磕头，后来大了，我和妹妹不磕了，直接给钱。三个小的是必磕无疑，而且还要磕响。

妈妈在北京定居后，我家也成了乡下亲戚落脚的地方。我们见到了三姨、二姨、表哥表姐们。

妈妈挺心疼三姨，让三姨带着一个不大的儿子在我们家住了很长时间。三姨不知有什么病，经常吐血，一吐吐一盆子。乡间医生开的土方子就是把吐的血再喝进去，想想有多么腥气。三姨到北京时已经不吐血了。妈妈让她在房子住着，吃吃药、养养病。据说三姨夫尽打三姨，挺让人生气。三姨的大女儿我们叫素敏姐来北京最早，妈妈让她在家吃住，还找的棉纺厂的工作。一九五八年动员城里人下乡务农。素敏姐思想先进，主动放弃了城里工作回到老家农村。所幸的是表姐夫当时看上了素敏姐，追到乡下，成就了一段姻缘，以后全是凭着表姐夫一个人的工资养活着表姐的三个孩子，还帮着三姨家。

二姨来北京也到我们家居住。二姨还抽旱烟，比三姨话多，热情。以后二姨的儿子五哥、女儿齐姐和齐姐夫也都来过北京。

因为有了妈妈在北京，远在唐山农村的亲戚都得以在北京有了吃住的地方。姥姥姥爷也得以见到他们的二女儿、三女儿。三姨、二姨也得以能拜见父母，沟通亲情。

妈妈在北京的时候，应该是张家最热闹最红火的时候，妈妈把张家的家庭都凝聚在了一块儿。

妈妈一直担心病快快的三姨身体太差活不长久，没想到三姨在姐妹中活得最长，活到了七十多岁，还居然长出了一头青丝，天下的事真是没法说。

妈妈平日最害怕姥姥有病，害怕姥姥不在喽，没想到却年纪轻轻的走到姥姥前头！

姥姥八十六岁了，又是旧社会裹下的小脚，轻易不出远门。自从妈妈再次住院后，姥姥也一心想看看妈妈，一直没敢让她来。姥爷找了个好天气，精心地安排了这次母女见面。姥爷专门顾了一辆三轮车。姥姥从一出自家门就止不住地揉眼睛，人老无泪，眼圈却早红透了。姥爷一路嘱咐姥姥到了医院不要哭，捡高兴的话说，免得金华心里难受。姥姥知道这个理，一个劲地点头。

我和弟弟们被安排在病房，等姥姥姥爷来，也是事先说好，要捡高兴的话说，不要让姥姥过分伤心，也不要让妈妈伤心。

事情进行得还算顺利，姥爷、舅舅扶着姥姥进来，坐在妈妈病床前的一个椅子上。妈妈依着床坐着，身上披着件墨绿色的呢子上衣，见姥姥来了，冷静地出奇。妈妈问了问姥姥饮食起居的事，拉起姥姥那只只剩下皱皮的手轻轻地抚摸着，对周围的人说："瞧，妈的身子骨多硬朗，气色多好！"真的，姥姥活到八十六岁了，每天自己捅煤球炉子做饭，也没什么病儿，深陷的脸颊总是带着一种健康的红晕。

姥姥手里捏着一条手绢，不时地擦擦发红的眼角："我要那么硬朗干啥，你们应该好好的……"

姥爷怕姥姥再多说说走了嘴，忙打岔道："金华的病很快就会好的，医生说再有两个月就可以出院啦。"

姥姥并不知道妈妈的真实病情，对她是瞒着的。

舅舅故作轻松："您瞧金华精神多好！再一见您，好得就更快啦！"

姥姥似信非信地点点头。

等了那么久的会面妈妈没掉一滴眼泪，莫非妈妈也相信大家说的，会很快出院的？我自己也疑惑了，看妈妈变得那么健旺的精神，眼睛中闪出的明亮的光彩，也许人世间真的会创造出一个奇迹？使这个被判为死亡的虚弱的身体走出医院的大门？也许医生的诊断是错误的？或者在这一个上的诊断是错误的？其实，说是妈妈不行了，可是在我的思想上，却从未认真考虑妈妈不在的可能性。妈妈与姥姥的见面，更让我相信妈妈的病并非像想的那么严重……

舅舅扶着姥姥先出来，我跟着姥爷随后出来，姥爷低着沉重的大脑袋，背着手，拖着脚步，自言自语道："照金华这么精神，怕是过不了几天了。"我真恼怒惊异姥爷说出这样丧气的话来，此时我心中还有一片清亮的阳光从多日的阴霾中透出来，我喜欢妈妈那明朗、精神的神色，刚才我又看到了我那个真实的健康的妈妈，我已经好长时间没轻松了。

回到家中，舅舅根据姥爷的判断，劝我马上给远在武汉的父亲发电报，让父亲来料理后事。

我完全没了主见，不敢相信老辈人的经验，也不敢完全不信，也不明白即使母亲不行了，又为什么非叫不相干的父亲来料理后事，没他不行吗？

电报发出去："母病危，请速来。"

——是不是小题大做？

四

一个星期后，高大魁梧穿着一身军装的父亲又出现了。

父母离婚后，我是第二次见到父亲。一九六二年，父亲到北京参加一个会议，到生活在狭小的胡同的四合院来看我们，把我对父亲的印象又连接起来。在这之前，我对父亲的最后印象是在朝鲜，我记得父亲喝醉了，被两个志愿军叔叔按在炕上，父亲一边大声地骂人，两只穿着皮靴的脚一边乱踢，把我吓得大气儿都不敢出。再有就是爸爸妈妈吵架，一个人坐在一边，让我和宝琴认他们，看我们跟谁。

爸爸说："宝如、小琴来找爸爸。"爸爸伸出双手。"听爸爸的话，是爸爸的好孩子。"

妈妈说："宝如、小琴来找妈妈，到妈妈这儿来。"也是伸出双手。"听妈妈的话。"

究竟是到爸爸那儿还是到妈妈那儿？可能是我和妹妹那个年纪最最困难的选择。

我犹豫地一步步走到妈妈的跟前，妈妈一把把我搂进怀里，亲个不够。

宝琴一步步地走到爸爸跟前，被爸爸搂进怀里。

后来，我跟宝琴回忆起这件事，宝琴说："我那会儿小，不懂事嘛。"

有十年，我们没见过自己的生身父亲。

"啊，都长这么大了。"父亲宽大的手掌摸了摸我的头。妈妈让我们叫爸爸。——我好像长这么大第一次从茫茫人海中找出一个父亲似的，第一次委屈别扭地把陌生人叫爸爸。我脑子里总想着父亲对我们母子们的抛弃，想到陈世美，想到我们对他的隔膜仇恨。

我奇怪的是妈妈背后说父亲的气话，在父亲出现后却一句也没说出来。妈妈对父亲的到来很高兴。我的心里也有了一种莫名其妙的自豪。

早晨，父亲在自家的门口刷牙，跟院子里的左邻右舍打招呼，左邻右舍也都上赶着跟父亲说话。在这各房主全都没有男人的世界里，父亲卓然辉煌地存在，而且是军队的一个高级军官。父亲那身绿军装及点缀着火焰般的五星领章在这灰色的青砖黑瓦中显得分外醒目。我突然有了一种扬眉吐气的感觉。

妈妈晚上炒了几个像样的菜给父亲接风，正上大学的表哥张光远也在座。

妈妈喝了酒，白酒，喝多了，吐了。第一次。

妈妈也是军人，有过十年的军旅生涯。

——虽然我不是女人，但后来，我回想当年的一幕，却能从中体味出一个女人对着曾有过十年军旅夫妻生活的男人，又恨又爱的复杂的感情。

父亲在北京时间不多，住在我家，睡在大床上。我与他睡一块儿。妈妈睡到了我的木板床上。

妈妈安排照了一次全家福，至今这张照片仍是既有母亲，又有父亲，又有我们五个子女同在的唯一的一张照片。父亲站在后排中间。我站在父亲左边，永远是没笑容的吊脸。妹妹宝琴穿着连衣裙，站在前排中间。宝军、宝平、宝宁都穿着背心、裤衩，下边都是一双细长的腿，像鹭鸶一样，但正是这一双双细长腿，使我们弟兄几个后来都随父亲长成了高个头。

……

父亲这次来北京，家里的形势已经大变——他是来安排比他小一岁的母亲的后事的。

我带着父亲去医院看妈妈。

妈妈正躺着，看见近两年未见的父亲突然出现在面前未露出半点意外惊讶，她平静地看他进来，好像早知道他会来的。

我看到父亲开始有点尴尬，手足无措地环顾四周。病房虽有三张床，只有妈妈一个病人，格外地安静。

"怎么样，病好点了吗？"父亲照着人们的习惯方式问道。我觉得这问话多么空洞虚伪，我早就听姥爷说过"你妈妈的病都是让你爸爸气的"。我对此深信不疑。

妈妈静静地望着他，没有回答。

父亲在床边坐下来，伸手去摸纸烟，想想在这个环境不合适，手又离开了口袋。这时他看见妈妈伸在白被单外的手，下意识地伸出两个手指，表示关切地在那手腕上按了按脉搏。

妈妈用一种挺柔和的声音问："你……学过号脉吗？"

"不不。"爸爸慌忙缩回手，慌张而又有点不好意思地回答。

我长久地记住了这个细小的情节，几十年都难以忘却——我觉得妈妈还爱爸爸，爱这个使她此生遭到不幸挫折的负心汉。

应该说，姥爷的预感还是对的，也许是他懂得中医的缘故，妈妈上次见姥姥时突然变得谈笑风生、极其精神的劲头，在医学上叫作"回光返照"。也就是说人在快死之前会突然出现一种很正常的精神，而此精神一过人就完了。爸爸来得正是时候——妈妈的确不行了。

妈妈在病逝时只有我在跟前，我见妈妈突然闭上眼睛，往后仰去，忙去叫来医生。医生和护士进来三五个人。医生用手指拨开妈妈的眼皮，说："瞳孔已经扩散了，不行了。"我坐在床边呆呆的，没有任何反应，也不敢往前去，害怕看见妈妈什么。医生转过身，对我说："你回家去拿一些衣服，给你妈换上吧。"

我木然地出了病房，出了医院，沿着宽广的柏油马路边往家走。街上汽车来往驶过，路边是一根根的水泥电杆，脚下是泥土的路。"妈妈不在了"，我心中空空洞洞地想，却觉不出有多大的哀痛：这就是我吗？这就是深深爱着妈妈的我吗？我怎么这么心冷？怎么一点儿也伤心不起来？我不是应该悲痛欲绝？

不是应该痛哭失声吗？我这是怎么了？人是多么可怕！人心是多么难测！……我即使这么想，也依然调动不起感情，只是一片茫然的空洞。

回到家，只有父亲在。我说妈妈不行了，医院让拿衣服去。

我匆匆忙忙找出新衣服、裤子、袜子、鞋子，同父亲赶到医院病房时，床铺已空，妈妈睡过的白被子、白床单都被抱走了，人被送到太平间。我们赶到太平间，放妈妈的大抽屉拉开着，没合进去。妈妈在里边静静地躺着。我此时全没了主意，一切听凭父亲的安排。父亲是打过仗，见过死人的。他很快从大盒里扶起妈妈，脱去妈妈的上衣，妈妈胸口那斜长的刀口十分醒目，她的一个乳房被切除了，剩下的一个，因吃不下饭，也早已被消耗得几乎看不出来，整个人瘦得只剩下一把骨头。看到好好一个活人竟然被病魔折磨成如此惨状，爸爸忍不住"嘎"地抽泣了一声，扭过脸去擦眼睛，随即回过头来，从我手中拿过衣服，飞快地给死人换上衣服，又用很快的速度给死人换了裤子。我给妈妈穿上了袜子，穿上了一双匆忙找到的新布鞋。

连这个无情无义、铁石心肠的人还哭了一声呢，我怎么连一声都没有？我恨透了自己。我想象着自己突然放声大哭，扑伏在妈妈身上不起来，非得让爸爸拼命地拉住自己，劝慰自己。我拼命聚积悲痛，像旱天的晴空聚积乌云，可仍然是晴空万里，阳光灿烂。我只是感到无边无形的重压，心像被扭曲般的干涩难受。这也许只是我自己想这样，如果这会儿我想心情愉快、轻松起来，我也能做到。如此看来我大约是连难过也未必难过，我对妈妈究竟有多少真情呢？

我担心父亲会注意我为什么没哭，我怎么也应该哭，不然父亲会认为我对妈妈也没多深的感情，会耻笑我的。可是一直到离开太平间我一滴眼泪也没掉，连眼圈湿都没湿。幸亏父亲没觉察到这个细节，他抽着烟，低着头，像完成了一桩公务般走出了大门。

我拿回了妈妈留在病房的各种家中带去的东西。

走到街道的胡同里，我看见宝军在胡同边放风筝——一个他自己用白纸糊的"屁股帘"。我沉下脸，把他叫过来，夺过风筝，三两下撕个粉碎，踩在脚下，愤愤地说："妈妈不在了，你还放风筝。"一撇子把他打回了家。

妹妹、弟弟们都知道妈妈不在了，可是也没有谁真的放声哭，"久病床前无孝子"，这是古人的一句话，也许，弟弟们被长时间的护理病人弄得麻木了？也许，他们不懂事，不知道"死"所表达的深刻含义？作为家中的长子，我知道

"死"的含义，知道永不复在的悲哀，可是我作为老大，却做不出个正确的样子来，我有愧妈妈的养育之恩。

五

妈妈去世的第二天，父亲回了唐山老家，说把姑姑的丫头翠芳接来照顾我们几个，这是事先爸爸已经安排好了的。

妈妈厂子里的人来了，与舅舅一起安排后事，遗体火化。由我做主，买了个大理石的骨灰盒，刻上了"慈母张金华之灵"，刻上了我们五个子女的姓名，骨灰盒寄存在北京公主坟一处供老百姓存放骨灰的殿堂里。

我给自己定下了一条规矩，每个星期天都到公主坟去看妈妈。一到星期天，我早上出门，坐上一趟公共汽车，到东西长安街后，再换上一趟公共汽车，一直到公主坟。下车后，走上一段路，沿台阶而上，上到山顶。山上有座又像城门楼子，又像护院岗楼的高大的水泥建筑物。进了大门，便有一种空穴来风的阴凉。殿堂里阴冷冷的，极其寂静，只有燕子穿堂过院。过了一片天井，再上一段石阶，便是一些放骨灰的房子。木架上摆着各种骨灰盒，也不正规，还有的干脆就是一个泥瓦罐摆在那儿。妈妈的骨灰盒还是属于比较精致的。我知道，大理石盒里放的是一个黑绸布口袋，口袋里放的是一些火化成灰白色的骨头——那应该是从妈妈的骨灰中随便挑出一部分放进去的。我看到残骸时只想到：好好的一个活人，竟只留下这点骨灰。按照中国的传统，放在骨灰匣中的骨灰便代表了灵魂所在之地。我想：妈妈有灵，是会看到我前来祭奠的。

我来到骨灰盒前，也无大的事可做，把放在骨灰盒前的石挑、石苹果、石梨擦擦，把盒子擦擦，然后静静地待着。周围若没有别的人时，我便双膝跪下，悄悄地磕上三个头。我并不太喜欢这种形式，但从古到今好像表达怀念等礼节都是这种形式，好像不如此不足以体现出情感的深度和内涵。我若不是上学，我真希望能像古人那样，把母亲葬进坟地，搭个棚子，披麻戴孝守墓三年，以表示我对妈妈的深深的哀思。

七八月份，骄阳似火，跑一趟公主坟，来来回回坐车、倒车、走路，往往晒得青筋暴起，口干舌燥，而且，一个星期天用去大半天时间。一次从公主坟回来，姥爷在房子，见我干热的样子，说："我们宝如是个孝子，姥爷算是看出来啦，你以后也不必每星期天去啦，赶着一个月去看看，你妈妈也是会高兴的。"

我嫌姥爷说出这样心硬的话来,心里很不受用,感叹人一死,时间一长,便在活人心中淡薄了。但是我还是听从了姥爷的话,去的次数少了。——主要是每个星期天都去,花费的时间太多了,家里一些需要干的事情干不成。

姑姑的丫头来了,比我大几岁,我管她叫姐姐。堂姐个子不高,五官长得挺周正,短发,每天帮助做做饭、洗洗衣服,倒也清闲。堂姐属小学毕业,识字不多,便利用空闲学习认字,每天学几个,挺有毅力的。……只是,我对房子有这么个人,总是有点别扭。大约有半年时间,我给父亲写信,说我们能够自己照顾自己,堂姐便又回了老家。

从妈妈去世快半年,我虽然无时无刻不在回忆妈妈生前的一颦一笑,却一直没哭;怎么想哭都哭不成,仿佛我像姥姥一般泪腺早干了,心灵早已枯死了。俗话说:"日有所思,夜有所梦。"我渴望在梦中梦见母亲,偏偏连梦也不做,一倒在枕头上便睡死过去,一觉醒来就是大天亮,我简直对自己绝望了!

……

啊,我上边写的关于妈妈有病去世的事全是假的,是我在一个可怕的噩梦中编造的。中国人迷信,认为梦是反的,意思是梦见发财反而要破财,梦见死人,碰上出殡倒是好兆头。我学会了老一辈子传下来的这种解梦法。

是啊,妈妈并没有病逝,全是我在一个梦中的不着边际的瞎想,瞧,伴着三月的和煦的春风,妈妈不是来了吗!神情那么愉快,穿着流行的布拉吉裙子,不介意地露出胖胖的小腿肚子。

我和弟弟们都在街门口的胡同里等妈妈回来,一见妈妈在胡同口出现,弟弟们便一蹦一跳地迎上去,抓住妈妈的胳膊,偎依在妈妈的身边。妈妈高兴地笑着,摸摸这个的头,摸摸那个的脸,兴趣好时还悄悄扭几下在部队学下的秧歌舞,细声细气地唱一曲:"王大妈要和平,要呀吗要和平……"弟弟们都乐坏了。

我能向妈妈显示的是早已做好饭,等妈妈回来一块儿吃饭。

一种外人无法窥视的天伦之乐。

我胆怯、羞愧地对妈妈说:"妈妈,我跟您说个事,您不会生气吧?我怎么做了一个噩梦,梦见您不在了。"——我没用不吉利的"死"字。

妈妈不介意地笑起来："这可是个好梦，没听姥爷讲，梦是反的。梦见破财，梦见死人是好事。梦见发财，梦见娶媳妇要倒霉。你梦见妈妈不在了，说不定妈妈能长命百岁。妈妈还要得你们的济呢。"

我放心了、释然了、解脱了，妈妈没怪我，妈妈还好好地活着！我紧紧握着妈妈的手，那手是柔和温暖的；我靠着妈妈的身子，那身子是富有弹性的。"唉，梦是多么可怕！"为了进一步证实我不是在做梦，我腾出一只手悄悄掐了一下自己的大腿，一种生疼直钻心中："看来生是实在的，死是荒谬的。"我的最后的一点猜疑也烟消雾散了。

"回家，回家……"

"回家，回家……"

咦，怎么走了半天不到家门？从胡同口到院门口只有五十米呀？春风变得强劲起来，变了方向，迎面吹来，吹得我们像柳条般地弯了腰，呛得呼吸困难，迈不动脚步；眼看到院门口了，才发现风竟然是从院门洞里吹出来的，像激流涌过狭窄的桥洞，变得又急又猛，吹得人站立不稳，无法前进半步。

"怎么会是这样?"妈妈说，"我先冲上去。"她松开我们的手，猛冲上去，消失在强硬的气流后面。

我学着妈妈的样子往前冲，却被气流顶得迈不进半步。

气流越吹越冷，吹得人浑身发凉。

"妈妈、妈妈，风太大，我进不去。"我冲门洞里喊。

浓暗的气流中闪出妈妈的面孔，像在迷雾之中，边缘不清楚，不是刚才那流光溢彩的面孔，而是病床上那暗无光泽的哀怨的神情，刀刻般的川字眉拧在一起。

"快回去，别进来，你们看看这是什么地方！"

我抬头一看，原本早已油漆剥落、风吹日晒的门梁上刻着一行字："慈母张金华之墓。"

我大叫了一声："妈妈!?"便朝后仰倒下去——死是真的，生是假的。

像决堤，像雪崩，一种巨大的冲力从禁锢中飞腾出来，翻江倒海，云涌星驰，随着那一声喊叫，泪水像暴雨般地倾泻下来，热热地、滚滚地、舒畅地从眼角流过鬓角，落进耳朵的凹坑里，溢满又落到枕巾上。啊，多么痛快淋漓的哭啊！干渴的大地拼命地吸收着降下的雨水。雨，夏季的暴雨，一阵紧似一阵，狂烈而遮蔽地侵吞着一切⋯⋯

我心中充满了一种近乎轻松的喜悦，一种赎了罪般的狂喜。我闭着眼，尽情地徜徉在泪水的漂泊之中。我奇怪地记起小时候看过的一篇童话：鱼妈妈被狐狸吃了，三条小鱼不停地哭，泪水流成了河，汇成了海，把狐狸给淹死了。⋯⋯我要哭成河，我要哭成海⋯⋯

我哭晕了，哭乏了，心松弛了，神经放松了，像一块坚硬的泥土在雨水的浸泡中松软了，膨胀了，更有生机了。从此，我对母亲的这根神经特别脆弱，稍一拨动就会引起无数的情绪；这又好像一片长满青草的低洼地，总是潮湿湿的，稍一踩动，便会冒出水来。妈妈那绝决不露苦痛的面孔成了我灵魂深处的殿堂，我的无数思想的藤蔓都是从那儿爬出来，我的生命中独特的气息都是在那儿凝聚而成。

第二章

悲观厌世，渴望回归大自然……团支书孙铁民说"我们都是革命后代，有个接班的问题"……批判成名成家思想……人生之路该怎么走

六

也许，世上真有冥冥之中的神明，为了让我能适应坎坷的命运，早早为我设计了多愁善感、阴郁孤僻的性格。即使妈妈还在世时，我的性格已经有了雏形，无论是在学校还是在家，我寡言少语，唯一喜欢的就是画画、看书。不管是小说、诗歌、杂文等等，几乎有书就看。上初中时，我上的北京一中就在姥姥家的胡同里，我经常吃住在姥姥家。姥姥家有个小小的书架子，上边有姥爷的《本草纲目》，有表哥的《红楼梦》等书。《本草纲目》实在看不进去。表哥的文学书籍看了个遍。后来没的看了，有本厚厚的《辩证唯物主义和历史唯物主义》都硬是看了一遍。后来，我在地安门大街发现一家专卖旧书的书屋，这发现对我来说不亚于哥伦布发现美洲新大陆。从我们家到一中上学，走地安门大街要比走另一条路远一些，为了看书，放学回家宁可走远点，到旧书店去翻书。旧书店的书分两部分，一部分是一架架的古书，一部分是一架架的现代书，都是减价处理的书。可以站在那儿随便翻看。我因为口袋钱少，大都翻些比较薄的诗集、杂文之类。碰上满意的，下决心买上。我认为我可以列入"书呆子"一类的人，也就是说，对自身外部的世界不感兴趣，只对书中的世界感兴趣，久而久之，仿佛身体的一切器官都已退化，只剩下一个思维的大脑在生存、活

动。妈妈的去世，使我在十六岁就负担起带弟弟妹妹们过日子的担子，这个改变我并不感到沉重。我改变最大的是心灵上的改变，它逼使我过早地全面地思索人生。我面对死的溟蒙神秘和巨大的主宰力量惶惑而恐惧——一个好端端的人说没就没了！妈妈生前的一颦一笑越清晰、生动地呈现在我的面前，我越感到这种消失是多么不可思议：一个人有自己的音容笑貌，有自己的思想行为，转眼间，剩下的只是一堆骸骨，随着日久天长，这骸骨也风化成泥成土，变成分子，被草木吸收，被散到空气中，变成了其他的物质。以后连记得这个人的人也死去，世上便从来不知道曾有过此人，这个人在世上就等于从未存在过，这是多么可怕的呀！

我越深想，越深挖，越心里发急发躁。想到自己虽然还活着，走着路，说着话，感受到自己头脑里的种种思想，知道自己是杨宝如这一个人，可是却会有一天，自己的思想将随着自己的肉体一起消亡腐烂，在永恒广阔的世界上不再第二次出现杨宝如这个人。世上虽然人流不断，却永远不是我了！我焦躁不安，恐惧万分，饭不思、茶不饮，不知道该如何解决这个问题。我一天想入非非，走火入魔，一会儿想起秦始皇寻求长生不死之药，派遣三百童男童女漂洋过海寻找仙丹妙药，也许真的找到了，成了神仙；一会想起《镜花缘》一书中唐敖追着去吃肉芝，成了神仙，如果世上真有能成仙的妙物，不如去寻遍天涯海角；一会儿又想到科学发达了，莫非能造出一种智能机器人，把自己的思想输入进去，自己的躯体虽然没了，思想却永立于世；可是一想到地球终究也会爆炸，人类还是要消亡，顿时觉得永生也失去了价值；我又想象自己躺在宇宙飞船中，搬往别的星球，使生命得到延续……

我没事便躺在大床上，似睡非睡，自己把自己放进炼狱中受其熬煎，我抠自己的眼窝，按自己的颧骨，设想自己变成骷髅是什么样子，仿佛已看见自己的死的头骨：黑洞洞的无知无觉的眼眶，鼻子塌得没了形儿，呲着怕人的牙齿……死是多么可怕！在死的永恒面前，生是多么短暂、渺小、瞬间即逝。

因为恐惧死，我变得那么希望人是有灵魂的。我突然像鲁迅笔下的祥林嫂，对灵魂的有无充满了探索的兴趣——人的肉体的消亡是谁也无法挽救的，如果人死了灵魂存在，那该多好啊！有了灵魂，人还可以思索，有了思想便证明了存在与永生。糟糕的是，我看过不少哲学书，懂得大脑也不过是一种物质，人所谓的能够思维，也不过是一种高级物质活动，人死了，脑细胞消亡了，思维也就不存在了。此时，我倒真有点希望唯心主义能战胜唯物主义了。我对死即消亡仍不甘心，不甘心的结果是我变得不那么怕鬼了。

以往，晚上上厕所（厕所在院子一处拐角的小巷子里），总得拉上弟弟做伴，妹妹、弟弟们也都怕鬼，凡上厕所非找个伴不可。

我忽发奇想，我为什么要怕鬼呢？怕鬼，无非是怕碰上鬼，被鬼掐死。可是，能碰上鬼，不是说明人死了还能变成鬼吗？这不比死了什么也没有强。如果人死了能变成鬼，失去了吃喝之类的凡俗琐事，像空气一样，不占空间，漂泊不定，岂不是一种比实体更好的存在形式？想到此，我有意试着独自去上厕所，虽然不免头皮发麻、惊惧不安，还是坚持下来了。我想：万一真的碰上鬼，不管是多凶恶多吓人的鬼，我一定要不顾一切地扑上去，抱住它，大声喊叫："人死了总算能变鬼啦！"即使立即被鬼害死也心甘情愿。

如果真的碰上鬼，证明人死能变成有思维的鬼，我愿在我年纪轻轻就钦剑身亡，我愿做一个年轻的富于思索的鬼！

我觉得，我自己开始有了妈妈在病危时那种看待人世的眼光，是的，人生的一切都是虚的，转眼即逝的，不值得用尽心力去热衷、信奉、遵守、追求……人应该顺其自然，我行我素，不妥于外界的纷扰，注重内在的精神的充实。带着这种眼光，我看见人们如蚂蚁般的忙碌是多么愚蠢可笑；呕心沥血地追求功名富贵到头来又是多么虚无缥缈；七情六欲的现实纷争只不过是一缕青烟……我真不知道，生的价值在哪儿？活着又是为了什么呢？

"纵有千年铁门槛，终须一个土馒头"，《红楼梦》中的万事皆空的思想在我身上潜移默化起作用了。在我当时既不能死又看不透生的状况下，我转向了空空世界，有意从旧文学的故纸堆中寻找能适应自己颓废思想的东西。这时，我恰逢看了我国古代的神话小说《封神演义》。这部别人看后并不以为然的书顿时走进我的灵魂，或者换句话说，我把我的灵魂封在这部书上。

七

《封神演义》写的是商朝灭亡，周朝初建的历史。商朝的最后一个皇帝殷纣王荒淫无道，江山气数已尽，又被一狐狸精变成美女妲己深入宫中，扰乱朝纲，加速了商朝的崩溃。在兴周灭商之际，天上人间的各种神仙、魔怪都纷纷出世参与了这场改朝换代的历史演变。书中写出了阐、截两教反复较量的许多神幻有趣的故事。阐教顺天命帮助周朝，代表正义的一方，其领袖为元始天尊，手下的弟子们也都是自身修成正果的仙，比如后来成为观音菩萨的慈航道人，成为文殊菩萨的文殊广法天尊，成为普贤菩萨的普贤真人，成为燃灯古佛的燃灯道人等等。截教的领袖叫通天教主，教门下的人大都不是正路子，都是各种动物变化而成，不注意自身修养，全靠炼出一二种杀人的宝贝，或争凶斗狠的邪法。书中描写出各种神怪斗法斗宝、排兵布阵。阐教以姜子牙统帅各仙，以正义的力量战胜了邪恶，灭了商朝。一批命已该绝的死去的神仙道士封了神。书是人编的，信不信由你，我信了，我把《封神演义》看了一遍又一遍，对书中的人物情节几乎可以倒背如流。

书中的神仙们，大都生活在青山绿水的清静之地。

神仙们拥有一块自己的好山好水的领地，潜心修炼，与世无争。我如醉如痴，甚至斟字酌句地研究书中的各种神仙魔怪——他们所居名胜景地的特色，修炼成的各种道法，研制成的各种法宝……虽然书中的神仙都被引入人间的大劫难中，但书中还是为我描绘出修仙养道、超凡脱俗的归宿。我不相信若隐居深山，能炼出什么宝贝，但找一块清静之地，无声无息，静静地了此一生不也是一种活法。"采菊东篱下，悠然见南山"；独钓寒江，空山鸟语，闲云野鹤；再吟诵起什么"世上人皆醉，何忍独为醒"；"念天地之悠悠，独怆然而涕下"……

上课时，我不能注意听讲，在白报纸本上根据看过的书中的故事情节，画画。……三只眼，骑着四不像的闻太师；生着两个蝙蝠式翅膀的雷震子；眼窝里长出手，手上长着眼睛的杨任；能把人灵魂吸走的哼哈二将；能入土而行的矮小的土行孙；骑着黑虎，身带二十四颗定海神珠的赵公明；背后一道彩光，令人不知深浅的孔宣；法术奇异的有一个宝葫芦的野人陆压……书中神仙斗法的情节也值得一画，燃灯道人手持的宝塔，老子的《太极图》，姜子牙的打神鞭、杏黄旗，广成子的翻天印，赤精子的阴阳镜，瞿留孙的捆仙绳……更不用说元始天尊、太上老君、通天教主们头顶庆云，口吐莲花，络缨护顶，三头六臂……

我的同桌马平分是我的好朋友，也喜欢画画、写诗，我的画比他画得好，他的诗比我写得好。于是我画画，马平分作诗。时间一长，我的小白报纸本渐渐有了许多的画，可以当作半本"小画书"了。

若不是想到我负有照顾弟弟妹妹的责任，我真想马上离开这世俗的凡尘，到哪个深山老林躲起来，我真的厌烦了这虚无的生活。

有了这种思想，我不知道我还惧怕人世间的什么？

一次，教室后的黑板报上的批评一栏，登出批评我上课时随便下座位，到别的同学那儿借东西。我看了，淡淡地一笑。到需要下座位时依然我行我素地去做。黑板报上又批评了我。我并不在意，决不想因为黑板报上批评了我就有所改变。当有人提醒我不要老挨批评时，我故意露出惊讶不解的神情，说："你总不能让黑板报老空着呀！"

我不知道我顺着这种悲观厌世的思想发展下去会成什么样子。

我破罐破摔，有一天下午放学后仍不想回家，在学校露天水泥球台打乒乓球。班主任杨老师见了批评了我几句。我负气地说："反正你看着我不对劲。"拿起衣服，往背上一搭走了。啊，我真不知道自己成了什么人？我到底要怎样选择生活？我对杨老师猛不丁说了这句话，杨老师被噎得呆愣在那儿说不出话来。事后我想起来，深深的内疚。

杨老师，女的，四十多岁。刚上初一时，妈妈曾领着我到杨老师家去过一次。杨老师别看四十多岁，嘴角也有点往下弯，眼角也有了皱纹，人却长得相当漂亮，在年轻时绝对是一个美女。妈妈见过杨老师后，在回来的路上，一个劲地赞叹："杨老师真漂亮！"

杨老师又漂亮性格又温和，从未对学生们发过火。杨老师不知是受妈妈的嘱托多关心我，还是我刚上初中时表现也的确不错，在选班干部时，竟选我当了学习委员。我开始时还是很称职的。从一上中学，我就暗暗下定决心，一切从头开始，改掉小学的自由散漫的毛病，学习上也要认真刻苦，长久立志，改变妈妈对我"恨铁不成钢"的印象，做一个有成就的人。到了初二，我成了生活委员。到了初三，我不但什么都不是，反倒成了班上的老落后——从妈妈一去世，我的情绪一落千丈，干什么都没信心了。我敬爱的杨老师从没有任何对不住我的地方，她关心我，这不是我的幸运吗？难道一个人真的没人理没人问才是值得的？我那句话大大伤了杨老师的心，以后，杨老师再也没多说我，我失去了老师的关心和爱护。

八

一九六四年，在中国的大地上产生了一件深远的事情，毛主席提词："向雷锋同志学习。"全国掀起学雷锋热潮。一个二十二岁的普通战士，怀着对新中国的热爱，不追求个人的私利，全心全意地热爱工作，热心为别人做好事，以此作为人生追求的价值。雷锋是在那个公有制的时代，社会风气尚好，人的思想正统单纯的时代产物。开始学雷锋时，对我的影响并不大。我因妈妈重病在床，每天放学后急急忙忙地回家，我又非党非团，很少参加班上的政治活动。

偶尔，我在课间休息时看了期班上团支部办的专栏，上边有首诗吸引了我。

……
你用我们旗帜一样
鲜红的颜色
写下了
你短暂的
却是不朽的
历史，
你在阶级的伟大事业里，
在为人民服务的无限之中，
找到了呵——
最壮丽的
人生！
……

咦，这是谁写的稿子？这诗写得真不错！我认真查看一下姓名，原来这首诗是摘抄贺敬之写的一首长诗《雷锋之歌》。贺敬之，我当然知道是延安时期已出名的诗人。我寻本求源，看了整个的《雷锋之歌》。真正感动我，使我想了解雷锋行为的当属这首《雷锋之歌》。但我仍远离这个活动，仍旧沉浸在妈妈病逝的伤痛之中。

天下的事情也真是无巧不成书，人的命运有时比所有的书本写的更奇特。谁知道我这个灰不出出，低头上学，低头回家，与世无争，甘于落后的人，竟然引起班上团支部书记孙铁民的关注。有一天，孙铁民在课间走到我面前，笑眯眯地说："杨宝如，我能看看你写的日记吗？"

我简直呆愣住了，怀疑自己的神经出了毛病。

孙铁民，大家给他起了个外号叫"孙猴子"。有的干脆叫他"猴子"。不高的个头，带棱角的脸，平日笑嘻嘻的，一急了眼圈就发红。他父亲是一位部队的干部，所以他好像总穿着旧军上衣，随便挎着一个军用的布挎包。表面上看去，他并不显得多强健，双手却特别有劲。我从一到一中就对他没好印象，记得初一时下午下课后，七八个男生不回家，在教室的讲台上打闹玩，我也在内。那会儿，大伙儿彼此也不是太熟，玩着玩着，我跟一个小个子拉扯到一块儿，小个子狠狠捏住我的手，力量之大，把我的手捏得好像骨折筋酥，疼彻骨髓，不得不弯下腰去。小个子又把我的手臂弯到身后，骑在我的身上，像骑在马上一样，一边嘻嘻笑着，一边挥动着另一只手，在半空比画成抽鞭子的动作，嘴里喊着："驾、驾。"这真是对人的极大的侮辱，我咬紧牙关不往前走，小个子便把我背过去的胳膊往高拉，不前行，便有折断的危险。我的犟劲也上来了，豁出去让这只胳膊折断。小个子见占了便宜，又羞辱了我，便放了手。我觉得这个人太毒！大伙儿只不过在一块儿随意打闹玩，无冤无仇，为什么要暗暗用这狠劲！我本来与他没任何交情，从这起，我更与他无任何话说。初二有了团支部时，孙铁民便成了团支部书记。许多要求进步的同学都积极向团组织靠拢，视孙铁民为生命主宰。可这与我无关。不但无关，我此时因母亲有病，对追求功名利禄的事情看得极淡，把积极争取入团看成是一种很可笑很愚蠢的行为。

正是这个孙铁民，主动跟我攀谈，要看我的日记！他说话时的语气自然、随便，没一点架子，好像十分稔熟似的。

我说我没写日记的习惯。

孙铁民没在意，从绿挎包中掏出他自己的日记本，笑嘻嘻地说："这是我的日记，借给你看看。"

我感到意外，不免一时发愣，也不好拒绝，只好拿过他的日记本。敏感的气质使我马上想到，对啦，这是一个团支书开始对一个落后学生做工作了，他在准备完成某一项任务。

晚上，我翻看了孙铁民的日记，孙铁民写的日记并不做作，大体上是他平日干的事情、要干的事情，也有带着问题学习毛主席的著作，寻求解决问题的方法的。比起其他一些同学给我看过的日记，他写得太朴实，这对我也是一个意外，我认为，孙铁民作为团支书，似乎写日记也应该更革命些，让人看得与众不同。

第二天，我把日记还给他，他也希望我多评判点什么，他挺亲热地说："怎么样，有时间吗？下午下课后咱们聊聊？"

"行嘛。"我回答。——我除了吵架，一般是不会不给人面子的。

放学后，他找上我，溜溜达达地朝学校的大操场走去。大操场有人踢足球、打篮球，也有玩单、双杠的。

孙铁民问了我一些家里的情况。

孙铁民问："是不是因为家里的情况，我怎么觉得你对人生好像太悲观了点？"

"是吗？"我淡淡地说，"人生又有什么可乐观的呢？人生一世，草木一秋。"

"人跟草木不一样。"

我料定他会这么说，哑然一笑："是呀，对人生各有各的看法，各照各地走下去就是了。"

"那，照你的看法怎么走呢？"

我苦笑了一下，毫不回避地说，"要是时代允许，我真想出家当和尚。"

他没想到我悲观到如此地步，怔怔地望着我："这究竟是为什么呢？"

"什么也不为，"我有点讨厌他的问话了，"我不喜欢功名利禄，我不喜欢碌碌无为，我不喜欢纪律约束，我不喜欢七情六欲，我讨厌这一切……"

"那么，就消极地等死？"他现出天真吃惊的神色，眼圈开始发红——我后来知道这是他愤怒发火的标志。

我不愿多说了，后悔怎么一下子跟他说这么多话，况且说的又不是革命的话，自讨没趣。人与人之间谁了解谁啊？于是干干脆脆地回答说："人活着就是为了死。"

他轻轻地摇摇头："你可真悲观！人活着为什么？有人说人活着是为了吃饭，雷锋说人活着是为人民服务，你这又出来个人活着是为了死！"

我并不怀疑雷锋的话是对的，从雷锋一出现，我就相信他是真实的。雷锋受过旧社会的苦，从新旧对比中，发出对新社会、对党、对毛主席的无比热爱。在助人为乐中寻求一种内心的幸福，是自然令人感动的。我自愧不如。世界如此之大，出现什么样的人我都信。可是学雷锋，改造得像雷锋一样，对我来说是难以做到的。我自认为自己已经形成自己的思想、性格，已经改不到哪儿去了。而雷锋是雷锋，我是我，这是两个不同的概念。于是我说：

"雷锋谁比得了，他跟我们的处境不一样。"

孙铁民的脸变得严峻起来，口气却保持着平和："也不能说全不一样，雷锋是贫农，你们家也是贫农，你父亲为革命打过仗、流过血，才得来今天的江山。对雷锋，对你我来说都是革命的后代，都是国家的主人。不管我们各自的生活经历有何不同，遇到什么不顺心的坎坷事，总不能得出人活着就是为了死呀！总得为国家做出点什么吧？"

我说的"人活着是为了死"，也并不是马上就去死，要死还不容易吗？只不过表示消沉而已。孙铁民的话近乎说教——在我听来，这类话都近乎说教——可是不知为什么，此时此刻，却没有令我反感。他的话中有一点打动了我，哪一点？就是他那么认真地把我与他联系在一起，以"我们"相提并论，这实在出乎意料。我一直认为，我与他之间是水火不相容的，是对立的。现在他却拉我坐在一条板凳上，而且说的话也有一定的道理。……继而，我又感到一种不安，我觉得孙铁民不了解我家的情况，不知道我的父亲并不像他想的那么革命。父亲喜新厌旧，抛弃了我们母子们，是有污点的人。使我在与父亲的关系上总有点躲躲闪闪，沮丧自卑。

我直言不讳地说："我爸爸自己对得起对不起流过的血还不知道呢！"

孙铁民对我的话并不惊奇，他好像对我家的事情都知道，他深思了一会儿，说："嗯，不能这么说，对你爸爸这些人，敌人是恨的，一旦他们得势是不会放过的。我们接班是接整个无产阶级的班，革命事业的班，不完全是哪个人的班。我们总不能自己不接班，而让地富反坏右去上台夺权吧！"

——这又是一个让我惊叹的新道理！

"不管怎么说，让地富反坏右、让修正主义掌了我们的权，改变国家的颜色，对我们这些革命后代是决不会客气的。难道我们能让死了多少人、流了多少血的红色政权得而复失？千百万人头落地？人民再置身于水深火热之中？……"说着说着，他的眼圈又红了，他是动了真感情。

我感到震惊！在孙铁民的脑子里装的都是这些国家大事，凌云壮志。听他的话能唤起你一种热血沸腾，豪情满怀。第一次谈话，他就对我这么推心置腹，也没考虑我会不会接受这些。好像他相信我一定会赞同他似的。要说不管我自己怎么古怪孤僻，天天上学受着党的教育，也不是没想过这些事情，他所揭示的也是人生的另一个真实——若不是新社会，像我这种出身贫穷，又体弱多病的体质，绝不会活得很好的，说不定活不到十几岁呢。要这么想，我当然要深深地感谢共产党、毛主席，欠着党的恩情未报，要维护革命已经取得的这个成果，不能容忍国家改变颜色，绝不允许被打倒的阶级敌人重新上台。

以后，我们俩接触多起来，说话聊天都挺随便的——我没有入团的要求，也没有需要过于巴结或过于表现自己的地方。我跟孙铁民的亲密程度足够让一些想亲近他的人羡慕，可我从未炫耀这一点。说真的，我挺感谢他对我的友情和信任。在孙铁民之前，还没有一个人如此真心彻底地关心我、看重我。我不能拒绝他的友情。但，我多一半是照着古书上说教的"千金易得，知己难求"，"士为知己者死"，人家真心待我，我也得肝胆相照地待人。

交往了一段时间，孙铁民婉转地提出：还是应该积极要求进步。因为有了前一段他提出的我们都是革命的后代，应该接革命的班的前提做铺垫，他提出要我积极靠拢组织要求进步也就顺理成章了。我无法拒绝要求进步。

"你的本质挺不错，就是有些自由散漫的毛病，克服了就好了。"

本质好，那就是立场是好的，这就好办。——后来，我也学会了看人看本质。

九

新的学期开始，孙铁民提议让我担任一个团课外小组的组长。这个小组长的准确含义是：班上积极要求入团的同学分成几个小组，每个小组任命一个小组长负责召集学习，进行思想交流，向团组织反映大家的思想学习情况——世上可能没有比这更小的"官"了。我当然明白孙铁民的用意：这又是一种帮教落后学生的方法，越是落后的同学，越有意让他们担任一些职务，使他们要求约束别人时，不得不加强对自己的要求，促使他们进步。我知道这层意思，找孙铁民说自己的思想觉悟低，干不了。

孙铁民不置可否，说："你先试一试，确实不行再说。"

我无可奈何，一再声明："我干不了就不干呀。"

我成了团课外小组长，管七八个人头。放了学，同学们自然开始找我谈心，我也得陪着蹲操场边、坐长凳子，又新鲜又可笑。谈心的同学都是认认真真地跟我汇报思想，我也是认认真真地听——想到别人重视自己，不管是不是出于无奈，我不能忽视别人的感情，他们还指望我向团支部反映呢。

人的思想真是形形色色。

一个个子不高，在班上蔫不及及并不多话的同学找我谈心，说他的生活目的就是追求一个小康家庭，对不对？——他好像在考验我，看我思维能力。

我第一次了解到真有人就是以追求个人小家庭为满足，这是我从未想过的一种思想。我觉得人生什么都是空的，怎么会陷入追求小家庭这种市侩的境界中？我不由得微微皱起了眉头。

"我知道，"那个同学瞪着明亮的小眼睛望着我，"这种想法是不对的，但我总忍不住这么想，我希望你帮我解决这个思想问题。"

这真是给我出了道难题。我对人生有许多想法，却从没想到过要建立一个小家庭，只为老婆、娃娃活着。"三十亩地一头牛，老婆孩子热炕头"，胸无大志，碌碌无为，还不如我那种躲进深山老林与世无争显得清高呢。那么，人活着究竟为什么呢？当我想到如何回答他时，总不由得想着孙铁民说的世界上还有三分之二的人在受苦，我们不能因为自己翻身解放过上了好日子，就不去为解放别人而努力奋斗的话，如果满足于建立个人的小家庭，这个世界革命该怎么搞？我把这大道理讲给他听。

"我知道，我知道，"小眼睛紧紧盯着我，似乎因为我是团课外小组长就有更多的道理，有令人信服的话语？我有点怀疑对方是成心为难我、考验我。为了说服对方，我必须得更深地思索，寻找更有说服力的论据，我的思绪转得飞快，我不能在这个问题上显得软弱无力。

"人应该有雄心壮志，怎能把追求个人小家庭当成人生目的呢？"

"那你能说我想的是资产阶级思想吗？"对方盯着我，对我的这种回答早有准备。

"反正不是无产阶级的。"我轻蔑地决绝地回答。

"这个我知道，"对方说，"可是无产阶级有无产阶级的理，资产阶级有资产阶级的理，比如成名成家，在无产阶级看来是错误的，在资产阶级看来是正确的，那么究竟谁正确呢？客观上来说怎么是正确的呢？"

"客观上当然是无产阶级说得正确啦，"我毫不犹豫地说，"因为无产阶级是辩证唯物主义者，无产阶级的思想是客观反映事物的真理，是判断事物的标准。"

小眼睛苦笑了一下，继续争辩道："那资产阶级认为的客观又是什么样子呢？"

我真有点火了，不免轻蔑地问："那么，你到底是站在哪个阶级立场上看问题？到底要的是哪个阶级的客观？"小眼睛见我说得如此激烈，显得惊骇，他表示明白地点点头，喃喃地说："当然要站在无产阶级立场上看问题了。"

我觉得自己义正词严地批驳了小眼睛的糊涂认识，心里很痛快，仿佛自己真有了革命觉悟。——三十年后，当我回忆这段记忆深刻的对话，发现自己是多么单纯、多么偏激！那个同学的话中是含着许多哲理的，而且照现在纠正"左"的思想，人们追求个人小家庭的幸福思想又有什么不对呢？而我沿着克服个人主义的狭小生活圈子，努力为革命贡献生命的思路而积极投入到后来的"文化大革命"中，又落下了什么呢？

孙铁民又干了件令我终生难忘的事。

一个星期五下午放学后，照例是团员、团课外小组活动时间——实际上全班等于没有走的人。

孙铁民走到讲台前，说："今天团员、非团员不分开学习，全在一起活动，给大家念一篇文章。"他显得愉快、精神抖擞，拿出本杂志，用报纸挡住封面，简单地说明："今天给大伙儿念的文章，念完后，大伙儿写出自己的感想。"

一个团员带着一种神秘的表情，给每个人发了一张白纸条，俨然是什么考试，还要把条子收上去。

孙铁民开始抑扬顿挫、铿锵有力地念起来。文章的内容是谈时代青年应该不虚度年华，为祖国奋发努力学习，早做贡献。文章慷慨激昂，旁征博引，谈到孔子当年提出三十而立，确为至理名言。文章大声疾呼青年人要早立志、早发奋、早做贡献。"莫等闲白了少年头，空悲切。"文章纵古论今，纵横披靡，列举青年有为之人……马克思二十多岁写《资本论》，普希金二十多岁成为大诗人，甘罗十二岁拜相，周瑜二十多岁统帅三军，毛主席二十多岁创刊《湘江评论》，爱因斯坦二十多岁发明《相对论》……孙铁民越念语调越激昂，仿佛是一首猛烈的人生交响乐正被他指挥得进入主旋律的高峰；又如大江奔流，一泻千里，勃发的冲击力打入人的心田。……啊，人哪！……啊，人生！想想自己都十六七岁了，尚无一点有造就的迹象，离三十而立也只有不到一半的时间，在这一半的时间里，应该怎样发奋努力，才不枉活一生呢？我又想起妈妈"恨铁不成钢"的教诲，身上冷一阵、热一阵，仿佛周身要像恒星般断裂开去，向无边无际处飞溅。一种紧迫感、一种责任感压着我的心。我深深地、深深地被文章的精神鼓动了、感奋了！——看来无产阶级不是不要奋斗，不是不要成名成家，关键是你为谁奋斗，为谁成名成家。人生之路那么明确地指出来了，就看你有没有恒心毅力去实现它。

文章念毕，如宏曲戛然而止，满教室鸦雀无声，大伙儿唰唰地在纸上写着各自的感受。我毫不思索，在纸条上一挥而就，写道：

> 生当作人杰，
>
> 死亦为鬼雄。
>
> 纵碎千百回，
>
> 三十要成功。

条子收上去了。孙铁民和另一个团员看条子。他嘴角含笑，把条子一一看过后收了起来。

他用目光环扫了一下教室的人，用宣判式的严厉口吻说："刚才念的文章是一株大毒草！披着马列主义外衣，鼓吹的仍是资产阶级成名成家的货色。"

仿佛整个教室都呼吸困难了，停止了心脏的跳动，陷入了一片死寂。突然有人吃吃地笑起来，顿时，大伙儿都笑起来，哈哈大笑，神经质地狂笑，抽搐变态地病笑，有人击桌骂道："他妈的，上当了，彻底地上当！"

教室里乱哄哄的，议论纷纷。

有的团员事先看过这篇文章，当然写的批判的话，大部分同学都写的赞同的话。

"为什么是大毒草，我怎么觉不出来？"

"这样的文章也算大毒草，那还有好文章吗？"

……

我坐在座位上，一动不动，可以想象出自己脸上一定挂着苦涩的笑，犹如英国影片《天堂里的笑声》，嘴在笑，心却被深深地刺痛了。别人的疑问也道出了我的疑问，一种被愚弄的羞耻啮着我的心："怎么能是大毒草呢？大毒草能这么激动人心？能这么鼓动人积极向上？……"

等大伙儿安静下来，孙铁民让一个团员念了篇针对上篇文章的批判文章。大意是上篇文章为了遮盖其鼓吹成名成家的反动思想，故意把马克思、毛主席掺进去做点缀，以混淆视听，这种把革命领袖与资产阶级、封建阶级的文人、科学家等相提并论，足见其用心恶毒。此外，鼓吹三十而立、发奋进取究竟是为什么？说到底还是为个人。如果革命需要我们做平凡的工作又怎么办呢？不做吗？这完全是与学雷锋背道而驰，是反对大公无私、全心全意为人民服务、甘当革命的螺丝钉精神；是反对做又红又专的普通的社会主义劳动者，以鼓吹个人奋斗来对抗火热的社会主义集体事业……

听了批判文章，又觉得有道理，我挺沮丧，不知自己究竟有多少判断能力？按说，我既然看破红尘，满脑子成仙了道的思想，与成名成家是背道而驰的，其实不然，骨子里谁又能甘于平凡，不想入非非。到了这个年纪，我渴望在文学上有所造就的思路越来越清晰，我觉得自己体质瘦弱，眼睛近视，对技术性的东西不感兴趣，唯一感兴趣的就是文学。而一想就想当一个作家，而且还想成为"人死留名"的作家。于是我便处于这么一种微妙的心态：用悲观暗淡的贝壳，包着那不甘无为的贝肉，渴望孕育出一个有成就的珍珠来；当然这种包裹是极不舒服的、病态的，好像人的眼里揉进了砂子。我的深藏在心中的秘密，几乎没有向任何人表露过。我觉得，当事情未变成现实之前，流露出来只能惹人见笑。另一方面，我对自己也不自信，我从一开始就认为自己才华有限，不敢妄自尊大，特别是感到成名成家在现实中难以实现……听了孙铁民念的文章，我真以为可以把自己内心的抱负跟时代结合起来，合二为一，看来还是水火难容，有此无彼。

事情过去好久了，我还忐忑不安地想着这件事，对孙铁民说："那次念文章的宣传效果太好了，出乎意料，有力的一击，反而容易使人看到自己的弱处，使人猛醒。可是为什么鼓吹成名成家的文章总能引起心里的共鸣呢？"

孙铁民笑笑，直率地说："其实，要不是看批判文章，我自己也不是看得很清楚。"

"怎么，你也有认识不清的时候？"我感到惊异，甚至有种幸灾乐祸，进而有了一种心理平衡，我原以为孙铁民在这方面的洞察力是不会错的。

"怎么能没有，"孙铁民十分坦率地承认，"人非圣贤，孰能无过，我也并没有彻底无产阶级化呀！"

"那么，你也有成名成家的思想?"我带着苦恼和矛盾的心情问。我希望他也有一种成名成家的思想，与我同病相怜。

他望着我："我嘛，倒不想成名成家，我只想当兵，过部队生活，我的理想简单吧!"

是的，我没想到。照我看，孙铁民有思想、有意志，学习也不错，应该有更大的抱负。想不到他只是想当兵! 照我看来，这跟只追求个人小家庭虽有所不同，但那境界的高度也差不多。

他看出我的不以为然，平静地说："我的父亲也是当兵的，我想接这个班。打天下要枪杆子，保卫政权也要枪杆子。我真想到越南干他一家伙，跟美国佬碰一碰，这对支援世界革命更直接一些。战争是最有力的革命。"

我相信他不是说着玩的。这话要是猛不丁从别人嘴里说出来，我会认为是装假、虚伪;而他说，理想虽然不高——我是指孙铁民只想当兵的愿望——却扎实而有力，铿锵作响，落地有声，令人不能不佩服。

"要是真能吃当兵这碗饭也好，军人之路也不失为一条路。"我想起父亲，想起那些将军、元帅——唉，我是多么天真、幼稚!

他听出了话外音，不经意地笑笑："能当一辈子兵当然好啦，可是，待不长，不当兵我就当工人，我对钳工活儿挺感兴趣。"

天哪! 他没一项是高一点的! 我隐隐有点轻意——在大城市，有几个人没功名思想! 一提就是工程师、专家、教授、作家、翻译家等等，能不能实现是一回事。我自己想的倒挺高，又能有几分实现的可能性? 我自己那苍白、缥缈的当作家的愿望，跟孙铁民的理想比起来像断线的风筝，连提都提不起来。可我已有"文化人"的"通病"，即使理想高得无法实现，仅仅因为抱有这种想法便觉得比别人清高。

他显然看出我的内心想法，却不想与我争论，他只谈他自己："你看过《钢铁是怎样炼成的》吗?"

"看过，初中一年级就看过啦。"

"怎么样?"

"那还用说。"我猜想他的用意——那个时代几乎没有人没读过这书，这是凝聚着革命意志的书，是要走革命之路的人的必读之书。

孙铁民说："我最佩服保尔，真的，人活着就要像保尔那样，革命需要什么就干什么。斗争就是生活。什么环境中都有矛盾、有斗争，都有兴无灭资的大问题。所以，人的一生不在于你干什么工作，而在于你是不是一生做了维护、捍卫革命事业的事；做了打击、消灭黑暗、反动势力的事；那一生才不白活，才能像保尔说的：不虚度年华呢。"

我听了他的话，敏感尖刻地问："照你这么一说，我的生命已经虚度了，还有什么奔头呢？按照保尔的标准，我是不是应该自杀去？"

"瞧你又来啦，你从现在起严格要求自己，积极进步还不晚，青春才刚刚开始，再走弯路可就太不应该了。"

"唉！"我叹口气，"我这辈子也做不成保尔，我的性格气质就做不到，不过，我努力往好改造就是了。"

十

孙铁民的爱憎是分明的，对发展团员把握得相当紧。特别是对那些出身不好的同学有一种偏见。他给我说起一件令他耿耿于怀的事——他说班上一个同学的父亲是资本家，父亲对儿子的教诲是：我没有别的财产给你，财产都让共产党没收了……但我能供你上大学。能不能争气就看你自己了。孙铁民愤愤地说："他父亲让他争什么气？为哪个阶级争气？不错，现在共产党得了天下，这个存在的现实，使得他们不得不容忍图存，谋求生路，可是看到父母财产被没收，失去了财产继承权，失去了过豪华剥削生活的机会，他们就那么心甘情愿？他们就那么容易相信共产党是对的？相信他们自己没有过上寄生虫生活是应该的？愿意为无产阶级革命事业奋斗一生？……"

如果说孙铁民对出身剥削阶级家庭子女存有戒心，还可以让人理解，而对我们班的班长，他的好朋友宋云一直卡着不让入团就令人迷惑不解了。他与宋云，一个是团支书，一个是班长，经常配合工作，而且两个人几乎形影不离，都喜欢唱歌、玩单双杠，经常上学放学在一块儿走，怎么说宋云入团也没问题，特别是宋云学习在班上是拔尖的，不少同学都挺佩服宋云的学习。

我也问过孙铁民，为什么通不过宋云的入团问题？他跟我说："宋云的学习目的不明确。有人告诉我，宋云背后说过，政治是空的，学会数、理、化，走遍天下都不怕。我问宋云，他却不承认这么说过。我觉得这个人的入团动机不纯。"

我弄不清这些事，我也挺佩服宋云的学习的，也不好说什么。

到了初三毕业前夕，想不到为宋云入团问题班上掀起轩然大波。班主任杨老师把孙铁民几个团干部叫去，专门说了宋云的入团问题，意思是宋云当了三年的班长，表现一直很不错，可还不是一个团员。不少同学对此都有反映。现在离毕业还有四五个月了，一定要在毕业前发展他入团，这是任务。

孙铁民对这件事压力很大，也很痛苦。

一天，我见他眼睛红红的，他说他一夜没睡好觉，找了一些有关的主席著作看了。他说不管怎么样，他得坚持原则，入团不是恩赐，够条件就入，不够条件就不能入。

对于孙铁民不同意宋云入团，班上说什么的都有，有人说，孙铁民不让宋云入团，是对宋云有成见，宋云学习比他强，怕宋云入团后夺了他的位置，可现在初三毕业了，又夺不了你什么，你还卡着不让入团有什么意思。

面对老师的压力和班上的种种议论，孙铁民采取了一个很巧妙的对策——结合快要毕业的现实，以团支部的名义提出一个讨论题，请团员和要求入团的同学们讨论，他说："社会上有一个虽然不敢公开，却很被一些人当作人生座右铭的口号，叫作'学会数理化，走遍天下都不怕'，这对不对？"

知道内幕的学生自然明白孙铁民的用意，他是冲着宋云来的。如果这口号是对的，那他孙铁民不同意宋云入团就是错的，相反，他是对的。

问题一提出，马上出现了激烈辩论的局面，谁都知道这场辩论意味着什么。于是支持宋云，替宋云打抱不平的一方借题发挥。孙铁民所依靠的力量也全力上阵。双方吵得脸红脖子粗，上凳子、桌子，互相讽刺、挖苦、起哄……眼下又临近毕业，以后又不一定能上一个学校，也都无所顾忌，扯开了面子。

依照我早先的思想，我多一半是会支持宋云的，因为我对政治不感兴趣。可大辩论的当口，我毫不犹豫地站在了支持孙铁民一边，那是突出政治的年代，人的生活中是不可能没有政治的。

孙铁民和宋云都站在教室听双方辩论，两个人都是只听不发言。

支持孙铁民的一派说："学会数理化，不等于思想好，谁知道你是为谁学习的？为个人成名成家也会有钻劲的，可那对革命有什么用？在我们国家，走到哪里都需要有为人民服务的精神，只专不红，走到哪里都碰壁。"

支持宋云的一派反驳说："照你们说的，只要思想红就行啦，空头政治，一无所长，又能为革命做什么贡献？"

支持孙铁民的一派反击道："我们没说光思想好就行，真正思想好的人知道知识的用途，会下功夫去钻研技术，为人民服务的。"

支持宋云的一派反问："那么，学习不好的人思想肯定不好喽？大概因为他不知道为革命好好学习，没有为人民服务的雄心壮志是吧？"

"噢——"倾向宋云的学生助威般地起开了哄——在支持孙铁民的学生中有的学习成绩并不怎么好，想借此证明他们的思想也并不好，实际上是想证明光政治好没用。

支持孙铁民的一派反击："思想好，学习不好是个智力问题，而学习好，思想不好是个立场问题；我们不敢说学习不好就是思想不好，就像我们不敢说学习好就是思想好一样。"

"噢——"这边的又起开了哄，认为巧妙地又回到了原来的命题。

……

当然，结果谁也说不服谁，或者说谁也不想被谁说服。参加论争的人也不见得就像争吵中那样偏激，也许心平气和地谈会更客观，但把话说得那么绝对，只是为了各保其"主"。当然，不管怎么说，人得有个基本的正确的立场，得有个基本的是非，那个时代显然对孙铁民有利，那是提倡思想革命化的时代。

不管怎么说，孙铁民发起的这场大辩论，从根本上帮了他的忙，最终谁也不敢认定："学会数理化，走遍天下都不怕"是正确的断言。时间一拖也就到毕业了，宋云的入团问题也就不了了之了。

到了高中，我仍考上了一中，也就是本校，仍然与孙铁民在一个班。这是一件挺令人高兴的事情。高一，孙铁民确定发展团员的第一个对象就是我。这不是他对我讲的，是别的了解内情的同学告诉我的。但我是个扶不起的"天子"，我对入团仍然缺乏热情，我不愿意被某种组织纪律约束，我喜欢比较自在的不受管束的生活。我想，也许，我严格要求自己一阵儿，等入了团再自我轻松不也可以吗？但我不愿意做假，不愿意为了某种目的而有意做出不符合自己实际的表现。我仍然我行我素，照着最能真实表现自己的方式行事。我始终达不到入团的标准。无论孙铁民怎么鼓励我、暗示我，我总是含含糊糊地搪塞。

大约上了半年高中，孙铁民告诉我一件事，他说宋云给他来了一封信（宋云考上了四中，那是一所比一中分数高的中学，名气很大），信上说，他承认原来个人的学习目的不明确，认为政治是空的，有"学会数理化，走遍天下都不怕"的思想。他上高中后很快入了团，即使如此，他很感激孙铁民对他的帮助，感激毕业前一场大辩论给他思想上的震动，使他真正懂得政治是生命是灵魂的原则。

——这似乎对那场大辩论做了一个结论。

我在孙铁民的影响下，思想觉悟有了一定的提高，思想境界开阔了许多，但总的基调仍是消沉的。母亲的去世对我的打击实在太大，而且时间过去很久依然不能从中解脱出来。我对妈妈的依恋实在太深了，思念得太深了！

第三章

离开大北京，来到新疆塔城……认识新同学，心胸变开朗……后娘年轻美貌，却自私狠毒……处境艰难，引起公愤

十一

到了高一快结束时，我又面临人生的一次根本性的大转折——父亲来信讲，他要调新疆，加强边防建设。提出要带我们一块儿去。我推测父亲要把我们接到新疆的原因，是基于节省开支的考虑。——三十年后，妹妹宝琴在聊天时说，好像爸爸说过，是军队的领导提出来，让接到一块儿的。

从北京到新疆，这是何等巨大的变迁！

我是家中的老大，去不去新疆全由我决定。以后想起来真有点不公平，三个弟弟的命运竟然交给我这个优柔寡断的大哥。我在当时一点儿也没意识到我们能在北京居住、上学，以后也许在北京工作，这是一件多么值得满足的事。——妹妹跟我说，妈妈曾跟她说过："妈妈走遍了全国，还是北京好，不管怎么样也不能离开北京。"宝琴跟我说这话，已经是我们在新疆生活了三十多年之后，我玩笑说："我决定离开北京时，你怎么没跟我说妈妈的话。"——当时我内心深处的浪漫主义气质在这关键时刻起了作用，"大漠孤烟直，长河落日圆"，"天苍苍，野茫茫，风吹草低见牛羊"，"天涯何处无芳草，哪里黄土不埋人"……谁知道我竟然没那么多患得患失，说走，抬起屁股就走啦，"仰天大笑出门去，我辈岂是蓬蒿人"。

亲戚们劝我不要离开北京，在内地人看来，新疆远得跟天边一样，荒凉得跟远古一样，自古是发配、流放犯人的地方，一去便横尸戈壁、抛骨疆场，再无还期……

——偏偏，这正是我心中的渴望！

我希望到人烟稀少的民族地区去，哪怕住蒙古包、骑马、语言不通、生活不便……总之，越默默无闻，消失得越干净越好——这不就是我想追求的逃避人生，遁入空门。我实在受不了妈妈去世的孤寂、苦闷，我渴望从这沉重的环境中挣脱开去。

因为人生无法双行，如果能像电影搞出 A、B 两种结局来，我倒想看看不来新疆留在北京会是个什么样的结果……也许是因为我把弟弟妹妹弄到新疆的缘故，我对即使留在北京待下去的后果评价并不高，我这么安慰自己：我们即使不来新疆在北京也待不住，"文化大革命"搞"上山下乡"还不都赶下去了，说不定这个东北，那个内蒙古，那个山西……全散了。我们的妈妈又不在了，北京又没家，没有回北京的理由，弄不好也就各奔东西，再难凑到一块儿。可是在新疆则不同，不管怎么说，我们兄弟姐妹五个都在一块儿，都能见上面儿，能互相关心互相亲近，也是很不错的吧。

我曾试着问弟弟，当初哥哥决定来新疆对不对？

弟弟们能说什么，还行吧。

我决定领着弟弟们跟父亲远走新疆，但我提出妹妹宝琴不去，宝琴在外语学院附中学法语，算是有出息的。……我们（指我与三个弟弟）也没啥名堂，跟您走吧。我说这话时，突然有一种悲伤。

得知我要去新疆，孙铁民送了我两本书，一本是《越南南方来信》，一本是《悲壮的里程》。他意味深长地说："没别的送你，随便找了两本书。越南南方还在打仗，人民还生活在水深火热之中，我们多想想他们，就会不太计较个人的小圈子。这本《悲壮的里程》写的红四方面军遭受重大损失的回忆，为了今天的胜利，先烈们死得太悲壮了。"我挺感激他送书给我，我知道他对我的期望。我到新疆后，我们通了几年的信，以后就断线了。——人生是漫长而又是短暂的，能永不忘记的人就那么几个，我不会忘记我与孙铁民的一段深情厚谊。

我走之前，到姥姥姥爷家看了看。没有妈妈的存在，姥姥姥爷寂寞多了。

我们家原本没什么值钱的东西，能卖的都让父亲卖了。剩下煤球劈柴，姥爷找了辆三轮车拉走了，说是过日子都少不了的。一切都完结后，我与三个弟弟住进了部队招待所。我们已经没有了自己的家。我们作为父亲的儿子们，作为他的家庭的组成部分而出现了——我们只是杨士贵的儿子！

我们还姓杨，还是革命军人的后代，这是妈妈最后留给我们的一个深远的"杰作"。妈妈从二十八岁离婚，带我们五个进北京后，就没打算再嫁人。当然，客观上说，一个带着五个娃娃的女人是不容易再找上合适的男人的。妈妈并不完全是出于这个原因，妈妈当过十年兵，对军人的称谓充满了感情。她珍惜在表格上家庭出身一栏为我们填上：革命军人。——这值得荣耀、闪闪发光的四个字。她觉得让子女带着这种荣耀会对前途有用。

在招待所，我第一次见了父亲的那一位，也就是按照中国语法称之为"后娘"的女人。她叫王素娣，南京人，三十一岁，比父亲小八岁。王素娣看上去的确年轻漂亮，皮肤白皙、细腰、窄臀，典型的南方人长相。

原来曾是两家人，现在合到了一起，不用说，面临的最主要的矛盾就是能不能过到一块儿。

父亲显然最担心这个。

在招待所里第一次聚集在一起。爸爸抽着烟，做出笑容，用浓重的男中音说："啊，现在咱们这家子就全啦。今后全家在一块儿好好过日子，谁也不许调皮捣蛋。不管是老的少的，谁不好好过日子，我就要批评谁。"

王素娣没说什么，显然父亲已经做过思想工作。

我也没说什么。爸爸事先也跟我说过，意思是她现在客观上已是你们的后娘，还是要尊重她。爸爸主要做我的思想工作，因为我是这边家中的老大。我多少也有点希望搞好关系，因为今后将是长时间地生活在一起，不能靠赌气怄气过日子。我也曾考虑见了王素娣的称呼问题，弄得心境很沉重，但我是绝不会再承认世界上还有第二个配称"妈"的人，顶多叫个"阿姨"之类的吧。等见了面，我连"阿姨"之类的词也叫不出来了。

全家人坐着软卧奔了新疆。我和弟弟们在一个包厢。父亲是高干，我们第一次享受了高等的待遇。王素娣有一女一儿。大的叫杨宁，小的叫杨连。按照旧社会讲迷信的说法，父亲应该是最有福的——因为他有五个儿子，号称为五虎；有二个女儿，应该说是二凤。五虎二凤是最标准的。

火车不分昼夜地西行。我从八岁进北京，到十七岁离开北京，还没有出过一次远门，而这一出远门，就要到遥远的天边。……车窗外的景色在渐渐改变，走过河北的平原，沿铁道两边的树后是大片的庄稼地和青灰色的村庄、绿树。越往西走地势越高，到陕西境内看到了黄土高原的地貌，沟壑纵横，长着特大的柿子树，大片的农田已经没有了，只有杳蒿的小片耕地。再往西，特别是过了兰州，越走越荒凉，出现了浩瀚的寸草不生的戈壁滩。极目远望，可见无遮无拦的地平线，地平线之上便是蓝色的天空。头天入夜前看到的枯燥景象，第二天早晨天亮起来依然如故，似乎没丝毫变化，感觉好像车停了一夜没有动弹。……到了新疆的哈密，见到绿洲了，有树有土地有庄稼。在哈密火车站第一次吃上了哈密瓜。有人说吃了哈密瓜，手指像蘸了糖稀，黏得张都张不开，还真是如此。我一直记得那第一次吃哈密瓜的感觉，好像以后很少吃过那么甜的哈密瓜。

火车驶进了终点站——乌鲁木齐。车厢里播出了旋律明快、热烈的维吾尔歌曲，顿时有了一种进入他乡的新奇而绚丽的感觉。

一九六五年的乌鲁木齐还是一片灰蒙蒙的平房的世界。路边搭着瓜棚子，卖着新疆特有的西瓜、甜瓜。街头烤羊肉串冒出的独特的香气，令人馋涎欲滴。我与弟弟们在一个烤肉摊子的长凳子上坐下来吃烤羊肉串。一个三十多岁的汉族男的坐下来，坦然地要了一串烤羊肉，慢慢地津津有味地吃着，毫不认生地与我们搭话，他说他每天必吃一串烤羊肉，吃烤羊肉串是上瘾的。烤羊肉串主要撒的佐料是辣子面、盐、孜然。孜然的味道太单另了，没有孜然，就烤不出正宗的羊肉串味。后来，我们成了正宗的新疆人，对孜然有了独特的嗜好。

乌鲁木齐无法与北京相比，可我并不觉得有什么不对劲的地方，没有反差的失落，而是充满兴趣地融入进去。

休息了几天。

从乌市往塔城进发是坐的军用卡车。行进了一半，有军内的小车来，父亲、王素娣和她的两个孩子先坐小车走了。我们弟兄四个还有一个专门从武汉护送父亲的军人继续坐大车赶路。一路上再没见有像样的城市，过了几处土墙土房像农村似的地方——后来才知道竟然都是县城！头天晚上我们住在一个叫庙尔沟的兵站，吃了一顿令人难忘的牛奶、羊肉汤面条，把人腻得难以下咽。第二天快天晚时穿过一处长长的两边长有高高的白杨树的路段，一股挺强烈的风裹着细砂吹进树林，惊起一片乌黑的噪鸦。黄昏的落日静静地在树林后追逐着车辆闪烁，我突然感到古诗词中那种"枯藤、老树、昏鸦"的萧索、凄凉，有了一种幽幽的感伤。

司机来过塔城，一经过这片长长的林带就告诉我们——塔城到了。当进入城中，看到的仍是一片片土头土脑的平房，尘土飞扬的街道，往来稀少的行人，我简直难以置信这是一个城市！爸爸会在这个地方长久地工作，这儿会有一个军分区！

汽车拐进军分区大院，对着大门有一幢一层的厚墩墩的办公楼。往左拐有一小幢平房，不知原来谁在这儿住，我们进去时已经收拾得干干净净。天棚地板，一长串糖葫芦式的五间房子。父亲他们住进了左边两间。我和三个弟弟住进了右边两间。中间对着门的一间当了吃饭的餐室。而餐室后边还有两间房子就当了厨房和放杂物的地方。我和宝宁住一间，宝军、宝平住一间。两人一间，两个木床，对住贯了北京窄小的四合院，过惯了全家拥挤在一间房子度岁月的人来说，此时真觉得天宽地阔，空间大得令人难以置信，简直就是一种超级豪华的享受，满意的程度百分之百。

十二

整个塔城用不了一天就能转过来。后来有人告诉我，说他看过一篇文章，文章上说，世界上有五条河流穿过同一个城市的地方有几个？答案是只有一个——那就是塔城。塔城并不是因为塔多而命名，我原来也有这个误区，塔城的原名为塔尔巴哈台，哈语意为：旱獭生存的地方。

塔城就是水多，转塔城，总会遇到流淌的河水，总会从木桥上走过。沿河坝而居的居民，每天吃的就是河坝的水。塔城的树多，大都是钻天杨，那是新疆本地的树种，后来逐渐淘汰了。钻天杨最大的缺点是长着长着就秃头、空心。说塔城是个城，不如说就是一个放大了的村庄，不论往城里的哪个方向走，走不了多远就到了野外。而城里的房子跟周围郊区农民的房子也没多大的区别，大都是土块盖的土房子，屋顶上的房泥，墙上抹的泥巴，淳朴天然。最令我羡慕的是家家都有个院子，有的人家的院子大得令人吃惊。更有的院子种满了果树，有种世外桃源的景象。可以想象塔城这地方最早肯定是游牧民族逐水草而居，在这住下来的，慢慢地人越来越多，房子越盖越多，渐渐地也就成了一个城。

军分区所在地是塔城的市中心，占据着一个完整的方格，四面的围墙外都是街道，街道两旁都是高高的白杨树。军分区的左侧门外对着塔城唯一的公园，公园里长着榆树、杨树，半原生态，恣意生长也不需要怎么修理。公园里有唯一的电影院，俄罗斯式的铁皮屋顶刷着绿色的油漆。电影院里取暖的方式也是俄罗斯式的，有几个像半圆柱式的大毛炉。加火是在墙外的露天地。据说加上一次火能保暖一个星期。公园里最亮丽的一道风景是不知繁育了多少年的灰色野鸽子，栖息在电影院铁皮顶上的通气窗内，等到傍晚，野鸽子从野外觅食回来，站在屋顶的脊尖上，咕咕咕咕地叫，长长的一溜儿，有几百只之多，顿时让房顶上出现了一道灰线，成了屋顶尖的一道装饰。这道风景一直持续到"文化大革命"中的一年，终于有人动了杀心，半夜里爬上电影院的屋顶，堵住通气窗，抓野鸽子，足足装了几麻袋，一网打尽。从此绿色铁皮屋顶上一片寂寞，再无生气。

公园前门右边有个综合商店。一层。是本地最大的商店。星期天，人们习惯地到商店转一转，可买到日用百货，也有糖果点心。边城没有什么文化娱乐生活，星期天转综合商店就成了一道风景，人们为转商店还打扮收拾得干干净净，像赶集过节似的，就是不买东西也转一转，人进人出显出一种热闹。军分区大门前的大街叫东方红大街，算是塔城的主街，有半公里长，而且是鹅卵石街面，只有到一九六六年"社教"时才铺成了柏油路，算是"社教"的一个巨大的成果。石子路上优哉游哉走过两头大牤牛拉的木制轮的大车。时不时地总有狗在街上匆匆跑过。到了傍晚，家家放出去吃草的牛从野外回来了，慢悠悠地走着，哞哞地叫着，拉着牛粪、尿尿，蹄子踏起细细的尘土。尘土飞扬在半空浮动。路两边是高高的粗大的钻天杨，也不知道生长了多少年。夕阳照着树梢，无数的麻雀在树枝间叽叽喳喳叫成一片，十分悦耳。有妇女提着桶，沿街用手拾新鲜牛粪，牛粪可晒成块，用来生火做饭。

从祖国的首都一下子到西北边陲的小小的塔城，这个巨大的变化并没有在我们心中引起多少波澜；也许，因为在北京我们不过总在灰色的小胡同、灰色的四合院中生存的缘故，到了塔城，反倒觉得生活的空间突然变大了。不懂事的贪玩的三个弟弟竟然喜欢上了这个地方，很快找到了在城市无法得到的天然的乐趣。

一天，宝军、宝平汗流浃背地跑回来，说是发现了一个钓鱼的好地方，那地方鱼多极了，得带个脸盆去。我好奇地跟着弟弟们去了——那是城边边的一条浅河河坝，河水流过一个木桥，木桥下的水比较深。果然，弟弟们把蚯蚓挂在钓鱼的两个鱼钩上，放进水里不一会儿，水漂就下沉，往起一提就是两条狗鱼子。这种鱼与内地的泥鳅样子差不多，青灰色、一搾多长，圆肉滚滚、无鳞、滑滑的。不知是鱼饿极了，还是从没有人钓过鱼，不知鱼钩的厉害，只要钩子一放下去就咬食，弹无虚发。弟弟们从未这么过瘾地钓过鱼，一个个乐不可支，对这儿的鱼这么爱上钩也惊奇得不行。我不会钓鱼试着钓钓，竟然也能钓上来，那种成就感无法言语。没过多久，竟然钓了一盆子狗鱼子，满载而归。可是收拾鱼就麻烦了，一个个挤鱼肚子。鱼做着吃不完，剩下的晒鱼干。小鱼晒在太阳下，偏偏有一种小马蜂（比北京常见的马蜂小，没尾刺，不蜇人）专门爱吃这种鱼，用嘴巴的夹夹子把鱼肉一层层夹掉，吃得干干净净，在我的印象中，马蜂什么时间成了食肉动物？弟弟们天天快快乐乐地钓鱼，没几天就把桥墩下的狗鱼子钓得差不多了。

塔城的浅水河坝里主要就是这种狗鱼子，还有小白条。本地人也没心思抓这玩意儿，塔城人津津乐道的是到南湖（离塔城十几公里远的一片芦苇湖，有一条河流）打野生的大鲤鱼，还有发水时逆流而上进入南湖的黄鱼。

弟弟们又发现这地方的鸟儿特别多。凭常识认下的有野鸽子、乌鸦、喜鹊、麻雀。在这儿又认下了嘎嘎鸡、包包翅（长着皇冠般的戴胜，一种益鸟，书上介绍过）、鹌鹑、斑鸠、黑斑儿（比乌鸦小的黑黑的鸟）等等。特别是野鸽子最吸引人，成群成群地自由自在地飞来飞去。

我跟父亲要枪打野鸽子。父亲一辈子最大的爱好就是打猎。家中有猎枪、小口径步枪。我提出用枪打猎，爸爸大概因为刚到一块儿，也不好拒绝，把小口径枪借给了我，又给了我一盒小口径枪子弹。

我领着弟弟们跑到野外去打鸟儿，我是高度近视，又从未打过枪，只知道三点一线的粗浅理论。闭上一只眼睛后，又看不清远处的野物，多一半是蒙着打的。打了十几发子弹，才打了一只比八哥还小的黑斑儿。每打空一枪，弟弟们都充满可惜地"啊呀"一声。

宝军怯怯地提出让他打一枪。

我说："行，只让你打三枪。"

宝军高兴极了，拿过枪，碰上鸟儿，他便屏声静气，极细心极轻微地一点点地往前蹭，那个耐心劲儿我是没有的。弟弟太珍惜给他的三枪的权力，轻易不放枪；有时好容易接近了鸟儿，鸟儿察觉了，扑噜噜飞走了；他又继续有耐心地寻找下一个目标。弟弟的三枪打下了一只小麻雀。我得承认，宝军眼力好，有耐心，我这十几枪要是让他打，准保比我的收获好。——我后来知道他太爱打猎了。他整个继承了父亲的衣钵，成了一个猎迷，后来练出了一手好枪法。可是那会儿，我并不理解他渴望摸枪的心情是多么急……

二十发子弹只打了两只小鸟，我担心父亲要说话。

果然，高大魁梧的军人抽着烟，用责怪的腔调说："二十发子弹就打了这么两只鸟儿，七分钱一颗子弹，一块四毛钱。要叫我，起码能打好几只兔子。"

我承认父亲说得对，我决心再不拿父亲的枪打鸟，其实，我对枪没有多大的兴趣。

我们过了一个极其放松的田原牧歌式的暑假。

十三

开学后，我和宝军上的学校是塔城地区第三中学。

班上对从北京来了个军分区司令员的儿子十分感兴趣。当我朝所在的教室走去时，班上一个坐在第一排的矮小个子女生站在教室门口张望，一见我走去，她便回头神秘地通报道："来啦。"

我在新学校，最感到别扭的是有那么多的女生。我在北京上的一中是男校，全是男生。也就是说从初一到高一，四年时间我都生活在纯男人的世界里，我已经不适应班上有女生的现实。刚一开学，便是劳动，小地方的劳动真不少——学校要盖一座食堂，学生自己挖地基。九月份的边塞，天气热热的。女生们脱了外衣，穿着短袖小布褂铲土，这本是最正常不过的事情，可我觉得浑身难受；看到我的四周都是女生，都是长头发，露着半截胳膊……我有如陷在一种脂粉气中；我的胳膊、腿像生了锈似的不知如何摆置，嘴巴闭得紧紧的，没有一句话可说。我所在的这个班共有三十五个学生，其中有十三个男生（我是第十三个），有二十二个女生，照现在说法，是个阴盛阳衰的典型。

我不想与女生们打交道，剩下的只有在十二个男生中选择说话的人。我即使再沉默寡言也希望寻找新的知己和朋友。

渐渐地，我熟悉了几个男生。

一个是于润德，东北人，在班上爱说爱笑，喜欢与人打交道，是个见面熟的人。他吹得一手好笛子，干木匠活泥瓦活做饭都行。他是第一个主动上前与我搭话的："我叫润德。"他伸出手与我握手，我也忙报了姓名。"呵，你笑得挺怪的。"他笑着说，我顿时有种亲近感。

我还认识了刘孝华，山东人，他与于润德关系好，懂音乐，拉二胡，又喜欢体育，是学校排球队的。他话不多，心挺细。有时候放学后，刘孝华、于润德、秦建国几个同学在教室里练习合奏乐曲，十分优美动听。我平生总想学一样乐器，可惜五音不全，没有一点音乐细胞，可是我喜欢这种亲热的轻松的课外活动。在北京时，放了学各回各家，即使在一块玩，也是到学校的操场上练练单双杠、在沙坑玩摔跤等绝对男子汉的事。

秦建国是我从认识起到现在几十年的亲密知己，我刚认识他时，却对他有个小小的偏见，觉得他太小资产阶级味儿。他长得漂亮又特别多愁善感，说话总有些模棱两可、表意不清，使人有点捉摸不透。他挺受班上女生的青睐。

我后来戏称："秦建国是我们班的贾宝玉。"

还有一个曾与我亲密无间的吕琪山。他是个锡伯族。塔城有不少锡伯族，原在东北居住，清朝时大搬迁到新疆。我和吕琪山给人最深的印象是一高一矮、一瘦一胖。吕琪山矮矮的，圆圆脸，最喜说笑。我们俩最谈得来，放学总在一块儿走。吕琪山最大的心理负担是他总觉得自己的个子矮，将来找对象困难。后来他奇迹般地长到了一米七八，又高又壮，自然不再愁个人问题。

……

我有了认识的同学，生活便不寂寞了，而且我越来越喜欢他们。在北京，我从来没有喜欢过如此众多的男生。我喜欢他们的最大的原因，是小地方人朴实。小地方人与人之间了解熟悉的程度远远超过大城市。在北京上学时，学生们从城市的各个角落冒出来，各有各的心思想法，很难互相沟通；放学后各回各家，谈不上什么情感。小地方不同了，同学们谁家怎么回事都彼此知道得一清二楚。上学时在一起，放学后你到他家，他到你家，常来常往亲密异常。

如果遇到谁家有了活儿需要帮忙就更不用说了。比如塔城人的住房都是土块砌的，房顶抹的麦草泥，隔上几年就要重新上一遍房泥。上房泥是一项重活、累活，要叫上几个亲戚朋友帮忙。我第一次帮着同学上房泥是秦建国家，也是我第一次真正地深入到同学的生活中去。

上房泥的第一步先是拉来有黏性的好黄土，计算好需量，少了抹不过来，多了浪费。黄土在院子的空地摊开，再撒上麦草（必须是旧麦草，当年的新麦草不行，新麦草跟泥巴吃合得不紧，容易裂缝漏水），然后再浇上水，这是上房泥的头一天要完成的事。经过一晚上让麦草彻底湿透，黏土也彻底泡透。和麦草泥是个累活、技术活，要把麦草和泥完全融合在一起，用新疆特有的工具砍土镘和泥，一遍不行，要二三遍，合不均匀将来会裂缝、漏水。

刘孝华、秦建国干和麦草泥的活，把裤腿挽到大腿根，半截小腿肚子深深地陷在麦草泥中，把砍土镘挥动得熟练自如。这里的同学都会使用砍土镘。砍土镘有点像口里的锄头，但比锄头宽，呈长圆形，能搂住土。看刘孝华、秦建国和泥，有一种节奏、韵律，似乎是一种享受。给我安排的活儿是提泥巴桶子，也就是把装上麦草泥的桶子提到墙根，挂在站在房上人伸下来的长木杆子上。那木杆子也很特别，是选的有个分岔的长树枝，正好有一个木头钩，如果真在木杆子上钉个铁钩，还没有天然的木头钩结实。提泥巴桶子也得二三个人，才能保证供上泥巴，不让杆子闲着。用木杆子把泥巴桶往上拔更是重活，往上拔时腹部的肌肉、双臂的肌肉都要使上劲，当把泥巴桶挑上房顶的一刹那，双臂的力量更是要爆发才行。拔杆子要两个人，一个人累了，另一个人接替干。崔从斌、彭大新拔杆子。崔从斌也是山东人，身体匀称而强健，全校长跑第一。彭大新小个儿，居然也有拔杆子的力气。看着拔杆子胳膊上隆起的三角肌充满了力量，真让人羡慕。房上也有提泥巴桶的人，把泥巴桶提到抹房泥的大工跟前，一桶桶地排着倒好。干大工的是技术活儿，要把房泥薄厚抹均匀、抹平，于润德是大工，用一个长形的长板抹泥。把那一桶桶的泥巴抹平整也是很费臂力的，而且是一直弯着腰，没有腰力也不行。

没干活儿时，大家还说说话，一干开活儿跟打仗似的，紧紧张张，一环套一环，哪个环节也不能窝工，窝工了就影响进度，整个上房泥的活儿是要一天干完的。

提泥巴桶子应该是所有活儿中最轻的活儿了，一般这活儿都是女同胞干的。让我提泥巴桶子，是给我最轻的活儿干。可是这活儿也不是好干的，开始时还不觉得累，越提越觉得泥巴桶子沉，提起来两只桶子贴着腿，好像在拖着桶子走似的。

同学们嘴上不说，也看出我瘦儿麻秆不是干活的料儿。刘孝华在我提桶子时，少放点麦草泥，但这也不是回事儿，你提的泥巴减量了，拔杆子人拔的次数就要增多，反累了别人。

我是第一次到秦建国家。

他家有个前院，有六间天棚地板的房子，给人一种殷实的景象。房子里收拾得干净整洁。他的父亲不在了。有两个姐姐和一个漂亮的妹妹。最漂亮的还是他的妈妈，我很少见过比他妈妈更漂亮的母亲，老家是河北天津的，说着一口带天津味的塔城话，动听悦耳、风趣幽默、令人亲切。

紧紧张张干了半天，麦草泥正好用完。

我累得筋疲力尽，像散了架子。周围的同学们虽然也累，但都是劳动惯了的人，从从容容地收拾工具，清洗干净。

秦建国家还有一个后院，不大，长着不多的果树，地上种着点菜。果树上的果子味道挺不错，已经摘了些，洗净放在盘子里，还准备了西瓜、甜瓜。

我此时也跟着大家用清凉的井水洗去身上的汗渍、泥巴，坐下来痛痛快快地吃西瓜、甜瓜、果子。再坐进餐厅，吃奶油烤的面包，羊肉炒的菜，说说笑笑，真是惬意极了。

十四

如同全国一样，远离北京的边城同样在搞学习毛主席著作、学习雷锋的活动。令人意外的是：这比北京更气氛浓烈。同学们写了日记互相交换看，写读后感。班主任杨鼎升每星期六把日记收上去，像批改作业一般地用红笔写出批语，星期一再发下来。我在北京都没记日记，实在不适应这种形式，所以，我一直没写日记，这也成了我不要求进步的一种表现。当值班生收日记本时，我总是非常尴尬，不知所措。

班主任杨鼎升在上课时把我叫起来，问道："为什么不写日记？"杨老师浓眉，络腮胡，湖南人。教语文课。讲话抑扬顿挫。班上的同学们都十分敬畏他。

我站起来，不以为然地回答："没有这个习惯。"

"那么，"杨老师在讲台来回踱着步子，质问，"你不学习毛著，不写心得体会，怎么能够进步？"

我对班上过分的学习空气有点反感，曾独自思考过这个问题，很快地回答："可是，为什么一定要学习毛著？看其他革命书籍文章、看革命电影不也是受革命教育吗？"

四周死一般寂静，我没注意周围同学的表情，反正不会自然的。——我都说了些什么呀！当我经历"文化大革命"后，回想自己当时说的话，简直汗流浃背，心有余悸，那会儿没把我打成反革命就是好的。

杨鼎升老师略略沉思了一下，缓缓地边想边解释："看革命书籍文章，看好电影也是受教育，但那都是以毛主席的思想做指导的，我们从中可以间接地受到教育；那么，为什么要搞那么多间接而不直接呢？直接从毛主席著作中受到教育不是最好的吗。"

我得承认老师说得对，但还想插嘴辩几句，又想课堂上也不是讨论的场所，说那么多干嘛，有什么用？于是心悦诚服地点点头，坐下了。

我被这种每星期收日记的形式弄得浑身不适，好像我是冥顽不化，非不愿学习"毛著"，不愿写日记似的，我感到了一种政治压力。

我被"逼"得开始写日记。每星期六像作业般交上去。星期一看老师的红批语。学着别的同学那样互相交换日记看，写上自己的读后感。我很快发现自己日记中的毛病，自己的日记大都是内心的自我剖析，对照领袖的某段教导，自我批判一番，满腹的忧伤、自卑，色彩灰暗。而读别人的日记，大都是健康、明朗的。更有班上几个先进同学的日记则像雷锋一样，都是如何做好事。比如在路上看见一小块煤，踢了一脚，走过去，想想煤是生产出来的，不应浪费，又回过头去捡起来扔到公家的煤堆上。我从自己的古怪心理出发，对这类日记颇不心服，怀疑有伪饰。我不相信他们的思想会那么纯正。但人家聪明，尽捡些漂亮的、光彩的往日记上写，自然显得高尚进步。而我总是捶胸跺脚，自骂自责，只能使人留下落后灰暗的印象。难道他们真的像他们写得那么光明？难道自己真的像自己写得那么黑暗？可要自己打扮出一幅并非自己的面孔，我又做不到。

我在班上落后的印象一成定局，就很难改变了，我也破罐破摔。

班上组织非团员学习，我问同桌的团支书王秀华："自愿吗?"

"自愿。"她回答。

我便从课桌里抽出书包，夹在胳膊底下，在众目睽睽之下独自走出了教室。我听见背后女生们一片啧啧的感叹声：他连学习也不参加哟！

我还有一件被老师们证明为思想落后的事情——就是我在北京画满《封神演义》人物的白报纸本。我把它拿给同学们看，被杨鼎升老师发现后没收了。

我后来得知，老师们在教研室也好奇地传着看，最后不知怎么传丢了，好不可惜，那可是我的"知识产权"哩。

其实，我真正开始改变内心的孤寂的心境，恰恰是来到塔城。与周围朴实、单纯的同学们接触之后，与他们开朗、健康的心理相比，我越来越有点讨厌自己的变态古怪的心理。我的性格开始朝着，或者说开始恢复人的正常情感；当然这种恢复是冰山下的溪水，是潜移默化，不知不觉的……

在塔城，虽然没有孙铁民那样从政治上强烈关心我的人，但我自己却在与同学们的平凡的接触中改进了自己。

十五

与我在班上开始得到的一点快乐相比，在家中，我和弟弟们开始走向阴暗的深渊。

客观地说，我认为后母王素娣一开始是打算搞好与前妻子女的关系的。我也不想把矛盾搞尖锐。我虽然对这个女人有本能的反感和仇视，却注意搞好关系。我是这方的老大，也是代表。父亲私下对我们说："你们要帮家里多干点活儿，打个水、劈个柴什么的，要叫妈妈，难道在这个家她不是你们的妈妈吗？不要让外人看笑话。"

妈妈的话是叫不出来的。

其他方面都谨慎地接受下来。我管着弟弟们，让他们做该做的事。我注意水桶有无水，有无柴火，及时准备好，决不让王素娣说出话来。除此我与后母不多接触，不多说话。我待在自己的房子里翻看从北京旧书店买来的一些书籍。我觉得，我像云雾山中的一块顽石。

王素娣做全家的饭菜，没多久就不耐烦了。第一，她不是那种善做家务任劳任怨的女人，她自己就懒得很。我并不是有意说她的不是，她虽是南方人却也并不很讲卫生。外边人糟蹋王素娣，说她整天耳朵上挂着个口罩，看上去挺讲卫生，口罩却是黑黑的。第二，她不愿我们与她吃同样的伙食，生活在同等的水平线上，让我们弟兄吃与他们一样的饭菜，加大了花费，而他们降低水平吃与我们一样的伙食，又委屈了他们自己；第三，也是最最主要的，王素娣自私自利，就无法做出无私的奉献，这种奉献是要牺牲个人的许多东西的，而且是默默无闻，持之以恒，不求回报的，她凭什么要这么做？……王素娣很快就表现出计较、恼火，表现出一种女人的心底狭窄与刻薄。我生性敏感，早已察觉出她的这种心态，一听到厨房过分的乒乒乓乓声，故意把各种东西重重摔打的声音就不免心情沉重，可我又无法走进厨房，像与自己的亲生母亲一般平和地共同把饭做好。王素娣只比我大十几岁，这使我无法完全把她看成长一辈的人。我总排不掉一种男女有别的意味想法。我不可能与这么年轻的女人正常地说话办事，我不知道如何坦然地处理这种关系……

厨房的"乒乒乓乓"，更使我谨小慎微。从进这个家，我就有一种"身在屋檐下，怎能不低头"的寄人篱下的感觉。我约束自己，管束三个弟弟尽量不招惹王素娣。吃饭时，我尽量少吃，捡差的吃，我很少吃饱过。弟弟们稍稍吃多了，无所顾忌了，我便斜眼瞪他们，弟弟们便只好缩手缩脚不敢放开吃。就这样，我还是听到王素娣背后骂弟弟们是"饭桶"。我怒火中烧，想上前质问她："你骂谁是饭桶？"我在脑子里像编戏词般编出种种义正词严的话来，实际上却连动也未动，只是一味地沉重、压抑。

弟弟们吃饭不敢往饱里吃，恰恰又是长身体的时候，体能消耗大，在家里吃不饱，在跟同院的娃娃玩时跟人家要馍馍吃。这事主要是宝宁干的。这小子一向善交际，会哄人，他哄着那些比他小的娃娃偷偷从家里拿馍馍。有的娃娃回家跟父母说明后，大大方方地从家拿馍馍给他吃。同院人都有眼睛、有嘴巴，我们家的事人家都看得很清，自然要悄悄说道一番。世上没有不透风的墙，话传到王素娣耳朵里，她火冒三丈，向父亲告状。父亲埋怨我，叫我管管小三、小四、小五，不要跟人家要馍馍吃。我自然把弟弟们狠狠教育了一顿，不管怎么说，这种行为总是不光彩的。

宝宁不服气，也给我告状，说他放学早，看见王素娣提前回家烙了几张鸡蛋煎饼拿回房中；或者告诉我，王素娣和她的两个宝贝天天吃点心蛋糕，连爸爸也背着……我对此只有微微苦笑，无心计较，又计较得了吗。

弟弟们并不像我这么迂腐，他们并不怕王素娣，也没有我这么沉重的心理负担。宝宁上小学，一向回家早。有一天，他回家闻见厨房有股子香味，悄悄溜了进去，一只卤好的整鸡放在盘子里，好不馋人。此时，王素娣不知道干什么去了，忘了把鸡拿进卧室。小五大概是馋极了，竟不顾一切地撕下一条鸡大腿，一溜烟跑出了家门。

我回家时，正赶上王素娣进进出出，骂骂咧咧，她也不顾忌悄悄做好吃的一事，一口一个"家里出了贼"、"家贼难防"，"以后什么东西都得锁起来"。……我一时弄不清是怎么回事。

父亲回来，王素娣闹得更凶了。我在自己的房里静静听着，总算听明白怎么回事，也不禁动了气："弟弟呀，弟弟，你就那么馋！那么没志气！吃那个鸡腿干什么！咱们要人穷志不穷，没那鸡腿就能饿死你？招那么多骂值得吗？"……我又想起了母亲，眼睛发潮，鼻子发酸，唉，要是妈妈活着，会跑到这儿受这个气，会馋得去偷吃一只鸡腿……

我正百感交集，弟弟们陆陆续续回来了。我问宝军、宝平，没他们的事。宝宁回来了，还未等我问，王素娣闯进来，双手插着腰，歪着嘴，冲宝宁道：

"我问你，是不是你偷鸡腿吃啦？"

宝宁坦然自若地回答："没有，我才放学回来。"

"不是你吃了，是哪个狗吃啦，我进屋一会儿，听见响声，出来看见你远远跑了，当我不知道。"

我也气得心里突突的，一是气王素娣如此破门而入，简直是欺人太甚；二是气宝宁吃了鸡腿还嘴硬、撒谎、不争气，也跟着厉声问："是不是你拿了？吃了？"

宝宁不吭气，默认了。

"啪——"我运足力气朝宝宁脸上扇了一耳光，这一下真重，连我自己手都感到麻辣辣的，弟弟脸上顿时显出五个红手指印。

宝宁捂着脸呜呜哭起来。

父亲踱着步子慢慢进来，慢条斯理，不疼不痒地说："以后吃什么打个招呼，也不是大人不给你吃，好啦，以后注意点。"借机把王素娣劝走了。

——我就只有打弟弟这点本事！

有一次放学回家，王素娣跟我告宝军的状，说宝军跟她吵架，我没问青红皂白狠狠给了宝军一撇子。

宝军站在屋中墙边，哭个没完。

"我冤枉你啦？"我皱起眉头问。

"呜呜呜，王素娣整我们，你不敢说，就知道打我。"说完，哭得更伤心了。

一句话，竟把我说得愣愣地钉在那里，半天说不出话来，心中又苦又涩又惊又恨。弟弟难道说的不是实话吗？刚才打宝军，完全是北京人那一套，北京人邻里斗气，借打自己的孩子，指桑骂槐地气给对方看，这究竟是一种理智行为还是一种阿Q式的软弱表现？自己对王素娣如此偏心自私说过顶过吗？倒是弟弟们充满了不服的精神。自己如此软弱无能，不帮弟弟们说话，反倒为他人张目。妈妈不在了，弟弟们靠自己为之撑腰说话，自己称职吗？……我越想越悔恨交加，羞愧难言，不知不觉眼睛发酸，声音发咽，叫道："宝军，你过来。"

宝军以为还要打他，怯怕怕地蹭过来，我一把搂住弟弟，说："我不该打你，我再不打你了，你相信我。"

宝军说："哥哥，以后我听你的话……"

我说："不光是为这个……"我暗暗发誓，以后再不打弟弟。后来我基本做到了这一点。

王素娣借着宝宁吃鸡腿一事，破罐破摔，干脆不管做我们弟兄的饭了。明打明地做上好吃的端进卧室。我只能在听到厨房安静后，才心情沉重地走进厨房，为自己和弟弟们做点吃的。也不敢多用油、面粉、蔬菜，连精盐、酱油也不敢多放，肉最好是不动，省得又遭骂——我真想不到此生会被抛进如此狼狈的处境。

父亲开始在机关食堂吃饭，图个人省心。

我瞅着一个机会，负气地问父亲："你看这么长久下去怎么办呢？这样在一块儿能过下去吗？等她做完饭，我们再做饭，上学老迟到。再说一会儿嫌用这样佐料多了，一会儿嫌用那样蔬菜多了，天天骂骂咧咧，我们凭什么要受这份气？"

父亲眯缝起眼睛，烟斗一个劲地冒烟，慢慢地说："慢慢批评教育嘛，再说你们也有做得不对的地方，家里的事不要跟外人说嘛，小五竟跟人家要馍馍吃，不让人家看笑话嘛。"

我冷冷道："谁吃饱了，要馍馍吃。"

"再说，"父亲埋怨道，"到现在你们也不叫妈妈，应该主动点，搞好关系嘛。你们都是这么大的娃娃，怎么都这么不懂事？"

"那，吃饭的事怎么办？"

"饭她还是要做，你也帮帮手，老在屋里看书，能看出什么好来。"

我原本想分出来兄弟自己过，父亲不同意，说分家让人笑话，决意还是在一块儿吃。也不知怎么说通了王素娣，又做我们的饭了。我也只好硬着头皮去帮厨。我不自在地帮着洗菜、切菜，想着怎么称呼王素娣。我有时也想，以后长久在一起，什么不叫也不好，总得屈尊开个头，也许开了头以后就好叫了——反正在心中我是不承认她的。可是我的嘴像铅封的一般，鼓不起勇气来，仿佛叫了便是对亲生母亲的背叛，是出卖灵魂。我终于决定什么也不叫。但为了不完全搞僵，我捅鼓宝宁照父亲说的试着叫妈，宝宁最小，不懂事，叫了也不会举足轻重，并不能证明什么。而我作为一方的总代表，一叫就成了在投降书上签了字。

宝宁也不愿叫，经不住爸爸说，大哥说，为了顾全大局，他决定试一试。终于有一天，宝宁鼓起勇气，跑到王素娣跟前，干涩地叫了声："妈。"

王素娣正烙饼，听到这一声，把平锅从火上拿下来，"砰"地一放，刻毒地大声挖苦道："谁是你妈？你妈早死啦！"说完，趿拉着拖鞋进了卧室。

屈辱，深深地屈辱像扎在我的心口上，这简直是个阴谋！好像是为了让我们良心丧尽，卖己求荣，以博得一碗残羹剩饭。当我们出卖了自己的尊严之后，又来羞辱我们，使我们无地自容。我真是火透了。我再也不能忍受这种没有人性的折磨！我把父亲叫到自己的小屋，再次提出我们自己做饭过日子。

父亲沉默着，抽着烟，不给答复。

十六

好在没多久，父亲搬了新房子。那是专门给军分区司令员、政委、副司令员、副政委盖的。一共四幢，各自独立，又相互不远。一进了新房子，我们实际上已经自己独立做饭了。我们弟兄四个住两间房。宝军、宝平住小间，我和宝宁住大间，同时又当做饭的厨房。做饭的面粉、菜、油、醋、盐、酱油等都是弟弟们到王素娣那儿要，给什么吃什么，一切财政开支由王控制。

不在一个厨房做饭，我感到自在了许多。

从此，一个家过着两种截然不同的生活，一边是想吃什么吃什么；一边是给什么吃什么。为了防止这边的"穷人"从厨房里偷"富人"的东西，王素娣每天锁厨房门，不厌其烦。鱼、肉偶尔也恩赐给这边一点，但绝不会超过她不满意的地步。最能保障供应的是盐。酱油都不够，因为酱油花钱多，偶尔打给一瓶子。我们是北方人，用酱油重，实在没办法，只得让弟弟们硬着头皮进去要求再给打一点。由此王素娣又在外边嘲笑弟弟们没出息，馋得喝酱油。——

不过，我想，聪明人倒不难从中看出王素娣对前妻子女的苛刻虐待，不然，何以会把酱油当成美味去喝。

在我们做饭的几年间，从未有过一个暖水瓶，一年四季喝井里打出来的凉水，炼出了一副好胃口，即使吃完豆子、羊肉，接着喝凉水也不会拉肚子——这是我们唯一感谢王素娣的地方。

我们兄弟四个都是儿娃子，谁也懒得做饭，况且也没什么美味佳肴可做。时间长了，我们想出了节省做饭时间的方法：天天打疙瘩汤吃。所谓疙瘩汤，就是锅里放上水，搁点菜叶子。面呢，也不用沾手，拿水勺子把水慢慢滴进面粉里，同时用筷子搅动面粉，搅成小面粉疙瘩，然后往锅里一倒，便成了。天底下没有比这更省事的饭。我们兄弟四个天天喝疙瘩汤，涨大肚，我喝得身体发虚，天天出一被头虚汗，可我心不在焉，只要能活着就行。

但也不能说我们没有改善生活的时候，一九六六年的秋天，我们兄弟四个竟然吃到了整只的羊。那是从牧场赶下来的淘汰羊。那会儿还没有什么冷库，没什么冬宰。每年秋天，山里的羊为了过冬，都要淘汰一批老弱病残过不了冬天的羊。当时机关的每个干部都必须分几只羊，是作为政治任务必须完成的，称之为"爱国羊"。淘汰羊一只才六元钱。把肉吃完了，光羊皮、羊肠子也能卖到六元，等于白吃肉——那样的好事只能留在回忆中了。

我们兄弟也不会过日子，把羊肉一锅煮了，一顿猛吃，可过瘾了！吃不完的肉也不知怎么办？还是副司令的爱人过来帮我们用点盐炒出来慢慢做菜吃。

我们还能从父亲那儿得到些野味。父亲也在这个边境小城找到了乐趣。塔城的野兔子多得成灾。那会儿老百姓还没有打猎的风气。不像后来，把野兔子打得绝了踪迹。那会儿老百姓为了防止野兔子进菜园子吃菜，只知道把篱笆扎得严严的，不断地把野兔子扒出的缺口堵住，却也防不胜防。一生好打猎的父亲有了用武之地，有的星期天，背上猎枪，步行到野外转一转，便能打到一二只野兔子（当然也有什么都打不上的时候）。特别是冬天，兔子的脚印留在雪地上，暴露了目标，在劫难逃。

父亲总是惊异塔城的野兔子个儿大，总是夸张地说像小狗那么大，脚印看上去像狗脚印那么大。——后来从资料上得知塔城的兔子是一个单另的品种，就叫塔城雪兔，夏天的毛是灰的，冬天就变成了白的。

父亲打了野兔子往往会"赏赐"给我们一部分，改善了我们的生活。

后来，父亲打猎时把宝军带上，帮着扛猎物；同时也教会了宝军打猎，把宝军培养成了一个好猎手。

我们还从父亲那儿吃到了南湖的野生大鲤鱼。有一次父亲不知怎么打来了好多的大鲤鱼，吃不完，还得一剖两半，撒上大粒盐，晒干了，慢慢吃。

弟弟们也有自己从大自然索取野味的办法。有一年春天，他们弄回那么多的老鸹蛋，小小的、青白皮，蛋皮极薄极薄，稍不注意就破碎了。弟弟们捡了很多，我吃着觉得味道还不错。宝军还异想天开地把老鸹蛋腌起来，想象着像腌咸鸡蛋那样腌成咸老鸹蛋，结果没有成功，全臭了。

我想不通弟弟们怎么会掏回来这么多的老鸹蛋，在我想象中，老鸹窝都在高高的树梢上。弟弟们说低得很，一伸手就够上了。我不信，跟着弟弟去野外，果然有一片不高的树林子里，布满了老鸹窝，要想掏蛋也真容易——看来这地方从来没人掏过老鸹窝，老鸹也不怕人，才把窝筑得这么低。

弟弟们馋肉馋疯了，有一次抓回五只肥肥的尚未会飞的小老鸹，收拾收拾，炒了一锅老鸹肉。弟弟们让我吃，我只略略地尝了一块，并不算难吃。可在传说中，老鸹肉是酸的，很难吃。我的这个印象主要是看过鲁迅写的小说《奔月》，书中写后羿每天射乌鸦，与嫦娥吃乌鸦炸酱面，弄得嫦娥大反胃口。弟弟们可不管这个，一锅乌鸦肉转眼间扫荡一空。

……

我们这边没钟表，上学也掌握不住时间，迟到的事是难免的。早饭也几乎不吃。

边塞的十月，气候已变得恶劣，秋雨连绵。外边的天阴阴的，我以为没亮，等起来时，猜测可能上学又晚了。到了去上学的路上，看不到别的上学的学生，迟到是肯定的了。

雨后泥泞的路极不好走。我光着脚，穿着矮腰的军用胶鞋，深一脚、浅一脚，胶鞋动不动陷入半尺深的稀泥里，还得把鞋从泥窝中拔出来，穿在脚上再走。本地的学生都有高腰的雨鞋，我们弟兄没有。

在泥里前进的速度太慢了。

我试着往有水的地方走。原来的意图是希望踩在有水的地方，鞋子陷入泥中也好往外拔，却惊喜地发现了新大陆——有水的地方下面的地是硬的，正因为如此，才形成水在地面上存留住的现象。于是我提着裤角，光脚穿着胶鞋，专朝有水的地方走，不管水深水浅，前进的速度果然快多了。

我进了学校的大门，准备往右拐，去教室。忽听见有人叫我名字，抬头去看，是班主任杨老师。老师们的教研组正对着大门，从校门进来的人从教研室的窗户一眼就能看见。

我被叫进教研室，我好像第一次进这房子。四五个老师在低头改作业、备课什么的。杨老师问我为什么迟到，而且晚了一课多，现在已经上第二节课了。

我暗暗吃惊晚了这么长时间，回答自然是起晚了。

杨老师对我经常迟到，在班上表现出的自由散漫成见很深，这次大有要彻底惩罚的味道，并不急于让我马上去上课，而是把许多事情连起来质问……最后又提到我对老师不尊敬，见了老师不行礼，故意装作看不见，低头过去。这倒是真的。小地方的师道尊严比北京严重多了；在北京，学生见了老师是边走边打招呼，也就过去了；这地方不行，必须站住，规规矩矩地鞠躬。我瞅着别的学生这么做十分别扭，自己更不想这么做；于是走路遛墙根儿，见了老师对面过来装作低头没看见——我实在不喜欢形式上的东西。

我说："我对见老师站下鞠躬不习惯。"

杨老师挺火，讲了一番尊敬老师的大道理。

我对长久站在教研组这么挨训挺恼火，我的双脚沤在湿湿的胶鞋中异常难受，我的犟劲上来了，我大概用了一个极其轻蔑的表情说："我就是这样，江山易改，禀性难移。"

杨老师"啪"地拍了桌子，说："你怎么这样跟老师说话，别来这套大少爷作风！"

同室的老师们也都愤愤不平，停止手上的工作，一齐转向我，万炮齐发，批评我不该不接受老师的批评，改正错误，甚至说"江山易改，禀性难移"这话是反动的。杨老师愤愤地说："明天叫你家长来。"

我离开了教研室，回到了班上。杨老师称我耍大少爷脾气，以为我在家中多有身价，不知我们在家承受的屈辱。我担心回家怎么跟父亲说这件事，当然最好是不让父亲来。我倒不怕父亲会对我怎么样，父亲对我们兄弟并不关心。我虽然没身价，但父亲一个堂堂的军分区司令员，也不应是随便一句话就能叫动的。

晚上回家，我见到父亲，故意轻描淡写地说："学校叫您去一趟。"

"什么事呀？"父亲总是不停地吸着烟。

"我早上上学迟到了，老师批评了。"

"哦，我工作忙得很，去不了。"父亲说，"以后早点起来，再不要迟到了。"我的一颗心放下了，最希望父亲这么回答。第二天见了杨老师，说我父亲工作忙来不了。杨老师倒也没说什么，可能也知道来不了，昨天说的是气头上的话。

后来，我要求父亲给我们买了一个小闹钟，才算有了时间。

第四章

山雨欲来，突然害怕落后，害怕打成反革命……我变得血气方刚，积极参加运动……接受毛主席检阅……造反有理——找到了人生价值

十七

"文化大革命"开始时，我正上高中二年级。当时塔城正搞"社教"运动，是从一九六五年秋天开始的。"社教"中调入了不少军队干部。学校也进了工作组。组长也是部队干部。学校的校长、主任、老师都成了"社教"对象。一个个"洗澡"过关——也就是都要接受审查，看有无问题。有问题的要在"社教"后期进行定性处理。学校里的阶级斗争之弦越绷越紧。班主任杨鼎升一方面作为"四清"代表，积极参加"社教"；一方面也得自我教育，自我交代，检查过关。

这时，我独有的喜欢沉思的气质和善于观察事物的敏锐感开始得到了发挥，我对全国各大报纸开展的对新编历史剧《海瑞罢官》的批判，对《燕山夜话》的批判十分感兴趣。我每天听广播、看报纸（报纸是爸爸订的），思想受到很大的震撼，又兴奋又害怕。我在北京时，常到一家旧书店闲逛，曾买过《燕山夜话》之类的杂文书，觉得书中的知识渊博，纵古论今，天文地理，鸡毛蒜皮，无所不晓，也曾引发我想做个鲁迅式的杂文家的念头。来新疆前，鬼使神差，我别的书没买，偏偏下决心买了一套新的精装本的《燕山夜话》，可见对此书的偏爱。《燕山夜话》的作者叫马南邨。一批邓拓、吴晗、廖沫沙，问题出来

了——马南邨是此三人合用的笔名。我相信，学生中像我这样认认真真看整版整版批《燕山夜话》的没几个。《燕山夜话》即黑话也，是作者借写文章，反党反社会主义反毛泽东思想，宣传封、资、修的货色，是一株大毒草。我对照批判文章，把自己买的书拿出来悄悄地读，依然看不出多大问题，这使我感到困惑：这些毒草文章都是含沙射影，都有时代背景，我怎么能看出文章以外的另一层含义呢？我既然看不出文章以外的含义，又怎么能受其影响呢？可是这么想并不能安慰我自己，我又想起在北京孙铁民读的那篇鼓吹成名成家的文章，很是不安，我扪心自问：为什么越有毒的东西自己越容易接受？照这样下去，要是有一天自己被打成反革命，又怎么办呢？自己即使没有想反党反社会主义反毛泽东思想，可是偏偏无意中被揪出来，成了反革命，那我不完了吗！我惊恐不安，惶惶不可终日，连做梦也怕说错话。

学校里开始查有无反动诗歌文章，揪小邓拓、小吴晗、小廖沫沙。我做梦也没想到，有一天，杨鼎升老师在全体同学面前进行自我批判。他曾在三年困难时期时在日记中写过"一天只吃二两米，面黄肌瘦百病缠"的反动诗歌，污蔑社会主义吃不饱，饿死了人。还在日记上写过"安得深翻书，政治扫出门"的不问政治，反对突出政治的倾向。杨老师是主动向工作组交代的，又勇于严格自我批判，从轻发落，交全班批判一下。"四清"代表、班主任继续荣任。

这是班主任吗？这是那个一心劝自己学习毛主席著作，写雷锋式日记的杨老师吗？我突然有了一种内心的平衡，一种并非幸灾乐祸式的轻松——杨老师也不是完人，并非圣贤，竟然也有对社会主义的不满，也有见不得人的阴暗心理。我并不想否定老师对我的批评，但是事实证明——谁都需要改造。

在当时的政治环境下，人都不知不觉地往"左"的方面转移。我这个以老落后自居，以为与政治无缘的人也染上政治化的色彩。——"文革"后，邓拓、吴晗、廖沫沙都平了反，推倒了一切污蔑不实之词。像杨老师写的，照现在看来，不是真实地反映当时的情况吗？我看过资料，三年困难时期全国饿死了很多人，有些地区甚至发生了人吃人的现象。杨老师说的还是轻的。这都是后话。——在一九六六年初，"文化大革命"山雨欲来，我怀着一种主动投入运动，加强自我改造的热情投入了潮流。

班上给我布置写批判杨老师的文章，我认真严肃地完成了。而有的同学碍于情面，胡乱写了几句，倒显得我跟老师有什么过不去的。

我从未像当时那样认识到政治的威力和压力，开始察觉到政治真是天网恢恢、疏而不漏，人是躲不过政治的罗网的。我原来那种想遁入空山，躲避现实的幻想离得越远越好；我担心自己心里那点小九九不知什么时候冒出来使我倒霉；我得赶快把心里那团黑漆漆的东西扔掉，不然后患无穷。我对运动表现出越来越大的热情，积极参加班上的学习，写批判稿，办专栏等等活动。我甚至在全校受到表扬，表扬一个落后学生开始进步的巨大转变。

我参加了班上的"文革"小组。

"文革"小组是由"文革"中表现积极的人组成。历史确实有点颠倒了，平日班上的政治活动都是团支部组织的，"文革"开始后，班上的团员们有点手足无措，反应迟钝。特别是传来团中央修了，批判旧团中央培养的团员都是"驯服工具"、"奴隶主义"等等，更使班上一直风云的团员精神不振。倒是我们几个平日表现平平的学生，思想解放，积极活跃，当了主角。我曾总结这种现象，认为平日看起来比较落后的学生，平日少点奴隶主义，比较善于独立思考，所以运动一来，没包袱，放得开，很快就起来了。

全国兴红卫兵，学校社教组又忙起来，开始评选红卫兵。——这是件大事，毛主席的红卫兵，是保卫毛主席的。一个人不够当红卫兵，大有政治上被判了死刑似的。评选红卫兵的条件无非是出身好、表现好等等。内地红卫兵据说是由革命军人、革命干部、工人、贫农、城市贫民五种家庭成分好的人组成，称之为"红五类"。按照这个标准，我的身价高起来，父亲是革命军人，这是"红五类"中最响亮的第一好成分，父亲又是贫农出身，双过硬。我为此感到自豪。

班上投票选举，我居然得票高居榜首——这是我此生第一次辉煌的被选举记录。

第一批红卫兵的授红袖章仪式在学校操场举行，搞得十分隆重。

没当上红卫兵的同学情绪低落，好像政治上被判了死刑。焦虑、失望、自卑，整天找班"文革"小组成员谈心，要求加入红卫兵组织。我也成了大忙人，突然成了革命的代表。找我最勤的是班上一个顶不起眼的矮小的女生，叫吴玉娟，短发，扎着一个小九九，一幅农村姑娘的打扮，她是从距离塔城五十七公里的额敏县考上地区三中的，学习成绩挺不错。可她在班上默默无闻，毫无特色，要求入团时间也很早，却排不上号，连我也觉得她属于太单纯、思想不成熟的一类的学生。

我把吴玉娟领到教室后边的白杨树前，坐在一条长木凳上。她带着一种焦急的口吻说："杨宝如，你看我还有什么缺点？哪点做得不够？我一定努力改正。我要求加入红卫兵，请组织考验我。我是贫农的女儿，是党和毛主席给了我今天，我怎么能不参加红卫兵组织，不保卫毛主席呢？我参加不了红卫兵，我爸爸会骂我的。"说着说着，头一低，用手背抹开了眼泪。

我手足无措，还没见过女生这么当面哭过，心里挺不好受，油然而生怜意。我含含糊糊安慰道："第一批没有，还有第二批嘛，很快就会讨论第二批的，你别心急。"我似乎在许愿，可谁能不能加入由我决定吗？红卫兵要保持战斗性，都是红卫兵能行吗？像吴玉娟这样老实巴交的当了红卫兵能对付复杂的社会吗？

"这是我写的决心书。"吴玉娟从口袋里掏出两页纸的决心书，我接过来大致看了看，收了起来。

在讨论第二批红卫兵时，我掏出吴玉娟的决心书，客观地谈了她的要求，我不敢说出自己的明确的意见，怕被认为是原则性、战斗性不强。还好，小组其他人认为像吴玉娟是一种类型，出身好，对毛主席有阶级感情，就是斗争性太差，没造反精神；不过，经经风雨，见见世面，锻炼锻炼也许行，可以批准。

我自然高兴，也暗暗为吴玉娟高兴。

第二批红卫兵批下来，果然有吴玉娟，她挺感谢我，好像是我使她当上了红卫兵。

十八

红卫兵组织有了，该干些什么呢？我们看报纸，收集内地的各种消息，整天想着怎么造反，显示战斗性。我们当时的一切行为都是在模仿内地，特别是步北京的后尘，亦步亦趋。北京刮起"破四旧，立四新"的旋风后，塔城也立即行动。"破四旧"的行动是由地区社教团统一安排组织的。边城正在搞"社教"，所有政治活动都由社教团安排。学校则是由社教组安排。——照后来的一种说法，最早成立的红卫兵组织是"官"办的，也成了错误的。参加"破四旧"的会议我没去，大约是刘孝华、桑学兵去领取了任务。我有个毛病，不愿社交，不愿出头，即使在我最红的时候，我也是推着别人去干出头露面的事。

学校工作组给我安排的任务是查学校的图书馆。还说我看书多，知道什么书好什么书坏。我对这个任务十分满意，十分感谢工作组对我的信任。对书，我的确有一种特殊的嗜好，手上有一本书，那种心酣意畅是什么也代替不了的。我曾发誓要读遍世界的名著，奉行"读万卷书，行万里路"才能成才的逻辑，可是我到学校图书馆借书，许多世界名著都不借给学生，比如《红与黑》、《约翰·克利斯朵夫》、《俊友》等等，说是书中宣扬的资产阶级思想，鼓吹个人奋斗，看了会受不好影响，学生又没批判能力，容易中毒等等。越是不让看，我越充满好奇和渴望，我真想知道这些书为什么有那么大的腐蚀力？人看了马上会变个样子？管图书的是一个呆板的女老师，从不放学生进放书的内屋，也绝不通融地借一本禁书给学生看，我挺不满意她的，不无恼恨。

终于有一天，我领着几个红卫兵找到女老师，理直气壮地伸出手，厉声道："把图书馆的钥匙交出来，我们要破'四旧'。"

呆板女人乖乖地交出了钥匙。

禁区的大门被打开了，我堂而皇之地走进去，就像《神灯》中的王子走进放满瑰宝的殿堂，瑰宝是一架架满满的图书，琳琅满目、目不暇接。我奔向小说一栏，贪看小说的名字，我想看的许多世界名著就摆在书架上，而且有的还不止一套，四五套都有。此时，我多想有权利有时间把这些细细地看一遍，可我连多翻一翻也不能，我是来破"四旧"的，我是来埋葬这些书的！这一天，地区的各单位都在清理封、资、修的书，送到人民广场集中焚烧。

吴玉娟抱着几本书，问："这些书都是什么意思，烧吗？"

我拿过来一看，《静静的顿河》、《安娜·卡列尼娜》等等。《静静的顿河》是报纸上点名批判的，其他的谁知道？我不敢说是好书，不能烧。还未等我说话，几个低年级的红卫兵过来，对书看都不看，就像搬土块似的，稀里哗啦把书架上的书往抬把子上扔，装满了，抬到院子倒在地上。我也只能顺其自然。学生们有个印象，外国的书都是坏的，外国的书籍首先被清查。我也只能这么思考，不敢有一点私心。外国书架上，我建议留下高尔基、马雅可夫斯基的书，他们是革命的。中文书架留下鲁迅的书。所有的文学书籍几乎都被搬空。书的命运全由我们这些"鉴别者"摆布。

院子里的书越堆越多，谁过来都忍不住停步，几个老师默默地在旁边站着，也不敢言语。我也把家里带来的半面袋书一本不落地倒在书堆上——以示自我革命的自觉性。

一个红卫兵说："这些书烧了多可惜，不如分分拿回家擦屁股也行呀。"

吴玉娟弯腰捡起一本书，翻着说："这书当练习草纸也可以呢。"

"那不行，"我怪认真地说，"查出的书都得烧，这是命令，拿回去看了中毒怎么办。"

一个红卫兵说："我们知道，这是说着玩的。"

其实，看见这么多书堆在地上，我何尝不心疼，我暗暗地想：唉，要是让我把这些书都看一遍再烧也行啊，反正咱不中毒就是了。我又自找批判，瞧，还是有点舍不得小资产阶级王国，不愿彻底地决裂啊。

拉书的汽车来了，大伙儿像扔垃圾般把书胡乱往车上扔。仿佛为了不觉得烧了可惜，我故意把书扔得乱乱的……

我没到广场去看烧书，据到广场目睹烧书的学生说，广场中央的书堆成了小山，各单位查出的书都送到那儿。看烧书的人挺多。有的小孩跳到书堆上往上爬、打滚，做游泳的姿势。点火后，几个聪明人还弄了几个长杆子，绑上粗铁丝钩，用来翻动书，好烧得快。火着起来了，金蛇般的火焰舔着书页、纸边；有时看不见火焰，只见书变黑变曲；有的火焰像藏在书本下的蛇蝎，当长杆子一挑动书时，忽地蹿起来，狼吞虎咽地嚼起书来……整个书堆像一个巨大的火山口，喷出的高温逼得人远远地站立……书烧了好长时间。

我听了别人的描述，一刹那，想起了秦始皇的焚书坑儒，我赶忙纠正自己，这怎么能比呢，这是两种完全不同的性质。——我最害怕的就是自己头脑深处突然冒出的古怪念头，别又是反动落后的东西。我暗暗想：好吧，旧的毫不痛惜地化为灰烬，看看新的无产阶级的文化艺术，会怎样在这废墟上成长起来吧……

——后来，我到内地出差，了解到内地并没有怎么烧书，北京破"四旧"也只是把图书馆封起来，不许看书。这就怪了，小地方怎么想起烧书来？真是水平太差了——破"四旧"不知破什么，想起干啥就是啥，烧了那么多书太可惜了！后来，当大家变得不那么"革命"时，我想找几本外国名著看，真是太困难了！可能没有谁比我更为烧书惋惜的了！

破"四旧"是盲目的，全是跟着感觉走。

秦剧团的演戏的服装箱子，凤冠霞披，蟒袍玉带统统烧了。

文工团的各种铜号被砸扁了，说是外国货，没好的，钢琴也给砸了。

商店里印着花的碟子、碗也给砸碎了。

......

谁也弄不清什么是"四旧"，谁都怕被扣上反对破"四旧"的罪名。

我到秦建国家去，看见他妈妈在院子铲窗户上镶的木条花边边，我问为什么弄这个？建国妈妈带着天津腔笑道："我们街道老婆子也不知道什么是'四旧'，反正看见不对劲的就弄啊，别儿子丫头在外边破'四旧'，个人家里倒有'四旧'，红卫兵来了就难看啦。"

我不相信红卫兵会胡乱串门，挨家挨户搜查的，我问："那撬这窗边干什么？"

建国妈妈笑道："这窗户不是老毛子样式吗，这花边边也是老毛子样式。"

我觉得老百姓真是让"破四旧"吓怕了，也不至于把窗户边撬掉。

进了秦建国的屋里，我看见几把木条做的椅子靠背给锯了，又感到奇怪。建国妈妈说："这椅子是老毛子式的，扔进火里烧了可惜，我想了个办法，把椅子的上半截锯掉，看不出老毛子味啦，还可以坐个人，行不行？"

好像我是裁判似的，我说："这有什么不可以。"

"我们那老毛子铁床拆不成，干脆，扔到煤棚子，关了禁闭。"建国妈妈风趣地扬扬手。我这才注意到，那张用铁管做的精美的欧式床果然不在了。

建国妈妈突然想起一件事，冲秦建国道："建国，你邻居张大伯有个手摇唱机，让问问你是不是'四旧'，要是的话，就不要了。"

秦建国问："他们唱片破了没有？"

"全砸了，想听也听不成了。就是那唱机上有个狗头，不知什么意思？"

"狗头？我看看去。"秦建国到隔壁家，一会儿把留声机抱过来。这是一个老式留声机，靠手摇柄上弦，用的是钢针头。唱机头上有个商标，是个狗头在听留声机。我说："这真是糟蹋人，谁听唱片谁成了狗。"

秦建国也觉得有问题，把留声机抱了过去，回来说邻居一听，忙拿出去砸掉了。

——后来，我听说这种狗头牌留声机还是个名牌。中国人一向认为把人比成狗是一种污辱。外国人喜欢狗，让狗听唱片是一种情趣，没别的不好的意思。——这也是我干的一件蠢事。

我从秦建国家回来，往自己的单人床上一坐，想休息一会儿，突然想起了什么，忙站起来，把床单往起一掀，露出下边的褥子。紫红的褥面上有图案，图案的边边由卐形四方图案组成。这褥子有年头了，大约是妈妈五几年在东北时买的。如果我看过《第三帝国的兴亡》就不会冒冷汗了——那书中就希特勒发明的令世界恐怖的"卐"形图徽进行了考证，考证的结果是全世界只有中国才有类似的图形，不过扭的方向是相反的，是"卍"形，这也是中国的一个字，念"万"，是有福气的意思，是一种大吉大利的表示。希特勒在设计图徽时，并没有见过中国的图形，而是凭空想象出来的。

我浑身发燥，俯下身来细细看褥子上的图案，暗想，为什么会在褥子上弄上这种图案呢？这种褥面是一九四九年前买的，会不会有意加进这种政治成分？可是把一种国徽当花边印上能对买卖有什么好处？我也想到希特勒的十字上加的一拐的方向问题，可记不清往那边拐了。我往这上想是不是太荒唐，疑神疑鬼？我把褥子放下，把床单铺平，躺上去，翻来覆去心里不踏实，又坐起来，又把床单掀起来，盯看了一会儿，唉，不怕一万，就怕万一，万一像就不好办了。不管别人会不会知道，破"四旧"不能一到了自己头上就打折扣。想到这，我找来把剪子，咔嚓咔嚓把褥面子剪了下来，扔进炉子，点着，用棍子拨着直到化为灰烬才算罢手——我写下自己的这个可笑行为，是想说，我们那会儿是多么的认真。

十九

一九六六年八月十八日，从北京传过来了毛主席在天安门城楼上接见百万红卫兵的消息。——从而使作为一种独特的历史现象的红卫兵运动发展进入了高潮。毛主席一次次接见红卫兵的消息传来，我们边城的学生无不羡慕。我是从北京来的，如果不来新疆，见毛主席是没问题的。可是在这偏远的小地方，想见毛主席是根本办不到的。

十月份，特大喜讯传边城，根据国务院周总理的指示，边疆地区每十名学生可以选一名进北京见毛主席，这真是意想不到的幸福，也是一种巨大的政治荣誉！

为了选去北京的代表，班上进行了有史以来的最严肃认真的选举。

我又一次以最高的选票获得了殊荣。

我虽然知道班上有许多同学万分渴望去北京，但这种殊荣是无法转让的。

另外中选的是两个女生：战月华，王淑梅。

代表们一经选出，接着就是稀里哗啦地准备工作，整装待发。

学校举行了规模最大的欢送会。会上代表们纷纷发言，归结到一点，你们是代表塔城三十五万各族人民去北京见毛主席的，要把各族人民对领袖的热爱带到北京去，同时要把北京"文化大革命"的火种带回来，搞好边城的"文化大革命"。

去北京的代表们都感到一种肩负历史使命的巨大压力。

欢送会一结束，同学们纷纷上前跟去北京的代表握手。

团支书王秀华强颜欢笑，跟战月华、王淑梅握手，又跟我握手，满怀羡慕地说："你们真幸福！"

吕琪山开玩笑："你们先走，看我们下次争取吧。"——这真是又真切又虚无的话，谁不希望有下次，可谁能保证有个下次呢。

王小津不自然地笑道："只要努力，我们总会见到毛主席的。"

于润德一本正经地冲我说："你去吧，我们等你带回北京的火种，你学好，多看多记，回来我们跟着你干。"说得我越发感到责任重大。

此时，大家都忘了往常的一点小间隙不愉快，共同被一种信念所融化。

不知何时，吴玉娟站到了我跟前，忘情地抓住我的手，摇动着，眼睛含着泪花，满怀深情地叮嘱："见了毛主席，别忘了多替我们喊几声毛主席万岁！"

这不起眼的小丫头恰恰道出了欢送人群的心声，有的人甚至嫉妒地盯了她一眼，恨为什么是她而不是自己说出这句话。

大伙儿七嘴八舌地纷纷喊道："对对，多替我们喊几声毛主席万岁！"

代表们出发了。坐了两天汽车到乌鲁木齐。又坐了三天四夜的火车到了北京。

火车一路上严重超载，像头负重的老牛喘着粗气。车厢里全是人和行李。到晚上连行李架上也睡着人。我像一个老大哥，注意关照好跟前的低年级同学，安排他们挤着睡下。自己连站脚的地方都没有。到了后半夜发现，椅子下的地方是空的，也可以睡人。我钻了进去，啊，空间是那么大，太舒服了！太自在了！一觉睡到大天亮。

到了北京，我们被安置在一处大机关，全是楼房，这个单位已经数次担负接待来北京红卫兵的任务。

头几天都是安排的集体活动，参观北京天安门广场、人民英雄纪念碑、革命历史博物馆、清华大学、北京大学、破"四旧"展览等。而后就是自由活动。直到听毛主席接见的时间。

北京，我并不陌生，多少次在长安街夹道欢迎外国来宾，也曾在天安门广场度过国庆之夜……我在北京生活了九年，有许多熟悉记忆的东西。我的妈妈还在公主坟的骨灰堂。北京还有姥姥、姥爷、舅舅、表姐、表哥等亲戚。还有那么多的同学。我没想到我离开北京仅仅一年后又能回来，好像从未离开过似的。

我抓紧时间去看外语学院附中的妹妹宝琴。我担心她不会在。没想到她在。兄妹俩谈了阔别一年各自的情况，然后一起去郭荣叔叔家。郭荣叔叔并不是我们的亲叔叔，是抗美援朝时父亲的战友，北京卫戍区的警卫营的营长。他比亲叔叔还亲，宝琴有时间就去郭荣叔叔家，如同亲生女儿。

我专门去看住了九年的小胡同，门洞小小的，门外依然是一个高高的电线杆，靠墙根有一扇半埋在土中的石磨。我想看看四合院的左邻右舍，又犹豫了，转身走开了，想想自己已经离开了四合院，物是人非，再进去又有什么意思呢。

我又沿着走过几年的街道去了郎家胡同。姥姥姥爷和母校一直都在这胡同里。

路过姥姥家的那个大杂院大门没敢进去。此时已是"文化大革命"风起云涌之际，刚刚经历过"破四旧"运动。姥爷家的成分是富农（多么令人遗憾），我不知他们现在的处境如何？我此时已深深陷入阶级斗争为纲的思想中，以阶级成分去看人也成了条件反射。我是一个红卫兵，来北京是接受毛主席接见的，万一贸然进去看姥姥姥爷，正碰上姥姥姥爷被整治的局面就尴尬了……想到这，我像陌生人般从那进过无数次的大门悄然而过。——后来想起来，我是多么没有人性！多么没有良心！即使战争年代的人也没像我这样。当年姥姥姥爷家是"堡垒户"，父亲打鬼子时还到姥爷家躲安全，也正是在那个时候，父亲与母亲相识，相恋，还是父亲动员母亲参的军。在我印象里，没有姥爷种地的事，倒觉得姥爷经过商，因为姥姥说开过染坊，姥姥的十指都变了形，往一边歪着，说是一年到头洗染布，不管冷热。姥爷曾有过钱，重男轻女，把唯一的一个儿子（我的舅舅）送日本留学。后在北京师范大学教书，是讲师，后来是名教授。

三个女儿中，除了我妈妈上过小学的私塾，其他人都大字不识，至今仍在农村务农。

我们在北京时，姥姥姥爷已经一贫如洗，住在那个大杂院的破旧的角落里，与那个角落遥遥相望的对面是大杂院的厕所，可知姥姥姥爷家的面积有多小。可是令人难以置信的是，在那个大杂院中，没有像姥姥姥爷那样，竟然有在大学当讲师的儿子，有在部队当高级军官的女婿。即使我父母离婚，妈妈复了员，钉在破旧门框上的"光荣军属"的小铁牌依然那么挂着，也没人去摘。……可是"文化大革命"破"四旧"，你真不知道谁会受到冲击；谁会在劫难逃；谁会出现什么问题……在我悄然走过姥姥姥爷所在的院门口之前，姥姥姥爷家真的受到过冲击，听妹妹宝琴讲，舅舅的女儿大丽为了显示革命的彻底性，竟然带着红卫兵到姥姥姥爷家"破四旧"，把房子翻了个底朝天。宝琴说姥姥姥爷非常生气，因为在舅舅与舅妈（后）的三个孩子中，他们最喜欢的就是大丽，大丽老实，不爱说话，放假时也在爷爷、奶奶家住过。如果姥姥姥爷知道他们最喜欢的小女儿的大小子路过家门竟然不去看他们，不知会是什么想法？可惜的是我再见不上姥姥姥爷了，一年之后我又去过北京，姥爷已经扎水缸自杀，半年后姥姥无疾而终。

——我就是如此自觉地与两个九十岁的老人划清"界线"！以扭曲的心理、变态的人性悄然走过，多么不近人情！多么令人心寒！

我独自把曾生活过的一中悄悄转了一圈。

我怀着一年之后重回北京的喜悦，想给北京的好朋友们一个惊喜，找了孙铁民、马平分、景召，却一个都不在学校，说顺着铁道线南下串联去了，不免大失所望。不过，我发现，原来内地的学生是如此的自由自在，想到哪儿就到哪儿，并不像新疆十个人选一个进北京，还得原封不动地回新疆。我的心膨胀开了，要是也从北京南下北上，周游全国，汲取斗争的经验，再返回新疆造反不是很好吗（虽然我口袋里没有一分钱，敢不敢跑全国还是另一回事）。

我把想法给赵老师讲了，说我的同学都南下串联去了，说明红卫兵可以随意地到处走，不像新疆。

赵长江老师是我们的领队，把我们带到北京再带回去责任重大。赵老师想了想，说我们这次出来是寄托着塔城三十五万人民的期望，怎么也得回去，给塔城人民一个交代。我想想也有道理，于是静下心来完成自身的任务。

我在北京认识了比我高一年级的李建生，宽脸、平头、壮实、稳重。他是高六六级的班长、团支书。在北京，我们这些高年级的学生毕竟大几岁，很珍惜来北京的学习机会，自觉地想多了解一些形势，多取点经。我每天不辞劳苦，一趟趟跑清华、北大看大字报。大字报浩如烟海，看不胜看，抄不胜抄。我眼神不好，看大字报十分费力，特别是有的大字报老长老高，得仰着脖子，靠上边的字就看不清了。

几次到北大，我都碰见了李建生，自然分外亲切地聊起来。我发现李建生相当有头脑、有心计，有志把北京的火种最大限度地带回去，开辟出一个新局面。我像桃园三结义遇到知音，顿时把他看成志同道合的契友。

我们相约一块儿上北大、清华，一块儿转大街。

除了看大字报，我还喜欢到街上收集各种传单、小报，视为珍宝，见了就买，准备带回去给大家传阅。

二十

一九六六年十一月二日晚，学校领队向全体宣布："毛主席明天要第六次接见红卫兵！"整个宿舍顿时一片欢腾。伟大的时刻就要来了！虽然领队的一再叮嘱大家早点休息，第二天四点钟就要起来，到天安门东长安街排队，却没有几个人能睡着的。有的悄悄地写日记，有的草拟电报稿，有的喊喊喳喳说个没完……

凌晨四点钟，我们排队来到东长安街宽阔的马路上。华灯之下，都是黑压压的人群，前不见头，后不见尾。接见要到九点钟才开始。

为了消磨时间，或者说为了表达幸福、欢乐的心情，南疆的一些维吾尔族学生首先跳起了欢快、热烈的维吾尔族舞。这一跳就热闹开了，新疆的学生围成了一个大圈子，有节奏地拍着双手，唱起了《我们新疆好地方》、《敬爱的毛主席》等歌曲。别的省的红卫兵纷纷围过来观看，密密麻麻，水泄不通。欢乐的情绪感染了所有的人，人们之间那么亲切、温和，没有一点印象中的造反精神。

我也跟着使劲地拍手击节，扯开嗓子唱歌，显示新疆"歌舞之乡"的风采。比我低一年级的李强，圆圆脸、小刺头，是学校宣传队的，在这个场合大显身手，手舞足蹈，动作夸张，幅度大，带有舞台上歌舞的特点，引人注目；其实，真正的维吾尔族舞蹈中男士们的跳舞动作是很沉着、平稳的。

我心绪飞扬，真想跳到圈子里像李强那样大大方方、尽情地舒展一番；但我没动，以我当时的性格是不会在众目睽睽之下跳舞的。我一边拍着巴掌，唱歌助兴；一边莫名其妙地担心会受到冲击——因为在我们驻地搞过一次联欢，几个东北红卫兵冲上舞台，说几个南疆维吾尔族小姑娘跳的是修正主义的舞，为什么手腕那么软，一点没劲，没一点造反精神。有的人反击说，新疆舞就这个跳法，这是歌颂毛主席的舞，你们竟敢不让跳，你们是什么人？这么一吓唬，那几个红卫兵才跑掉了。

直到歌舞得尽兴，人群散开，也没出现什么意外。也许在这周围的都是来自偏远地方的红卫兵，没有那种造反精神吧。在这波涛汹涌、造反震天的首都，竟然还能有这一番纯情歌舞，真是不可思议！

十点钟，长安街的广播里传出了《东方红》乐曲声，同时传出了惊天动地的毛主席万岁的欢呼声，毛主席接见红卫兵开始了！

我们距离天安门太远，只能从广播上判断天安门广场前的盛况。广播上传出周总理主持大会的声音。听见林副主席的讲话。整个广场、长安街像空阔的山谷，回音激荡，一种雄伟壮阔的气势笼罩着四面八方，长空大地。东方红的歌曲奏起来了，顿时，欢呼声如山呼海啸，震撼了一切，淹没了一切，一定是毛主席走上天安门城楼了。

人群开始往前移动，慢得令人难以察觉，像一股巨大的黏稠的泥石流顺着山谷缓缓移动。

我听见周总理在扩音器上要队伍尽快往前走的焦虑声音，讲的意思是：一小时天安门前走过五万人，可等待接见的有二百万之众，何时才能走完……

天气热起来了，我觉得口干舌燥、饥肠辘辘，但是什么也不想吃、不想喝，只想着尽快地走到天安门前。……任凭周总理怎么催促，队伍仍是走走停停，极其缓慢地移动。总理似乎有点生气了，他说照这样的速度，队伍三十六个小时才能走完，难道让毛主席这么站三十六个小时不成吗！我的心里也变得急起来，责怪前边广场上的人为什么那么贪心不足，你们已经见到了毛主席，应该快往前走，替后边人着想，怎么光顾自己多看毛主席，一点大局观也没有。我甚至气愤地想：要是我通过天安门，宁可少看几眼，也要顾全大局，自觉地往前走，这才是真正显示一代红卫兵的忠诚精神。

等到我们涌到天安门广场时，已经是下午五点多钟，太阳西斜，天空出现晚霞的色彩。不过，阳光照满天安门城楼，对眼睛好的人来说，甚至能看清毛主席的五官。可惜我的眼睛十分近视，只能大致看出天安门的人影，我使劲地眯起眼睛，希望能看清主席台上的毛主席。我像成千上万的红卫兵一样，情不自禁地挥动红色的语录本，有节奏地喊起"毛主席万岁！""毛主席万岁！"口号声像波涛一个推着一个冲起，叠嶂起伏。……这会儿，我才明白，为什么人一到天安门前就走不动了——天安门广场形成了一个巨大的人流的漩涡，从长安街流出来的人群，一到这里便混乱了，队形散了，人也散了，已没有山南海北之分、青年男女之别，人们互相拥挤着、夹持着，双脚离开地面，悬到了空中，一切已非个人能力所为。我也顾不得这些，只顾仰起脖子望向天安门城楼，隐隐约约看见毛主席在挥手，从城楼这边飘然地走到那边，我激动、幸福，感到一种莫可名状的伟大、神圣的真情。但是我却没像周围的人那么激动得哭得泪流满面。我想哭，却哭不出来——我又犯老毛病啦。这时，我看见身边挤着一个十三四岁的小红卫兵，拼命仰起细小的脖子朝天安门城楼望，想从汹涌的海浪中往起伸出头。我心中充满了爱，忙用胳膊帮他撑开一点地方，虽然在人的海洋、力的爆炸中是那么无济于事……

终于我被人流卷过了天安门，像被山洪从山谷里冲出的沉沙，到了平坦宽阔处，被搁浅了。我仿佛从空中掉下来，头昏昏然，浑身骨头发疼发酸，像散了架子；又饿又累，一点劲儿也没啦。后边的人流，不断地像决堤的洪水冲过来……

接见完了。我也学着别人的样子，给秦建国、刘孝华他们发了幸福的电报。一个历史性的进程完了，剩下的就看怎么干了。我的心开始飞向遥远的小城——那个像蜗牛般静静沉睡的地方，那个好像被时代抛弃的地方。

"曾经沧海难为水"，短短的十几天时间，我成熟了，老练了，像长了一百岁。我再不是那个未见过世面的井底之蛙。我的胸怀是如此之大——装着北京；装着天安门；装着百万红卫兵沸腾的场面；装着清华、北大的大字报的瀚海；装着批"走资派"，批资产阶级反动路线的新鲜经验；装着天不怕地不怕的造反精神——我要杀回去了！

在返新疆途中，一件小事给我刺痛般的深深的印象，火车到郑州时，竟停了四五个小时。停车的原因很简单，十几个红卫兵非要上这趟列车到新疆，见不让上，就把行李卷塞在火车头的铁轨上，不让火车开动。我们领队的赵老师参加新疆总领队的会议回来后，传达指示：把窗户关紧，别让外边的红卫兵从窗户爬进来。

我又生气又震动，整整一列火车就因为十几个学生捣蛋，就只能乖乖地停着！整个火车时间表就得全改！这也太无法无天了！我看到车上的学生都安安稳稳地坐着，那么循规蹈矩，不禁对他们的朴实和憨厚感到一种轻蔑和失望，新疆的学生太老实了！这么一车人，同样是红卫兵，为什么没一点造反精神？下去一帮子人，把他们的行李往一边一扔，开车不就得了吗？或者把十几个学生弄上车来，他们又能干什么，有什么可怕的？

玻璃窗外，七八个穿着绿军装、戴着红袖章的红卫兵沿着站台走着，其中五六个女红卫兵，扎着小辫子，一口一个"他妈的"，骂不绝口，整个车厢里都哗然了，议论纷纷：

"哟，女学生还骂人！"

"这些女红卫兵真野！"

……

我对此也瞠目结舌，女娃娃这么粗野地骂人，把一火车人不放在眼里，使我产生了一种又恼怒又惊异的混合感情，我一向认为女孩子应该柔弱、温和，如此的粗野倒也令人生出一种佩服。造反真使人变得可怕、狰狞！可不造反像车里这样老实无能就好吗？看来，这个时代就是以造反精神对造反精神的时代！

第五章

罢课有理……批判工作组……烈火烧向社会，批判资产阶级反动路线……开展革命大串联，战斗队冰天雪地步行去了乌鲁木齐

二十一

回到塔城，我们受到有组织的夹道欢迎，我们都成了有特殊身价的人。

晚上，我没想到秦建国、于润德、吕琪山、吴玉娟、王小津等一把子同学专门跑到家里来拜访，急于知道北京的情况。

我于是滔滔不绝，讲北京的大好形势和听闻的全国各地红卫兵造反的情况。听得大家如醉如痴，连连咂舌。我又拿出一大卷用心收集的传单、小报给他们看，让他们感受内地的气氛。

于润德又羡慕又惋惜地说："早知道内地如此，我们自己也可以跑出去，你也应该来封电报，说不定我们还能赶上接见呢。"

我好像有点亏心，安慰道："我想，接见不会马上结束，等咱们把塔城的火点起来，再出去大串联上北京来得及。"

"反正这辈子见不上毛主席，死不瞑目。"秦建国发誓道。

吴玉娟天真地问："难道内地一点课也不上？谁想干什么就干什么？想到哪儿就到哪儿？"

"可以这么说。"我肯定地回答。我听说学校一片宁静，还在按部就班上着课，工作组还领导着"社教"，老师们继续做检查、过关下楼。没出去之前倒没

觉得这么做有什么不对头，去了趟北京回来简直无法忍受。"内地哪像咱们这，还躲在校园里读书，现在都什么时候了，全国轰轰烈烈地大串联、打走资派、批资反路线。红卫兵杀向社会，经风雨、见世面，在斗争中锻炼成长。我们却像企鹅躲在这儿读书！"

王小津哂然道："你这是去了趟北京，开眼界了；要不，还不是跟我们一样在上课。我们哪知道内地的事。有的学生收到内地寄来的传单，都让工作组给没收了，不让看。"

"嘿——"我激动地大声道，"这不是明显地不相信群众，压制运动，破坏运动吗！内地批的就是这个！什么叫资产阶级反动路线？就是压制、打击群众的革命热情，总想运动群众，把群众当阿斗，把自己当诸葛亮——这是当前搞'文化大革命'的最大阻力和绊脚石。"

吕琪山耸耸肩："那又能怎么样？"

"叫我说，"我愤愤然道，"这课就没必要上了。每天坐在教室看看报纸，学学毛选，看起来没啥，实际上是把同学们约束住，什么也不让干。"

"你说是罢课？"吕琪山皱起了眉头，"解放前听说过这个词……"

"就算是罢课。"我被这个念头弄得兴奋不已，仿佛要犯什么大逆不道的天条，反正我心中有一股豪气，一股造反精神，什么也不怕。但我也吃不准，不知道李建生，还有北京回来在其他人会怎么想。我说起这次在北京认识了李建生，挺有头脑的，我得和他商量商量。

第二天到了学校，我去找李建生，说起学校的形势，都认为大大落后于全国，看来资反路线是全国性的问题，内地虽然冲破了，这里却没有被触动。李建生有板有眼的分析：看来不打破这个秩序，革命就无法进行下去。我们既然把火种带回来了，就要点起来。我们准备写一篇为什么罢课的大字报。

我万分兴奋："对，罢课！我们也给工作组贴大字报。"

李建生挺高兴，他原来以为光他们高六六级出头干呢。"咱们两个班同时罢。我看，从北京回来的同学们早已不满学校的形势，咱们一动，他们肯定也会响应。"

很快，学校大门口贴出了李建生他们写的《我们为什么要罢课》的大字报。下边签了李建生等七个人的名字。我们班几个人突击写出《工作组向何处去》。表示支持的七八个人都在大字报下签了名——签名也得冒风险，谁知道会不会倒霉挨整。

很快，李建生他们又贴出《一论罢课有理》《二论罢课有理》。高六六班人才多，笔头硬，比我们班强。

几张大字报一贴，学校的秩序大乱。原来的红卫兵组织也不起作用了。学生们各自随意成立战斗队，自起名字，自印袖章。——这下原来许多当不上红卫兵的学生也不必担心了，都过上了当红卫兵的瘾，倒也皆大欢喜。

我和班上几个自诩为造反精神强的人，决定成立一个战斗组织。有的说叫"红到底"；有的说叫"全无敌"；还有起"从头越"、"在今朝"、"在险峰"……众说不一。我想起了一当子事，说："口里有个景区，有一块石头又光又滑，谁也爬不上去，人家给这石头起了个外号叫'鬼见愁'，不如叫鬼见愁战斗队。"我觉得这名字又别又怪，很符合自己的性格。大伙儿也觉得这名字挺别致的，于是叫"鬼见愁战斗队"。后来"鬼见愁战斗队"在社会上叫得很响。有人用这个名字开玩笑："鬼见了他们都发愁，可见你们都是些什么人了。"我们听了，反倒挺开心，要的就是这个效应。

班上一些看不惯我们的女生，也找志同道合的成立了一个"心向党"战斗队。贴出大字报，公开表示支持工作组的工作，反对罢课。并质问主张罢课的人，罢谁的课？造谁的反？工作组是党派来的，学习的课是毛主席著作，罢课就是反对党、反对学习毛主席思想。若是往常，这可是一顶置人于死地的帽子，可是我们是见过大世面的人，这话已经吓不住人了。有了对立面，反倒激起了我和同学们的战斗激情，马上贴出大字报进行反击："……工作组打着红旗反红旗，上课是假，压制群众是真。不相信群众，不依靠群众，把群众当阿斗，把自己当诸葛亮，充当了资产阶级反动路线的走卒，犯了方向性、路线性的错误。"——这类词后来人听了很可笑，在当时却是最时髦的、最能置人于死地的。我们从内地搬来，现买现卖，硬往人脑袋上扣。我们给"心向党"战斗队送了一顶"保皇派"的帽子。——"保"在那会儿仿佛是世界上最丢脸最耻辱的代名词，而敢于造反则是革命的左派，是最光荣的。

我们进一步要求工作组到战斗队接受批判——这好像是运动发展的必然。

我虽然没跟工作组焦组长打过交道，但我也听说了，焦组长在部队是机要科科长，共产党员，年年的先进。进驻学校后，党性强，政策稳，工作认认真真，踏踏实实。我相信这都是真的。可是，我觉得犯不犯资反路线错误跟一个人的品德没有关系，好人也可能犯路线错误。革命容不得半点小资产阶级温情主义，否则，什么也干不成，只能狠下一条心，干下去。

我从不善于组织开会这类名堂，这类事交给桑学兵、于润德他们去干。桑学兵，高个儿，漂亮，是个有组织能力的人。

我们硬着头皮把工作组焦组长叫到教室接受批判。说实话我也有点于心不忍，为了搞好边城的"文化大革命"，我们好像不得不这么做。王秀华、王淑梅、战月华等几个保工作组的女生要求参加我们的批判会，看我们怎么批判工作组。彭大新、于润德他们同意了。几个女生坐在远处的位子上，对我们冷眼旁观。

桑学兵打开语录本，学习了两条毛主席语录，然后让焦组长做检讨。

焦组长消瘦了、胡子白了，显然被形势的变化弄得挺矛盾苦恼，我一丝温情浮上心头，又赶紧压下去。

我们七嘴八舌，让焦组长讲清扣压内地寄来的传单、材料的问题。

焦组长望着我们，十分冷静，慢慢地说："内地比较乱，各类传单都有。有正确的，有错误的，要正面引导，否则影响学生的思想，不利于学校的安定……"

彭大新是个喜欢咋呼的人，"啪"地一拍桌子："态度放老实点！"

我们也瞪起眼睛喝道："不许顽固狡辩！"

平心而论，彭大新、于润德几个咋呼得太早，不到火候。事后大家笑着说彭大新，彭大新笑道："管他呢，我一火，就吼起来了。"彭大新，又矮又小，心眼挺实在，是个热闹人。

我在思辨方面似乎比别人更敏锐，我冷冷地尖刻地问："你是不是认为只有你知道什么是对？什么是错？我们没有辨别能力？毛主席接见百万红卫兵，就是相信我们。而你却是灭火器、过筛子，把有造反精神的东西过滤掉，让学生两耳不知窗外事，服服帖帖听从你们的指挥，是不是？"

彭大新又一拍桌子："你这是对抗运动！"

"老实交代！"

"不许耍滑头！"

我们气势汹汹地一顿乱喊，好像不如此就没气氛。王秀华几个"心向党"战斗队的女生把头扭向一边，撇撇嘴，肯定反感我们动不动扣大帽子，上纲上线。她们越那样，这边倒越来劲。

焦组长真诚苦恼地说："我本是好意，实在不知道内地运动搞成什么样子，也不知道应该搞成什么样子。"

桑学兵批判道:"你这话不老实,你看了那么多传单,对内地批判压制群众的资反路线不会不清楚,可你还是搞封锁消息,愚弄群众那一套。"

"我总觉得乱不是好办法。"焦组长似乎在跟我们探讨这个问题。

"胡说,"于润德抢先批判,"我们根本不怕乱,这是革命的乱,不乱揭不开矛盾,分不清好坏人。"

"就是,"吕琪山插话说,"怕乱就是不相信群众,哪有共产党员怕群众的道理。群众难道不知道什么是好?什么是坏?乱,只能是乱了敌人,锻炼了好人,大乱而后大治,懂吗?"

"也许以后会慢慢明白,现在我的确很不理解。"

"那你承认不承认执行了资反路线,犯了方向性、路线性错误?"说话很少的刘孝华盯着问,这是个蔫蔫的、心里想事的人。

焦组长动了气,倔强地说:"我怎么会犯方向性、路线性错误?我只是按照社教工作队的要求,搞好社教工作。"

我们也火了,认为焦组长顽固不化。——我们原来商量好的策略就是通过工作组扣压传单的事,迫使工作组承认犯了方向性、路线性错误。

桑学兵板起脸,冷冷地说:"焦组长,你这样不认识错误是不会有好下场的。"

彭大新是负责掌握喊口号的,马上挥起语录本高喊:"顽固到底,死路一条!"

大伙也跟着高喊。

然后,我们继续抓住扣传单一事不放。

我说:"焦组长,你说你只是按照社教工作要求搞工作,难道扣压传单,不让学生了解内地革命形势也是社教工作?"

焦组长不吭气了。

"那你这么做,是不是犯方向性、路线性错误?"

我们紧紧围绕着这一点,想逼焦组长就范。

焦组长咬定牙根,不承认犯资反路线错误这似乎是预料中的事,我们也没指望一次解决问题。

……

桑学兵掌握批判会气氛,见再进行不下去,给其他人使眼色——是不是就此收场?我们悄悄表示同意。

　　桑学兵便一脸严肃地说："焦组长今天的态度很不老实，检查很不深刻。我们强烈要求焦组长在全校的大会上做出深刻的检查。今天的批判会到此结束。"

　　焦组长没吭气，起身走了。

　　王秀华几个也跟着走出去。

　　教室里剩下我们。大家都挺兴奋，回顾刚才对阵，哪句话说得好，哪句话没说到点子上，都有一种初试锋芒、偷食禁果的味道。——我们平生第一次扮演了从未扮演过的角色。

　　还未等焦组长在全校师生大会上做深刻检查，上边一道命令，军内参加地方"社教"的干部一律返回部队。焦组长走时，王秀华、战月华、王淑梅等几个女生参加了送别。

　　从学校里造反开始，烈火越烧越旺，这股浪潮冲出了校门，造反的矛头不可避免地指向地区的最高权力机构——塔城地委。更准确地说是指向搞社教的社教团。社教团的团长是某师的师长，军内干部撤回军队的命令下达后，人家回了部队。军分区两个参加地方工作的干部却在劫难逃，一个是军分区严政委（兼任新的地委书记）；一个是我的父亲，社教团的副团长。我是从社教团挨批后，才知道父亲竟有这么个职务。但我想，即使我事先知道挨批的还有我的父亲，我也会毫不犹豫地造反的。那会儿，我认为自己是一个没有自我，整个身心像水晶般透明的彻底的革命者。

　　当地红卫兵模仿内地的大批判形式，搞"炮轰"、"火烧"的名堂，把大标语贴上了街。

　　"新地委执行了严重的资产阶级反动路线！"

　　"炮轰新地委，火烧社教团！"

　　"相信群众，依靠群众！"

　　"反修前哨要反修，革命前沿更革命！"

　　……

　　若论揭批新地委、社教团，李建生他们又走到了前头。首先贴出揭发新地委借"社教"压"文革"，以边境地区特殊为由，怕字当头，不敢放手发动群众起来批判走资派的罪行。一时间批判严泽明、杨士贵的大字报、传单纷纷上街，把宁静的边城搅成一锅粥。社会上各单位、企业在红卫兵小将造反精神鼓舞下，也纷纷揭竿而起，成立战斗队造反啦。照学生们当时的说法：形势大好，群众真正地发动起来了。我们实现了北京的愿望，把边城的烈火点起来了。

二十二

别看我在学校干得心酣意畅、痛快淋漓，一回到家里依旧是心情阴郁沉重。人再怎么搞运动，却离不了一日三餐，正所谓"人是铁，饭是钢，一顿不吃饿得慌"。在学校忙得贼死，吃饭也没个钟点，但真饿了，还得回家吃饭。可回家又吃什么呢？三个弟弟倒不参加运动，整天跟军分区的一把子娃娃疯玩，也不好好做饭，每天图省事打一大锅疙瘩汤。我是顾不上按时回家吃饭，既没法在家盯着弟弟们一块做饭吃，也没法老老实实地给弟弟们做饭吃。有时我回来，弟弟们不知跑哪儿玩去了。锅里给我留着疙瘩汤，我也只好凑合着吃。

我想到了吃食堂。

学校有个小食堂。住校的学生每天在食堂吃饭。不住校的老师、学生也可以买饭票，偶尔在食堂打个饭菜。我想我如果能在学校食堂吃饭，就不必每天往家赶了，可以有时间干更多的事。那弟弟们呢？我想到让弟弟们吃军分区的战士食堂。起码一日三餐有保证，而且正正常常地吃菜，还有肉，对身体的健康也有保证。

但我心情沉重的是，父亲不会同意我们四个吃食堂的。军分区战士的伙食标准是十八元，再加上我的就要七十二元。我们在家里吃饭是绝对花不了那么多钱的。父亲又是节俭的人，能舍得给我们花那么多钱吗？可是不吃食堂，再这么下去真的受不了了。

我决定还是跟父亲开口。

我等着父亲下班，父亲一进门拦住，说要跟他说个事。父亲也就进到我的房间。

我把想好的话都抓紧时间尽快倒出来。

父亲沉默着，抽着烟，不予回答。

待了一会儿，他起身过去跟王素娣商量。没过五分钟，又过来。还未等屁股坐稳，门"砰"的一声被踢开了，王素娣一只耳朵上挂着口罩，一手插着腰，出现在门口，这真是出人意料！——她当然知道我们的门是可以推开的，但不用手去开，而是用脚踢，当然是表示威赫和显示，"我哪点对你们不好啦！"她气势汹汹地问。

"你哪点对我们好啦？"我冷冷地反问。

不知道为什么，父亲突然冲我发起火来，竟然抬手朝我扇来，我头一偏，打在了肩上。父亲挪动肥胖的身躯又要打我："你是怎么跟大人说话的？没大没小，都不是好东西！我他妈拿枪崩了你。"说着父亲竟然真的转身去卧室。

我全蒙了，不明白为什么为那么一句话父亲发那么大的火？是真的还是假的？是为了不让我们吃食堂而故意做出来的？

宝宁见我呆愣着，喊道："哥，快跑。"说着上前推我。

我并不怕挨枪，我不相信父亲真的会朝我的身体开枪。我并不太快地跑出了门，边跑边回头。父亲并没有出来。不过，我的心更凉了，父亲打我时，那笨重的动作，一刹那让我感到父亲老了，顿生怜悯、伤感——使你很难相信父亲是打过仗、跟敌人拼过刺刀的。可想到父亲竟然要用枪打我，我对父亲的一点父子之情都没有了。

有一段时间，我再没有提过吃食堂的事。

可是学校不上课了，弟弟们都在家闲待，我又在学校，吃饭没了钟点，饿急了还得从学校大老远地赶回家做饭吃。我不在家，弟弟们没人管，整天地胡玩傻玩，都不愿做饭，空饿着肚子，长期下去怎么得了！

万般无奈，我还得硬着头皮提吃食堂的事。乘着父亲先回家，王素娣尚未回来之际，我踱到父亲的房子。父亲在一张单人钢丝床上躺着，见我进来，便坐了起来。我干巴巴地提出到学校入伙吃饭。

父亲最后说了实话："我不管钱，这得问王素娣。"

而面对面地去跟王素娣要钱，我感到极大的屈辱。一般有事，我都是让弟弟们跟王素娣打交道。可是这事只能由我出面。我只好硬着头皮，鼓起勇气到厨房，见王素娣。

"我又没拿你们的钱。"王素娣歪歪着嘴、神经质地摔锅摔碗，"你爸爸把你们的钱给我啦？我花的是我的钱。这里没你们的份儿。你们要钱，找你爸爸去。"

我真想好好回敬她几句，可是想想上次为一句话父亲竟然要用猎枪打我的教训，我生怕谈崩了，只得又返回来找父亲。爸爸盘腿坐在床上，从口袋里掏出一个小钱包，从里面掏出一张两元的纸币，把钱包口对着我，让看看里头，空空如也。父亲把两元钱递给我，说："就这两元钱，多一分没有，还是在家吃吧。"

我没接钱。父亲偶尔悄悄给我几个小钱，对我这个老大进行"安抚"。我沉着脸，觉得爸爸又可气又可怜，堂堂的司令员，让一个女人整治到口袋里掏不出两个钱，也真是够寒酸的！我又想到世上的事也真奇怪，别看我在外边气势汹汹地造反，回家来却得受一个女人的扼制，被整得没办法。为什么不能在家里也造造反？可怎么造呢？一点儿也造不成，造来造去，没钱还是吃不成饭。我好像是一个殖民地的国家，经济上不独立，政治上也独立不起来。走投无路，我还得找王素娣，还得乞求于这个女人。我的自尊心越被伤害，仇恨也越深。我心情沉重地走进去硬着头皮不得开口说那事儿，委婉地说、恳求地说，大气不敢出，唯恐王素娣再蹦起来。是的，从来新疆后，我还没这么下过软话，我斗失败了！斗垮了！屈膝投降了！王素娣是胜利者！

王素娣没再摔碟摔碗，爱理不理地听着，等我说完，淡不及及地说："这月没钱啦，等下个月再说吧。"

等到下个月，我让宝宁去问伙食费的事，我是连一面都不想见她。弟弟还真不错，把钱拿来啦，六十元，弟兄四个每人十五元。学校、军分区的伙食标准是十八元，我跟王素娣讲过，可只按十五元给的钱，就这也算是大恩大德了！

宝宁道："哥，没事，钱不够，我们可以捡骨头卖钱，这地方的骨头可好捡啦。"我和弟弟们并不是娇气的人，在北京，我们什么没捡过，捡过煤渣、捡过冻白菜叶、捡过烂西红柿；……三年困难时期，我们上树撸过榆树叶、柳树叶，在野外挖过野菜；北京街边长着很多的槐树，结出像豆角似的槐树豆，我们也弄来，把黏黏的"豆角"里的黑豆子挤出来，用水泡上几天，把苦味泡了去，用锅煮了吃——这办法是西屋的袁家姥姥教我们的，恐怕现在也不会有多少人知道这个秘方。……弟弟们捡骨头卖钱，是我们曾有过的艰苦精神的继续。

我在学校吃食堂后，几乎再不走进那个家门，我实在太憎恶那个女人了。

二十三

社会上的烈火刚点起来不久，学校的形势起了新的变化，学生们听说大串联快要停止，都急着组织串联队，到乌鲁木齐去串联。

学校的学生陆陆续续地走了，校园变得空荡荡的。连最具战斗力的李建生"缚苍龙"战斗队也很快去了乌市。这使我隐隐约约地有点失望。学校剩下我们战斗队仍在坚持战斗。可是我们自己队伍的内部也起了内讧，秦建国、于润德几个听闻大串联可能停止，都慌了，他们还没去过北京，还没见过毛主席，他们提出要去串联。

我提出："现在正是批判的关键时刻，咱们一走就完了。"

"怎么能完了呢？"秦建国串联的愿望最强烈，"社会上都起来了，我们也不能把自己当诸葛亮，把群众当阿斗。"

我有点火了："怎么能这么说，我们能这么要求自己吗？"

秦建国负气地说："你敢是去了北京，见了毛主席，要是我也见过了，也会说这道理。"

我被顶得说不出话来，难道我是因为见过毛主席，才不理解秦建国他们的心情吗？

于润德转弯抹角地说："我们去串联，是为了更好地经风雨、见世面，积累斗争经验，回来也能用上。"

我也不是不愿去串联，甚至可以说，没有谁比我更渴望投入漫漫征途，在我内心深处还保留着"读万卷书，行万里路"的幽灵。还有一点不愿说出口的是——我的确有点想摆脱眼下的运动，再怎么说，父亲的问题使我处境尴尬。我不愿为证明自己"清白"而勉强卖力，我不反对别人的批判，但我自己想回避。

串联的事一定下来，便开始做准备。

于润德主张招几个女生，一路上便于宣传演出。我看出也有几个男生有那么点意思。我对此激烈地反对。我觉得有女生事情太多，住宿不方便，走路走不快。彭大新几个支持我的意见。我认为，我们这支"长征队"一个女生不要——我对异性到此时仍存有强烈的排斥和偏见。

我们根据"长征队"要一路宣传毛主席思想的精神，决定排一些节目。对宣传的事，大伙儿都十分认真；而这方面，我们这个战斗队大有人才，于润德会各种乐器，刘孝华、桑学兵、秦建国会二胡之类的乐器。我什么也不会，给我安排了一个打手鼓的角色，只管敲出"咚哒哒、咚哒——"就行。于润德、刘孝华负责排编节目。大伙儿都参加演出。这时，我提出了一个建议，建议让一个人参加我们的"长征队",我提的是比我们低一级的李强,我说:"我觉得李强挺不错。他是学校宣传队的,能歌善舞,也喜欢画画写诗。在北京毛主席接见时,新疆学生在长安街跳起了维吾尔族舞,全是李强在那儿顶大梁。"

于润德与李强原本是学校宣传队的,马上表示没意见,大伙儿也都同意。这样,李强作为唯一外班的学生加入了我们的长征串联队。有李强节目更好排了。我们九个人,排了不少节目,全部演下来,竟然要用一个半小时,真成了一台戏。

李继泉几个搞后勤的做了旗帜。从地委领了棉胶鞋(专门供应"长征队"的)。每个人打了一支矛子,防止在戈壁滩上碰到狼。关于出发时间,我建议放在十二点钟声响过,时代跨入一九六七年之际,表示我们在新的一年,以新的姿态,开始漫漫的征途。大伙儿都觉得时间选得挺有意义。

二十四

"当——当——"深远的钟声响了十二下,桑学兵朝前一挥胳膊,高喊一声:"出发。"我们背着行李,扛着长矛,雄赳赳、气昂昂地出了校门,投入到茫茫黑夜之中。寒冬腊月,滴水成冰,又赶上寒流袭击,气温在零下三十多度。

> 踏着革命路,
> 嘿,高举革命旗,
> 亮开铁脚板呀,
> 紧跟毛主席。
> ……

我们放开喉咙,高歌猛进。开始走得太急,出的还是热汗,走到后来竟成了冷汗。走到后半夜,一个个都冻木了。半夜四点钟,我们赶到一个养路道班房,连衣服都没脱,一个个倒头便睡。早晨起来,一个个脸、耳朵都冻肿了,全没了人样。可是开弓没有回头箭,还得继续往前走。

从离开塔城,我们队伍后跟着一个女生——吴玉娟。她家在额敏县,跟着串联队步行回家。她也挺能走的,也不觉得累。她在学校每天早上都晨跑。

第三天,我们到了额敏县,吴玉娟离开我们回了家。

桑学兵、刘孝华、于润德几个办事能力强的去联系演出的事。我们曾天真地决定,每到一个地方都要好好宣传毛泽东思想。不知于润德他们怎么联系的,我们被安排在县电影院的舞台上演出。

晚上，电影院灯火明亮，台下坐满了人。不知是出于政治上的安排，还是小地方没文化生活，人真不少。于润德是导演，大家极紧张认真地演出一个个节目：小歌舞、乐器合奏、对口词、山东柳琴书、三句半……还有一台近半小时的话剧。我们的演出相当成功。第二天，我们准备继续出发。于润德带回消息，说我们的演出太精彩了，是所有红卫兵宣传队演出最好的，县上要求我们再演出一场。大伙儿听了，也都挺高兴、十分兴奋，又卖力地演出了一场。

从额敏县到下一个托里县间隔七十公里，中间夹着最著名的老风口。表面看上去，老风口没有任何可怕的地方，几十公里全是平坦开阔地，汽车跑起来才快溜呢。当你夏天路过此地，会问，老风口什么也没有呀！一到了冬天，成吉思汗山口吹出的强风似鬼哭狼嚎，几乎把世界上所有的雪都堆在了风口的中心地带。特别是一场新雪之后，风把蓬松的雪堆到公路上，把压出的汽车印顷刻填平，此时若有汽车正行驶至此，必定在劫难逃——风把细细的雪粒吹进机器，很快把机器打湿熄火，转眼又把雪堆到车前，既无路可走，又无视线可辨，司机只有扔下汽车，尽快逃离，至于能不能逃脱就看命运了。老风口有如一条白色的滔天的大河，把塔城、额敏县与外界隔离开来。往往一场风雪过后，就得中断几天交通。然后推土机慢慢推出一条道来，汽车跟在后边慢慢前行。

这么个可怕的老风口，我们竟然大大咧咧地步行闯进去。一九六六年的冬天，雪又特别大，可以说，我后来再没见过那么大的雪。我们在雪地上走着，不紧不慢，一边走，一边唱歌。天气晴朗朗的，还有点温热，走起来挺舒服的。

刘孝华扯直嗓子唱一首民歌：

小小的青马哎——

……

曲调特别高。秦建国等几个嗓子差的试着往高拔音，拔不上去。刘孝华便逞能地唱，把我们逗得哈哈大笑。

走了一段路，不知怎么又想起《收租院》的泥塑。《收租院》是反映四川大地主刘文彩剥削压迫农民的一组组泥塑。刘孝华扶着长矛、歪着头、抿着嘴，装泥塑的穷老太太，装得惟妙惟肖，引得大家哈哈大笑。

为了配合悲怆的气氛，大伙儿便唱起了：

天上布满星，

月牙儿亮晶晶，

生产队里开大会，

诉苦把冤伸。

……

刘孝华于是做悲愤、诉苦状……

停停走走，走走停停，一点儿也意识不到我们是走在多么可怕的地带。

越靠近老风口，雪越厚。这儿的雪也引起我们极大的好奇。雪被风吹得紧紧的，像被压缩的巨大完整的白色固体，人踩在上边，半点痕迹都没有。雪白白的，纯净得令人喜爱，恨不得美美地吃上几口。最奇最怪的是风把雪掏成千奇百怪的形状，有的像火箭发射架；有的像深山峡谷；有的像洞洞套洞洞的玉石雕刻；有的像完整的田园风景……造型线条流畅，决无斧凿的痕迹。这使我想起了克拉玛依的魔鬼城，风把山丘雕刻成千奇百怪的形状。风在雪上雕刻要比刻山轻松多了，因而造型更复杂，景物更奇特……我被从未见过的奇景喜得不可名状，每见一个新造型便大呼小叫，又用长矛把雪塑捣坏，想把美永远留给自己。

这一趟玩耍，又耽误了不少时间。

冬天天黑得早，太阳一落山，我们有点慌了，因为还没见到道班房的踪影。

我们在黑暗中加快了脚步。我是生来不辨东西南北的，也不知他们是怎么认清的路。我跟在他们后边——怎么说呢，在九个人中，我是个头最高、走得最慢、体质最差。

刘孝华他们催我加快步子，万一刮起风，赶不到道班房就完啦。实际上，老风口已经开始在黑暗中吹起丝丝的小风，令人感到一丝恐怖。从额敏县出来时，李继泉他们好像注意听了天气预报，说是没风。不过，天有不测风云，万一气象预报不灵，就吃大亏了。

我加紧迈大步子跟紧队友们——谁知道我这么不善于走长路，走着走着，开始出热汗，到热汗消下去后，又饿又累时，就开始出冷汗了。

"前边看见灯光啦！"走在前边的桑学兵、刘孝华叫起来。

我眼神不好，什么也看不见，只管跟着他们走就是了。

从看见灯光到实实在在走到映出灯光的道班房足足走了一个多小时。道班房仿佛是埋在老风口的一颗明珠。道班房两侧、屋后的积雪已经超过了屋顶。在墙与"雪山"之间挖出了一道细长的垂直的沟,是怕雪把土墙弄湿。进了房子,我们一颗悬着的心才完全地安定下来。

道班房的工人全是民族同志,他们热情地接待学生,倒上了奶茶,马上动手做酸揪片子。

学生们置身在一片热烘烘中,喝着热奶茶,开始让疲倦饥寒的身子在热气中膨胀放松,真是再幸福不过的事情了。

这个道班房位于老风口的中心,多年一直被评为红旗道班,每年冬天冒着风雪推路,不知救了多少人的性命。大约道班房接到有关部门的指示,凡是串联的红卫兵都要接待,而且定了每顿饭收二百克粮票、交两角钱的伙食标准。很快,一大锅汤饭做好了。我们狼吞虎咽,一顿猛喝,整整一天没吃饭,的确饿急了。

再往前走,我们的节目基本上再没演出,沿途都是道班房,也没了演出条件。再说我们突然觉得这么蹦蹦跳跳有点幼稚,人家也并非需要。

步行了二十多天,我们终于走进了乌鲁木齐。一步一个脚印地走了六百五十多公里,一步车也没坐。当我们进乌市时,一个个狼狈不堪,战旗被戈壁的狂风撕成了碎布条;防狼矛子一路上当了拐棍,尖头都磨平了;出发时领的棉胶鞋已经裂了缝,棉花翻了出来;最好看的还是脸,天天在零下二三十度的野外走,吹得黑黑的,有的耳朵、脸冻得掉了皮。最窝囊的是我,从头到尾一直走在队伍的后头。照刘孝华开玩笑:"你还不如一个女生走得快呢。"秦建国则断言:"要不是杨宝如,咱们起码早到乌鲁木齐三天。"

第六章

浩浩荡荡杀回塔城夺权……咦，权已经被别人夺了……一番激辩，支持了夺权……到了八月份，反对派的力量又起来了……没完没了的争斗……

二十五

乌市充满了外地的串联队、红卫兵。内地来的红卫兵穿着自治区政府接待站发的光板皮大衣，白皮大衣上用墨汁写着"打倒区党委"，"打倒王恩茂"，十分醒目。乌鲁木齐的形势已是一片混乱。塔城的不少学生都在乌市闲逛。他们原来准备到内地去串联，偏偏又遇上中央停止大串联的指示。上边又开始号召杀回老家就地闹革命。实际上要求红卫兵都返回原地。乌鲁木齐火车南站把得很严，不让随便上火车，除非买票。新疆不像内地四通八达，火车一卡死，人要去内地比登天还难。

我们原打算一步步往内地走，不坐火车，看来也不现实——从乌市到内地近千公里的戈壁沙漠，地旷人稀，又是冰天雪地……于润德建议："不行，买票也要到北京去，都已经到乌鲁木齐了，怎么也得到北京去看看。"秦建国、李强也有此意。我对坐火车走北京没那么强烈的欲望，一方面我是从北京来的；二呢，我实在没有去内地的钱。前一阵儿，红卫兵到哪儿吃住都不要钱，白吃白住白坐车；眼下（内地）红卫兵接待站都撤了，自己花钱就划不着了。唉，我多少也感到点沮丧，不知道会停止串联，来得这么快。

在乌市闲待了几天，我兴趣索然，在这偌大的城市，一无亲二无故，我又不喜欢交际，又不喜欢到处跑，整天待在宿舍想心事。所谓宿舍，是一座机关大楼，被乌市的一个学校的造反组织占据着。这个造反组织的一个头头，原是从塔城三中考上大学的，除了我其余的人都认识他，自然很受照顾。

我们都带着行李，白天把行李卷起来当办公室。我们到乌市后，许多在乌市闲待的三中战斗队都跑来联络，人来人往，桑学兵、刘孝华、于润德俨然成了领导核心。

我除了认识本班的同学，很少能认下别的来来往往的学生，对刘孝华、桑学兵他们忙来忙去的事不感兴趣。我的内心又被上海发生的"一月风暴"深深地震撼了！所谓上海"一月风暴"是指上海的造反派一举夺了上海市委的党政财文的一切大权，成立了"上海红色夺权总指挥部"。当时，作为中央权威喉舌的《红旗》杂志、《人民日报》都发表了重要的社论，称之为"中国的新纪元"，"巴黎公社的再现"。并树为革命夺权的样板，号召全国像上海那样向党内一小撮走资本主义道路的当权派展开夺权斗争。我深深沉浸在这个新的伟大的历史时刻，为"文化大革命"的不断深入发展所触动。历史迎来了最后的转折关头。我看报纸、查社论、听广播，认真思索如何跟上形势，在塔城开展夺权的斗争。我钻了牛角尖，见社论上只提向党内一小撮走资派夺权，没提向执行资反路线的人夺权。塔城新地委算是执行资产阶级反动路线，能夺权吗？终于，我查到有的地方夺了执行资反路线的当权派的权，这下来了精神，看来只要不能适应运动发展，不夺权不足以前进的就应该夺权。"世界上一切革命斗争都是为着夺取政权，巩固政权。革命的阶级是这样，反革命的阶级也是这样。"当年，领袖为了打倒蒋介石，推翻三座大山的著名论断，这会儿又被用在"文革"上了。我完全被夺权的大事冲昏了头脑，认为又到了考验一个人是否真革命的关键时刻，成为鉴定人生价值的新尺度。

有了这种想法、这个念头，当于润德又提走内地的事，我是越发的反应冷淡。于润德兴冲冲地带来一个好消息："哎，我现在摸着上火车的窍门啦，内地红卫兵坐火车还是不要钱，就是咱们新疆卡死啦，其实出了乌鲁木齐过几站就没人管了，咱们只买出乌鲁木齐几站的票，没错。"

秦建国一听乐极了。"走走，赶紧买票往内地走。"

李强、彭大新也咋咋呼呼主张马上这么办。

我挺冷静，心事重重地建议："咱们再考虑考虑，既然中央让停止串联，咱们就停止，你们也不是没见社论，现在的大方向是杀回老家夺权。"

秦建国道："我不管什么夺权不夺权，反正我要去北京见毛主席。"

我说："串联都停止了，毛主席不会再接见了吧？"

"那我也要去北京看看，我长这么大，还没去过内地呢。你那会儿不是说过，地球又不是离开我们就不转了，非等我们回去夺权。"

我变得激烈起来："现在跟那会儿不一样，夺权，这意味着什么？闹着玩吗？就是让串联，我们又怎么能去呢！要是没夺权这回事，我也非走不可。可夺权，干革命还有比这更大的事情吗？我们在这个紧要关头开小差，就意味着背叛！"我用了一个列宁式的语言。

秦建国负气地说："好，好，我们背叛，我们是反革命行了吧？"

"我看，也就是应该回去参加夺权。"桑学兵附和说。

战斗队遇到了考验，九个人都吵开了，一半人坚持去内地；一半人认为不管怎么样，应该杀回塔城夺权。别看我与外界打交道不行，在这个小圈子里却锋芒毕露，极善宣传鼓动之能事。我对想继续去内地的几个同学又轻蔑又鄙视，认为他们是自私自利，全无破私立公的革命精神。一叶障目，不识泰山。我甚至想说，算啦，不行，各奔前程，没说出口。

刘孝华看气氛搞得太僵，缓和道："大家一块儿商量，看怎么办好？咱们战斗队要保持团结，少数服从多数，要走都走，要回都回。"

……

战斗队商讨了半天，最后，杀回去的论调占了上风。——回想起来，我们那会儿毕竟是一群单纯、执着，对运动充满了认真精神的年轻人；况且我们在塔城做出了名堂，这也使我们对运动的责任感比其他战斗队强烈得多。秦建国几个坚持要走内地的人也只得作罢，他们重感情，还下不了离开大伙儿的决心；而且去内地也是大伙儿在一块才有意思。最后，大伙儿一致决定返回塔城。

我们开始运筹于千里之外，凭空想象着回去后，联合李建生的"缚苍龙"战斗队，全力以赴深入社会各个基层，进行调查，寻找革命左派——没有调查就没有发言权嘛——然后把左派联合起来进行夺权。

我们开始招兵买马。桑学兵、刘孝华说有不少战斗队愿意合并过来。到乌市后，我觉得叫个战斗队太没气魄啦，乌市都是什么"造反兵团"、"造反司令部"等等。我们几个商量了半天，改新名，我提出叫"红旗革命造反军"。一方

面与"兵团"、"司令部"相区别；一方面叫个"军"也挺气魄。大伙都同意
了。自然，"鬼见愁"战斗队的成员都是"红旗军"的核心力量。不过，我们
没有像有的组织分什么一号勤务员、二号勤务员……有事大伙儿商量着办。

也不知战友们怎么联系上了到塔城接新兵的军用大卡车，到集中坐车返塔
城时，汇集的学生竟有百十来人——也不知道他们是怎么组织起来的。李继泉
给上车的学生们发了新印制的"红旗军"袖章，红艳艳的，好不威风，好不气
势。我们成了塔城学生中一支最大的红卫兵组织。六七辆卡车的"红旗军"浩
浩荡荡地杀回了塔城。

二十六

到了塔城，一下汽车，我们就得到了消息：塔城的权已经让人夺啦!?

于润德急得跳起来："咱们再把权夺回来。"

我也大失所望，一腔热血，满腹激情地准备接受风雨雷电的考验，在大风
浪中一逞英豪，殊立功勋的宏图之志转眼化成了云烟？怎么，夺了？好快呀！
还有人比我们想得早、动得快呢？一刹那真后悔，我们为什么要离开塔城，要
不夺权怎么也有我们的份，可谁又能预料到这一切呢！

我们一伙"红旗军"的"将领"站在刚下过雪的雪地上商量：先分头去调
查，看是哪些组织夺的权？是不是革命的左派？然后再碰头联系。桑学兵、刘
孝华特别急于找到李建生他们，要弄明白这一切是怎么回事。

我独自回军分区，边走边观察边城的新变化，墙上到处贴满新刷的大标语。

"二·一八是偷权，大杂烩，右派夺权！"

"砸烂黑色夺权指挥部！"

"坚决不许老保翻天！"

……

我又激动又沉重，望着这种新形势，浑身打战，仿佛飞机遇到强大的逆风
时发出的颤动。刷这类标语的署名都是"红色造反司令部"，简称"红造司"，
这是李建生他们组织的新名称，他们先我们去乌市，又先我们返回塔城。显然，
李建生他们未参加夺权，这使我感到困惑，怎么会没有李建生他们参加的夺权？
有什么人敢冒天下之大不韪而夺权？看来，真的得反夺权了！我们没白回来，
又有事干啦。

我说不出的紧张、兴奋，真是天翻地覆，云涌星驰，一种巨大旋涡在我心中卷涌。

可是，不知为什么，看到街上都是反夺权的人在刷标语、发传单，十个熟人有八个都在斥骂夺权是少数人偷权，没搞大联合，而且都坚信很快会把"黑夺指"冲垮时，我隐隐对少数参加夺权的人抱有微妙的同情心理，挺佩服他们敢于夺权的精神。

我从邮电局经过时，见许多反对夺权的红卫兵在雪地上静坐。"二·一八"夺权后，部队支持夺权，军管了邮电局、电厂、车队等重要部门。邮电局在大街上的十字路口，反对夺权的力量决定在邮电局前静坐、绝食，最易造成政治影响。

我不太认识人，也没停下了解情况，先自回了家，放下行李。

下午五点钟，我独自来到学校。校园里静悄悄的，没什么人。我走进我们班的教室，空荡荡的教室竟然有一个学生合着大衣躺在课桌上。他见我进来，坐起来，满脸苍白困倦，眼睛布满了红丝，目光游离而闪烁，似乎有点不好意思。我一向眼神不好，因为离他近，把那眼神看得一清二楚。我问那个学生怎么在这休息？那学生有点吞吞吐吐地说他是参加夺权的，忙了好几个晚上，累坏了，抓紧时间睡一会儿。不知为什么，我对他突然产生了一种同情心：他那种不太愿意说出参加夺权的胆怯表情，说明他正承受巨大的压力，像是被追赶的兔子，或者，他已经在考虑夺权失败后的艰难处境。我后来知道这个学生叫李杰，相当的精明、有头脑。他那种目光躲闪是他的一种习惯，并非胆怯，这都是我后来了解的。

李杰没再休息，说他睡好了，离开了教室。我等了一会儿，于润德来了。接着秦建国、李强来了。最后刘孝华、桑学兵进来。九个人都到齐了。

彭大新咋咋呼呼，慷慨激昂，比比画画说："夺权的全是保守组织，结合的干部又是犯有路线错误的人，非要砸烂不可。"

刘孝华告诉大家："我在邮电局前碰上了李建生，聊了一会儿，李建生对咱们杀回来很高兴，说只要我们反对夺权，他愿跟咱们合并重新成立一个战斗队组织，把'红夺指'给砸烂，李建生的确有气魄，有大义大勇。"

彭大新咋呼道："形势很明确，夺权是右派夺权。听了李建生的介绍后，我们当即表示支持反对夺权。并且以'鬼见愁'的名义发了支持反对夺权的声明。"

桑学兵也说："我们在场有五个人，超过咱们核心的一半，我想我们能够代表咱们战斗队，就签了名，发了支持反对夺权的声明。"

——事情好像就这么定了下来，是那么顺理成章，理所当然。

这会儿，于润德试探着说："我看再好好想一想，我怎么觉得夺权的大方向是对的……"

半天没说话的我忍不住开了腔，打断了于润德的话："我怎么也觉得夺权是对的。"我的话里带着一种激怒之情，一种迫使别人屈服的压力，"响应中央的号召起来夺权，总比说夺权不到时候高明。参加夺权的组织少，只能说不完全、不完善罢了。可反对夺权，连方向都错了，还谈什么正确？"

"可是，夺权的条件不成熟，左派还分不出来……"彭大新提出流行的逻辑。

"不错，咱们原来也是这么想的，"我激愤地说，"却有点儿书生之见，要是咱们回来夺权，能联系多少组织？李建生是反对现在夺权的，肯定不少造反组织也跟他一个论调，你说我们夺不夺？"

"当然要夺，就是我们一个组织也要夺。"于润德回答。

"这不就结了。从现实看来，哪有那么成熟的条件，哪有大家百分之百都同意才去办的事。批资反路线是如此，夺权也是如此，管它三七二十一，先把权夺过来再说。所以，你总不能说那些夺权的没跟上时代，没坚持斗争大方向吧。可反对夺权，你就是有一千条理由，能说大方向正确？"

"可这些夺权的组织造反晚，太保守……"桑学兵反驳说。

我冷笑道："但是，人家这次可跟上趟了，李建生造反早，却反对夺权，这怎么说呢？再说夺权的骨干力量也有几个造反早的。学校的李杰他们，地委的揭老底战斗队也算早吧，人家既批资反路线，又跟上夺权的步伐啦，你能说出个大天亮来？"

一席话说得反对夺权的人犹豫了，支持夺权的人你一言我一语认为夺了也对，没必要跟着李建生反对夺权。刘孝华几个反对夺权的观点的也不服气，双方争了个面红耳赤。渐渐，支持夺权的论调占了上风。刘孝华、秦建国两个人还不服气。大伙儿一个劲地耐心开导。他们俩似是而非地听着。最后跟在乌市一样，大伙儿不愿分离，少数服从多数。

桑学兵提出：全体"红旗军"人员去"红色夺权总指挥部"表示支持。时间定在第二天上午十点钟。分别去通知人。

第二天组织人马时，一百多号人剩下了七十余人，三十来人投到李建生那儿去了。这也是运动中难免出现的，剩下的七十多人也不算少，大伙儿排好队，出了校门，刘孝华没有加入队伍，他勉勉强强地跟在队伍后边，显然，他对支持夺权还保留看法，不过，他也没决绝地走开。

我走在队伍中，令人难以察觉地留意着刘孝华的动态，不想上赶着跟他说话，好像强迫拉拢他支持夺权似的；但也有点暗暗生他的气，气他在大是大非面前优柔寡断，不能辨别是非。队伍来到行署大院里，排好队。"红夺指"的几个头头脑脑全体出来表示欢迎。与大家一一握手。刘孝华此时已经别无选择地走进了队伍，与大伙儿一起表示对"红夺指"的支持。

后来，我大致弄清了"二·一八"夺权的过程，应该说，夺权是军分区一手策划的。——后来回想起当时部队为什么要策划这次夺权看得更清楚，那就是当时身为新地委书记的严政委担心在"一月风暴"的影响下，哪个群众组织会贸然地冲进地委夺权，是交权还是不交权？交了政府的领导工作就瘫痪了，不交又是对抗运动，而且在夺权风暴的大势下，不交权怕是顶不住；再一个，还是怕边境地区乱，总想维持边境地区的稳定。

——我后来知道了一件事，就更明白军分区为什么要急着搞"夺权"了。很难想象的是，兴起大串联时，塔城三中的学生大部分都走了乌鲁木齐，而比我们低一年的高六八的刘强、戎建华、张寿堂等几个学生，也是一个战斗队，步行到额敏县就再没走。"一月风暴"的时候，也是心潮澎湃，豪情万丈，跑到额敏县委，宣布夺权，就那么几个学生一举夺了县委的党、政、财、文一切大权。……我多少年后跟刘强聊天，我说额敏县的老百姓都管你叫"刘县长"，说你一天坐着县委的小黑轿子车，背着个绿挎包，里边装了几十个章子。县上要发个什么文件，到处找你盖章子。你开始还从绿挎包翻章子，看哪个是。后来找你盖章子的人多了，你烦了，把章子往桌子上一倒，章子乱滚，你说你们自己找吧，有没有这回事？刘强发笑，说没有。我是因为想写这段历史，想更客观地分析当时怎么会发生这样的事情而问刘强的。唉，在那个历史时期，我们无法超越，只能随波逐流。

我一本正经地与刘强探讨，我说，客观说，额敏县"夺权"对军分区是个极大的刺激，军分区怕哪个组织冒出来也突然夺权，你说有没有影响？刘强也承认，还是有影响的。

……

回到历史中，军分区怎么下决心搞这么一次"夺权"的内幕谁也不知道。我后来听说的是，军分区通过武装部悄悄地把塔城的各战斗组织摸底排队，找出那些复转军人多、党团员多、阶级成分好的战斗队一一沟通，在二月十五日召到军分区，宣布他们是革命的左派，军分区对他们坚决支持，发了个"革命群众大联合的通告"，作为"二·一八"夺权的群众力量。夺权还应有革命干部，选中的是一个从外地调来的，时间不太长，跟"旧地委"没什么瓜葛的老干部。于是在二月十八日这一天，一批革命群众组织一举夺取了"新地委"的党政财文一切大权。组成了有革命领导干部、革命群众组织、军队支持的"红色革命夺权总指挥部"。简称"红夺指"。这一切我因为没有亲身经历，对整个过程也不甚了解，即使到了后来不得不写这段经历，也不想去调查研究、往详细了写，我只写我自己经历过的事和在自己思想支配下的行为。

下午，桑学兵、刘孝华领着人马加入了保卫红色政权的行列。我回到了学校，又退缩到一角，构筑自己的小窝去了。

这天晚上，军分区、"红夺指"联合组织了一次武装示威游行，打头的是全副武装的驻军部队，随后是各单位的复转军人、基干民兵，往后是支持夺权的各单位的干部、工人，最后是农民的马队，等等。目的是要大长无产阶级的志气，大灭资产阶级的威风。武装游行转了几圈喊着整齐的口号，威慑作用也确实大——小地方的人哪见过这种阵势，反对夺权的人见越来越具政治严重性，怕犯大错误，纷纷倒戈，调弯转向，几天的时间，反夺权的势力土崩瓦解。

……

乘着夺权的东风，我们又夺了学校的"大权"。其实，学校早已无人管理，不过是孙驭昆几个老师在哪儿对付着处理点杂七杂八的事务，一听说夺权，老师们忙交出了公章，乐得隐而退之。我们不懂管理学校的事务，全交由几个成分好，当过"四清"代表的老师去处理。

夺权没多久，报纸上又提出"复课闹革命"。意思是让学生返回学校去。我们现在成了掌权的，像套了笼头的驴子，干什么都得讲个政策，只好把社会上的学生都拉回了学校。

按照"复课闹革命"的精神，部队派"军宣队"十二个人进驻到学校。领队的叫曹玉泽。学生们对"军宣队"挺尊重，挺听话。"军宣队"帮助学校成立了革命领导小组。按照成立"革命委员会"必须实行"三结合"的原则，即：要有革命干部、革命群众、解放军代表。军代表、群众都有了，还缺革命领导干部。曹代表说服我们把学校原来靠边站的校领导初主任给解放了，结合了。这使得我内心很尴尬：自从夺权后，我们的行为几乎与从北京回来造反转了个一百八十度，背道而驰。我们那会儿是"罢课"，这会儿却成了"复课"；那会儿把学校的领导作为有严重问题批，这会儿倒好，我们把人家作为革命干部结合了。李建生他们战斗队骂这边是"复辟"、"老保"，也并非没有道理，不过此时李建生他们已是"泥菩萨过河——自身难保"。李建生垮了，"缚苍龙"垮了，他们偃旗息鼓、销声匿迹，悄悄回到了学校。

军代表认为他们犯了"错误"，让他们先做检查，检查好了再回到班上去。检查的地点安排在学校一座孤立的房屋——那原是两个班上课的教室。谁知这对李建生他们倒好了，他们既不做检查，也不回到班上去，那与周围全不联系的孤立的房屋成了他们的"窝"。

曹代表一时也拿他们没办法，认为他们不承认错误，不回班上复课是犯"自由主义"——这个帽子在那个造反时代是多么微不足道。

——几十年后，聊起这段历史，李建生告诉我，并不是他们不愿回班上，是不让他们回班上。当时让他们在那房子，隔离审查。专门有公安局的赵组长负责审查，让他交代如何受王庆和等几个家庭成分不好的老师的教唆，反对解放军。李建生说老师们有什么教唆的，是同情支持我们。李建生说夺权后，三月份公安局发了一个"通告"，让反对过夺权的人都去投案自首。一共抓了七十多个人。三中老师抓了王庆和、徐精华、严长兴还有谁，都是出身不好的人。抓了七十多个人，关进监狱；关不下了，有一部分人就让待在房子。赵组长让我交代问题，说不要以为你们是学生就不会拿你们怎么样……

我知道夺权后三月份抓人的事，当时中央报纸上提出"横扫一切牛鬼蛇神"。介绍内地一些地方夺权后，狠狠打击反对夺权的反革命逆流。"红夺指"也以阶级斗争为纲，把社会上那些阶级成分不好的反对夺权的人当成反革命抓了。我当时也知道抓人的事，虽然不像李建生知道的这么详细。当时认为"横扫一切牛鬼蛇神"是对的。后来反思这段历史——其实，像我等经历过"文化大革命"的人一辈子都在反思。客观上说，当时大家积极参加"文化大革命"，形成不同的看法也是很正常的。反对夺权的人中出身不好的人也并不是认定你夺权建立的是"红色政权"，出自什么对党对革命的仇恨本能地反对你这个革命政权。……"四人帮"倒后，揭批查，听说军分区当初参加过夺权的一个人说，"文化大革命"怎么搞也不知道，只知道解放初期建立革命政权，镇压反革命的经验，也就照着那样做了。我觉得，那位军分区的说出了当时抓人的思想依据。但是社会环境变了，矛盾关系变了，混淆了两类不同性质的矛盾，把人民内部矛盾当敌我矛盾处理了。现在想起来，当时把不同观点的群众当反革命抓起来是"红夺指"犯的最大的错误。

我跟李建生说，好像抓了一个月就放了。

李建生说不止一个月，有二三个月吧。

李建生说当时说他反对解放军。他说我怎么能反对解放军呢？曹玉泽在骑兵连当班长时我们就认识。我家就在骑兵连附近，骑兵连的人经常到我房子去，我也到骑兵连去，人都认识。骑兵连有些东西没地方放，还放在我们院子……你父亲就说，"李建生怎么会反对解放军？我不相信。"分区说他思想混乱，认识不清。也就是在对待我的问题上，你父亲跟他们产生了分歧，后来也就支持了我们。

我当然知道父亲后来改变了观点，支持李建生一派。我当时想的是李建生跟父亲的关系不一般，一九六五年全国民兵大比武时，李建生作为学校的学生参加大比武。父亲带的队。也就是那一次，父亲跟李建生建立了很深的感情。我想的是李建生利用跟父亲的关系，不断地给父亲做工作，终于使父亲倾向了他们。

从理论上来说，倾巢之下安有完卵，"文化大革命"一片混乱，所有的地方都有两派，所有的地方军队也分成两派，各支一派。军分区也不可能是铁板一块，社会上的矛盾总会反映到军内来，而人的思维也总会有所不同，军分区内部后来也出现了分裂，一部分干部支持了李建生一派。

二十七

回到历史当中，要说真正喜欢"自由主义"的倒是我。我一直没参加班上的"复课"。"复课"也没什么内容，参加参加军训，学学报纸，搞搞大批判专栏之类。我独自找了一个"窝"。——学校大礼堂一进大门，左右各有一间侧室。我占上其中一间作为搞宣传之用。办了一份油印的《红旗战报》。大部分文章都是我一个人慢腾腾地写的。有同学开玩笑说我办的是"杨家报"。我自己写，自己印。我的字太难看，刻不成腊板，让班上的女生李丽刻，她的仿宋字挺好。

空荡荡的水泥房又阴又冷，我得一个劲地给唯一的铁炉子加煤。我喜欢坐在炉火旁手里拿着火钩子杵在炉圈边的土块上，望着炉中的红火许久地愣神。脑海里则海阔天空、太极八方、宇宙银河、神仙鬼怪，无所不想。想的最多的则是世界的纯化和人性的完美。特别是身在这离苏联边界只有十几公里的边城，总有一种莫名的压力，对边境那边充满一种深深的仇恨。

……我第一次听到"塔城"这两个字，是在北京上初中的时候，听过当时的北京市副市长万里作的关于"伊塔事件"的报告，内容是一九六二年苏联煽动我三万边民外逃。当时，伊犁、塔城在哪儿都弄不清楚。……如今我来到了塔城，处处可感觉到边民外逃后的痕迹，听了许多边民外逃的事情。

但真正给我灵魂震撼的是看了地委搞的一个揭露苏联反华的览展。展览的内容是一些一九六二年跑过去又跑回来的人揭露的那边的情况。人跑过去后，赶过去的牛羊被没收了，人被分在集体农庄当工人，而给的工资只有本地职工的一半。有的女人被农庄主席强奸、霸占。男人还时时地遭到鞭打，一个人被抽瞎了一只眼睛。一个跑过去又跑回来的少数民族人控诉说："农场人打他骂他，说你是中国人为什么跑到苏联来？你以为苏联天上掉馅饼吗？"……我挺同情这些跑过去后遭到不幸的人。这种宣传也增加了我的仇恨，而且使我相信那边是很黑暗、很丑恶的世界。

最大的无时不在的压力还是六十年代后期紧张的中苏关系。两国已经视同仇敌。苏联在边境陈兵百万。越过边境，发动战争的可能性像阴云一样经久不散。塔城到边境之间是无险可守的一马平川，又是自古进入新疆的通道，一旦开战，不管是大打小打，都必将在劫难逃。

"文化大革命"提出的反修防修的防止复辟的宗旨，提出打倒党内一小撮走资派，防止党变修、国变色的理论，我认为都是正确的。于是，如何使自己的祖国保持政治纯洁，人民生活幸福，不受剥削压迫，帮助世界人民求解放与美国坚决斗争，并且不像苏联那样与西方资产阶级妥协，成了我的人生追求。

于是，在我的思想深处有了一种处于战争的紧张状态，也就是不可避免地有一种假设：苏联打过来了怎么办？面对苏修法西斯的枪口，我们是否能保证不怕死，不变节。在我年轻时代所受的教育告诉我，世界上有一种最丑恶的东西就是叛徒。我总担心自己这种柔弱的心灵和虚弱的体质是否能经住这一切严酷的考验。我有点犯傻，无端端地总想给自己增加些残酷的折磨，看看自己是否有钢铁意志；我害怕自己万一受不了酷刑而叛变，那么不成了甫志高之类的叛徒；我顶顶憎恶叛徒的行为，《青年近卫军》里的那个……《毁灭》里的逃离游击队的那个……《红岩》里出卖江姐的甫志高。可是，人为什么怕刑罚，怕疼？人有神经多么倒霉？疼真的会受不了吗？为什么有的革命者能挺过去？而有的人却挺不住？这种意志的区别该怎样培养？意志的力量怎样战胜神经的扎入骨髓的疼痛？我总想着车尔尼雪夫斯基《怎么办》中的拉赫美托夫，那个革命家为了万一被敌人逮捕后能承受酷刑的考验，有意在钉满钉子的床上睡觉，扎得浑身是血，这都是真正的有意志的革命者。……我也想这么做，也想在自己薄木板床上钉满钉子。为了检验自己是否经得住，我悄悄拿起一枚大头钉往腿上试着扎，一扎便浑身打机灵，毛孔都炸起来，再下不了手；我对自己缺乏坚强意志感到失望。是的，在和平的环境中，谁都可以标榜自己是革命的；那些当叛徒的、当逃兵的在没有遇到危险之前，哪个不是夸夸其谈，显得精明能干，多才多艺，一旦在严刑拷打面前就原形毕露了，我会不会是这种人？

我形容不出我那一阵儿是如何痛恨造成世界黑暗的帝国主义、修正主义和各国反动派，我相信只有中国才是鲜红的、光明的、合理的。我幻想着七亿中国人拿出最大的自我牺牲，不能等人家来消灭我们，而应该主动出击，一人一杆枪去打遍世界，解放被压迫被奴役的受苦受难的人民，哪怕死上几亿人也在所不惜。

我又想象着深入到哪个国家，像毛主席搞井冈山斗争那样，通过农村包围城市，枪杆子夺取政权。当时，听闻印度纳撒尔邦穷人拿起武器造反，反对印度反动统治者，感到一种兴奋鼓舞，觉得有点像中国的革命战争初期阶段，我是不是就到印度去，参加到建立革命根据地，慢慢扩大解放区，最后取得全国的解放，使世界上这个第二人口多、穷人多的国家翻身解放，过上没有剥削没有压迫的好日子……

……

我诸如此类的念头多得很，无穷无尽。——一个人最丰富的是想象，而最可怕的也是想象，如果能把一个人的想象变成现实，那样，可以在一个早上把世界送入天堂，也可以在一个晚上把世界送入地狱。……我几十年后都能清楚地记得当时我守在火炉边都想了些什么。几十年后我回过头去看自己的那些单纯、可怕的想象都觉得不可思议，怎么会那么想问题呢！我现在知道什么是世界了，什么是世界的现状，世界的问题应该怎么解决。我可以写出一本书来驳我那时的愚蠢、可笑的想法，可是当时在那种与世界隔绝的封闭的环境中就是那么想的。

我那会儿充满了恨，恨对方观点跟我们的争斗；恨苏联百万大兵对我们的威胁；恨美国在越南打仗意在对中国的封锁；恨各国反动派追随美国对中国的包围；恨世界上剥削压迫穷人的地主资本家，恨……我后来才发现自己内心有种忧郁的情结，是自己的性格所致，在什么事情上都能引出一种愤恨的悲情。

……

我一个人在办油印小报。班上的同学们常常过来帮忙，油印、叠纸、装订等等。连我自己也不会想到，这竟是我接触班上女生最多、最愉快的时候。也许是整日在班上参加军训、学习，太枯燥、单调的缘故，照吴玉娟说的"我们都愿意到你那儿听你讲故事，说幽默话儿"。班上有好几个女生或是相约，或是独自跑到我那儿看有什么忙可帮。我还记得有吴玉娟、李丽、王小津、战月华、范庆芝等等，凑到一块儿就说笑，也不知怎么会有那么多的可笑可乐的内容。战月华评价我说："没跟你接触时，看你板着脸，冷若冰霜，拒人于千里之外。等跟你一接触，才会发现全不是那么回事，你还是挺随和的，挺好打交道的，一点架子也没有。"

其实，从内心深处，我还是喜欢女孩子的。在北京上小学时，我就喜欢跟班上的女生打打闹闹。我暗中喜欢的一个女孩叫杨秀英，尖下额、五官周正，一绺长发总搭在额前。她学习好，是班上的班长。

一次上体育课，大家手拉手围成一个大圈子做游戏。这原本是一件很正常的事，却让一个男生闹复杂了——那男生与杨秀英同住一个大杂院，拉手时，他这边与我拉手，那边是杨秀英，他贵贱不抬起胳膊与杨秀英拉手，人家女生还没封建，他自己倒大有男女授受不亲的孔孟之道。老师怎么说都不行，只得让他离开位置，换个地方。

由于那个男生的不存在，我与杨秀英成了必须拉手的关系。我服从老师的要求，主动地抬起胳膊，伸出手，勾住了杨秀英柔和的小手。

杨秀英低垂着眼，一绺秀发搭在额前，面部没什么表情，仿佛刚才男生不愿与她拉手伤了她的自尊，或许，她与那男生在大杂院时有什么别的难解的恩怨？

老师当场表扬我听话。

我毫无表情，好像自己付出了多大的牺牲，是出于维护集体、遵守纪律才不得已而为之；其实，我心中充满了一种欢喜，我竟然有机会以这样的方式拉住了我一直悄悄喜欢的女孩子的手。这一拉，几十年仍未忘记。

我的喜爱女孩的天性有了点恢复。

我与女生们开玩笑，有时还动手动脚做点小孩子般幼稚的举动，一天，我拿着沾油墨的排笔要给女生们画胡子，吓得她们吱哩哇啦地乱躲乱叫。绕来绕去，我把王小津堵在了一张桌子与墙构成的三角地带。王小津拼命用手拦住脸，板起面孔，用严肃的口气说："杨宝如，我不和你闹着玩啦，我生气啦！"

我说："生吧，我是最不怕人生气的。"

这个赖劲让王小津又可气又可笑，终于绷不住脸，又乐了。

我说："让我画了胡子就放了你。"我装着非要画不可。而她用手挡挡遮遮，其间男女的手臂相碰，给人以心灵的愉快和喜悦。

王小津见我执意要画，大约真急了，她放下手臂，不再拦我，露出脸庞，负气地说："你画吧，你非要画我也没办法，你看着办吧。"

这一手还真拿人。"你当我不敢？"我真的把沾着油墨的排笔，伸到她嘴唇上边，看她还反抗不反抗。她真的低垂着眼帘，听任摆布，像要承受酷刑似的。我停住了手，没往唇上抹，我说："看你还挺坚强的，饶了你。"

王小津是第一个引起我瞩目的女生，她符合人们一般所说的漂亮、苗条，长圆脸儿，细眯眼，薄嘴唇儿，她的脾气挺犟，说话十分犀利，班上的女生都怕她三分。可是对班上男生来说，男生们却觉得她的性格特别柔。她愿意跟男生说话，她说男生胸怀宽阔，不像女生太小心眼儿，没意思。她有点看不起同班的女生们。

吴玉娟是来的次数最多的女生之一。在我眼里，她只是个太单纯的小丫头，没有自己的主见，却有最多的工作热情，人家说什么她都信，骗她也信。我最爱拿她开心。一次，我和几个女生边弄材料边说话儿，从窗口见吴玉娟朝大礼堂走来。我灵机一动，又来了恶作剧，我跑到门那儿，把双扇门关上，用肩膀顶住。没一会儿，听见外边敲门，我就是不开。吴玉娟知道有同学在这儿，大约也知道是有人开玩笑，便用劲推门，见门推不开，就用胳膊肘撞门，还是撞不开，便加大了劲儿撞。我见外边越来越使劲，便悄悄地离开了门，不顶门。站在对着门的地方，让开一段距离。

"嘭——"吴玉娟用足了劲，想把门撞开，没想到门已经没有人挡，门猛地往两边闪开，她站立不稳，一下子跌进来，跪在地上，双手扶在地上。

我玩笑道："快起，快起，还没到过年，怎么就磕起头来了。"

屋里人都忍不住哈哈大笑起来。

吴玉娟爬起来，拍拍膝盖上的灰土，也跟着傻笑起来，也没觉得丢脸，也没生气。事后，我倒有点内疚，觉得这个玩笑开得太过火了。这也就是吴玉娟，换个别的女生，非火不可。不过，也就是吴玉娟脑子"少根弦"，换上别的女生也不会这么撞门，你不愿开门，不让人进来，那好，我不进去，离开就是了。她那么猛地撞进来，跌在水泥地上，可能手和膝盖都擦破了皮，我也没好意思问。

……

短短一二个月，是我与班上女生说话最多，也是接触最多的时候，留下了我在学生时期难得的温馨的回忆。

二十八

一九六七年四月份，我被通知参加外调组，去内地搞外调。"红夺指"成立后，抓批"走资派"的大方向必不可少，一些"走资派"或问题严重的干部的历史问题又提到日程上来，因为"文革"初期揪出了"刘少奇叛徒集团"，致使对任何已做结论的历史问题都难以相信。我挺愿意参加这次重大的外调，一方面对自己的阅历、社交、业务是一个锻炼；另一方面，我还忘不了读万卷书行万里路的事，把外调看成是开阔眼界的机会。

在我出去搞外调前，心里也有沉重的地方——那就是李建生他们在悄悄地

"翻案"，企图东山再起的迹象越来越明显。帮助李建生的是来自乌鲁木齐打倒王恩茂的一派。因为"红夺指"明确表态支持王恩茂，结果引火烧身，被乌鲁木齐打倒王恩茂一派称之为"王恩茂的黑堡垒"，非要砸烂不可。再有"红夺指"夺权后抓了不少反对夺权观点的干部、群众，被李建生一伙称之为实行白色恐怖，执行新的资产阶级反动路线，也是一个棘手的问题。

一到内地，形势与边城大不相同，内地各省市两派尖锐对立，武斗激烈。我怀疑，塔城安定得太早了，是不是一种不正常？

外调一搞就是半年，我跑了西安、兰州、洛阳、郑州、石家庄、保定、北京、上海、武汉，算是转了大半个中国。走到哪儿，我最关心的还是政治形势的变化，牵肠挂肚的还是那个小小塔城的政权的命运——谁知道我为什么那么执着？

十一月中旬，我回到了塔城。此时的塔城与我四月外出走时大不相同，已经成了两派对立的天下。我回塔城当天的晚上，有几个同学来看我，不是刘孝华、桑学兵他们，而是已参加李建生他们的"星火燎原司令部"的王秀华、战月华等几个女生。我不得不佩服李建生他们善于搞宣传的本事。我也挺有点感激他们对我的看重。王秀华几个女生讲了新疆的形势，塔城的形势，希望我能认清形势，欢迎我到她们那边去。

我谢绝了她们的好意，带着苦笑说："我这个人，喜欢一条道走到黑。"

她们见说不服我，便告辞走了。

我后来听说，对方观点的人对我走了半年口里回来竟然还支持"红夺指"难以置信，一般来说，去过口里的人，看了口里的形势后，一回来就会换脑浆子的。

我有点埋怨秦建国、刘孝华几个朋友不来看我，是不是也认为我一回来就会改变立场而不来找我了？那也太不了解我的为人。当初是我力主支持夺权的，甚至说服了并不想支持夺权的刘孝华，现在会变卦吗？我为什么变卦？想得一顶造反派的桂冠（支持夺权的已经被视为"老保"）？况且，我并不认为"红夺指"是错的。退一步讲，两派都是革命组织——也没有必要患得患失呀！

回来的第二天，我竟自来到学校，见了刘孝华、秦建国、吴玉娟几个人。我坦然自若，谈笑风生，像从未离开过大伙一样，表明了自己观点一点儿也没变的态度。刘孝华谈了学校的变化——自我走后，李建生他们秘密私下串联，成立了"星火燎原司令部"。到了八月份，中央报纸第一次报道新疆两派都是革命群众组织后，"星火燎原"一下子从暗的变成了明的。这次大分裂可是够乱的，差不多一半学生都过去了，老师百分之八十都过去了。只是原来支持夺权的一把子核心人物都没动，还算稳定。

我也回不了大礼堂的侧室了，学校有两幢大教室，两派各占了一幢，而大礼堂恰恰在靠近对方一幢的后边。我只好另找窝窝。

离家半年，家里的事情已是一团糟。三个弟弟不会照顾自己，生活整个弄得一塌糊涂。宝军、宝平的卧室成了鸽子的自由世界。也不知道他们从哪儿弄的鸽子。鸽子窝就在大床的底下。每天早晨鸽子从床底下飞出来，从窗户上的小气窗飞出去。到了傍晚，鸽子从野外飞回来，吃饱了食，落在窗户外的台台上咕咕咕地愉快地叫着。天黑后，一只只从小窗户飞进来，钻进床底下过夜。天天如此，已经养成了习惯。我进到弟弟们的房子，一股子鸽子屎味直冲鼻子。窗台上、床帮子、床单上都是带点白色的鸽子屎。掀起脏床单，床底下更是一层从未打扫的厚厚的鸽子屎。我真想不出宝军、宝平怎么在这些屎上天天睡觉的。若照早先，我非把弟弟们狠狠揍一顿不可，但我发过誓，再不打弟弟。

我绷着脸，命令宝军、宝平再不许养鸽子。把鸽子送人，或者摔死。弟弟们不敢反抗，把鸽子处理掉了。接着，我不得不亲自动手跟弟弟一块儿把卧室彻底地打扫干净。

还有更糟糕的是弟弟们身上穿的衣服。半年时间，弟弟们身上的衣服更加破烂。宝军的裤子一边开了一条大缝，从裤角一直扯到大腿，看上去像穿了开衩的旗袍。宝宁还穿着我小时候曾穿过的蓝布棉猴，棉猴短得只能当上衣，袖子短得露出半截手腕，为了暖和，宝宁只能弓起腰，两只手拼命往袖筒里揣，就这样，还一天跟院子里的一帮娃娃玩得蛮高兴。我让弟弟们把所有的脏衣服、破衣服脱下来，还有堆着的一直没洗过的脏破衣服，加上脏床单子、被里子、被面子，足足泡了几大盆，全都得由我一件件地洗出来，晾在院子里。有的床单、衣服是怎么洗也洗不干净了。

最脏的是宝军。我见他像猴子般光挠身上的痒痒，嫌他不洗澡。可洗了澡后他还是挠。我纳闷，仔细观看，原来他没穿衬衣，把一件黑毛衣当衬衣穿，晚上也不脱。我让他把毛衣脱下来，估计毛衣上有了虱子。我扒开黑毛衣的孔孔一看，顿时毛发悚然，毛衣上长满了虱子，几乎每个孔孔里都有一个，虱子见有人触动，一个个往深处缩。

我咬牙切齿，琢磨怎么才能把这么多虱子彻底杀死。我请教院子的阿姨们，她们告诉我，或用开水烫，或扔到雪地上冻。我于是先用水狠狠地煮，再扔到零下二三十度的雪地上。双管齐下，果然见效。

一大堆东西洗出来，晒出来，又遇到了一件困难的事，许多破衣烂裤都需要补。我下决心像北京的妈妈一样，一针针，一线线，给弟弟们当一回"妈妈"。补了几块补丁，我感到工程量太大，速度慢，还补得不结实，这时我想到了摆在父亲房间的缝纫机，那是我们北京家的，是父亲唯一没卖的一件东西。缝纫机摆在父亲房中，基本上也是个摆设，没见王素娣怎么用过。如果用缝纫机补衣裤就快多了，而且可以在补丁上多扎几圈，结实、经磨。于是我把缝纫机搬过来，放在弟弟的房间里。又让弟弟们去找找阿姨，帮忙扎扎衣服。副司令、政委、副政委的爱人都挺热心，进来看了看，副司令的爱人会使机子，没用半天，把破衣服补好，胳膊肘、膝盖需要加固的又加上补丁。

王素娣下班后，一进屋见没了缝纫机，就开始嘟嘟囔囔。我装作没听见，缝纫机沙沙沙地响，她不会听不到。赵阿姨一见王素娣回来，不再干了。准备第二天王素娣上班后，再过来帮助干一点，一切似乎有点偷偷摸摸的意味。

王素娣的女儿、儿子回来后，她故意进进出出，指桑骂槐："你们怎么搞的，房子里的缝纫机不好好看着，让贼偷去了。"

我躲在房中，原来不想出来跟她当当，听她竟然骂我是贼，再也忍不住火，陡地站起来，推开门出来，阴沉着脸："你骂谁？"

"骂谁？谁偷了缝纫机，我骂谁。"

"他妈的，我们从北京带来的缝纫机就不能用？缝纫机是你的？"

"你他妈的。"王素娣抓住我的口头语，回敬我一句。

"你他妈的。"

"你他妈的。"

我没想到骂着骂着，王素娣竟然冲上来，抬起半高跟棉皮鞋朝我膝盖踢来。我真的火了，一把推过去，她又扑上来打我，两个人推推搡搡从过道门到了屋外，下了台阶，到了院子。院子里有一堆新扫的雪堆。我一把把王素娣推到雪堆上。我眼神不好，又在气头上，没注意周围几家的阿姨已经围过来劝架。王素娣从雪堆上爬起来，在爬的时候捡了半块砖头，朝着我扔过来。砖头从我旁边飞过去，差点砸在正往前走，过来劝架的严政委爱人的头上。严政委爱人本身就多病，万一挨上砖头，非趴下不可。

王素娣站在大门台阶上，破口大骂，骂阿姨们，骂得要多难听有多难听。骂了足足有两个小时。——她对阿姨们同情我们，帮助我们补衣服大为恼火，这似乎扫了她的面子。她对我们不管不问，还不允许别人关心，真是强盗逻辑。

此时，我已不理她，回到自己房子，气得腿还簌簌地发抖。

父亲回来了，王素娣自然大讲了一番。父亲没吭气，又到我这边，我也把情况说了，我以为父亲会冲我发火，说不定又要用猎枪打我，但是没有。父亲只是沉着脸，看了看缝纫机，转身走过去。其实缝纫机用完，又搬了过去，我要那玩意干嘛。

第二天，阿姨们是绝对不会再上门帮我们缝衣裳了。

令我没有想到的是，第二天，有一个军人来找我，说严政委找我，让我到严政委的办公室去。我第一次进严政委的办公室，第一次跟严政委对话。严政委中等个儿，一举一动都透着高级干部的沉稳老练，那也是军内多少年从政锻炼出来的。

严政委婉转地批评了我。

严政委说你是杨家的老大，要管好自己的弟弟们，要搞好跟后母的关系。怎么能跟后母打架呢，这样很不好。你们这样做，能不影响司令员的工作吗？你们要支持司令员的工作，不要分他的心。

我有点委屈，想说为什么打架的经过，想说是王素娣先动手打我的。

但是严政委有政治水平，他不让我说具体的环节，只从大道理上讲。后来我想，严政委能不知道具体细节吗，阿姨肯定跟他说了。清官难断家务事，严政委并不想判明具体的是非，他强调的是：我们这么做，因为家庭矛盾，会影响我父亲的工作。

严政委很关心我父亲的工作，希望我们搞好家庭关系，不要影响父亲的工作，当时我再没辙，严政委说什么我就答应什么，说完也就出来了。

——只是在多年后，我想起父亲与严政委的关系是怎样的。当时严政委找我谈话时，军分区已不再是铁板一块，父亲开始支持李建生一派。分区内部也有一部分干部支持反对派。但是就在那种环境下，严政委竟然跟我讲了那一番话。

——最难忘的是到了后来的一九七三年，父亲已在军区干休所养病。严政委也在干休所住。我的弟弟们也在与严政委的子女交往，我也就知道了严政委住的具体单位楼号。我从塔城到乌市办事，顺便到家里去看看，父亲不在，弟弟们也都上班去了，家里只有王素娣和她的娃娃在午睡。我悄悄退出来，来到院子，突然心血来潮，想看看多年不见的严政委，也就径自找上门去。

严伯伯和阿姨都在，对我的造访很是意外，我感到他们互相使了一个眼色，一个很意外惊异的眼色。我带着老感情坐下来并无目的地东拉西扯说了许多话。但让我记忆最深的是：严伯伯说了句——你父亲是个好人。

我真的很难想象父亲跟严伯伯在塔城共事的五年里，特别"文革"中形成不同观点，在那种矛盾激烈的环境中是怎么共事的？对彼此人的本性认知和工作矛盾之间是如何处理的？⋯⋯但这已经都成为历史了。

打了一架后，我对王素娣更是深恶痛绝，我又搬到学校去住，万不得已，决不回家。

第七章

　　我认识了张志兵——老爹是"特嫌"还在蹲监狱，居然敢搞武斗，死了白死……一文一武，相濡以沫……我把众老师画进了漫画……

二十九

　　大礼堂的侧室回不去了，我寻找新的栖身之处。我找来找去看上了一处不起眼的破旧的土房子，那是一长溜土房子顶头两间，其他房子都锁着，放着杂物。这两间土房子原来是学校养兔子的（生物课做解剖用）。从没有门的门框进去，是一个大间，空荡荡的土墙土地，有点像圈羊的羊圈。空房间右侧有一个不大的门，进得门去，是一间长方形的小房间，可以住人。

　　小房间有个大窗户，没玻璃。我也不想安玻璃，干脆用土块把这窗户垒死。一是不愿让人往里看，二是防武斗。为了挡寒也为了安全，我又在进门处横栏了一道铁皮墙。人一进来，先见到铁皮墙，顺着铁皮墙往左拐，走上五六步后再往右拐才能进到屋内。大家戏称跟打地道战一般。

　　我弄了张单人床搬进去，又弄了一张桌子，又可以写文章了！

　　不知道是谁，给我待的土房起了个名字："兔子窝。"

　　我是第一个搬进"兔子窝"的。开始经营这个土拨鼠式的地穴般的小天地。不久，又搬进来一个"土拨鼠"，他叫张志兵，中等个儿、瘦长脸、刺平头、鼻梁坚挺、眼窝深陷，一双狼一样的眼睛，他有一双与他的个头不太相称的大手，手肉挺厚，攥成拳头像两个铁锤。

张志兵跟李建生一个班，原是"缚苍龙"战斗队的核心成员，开始他也是反对夺权的，听说经他的在教育局的二姐夫做思想工作后，改变了观点，支持了夺权。李建生东山再起后，当初劝他支持夺权的二姐夫又站到反对"红夺指"的一边，又劝他反戈一击，张志兵再没有改变观点。

我从内地搞外调回来后，塔城最激烈的大分化、大改组已经过去。听张志兵讲，最难过的是中央报道新两派都是革命群众组织以后，"星火燎原"公开打出旗帜，组织人马冲击"红夺指"，准备一举把"红夺指"冲垮。"红夺指"调一批复转军人驻守在"红夺指"的院内。张志兵也参加了战斗。

"我们从早一直打到晚，"张志兵说，"两边人都挤在'红夺指'的大门口。外边的人一批批地往里冲，里边的人顶着打，打拳头仗。我也不知道打了多少人，也不知道挨了多少打。狗日的，打得胳膊发酸发麻，耳朵轰轰乱响，嘴里发干发咸。身边的人几次劝我下去，吃点饭，休息休息，我听也不听，人都打红眼了。狗日的，马占山胳膊架在两边人的肩上当支撑，想提起身子用皮靴子踢我，我看出他的用意，还没等他提起脚来，我扑上去照着他的脸上就是一拳，'噗咯'，把他打进人堆里。"

张志兵讲时，我并不知道马占山是谁，后来知道了，一米八的大高个，回族，在塔城也是惹不得的人物。

我很佩服张志兵忠于信念、舍生忘死的精神。

"哎，"提起那次保卫战，张志兵还心有余悸，"那次老兵们确实卖大力气啦！要不是老兵，'红夺指'早冲垮了！大伙都打红了眼，英勇无比。眼前就只有这个大门，这道防线，谁也别想冲过去，除非从我们的脊背上踏过去。"

"那军分区为什么不派兵制止武斗？"我问。

"球，"张志兵撇撇嘴，"我们一直打到天黑，暗中不知谁突然飞来一块砖头，打在一个老兵的脸上，血呼地冒出来，其他人忙把他扶了下去。这边人一看，也纷纷找砖头扔起来，两边打开砖头仗，人群哗地分开了，成了对峙局面。直到这时，一队当兵的才手持语录本前来制止武斗，冲到中间，喊'要文斗，不要武斗'。有什么用！'星火燎原'的人才散了。"

张志兵搬进来，我们俩很快成了莫逆之交。一文一武，相得益彰。

拳头、棍棒一开了头，也就成了家常便饭。上街贴大字报为抢点地方也得动拳头。特别是晚上，不同观点的武斗队碰上对方观点的人，一阵拳打脚踢，砖头砸，钢丝鞭抽——也不知是谁发明的，用解放汽车的刹车管子打人最狠，管子是带弹簧的，头上有一颗大锣帽，打在头上，一打一个血窟窿。有的人挨了打还不知是谁打的。街上的路灯全被皮枪（弹弓）、石头打光了。没月光时一片漆黑，便于神出鬼没。

张志兵成了我们这边学生武卫的实际负责人。我说"实际"，是从没有谁让他管过这事，也没有谁任命给他一官半职。我们这边有几个班的学生比较整齐，有几帮子不错的小伙子，也就自然成了搞"武卫"的有生力量。张志兵到这几个战斗队去，搞他那套武卫的事。晚上，领着到街上去转，练练胆。这时，双方已经开始有了一些土造手榴弹和土造枪。土造枪的枪筒是用车床车的，枪膛两头一般粗，枪膛里没有来福线，子弹打出去不旋转，打不远。所用的子弹主要是小口径步枪的子弹。

我有一次试着在距离土墙七步远打了一枪，效果实在差，子弹横着镶在土墙里。我开玩笑道："土造的也行哪，横着戳进腮帮子也够劲。"

张志兵从来不玩土造枪，身上也不搁手榴弹，他看不上。

可是对方观点则把他形容得凶神恶煞一般，说张志兵是亡命徒，他父亲是"历史反革命"，他这小子也不想活了；说他身上总拴着四颗手榴弹，盖开着，手里挂着环，谁惹他，他就跟谁同归于尽——这番话本意是贬低他，说他坏，置他于死地；没想到起了相反作用，一些不明真相的人都害怕他，一听"张志兵"三个字谈虎色变；甚至流传出一则笑话：娃娃哭个不停，大人吓唬娃娃，"张志兵来了！"娃娃吓得马上不敢哭了。

对方把张志兵恨得咬牙切齿，一是恨他当初的反戈倒戈；二是恨他过来后竟然这么卖力气。他们抓住张志兵不放，在张志兵的家庭成分上大做文章，对于我们大讲阶级斗争、注重阶级成分的这边来说，的确是很尴尬的。

张志兵的父亲在旧社会是上海银行的职员，懂英语，入天主教。一九六〇年被公安部门抓走，说有特务嫌疑，一直关在乌市监狱。这个背景可是够重的、够黑的。我们这边的红卫兵头头对他也不感兴趣。我为此不满，专门从"兔子窝"跑到县委的大院子，找到住在老毛子式的地板房的桑学兵、刘孝华、吐尔肯拜几个，谈了张志兵的事。

我说："你们得支持张志兵，他为谁？为他自己？他真的活够了？活得不耐烦了？搞武卫？"

桑学兵听了我的话，点点头："就是，我们原来关心不够。"

我又愤愤然道："张志兵真的够可以的了！按说他家庭的背景那么复杂，一般像他这种家庭出身的人，谁敢出头？往后缩都来不及呢，而且又是搞武卫，说不好听的，万一真的死了，谁能把他追为烈士？可是有什么办法，现在两边对着干，这边没他行吗？你们不在学校，当了领导几个学校红卫兵的头头，隔的远啦，学校还不是张志兵领着抗衡。"

桑学兵不停地点头："老哥们说得对。"

我为张志兵打抱不平。我虽然从来没有问张志兵为什么这么卖力？心里是怎么想的呀？但我相信他对这些问题都思考过的。他不是没思想的人，他的行为是由他的思想支配的。他从没表白夸耀他勇于为保卫红色政权做出牺牲的价值，也没抱怨对方攻击他、这边又不信任他的两头受气的处境。他依然是豁出去干，令我敬佩得不行。我从心里喜欢上了他。

"瞧咱这当头的，"张志兵跟我发牢骚，"'星火燎原'放风说我有一把二十响，哪知道我连个真手榴弹也没有，真是个穷司令！"——一些人戏称他叫张司令。

最令张志兵不安的是对方"星火燎原"有一把真的二十响，这对他的心里压力很大。"唉，以后什么是理，谁有军事力量谁就有理。"

忽有传闻，"老牛"（指对方观点的工人）在县修造厂又偷偷开了一次炉，翻了上百个手榴弹的生铁壳，准备造一批手榴弹。别说张志兵，连我听了都忧心忡忡。我有个逻辑：如果双方势均力敌，可能谁也不敢打谁，如果一方处于劣势，就有可能被打垮。这里已经没有什么观点正确不正确，全成了枪杆子比高低。从某一方面，"文攻武卫"也对着呢，你总不能俯首帖耳地自甘认输吧。

张志兵如坐针毡。一天，悄悄跟我说："哥们，我跟罗云刚得到乌鲁木齐走一趟，看能不能搞上点东西，你不要跟人说。"

我心情沉重地点点头："知道。"

一个星期后，张志兵裹着一身寒气回来了。他坐下来，得意扬扬地说："哥们，瞧我搞了个什么？"说罢，从腰间掏出一把乌黑发亮的五四手枪，往桌子上重重地一拍，踌躇自满地说，"怎么样？"

枪，真枪，实实在在，做工精细，带着令人敬畏的威严沉默着。我没想到他能搞到真家伙，一把抓起来，沉甸甸的。我提心吊胆地比画了一阵子，啧啧赞叹道："到底是真家伙，拿着都舒心，怎么搞到的？你真行！"

张志兵接过枪，往腰间一别，用手指指自己的脑袋："拿命换来的。"

我惊愕地等待下文。

"嘁，不拿命换，谁给你这玩意！我到乌鲁木齐找到一个认识的头头，一说要武器，一个个摇头晃脑，说他们没什么武器，也紧张得很。我磨磨蹭蹭地说了半天，还是什么也没有。中午，他们安排我们吃饭，我又继续说，他们答应下午再商量商量，说武器的事不是别的，再说全疆各地跑到他们那儿要武器的也多，都要烦了。后来他们火了，说以后谁要都不给，有本事自己搞去。我说，'我可是第一次来找你们，怎么也得给点面子吧。'我认识的头头拍拍我的肩膀，安慰我：'我知道，我一定为你说说，我是第三把手，我得说服一、二把手。'到了第二天，我又去。头头把我领到一个地下室，搬出两箱土造手榴弹，二十颗，两把土造枪，仿五四式，做得还算精致。我嫌少。他说：'给你们这么多就算不错啦，我们的确紧张，现在才开始自己造，原来也是从别的地方搞一点。'我以为这趟白来了。哎，从闲聊中无意中得知他们将有一个大的'军事行动'，我马上提出：'我先不回去，参加你们的行动。'头不同意，我坚持参加，他没办法只好同意了。我和罗云刚把手榴弹放在一个熟人处，又跑回去。

"军事行动就是攻击新华书店。那是个制高点，楼顶上架着大喇叭，一广播全城都听得见。那原来是这边的，前两个月，被对方攻占了。天天扯着嗓子骂这边。这边火了，发誓非再夺回来。攻击晚九点钟开始，通往大楼的道路都被封锁了。大楼里也知道这边的行动，一片漆黑，没一点灯光，等着呢。

"九点钟一到，攻击开始。

"哒哒哒……

"轰、轰……

"狗日的，还说没武器呢，一打开头，什么真家伙都亮出来了！机枪都干上啦！手榴弹往死里甩，过瘾呐！两道铁丝网被炸开了，又集中往沙包后的大门口扔手榴弹、燃烧瓶。对方再难守住大门，呼地撤回到楼里。这边的敢死队往上冲。我也跟着往上冲。罗云刚没敢上，说：'给你，枪！'我没要。我要那个破土造枪干什么，还不够丢脸的。一个二十多的小伙子冲在我身边，见我什么也没拿，顺手塞给我一颗手榴弹：'给。'我看了一眼，还是军用的。我们冲上二楼的楼梯。刚冲上二楼的楼梯，只听见'啾啾'的声音，从暗中几处有子弹朝梯口飞过来。那个小伙子就在我前边，也不知道哪儿来了个子弹，'噗咯'，小伙子一头栽倒了。我一看，麻烦，子弹打在左胸上，血哗地流出来，像杀羊似的冒出浓血沫子，热乎乎的。我把衣襟'嘶啦'扯下一条，想给他包扎一下，刚一弯腰，两颗子弹'嗖嗖'从我头皮擦过去。我要是不弯腰，少弯一点都完啦。吓得我腿直打哆嗦。我一看不行，干脆，把他架到背上，把枪捡起来，往腰上一别，蹬蹬蹬一口气跑了出来。等送到医院，人也完了。还是个小头目呢。

"我把枪揣起来，也不吭气。头头们问我：'枪呢？'我说：'不知道。我上去时光是看见他在地上躺着，血流了一地。'我以为他们会搜我的身子，他们没有，没好意思。我那件衣服全让血染红了，扔掉了，别人给我找了一件。"

我这才发现张志兵穿着一件新棉衣、新外套。

"头头们再没跟我当当。后来我才知道怎么光挨枪子，看不见人。人家在二楼修了夹壁墙。从夹壁墙里打黑枪，又是躲在书架子后边，一时哪能找到。好啦，这下有枪啦，这可是一个人的命啊！"张志兵挺激动，一下子说了这么多。

我对死人不免感伤，问："那边也死了吗？"

张志兵点点头："也不少，死了五个人，这边是八个。"

"那不吃亏了？"当时听了心情挺沉重。

"有什么办法，你是攻人家嘛，进攻总是容易吃亏，死八个还算少的。冲上二楼有五十多个这边的人，对方的人不敢打了，跑上了三楼。二楼的人又往上冲，这次没费多大力气。三楼没什么工事，无险可守；而且有枪也不敢再打，害怕这边更急了，疯狂报复，纷纷举手投降。"

我说："你也够愣的，赤手空拳往上冲，万一出个事可怎么交代？"

张志兵撇撇嘴，耸耸肩，说："我不知道赤手空拳上去危险？可是你非得上。噢，人家在搞武斗，你说你是地区来的，站在一边看热闹，得，人家马上就看不起你啦。咱又说搞武器，准备搞武卫，就那个样子，还武卫呢！该显示的时候必须显示。你让罗云刚说说下来后怎么样，谁不说张志兵是这个。"他大拇指朝胸前横着一伸，"连头头们都服。其实，枪我拿了，谁也猜得出来，可他们好意思要吗？我是怎么把小伙子背下来的！"

"可要是把你打死了呢？子弹可没长眼睛。"

"那就死了呗。"张志兵极平淡地说，好像轻轻吹出一口气。

张志兵用一块红绸布擦好了枪，愉快地打着口哨，把枪往腰上一别，披起衣服找战斗队去安排晚上的行动。

张志兵有了真枪，烧得不得了。没枪时，晚上不便上街，有了真家伙，领着罗云刚一伙上街显威风。二十颗手榴弹都分给了手下人。男娃娃们一个个都高兴无比。他见了对方观点的人，成心掏出五四手枪在月光下亮一亮，偶尔还放上一枪，目的就是让对方知道他们有了真家伙。

我总为朋友担心，既怕他被人家打了又怕他打了别人，劝他"枪口抬高一寸"，真把人打死，怎么也不好交差。

张志兵皖尔一笑，说："我又不是傻子，我知道。"

事过不久，这小子不知道从哪儿弄了支真驳壳枪。我问他，他也不说。驳壳枪在电影上看过，电影《平原游击队》中的李向阳就使用一支驳壳枪。驳壳枪上有一个梭子，能压二十发子弹，可单发、连发，枪管子长，射得远，又准确。一支驳壳枪相当于一挺小机枪，威力挺大。——既然如此，不知为什么不生产，淘汰了？张志兵有了驳壳枪，把五四枪给了罗云刚。

三十

我继续搞本派的理论宣传。此时，双方的理论家们把各自的理论阐述得臻于完善。我们这派是以阶级斗争为纲，"阶级斗争，一抓就灵"。"一些阶级胜利了，一些阶级失败了，这就是历史，这就是几千年的文明史。"对方则以路线斗争为纲。"路线是决定一切的，党的历史就是毛主席革命路线战胜各种机会主义路线的历史。""路线正确了，没有人会有人，没有枪会有枪。"……

玩理论、玩文章，我感到势单力薄，我们这派搞理论文章，几乎就是我这一堆。我每天躲在不见阳光的又阴又潮的"兔子窝"，点着个一百度的大灯泡，慢慢地一行行地写文章，我不是思维敏锐、提笔成章的人，所以写得很慢，我给自己定下规矩，每天必须写出多少字来。我对对方观点的人有着深深的仇恨，对他们东山再起后的疯狂反扑痛恨不已，我要跟他们玩"韧"的战斗，就是最终吐血也在所不惜。

我看了对方的宣传材料，心里气大得不行，三中的老师，百分之八十都造了反，成立了一个"风雷"造反兵团，能写文章的笔杆子都在里边，写出来的文章自然头头是道。我们这边没几个老师，学生又是初中的多，在搞宣传方面实在太差劲。我生气，看不起"风雷"的一帮臭知识分子。我记得看过李杰的一个材料《"风雷"都是何许人也》印象挺深，学校的老师们大都出身不好，还有大地主、大资本家出身。我气愤，好哇，都是些剥削阶级的孝子贤孙，竟然也敢舞文弄墨跟我们对阵。我想着如何有效地反击"风雷"一伙臭知识分子，我想到了漫画。

我把高一班的马德勤叫来，他们战斗队有十几个小伙子，其中有几个还喜欢画画。我说："你们把'风雷'老师画成漫画，贴出去，效果保证好，人爱看，比简单写大字报强。"马德勤憨厚老实，是他们班的班长，人缘极好，他们班一帮小伙子也愿听他的，跟他在一块儿。马德勤领命而去，过了半天，拿了两张白纸进来，说画不出来。

我拿过勾画的草图，很失望，真的画的不成形。他们虽然能把大字报专栏的报头画得不错，但离能独立创作差一大截子。我拿过一张白纸拿起铅笔，边说边随手勾勒：

"这有什么难的，嗯，比如——"

我随手画了隋园，暂定为一个人。我原来只是想对马德勤启发启发，还是让他们自己去创作，没想画着画着，勾画出了整个轮廓……赵老师原来是支持夺权的，又杀出去了，我给他设计了一个脖子上没脑袋，脑袋别在裤腰带上，手中舞动一双大板斧，意为"别着脑袋杀出来了"。我给班主任杨鼎升老师设计的是戴着一顶秀才帽，扛着一支巨大无比的大毛笔，笔尖还往下滴着墨汁。三中的老师我并不认识几个，姓名与人对不上号，也画不出长相。我想起在北京弄到的"百丑图"的漫画，找出来，如获至宝。让张志兵、马德勤还有住在"兔子窝"的几个小家伙对照"百丑图"上的人，看与哪个老师像，便照着套下来，居然十有八九对上了号，就是有一个叫孙驭昆的老师，大家怎么也找不到像的。

孙老师是教语文的，最喜欢外国文学，三十多岁了，还没找到对象。找对象成了他的一块心病。我曾听人讲过孙老师的笑话，说孙驭昆整天照镜子，拿着梳子梳头，边照边自言自语："老了，老了，头发白了，老婆找不着了。"我听了很觉可笑，也就把这极富文学味的情节记住了。画到孙驭昆时，想起这个镜头，便把孙驭昆画成了一手拿镜子，一手拿梳子梳头的样子。可是哪个是孙老师？长得什么样？没一点印象。有人说孙老师每天到食堂打饭，这提醒了我。

第二天，我夹着饭盒早早来到食堂，站在队伍中等孙老师。别看学校分成两派明争暗斗，但吃饭却在一个食堂，而且互不相扰。说也巧，孙老师就站在我隔一个人的前边。我的前边是一个高三甲班的女生，长得很匀称漂亮。孙老师为了说话方便，侧转着身，喋喋不休地跟女生说话。我没心思听他们说什么，只管偷偷地盯着孙老师，把他的面貌特征拼命地往脑子里记。我拼命地记、拼命地记……打上饭后，匆匆回到"兔子窝"，把刚才的印象在纸上画下来。应该说，我画得还有七分像。我对自己能第一次画成记忆画挺高兴。张志兵看了哈哈大笑，连说："像。像。"

我把一张《风雷群丑图》的草稿完成了，交给马德勤，叫他拿回战斗队去放大，贴出去。

"放得大大的!"——我要借此出出气。

马德勤他们画的时候，又把我叫了去。

墙上钉着十几张大白纸，连成一片，好大的面积。马德勤问我："行不行?"我说："可以。"

画画的韩韩是个精干的小伙子，也挺大胆，一手拿画稿，一手拿毛笔，站在凳子上直接住白纸上画。韩韩有点画画的基础，大体画得七分像。但因为是提笔而画，难免这儿长一块那儿短一点，比例失调，人物走形，比我画稿上的漫画形象更觉漫画。看画画的人们不时发出笑声，我也说："好，好，这样效果更好，要让我画，考虑到比例啦，尺寸啦，反倒有框框，放不开。"

一幅放大的极其漫画的《风雷群丑图》画出来了，韩韩又在漫画中的"风雷"大旗上加了两块补丁，吊上一个蜘蛛，越发破落不堪。

漫画贴在塔城最大的丁字路口邮电局前的木板专栏上，立刻引起了大哗，我手下一个叫小戴的小家伙跑来告诉我："啊呀，漫画前围了好多人，比比画画……"

"有没有风雷的老师在跟前看?"

小戴咋呼道："没有。风雷的老师就不敢到跟前去。他们也想去看。我见一个老师推着自行车假装从大街上走过，侧着眼睛过去，一会儿又推着自行车过来……"

我听了哈哈大笑，叫小戴一形容，倒比看见老师站在栏前还有意思。

我怀着小孩子般的可笑心理，也裹上破军棉衣专程到大街上转了转，也没见人围在画前，空荡荡的。想想自己心里也可笑，画已经贴出来一二天，塔城才有多少人，一天时间，人们就看过来了，何至于老挤在跟前看。

这幅画成了我在"文革"中的一幅"杰作"，却是一幅提不起来的"杰作"，一提起这幅画来就十分尴尬，最令人哭笑不得的是后来见了被画上漫画的老师，光道歉还来不及，"啊，×老师，真对不起，我那会儿……"

老师们倒并不计较。

几年后，我为了借点看的图书，专门去找教历史的严老师。严老师的爱人是师范学校的图书保管员（没办法，一九六六年"破四旧"，各单位的书都烧得差不多了），师范的书多少还保存了一些。我实在想找书看，硬着头皮找到严老师家，见了严老师，第一句话自然是道歉赔不是。

"没啥，"严老师笑道，"画贴出来，我们都当笑话看呢。互相告诉，你也在画上呢，把你画成什么什么样子。有的老师也跑去看，说把谁画得像，把谁画得不像，也没生什么气。"我感谢老师们对我的宽容。大约也是为了借书，我又找过孙驭昆老师，自然又是道歉对不起。孙老师找的对象是高六六级的女生，叫王莲芳。王莲芳长得挺不错，戴着眼镜，身材也好，了却了孙老师对镜自叹的梦。

三十一

张志兵在学校风风火火，在家里日子也难过——他在他二姐姐家吃饭，他姐姐、姐夫都是对方观点的。

有一天，张志兵告诉我，他没法到他二姐家去吃饭了，照他自己的话："跟二姐闹翻了。"据别人讲的传闻是他像往常一样回二姐家吃午饭，虽然二姐、二姐夫都是对方观点，还是管他饭的。社会上关于张志兵搞武斗的传闻很多，谁都知道他有一把盒子枪，大约他姐姐姐夫劝他不要参加武斗，大约他也没听，大约是两口子实在为他操心，怕他闹出事来，采取了下他枪的下策。

二姐夫想乘小舅子不注意，从背后把他抱住，下他的枪。当二姐夫刚刚从背后抱过来，没想到张志兵警惕性十分高，马上觉察了，回身就是一拳，把人打飞了，接着从他姐姐那儿跑了出来。

社会上大都不提他姐夫想下他枪的事，只说张志兵太狼，把他姐夫揍了一顿。我后来认识了他的二姐夫，中等个，瘦瘦的，戴着眼镜，一幅书生样，竟然敢下打架出名的小舅子的枪，也太大胆了。

张志兵把二姐夫揍了，二姐姐自然翻了脸，拒绝养活他。他的大姐、小姐姐也都是对方观点的，也不给他饭吃。三个姐姐联合起来对付他——也有一种逼他就范的意思。

老天爷饿不死瞎眼狼，我正好每月有十五元的伙食费，一份伙食费两个人花。每天早晨我俩晚晚地起床，减少身体活动，可以节省早晨一顿饭。中午，两个人一人一个二百公分的大馒头，只打一份便宜菜，两个人一块儿吃。晚上也还是一人一个大馒头，一份菜，两人吃。我俩情同手足，同甘共苦，相濡以沫。

张志兵老觉得过意不去，到了夏收时，学生们下公社帮忙麦收，他总是跟着下去，干上十天二十天的活儿，为的是能吃饱肚子，为我节省几顿饭钱。

有一天晚上，张志兵开口，说这么凑合终究不是长久之计，让我陪着他到他二姐家去说说好话儿，赔个不是，好继续在家吃饭。我义不容辞地答应了。

早晨起来，张志兵把枪藏好——再不敢带进他二姐家门。他带我到新华书店的一条巷子，拐进一排平房，显然这是单位家属院。他打头，我跟着，进到其中的一个门。

一个蓬头乱发尚未洗漱的女人正在捅炉子准备生火，见我俩进来装作没看见，继续捅炉子里的灰。张志兵站在地当中，手足不知往哪儿摆，十分尴尬，完全没了"张司令"的威风。我也替他难受，可有什么办法，我不也是这样向后娘王素娣乞求一份饭钱吗！经济上不独立，政治上也难以独立。

张志兵看见生火的木块有一大段劈得不细，很有眼色地拿起斧子劈起来。

"你回来干什么？你有本事别回来。你把你姐夫打了，还有理啦？"二姐开始训斥弟弟。我后来得知，二姐是地区三小的老师，嘴巴子相当能说的，二姐的眼睛与张志兵极相像，显得锋利、刺人。

张志兵自然是不吭气——这是预定好的。

我心里有话不好说，若要我说，我自然会提起下枪的事，能下吗？把他的枪下了，难道说是帮助他，爱护他？要是对方乘机收拾他呢？可这会儿不是讲理的时候。

我虽然是第一次见二姐，二姐大约也猜出我是谁，冲着我问："你是不是叫杨宝如？"

"是。"我也不像个什么有胆略的文人了，站在那儿僵硬硬的。

"你们俩挺好的啊，你有饭票给他吃。"

我没吭气，不好回答这个问题。

"你知不知道我们家的情况？他的情况能跟你比吗？你的爸爸是司令员，他的爸爸是'历史反革命'！我们都是'黑五类'，只许规规矩矩，不许乱说乱动！我们是要好好改造思想的人！是见了运动躲都躲不及的人！你看小弟，他倒好，搞武斗！你保卫谁呀？谁需要你保卫呀？社会上人说得多难听，说你是要搞阶级报复，要……总之，说什么的都有，就是没一个说好话的。"

我想解释解释张志兵的行为，想想还是不说为妙，听她的。不过，二姐敢这么明白地以"历史反革命"子女相称，毫不忌讳，分析得精辟，倒是出乎我的意料。

"你说说，杨宝如，他搞武斗，要是人家把他打死了，不是白死？谁会把他追认为烈士？谁会承认他是革命的？死了白死！我们跟他讲得嘴皮子都磨破了，他就是不听！我们几个姐姐就他一个小弟，我们说他还不是为他好。你看他倒好，把他姐夫一拳头打到墙根上……"

张志兵一句话也不敢说，把木头劈完了，又与我站在那儿，罚站的一般。

他二姐说够了，骂够了，又回过身去捅炉子，也没有任何缓解矛盾的意思。

张志兵朝我使了个眼色，朝门外偏偏头，意思是往外走。我悄悄跟着他出来，长出了一口气，心里很是愤愤不平，大早晨挨了这么一顿训，还什么问题也没解决。

总算有一天，张志兵告诉我，他小姐姐同意让他到她那儿去吃饭。——估计也是几个姐姐商量好这么安排的。

实际上，到了一九六八年，塔城的形势就相对的比较缓和了，受了全国的影响，边城也走到了这种局面：两派经过反复的搏斗较量，各派人的思想稳定了。特别是宣布两派都是革命组织之后，没有几个愿改弦易辙。尽管互不服气，咒骂对方是错的，标榜自己是正确的，无奈上边定了大框框。"红夺指"人多势重，"星火燎原"人少能量大，谁也别打算再摧垮谁。而随着强调工人阶级的作用，学生的势力削弱了，作用减少了。

我虽然还躲在"兔子窝"坚持不懈地写文章，可惜能拿出的新东西越来越少，能对"星火燎原"有力一击的材料越来越少。你纵使骂得再狠，刺得再凶，革命组织的桂冠已经戴上了，你有什么办法。我心里不服气，想不通为什么这么不分是非黑白，也许别的地方两派都是革命的，可塔城不能这么说。我认为对方一伙专搞破坏、干扰，如果没有他们，边城的运动要好很多、稳定得多。我恨这种出于形势的需要采取的和稀泥政策，隐隐地感到一种被出卖、被愚弄的滋味。搞了半天，怎么能以这种混沌不清的结局而告终！

从另一方面，我也从胸中松了一口气，感到疲倦了！从我懂事开始，生命从没像这两年波澜起伏、激情奋昂地度过。我的本质是消沉的，求安稳的，急流勇退才合乎我的个性，可我没退，我冲上去，硬撑过来了，已经算是奇迹了！不管怎么说，这两年总算没有虚度，使生命在极限之内发挥了光彩，我对得起孙铁民的帮助，对得起自己的青春了吧？

啊，我的精神松弛了下来。我一方面继续写文章，出"刊物"——不可能不出，以此表明我还在干革命，还在战斗，这可以使我从事其他行为感到安慰，正如一个学生完成了作业再玩会心安理得。另一方面，我的读书瘾又上来啦，被疾风暴雨埋没掉的酷爱文学的嗜好又开始抬头，我开始找书看。正好学校的图书馆在我们这边，马德勤的战斗队就住在图书馆外间的阅览室里。我找到马德勤，把藏书室的门打开，继两年前破"四旧"后，第二次进了书室。书室布满灰尘，许多书架上空空如也，寂静廖落得像海底的一艘沉船。一些未被破除的书大部分是数理化方面的。书室很暗，我瞪大眼睛，弯下腰，仔仔细细地找可读的文学方面的书籍。唉，当初破"四旧"烧书那么彻底，唯恐留下一点点毒书，祸害无产阶级江山。现在我怎么不怕中毒啦！怎么从书架上发现一本带文学性质的书便惊喜一番？还好，图书馆还留下了一点可怜的文学书，高尔基、马雅科夫斯基、鲁迅的书没烧。那也是我说是无产阶级的书才保留下的，这些书顿时成了我手中的无价之宝。

我把书拿回"兔子窝"细细地慢慢地看。按照我的习惯，看书喜欢看故事情节，看热闹，走马观花，一觉得冗长、没意思就翻过去，可因为再没有可看的书，我便细嚼慢咽，像吃一块精美的糕点。

在"兔子窝"的"地下室"中，我细细地看完了鲁迅的杂文、散文、小说，受益匪浅。我在北京时，就喜欢鲁迅的杂文。我也耐心地看了高尔基的几部不出名的长篇小说。高尔基的语言丰富极了，他的那些形容词令人难以想象，可是他的几部小说读起来真费劲，所写的人物很难在脑海里留下深刻的印象。

我看完的书都还回去，虽然无人过问，自己还是给自己定了这么个规矩。

偶尔我翻出两本书，我相信当时是大喜过望，仿佛从深埋在地下的古墓中挖出了稀世珍宝——两本《外国文学作品选》。一本是上册，内容主要是外国诗歌；一本是中册，全是外国著名小说，有作品的简介，作者的介绍，选取的具有代表性作品的片段。啊，这在破"四旧"时，绝对是扔进火堆里的书。

我如获至宝，细细地慢慢地品味。这两本书看完后，我没舍得马上还回去。

没想到一件意外的事情发生了。一天，初三的两个学生偷钻进图书室找书看。屋里很暗，看不清书名，他们便出主意，点上纸捻照亮。纸捻子光不亮，灭得又快。一个学生便出主意，把纸捻子弄长，沾上汽油，照着找书。结果不小心，纸捻子把书烧着了。他俩又不想叫人，想悄悄把火扑灭。没想到火越烧越大，图书室又是天棚地板的，书架子、书都是易燃的，岂有见火不着的道理。两人终于坚持不住，从火焰中逃了出来。当大伙儿知道火情，赶到现场救火，一盆盆水泼进去，无奈已是杯水车薪，无济于事。小地方又没有什么正规的消防车。大火越烧越旺，照亮了半个天空。直到所有能烧的东西都化为灰烬。啊，剩下的书也未能逃脱被焚之一炬的命运！

唯一留下的，大约就是我手中的两本《外国文学作品选》。

第八章

边境上开了仗，怒火万丈……又忙着上山下乡……我突然跑进了兵团……
这山沟好荒凉……准备实现独身主义

三十二

正当全国上山下乡运动开始时，塔城的边境形势开始紧张。东北"珍宝岛"
一仗，跟苏联军队干起来以后，新疆的战争气氛也越来越浓。塔城离边境只有
十几公里，更是紧张万分。一些胆小的群众开始往内地转移，准备回内地再不
回来。从塔城到乌鲁木齐六百多公里，每日发一趟班车，坐的人总是满满的。
有的人们坐便车往乌市跑。听说乌市火车站挤满了往内地跑的人。听了这消息，
也让人憋气——经过"文化大革命"人的觉悟竟然这么低？都往内地跑，打起
仗来，塔城还要不要保卫？不需要开展游击战打击敌人吗？为什么那么贪生怕
死？到国家需要死的时候也得死呀！我蔑视贪生怕死往内地跑的人。同时我有
点意识到：无论什么样的运动，无论怎样的教育也无法使人具有同样的政治思
想觉悟。我悲哀，如果战争真的打起来，不怕死的牺牲了，而战后，怕死的又
回来了，享受战后的和平，这公平吗？

张志兵对战争的到来却充满了一种渴望。他听说学校的"军宣队"要回部
队，加强战备。他跑到军代表曹连长那儿，提出："干脆，我们跟你们一块儿
走，反正学校没事了，不如上边境打狗日的新沙皇。"

曹代表哈哈地笑起来，拍拍张志兵的肩膀，说："这倒用不着，我们是人民

的战士，受党和毛主席培养教育这么多年，是会勇敢地保卫祖国、保卫人民的。我也请同学们放心，就是流尽最后一滴血，我们也决不允许新沙皇侵我一寸土地。"

张志兵叹息道："为什么我现在不是一个军人，一个兵！嘿，我们这么多学生，好多棒小伙子，为什么不能上边境？现在对我们来说，还有什么比保卫祖国更重要、更紧迫。"

校革委会初主任从旁开导说："张志兵，上不上边境不是咱们能决定的。不过，刚才曹代表跟我谈了很多，希望'军宣队'走后，咱们能继续做好上山下乡工作，尽快地下去。"

张志兵有点发急："这个都好说，现在问题是边境越来越紧张，我们怎么能安心下去……"

曹代表道："上山下乡是关系国家前途命运的百年大计，是从根本上铲除修正主义，你们能这么做，我们在部队也心安。再说，如果前方需要你们时，自然会马上召集你们的。现在形势还不到那种地步，等他升了级，也不晚。"张志兵叹口气，无限惋惜地不闹唤了。

初主任提议：是不是把学校的师生们召集起来，送送军代表们？

曹代表忙摆手："不用了，这次回部队有一定的保密性，不宜声张。等同学们下乡时，代我表示欢送一下就行了。"

说罢，驻校的几个军代表背起打好的背包排着队出了校门。

我是听小戴告诉我说军代表们要走，我想曹代表挺不错，应该送送，忙从"兔子窝"里走出来。

张志兵和小戴、张双、李昇几个小家伙正从校门往回走。我问："军代表走了？"

"走了。"

"怎么走得这么急，曹连长他们挺不错，就这么让人走了，说得过去吗？"

张志兵用手扳我肩膀，说："走，回兔子窝，我再跟你说。"

进了"兔子窝"，他便讲了要跟曹连长上前线的话。然后带着一种真诚道："哥们，不知为什么，我这会儿真想打仗，美美地痛痛快快地打仗，死就死，活就活，只要第一颗子弹打不上我，我就能狠狠地揍他们，当英雄。"

我见他想得太简单，缺少辩证法，扫他的兴："如果，偏偏第一颗子弹就打中你，你第一个上去就死了，怎么办?"

"也许吧，"张志兵对这设想很不以为然，"死了就死了呗，不过不会。"

我又"将军"："哎，也说不定，打仗嘛，子弹又没长眼睛。"

"哎，起码也得打死一个够本啊。"

我俩说起战争，我俩都相信仗会打起来的。我想起了北京的孙铁民，他也跟我谈起过战争，孙铁民说的一段话挺耐人寻味，他说："新沙皇造了那么多杀人的武器，难道是为了好看? 是为了放旧拆掉? 不，新沙皇的扩张本性必然要发动战争。而现在，我们中国就是他鲸吞世界的最大的障碍，他能不恼火。"再一个，我受陈老总的话影响很深："要打就早打，大打，打完了再建设，白纸绘新图（大意）。"……我相信，苏联一开仗，也就在世界面前彻底露了馅，暴露了假社会主义的嘴脸，那只会壮大世界革命人民的力量，加速革命进程，从这点来说，战争就是革命。

我俩相信仗打起来中国不会亡。中国这么大，难以全占领，占领了也不意味着战争的结束。我的逻辑是：想当年中国人比现在思想觉悟落后，尚能举起刀枪跟日本鬼子干，现在经过"文化大革命"，人的思想觉悟高了，老毛子要进入中国，那爱国敢战的人就更多了! 中国有七亿多人，无非多死人，看谁能经得起死，最后胜利还是我们的。苏联要是明智的话，是不敢全面开战的。

我俩担心的是打局部战争，不断地在边境一带骚扰。

张志兵道："就是边境搞一下，咱们也跑不了，不管怎么着，咱们也得做好打的准备。"

我苦笑一下："那是自然的了。"随后又叹口气，"就我自己而言，我真不喜欢战争。我倒不是怕死，受党教育十几年，该上还得上。没有革命的战争，历史也不会前进。可想想什么事也没干，先打仗死掉了，也真太泄气!"

"谁愿打仗，谁不爱活着，"张志兵说，"可世界上的许多事情不以我们的意志为转移。没仗打更好，咱们就好好建设农村，啥不是人干的，就凭新疆这么多地，一旦有了水，你看吧，要多富有多富; 到那时，请我进城还得看我高兴不高兴呢。"

我被朋友的信心所鼓舞："张志兵，我真服了你，你真乐观，我就不行。"

"不乐观又怎么样? 你嘛，一天爱看书，生活接触面小，社会上的事才复杂呢。我这几年越来越有体会，哪儿没矛盾? 没斗争? 你能躲得了? 你得硬着头皮上，抢着上，不能让人算计了，还蒙在鼓里!"

张志兵的话使我联想到下农村的事，我真怕下去再绷紧阶级斗争的弦，我说:"你可真有干劲! 可不知为什么，干了几年，我怎么觉得疲倦得不行，我真想找个地方休息一下，缓一缓。到什么队干什么都无所谓，就那么回事，混口饭吃，反正一辈子农民，改造到死算拉倒。但我再不愿陷入那儿的斗争旋涡。照我说，下去之后，老老实实干活儿，好好跟社员打交道，管他乌龟王八蛋，睁一只眼闭一只得啦，管好了好，管不好往哪儿脱身? 往哪儿跑哇? 这不是在学校，干了几年，拍拍屁股就走啦，我说这话，你肯定不愿听，觉得泄气，可这是我的心里话。"

张志兵说:"可到了农村什么也不管，干活儿、吃饭、睡觉，有什么意思? '树欲静而风不止'，也不是你不吭气就没事。"

"树大招风。"我说，"我不当大树，当小苗苗，当草，趴在地上还不行? 我反正是不想多管闲事。搞了这么多年，伤心透了，你好我好大家都好，都大方向正确，都是革命，那干了些啥? 早知道呕心沥血是这个结果，当初不如抱着我的《封神演义》，'文革'中当个逍遥派，何至于此。"

"行啦，行啦，哥们，别说啦，"张志兵说，"也说不清，现在快下去了，你也差不多点儿，到班上看看，说说话，说下就下啦。"

"这倒也是，好，听你的。"我跟张志兵出了"兔子窝"，明亮的阳光照得人睁不开眼睛，好一阵儿才缓过劲来。

我们俩边走边说话，张志兵关切地说:"哥们，快分配了，你也该回家看看，跟你爸爸谈谈，征求征求意见，该要两钱得要两钱，收拾收拾。"

我知道他看我破衣烂衫的，我可以想象出自己在阳光下的形象格外不佳，面色青黄，头发蓬乱，旧军用棉衣的袖口和胸襟破烂，露出棉花。我不讲究穿戴，也无法讲究。我一直喜欢济公形象，我自己也被称作"济公"。

我回答道:"嗨，我去哪儿还用得着问他。反正是下公社，不管到那儿，又能给家里省两个钱了，别说要钱啦。"

"不管怎么样，还是说说，就你那薄被子也成问题。"

"不是春天了吗?"我故意玩了个文学式的幽默。

"可还会有冬天。"张志兵没听出来，倒是一本正经地回答。

"等到今年冬天，我大概能自己攒钱买东西了。"我又补上一句话，"只要我能攒上钱的话……"

我对下公社不乐观，我没体力，身体单薄。我也曾参加过夏收，干活儿比别人差远啦。有一次，装车，把地里捆好的麦捆子用叉子往车上挑，胳膊没劲，挑不上去，光往下掉，社员都火了，说不能干就算啦，麦捆子一掉到地上，撒一地麦粒，太可惜了！……我对下公社抱的信念是饿不死就是好的。我不愿多想，听天由命。当初需要红卫兵小将打冲锋时，报纸上把学生捧得那么高："革命小将造反精神最强，最革命，最正确。"当需要我们上山下乡时，我们又成了"小资产阶级的革命的不彻底性、摇摆性"，必须接受贫下中农的再教育，彻底转变立场，彻底革命化……

学校定学生分配方案时我也参加了，我还是校革委会的成员。初主任、曹代表放得挺宽，也不强求学生非要到艰苦的地方去，反正下公社，自愿报名，愿意到哪个公社都行。我倒还有点想不通呢。

初主任说："公社都缺人，所有的学生都到一个公社都不够。"

我有种感觉，初主任和军代表对学生下公社有种怜悯的意味，我甚至觉得他们背后谈论过这个问题。

报名的结果，大部分学生都报了靠近城上的两个公社，红旗（也门），红卫（阿不都拉），有水有电机械化强，工分高，钱多。这也引起我内心的一种伤感：搞了几年"文化大革命"，人的思想觉悟也没高到哪儿去，一下公社都报好公社，算开个人的小账了。

张志兵有点怪，他说他想一个人到一个偏远的公社去。他想到东风公社（卡夏）去。

我问他："为什么？"

张志兵说他考察过，别看东风公社离城远，可那儿土地肥沃，如果能修成水库，浇上水，挺有发展前途。他的话触动了我的心灵，张志兵好像是一只孤狼，要躲开熟悉的一切。

我说："你去哪儿也把我给报上，反正咱们俩是一根线上拴的两只蚂蚱，飞不了你也跑不了我。"

张志兵见我也愿意去偏远的东风公社有点意外，也有点惊喜。

我说："只要你别嫌我挣不上工分，成累赘，我只希望我们在一块儿，活得有意思。"

"喊，你别这么说，别那么悲观，就是万一你工分少，只要有我吃的就有你吃的。"

"这不得了。"

我又出主意，不行，再找些战斗队到东风公社去，何必都挤在红旗、红卫两个公社。

张志兵觉得也有道理，出去一动员，竟有不少愿意跟他去东风公社的，图大伙儿长久地在一起，我也为之感动。学校也没想到突然会有许多学生愿到偏远的东风公社去。

快到教室，我俩分了手，张志兵到马德勤战斗队有点事。

我一个人进到几乎陌生的教室。

"哟，老夫子出世啦。"一个同级不同班的女生开玩笑，她挺能写文章，会使花花词。我有时也约她写点文章，比较熟，比较随便。

"不但出世了，还得下放呢。"我也开起玩笑。

因为分离出去不少同学，同年级的学生也不分班了，都合在一起。教室的桌上、地上放了不少大字报、大标语，显得很乱。吴玉娟伏在一张桌子上，聚精会神地抄大字报。边看稿件边熟练地写毛笔字。我无意地走到她桌边，想看看抄的什么内容。她张开双臂，挡住大字报，不好意思地说："不让看，不让看，写得不好。"

我觉得可笑："既然不让看，为什么还要抄，抄出来还不是让人看的吗？"

"嗯，哪……"吴玉娟没话说了。

我喜欢跟这个单纯朴实的小丫头开玩笑，乘她不注意，冷不防把稿子抽到手。吴玉娟要抢，我举高胳膊，踮起脚尖，不让她够着："什么了不起的稿子，不让看。"

吴玉娟想抢又不好意思抢，跺着脚："那是我写的，写得不好，别笑话人，你给改改。"

"啊，这还差不多。"我把稿子一目十行看完，是批判下乡镀金论的，看完，还给她，"写得挺好嘛，有什么不敢让人看。"

吴玉娟抱怨道："稿子看了，也不说给改改。"

"批判搞嘛，怎么写也没错。"

"那我就这样抄了?"吴玉娟见我并无贬义,伏下身,继续抄稿子。

我一时无事干,拿起一支毛笔,在写废的白纸上练开了毛笔字。大约过了半个小时,张志兵来到教室,说又有几个学生去东风公社。

"都是谁呀?你念念具体名字。"班上的学生问,学校的学生们大体都互相认识。

张志兵一个个念完,挺愉快地说:"人也怪,爱凑热闹,一开了头,人越来越多,滚雪团一般,都随大流。"

我开玩笑:"那倒好,等去东风公社成了潮流,咱们还得反潮流,到跟前的公社去喽。"

张志兵笑道:"那倒不至于,咱们学校学生都到东风公社也不嫌多。"

我问跟前的吴玉娟:"你去哪个公社?"刚问完,拍拍自己脑袋,"瞧,我忘了,你家在额敏县。"

吴玉娟说:"我们家在额敏县红旗公社,我们队上的贫下中农希望我回去,你不知道,我们队上的贫下中农可好啦!"

我听这话别扭,忍不住揶揄道:"你们队上的月亮比别的地方亮吗?"

吴玉娟不解地望着我,脑子没转过弯来。

张志兵听得明白,冲吴玉娟道:"杨宝如是抓你的话把儿,你说你队上的贫下中农好,难道别的队的贫下中农就不好吗?"

吴玉娟急急地说:"我们队的贫下中农就是好嘛,不信你们去看看。"

"我们不去。"我夸张地摇摇头,被她的稚气劲逗乐了。

说不回家还是得回家。进军分区大门时,站岗的哨兵把我挡住,问我找谁?我只好挺别扭地说我回家,我是杨士贵的大儿子。哨兵还是吃不准,进去到值班室问了问,出来后放我进了院子——可见我回家次数之少。一般军分区的家属、娃娃,站岗的都认识。我越往家走心情越沉重,仿佛是在走进一座地狱,有什么办法,手头一个钱都没有了,硬着头皮也得要两个钱买点日用品,起码买个脸盆。我在"兔子窝"是用公家的破水桶洗脸的。这次下公社倒是给每人二百五十元安家费,可那是交给队上的,又不给个人。想到今后自己将一文没有,全靠双手劳动吃饭,心里空空的没个着落。

我有钥匙,径自进了自己的小房间。弟弟们都在食堂吃饭,又懒得生火取暖，屋里冰冷冷的，炉子下积满的炉灰从炉洞泻出，泛着灰白色。燻黑的锅静静地放在地上。地是水泥地，留着上次走时的水痕。我坐在床边，裹紧棉衣，想着怎样跟父亲说话，怎样开口要钱。按说钱是王素娣管着，应该跟她要；可一跟她要，肯定神经质地歪起嘴："我又没拿你们的钱。"一跟父亲要，父亲则带着严厉和不信任的口吻问："要钱干什么呀？"我一想这些，心便开始抽搐，满是屈辱。我看过许多小说，知道金钱的罪恶，造成人与人的关系冷漠、残酷，为什么钱在这里同样造出种种难言的阴暗、丑恶！我受不了这金钱的铜臭！受不了这个外表堂皇而内里却自私自利的家庭！我只要能躲开这个家一公分，就躲开一公分；能不求这个家就不求这个家。现在分配了，下农村自食其力，虽然今后的生活道路艰难，总算能挣扎出这个恶劣的环境，不再跟这个可恶的女人打交道。我真奇怪，父亲怎么能忍受下去？我恨父亲没男子汉的气节，让一个女人捏得死死的，说一不二。有一次我直言王素娣这个人心眼不好，我以为父亲会像上次一样大骂我放肆、无礼！奇怪的是爸爸一个劲地抽着烟，耐心地听我说完，慢条斯理地说："怎么办，慢慢改造嘛。"我望了一眼墙上王素娣的大彩色照片，心里哼了一声："慢慢改造，谁改造谁呀！别改造不了人家，让人家改造了去……"

一会儿，听见父亲的皮鞋声，进了卧室门。此时，王素娣在厨房做饭。乘此机会，我直直地走进爸爸的卧室，尽力装出坦然地叫了声："爸爸。"

父亲躺在单人床上，抽着烟斗，见大儿子进来，欠身坐起来，眼光懒散疲倦，没有说话。

我低头垂目，并不望他："我们分配了，准备下东风公社。"

这毕竟是件不小的事，当爹的提了提精神，重重地抽了口烟，温和地说："东风公社，不错嘛。下去要好好干。嗯，看你这身体，都是看书看的。说起来咱们家祖辈都是农民，你这也是返璞归真，我看也不错嘛！你现在是什么文化程度？高中吧？在咱老家也算是个秀才啦，不简单哩。听说你净爱看些不着边的小说，这不好……"

我不是为听这些来的，我打断了父亲的话，吭吭哧哧道："爸，我准备下去了，想买件衬衣，连换的衣服都没有。还有，没脸盆。再说弟弟们也下公社……"我想在王素娣进来之前把问题解决了。

"你们不是有安家费吗？"

我撇了下嘴，就知道父亲会这么问："安家费是给队上盖知青房子的，不给个人，更不管买衣服。"

父亲吸了几口烟，沉默地坐着，待了一会儿，缓缓地说："我手头也没钱，这有五元钱，抽烟的，你拿去吧。"说着从口袋里掏出钱包，找出五元钱，递给儿子。我的火上来了，直顶脑门，我不是奴才，不是乞求，这简直是对我的轻辱。我想冷笑一声抬起屁股就走，可是身上的确一个子儿也没有，只剩下几张食堂的饭菜票了。我恨恨地把五元钱拿了过来。爸爸察觉出我的不满，似乎也有点过意不去，于是补充道："我有件旧军衣，回头找出来给你，下公社穿那么好干吗，自己再买个脸盆就行了。宝军他们嘛，再凑合凑合吧。"

我说了句："也只能如此了。"

"砰"，门开了，王素娣进来，气势汹汹地从屋中穿过，进了里屋，故意把什么东西重重地动得很响，我轻蔑地哼了一声，老一套，看家本领。我缓缓站起来，说了声："那我就直接走了。"慢慢踱回到自己的小房子。王素娣踢里踏啦的拖鞋声又进了厨房，嘴里嘟嘟囔囔，不干不净地说着什么。我也不去听，开始收拾东西，其实也没什么可收拾的。

三十三

正当我做好了跟张志兵、刘孝华、秦建国等好朋友们一起下公社，到一个生产队的准备时，命运又起了戏剧性的变化。父亲去自治区参加三干会后，突然接到调到哈密地区任哈密军分区司令员，新成立的革委会主任职务的调令。对我和弟弟们来说，重要的不是这个，而是父亲托别人带回了一句话：农七师新成立一个保密单位，是工厂，发工资，给我们联系好了，让我们过去。

急转直下，我几乎没做多大思考，就决定到"保密单位"去。我在内地搞外调时，还真去过一个保密单位，那是在一个极不起眼的火车小站下了车，周围是一片庄稼地，没想到在一片农村景象中梦幻般出现一座极精致的小城，整齐的楼房，整齐的柏油马路，路边树木花草也整整齐齐，小城里安安静静的，没有半点的喧哗声，我找人搞调查，接待的人也是文质彬彬，真有如陶渊明写的"世外桃源"。当我一想到"保密单位"便想到了那种小城，起码"保密单位"的工厂应是很正规的：宽大明亮的厂房，各种各样的工作的机器，工人们安静地操作着，技术人员在走动……"保密单位"听起来神神秘秘，给人一种自豪，但在我看来，最打动我的还是拿工资。我对下公社最大的忧虑就是怕挣不上工分，养不活自己。拿工资就不同了，收入有了稳定性、可靠性，有了保障。我跟弟弟们商量，弟弟们也同意去兵团。在下公社和进工厂之间，我选择了进工厂。朋友们对我的选择没有任何非议，好像这种决定是必然的、理所应当的。结果，好像也没有过多的分别仪式，我便匆匆地离开了他们。

我和宝平先走一步。宝军说他有点什么事晚点走。宝宁还上小学，够不上分配，也没定下他最后怎么办，先这么僵持着。

我和宝平坐部队送新兵到塔城后返回乌市的军车，准备到奎屯时半道下车。车队到了老风口，起了大风，转眼间，雪把路封死了。当初我和战友们步行串联通过老风口，赶上没风算是幸运，这次却赶上了，真难过死了！当兵的司机们仗着车多人多，冒着严寒都到前边挖雪，挖一段走一段，走走停停，整整折腾了一个晚上。我可冻坏了。我没棉裤，没棉鞋，冻得缩成一团，什么形象也没有了。我身边坐着秦建国的妹妹——一个漂亮的小姑娘，不知她见我如此落魄会有何感想？整整一夜似乎在半冻僵中熬过来的。军车到了离塔城三百公里的一个拐入奎屯的路口，把我和宝平放了下来。我向见到的人打听，才知道从路口到奎屯市还有五公里路。五公里？真不近啊！我们俩除了一人一个简单的行李外，宝平还带着一双补过底子的大毡筒。带着这双大毡筒走五公里，太笨重，可是扔掉，宝平又觉得可惜。为扔不扔毡筒兄弟俩竟然犹豫了好一阵儿。

"要不，背上？"宝平犹豫地问我。

"太重了，再说不值两个钱，拿着又有什么用。"

"可是哥哥，这毡筒还好着呢，底子刚刚补过，还能穿上两年。"

"可惜倒是可惜……可五公里路……"

"要不，我穿上走？"

"你看吧。"

我回想我和弟弟站在路口为一双破毡筒扔不扔像哲学家讨论了许久，我们真的太穷了！太会过日子！最后，宝平还是咬咬牙，狠狠心把一双扔了也没人捡的破毡筒扔掉了。我俩步行五公里，进了奎屯。找到农七师师部。找师长。师长不在。但有人把我们领到七三〇矿的办事处。这会儿我俩才得知我们要去的单位代号叫七三〇矿，是生产原子铀的——也就是原子弹上用的铀。可是工厂并不在奎屯，而是在离奎屯二百多公里外的荒山戈壁之中，而且一切才开始初建……我们既然已经来了，我们不可能返回，而且想到那份工资，一切听凭命运的安排。

在农七师师部停留之际，我遇到一个至今难忘的极短小的生活插曲——个男人过来问我们："你们是塔城司令员的娃娃吗？有个人要见你们。"我惊异万分，在这人生地不熟的世界会有谁认识我们？

我带着宝平跟着那个人进了一间小房间，是个女孩子的单身宿舍，只有一张床，布置得挺素雅整齐。一个不到二十岁的女孩子坐在桌边的椅子上，大眼睛、短发、高挑个儿，挺文静、深沉，说话有条不紊，十分成熟。她含笑叫我俩坐下，说她叫我们没别的什么意思，她听司机说起（不知道司机又如何得知）我们几个受后娘的虐待，讲了很多，她听了很同情我们，她想问问我们家庭的情况。

我和宝平都木不呆呆，不知是来自边城的缘故，还是不善于社会交往。我知道我们的家在塔城是够出名的，几乎是家喻户晓，人人皆知。但传得这么远，在这陌生的境地还有人关心我们，使我有点感动。我讲了我们家的一些极不愉快的事，一边讲一边局促不安，我可以猜想出，我这会儿的形象有多差——我穿着一件黑上衣多么老气、陈旧，离开塔城时，我在自己的破旧的军用棉衣外罩了这件黑布上衣。这是我从北京带来的衣物中一直不想用的最后一件——那是姥爷送给我的一件老人穿的黑色上衣，又松又宽，害得我不得不把衣边往起折了一块缝了起来，即使这样罩在棉衣外穿在身上也够宽大的，穿上这件黑罩衣，起码能老上二十岁。

我一边讲，一边为对方会认为我们如此落魄而不安。我真希望是宝平给对方说这些事而我在旁边安安静静地坐着。

宝平是我们弟兄几个长得最漂亮的，四方大脸，大眼睛，双眼皮，口鼻方正。有我这哥哥在，他还不善于说话或者不便说话。

我讲述时，女孩子连连感叹，不时安慰我们几句。

说完话，我俩出来。至今我也不知道那女孩子姓谁名谁，是农七师那位领导的子女。

我和弟弟在七三〇矿办事处坐了一辆去七三〇矿的卡车。顺着奎屯的路往回返，只不过到了该往塔城拐的岔路口（地图上叫塔岔口）没停，继续往前三十公里到了克拉玛依市。穿过克市进入后山，在山沟沟转了九十公里，到了一处地方，有一排房子，说是团部，住了下来。第二天，又有车把我们送到离团部十几公里的山上，叫作工三连的地方。连里把我俩安排在一个单干户宿舍。宿舍里已住着一个三十多岁的男人，他的家属在内地。没过多久，宝军也从塔城找到山沟沟，我们弟兄三个成了山里人。

没有什么现成的工厂，一切都是从头开始。我们实际上参加了矿山的初建工作。像这类开采原子铀矿原来都是国家×机部开采的，是纯官办的，没地方的事。后来说是采取两条腿走路的方针，发挥中央、地方两个积极性，才交给地方试办第一个这样的矿。

我不知道父亲在开会时，知道不知道这个"保密单位"的实际情况。我想父亲大概不太清楚，不然的话，害得我们匆匆忙忙地一头闯进山沟沟里，简直近乎一种欺骗！

来到山沟沟，我的第一个可怕的幻觉就是：这个地方四不靠，几十公里内人烟稀少，要是办个劳改农场，可真是跑都没地方跑。

我们住在全连唯一的一间单干户宿舍里，每天在食堂吃饭，我们弟兄三个是连里的"小伙子"。其他职工都是结过婚的，都有家眷。山里的建设需要从农七师各团场招几百个小伙子，我们弟兄三个属于来的最早的，而且是高级干部的三个子女！不知这说明我们是更有身份还是更不值钱？

兵团武装连队是兵团特有的一种武装形式。我们所待的工三连是有武器装备的，也就是俗称"灰皮"——正规的部队穿黄衣服，称之为"黄皮"，武装连是"土八路"是"灰皮"。连里职工百分之百的复转军人，百分之百的党团员，而且百分之百是四川人。全部是一九六四年部队复员转业来新疆的。

山上没有电，点着油灯。

山上没有水，靠汽车拉水。

山上的未来的主要任务是下井采矿。

我认识人、熟悉人的程度远远赶不上弟弟们。宝军、宝平先是与一个叫武少军的职工熟起来，到他家去玩，我也去玩。

老武个子不高，身体强壮，性格直爽。他的爱人是个典型的小个子四川女人。小姨子也同她姐姐差不多，面捏的一般。宝军、宝平便跟这些职工的小姨子、小舅子们玩到了一块儿。我虽然只比宝军大三岁，比宝平大四岁，可在心里上，总好像大出很多很多似的，甚至有介乎高出一辈的意味。我很难像他们俩那么快快乐乐地跟女孩子说笑、打闹，我好像是一个穿着长袍马褂，留着长辫子的晚清遗老，用一种不知什么道德规范把自己束缚得死死的。其实，我也想热闹，也想玩，我不是也能跟自己班的女生轻松地谈笑嬉戏吗？可跟弟弟们在一起我就表现不出来，不由自主地端起了架子。

我跟小姑娘们说不上话，只能跟老武在小油灯下侃大山，老武说他们来新疆是被骗来的。

"我们复员的时候，新疆生产建设兵团到部队去招去新疆的人。先给我们放电影《军垦战歌》，呵，那上边的画面真美！麦浪滚滚，绿树成荫，笔直的道路，清清的流水，再配上《赛江南》的歌曲，把我们都看迷了，这么好的地方谁不去呀！我们都争着报名。一到了新疆，一看，全不是那么回事！你没见我们刚来的时间，一间大房子四家子住，中间用布帘子隔开，那会儿我们都刚结婚，睡的都是木板子搭的床，你听吧，晚上不是这边的木板嘎吱吱山响，就是那边的木板响，热闹极啦……"

我听了忍不住笑起来，又不好大笑，憋得真够难受的。结过婚的人讲这些都满不在乎。

老武挺能讲："不过，当初动员我们来新疆唯一好的条件，就是允许回家结婚带着媳妇一块儿来。嘿，大伙一听都紧赶回家找老婆。有的没老婆也胡乱找一个。有一个战士头天跟老婆结婚入洞房，第二天就上火车，闷罐子车，男女分开，到了乌鲁木齐，他也没把老婆的长相记住，老婆也没把他记住，一个找不到一个，没办法，只有让那些认识老婆的先领人，剩下的肯定是他的了。"

我又觉得这事新奇可笑，不过，也真能反映出他们急忙回家结婚，以便享受带老婆进新疆的情景。他们都是农村兵，带着老婆进新疆拿工资，那可不是一件小变化。

老武在部队是步兵，他吹他参加过一九六四年的全军大比武，比赛射击、拼刺刀、扔手榴弹。他说打起仗来，最后还得靠步兵解决战斗，他挺自豪。

对来山沟沟，老武他们都有一种平静、满足感。山沟沟属矿山，将来工资待遇如果按矿工定，要比拿农工（兵团定的一种工资形式）高多了，而采矿挖矿因为是在有放射的地区作业，不但有野外津贴补助，而且据说按照空军的待遇，每个月有砂糖、鸡蛋，还应该有猪肝等等。即便眼下，他们也有一种满足的地方——山沟沟吃百分之百的面粉。而在团场，包括奎屯是吃百分之七十的杂粮（苞谷面），就凭这一点，他们也认为山沟沟是天堂般的好地方。

老武让我看他自己做的家具，木板的双人床、写字桌、立柜，他得意地告诉我，这都是来山沟沟做的。这山里有一条水量挺大的白杨河，每年开春发大水，从山里冲出许多木头，职工们也不用砍树，从河坝里捡木头扛回来，自己动手做家具。老武有点自嘲地说："现在连里差不多都是木匠，都会木工活儿，职工们的家具差不多都是来山里后自己做的。原来只有一副床板，别的什么也没有。现在谁家的东西也够拉一卡车。"

弟弟们跟老武的小姨子、连长的小姨子等在一块儿玩，也有人说老武闲话，说老武想给小姨子找对象，把老武气的，跟我说他绝不会有这个意思，年轻人喜欢在一块儿玩，碍我何事。

真正让我把老武记住，留下难忘的印象的是他一番推心置腹的话——他说山上的任务就是下矿井采矿，谁都知道原子铀矿具有放射性，对人的身体有害，杀白细胞。山沟里炼矿最早在下白杨河（也是团里的一个小地方），全是土法上马，手工砸矿石，然后用一口大锅熬，提炼原子铀。据说中国一九六四年爆炸的第一颗原子弹也有山里的一份功劳呢。山里的人都知道下白杨河有个职工姓马，干活儿不注意安全保护，有时光着膀子砸矿石，结果得了原子病，白细胞减少，浑身没劲，连一个小土坡坡都上不去。

老武谈起下矿井的事，说："国家需要这东西，不能不采，反正总得有人下，我们不下，别人也得下，现在需要我们下，我们也没什么说的，让下就下……我们别的要求没有，就是将来身体受了影响，出了毛病，干不成了，师里能安排我们到奎屯干些比较轻松的活儿。"

荧荧飘动的小油灯下，我为老武他们高尚的境界而心灵震撼。

在工三连，给我的任务是写标语，连里看上了我这幅眼镜和高中文化。连里一排排的住房在戈壁滩上像摆成的长方形积木块，墙上空空的没字，让我刷上白石灰字。我没有提笔成字的本事，也没练过美术字，但我相信这并不难。我把纸上的字打上格，又在墙上打上格，把纸上的字放大到墙上，写出来十分正规美观。唯一遗憾的是我没在石灰里放盐，写出来的字一经风吹雨打，很快就模糊了。

完成写字任务，我跟着弟弟们上工地干活儿。我们每天到戈壁滩上打眼放炮挖管沟。从连里的驻地到三公里外有一眼泉水，清甜甘洌，像一只秀丽的眼睛。山上要做的第一件事，就是把水引到驻地，引到山上采矿的地方。老兵中不少在部队干过工程兵，打眼放炮是内行。我试着扶钢钎，有时也试着抡十二磅重的大锤头砸钢钎。我抡锤头，人家都害怕，提醒我小心，锤头抡不好，砸不到钢钎上，飞下来会砸到自己的腿上或别人的手臂上。

炮眼打好后，放上炸药，接上雷管、导火索，留下一个人点导火索，其他人都站到石头飞不到的远处。点导火索的人跑出来后，过不了一会儿，炮响了，大伙计算着响的次数。

"一、二、三……"

有的炮响得很脆很响，懂行的老兵们一听，便说："这炮没放好，冲天炮！"

有的炮响得又闷又沉，老兵们嚷嚷道："这炮好！这炮好！"

我开始弄不懂这学问，问为什么响的不好，不响的倒好？老兵们说，响的炮说明炸药都朝天上崩掉了，没有把周围的石头炸松。闷炮的火药都是朝四周使劲，像人憋着劲一样，把周围的土地震松了。

每天在戈壁滩打眼放炮，艰苦是艰苦，倒也挺自在，没什么想头。

三十四

到了五、六月外，山沟沟一下子涌进几百个年轻人，都是从各团场招来的，吃没吃，住没住，现打土块现盖房子，伙食之差就更不用说了。几百个年轻人都在团部（对我们在山上的人来说在山下）。我们弟兄三个却挺"享福"，我们先来的，在山上，吃的是连里的职工食堂。老连队多少都有点老底子，有一定的存油、存粮，养有一定数量的猪，可以改善伙食。天气最热的时候，连里食堂杀了一头猪，那会儿又没什么冰箱、冰柜，肉吃着吃着就变臭了，有一种腐肉的怪味。我说："臭肉不能吃，只听说吃臭鱼烂虾的，没听说吃臭肉的。"

老职工却说："臭肉也好吃呢，你是没吃惯，吃惯了，臭肉才香呢！"

有的竟然说："我们老家那儿，有的还成心把肉放臭了吃。"

这真是闻所未闻的事，我对他们的话不信服，可吃了几次臭肉，也真的渐渐觉得臭肉的味道不错，也没什么不能吃的事。

我和宝军、宝平在工三连待了几个月后，被调下山安排进团部的青工连，融入几百个青年之中。我们也开始住上了树枝搭的床铺，喝面粉打的甜糊糊……我想我是几百个青年人中唯一戴眼镜的一个，因为，招工的都经过体检，若是那样，怕我连进山沟的权力都没有。我在一个青兵班当了个班副。每天的任务是卸砖头。砖是从山外边运到山里准备盖主厂房的。有时是一二辆卡车、有时是五六辆卡车、最多的一次卸了七卡车的砖，把我们都"卸"进去了，累得半死不活……不管怎么说，来到山沟后，我的思想是那么平静，一无所求，干活儿便干活儿，吃饭便吃饭，睡觉便睡觉，以后怎样，将来如何，一概不想。到了青工连后，我们的待遇也明确了——一个月一个人只给五元钱的零花钱。大家开玩笑，说我们是拿五元钱的工人阶级队伍，称谓"武（五）工队"。

五元钱一发，花起来也很快，到团部唯一的一个土房子小卖部，买上一公斤饼干，买点水果糖，回到班上一实行"共产"，一了百了，别的什么想头也没有，心净自然凉。

山里的变化瞬息万变，到了九月份，又奇迹般地开始组建现役部队——这是当时国家的一个决策，为了加强防修力量，生产建设兵团各师开天辟地第一次组建现役团。山里从农场招来的几百个青年人又因祸得福，得到参军的机会。宝军、宝平也赶上了这个机会，转眼间成了兵，成了现役军人，绿军装、红领章，好不威风！这也是当初来山沟时做梦也没想到的。

——我因为眼睛不好，自然当不成兵。

因为眼睛不好，而遭到第一次挫折，可是我竟然没一点沮丧，也没有为自己的"悲剧"而有所感伤，我本身就对当兵不感兴趣。我想到两个弟弟当了兵，有了另一种很好的出路，好像卸去了我心头的什么包袱而感到轻松愉快；我甚至想到了在北京跟表哥张光远去看的一部外国电影，片名忘了，说的是几个人被迫害入狱，有一个男的经过各种努力，使被关押的同伴出狱，而只有他一个人被留了下来；我还记得一个细节，那个男人满脸胡茬地从铁窗往外望去，一架飞机从空中飞过，他知道，那飞机上就有救出去的人……我不知道为什么会想到这部儿时看的电影，反正我想到了这部电影。我心安理得地继续待在山沟里，不去想我是谁，我想怎么活，我该怎么活，准确地说，怎么活都无所谓，我并不看重自己的生命，也没有什么要追求的价值和意义。

我们一些被淘汰的当不成兵的人，被弄到一块儿吃住。人家当兵的每天正正规规地训练，我们成了局外人，成了自由世界，成了被人遗忘的角落。每天白天打土块，晚上躺在树枝床上吹牛聊天。一个山东的小伙子，年龄比我还大一点，故事特别多，天天讲，我到现在还记得他讲的几个故事——当然是那种有点不雅的"民间"故事。

经过一段无人问津的过度，团里把我分配到团部政治处放电影——这在山沟沟里无疑是个很好的工作。山里文化生活少，能看上电影就算极大的享受。而当个放映员，肯定会成为山沟里众人瞩目的"明星"。我进了政治处，也就是说进了首脑机关，按说这种安置是很不错的。

从一迈进政治处，我就有一种淡淡的只有我自己知道的心理压力——我的眼睛能适应放电影吗？但我还是抱着一丝侥幸的心理，也许放电影要求眼睛的程度不是那么高，也许我再配副眼镜，或者通过掌握放映技术克服这个难点……

政治处进了三个年轻人，一个叫李健，高高壮壮，人挺实在。一个叫齐心平，矮个子，瘦瘦的，尖嘴猴腮。我和齐心平分配放电影。于是去奎屯放映队学习。在学习中，我又发现了自己的一个缺点，我对技术机械之类的理解力和感悟力太差，分给我们的是一部十六毫米的小型放映机，从了解构造到具体操作，处理发生的故障，我都不如齐心平来得快，我怀疑他来山沟前在农场摆弄过拖拉机、康拜因之类的机械，他说他没有。

我怀着沉甸甸的心情又配了一副高深度的眼镜——八百度。可配上后视力将能达到0.6，若要再往深了配也不行，配眼镜的说，你的眼睛挺怪的，往深里配看东西也不清楚，就像钟表十二点，过了十二点也不行。

学了半个月回到山沟沟，团里成立了放映队。一放电影，所有连队的人都集中在团部前的大空地上，人群黑压压的一大片。我不敢当主力，也无意当主力。齐心平却当仁不让，挑大梁，我当个助手。放映中，随时调整镜头的焦距，保证银幕上的图像清晰度全是他的事。对眼睛好的人来说，这几乎算不得什么技术问题，看清楚就算调好了；对我来说，却成了无法逾越的障碍。

在团部放完电影，又到山上放，来到工三连。熟悉的职工见我都热情地打招呼，也都知道我在团部放电影。放电影的地点在一个未盖好的厂房的大墙圈子里。我决心试试自己的眼睛到底行不行。我戴上眼镜，按照自己认为清晰的程度调整镜头的距离。一场电影下来，职工们说："不知怎么的，电影看不清

残梦\CAN MENG

148

楚，总有点模糊。"听罢，我心头沉重，我知道我真的不适合放电影，不管我怎么努力。

下山回到团部后，我找到政治处王主任，提出自己的眼睛不好，不适合放电影；虽然提出这个问题很不好受，我觉得还是实事求是，早提出比晚提出强，勉强维持也不是回事。

王主任是现役军人。兵团从北京调进了一批现役干部。团长、政委也都是现役军人。王主任也是从北京来的，矮个子、胖胖的，精明强干、心直口快、待人随和。他听完我的陈述，挺痛快："不能放电影，跟李健调换一下，让李健放电影，你当广播员。"

我对当广播员比较感兴趣，到哪儿采访个稿子，或对来稿改写改写，倒适合我的专长。团里有一台三天两头出毛病的扩音机，播放时杂音太大，比广播的声音大。我的声音又粗，当属于男中音，播出的声音很低，听不清楚，再加上杂音，更糟糕。——当广播员这碗饭怕也不是我吃的，真让人不痛快。

自从离开塔城，来到山沟沟，我的最大的感觉就是我好像一切都倒退回原始的状态。在塔城，有那么多知道我、了解我的人；有我熟悉的环境，熟悉的经历。一到山沟沟里，一切都不复存在！我从哪儿来？我是干什么的？我曾拥有的一切是什么？谁也不知道，谁也不感兴趣，连我自己也快忘光了。我好像生下来就在这山沟沟，我虽然在短短的时间里换了几个单位，也认识不少人，可他们对我都像是从身边飘过的浮云，什么也挽不住，什么也留不下。我的灵魂又退回到北京时的状态，我好像完成了我曾一直渴望的躲入深山，避开人间的一切，自我修炼，成仙了道。

我与我的过去的唯一联系就是——信。

从到山沟沟，我仍然同塔城的朋友们保持着联系。有一次，我一下子发出十二封信，收到了八封回信。王主任开玩笑："来的信都是小杨的。"

信是我的安慰。信是我的灵魂。看着信，哪怕是简单的几句话，干巴巴的文字，也给我温馨的联想——因为跟我通信的每一个人的身后，都有丰富的生活做基础，张志兵、秦建国、刘孝华、李继泉、妹妹、弟弟……

有一天，张志兵来了封信，他写的字跟他的为人完全相反——又小又拘谨，像小蚂蚁，看起来都吃力。他说他现在被圈在塔城政治学校办学习班，解决两派大联合成立革委会的问题，也不让回家，吃住都在政治学校，一点自由也没有；他说他给我写信不为别的，是想让我替他写封信给一个姑娘，这个姑娘是卫校的卫生员，姓胡，叫胡秀芬。两派圈在政治学校不让回家，临时办了医务室，有个头痛脑热的可以到医务室打打针、吃吃药；他说他常去医务室，跟胡秀芬聊天，挺谈得来，挺喜欢她，可是他不好意思开口，想让我从旁边说说，看看她的意思。

我的第一个想法就是为朋友两肋插刀，义不容辞。

我毫不犹像地提起笔来，给那个我一无所知的少女写了封信，先自我介绍了与张志兵的关系，然后，谈了我对张志兵的看法，驳斥了社会上关于张志兵的种种非议……事后想起来，张志兵也可笑，跟胡秀芬没说上几句话，就想谈恋爱，还要小心眼，让我帮他说，有这样谈恋爱的吗？我自己也是，莽莽撞撞地去写信，多么荒唐、可笑！人家女孩子如果不计较倒也罢了，如果计较起来，回封信把我臭骂一顿也得干挨着。

我和张志兵也曾聊过个人的问题。那是在学校后边的一片绿草地的河边，我们俩撒了尿，洗了澡，在阳光照晒下，边洗衣裳边聊。他先洗完了衣服，帮我洗球衣，从我一冬天没洗过的当衬衣的球衣上搓下一层层的污垢，禁不住哈哈大笑。……张志兵在个人方面的思维挺正常，他希望将来找个老婆，生上几个娃娃。我突然感到一种平庸，不知怎的，我对一切想到以后找老婆、生娃娃的都感到平庸。

张志兵两岁时没了母亲（比我还惨）。他说他只有一张一寸的妈妈的黑白照片——这个不怕死的男子汉曾流露出想妈妈的遗憾。他小时候是跟大姐姐大姐夫长大的。他说他大姐夫是转业干部，对他不错，但却经常打他。他小时候又黑又瘦又小，鼻涕邋遢，谁也不把他看在眼里。放假到戈壁滩上打柴草，巴郎子经常欺负他，他没少跟巴郎子打架。

我想：张志兵追求一个家也对着呢，他太缺少家庭的温暖，缺少母性的爱。

张志兵问我个人的打算。

我的回答是，我准备独身，孑然一身，多么轻松自在！我想不通，人为什要成家？把自己像用铁索绑在石头上，成天陷入吃喝拉撒的家务之中，那样活着有什么价值？

……

张志兵真行，那么早就有了爱，开始了对女性的追求。

张志兵给我复信，告诉我，我写给胡秀芬的信她收到了，两个人聊起来，说我挺为朋友讲义气，还挺能写。他跟胡秀芬彻底地谈了次心，胡秀芬说还年轻，不到解决个人问题的时候——实际上，两个人和和气气地表示不成。

我坚持我的独身主义，一进山沟沟，更容易实践这一点。

在工三连打眼放炮的工地上，职工们无话不谈，开着粗俗的玩笑，一天小姨子长、小舅子短，我听着奇怪，忍不住问："我也有姨姨、舅舅，怎么没听说有小姨子、小舅子？"

身边的职工们听了哈哈大笑。

"小杨，等你结婚了就知道了，小姨子就是你老婆的妹妹，小舅子就是你老婆的弟弟。"

我也笑了，为自己的无知。

"怎么样，小杨，给你介绍个对象？咱们连有好几个小姨子长得不错。"

"我这辈子不结婚。"——也许我没必要在大伙儿面前显露个人的这个观念。

"行啦，说起来好听，到时候就不是这样啦。"职工们笑道。

我像受了侮辱似的变颜变色："我跟别人不一样，我用脑袋担保，我要是结婚，把我的脑袋砍下来，不信，我给你写条子都行。"

幸亏谁也没给我较真，真的让我写条子，否则，我真的说不清了。我太年轻，太爱用绝对化的语言，这本是人生的一大忌——我是后来慢慢理解这个人生哲理的。不过，当时，我说的并非不是心里话，我真的不想成家，也没多少对女人的情欲。

在劳动之余的闲暇时间，我便扒在木板床上，写写诗歌，哪方面的都写，写得最多的还是山里的所见所闻，一首写完又有一首新的构思，山里的一切都能触动起我的纤细的感情。那会儿写诗，也没想到发表，完全是有感而发。这些诗，有如白杨河流淌的河水，在我头脑的河床中欢快地奔流，河水一停，便会露出卵石累累的河底。还有一样同样安慰我的精神的就是从塔城带的《外国文学作品选》。白天，我可以毫不介意干任何活儿，把自己变成一具活动的没有思想的僵尸。只要给我晚上，躺在床上细细地看上几页书，寻求精神的充实。一个人，可以从事不同的工作，可以生活在任何逆境，但只要他爱文学，不管在什么环境中都可以保持一个精神的世界、一个独自的天地。对我来说，吃啦、喝啦、玩啦都是无所谓的事，只要有充实的精神生活，我就感到快乐。除此之外，我哪点能比得上常人！我谁都不如！我唯一感到比别人强一点的就是我有一个文化的精神世界。越是感到这一点，我越是视书如命，越是成为书痴。书中的世界是广大的，那里面有各种各样的人物，各种各样的事，使我在认识，在感受，我忽儿置身于十八世纪的法国巴黎的上流社会，周旋于虚荣的贵族太太、小姐之间；忽儿置身于莽原丛林之中，经历了种种的惊险和奇遇；忽儿落魄在社会最底层，体验了各种小人物的坎坷的悲惨的命运……这是个不为任何环境，任何时间能锁住、关住的领域；是驰骋想象，自由飞翔的领域；就是这一点使我在任何处境中都保持着一种内心的和谐和宁静，一种超然于现实的精神快乐！

第九章

弟弟们当兵离开山沟……妹妹说，哥哥，你对生活没必要这么悲观……你当老师如何？不，我当工人，好好地改造

三十五

这年的春节，我请假回了塔城。当我又走在塔城熟悉的街道上，见了熟悉的人们，我感觉好像从未离开过塔城，只不过到哪儿出了趟长差，转着玩了许久。有的不知道我在哪儿工作的人问我时，我带着一种含混的口气，轻描淡写地回答："七三〇矿，保密单位。"我在打肿脸充胖子，每次回答过同样的问话后，都自我进行一番批判：我为什么这么虚荣，什么保密单位，有多好？每月才拿五元钱的"工资"，一无所有，穷得球毛擀毡子，还图个"驴粪蛋——表面光"。人家还以为我混得多好呢。个别知道七三〇矿所在地的则惊讶地问："哟，你怎么跑到那地方去了，那地方……"我能说什么，只有苦笑而已。

所幸的是两个弟弟跳出了山沟。十一月时，弟弟们得到紧急命令："军管塔城。"于是这些当了没二三个月兵的新兵蛋子，稀里哗啦，威风凛凛地进驻塔城。塔城的老百姓都弄不清是哪儿来的部队。宝军、宝平已都是小班长。宝军分在物资局。宝平分在客运站。塔城的熟人们也有认识他俩的，见了我说，我们见你弟弟了，在哪儿哪儿，我不无小小的自豪。

我去看了宝军、宝平，说了说话，也没多待，他们都有任务。

我再回塔城，已经无家可归。父亲去了哈密。宝宁也去了哈密。一个熟人

告诉我，你们家小五子去了哈密还好啦，要是在塔城非出事不可。

我问为什么？

嘿，你不知道，你们家搬走后，小五没人管，在塔城野掉了，疯掉了。领着一帮军分区的小家伙到黎明队偷瓜，让人抓住两个人。社员把小家伙捆住，往城上送。小五领着几个娃娃埋伏在半道上。几个社员押着两个娃娃刚刚走到一个木桥上，小五朝着桥跟前水里扔了颗手榴弹，"嗵"的一声，水花溅起老高。社员们哪见过这个阵势，吓得一下子趴在桥上不敢动弹。小五朝着被抓的娃娃喊道："还不快跑！"那两个小家伙反应过来，慌忙从桥上跑过来。社员瞧着也不敢追，害怕扔手榴弹——谁能想到小家伙们身上带着武器。

我家的宝宁就是淘气，听了令人哭笑不得。我和宝军、宝平进了兵团，宝宁成了没人管的野孩子。这小子又能折腾，说不准干出什么要命的事来。

塔城没了家，我住在塔城报社李继泉的宿舍。他暂时还未下公社，被借到报社搞报纸的编排版面、印刷，也搞改稿，俨然一个编辑。他一个人住着一个小宿舍，一张床。两个人挤一挤，满惬意；聊天，也方便。

我见了秦建国、张志兵。他俩在东风公社一个队上，同住一个宿舍。刘孝华、桑学兵不在塔城，还在乌鲁木齐，继续参加着马拉松式的两派成立大联合、革委会的谈判。

回到塔城，仿佛回到了人间的正常的生活。

下公社的学生差不多都回了城。农村的忙劲已经过去——新疆就是这样，半年忙，半年闲。学生们见了彼此亲热得不行，说他们是学生已经不准确了，他们是年轻人，经过一年的农村劳动，大伙儿更有了一种男子汉的气概。这些年轻人学会了抽烟、骂人，豪放地喝酒——那是男子汉的第一标志。那会儿塔城流行的是七十公分的酒杯，还必须是一饮而尽，然后把杯子在半空中倒过来，滴酒罚三杯。喝起来一个比一个逞能。

我跟着秦建国、李继泉、张志兵加入了拜年的行列。我虽然在塔城几年，很少到别人家，这次对塔城人的了解大开眼界——别看塔城人住着土块垒的平房、草泥屋顶，里边布置收拾得十分整齐，有的还十分讲究。家家都摆好了一桌子东西，馓子、点心、瓜子、方块糖等等。人一来，马上倒上奶茶，说话聊天。接着是端上拌好的凉菜、肉菜、喝酒。赶上中午了，还必须要留下吃饭，下饺子。若此时客人非要离开，是对主人的最大的不尊重。一天的中午，秦建国领着我们转到一个女同学家，还不是我们本班的女同学，是甲班的。人家端出那么丰富的菜肴，非让吃饭不可。我那顿吃了很多，特别是从烤炉里端出用烤盘烤的小白条鱼，一条条摆满，嘶嘶嘶地冒着香气，太诱人了。相比之下，我想起山沟沟的生活是多么清苦，几个月都难见一点肉腥。你到职工家，细细地用手工擀一顿面条，炒两个素菜（油多点），就是相当不错的改善生活了。

秦建国领着我和李继泉转了不少女同学的家，男同学家不用说了，跟着他到刘孝华、桑学兵、于润德、彭大新家拜年。反正每天都在街上转，到谁家都是吃喝。

——我平生第一次喝酒是在刘孝华家。那时我还住在学校的"兔子窝"，过年时也不想回家，即使回家也无年可过。三个弟弟在军分区战士食堂吃饭，战士们过年能吃上什么好的他们也就沾光了。我独自在"兔子窝"看书。没想到刘孝华专门来到冷冷清清的学校，找到我，说过年了，叫我到他家坐坐。又把班上一个家在托里县不想回去的曹织东叫上。我和曹织东都是第一次到刘孝华家。他们家是山东人。他妈妈、爸爸对我们热情极了，端出丰盛的过年的东西，其中还有野猪肉，说是亲戚在南湖苇子里打的，送了一点。野猪肉的味道很不错，都是瘦肉，没有家猪的肥油。刘孝华说，野猪肉的油都在肉里，别看肉瘦还有油性。

刘孝华的姐夫身体魁梧异常，想不通他是南方人，竟然有这么好的身体。他是一个单位的干部，转业军人。他们家称他为"大哥"，我们也就叫他大哥。大哥陪我们俩喝酒。

大哥有酒量，拿起七十公分的酒杯跟我和曹织东碰杯，还要一口喝完。我俩自然是不好拒绝，又不知自己的酒量深浅，也跟着一饮而尽。巨大的体质差异加酒量差异无法遮掩地反映出来——没一阵儿，我和曹织东都喝醉了，醉得一塌糊涂，不省人事。怎么回到"兔子窝"都不知道。等醒来已经是第二天的中午了。后来才得知是刘孝华的弟弟用牛车把我俩送到学校，我俩躺在车上，像死狗一般，真丢脸！从此我知道酒的厉害，也知道自己的酒量是多么差劲。以后，我对酒是胆怯的，可是一喝开了，又不顾一切了。塔城人几乎都是这样。我就是这样一点一滴地深入到塔城人的生活中，把自己逐步地变成一个具有塔城特色的新疆人。

令我难忘的是拜年到了侯方红家，他是甲班的，高个子，瘦，瞪着两只大眼睛。他家是山东人，他父亲是烈士，在解放战争中渡江作战时牺牲的。他的妈妈姓高，我们都叫她高阿姨，在地区托儿所当保育员。每年拥军优属时，地区领导都到他家看望。我是第一次到侯方红家。侯方红给高阿姨介绍我时说："这是军分区杨司令员的长子，大儿子。"

高阿姨听罢竟那么急急地朝我奔过来，有点拐着腿，摇摆着宽大的臀部，操着一口浓重的山东腔："你就是杨司令员的大小子是不？唉，你们几个娃娃可受了罪喽！受了苦喽！"高阿姨边说边拉起我的手，捏捏我的肩膀，自顾自地咕哝道，"看你瘦的……"边说边又捏起了我的胳膊，我的胳膊又细又长，这又成了被后娘虐待一个佐证——平心而论，我的瘦是从小形成的，委实与后娘的虐待无关。"唉哟，瞧瞧这孩子，怎么会成了这样！你爸爸是司令员，怎么就不管？……老话说得好，'一个后娘，半个后爹'，真不假。唉！我光听说你们兄弟几个让你后娘整苦了，俺们谁听了都抱不平，谁都议论，怎么个司令员都……你那后娘的心也太坏了！……没妈的孩子就是不行！……"说着说着心软地擦开了眼泪。

也许是我麻木了，我自己感受到王素娣的虐待而引起的不满和愤恨竟远不如高阿姨表示出的强烈。

后来我发现，我这副单薄的身板真的为所有关心我们兄弟的人提供了证物。我没想到我们家的事在善良、富有同情心的老百姓中流传得如此长久。

我回塔城自然是喝了不少酒，而且彻底喝翻了。

摆桌的是罗云刚，跟秦建国、张志兵一个队，一个宿舍，初二的学生。罗云刚的父母都是干部。为儿子请客在厨房忙着炒菜。我们都觉得过意不去，天下的事都倒了个儿，老的为小的服务。很快上了十几道菜，大伙儿一个劲地喊："行啦，行啦。"

罗云刚大大咧咧说："这有什么，别客气，好好吃。"

我开玩笑道："这倒不错，吃上一顿能坚持两个月不想肉吃。"——我想起在山沟沟吃上点肉是多么困难。

罗云刚提起在农村修水库——十月份农忙一过，他们都上到公社山里修水库，也够苦的。"要叫我说早点回来，都是张志兵非不让回，白坎在山上饿得肋条都出来了；我一回来猛吃肉，现在又吃过了劲，见了肉都烦掉了。"

张志兵笑道:"那才过瘾呢。"——指很长时间不吃肉再猛吃肉。

罗云刚玩笑道:"告诉你,张志兵,我们再不跟你上山修大渠,要去你自己去,那个罪我是受够了!"

我从他们的谈话得知,农村冬天修水库,张志兵带着一群知青上山修渠,每天捡石头铺渠,零下几十度,山风把手腕子都刺肿了,没几天工夫,一个个吹得干黑干黑的。生活也差,天天清水煮白菜、洋芋(土豆),吃得胃里泛酸水。有的知青坚持不住,要下山,张志兵是带队的,不让下。罗云刚嘲笑张志兵是想当先进,害得大伙儿跟着受罪。

张志兵不置可否地笑笑:"不上山干活儿干啥,'一打三反'工作组到队上搞运动,又没咱知青的事。"

我知道张志兵好逞能,到哪儿都是这样。分别半年多,我对他在农村的情况十分感兴趣,他说了几件事,给我留下了深刻的印象。

一件事是他有意识地下到阶级斗争复杂的生产队。东风公社二大队一小队在一九六六年社教时揪出一个反动组织"边塞学社"。他就非要下到那个队上去。他说队上的"边塞学社"的成员还有好几个,表面上看挺老实,实际上不老实。"边塞学社"是一些有点文化的人组成的。"你没见他们拉的二胡,"张志兵对我说,"的确水平很高。"又说,"他们写的诗也很不错,反正我是写不来。"他总提起一个叫黄文礼的人,说这小子太狡猾,是"边塞学社"的黑笔杆子,摇羽毛扇的,被枪毙的徐冰都是听他的。可是,一九六六年社教时,这小子看见形势不妙跑回老家探亲去了。"边塞学社"一伙子人让社教组整得受不了,准备跑苏联,又被揭露出来,定成反革命组织,把主谋徐冰枪毙了。黄文礼没参与外逃,成了漏网之鱼。这小子现在又是小队的会计,账也不清。

一件事是一九六九年八月,苏军偷袭我裕民县204边防站,将边防站包围,站里的官兵几乎全部战死。东北珍宝岛一仗打得多漂亮,多解气,可这边吃了大亏。边防站的站长姓范,叫范什么忘了,参加过我们学校的军宣队,是我们高三级的指导员,我大体也记得,中等个儿,话不多,性格内向。听说站上除了范是老兵,剩下的都是新兵,刚打起来时新兵有点害怕,在站长的率领下越打越勇敢,使敌人伤亡惨重。一直打了一天,弹尽粮绝,全死了,没一个投降的。苏联也行,连尸首也没留下,运走了。事后,在塔城公园前的十字路口的语录塔前开了追悼会,塔城上千人参加,声讨新沙皇的反华罪行。

张志兵说他得知边防站打起来后，气坏了，他领着罗云刚回塔城，带着枪，想搭车到裕民县去，可是被拦了下来，根本靠不到前边。

他回队上后，与秦建国、罗云刚弄来酒，一边喝，一边叫"范指导员，你是好样的！"他喝多了，喝醉了，提着枪，跑到门外照天上就是一梭子，惊得全队的狗都叫起来。秦建国和罗云刚奔出去，把他的枪下了，怕出事。罗云刚跟我提起此事说："我真担心张志兵半夜里做梦打老毛子，跳起来掏枪把我打死。我别的不管，先把枪藏好再说。"

再有一件事是他自己组织挖地道。边境事件后，战备自然紧张起来，"深挖洞，广积粮，不称霸"的指示下来后，从城上到农村都开始组织挖地道。一小队是个烂摊子，生产都抓不上去，还挖什么地道。张志兵却把这当成大事，找上一帮小伙子社员自己组织挖地道。白天干队上的活儿，晚上挖地道。没想到"一打三反"工作组进队以后，说他们挖的是黑地道，没经过批准，没把他气昏过去。

"工作组进村时，还是我组织知青去欢迎的呢。"张志兵对我说，"地方农村平日很少跟兵团打交道，社员们都存有戒心，从一九六五年社教后，对工作组反感。工作组来的那天，社员们都不太热情，我觉得工作组挺尴尬，领上知青们到村头列队迎到队上。可是，队上成立'一打三反'领导小组要选个知青代表，谁知把我们知青搁在了一边，我不上山修渠干什么。"

了解到张志兵、秦建国下公社的生活经历后，我的心情挺沉重。了解了塔城形势后心境更为不佳。塔城军管后，开始的"一打三反"运动，又夹着批王恩茂。主要的矛头是对着保王的"红夺指"的观点的。

——关于裕民县铁烈克提一仗，我一直挺关心，以后几十年了也没忘此事，很想知道当时是怎么打的。直到四十四年后，我从报纸上才得知当年战斗的真相，与我当时听说的有很大不同。但是范指导员也的确在那次战斗中牺牲。

仗不是在裕民县而是在托里县的铁烈克提打的。铁烈克提距托里县中心一百多公里，解放初期，我国与苏联的关系良好，当时中国与苏联接壤的大部分边界实际上是有边无防。直到上世纪六十年代两国关系交恶后，一九六二年才设立边防站。

据资料显示，当时的新疆与苏联接壤的三千多公里的边界线上，有三分之二的地段存在争议。很多边界由外及内设三条边界线：一条是条约线，即历史条约规定的边界；一条是实际控制线，即中苏双方当时的实际边界；第三条是苏方要求线，即苏联方面对我国领土提出的要求边界。实际控制线和苏方要求线之间是争议地区，铁列克提战斗就发生在这里。

一九六九年三月份，苏军侵犯我国黑龙江虎林县的珍宝岛，遭到我国军民的痛击。未能在珍宝岛占到便宜的苏军转而谋求在新疆发起报复。据介绍，当时苏军频频进入我国边界，甚至在争议区内筑有多处简易工事。

一九六九年八月十三日，铁列克提边防站奉命执行正常的巡逻任务。巡逻队共一百零九人，编成五个组。其中巡逻组十一人，由铁列克提副站长裴映章率领，由北向南执行正常巡逻。右翼掩护组、左翼掩护组分别潜伏在一号高地和三号高地，任务是掩护巡逻组通过。中路掩护组潜伏在二号高地，任务是掩护巡逻组通过676高地。指挥组、预备队设在三号高地东南侧八百米处待命，随时指挥和支援战斗。

而当时的敌情大致为，对面是苏军乌赤阿拉边防总队机动队，约三百人，装甲车辆约七十余台。进入八月，苏军一架侦察机，两架直升机先后在我沿边地区实施侦察挑衅。

一九六九年八月十三日五时三十分，我参加巡逻的各组按预定计划分别到达指定位置。九时十五分，我巡逻组开始实施巡逻，敌一架直升机尾随我巡逻组上空，低空侦察飞行。九时四十分，我巡逻组顺利通过一号高地，接近676高地时，敌军直升机立即升空向我射击，打伤我两人。九时四十五分，我巡逻组迅速抢占676高地，与中路掩护组会合，敌向我676高地及右翼掩护组同时开火，我伤四人，被迫进行自卫还击。我占领676高地的二十二人在右翼掩护组火力支援下连续打退敌三次冲锋。由于敌以密集火力拦阻我掩护分队和预备队，使之无法支援。同时，敌以装甲火力，向676高地猛烈射击，并连续冲击。经过六个小时的激烈战斗，坚守676高地的人员全部伤亡。此次战斗中，我军共伤亡四十人，其中二十八人牺牲。

二十八名烈士阵亡的676高地当时被称为无名高地。自"8·13"战斗后一直由苏联、后由哈萨克斯坦控制，二〇〇三年中哈勘界划归我方。二〇〇八年，新疆军区决定在这里建立纪念碑，并将无名高地命名为忠勇山。

后人在当年埋葬烈士的原址上建起了托里烈士陵园。其中有二十五人埋在这里，三人埋在自己的家乡。纪念碑上这样写道："这次战斗中，我军官兵表现出了气壮山河的爱国主义和革命英雄主义精神。二十八名遇难烈士中，十三人年龄刚满或不满十八岁，其悲壮惨烈，撼天动地，可歌可泣。"

……

我本来就没酒量，又心境不佳，喝起来很快就不行了，只觉得头昏眼花，话也多了……

罗云刚小声嘀咕："老哥们醉了，不行，让他上床躺一躺吧。"

我隐隐约约听见了，大声嚷嚷道："不，我没醉，我不过想起伤心罢啦！来，喝酒，今朝有酒今朝醉，哪管明日天地崩！"我端起一杯，一饮而尽。喝下去才发现是一杯凉水，不禁气上心头，愈加伤心，僵着舌头说，"你们骗我，这是水，不是酒。我没醉，不信，我告诉你们……"我拼命撑开越来越紧的额头，撑开往一块儿闭的醉眼，指着在眼前晃动的人影，"瞧，这是张志兵，这是罗云刚，这是秦建国，这是……"

等我醒来时，发现自己躺在床上——一张有点旧式的木床。四周是天棚地板。整个房间空空的没什么家具。很暗。秦建国轻轻走进来，见我醒了，亲切地叫了声："宝如，醒了吗？昨天晚上，你可把我们吓坏啦！张志兵把你背回来，放到床上我一摸，手脚都凉凉的，脸色灰白灰白，我又摸摸心，还好，跳着呢！唉，以后，再不能这么喝了。你身体比我们差哪儿去啦！我们喝点酒，胡里麻汤地晕上一阵儿也就过去了。"

我真不好意思躺在秦建国家。我想爬起来，可是头晕得厉害，稍稍一动便觉得翻江倒海，又想要吐，我隐隐约约记得昨天晚上吐过了。

秦建国见我要动弹，忙过来把我按住："你别乱动，好好休息，一会儿张志兵还过来。"

一夜酒醉，仿佛大病初愈，躺在这宽大的天棚地板的房子里，看着对面窗外投进的青白的光，我突然觉得这一切整个像一幅油画：我好像变成了身穿白衣的病快快的贵族小姐，青春的生命正要逝去……

秦建国问："怎么样，喝点稀饭吗？还有酸白菜，解酒的。"

我苦笑道："我发誓，以后再不喝酒。说实话，也就是回到地方，又见了兄弟哥们；在兵团，喝什么酒，悄悄儿待着，树叶掉下来还怕砸着头呢。"

到了下午，我才缓过劲来。张志兵也来了，另换了一套衣服。他昨晚背我回来，我吐了他一身。张志兵见我缓过劲来，挺高兴，说起昨天的事情，怕我不好意思，故意轻描淡写道："咱们都喝得太多了，我都有点不行了。"

我在秦建国家休息好，过去跟他的妈妈、姐姐说了阵话儿，悄悄跑到报社李继泉那儿。

李继泉搞完报纸的排版，我俩就在宿舍聊天，东拉西扯，天文地理，鸡毛蒜皮，又聊到班上哪个男生跟哪个女生好，谁对谁有意思——这可是过去不聊的内容，现在都出了校门，聊了无妨。李继泉准备再帮报社干一段后，回外县去——他家在离塔城八十公里以外的裕民县东风公社，他似乎没有过于清高的追求，只打算找个对象成家立业。

我突然想起一个女生，如果能跟李继泉谈成，可是再般配不过，我笑着说："我给你介绍一个对象，你干不干？""谁呀？"他充满了好奇。我说："吴玉娟。绝对合适。"我突发奇想，脑子里充满浪漫主义色彩，说："你们俩条件太相似了，你们俩都是在外县，一个是裕民县，一个是额敏县，一个是东风公社，一个是红旗公社，家又都在农村，你们的个子也差不多，吴玉娟挺单纯、老实。"

李继泉被说动了心，操着河南口音："在学校一点没说过，我不好意思开口提起这件事，要是人家不同意，太没面子啦！"

我笑道："不行，我替你说。我这阵儿都快成了保媒拉线的啦。"我提起从山沟沟里为张志兵写信的事。李继泉听了没觉可笑。我继续说："照我看，也许能成，吴玉娟又能有多高的条件？反正还是像张志兵那样，行就行，不行就算，同学之间有什么不好意思的，谁还不了解谁呀。"

李继泉认为我分析得挺有道理，班上有些女生，不用谈，估计也不会成。吴玉娟倒是可以考虑，说不定有成功的希望。

谈得投机，几乎聊了一晚上。

我告诉他，从山沟沟出来一趟不容易，兵团请假太难了。这次出来看看朋友，该见的都想见到。刘孝华、桑学兵虽然在乌鲁木齐，我也非要见上他们不可。我准备坐班车到乌市见见他俩，然后再回山沟，死而无憾，了结一个心愿。

李继泉想起塔城正往乌鲁木齐调羊毛，可以想办法给我找一辆便车。第二天中午，他告诉我，说好了一辆拉羊毛的车，司机是乌鲁木齐的，人家答应拉人。不过，驾驶室已经有了人，愿意坐就坐车上边。冬天坐上边太冷了，要不，再等等有坐驾驶室的？

我说不等了，车上就车上，拉羊毛的，正好又软和又暖和。

第二天早早的，拉羊毛的车开到报社的大院子。我跟李继泉道了再见，爬上了高高的羊毛堆，羊毛是打成一个个长方形的大包，摞得整整齐齐。司机看上去挺不错，帮着在羊毛中弄出一个窝窝来，两个大包包搁在车前边，挡风。司机又把他的老羊皮大衣扔给我，我铺在了坑窝窝里——身上穿着件皮大衣，脚上裹着皮大衣，人又在羊毛的窝窝里，倒是舒服自在。车开起来，虽然是零下二三十度，我竟一点也不觉得冷。汽车过老风口时，我想起上次坐在驾驶室差点没冻死，这次人在车上倒比在驾驶室还暖和，一点不受罪。走着走着，由于汽车的颠簸晃动，我经营的窝窝出了毛病，四周裹不严，寒风不知从哪儿钻进来，吹得两腿发冷，我几次想在车上把窝儿重新铺整好，总是弄不利索。我也不好意思让司机停下，就这么凑凑合合地驶出塔城三百公里，到了介乎乌鲁木齐到塔城一半路程的兵团五五公里客运站住宿。

我从车上爬下来。司机跟坐驾驶室的搭便车的人去吃饭。我没马上进食堂，只管在泥土的院子走来走去，我发现我的双腿已经冻木了，我用手使劲地搓腿肚子上的肌肉，已经没有了疼的感觉。糟啦，我暗暗想，我说怎么到了后来，觉不出腿冷了呢！我在院子不停地走、走、走。走了一阵儿，用手揉揉腿上的肌肉，我只有让自己走来走去恢复知觉，现在是不敢用一点儿热水洗擦——一到山沟沟里，我就听说过一个并非虚构的故事，几个职工想吃肉，拿着半自动步枪到山里打大头羊，打了一只后，一个人卸了一条羊腿，扛着往回走，半路迷失了方向，到民族的蒙古包里过了一夜。第二天冻了一天才回到家。靴子和腿都冻到了一块儿，只得用刀子把鞋划开，才脱下来。不懂科学的家属为了让男人们尽快恢复，用热水洗脚，洗腿，洗完后又用棉被包起来，结果，脚都变黑了，烂了，非锯掉不可。他们犯了一个错误，脚冻后，非要用雪擦，把脚里寒气拔出来；如果用热水，等于把寒气逼进骨子里。……我不停地走，不停地走，足足走了半个多小时，才感到缓了过来。可就是这样，晚上躺进被窝还觉得浑身冒了半天寒气。

再上路时，我不敢大意了——把车上的小窝彻底收拾了一番，小窝往小里做，大衣在小窝里弄成个小深井似的，腿脚像穿靴子般深深地裹进筒子里，严丝合缝，这回是真弄好了，剩下的三百公里，舒畅得不可名状。我几乎是睡了一路的觉。汽车进乌鲁木齐已是半夜，东拐西拐，也不知到了哪儿。汽车到了一处停下来，司机对我说："你下来吧，车子不再往前走了。"

我懵懵懂懂地爬下车，问："广场在哪儿？还远吗？"——因为刘孝华他们住在广场的天山大厦，找到广场，也就能找到他们。

"不远，"司机挺轻松地回答，"你顺着马路有路灯的地方一直往前走就到了。"

我道了感谢，独自顺着两边亮着路灯的马路往前走，我以为我站立的位置是北门或者是别的离广场不远的地方。我走呀走，越走越不对劲，从周围的景物看，一点儿也不像到广场中心的迹象，我别无选择，只能顺着马路往前走；走着走着，马路拐了弯，我也只好拐弯，反正只能沿着有路灯的地方走；走着走着，我看到一处有黄墙黄楼的建筑物，是医学院！我拼命调动脑海深处对医学院的印象，有意走到跟前去一看，果然不错，是医学院。见了医学院，我的心里有底了，辨清了方向、位置；但另一方面，我知道司机欺骗了我，他说离中心广场不远，纯粹是一种脱词，难道他说离广场远，我会赖着他不走吗？那为什么要骗我呢？从医学院到中心广场，我的天，还有四五公里呢！深更半夜，满街上既无一人也无一车。不过，无所谓，我已经到乌鲁木齐了，又弄清了方向，还怕走吗！大不了再走上一小时、二小时也行。我顺着反修路（现在友好路）过了明圆、西北路，到了红山，心里更有底了；然后过了西大桥，到了北门，拐到了人民广场。找天山大厦容易，红卫兵串联时我们就住在天山大厦。当我半夜里敲开宿舍门，出现在刘孝华、桑学兵面前时，我相信，他们一定惊呆了。他们搂肩拍背："哥们，你怎么来的？怎么事先也不通知一下。"

我历尽两天的六百公里的辛劳，终于见上了老同学，内心的高兴难以述说。他们忙安排我住下……待了一天多，该见的都见了，该说的都说了，我心满意足地又坐了五百公里的车返回了山沟，像蜗牛缩回它的壳里，继续过我的不为人知的孤寂的生活。

三十六

不久，我收到来自东北北大荒的妹妹来信，她准备到新疆来探家。

上山下乡运动开始后，宝琴跟她的全班同学插队去了黑龙江生产建设兵团，还是领队，比我下得还早。多少年后，我才得知，宝琴本可以留在北京，不去东北的。她说根据她的条件，母亲早逝，父亲在边疆，她是可以照顾留在北京的。是她自己坚决要求上山下乡，锻炼红心。他们班被下到东北实在可惜，他们都是学外语的，中断了学业，太可惜了！宝琴与一帮子熟悉的同学在一起，倒也挺乐观、自在。这回是她第一次来新疆探亲。我得知这消息的第一个念头就是：妹妹来了，再不能让她回去了。我们兄弟姐妹五个，四个在新疆，只剩她一个在东北，将来再有个家，就再难见面了。我们家的处境与别人家不同，家庭的不幸使我们兄弟姐妹之间有了更深的感情。我等待妹妹的到来，这成了我生活中一件新的思考最多的大事。

同时，我没忘记对李继泉的承诺，给一年未见面的不知如何存在的额敏县红旗公社解放大队吴玉娟，写了一封替李继泉说媒的信。

又一个深山的一天的下午，我在政治处听见边外有女生打听我的姓名，我急不可待地奔出来，看见三年多没见的妹妹宝琴站在门口，心中顿时充满了一种自豪——这是第一个到山沟里窥视到我的生活，我可以与之倾心交谈的女性。

我先安顿宝琴的住宿。团部有个小小的招待所，两间房子几张床，正好都没人住。安顿好后，我俩便喋喋不休地聊了起来。我又领着妹妹转河坝——这是山沟沟里近乎公园的地方，河谷里众多的白杨树伸展着不规则的树枝，我告诉宝琴，这种白杨树叫苦杨，自己天然长成，自生自灭，跟人工种植的钻天杨不一样。

宝琴先去哈密见了父亲，又在奎屯看了宝军、宝平，我这是最后一站。

宝琴比在学校时胖了些，没小时候那么漂亮了。她说起在北大荒艰苦的生活，谈起她的几个好朋友的逸闻趣事；我也说起我在塔城的生活，说起我的朋友们……我与宝琴在一块儿有说不完的话，说我们是兄妹，更多的像朋友——有着共同语言的知心的朋友。

宝琴看出这山沟沟的荒凉和贫瘠，创业的艰难与困苦，问我以后打算怎么办？

我说我每年的最大的愿望就是出去看看朋友们，然后回到山沟沟，默默无闻地悄悄地待着，像我这样体质也不怎么好，谁知道能活到哪一天！我原来抱着出家过独身生活的愿望，在山沟沟里正好可以实现。我不想谈对象，也不想成家立业，一想起这些就觉得俗不可耐。我又一次引用了《牛虻》中的话……"嗡嗡嗡，飞到西，飞到东，我是一只快乐的大苍蝇。"

宝琴微皱着眉头，为我的对个人问题的消沉情绪而发愁："哥，你这种想法并不完全对，对生活没必要这么悲观……"

我也感到消沉，带着一种独身的自傲和超越凡人的固执说："我就是这样，这不挺好吗？一日复一日，看上两页书，足矣。要不，还能干什么呢？"

我俩踩着河谷里松软的泥土——只有多年才能形成的含有养分的适合草木生长的黑土。我太喜欢这条白杨河了，它在山谷中蜿蜒曲折，清新悦目；它从山的夹缝中轻柔地飘出，又隐没进另一边蓝色的透明的山影中；它以自己柔和的身姿，使冷峻、枯燥的山峦戈壁有了一种感情的色彩。此时，白杨河却是白玉石般地凝固着，清冽的河水只在冰裂处叮咚地奔流，像美丽少女皮肤下的血管里的血液在流动。我挺希望宝琴夏天来，那时白杨树一片浓绿，河谷里长满了密密的野刺玫，开满了五瓣鲜花，清清的河水扬起一片清爽的凉气……

"你不要再回东北了。"我跟宝琴商量，"东北太远了，你探一次家不容易，时间一长，再加上个人问题，再来就不容易了，弄不好就断了线了。你跟爸爸说说，看能不能在哈密找个工作。反正黑龙江也是江，新疆也是疆，在中国地图的两头头上，都是支援边疆建设，谁也说不出个啥来。"

宝琴挺犹豫，她原没想到探家后要留在新疆。"爸爸也让我留下，说，宝琴，东北再不回啦，就留在新疆，在哈密找个工作。……可是，我请了两个月的假，我又是队长，不回去，别人会怎么说……"

"管他怎么说，"我有点动情地说，"无论如何你再不能回去，留在新疆，不管在哪儿，咱们想见还能见上，你一个人单枪匹马回东北，将来想见都见不上。人是感情动物，将来见得少，慢慢感情也就淡薄了，你觉得好吗？原来不让你来新疆，是因为你学法语，有前途，不能耽误你的前途。现在全撵到边疆劳动干活儿，都是平头老百姓，不如捆到一块儿，也有个照顾。"

弟弟们的意思也是劝宝琴再不要回东北。

宝琴被我们共同说动了心，她说："再考虑考虑。"我知道她舍不得她的"红色历史"，从小学一直是中队长，大队长，学习上也是数一数二的。到外语学院附中又是团支部委员，又是自愿请缨，负责带队到北大荒接受"再教育"，这一不回去，真有点"逃兵"的味道。

住了两天，宝琴准备再度返回哈密。我告诉她：我的同学刘孝华、桑学兵在乌市参加两派谈判，让她去找他们，让他们帮助买去哈密的火车票。宝琴认识刘孝华。一九六八年，新疆两派（包括各地州）去北京谈判时，刘孝华代表塔城一派的红卫兵组织去北京，我托他给准备去东北的宝琴带去一条棉被（棉被本来就是从北京带来的）、一个军用马褡子（还是妈妈复员时带回家的）——马褡子像个巨大的口袋，可以装好多东西，卷起来后，用绳子一捆，扛着走很方便。刘孝华到北京后找到宝琴给了东西，还跟着宝琴去过郭荣叔叔家，颇得宝琴他们的好感。我让宝琴去找刘孝华再合适不过了。

我没想到此次宝琴与刘孝华的相见，却奠定了他们的终身大事。

刘孝华在送宝琴去上火车的途中，提出今后能不能建立通信联系。宝琴是个性格开朗的人，也就答应了。我虽然从没问过刘孝华为什么看上我妹妹，但我可以想象出，宝琴气质高雅，谈吐幽默，举止大方，富有思想，对刘孝华来说，完全是一种新的天地。

宝琴回到哈密后，被父亲留了下来。原说安排在城上，但王素娣说不愿意看见她，结果安排到离哈密十几公里外的一个兵团化工厂。当初我们受尽王素娣虐待，我还曾庆幸地想，我的妹妹总算没跟着我们倒霉，没承想，宝琴到哈密后，也吃了王素娣的苦头，正所谓："在劫难逃。"

三十七

团部为了加强基层的力量，决定精减机关人员。我被列入精减之列。这几乎是预料之中的事——我眼神不好放不成电影，自己失去了一个好的位置，放广播也不是长久之计，这原本应是女同胞的事，听说奎屯的楚剧团解散了，准备调一个女演员来搞广播。我在政治处成了多余的人，情愿让位。

"小杨，有两个工作，你可以随便挑。"王主任笑望着我，我也口角含笑。我知道决定我的命运的时刻到了。在政治处，我沉闷、单调，性格不活泼。而这种不活泼的环境更让人受不了。在政治处，我很喜欢王主任，别人都怕他，我却觉得他一点都不可怕。他的表情、语调都给人一种愉快想笑的刺激。即使在决定我到哪儿去的时刻，我也是愉快地听他说话。

"一个是教师，一个是机修连，看你愿意哪一个？"

"当工人。"我毫不犹豫地回答。

"当工人？"主任重复了一遍，"你再好好想想。"在旁边的宣教干事老严、老罗也劝道："再想想。"我知道主任和宣教干事希望我当老师，说不定他们背后认为我肯定会选择当老师的。山里的老师比较缺，而我这眼镜体质似乎特别适合当老师。

"我早想好了，"我坚决地说，"我身上的小资味太浓，还是当个工人好好改造改造。"

严干事忍不住了："当教师也能改造啊，我看小杨还不懂得当老师的深远意义。"

我反驳道："当老师再改造，总不如直接生活在工人当中好。"

王主任哈哈一笑，手指点着我："你呀，我看是天生的教书材料。"一句话把大家都说乐了。主任一挥手，"不过，你愿意当工人，就当工人吧。到了机修连好好干，紧张点。在政治处比较清闲，我看你们三个小青年都有点疲沓了。你下去一定要注意，别让人看这是政治处下来的，一点不突出政治，政治处的人不突出政治那还行？"

我认真记住主任的话，点点头，没说什么。——我也说不上为什么对当老师特反感，我不喜欢娃娃，不想当娃娃头；我也不喜欢知识分子成堆的地方，总觉得有文化的人在一块儿会有一种酸腐之气，会让人受不了。但是这种感觉从哪来的，我也说不上。

离团部半公里远的坡下，靠近河谷的地方有几排破旧的地窝子，各自门前堆着柴垛，家家烟筒冒出了白色的浓烟，远处看像平地冒出的烟云，由于无风，白烟都直直地上升，渐渐变淡变薄，和山腰的纱似的白云糅和在了一起，慢慢飘向透明的山谷，这片地窝子是机修连所在地。

找到作为连部的一间地窝子，走了进去，屋里有两个人。我问连长是谁？一个人指着另一个人："这是连长。"叶连长穿着一套旧军装，有几个地方补了几块布，下边穿着一条马裤。宽胸膛、刺猬头、眯缝眼，说话愣愣的。

"你怎么想起当工人来啦？"

我奇怪地问："我为什么不能当工人？"

叶连长心直口快："你这身子板太单薄。"

我一时答不上话来。

此时坐在叶连长旁边的被称之为老蔡的工人说："咱队正缺个文教，让小杨儿当个文教倒合适。"他从介绍信上得知我的姓，便熟人似的称呼起来。

叶连长道："干什么工作，回头连里研究，先把行李搬过来吧。"

叶连长对老蔡道:"你带他到电厂看看,还有没有睡觉的地方。"

老蔡领我到河谷里的电厂,原来所谓宿舍是个修理间,水泥地上有一道一米深的长沟,上边铺着铁皮,来回走路踩在上边,哗啦哗啦地乱响。工间已经住了三个小青年,其中一个小张还认识,在青工连时就是一个班,彼此见了亲切、高兴。

老蔡挺热心地跟木工班说了声,突击一副铺板。我也就打开行李,安顿下来。

五月的夜晚,天气宜人。河谷里的清凉空气从窗户流入,令人精神清爽。柴油机巨大的轰轰声从门外传进来,使人难以入睡。直到十二点钟,机子停掉了。可以听见运行工说话的声音,开出气阀喷出的气声,钢钎盘飞轮时碰在铁上的当当声——机子像疲惫的老人大声地喘着粗气。第一次听到这些,我满有兴味。机子的声音一停,哗哗的河水声便清晰可闻,巨大的瀑布般的轰响弥漫了整个河谷,俨然是夜的主人;各种小昆虫在夜色中凑着一支幽婉的小夜曲,十分动听。我觉得惬意极了。在政治处是听不到这种美妙的音乐的。明天,一定到河谷里玩玩。生活是美好的,当工人自有当工人的快乐。可谁知会给我安排什么样的工作呢?要是不好的工作该怎么办呢?我的心情又不开朗了。

第二天,我和小张到河坝转转,看了看连里开的菜地。小张抽开了烟,我也抽着烟,勾起了心事,问:"小张,你看我可能干个什么呀?"

小张说:"就我看,你跑不出一、二班。一班上运行,二班搞维修,都缺人。再说又是技术活儿。你是高中生,真是求之不得。干脆,你跟连上要求到我们配电上来,我们配电上可缺人啦,咱俩在一起多好。"

"这可不由我,咱连一共几个班?"

"六个班。三班电工、四班钳工、五班木工、六班水暖工。就我跟你说,六班的活儿最脏最累,一天就是跟钢管、沥青打交道,最没意思。"

"为什么水暖是跟钢管、沥青打交道?"我什么也不懂。

"水暖就是安管子。水管安在地底下,都得包上沥青,防止腐烂,你就一个个地包吧,水暖工就是干这活儿。"

我担心地问:"六班不缺人吧?"

"咋不缺,不过放心,怎么也不会让你到六班去。六班缺人是暂时的,整个矿山的水管线一完,活就轻了。"

"唉，"我叹了口气，"听天由命吧。"

而连里通知我，给我安排的工作是到六班，我可真的傻眼了。可我能说什么呢？后退是没有出路了，工人已经当定了，我也只好很痛快地答应了。事情往往是这样，没明确前，总去猜测；等明确了，也就死心了。同时，我尽管事先知道六班工作不好，可却是迈入新的生活，有一种好奇、渴望。

我后来才知道连里开连务会时是如何讨论我的工作的——我这个小小的高中生，拿到连里来却是屈指可数的。别看全连百十来个人，文化程度普遍不高。除了两个技术员是大学生，还有一个工人是高中生，连长才是高小。来了个高中生，又是政治处分来的，应该安排个比较合适的工作。但文教是干部编制，不好随便安置，再加上介绍信上写的是工人，只能从工人范围考虑。

蔡和平（四班班长）首先提议："让他到二班。我看二班比较合适。维修机子是技术活儿，比较复杂，有点文化还是好。以后四台机子发电了，上运行也就没问题了。"

王庆功（电工班长）说："明摆着，不让他搞配电干什么。"

"对啦，搞个电工还是挺不错的。"有人附和。

指导员听了一阵发言，比较了几次，觉得运行工将来需要数量大，还是分到二班先学维修，将来照老蔡说的上运行，一举两得。

李胜林（维修班长）笑道："唉哟，我的妈，跟知识分子打交道，脾气秉性摸不来，咱们这大老粗，别指挥不动，把关系搞糟了。"

蔡和平不服气："高中生算什么知识分子？小知识分子。现在是让他当工人，接受改造，又不是让你接受他的改造，该怎么办就怎么办。"

"哈哈，"李胜林说，"我不过这么说说，你就急开了。"

指导员说："我相信你能带好。"

这事好像就定下来了，可是，指导员眨了眨细眼，望着赵建邦（水暖班长），带点诡异地说："但是现在我可不想让他到二班，我想让他先到六班干活儿。六班正突击任务，活重人手少，又比较脏累，应该让小杨锻炼一下，培养革命接班人嘛，从严要求，你们看怎么样？"

调到一班当代理班长的吴进勇有点担心："哎呀，高中生包沥青，可能想不通吧？"

指导员点点头："可能，开始会想不通，赵建邦，你注意点思想工作。"

赵建邦笑了笑："好吧，看他具体的思想状况再说吧。"

事情就这样定下来了，指导员通知了我，但没说以后到二班的事，而且嘱咐开会的人都不能说。

我第一天上班是抬钢管、拉沥青，放到烧沥青的锅前，准备好包沥青的前期工作。六班有五个人，面目都是黑红黑红的。开始，谁都说不上话，工人的态度很冷淡。干了半天活儿，话儿就慢慢多了。工人们之间开始说说笑笑。一个叫高明志的工人性格开朗，最爱开班长的玩笑。赵建邦双眼皮，高鼻梁，一笑俩酒窝，长得很俊美。他卷了根莫合烟，点着了，吸了两口，亲切地对我说："小杨，别干那么急，你刚来，猛一干别累坏了。"

我说："没事，我在青工连还不是天天干活儿。"

高明志同情地说："我看你这身体挺单薄，我们这重活儿可不好干吧？"

我说："没啥，不觉累。"

这时一群小学生跑来擦钢管上的铁锈。赵建邦忙过去招呼。高明志道："小杨，你看，这么点学生，五六个老师。"

我知情地回答："学生少，年级可多。"

高明智说："你怎么不教书，跟我们干这活儿？"

我说："还是当工人痛快。"

"痛快是痛快，就是我们这活儿太不好了。"他倒不忌讳。

"挺好。"

钢管、沥青都备齐了。开始生火了。巨大的长方形的大铁箱也不知烧过多少沥青，油渍渍的。我学着工人把大块的沥青砸成碎块，大大小小统统放进铁箱内，放了十几个整块沥青。火加起来了，炉火熊熊。几个人蹲在锅前，在戈壁的傍晚，抽着烟，说着话。赵建邦坐在大钢管堆上，愉快地说："这次再包一千多米管子，山上的任务就差不多完成啦。"

高明智瞅瞅我："小杨，回头咱们上山，你去不去？"

"去。"我听出高师傅是担心我爱面子。山上都是工三连的职工，说实话，我真有点不愿见山上的职工。在团部这儿我已经尝够了熟人来来往往的别扭劲。前几天还放广播，转眼间干开了这活儿，这反差也太大了，谁见了不惊讶。而我在山上放过一次电影，工三连的职工把我叫了个欢，而我这次上山却是去安装水管线……

　　下班的时候，高明智往炉里添了煤，赵建邦道："吃完饭，你到这看着炉子，过一阵儿我就来。今夜把沥青烧化了，明天咱就包。"

　　包沥青时，赵建邦考虑我刚来，对活儿不熟悉，别让沥青烫了、烧了，让我盘绞木，那活儿比较轻。包沥青是半机械化，干起来挺快。两个人抬六米长的钢管，放到自做的架子上。架子下有小铁轮，可以在小铁轨上移动。沥青锅下伸出个大龙头开关，正对着钢管的中线。龙头一开，沥青流出来正洒在管子上，这时转动管子，同时顺着铁轨移动，钢管就周身包上了沥青。乘着热劲，一个人拿起雪白光滑的石棉布，一头往管子头一沾，然后飞快地转动管子，同时拉动管子，石棉布像急救纱布一样把管子包了个严实。然后再重复第一次给钢管包沥青的过程，在白色石棉布包裹的管子外再从头到尾包一层沥青，就算成功了。

　　我的任务是绞绳子，让架着钢管的架子在铁轨上移动。这本是个轻活儿，谁知我偏有个怕转圈圈，一转圈圈就头晕的毛病。每干完一次，一坐下来，天旋地转，恶心、冒冷汗。可我又能向谁说呢？有什么可说的呢？已经是轻活儿了，再说干不了，让人怎么看？

　　"哈哈哈——"工人们干得愉快极了。包管子实现了半机械化，使大家摆脱了繁琐、低效的劳动——原来是怎么包沥青的？把管子一根根摆在戈壁滩上，手提着个小桶，用刷子蘸着沥青刷，刷了上半边，再把管子翻过来，刷下半边。然后包上石棉布，再在石棉布上一点点刷上沥青……那是什么速度，肯定赶不上建设的要求。现在这种改革，提高工效几十倍吧，工人们能不高兴吗。高明智掌握着龙头，口里含一个哨子，哨声一响，赵建邦就飞快地转动管子，黏黏的热热的沥青冒出浓浓的白烟，飘飘荡荡，随着管子的转动，沥青均匀地缠满了管子……

　　一气埋头忙了半天之后，高明智叫嚷起来："嘿，有二三百米了吧，休息一会儿吧。"

　　我一屁股坐下来，擦了把冷汗，好好缓缓劲吧。

　　"一、二、三、四、五……"赵建邦快乐地大声数着包好的管子。高明智忙着把流到坑里的沥青舀出来，重新倒进锅里，棉手套上、工作服上、高筒靴上都沾满了沥青。

"一共包了三十四根，是多少米？"赵建邦大声问，又自算起来，"三六一十八，四六二十四，一共是，嗯，是，是二百零四米，真快，今天上午包完五百米没问题。"

我歇了一会儿，走了过来，班长关切地问："怎么样，累不累？"

"累倒不累……"我想说头晕、恶心，话到嘴边也没说出来。

老高拍拍我的肩膀，兴致勃勃地说："小杨，你看这做个蚊帐怎么样？"他朝着石棉箱子和钢管那儿指指。我以为说的是石棉布，又白又滑又结实，比我们穿的衣服都好。老高他们还讲过一个笑话，说老乡见石棉布这么好，要了一块儿回去做了一个裤头，可是穿上后痒痒得不行，开始以为有虱子，总是挠啊挠啊，挠得大腿两边都是红红的，后来才知道石棉布根本不能穿，是用玻璃丝纺织成的，细细的玻璃丝最扎人啦。老高跟班长就提醒过我，不要把石棉布的丝丝弄到身上。这会儿老高又说石棉布做蚊帐？

老高说的是沥青丝。我仔细一看，果然，沥青从龙头流出后，经风一吹，无数细丝乱飞，钢管和地面之间结成了一个纱网似的薄膜，黑亮亮地飘动。我看班长几个裤子上也粘着不少，好像在衣服上罩了个纱网。我不禁心里一震，干这种活儿，自己的心都冷了，哪还有诗情画意；可在这种劳动中，工人们多有兴致、想象，这是多么不同啊！唉，霄壤之差。爱好是可以培养的，既然干这个了，应该强迫自己爱起来，从钢管、沥青中看出诗情画意，像工人一样去感受和思维。我走过去拿起一把沥青丝，笑嘻嘻地说："真像蚊帐。怪有意思的。"顺手把沥青丝捏成了一个团。

思想一开通，再绞绳子也好受了点。忍吧，一关关闯吧。

我跟大家一熟悉，话也多了，谈笑也多了。特别是班长给我领了套新工作服，我真的挺兴奋和高兴的。我感到自己真的成了工人。如果有什么不满足的话，就是工作服太新了，太显眼，一看我就是一个新手。

班长也把我当自己人用了，没了那么多的客套话，这使我愉快、高兴。

"喂，小杨，下午你跟老高到大厂去接段管子，大厂等着用水呢。可咱们的大管子还缺，差一节子才到大厂。你跟老高接段临时管子，让他们先用上水。"

大厂在团部的上边，是矿山建设的核心部分。山上的矿石拉下来，送到大厂，粉碎后，溶解成半成品，再拉到内地去提炼成成品。

给大厂供电供水的高压线、水管线都是机修连的事。我跟着老高往山坡上走，跟着老高接管子。干活儿休息时，老高站在山包上，回身望着河谷对面的大山，脸上显出开阔、迷茫的神情。我随着望去，真的，此时的景色是多么令人心旷神怡；此时的天气晴朗，明亮而又透明，高大的山峰高耸、巍峨，阳光照透全身，每一个棱角、岩石都显出了锋利；山上的几个主要山洼都变得赤裸、清晰，青灰色的胸膛上若有任何一个生物都会一览无余。与此相反的是山脚下，一河的淡绿的树，郁郁浓浓，欣欣向荣；逶迤、隐蔽在一线戈壁与山脚之间，显露出山里的全部春光，令人激情起伏，说不出的感动。

爱想象、抒情的老高常常会冒出奇怪的念头，他突然问我："小杨，你会画画吗？"

我喜欢画画，却不敢说会，只能说："喜欢。"

"小杨，把这风景画下来多好。"

我说："风景太美了，能画下来太好了，可我也得有这个本事啊。"

老高笑笑，露出缺的牙："有许多东西我们看着好，却没有办法。像在山沟里，有人不愿意待，我还觉得不错。我要是会画画，非把那个大山、树画下来。"他晃了一下手中的管钳，"哎，好吧，还剩几节管子，咱们快干吧。"

包管子准备的时间长，干起来也快，两天的时间近千米的管子都包出来了。一大箱子石棉布只剩了一点点。汽车来了，把包好的管子都拉上山。六班、三班又准备上山完成三公里水管线的安装任务。上次为了向"五一"节献礼，两个班在戈壁滩上奋战几昼夜，安装了两千多米的水管线和高压线。大头完成了，这次是收尾工作，所以大家的心情还是比较轻松的。

关于戈壁滩两个班共同架线、安管子的事，我记得广播过一篇稿子，也听团政委在大会上表扬过，现在自己能参加这样的任务，还是很愉快。还有一个使我感兴趣的事，就是这次蔡和平也上山，他是电焊工，专门焊水管接头。上次上山，因为突击任务，他干着干着累得睡着了，这在稿子里也写了。从来机修连后，蔡和平见了我总是挺随和地说两句话，令我感到亲切。我看出来了，蔡和平在连里人缘好，又公正，关心集体的事，是个大伙儿离不了的热闹人物。有一次在水泵房，蔡和平跟指导员吵起来了，嗓门那么大，言辞激烈，指导员竟毫不恼火，洗耳恭听，简直不可思议。后来有人告诉我，那次蔡和平是谈工作的事，还是很有理的事，没法跟他争。

我发现自己不知为什么越来越喜欢蔡和平，见了他就想乐。

蔡和平有一次笑眯眯地问我："小杨儿，你猜我多大了？"

我端详了一下，笑嘻嘻地说："可能二十七八了吧。"

"嗯、嗯，差不多。"可看他强忍欢笑，眼里故意流露出的神色告诉你：猜错了。

我困惑地重新猜了猜："要不，你就有三十岁了？"

蔡和平忍不住咧开大嘴笑起来，问："你多大了？"

"二十一。"

蔡和平愉快地说："告诉你吧，我才比你大三岁。"

"什么，"我惊奇地问，"那他们为什么都管你叫老蔡？"

蔡和平摸了下没有胡子的下巴："老嘛！不叫老蔡叫什么。"

"那，怎么都叫李胜林小李呢？他都二十六七岁了。"

"他还没结婚呀。"蔡和平叫起来。

"结不结婚能是叫老的标志吗？"

"那倒不一定。"蔡和平说，"主要是我老相，大家叫顺嘴了。人家小林（林广厚）是南方人，都三十多岁了，看上去跟二十三四一样，还不是叫他小林。"

我暗暗感叹，蔡和平仅仅比自己大三岁，却有一手过硬的电焊技术，说起来都是同时代的青年人，可他那么富有社会经验，为人处世成熟、老练，自己差哪去了！

蔡和平突然转了话题："小杨儿（他在杨字后边加了个'儿'音，叫起来亲切感人），你对干管子这活觉得怎样？"

我也实话实说："开始思想波动挺大，现在好一点。跟班长、老高在一起挺愉快的。我发现不管干什么工作，总有它自己的快乐。"

"这话不错，当你为它流了汗，甚至出了血，你就会珍重它了。再说，赵建邦、高明智他们都不错，你看见他们包沥青了吧，现在多快，都是老赵他们自己搞的，照过去把人急死也包不出来。"

我也挺服这一点，对干这工作已经死心塌地了，做好了上山见工三连职工的准备。他们爱怎么说就怎么说吧。细想想，其实也无所谓，开始见了说一说，非亲非故，谁还会长久地说下去。

第十章

艰苦创业，经受锻炼……我这是怎么了，竟然想谈恋爱……这就是她的家……你到底让我答应你什么？那我提出来行吗

三十八

寄给吴玉娟的信好长时间没见回音，是李继泉给我的地址错了？是信没有送到吴玉娟的手里丢了？还是吴玉娟见到这种信，感得俗气，生了气，干脆不回信？如果再有一段时间不见回信，我给李继泉写封信，做个交代。

信终于来了，是她的字！是红旗公社的地址！我的心砰然而动，我不知为什么会这样？我悄悄地把封口撕开，抽出信纸——只一页。

一页纸能写多少内容！可是我读罢，激动得不行，百感交集，通过信去遥望一个人，反而分外明细，吴玉娟说她参加了"一打三反"工作组，搞调查材料，挺忙。她在信中写道："一个人活着，就应该为祖国，为人民做出贡献，我现在农村的广阔天地里，一定不辜负毛主席的教导，在三大革命斗争中锻炼自己，对你指出我的单纯、老实的意见，我一定虚心地接受，的确，过去在学校对社会上的阶级斗争知道得太少了，下来之后，也有不少教训，你们有深刻的思想，希望能多帮助我……"信中谈到李继泉，她婉转地表示她没那个意思，也就谢绝了。

我的任务完成了，该止笔吧，给李继泉回封信，交差吧。

——怎么，还想回信？被什么打动了？吸引了？哦，是那句话"……你们

有深刻的思想。"我有深刻的思想吗？有的只是复杂的思想。我看的书太多，脑子里太混乱。不错，我喜欢思考问题，我脑子里充满了尖锐的自我矛盾，然而，我这贫乏的思想又有什么用呢？苍白、无力。我现在要克服的就是这种苦恼，甘愿做平凡的工人。只有思想简单了，矛盾不尖锐了，才算改造好了？

我忍不住又提笔写了回信，称赞她在农村的锻炼，也简单地说了说自己在山沟沟的情况，我突然觉得跟一个女生通通信也挺好的，因为是跟一位异性通信，心中充满了一种秘密的意味，从碌碌的平凡中开辟了一个新的天地。

吴玉娟居然回了第二封信！薄薄的一页纸，好像总是在匆忙中写的，谈的都是队上一些工作的事，我相信她写的都是真实感情，跟她在学校时的表现一脉相承。这下，我不再靠回忆她的过去充实头脑，我可以追寻她的现在的脚步，心灵的眼睛注视着她的身影，仿佛这其中有一种什么深刻？

随着通信的继续，我的另一种从未意识到的思想在膨胀，我觉得我好像挺喜欢她的！要不，为什么我给李继泉介绍女生时想到她！我并不是虚伪，我给李继泉介绍时是诚心诚意的，我自己如果当时有什么意思，完全可以直接表示，也没必要假借别人的名义。再说，如果通过我的拉线，人家两个人有了意思，又能有我的什么。我抱着独身主义的念头，从未想到谈什么恋爱，可是我知道她拒绝他之后……我说不上，我想跟她建立某种关系。

……我这是怎么了？怎么会有这么平庸的思想？竟然想……谈恋爱?! ……啊，多么庸俗啊！这跟当年想成仙了道的思想差得太远了！这哪像我，哪儿是我呀！如果我谈了恋爱，对于我来说，并不是走向什么正常的人生之路，而是说明我"堕落"了！我"完"了！我已经"没有"更高的追求了！——这个判断令我害怕。可是，我在现实中又有什么可追求的呢？每天是平凡而紧张的劳动，大伙儿不都是这么活着吗？……如果我是只鸡，飞不了鹰那么高，那么就安于鸡的生活罢了，为什么不知趣呢？我曾想学牛牤的独身主义，但我也不是没意识到，牛牤有他的奋斗目标，他搞独身主义是为了他的事业。我有什么？我有自己奋斗追求的目标吗？我有牛牤的坚强意志吗？更准确地说，当个作家，获取名义是可能的吗？学牛牤，只不过学了人家的皮毛，牛牤的精神却无法学到。牛牤之所以是牛牤，就是因为他是牛牤。而自己成不了牛牤，就是因为我是我。我又想起《钢铁是怎样炼成的》的保尔，保尔学牛牤，可是后来又放弃了独身的想法，我为此感到遗憾，一直把这看成保尔不完美的表现，现在我是不是要赞成保尔的改变呢？啊，谁能告诉我，对待这个问题的正确态度是什么？我看过那么多小说，那十八世纪的公子小姐的恋爱不足取，而"文革"前看的一些觉得很革命的小说，又作为"革命加恋爱"的修正主义货色批判了，那么，一个工人、农民的爱情又是什么样子？也真是，人为什么要恋爱，它的作用在哪里？不搞这种名堂行不行？可惜没一本书深刻地解释这个问题。我感到苦恼，又无法解答，在新的人生路上愁丝万缕……

集下的信有四五封了，我也没敢吐露一点真情，就只当我们是同学通通信吧，可这样的通信又是为什么？真的只是为了一种纯洁的友谊？我相信世上有这样的事，但如果只是如此，却排除不了我心中的苦恼，我到底要寻找什么？为什么要这样？我真的能说清楚吗？……不行，我不能老这么通信，老这么苦恼，自欺欺人，我要向她讲明，哪怕碰一鼻子灰也好，总比这么半死不活空想强，我为自己有如此大胆的想法而吃惊。……到她家去？什么理由？荒唐！连她的家门都不知道朝哪开呢！怎么办？为什么人一接触这个问题就这么强烈、躁动？我何曾是这样的人？是小资感？是看书多的缘故？一个普通工人农民也会是这样吗？唉，去他妈的吧！我还是得去一趟，大刀阔斧，单刀直入地谈开，如果她有那个意思，信就继续通下去，如果没那个意思，单单说同学友谊之类的话在道理上也说不过去，为什么不给别的女生写信呢？是的，这是明摆着的事情。我应该写信告诉她，说我想去看一看，看她怎么回答。我想她不会拒绝吧？她在学校脾气那么好，就是任何一个同学到她家去玩，她也不会拒绝的。可她那种对谁都热情也真让人头疼，对谁都热情不是就没有热情了吗？就像直流电的磁场没变化一样。唉，她对我的热情会不会跟别人一样？根本没把通信往别的方面想，这么一想……我顿时灰心丧气，觉得一切都是自己的想入非非，一厢情愿的痴心妄想……

白天干活儿，晚上在地窝子想吴玉娟的事，打发日子倒挺快。

我想我这会儿简直成了莎士比亚戏剧中的哈姆雷特，优柔寡断，举棋不定，最后，我又想起保尔，应吸取保尔和丽达的教训，保尔对丽达十分喜爱，却因为犹豫不决而错过了机会，后悔莫及。为了不重犯保尔的这个"错误"，我决定还是主动一点好。

我写了封信，说我准备回塔城到东风公社看看张志兵、刘孝华、秦建国，也想去额敏县到她家去看看。吴玉娟回信依然平平静静，对我有时间去她家表示欢迎，如此而已，但就是这句话也让我充满了新的希望。

赶到十月一日，正巧有车到额敏县拉面粉（山沟的面粉都是从额敏拉的），我请了假，又从山沟里"杀"出来了。一路上，我只顾想自己的心事，没一点说笑的兴致。

额敏，我并不太陌生，这次却怀着格外不同的感觉望着一切，我将在这里解决心头的秘密，我想见的吴玉娟就在这里，我该怎么找到她呢？不知信上写的地址好不好找？要不，先跟车去塔城？不，先找她吧，今天是十月三日，放假三天，她可能还在家，要是从塔城回来，就不好办了……

我想起好朋友李强，在农九师的文艺宣传队，对，先找到李强，通过他找人也许容易些。……与李强久别重逢，自然高兴得不行。他给我在集体宿舍找了个床位，我很愉快，这下不用为住宿发愁了。随后，我们俩到街上溜达，看有没有电影。我心里压着找吴玉娟的事，问他："你们这有电话没有？我找个人。"他问我找谁？我一下子语塞了，真不好说，便搪塞："熟人。"

找个有电话的房子，偏偏我又不会打电话，跟总机要红旗公社解放大队，总机说没有解放大队，我一下子傻了眼，让李强给要要，也没要通。旁边有个人说："解放大队是地方上的，这是兵团系统，你得让总机接地方总机，通过地方总机再要。"我觉得太麻烦，问："解放大队远不远？"那人说不远，就在县城边儿上。我对李强说："干脆，咱们自己找吧。"

走到街上，李强又问我找谁？我站住了，沉吟了一下，笑了笑，说："同学，你也认识，吴玉娟。"他没露出什么表情，却出主意："咱们先找卡学文吧，你认识的，我们班学生，我知道她家，她可能知道吴玉娟。"

到了一个门前，有几个小伙子正走过来，身体很强壮，李强上前问："卡学文是在这儿吗？"小伙子们互相望了望。李强大大咧咧地冲一个小伙子扬扬下巴："我叫李强，我认得你，你是卡学文的弟弟，我跟你姐姐是同学，我们找她，让她帮着找一个人——吴玉娟，你认识不认识？"卡学文弟弟认出李强来了，两个人对了阵话儿，李强冲我说："他们几个就是去解放大队，咱们跟着走就行了。"

走到拐解放大队的路上，我突然感到，还是不要到解放大队去找，两个陌生男人，跑那儿去找吴玉娟，总有点不对头。我忙叫住李强，还是找她家吧。他随我的便，他问清吴玉娟家在文化街，而且不远。

来到一个丁字路口，我们又茫然了，哪儿去找她呢？我是没一点儿本事，全凭李强东问西问，问的又太直率："你们这儿有叫吴玉娟的没有？"我有点好笑，这样能问出来吗。哎，偏偏叫我们碰上了，几个小孩子说："二群有个姐姐叫吴玉娟。"我们也不管是不是，让小家伙领路，出这门，进那院，还绕过一个小学校，要是我自己找，真够麻烦。

"这就是他们家。"小家伙指着一个用木棍做的栅栏门。有一个十六七岁的女孩子推着拉拉车在门口停下，疑惑地望着我们。又是李强上前问话——好像找人的不是我，倒是他。

"吴玉娟是不是在这？"

女孩子点点头。

李强又问："在不在家？"我的心一下子揪紧了，一丝害怕袭上心头。终于，我明白了，吴玉娟不在家，队上有人结婚，参加婚礼去了，晚上才回来。李强又对那女孩儿说："哎，你姐姐回来了，你跟她说，有人来找她。"我挺感谢朋友的热心帮助。他是怎样想我找吴玉娟的？我们是心照不宣吧。

离开她家，往右边穿过一条短小的小巷，咦，竟到了电影院，早知道这么近，白坎找了那么半天。买了电影票，我俩又步行两公里回农九师。待了没多久，又往县城赶。到电影院时，离开演还有半个小时，我提出到她家再看看。李强明白我的意思。

到了吴玉娟家，我猜测，可能不会在吧？突然，我不知道如何是好了，一年半前的吴玉娟，一年半中想象的吴玉娟，真的出现了！可不就是她，穿着一件单色的铁灰上衣，依然是短发、大眼睛，依然是那么热情、天真地笑着，有点羞涩地迎出来。她跟李强握了下手，我走在后边，也很快地轻轻握了下手。

让到屋里，一看就是女孩子的住处，很整洁、干净。

她返身出去，搬来一张小圆桌，抱来西瓜，只顾说："你们吃瓜吧。"低着头，一下子切了大半个，还要切时，我用在学校的那种熟识、随便的语气劝阻道："别切了，哪有这么吃瓜的，我们吃不多，刚在李强那儿吃了。"李强就说起下午我们找她的过程，总之，那气氛真像大家随便来坐坐一般。

快开演了，我们问吴玉娟去不去看电影，她摇摇头，说看过六七遍了。

我也明白她是不会去的。我想已经见面了，总该说点什么，可又不能不去看电影，未免太那个了，心中没有着落似的。吴玉娟送我们到门口，有点过意不去地呆呆地愣在那里。我心绪颓废地想，这难道就是盼望之久的见面吗？就这样算完啦？我失望极了！

"你们以后来玩。"晚暮中她急切地说。我猜想她的心情肯定与我一样，有话不便说出来。我接住她的话，大胆地追问了一句："什么时间？"她沉吟了一下："明天中午。上午我还得回队上，十一点以后……"我又有点情绪了，心想：时间这么宝贵吗？让我吃饭时找你，我成了什么了？可也只好随她吧。我原本就没有看电影的心思，暗中，我只顾忧虑地默想心事。

回到农九师，李强领我到一间房子里，两张床，指着一张说："这个人去塔城了，两三天才回来，你就在这睡吧。"我一切从命。第二天我问李强去不去吴玉娟家。他挺认真地说："她家已经找着了，你就自己去吧，我不再去了。再说，我们班还得打火墙，我是个班长……"我也不勉强。他便去忙他的事了。

我坐在床边，回想昨晚的情节，心想，等见吴玉娟，稍稍刺她一下，怎么刺呢？——哎呀，你的时间就那么宝贵，见面还得中午。我想我过去常爱跟她开玩笑，她不会计较的，她太不懂事了，让人到她家玩，就这么给人家机会呀！

门开了，李强进来，说："找你来了。"

"谁？"我出门一看，愣住了，原来是吴玉娟！还有一个是昨天见的女孩儿。我很惊喜，忙让到屋里。她俩很拘束，我也觉得不便说什么，便道："走，到你们家去玩吧。"

一上了街，我笑问："你怎么找来的？"她说先找的李强，又找到我。我说："我准备十一点去你们家，不敢早去。"她说："上午请了半天假。"顿时我嗔怒地望着她，"噢，你还知道请假……"

"你别……"吴玉娟望着我，脸上现出一种动人的神态，挺深沉地对我说，"干什么工作总得好好干，不能冷一阵，热一阵的。"说得我挺感动。往日她干工作的认真热情浮上了我的心头，我诚恳地点点头："你这样做是对的，我是开玩笑。"我们又沉默了，各自想着该说什么。

到了人多的地方，我们拉开了距离。她很注意影响，就是刚才还问我，对我找她，李强会怎么想？怕见熟人，偏偏碰见了熟人，她停下说话，我径自走到她家。她一会儿也回来了。

我们开始坐下来说话，要说的东西的确不少，说到同学的情况，学校的生活，说到一年来她的经历、我的处境。她从下公社后还是挺不错的，劳动了一段时间，就到公社宣传队跳舞，后来又当大队毛泽东思想宣传员，眼下又成了"一打三反"工作组的工作人员，经受的锻炼很大。

我希望她了解我的情况，谈得比较详细，特别是倾吐了山沟里的孤独、寂寞，社会上人与人之间只处于工作关系，并不要互相深刻了解；再说，像自己这般年纪的青年人，遇到的不多，没有可知心的朋友；况且，我也不想再找什么知心的朋友。几年的"文化大革命"，跟刘孝华、秦建国、张志兵都有了极深的感情，原来说一块儿下公社，结果我独自跑到兵团，欠着朋友点什么；所以，我只想每年出来一次，找老朋友们玩玩，表示补偿当初的过失，也就满足了。

吴玉娟的意思到兵团是对的，朋友再好，也不能总在一起。她说兵团严格，说他们工作队陈组长就是兵团的，还开玩笑说把她带兵团去，问她愿不愿意。她也开玩笑说愿意。我说兵团艰苦，特别是山沟沟里，我谈了实际情况，问她："你真的不怕艰苦？"答曰："不怕。"

也没见我们这样说话的，我坐在床边倚着罗起的被子，她坐在墙角的箱子上，离得八丈远。她有四个妹妹，最小的还未上学。都不见进来。屋子里只有我们两个人。说话间，吴玉娟的母亲进来提暖水瓶去灌水，我也可以理解这是个掩护，不过是要多看我几眼。我此时倒很沉着，挺自然地说："大妈，我来吧。"没来之前，我曾为怎么称呼吴玉娟的父母，怎么开口，想了许多，事到临头，竟迎刃而解了。一个男人的身影从小屋的窗前走过，好像并不知道来了陌生人。她说是她的父亲。一般当父亲的比较严肃、理智，我该怎么说话？一丝忧虑又罩上心头。

聊天中，我问起她对我的印象。

她低下头，喃喃地说："我觉得你朴素，这是给我最深的印象……再有就是直爽……最主要的是看问题的深刻……"——完全是第一封信上的那几句简单明了的话。

我主动地谈到自己对她的印象："哎，吴玉娟，你说咱们比较熟是从哪会儿开始的？"

她笑着回答："六七年你在学校礼堂小屋子里搞宣传，我们去帮你……"

"哪儿，"我摆摆头，"我对你的印象是去北京那次，毛主席第六次接见红卫兵，你跟我说，让我在毛主席接见时多喊几声毛主席万岁，当时，我心想：这个人对毛主席的阶级感情挺深厚的，过去我可没注意到你，从那儿，对你就注意了。"我接着说，"六七年，你们几个帮着搞《红旗战报》，我光跟你们开玩笑，我有次顶着门不让你进来，你撞门，我悄悄躲开了，你一下子跌进来，"我不容停顿地继续说，"还有一次，晚上站岗值夜班，我抓一把雪，追到教室灌了你一脖子，你记得吗？"

她摇摇头："记不得了，你怎么都记得那么清楚？"

一句话勾起了我思考的老问题："你还会记得我们吗！咱是整天蹲在'兔子窝'不出来的人，你这个人，又是对谁都热情，也没说对谁特别热情。我总想，你对谁都热情，其实也就没有了热情。"

她不以为然地摇摇头。

这时，我提起一直苦恼着我的那个问题了，我说："你给我的信，我都捉摸半天，要说没什么吧，可我问你什么都告诉我，说有意思吧，我又觉得你单纯、热情，没什么心眼儿，想不到什么上去……"

她静静地听我说，不时露出浅笑。

我一心要把自己的所想说出来："在'兔子窝'时，我和张志兵开玩笑，他就总说我对你什么……"话越说越真，越明显，可就是不敢点破，我虽然有胆量闯她家，却实在没有说出那个心里话的勇气，我真的怕碰钉子，弄个狼狈，只有烘云托月般地把意思暗示出来，文人真没办法，只会搞隐晦、曲折。

"怎么样，以后我来信，你可得继续回信啊？"我不知是恳求还是命令。

"你来信我就回信。"

"我要是不来信呢？"我不禁负气地冷不丁地问。

她笑了笑，停了一会儿，突然发问："你信上让我回答你什么？"

我心里一震，好啦，到了说明一切的好机会啦，可不知为什么，话到嘴边，张不开口，说不出来，我怯懦了，退缩了，变成了犹犹豫豫地含混："我没说让你回答什么啊。"——我心想：一切回山沟沟再在信上说明吧。我真的害怕万一被拒绝。她又问了问，我不敢说，她也没再追问。

说话的当儿，进来一个三十岁左右的妇女，白净脸、大眼睛，大方地向我点点头，也不出去。吴玉娟不好意思地说："这是我嫂子。"嫂子操着四川口音，说了几句话，让我到她家去玩，我漫不经心地痛快答应了。嫂子才离开。

中午，吴玉娟陪我吃饭，饭菜不用说是精心做的，我很过意不去，把我这样的人如此招待是过于认真了。她说都是吃这样的饭。我不信，她惊奇地对她送饭的妹妹道："你看，他多怪！不信，你过去看看吗？"一说去另一个房间，马上面对她的全家人，我又没勇气了。按说我是应该过去一块吃饭的，好熟悉熟悉。她吃饭时避着我，坐在对面冲着墙吃。我只能见个背影。她一定不知道我对着背影笑了笑。

——我后来得知，我在她家时能吃上炒菜的确是一种特别的恩惠。她家平日是不炒菜的，或者说是很少炒菜，平日就像民族人那样生活，吃馕、馍馍，喝奶茶，简简单单。多少年后，她的一个妹妹告诉我，我到她家时，家里都没有清油，还是到她大姐家要的清油，拿回来炒的菜。而炒菜的肉也不是现买的，是平日省下来舍不得吃的肉，挂在草棚子里吹干了，可以放很长时间——这种在没有冰箱保鲜的时代而能使肉保存很长时间的方法，到后来竟成了塔城的一种地方特色：风干肉。塔城的风干肉成了名闻暇耳的独特美味，风靡至今。

我到她家的时候，依然是她家最艰难穷苦的阶段，他父亲挣工分养活一家老小，又挣不了几个钱，欠了队上不少债。吴玉娟和她的弟弟、妹妹上山下乡后，都拼命地在队上干活，还欠队上的债。这些，吴玉娟当然是不跟我说了。

下午，她又要去公社。

我希望她能好好陪我玩玩，但我的理智是冷静的，她不肯耽误该做的工作是对的，我起身告辞。她有点过意不去。我尽量装作没事，减少她的不安。

十月五日，我知道吴玉娟中午才回家，也不急于早去，乘着李强休息，两人到附近的照相馆照了个相。人是可以改变的，我原来是最不愿照相的人，为了留下和朋友的合影，也不管自己的德行上不上相了。李强给我借了顶军帽，说我的帽子太旧了，让我换上。我还觉得自己的旧军帽不错，最后还是依了他，换上新帽子照相。

一回生，二回熟，我像习惯了按钟点吃食的动物，到十一点钟，我径直来到她家。真巧，过了一会儿，她就回来了，脸色红润润，挎着个绿帆布包，带着小学生般的稚气。午饭后，她让我到她哥哥家去玩。我脑筋迟钝地问："真的去吗？"昨天，我只是随便答应的。我犹豫地说，"那我一个人干啥去？"她真诚地说："你不去，我嫂子该生气了，我让我妹妹带你去，我赶完材料就去，用不了多长时间。"我只得答应。

嫂子家并不远，但地方较偏僻，自家的平房、院子，院子里种着菜。

嫂子一口四川话，很热闹，不认生，见了面很爽快地聊起来，说着说着，开门见山地问我:"你跟玉娟谈得怎么样啦?"

一下子弄得我下不了台,我忙说:"没谈,没谈,都是同学,看看。"

嫂子笑笑:"谈就谈嘛,有啥不好意思的。玉娟也是不好意思。我就说玉娟,都是同学嘛,互相了解,也都不小了……"听到这里,我忍不住哈哈大笑,说:"嫂子,你这张嘴可真行!"嫂子也风趣地笑了。

大约过了两个小时,吴玉娟来了,材料取上了。当着嫂子的面,我们也不好多说话,但也不失气氛地说上两句。吃过晚饭,她又要走,送调查材料去。嫂子嗔怪道:"你的时间就那么忙?同学来了也不陪着玩玩。"说得吴玉娟不知如何是好,倚在门口进退两难。我心里虽然不太是滋味,但又佩服她种工作精神,安慰她说:"你要走就走嘛,怎么这么犹犹豫豫,我又不是不来了,我们的车都在额敏县拉粮,我去完塔城还得回来找车呢。"

"那我就走了。"她走出门,一会儿又返回来,说,"你别回农九师,在我哥哥这睡吧,那房子有空床,从这到汽车站近。"

我想了想:"我还是回农九师,东西在那边呢,你忙去吧。"这次她真走了。

我也想走,嫂子说大哥快回来了,我有点不安,又不得不见生人。果然,不久进来一个魁梧的男人,见了我有点发愣。我不知如何是好地站起来。大哥点点头,由嫂子照料着进去吃饭。我再也待不住,打个招呼,溜之乎也。

天,已经黑下来,刮着寒风,很冷。我没穿棉衣,只好加快步伐,一口气赶回农九师。李强见我:"哎呀,你到哪儿去啦?我当你回塔城了呢。一看棉衣还在,估计你到西北堤去了,你们不是有车从那儿拉面粉吗。"

我抱歉地表示到吴玉娟家去了。

看来李强晚上没事,兴致很好,比前两天活跃了一点。我也坐下来,这几天只零零碎碎地说了点话,没好好聊聊,大约九点钟,我又跟他到他的宿舍玩了玩,又返回我住的宿舍。刚上台阶,见一个人从走廊出来,我不由自主地叫了一声:"吴玉娟!"又问,"你这么晚还来干什么?"

"你到我哥那去吧,我哥让你过去,那儿离车站近。"

既然这么晚找来了,我自然不能拒绝。我对李强十分抱歉地说:"我过去啦。"进屋穿上棉衣,挎上书包。屋里正排练京剧《沙家浜》,演阿庆嫂的女演员在随曲清唱,很优美动听。我又注意扫了吴玉娟两眼,她穿着一件宽大的黑条绒棉衣,宽大的窄绒领子围笼着她的脸,白天圆润红嫩的脸,此时稍显出棱角，眼睛清澈明亮，似乎有一种深沉。

路上很黑，从农九师到她哥哥家近三公里。我和吴玉娟迎着黑暗中吹来的冷风走着，我漫无边际地随便说着什么，感谢她家对我的好意。

吴玉娟竖起衣领，埋头走在我的旁边，沉默了许久，突然又问起那个问题："你来信让我回答你什么？"

我又愣住了，没想到她又提出这个最敏感的问题，反问道："你真的让我说吗？"

她点点头。

我望着她说："其实，也没啥，我的意思是，你要是有什么男朋友，就告诉我一声，我也好知趣，不再打扰你。"我紧跟着问了一句，"你有没有？"

"没有"。

"真的没有？"

"嗯"。

我半开玩笑地说："你们家也没给你找过？"

"找过。"

我一下子紧张了："谁？"

"解放军。"

"那不挺好吗？"我探问道。

她摇摇头，也不望我，说："不了解，不像同学之间互相了解。"

我一下子心跳了，有点战栗地想：同学之间互相了解，这不是抛给我的一线希望吗。我突然变得说话吃力，语无伦次，结结巴巴："吴玉娟，我这次来你家的意思……你可能也明白，可是我不敢说……我这个人窝窝囊囊，无能……眼睛又近视，身体也不行……"

她打断我的话，说："看人看本质、看主流、看大方向嘛。"

我心情异样，吭吭哧哧地说："那，我向你提出来行吗？"

她仍旧不看我地点点头。

我又说："咱们可是老实人，受不得骗啊！"

她说："不会的。"

我说："那……那就定下来了？"

她急忙说："那个事情晚几年再办，现在年轻，正是为革命做贡献的时候……"

我说："这个你放心，我最讨厌那种打柴火、做饭的庸俗家务事，咱们虽不是大人物，也要高尚点，那个事情，起码也得几年以后……"

她又希望地要求我："你以后好好工作，政治上也积极要求进步。"

我心情激动地说："这怎么说呢，我觉得自己比在学校那阵儿强多了；但我这个人思想太复杂，改造起来比别人吃力得多；不过，我一定努力往前走，决不后退就是了。"

我们还说了什么，最难忘却的话语将永远记在我的心里——太不平凡的一九七〇年十月五日的夜晚啊！

把我送到大哥家，她就回去了。就像什么事都没发生一样，我心情舒畅地跟大哥聊了一阵。我不再胆怯、拘束、陌生；因为，从今晚起我跟吴玉娟一家发生了不同寻常的变化，我的生活、命运将和这个家庭亲密地联系起来。大哥很忠厚、随和，他一边说话，一边用钢笔在纸上随意划着。他原是电厂工人，现在电影院放电影，专门跑牧区，很广、很偏、很远。冬天骑着骆驼，踏着冰雪，深入民族地方……

这一夜，我彻底地失眠了。跟吴玉娟一路谈话，打乱了我的思想，我是做梦也没想到，那个不可捉摸的、神秘的，我为之苦恼、焦虑，千百回思考的大事，竟这样自然而然顺利地解决了！我惊奇自己是多么有运气！我不知该怎么感受这突然到来的幸福！我原来所担心的不幸，和准备接受不幸的意志都不存在了！命运之神让我走上了成功的道路！然而、此时我却没有失去忧愁，但不是为她会不会答应我而忧愁，我忧愁的是：吴玉娟，她怎么敢这么大胆地、果断地答应我！她是那么信任地把她个人生活的未来托给了我！想到我对她的人生所担负的责任，我感到沉重、不安！我这个无能的人怎样才能对得起她呢？我该为她做些什么呢？……

这一夜，我思考得太多，思绪纷飞，无边无际，从这时起，我想到我不是过去的我了，一种清新、美好的精神正注入我的灵魂；我知道，这是她震动了我的一切，她有力地把她所表现出的一切美好的东西，把我为她所引发的一切好的感觉，变成了我的灵魂的眼睛，使我看东西都浸透着新意——她使我感到了生活的美好！

人，到了这种地步，是无法清醒地把握自己的纵飞的思想、情感的，我直想得昏昏沉沉……

怕误了车，我早早地就爬了起来，轻轻推开门，大哥那屋还是寂静无声，我走到院门一看，门竟然是用锁锁上的。我犹豫了一下，难道叫醒他们开门吗？算啦，少来这套"文明"的东西，于是我这个文质彬彬的"眼镜先生"攀上木门，一翻身，跳到街上，暗自微笑了一下，乘着清晨的清冷，直奔汽车站而去。

三十九

我坐车到东风公社下车，步行了十几公里，来到我已熟悉的知青宿舍，见到了张志兵、秦建国，朋友们相见，自然是万分高兴。

我忍了又忍，还是忍不住把额敏之行的结果公布了出来。

张志兵点头道："我在学校就看出来了，你对吴玉娟挺感兴趣。"

秦建国故意装出落伍的沮丧，搓着手，叹道："想不到杨老夫子竟然走到我们前头去了！没有想到！没有想到！"

刹那间，我也突然意识到了这一点——世界上的事情真怪，我，一个自视无情、冷漠、怪僻的人；一个看破红尘，嘲笑追求个人小家庭，信奉独身主义的人，却走到了朋友们的前边！我的变化怎么这么大？这么快？我是不是变得太庸俗了？我以往口口声声地表白是不是一种虚伪？……

——我后来分析过自己为什么那么快地解决了个人问题，为什么对吴玉娟那么迷恋（有过那么几年），我想，还是因为我太缺少温暖了。虽然自己没意识到，可内心深处还是渴求一种温暖的。别的同学有父母在，有温暖的家庭在，他们能够得到温暖，有温暖的一种来源；所以，单单从恋爱方面得到温暖分量就没那么重了。而我的情感像躲在阴冷的山沟里，一旦感受到温暖的阳光，便死死地抓住不放，当成了生命的唯一带来活力的东西；所以表现得那么过分，那么令人不可理解。我从后来同学们的恋爱看，谁也没像我那么痴迷，那么执着过。

同学们曾说，啊呀，你对吴玉娟太爱了。我听了都感到汗颜。自己都不相信怎么会那样。

——我还怨恨的一种东西就是荷尔蒙。后来知道一点科普知识，知道荷尔蒙是一种性激素，人成熟了就会产生荷尔蒙，正是在荷尔蒙的驱使下，人不由自主地去追求异性，完成生命的过程。这个荷尔蒙只不过是一种化学物质，却能左右人的行为！我当时二十二岁了，是不是性成熟了？自己虽然想着独身主义，却有一种叫荷尔蒙的看不见的物质违背你的思想，潜移默化地驱使你去追求异性，而不负任何责任。

我后来觉得如果自己不娶妻生子，也许会做出更多的事情。又看到世上的男男女女在荷尔蒙的驱使下，没完没了的恩恩怨怨。又想到人生没这一块会多么自在、轻松，我都产生出"绝杀荷尔蒙"的怪念头。

我不喜欢荷尔蒙这种东西。

……

朋友在一块儿，自然少不了弄点酒喝。喝了点酒，我有点凄楚地向朋友们表白：谈恋爱对我来说，只能证明我堕落了！平庸了！再没有更高的追求了！

我成功了。张志兵的又一次恋爱又失败了。张志兵自己不好意思说。秦建国、罗云刚背着他把他好一顿糟蹋。

秦建国告诉我，张志兵谈的是一个比他低两级的女生，就住对面宿舍。女方的家里一听说跟张志兵谈坚决不同意。张志兵的几个姐姐也坚决不同意，对她们的小弟一通围攻："哎，小弟，你的姐姐还少吗？三个姐姐还不够，还要找个姐姐。"

我听罢，乐了。"女方比张志兵大几岁？"

"大一岁。"

"只为这个问题？"

"他姐姐们也看不上女方家，也不是什么太正规的人家。"

"计较家庭干什么，只要双方……"

秦建国笑道："张志兵倒是挺认真的，不听他姐姐的，还要跟人家好，可女方家干了件更绝的事……"

女方家的父母不同意张志兵，另给女的介绍对象，为了造成既成事实，有一天，把女的跟那个男的关起来一晚上，第二天不成也得成了。女的跟那个男的结了婚。再也不回队上。

我想不通女方的父母为什么那么看不上张志兵，是"文革"宣传？真的把张志兵看成青面獠牙了吗？

张志兵不愿提这事，觉得丢脸。不过，这会儿他又有了新的追求目标——一个低好几级的女孩子。张志兵领着我到女孩子那儿去了一趟。女孩子一个人住在社员家的一间小屋子里，有个小灶，墙上糊着白纸，收拾得挺干净。小丫头见领了一个生人，挺疑惑，经介绍，也就释然了。女孩子比张志兵小五六岁，一张圆圆的稚气的脸，五官简单而纯正，一下子使我想到朝鲜电影《卖花姑娘》的花妮。她的个子不算高，腰儿挺细，显示出一种高个儿的风韵。我们随便说了会儿话，就出来了。

我问张志兵怎么认识上小姑娘的。

张志兵狡黠地笑笑，说："我有一次给她看手相，把小手一抓就抓上了。"

我笑了："你啥时学会看手相的？"

"看着玩呗。"

我挺关心秦建国的个人问题，他是我们班的"小白脸"，关系密切的女生有四五个，总应容易解决个人问题吧。远的不说，队上就有一个李丽，按说在一个队上，应该顺理成章地建立特殊的关系的。

"弄不清是怎么回事，"张志兵又开起秦建国的玩笑，"人家李丽也不知为什么，看上了刘孝华，对刘孝华有那么点意思。"这消息令人意外（此时，我并不知道刘孝华已经跟我妹妹宝琴通着信）。

"刘孝华是啥意思？"我问。

"孝华含含糊糊，嗫嗫嗫嗫，他好像说他已经有心上人了，也不说是谁。"

"是吗？"我觉得好笑，心想，这是不愿意接受对方表示的最好的遁词。

到了队上，我又有意地了解张志兵一伙知青在农村的经历，更确切地说，我对张志兵性格中所具有的"狼性"抱有极大的兴趣。张志兵跟"一打三反"工作组搞得很僵。可是听刘孝华讲，在他们队上，工作组与知青关系挺不错，没什么大矛盾。吴玉娟还参加工作组搞工作……这使我有一种困惑，究竟是张志兵他们队上的工作组的确与知青有矛盾？还是张志兵的性格、思想，容易使矛盾激化？

我还是相信张志兵告诉我的。他说他下农村后跟小队的队长挺好，齐队长是湖北人，中专生。"边塞学社"想发展他入社，他没参加。队上没有多少湖北人，主要是甘肃人与河南人相对立。齐队长觉得甘肃人太老实，不会过日子，向着甘肃人说话。久而久之，成了甘肃派社员的代言人。农村对城上的"文革"并不了解，反正是你支持这派，我就支持那派。张志兵到队上时，队上两派对城上的支持正好倒了个个儿，齐队长原来是支持反对夺权的成了支持夺权的，对方相反。

"齐队长这个人不自私。"张志兵评价说,"他从不拿队上的东西,社员都服他。他顶烦爱占便宜的人,碰上这号人,总是爱理不理的,惹得人家追着勾子求他。有时,我都有点过意不去。"张志兵是学生头,提到学生的事,大队、小队都愿找他出个面。他也愿为此跑腿。齐队长有时抓他的"差",干这干那。齐队长喜欢下象棋,有时跟张志兵"将"上几盘。两人有时也在灯下谈队上的事,什么种子、化肥、机耕、资金、提留、分成等等。

工作组进队后,把齐队长列为整治的对象,张志兵不服气,认为整治的应该是"边塞学社"漏网的黄文礼,为此跟工作组顶了"牛"。

这年春节,张志兵回城上,一天刚从小姐姐家准备出门,两个小当兵把他堵住,问:"你叫张志兵吗?"

"是的。"

"你跟我们到'军管会'走一趟。"

没什么讨价还价的余地,他跟着小当兵的进了"军管会"。

"军管会"坐着一个四十多岁的较胖的军人。先自我介绍了身份。然后问了张志兵的姓名、年龄等等一般情况,问话的口气倒也挺随和,话锋一转,突然问到他有没有一支手枪。张志兵心里"咯噔"一沉,并不回避地点点头。

"是这么回事,"军管会的人不紧不慢地说,"你们红卫兵小将在'文化大革命'中做出了许多成绩,这是人所共知的。我们找你来,没别的事,现在上边有文件,让收集两派组织的武器,据了解你有一只二十响手枪,是不是?"

"是的。"

"枪在你身上吗?"

"在。"说谎是没有用的。

"你看是这样,现在整个都在清缴武器,你已经进了'军管会',枪又在你的身上,你总不能拿着枪再从'军管会'出去吧?"

张志兵知道清缴武器,枪在手里留不住,却想不到是这么一种交枪的方式。他说他挺潇洒地把二十响从腰间抽出来,朝着桌子上"啪"地一放,看见别人的陌生的手把枪抓去,他的眼泪花差点飞出来,心里顿时空荡荡的不是滋味,这枪跟了他一年多,好像成了他身体的一部分,一旦失去……

人家让他简单写了得枪的经过,给他打了一个收枪的收条。

人家问他还有没有别的武器。他也没想说谎，说还有一些手榴弹在队上。人家专门派车，跟他到队上取手榴弹。

"日他娘的，真丢脸透了！"张志兵对我说，"两个小当兵的跟我取手榴弹，一边一个，跟在我身边，倒好像押着我似的。队上的人见了——脸都丢光了。

"在社员眼中，我们等于被缴了械，打了败仗抬不起头来！

"夏天麦子熟时，防止偷麦子，齐队长让我们知青护青。我们有武器，放风说，谁敢偷麦子，把狗日的腿打断，吓得谁也不敢偷麦子。"

学生们一没了枪，社员壮起胆子，不害怕了。

工作组也借此大做文章，加强对齐队长的批斗。

张志兵蔫了。每次开批斗会，他都躲在角落里抽莫合烟，一声不吭……

我还记得去年来队上，正是张志兵最背的时候，他问过我一首社会上流传的词，不过那词也的确写得好：

> 疏枝立寒窗，
>
> 笑在百花前，
>
> 奈何笑容难为久，
>
> 春来反凋残。
>
> 残固不堪残，
>
> 何须自寻烦，
>
> 花落自有花开时，
>
> 蓄芳待来年。

他反反复复地背着，百感交集，叹息不已。"哥们，这首词写得太好了！我得把它写在火墙上，天天念几遍。"

我这次来队上，张志兵的处境好多了，他们抓住工作组批斗齐队长时搞吊打、体罚，一直闹到公社去。工作组挨了公社的批评，也没了凶劲。

张志兵嫌工作组不抓黄文礼，自己搞了一套揭发黄文礼的材料，通过关系交给地区公安处。在边境形势最紧张的时候，为了打击"边塞学社"的"嚣张气焰"，张志兵和罗云刚几个把黄文礼揪到地道里，狠狠地揍了一顿，把耳朵打背了。我曾问秦建国这件事，他竟然不知道！——显然，这是背着建国做的，建国跟我一样，属于心眼软的小资分子。

刘孝华得知我过来，骑着马从三大队穿过田野赶来。乌市谈判完后，他与桑学兵下到马德勤一伙知青所在的生产队，离张志兵队有三四公里。

看见刘孝华戴着眼镜骑着马，总觉得十分别扭。他有一次骑马，马踩到一个坑里，失了前蹄，从马背上摔下来，眼镜摔坏了。不过，除了戴眼镜与我相同外，他体质好，干农活儿，挣工分都是一流的。

他说他城上有点事，正好陪着我回城，让我在他家吃住。

回到城上，我才知道他跟宝琴通着信，不过，对他能与宝琴建立某种联系我还是挺高兴的。刘孝华这个人与人为善，没坏心眼，人也不傻。妹妹能认识他，从他这方面我是可以做某种可靠的保证的。

到了刘孝华家，一家人对我都十分亲热，不知是否知道刘孝华与我妹妹通信的缘故？说起来，我非常喜欢刘孝华这家人，山东人，对人热情、实在。我与刘孝华是同学，弟弟宝平与孝华的大弟弟是同学，宝宁与孝华的小弟弟是同学，联系是够密切的。当弟弟们后来得知宝琴与刘孝华的关系时，都没有什么异议。

这次回到塔城，我是人在塔城心在额敏，待了一二天，再也待不住了，人的心思真是没法说。天阴沉沉的，肯定要下雨。我却说什么也要去额敏。吃了两块西瓜，我跟刘孝华表示无论如何该走了，就匆匆离开了刘孝华家。

到了额敏县，我直接去了吴玉娟家，好像回个人家似的。

第十一章

我决不能让她住地窝子……我又成了塔城人，如鱼得水……你们真幸福，
两口子上大学……眼睛不合格，我独自从乌市返回

四十

一回到山沟沟，一钻进地窝子，塔城、额敏的一切又成了遥远的梦幻般的
回忆。我跟比我大五岁的尚未结婚的班长李胜林和比我小二三岁的王金山共住
一个地窝子。有时我想：男人应该永远是一种劳力，而不应该有什么家。

我并不回避我这次谈对象的事，翻出照片给班长李胜林看，他看了看看，
说："挺胖的。"我听了心里不舒服，拿回照片自己细细地端详，就是比本人胖
了一些。"情人眼里出西施"，我拿着照片想起在额敏的经历，想着活生生的真
人，没注意这照片与真人的差异。

有一天早晨起来，我蹲起双腿穿外裤，班长李胜林瞅着我，突然抑制不住
地放声大笑，笑得上气不接下气。我觉得奇怪，但很快意识到班长笑什么，自
己也忍不住呵呵笑起来。

班长用手指头点着我，玩笑道："哼，你呀，还想娶媳妇呢，裤子破得裆
都……"

地窝子不热，我每天穿着球裤睡觉，时间一长，里面干脆不穿裤头。球裤
也破得不行了，特别是裤裆，破得露出了大窟窿。我缩起双腿穿外裤时，恰恰
把不应看到的玩意儿从洞开处露出来，引起班长善意的嘲笑。

一刹那，我不知为什么想起《唐吉诃德》里的唐吉诃德先生，他为了表示忠于幻想中的大美人，曾跑进深山老林苦苦修炼，折磨自己，赤身裸体，拿大顶，头朝下，脚朝上，弄出一副让仆人桑托看不下去的一幕，我好像也跟他差不多吧？

……

说是说，笑是笑，山沟里的建设日新月异，发生着深刻的变化。经过一年多的奋战，三层楼高的主厂房展现在戈壁上，锅炉房的高大的烟筒向高空喷出浓浓的青烟。高压线凌空飞架，把电厂的金色的电流送到大厂。夜晚，大厂亮起一片明亮灯光，像一艘轮船在黑夜中航行。山上已部分开始采矿，翻斗车在山路上往返奔跑，把山上的矿石拉到下白扬河的小厂。小厂已开始生产，炼出的半成品装上铅罐，奔向乌市，坐上火车，运往内地，再提炼成成品。

我到机修连后，生活是紧张而热烈的，我参加了山上水管线的安装，山上电厂大型柴油机的安装，大厂传送车间的安装，连里电厂柴油机中修等一系列的工作，又参加连里为庆祝"七一"、"八一"排练节目等等一系列活动。

山里人心中都充满着一种渴望，希望尽快地完成艰苦的创业阶段，进入正常的生产阶段，相信那时一切会变得好起来……

元旦过后，我所在的二班又得上山安装矿山的井架。随着大厂第二次试车，一旦开始正式生产，供应矿石就是大问题，山上加紧落实采矿问题。

技术员林广厚、班长李胜林叫上蔡和平急不可待地上了山。留下我和老吴等待没加工完的材料。

第二天，我和老吴拿着加工好的材料赶到了山上。

山上的风比下边吹得格外的猛烈，吹得人气都透不过来。我们住的屋子原是做食堂用的，挺宽敞。林广厚和一个姓黄的木匠住在套间。蔡和平、班长、老吴、我住在外间，在地上铺上木板，各自睡自己带的行李，屋子中间搁着一个大汽油桶改成的炉子。

风稍稍一停，我们赶紧上矿山，矿山光秃秃的，看上去寂寞、贫瘠，没有一点生气。前几天曾下过厚厚的雪，此时山顶的雪都被强风刮进了山坳坳，露出灰褐色的山尖，山沟则被积雪填平了，枯草露出小尖尖。老吴半路拐到山上的电厂去修柴油机。剩下我们四个人转过一个山冈，爬上碎石粼粼的高坡，眼前展开了一片空地，一个高大的木头井架竖立在面前。离木井架二十米外，有一间小房子，里面装着卷扬机。井架右侧是个峭壁，并不深，下边是露天矿，铺着小铁轨，一溜小矿车满满地装着矿石静静地卧在铁轨上。矿山静悄悄的，不断的风使这地方加倍地荒寂。——我们进入了矿山的核心地区，也就是放射性最强的地区，这里的戈玛射线足以使一切胶卷的底片跑光。据说当年的女科学家居里夫人就是因为放在暗室里的胶卷无端地跑了光，才发现了镭。放射性物质发出的人眼看不见的戈玛射线可以像阳光一样让胶片跑光失效。我想象着井架跟前的一堆钻井采出的矿山标本，看上去都是一节节的长圆柱、光滑可爱，但都在放出强烈的"光"，整个矿区也都在放着强烈的"光"，就像小时候看过的一篇故事，一个贪心的人骑着凤凰到了太阳山，山上满是金银珠宝，放射出耀眼的光芒，贪心的人拼命地往大口袋里装珠宝，直到外出的太阳回来了，把他烧死了，我记住的是那故事中的一幅彩色画面，各种珠宝放出的巨大的光芒……如果有照片能显现出眼下的矿区，一定也是像太阳山一样，光芒四射，一片白灿。

戈玛射线对人身体是有影响的，主要是杀死白细胞。后来长期在矿山挖矿的职工也的确受了影响……矿山正式投产以后，有一套完整的规章制度，矿工们进入矿区穿上工作服，出矿山后脱掉工作服，洗澡。生活待遇也与一般职工有别。我们进入矿区时一切还未正规，穿着一套工作服，上班下班都一样，也无澡可洗，脏脏的手拿起大馍馍就吃……我并不是怕"死"，说起这些，我是说那会儿大家干活儿根本不想这些，更何况只是在矿山干一阵活儿，比不得挖矿的工人们要长年累月地在放射线中干活……我只是说当时的人们都有一种精神，快建设，早投产，与苏修争速度，抢时间，尽快为国家的核事业发展做出贡献。那会儿提出的口号是"革命加拼命，拼命干革命，有命不革命，要命有何用"。那会儿学习大庆王铁人，套用他的口号"革命加拼命，要油不要命"。我们也是要铀不要命，但要的是另一种"铀"——原子铀。

蔡和平干起活儿是急性子，也没了笑模样。班长和我在长三角铁上划道道，老蔡用焊枪切割成一节节的。他切割得好快，有时不得不停下来，等我们俩把画好的长三角铁送过去，这时，他稍低头，眼睛从墨镜上面不耐烦地看着我俩：

"啊呀，动作快点吗！"

我有点怕他这个样子，慌忙加快干活的速度。

老蔡不耐烦地说："每次把几根长角铁叠到一起，画一次就行了，不要一根一根地画。"

三根角铁叠起来，每一次切下三小节，的确快多了。角铁割了一大堆，数一数，差不多了。风越来越凶悍，吹得雪雾漫天。几个人一看不对劲："快，把角铁搬到卷扬机房，别一会儿把角铁都埋起来。"

我找了个破筐子，稀里哗啦地把角铁抛进筐里，和班长提着跑进屋里倒下，又提一筐，剩下的又装了半筐，没走几步，筐子底漏了，角铁"哗啦"落到地上。我和班长忙从地上捡起角铁，一人抱一抱，紧赶慢赶跑进房子。风张开大嘴，狠狠地啃在关起的门上，好像我们晚一步就要被风雪吃掉。这时，林广厚也跑了进来，两只手插在裤袋里，胸前挂着口罩，一个劲地嚷嚷道："这个天气，太糟糕了！"

在房子里，不怕风吹了。老蔡让班长、林广厚和我把割下的三角铁像拼积木般拼成长方形，中间加上几个细角铁，由老蔡用电焊先点起来。我刚摆好一个长方形（梯蹬），怕电焊时角铁移动，上面压了一个长角铁，我不放心地想再看看，刷地一下，电焊弧光亮了，刺得我赶紧闭上眼睛。老蔡好性急，也不问一声。我知道电焊光的厉害——在北京时听说一个小孩子好奇，一直睁着眼看电焊，把眼睛刺瞎了——我于是处处小心，就这样还让电焊光刺了两三次。

老蔡争分夺秒，决心上午把五十个梯蹬先点出来，下午再一个个细细地焊。电焊机不停地嗡嗡响着，蓝色的强烈的弧光照亮小屋，电焊冒出的焦糊的烟雾也漫满了屋子。点成形状的梯蹬跟大饼似的摆得老高。老蔡摸一把汗，自我欣赏地说："怎么样，我说今天没问题吧，你们快点拼，上午争取全点出来。"又点了几个，到了下班的时间，老蔡还不过瘾，"今天上午怎么过得这么快！"

下午，老蔡更加快了速度。李胜林一边蹲在旁边帮着忙，一边不停地擦眼睛，我问："班长的眼睛怎么了？"

"没啥，可能来的时间，让沙子迷了。"他揉着眼睛，眼圈都揉红了，泪水不停地淌下来。

大家只当真的迷了眼睛。林广厚把我叫上，一起去办别的事，留下李胜林一个人。

电焊机工作的时间太长了，电焊手钳太热了，戴着的皮手套抓着都烫手，老蔡摔掉手套，说："休息一会儿吧。"这时，他才注意到李胜林的眼睛，"你的眼睛怎么了？"

李胜林揉着眼睛还是那句话："上班的时间，让沙子迷了。"

"不像迷了，"老蔡不相信，"沙子迷了一会儿就好了，干了半天还这样？你把手放开，我看看。"

李胜林放开手，眼睛一眨一眨的，好像在望正午的太阳，睁不开眼睛。

"呀，眼睛都揉肿了，哪儿是沙子迷的，这是让电焊光刺了！完啦，难受的时候还在后头呢！晚上才疼呢！你快回去休息吧，我一个人行了。"

李胜林不肯走，一个劲地说："没事，没事，揉一揉就好了。"

"揉一揉就好了？越揉越糟糕，快别揉了。你回去，到医务所看看，怎么弄一下，不然，到夜里才疼呢。"

劝了半天，李胜林不愿走，只好又干起来。

林广厚和我回来时，老蔡埋怨道："你们怎么搞的，小李子眼睛让电焊刺了，也没发觉？我低头干活没注意，你们也没注意到？"

林广厚冲李胜利道："我们以为他眼睛真的叫沙子迷了，死小李，不吭气。"

不过，我明白，老蔡为了赶任务，过于心急了，有时还没等准备好就点开了，班长肯定是让电焊光刺得次数太多了。

林广厚陪李胜林到山上医务所，卫生员也不知电焊刺了怎么治，给了滴眼睛的药水，给了点消炎片。

到了晚上，正如老蔡说的，李胜林感到眼睛一扎一扎地痛，红肿肿地睁都睁不开。他用温水把眼睛擦洗了半天，把温热的毛巾捂在眼睛上也不行，改用凉水才好受一点。

蔡和平下午把五十个梯蹬焊完了，这会儿也没有心思表功了，只是唉唉叹气："你说一下，我也注意点。唉，现在说什么也没用，你还是早点休息吧，熬过一夜就好了。"

"对，对，早点休息。"大伙儿也不知如何表示关心。

我把班长的铺盖铺开，帮助他躺下。李胜林让小林帮着点眼药水。

老蔡有经验："眼药水怎么管得了？"

到了半夜，李胜林翻来覆去总睡不着，除了老吴发出熟睡的鼾声，我和老蔡都没怎么睡。老蔡知道李胜林没睡，忍不住坐起来，问："喂，怎么样？"

"好多了，我都做了个梦。"

蔡和平道："我想起听别人说过一个治电焊刺了的办法，不知行不行？就是

197

把人奶滴到眼睛里。"

这时，老吴也醒了，说："尽说笑话，现在哪儿找人奶去？说了等于没说。"

老蔡说："你别说，要找还真能找到，这连里老刘的爱人生娃娃，现在去要准有。"

老吴说："深更半夜，怎么好意思去要人奶，太荒唐了！"

"这有什么不好意思的，我去要，试一试。"说着，蔡和平爬起来穿衣服。李胜林说算啦，算啦，明天就好了。老蔡还是坚持，"要上，你试试，看看行不行？"

一会儿，老蔡嘻嘻笑着回来，手里拿着一个饭匙："要了一匙子，他们以为啥事呢，倒痛快，我一说就给了。"

老蔡把小李子的眼皮弄开，滴上人奶，折腾了一阵儿，大家又睡下了。

也许是精神作用，也许是人奶的确有此妙用，李胜林折腾到天快亮时，竟安稳地睡了。第二天，他的眼睛果然好多了。他要上工地去，大家怎么也不肯，一定要他留在屋子里，他只好答应。等我们走后，他又跟着悄悄地跑到工地，真没办法。

灿烂的太阳投下耀眼的光芒，群山、丛岗露出褐色的本质的色彩。风不知到哪儿休息去了，天地间显得清洁、干冷。井架粗墩墩的，站在下边往上望，井架顶空荡荡的，什么也没有安装。井架下是矿井的洞口，用木板盖着，也未盖严，当中露出黑幽幽的口子。林广厚说从洞口到底有五十多米深，底下都是水。

我算了算，井架高十二米，如果从井架顶掉下来，落入到井底，那就是五十米加十二米，共有六十多米，非粉身碎骨不可。而我们今天的任务就是爬到井架顶上去，在井架顶上安木板，安设备。我这么说，并不是我胆怯、退缩，恰恰相反，我准备自己冒险攀登井架。李班长的眼睛刺坏了，林广厚身体不好，蔡和平是电焊工，爬井架的任务非我莫属。人在应该表现自己的时候还是要勇敢地表现，不应该自私自利算个人的小账。特别是蔡和平、李胜林、林广厚一个个工作是那么热情、忘我，也给了我一种压力，促使我努力多做工作，拿出上乘的表现。

乘着我跟班长李胜林、蔡和平说话的功夫，林广厚悄悄跑到井架下，攀着粗大的架子，费了好大的力气爬上了架子的第一层。他的身体太虚弱了，脸色发白，喘着气，站在横木头上，上不能上，下不能下，露出无可奈何的苦笑。

李胜林见他在第一层上，吃了一惊，大叫道："你下来吧，你要是能爬到顶，连蛤蟆都会飞了。"

林广厚笑笑："去你的吧，看我往上爬。"说着做了个往上攀的动作，然后自叹道，"唉，小李子，说实话，爬了一层，一点劲都没有了，往下看都头晕眼花，看怎么办呢?"

我见林广厚竟然想爬到架顶去，也大吃了一惊，没有谁想到让他去爬架子，他的身体太虚弱了（他是上海人，瘦瘦的，患有严重的肝炎，最怕劳累），可他偏偏是连里的技术员，安装的活儿离不开他。他原是搞柴油机的，按说他只有小学文化程度，却自学成材，精通所有的柴油发电设备。刚到山里也是为山里修建电厂，安装发电机的。也许是一通百通，也许是山里建设不可能按部就班地只搞一样专长，他也就有什么安装就安装什么，也总能搞得很好，认真负责地搞好。

林广厚是我在山沟几年里最捉摸不透的一个人，他非党非团，却对山里的建设充满了巨大的热情，总是努力地干活儿，总是累得肝炎犯病住院，住不上几天又提前出院，又累得住院……他是从奎屯电厂最早到矿山的人，又动员蔡和平、王庆功、李胜利等跑到山沟，有时大伙儿故意开玩笑，说他们是被林广厚骗来的。……一个偶然的巧遇，让我独自窥视了他的一次吃饭。那是前几天在山上电厂安装柴油机（外国进口的机子在使用前要全部拆卸，全部用汽油清洗，除去蜡后，再组装起来才能正式使用）。机子装得差不多了，一个小小的卡弧掉进油底壳，费了半天劲也没有摸到，小林说下午拿个手电筒来。

下午上班时，风从电厂方向吹过来，噎得人喘不过气来。路过小水房时，李胜林对我说，你把小林叫一下，我们先前头走，抓紧时间干。我答应了。我朝小水房跑去。推开小水房的门，便看见水龙头。我见右边还有个门，一推钻了进去。我看见小林正坐在床上吃馒头，那样一种厌倦的神情，我从没见过小林的这种神色——这是一种无可奈何的、久病不愈的毫无生气的神态。小林漠然地望着进来的我，漠然的程度以至于到我进来一二分钟他都没注意到进来的人是谁，直到我惊奇地问："你怎么才吃饭?"他才"哦"地清醒过来，脸上淡淡的病容消散了，恢复了明朗、生动。他指指准备好的手电筒，亲切、温和地说："你先走一步，带上这个手电筒。我把卡弧掉到发电机下面去了，小王知道，你们先找找，我一会儿就去。"

我嘴里说好吧，却没马上走，也说不上为什么，我坐在另一张床上。这个屋子我第一次进来，仅仅能放下两张床，中间一点走动的地方。小林啃着干馍馍，也许馍馍干了吧，咬得那么费力、咽得那么勉强，吃上一口总要皱皱眉头。就着馍馍的是几块咸菜，放在一个小碟子里。水也没有，只能是干嚼。小林见我坐在那儿，轻轻叹口气说："卫生员不在，针也打不成（小林在大厂搞安装忙得连针也没时间打，想着上山安装柴油机时打打针，到卫生所碰了个锁头，卫生员下山办事去了，还不知啥时候回来）。唉，要不是为了下午还得干活儿，我真有点不想吃饭。上午干活儿，我手上一点劲都没有了。小杨，你可能不信，我有时连扳手都使不动了。"小林这样直接谈到自己的病情，我还是第一次听到，我也就明白了，为什么总不见小林吃饭，我还问过小林："你在哪儿吃饭，怎么在食堂没见你？"小林搪塞说："我让小刘给我打饭，我懒得跑。"我奇怪小林好像不吃饭，像个神仙。李胜林还跟小林开玩笑说："嘿，我看你活不到明天，哪有像你这样的，整天不吃饭。嘿，有你这样的劳力可真合算，光干活儿不吃饭。"我想起吃饭的时候，小林到宿舍来，问吃啥饭，一见馍馍，皱皱眉，双手插在口袋里又走了。问他吃了没有，他有时就含糊说"吃了"，或者说"一会儿再吃"。小林对一天总是馍馍很头痛，不对胃口，他喜欢喝点稀的，下点挂面，如果不太饿他就不吃饭，饿极了，也只好一点点地啃馍馍，喝点水，偶尔到山上老周（教导员）家去，让老周下点挂面。

我也就明白了小林为什么不住宿舍而躲在小水房——他不愿大家看见他怎样吃饭，不愿大家看见他病怏怏的样子。而在大厂搞安装，他又劳累过度，这会儿病犯得厉害。

小林从上午下班就懒得动弹，更懒得吃饭，坐在那儿想了许多事，直到快上班了，想到下午还有许多活儿，这才强迫自己吃点东西。

小林说了几句话突然凝神呆想，若有所思地愣起神来，嘴角轻轻向下弯，手里拿着馍馍不动了。我猜想，他一定为自己的病情和打不上针，为吃不下干馍馍而感伤吧。我已经为我看到的而动容。我关切、亲热地轻问："你在想啥？"我想真诚地说几句安慰话。

"我在想大厂。"小林望着我，用跟老朋友说话的语气说，"大厂一步步地接近试车、投产，可是还存在那么多问题，我真有点担心。特别是那么多机器，整个都是自动化流程，要是控制不好，掌握不了，非得影响生产不可。可是你看咱们光知道把小青年领到电钮旁，说，哎，到时你按这个电钮，他按那个电钮，这样怎么能行？"

我暗暗激动，小林病成这个样子，还想着大厂的事情！我心中充满了柔情，我真想用这种温柔把小林抱住。

"不是说派人到伊犁学习去了吗？"

小林仍忧心忡忡："派去那几个人有什么用，根本不行，整个流程根本掌握不了。"

"那你说怎么办呢？"

"唉，早就应该分别派小青年到下白扬河（那儿有个小规模的厂子已开工生产）去分批熟悉，知道整个过程是怎么回事。这样试车过后可以较快地正式投产。像这样试车完了，也得拖几个月才能熟悉。上次师长来了，我把意见跟师长反映了，也不知道师长跟团里说了没有？"

我并不知道小林的意见对不对，我只是感动他对我说了这么多，感动他竟是这样操心地想着工作，我真的好敬佩他啊！

我劝道："小林，你光顾着说话，快吃饭吧。"

小林咬了口馍馍，又说："安完机子下山后，我还得跟团里反映反映。"

我表示支持："是应该反映一下。"

我就是通过这一次读懂了林广厚。他是我曾经历的山沟沟生活中最难忘的人之一。

……

就他这身体，还想爬到四层楼高的架顶上去！——但他那种急于把活儿干完的心情却泄露无遗。

其实，我早有思想准备，我昨晚就想好了，今天爬架子我一定要上。昨晚班长李胜林的眼睛刺坏了，今天怎么能让他上呢？再说平日的重活、累活都是班长打头干，这次我得有点不怕苦、不怕死的精神。我鼓起勇气，几步抢到跟前，边说"我上"边舒开手脚，一会儿爬到林广厚那儿。李胜林也忙爬上第一层。小林见我真要上，把保险带给了我，嘱咐道："千万小心，上不去就下来，别逞强，这可不是闹着玩的。"

班长先把往上攀的位置占住了，说："还是我上吧。"

我是决心要干这件事，从口袋里掏出手套戴好，推开班长，抓住头上的一个大螺丝，把身子贴了上去。我听见小林警告着："小杨，抓紧，抓紧，别松手，脚往那边踩，那边有一个出头，好，好，哎，对啦。"

我并没有感到害怕，或者说把害怕压在心底，不去多想。我大胆、谨慎地爬上了第二层。木架上有一层积雪，让体温一化，冷冷地冰人。我往下看了看，看见老蔡愣愣地抬头望着我。我心想：一定要上去，不管如何要上去，开弓没有回头箭。我感到自己的脸因用力而在干冷的空气中发热。身上带着的保险带是没用的，完全是样子货。该第三层了，我低头看见李胜林开始往上攀。我深深地吸了一口气安定下自己的情绪，琢磨怎么上第三层。在第二层还可以利用架子上的出头，可第三层全得靠柱子上的铁皮上的几个凸出来的小铁板。有两个铁板的距离太远了点，还得像爬树一样，在没有任何可蹬的地方硬蹭着上去一节。我用手抓住铁板，脚跟着踩住了一块铁板，身子悬吊在倾斜的柱子上。上了一节，两只胳膊有点发酸，不但要使劲抓住铁板，而且在克服整个身子往下坠的重量。我估计这样待长了是吃不消的，得想个办法。急中生智，要是转到另一方面，趴在柱子上往上爬就省劲了。可是那样太危险。在这边坠着，万一不行，可以落在第二层的木头上，到那边掉下去就一直落到地了。管它呢，我一点点地转过去伏在柱子上，双腿把柱子紧紧夹住，一点点地往上蹭，手套湿湿的，贴在冰冷的铁皮上沾下一层毛毛。我眼睛直直地瞅着上头的一个铁板，只要抓住它，就成功了。我有点想看看自己处在怎样一个境况中，但我警告自己：这会儿千万不能往下看，免得害怕、胆怯；不，我非要看看，我大着胆子往下瞅瞅，蔡和平仍在仰望着我，离地面已经很高了，我像贴在悬崖陡壁上。可我并没有像想象那样感到害怕、头晕。底下传来小林的声音："别往下看，别往下看。"我这才继续往上爬。抓住铁板时心里立刻踏实了，胳膊一使劲，身子往上一纵，一个大偏腿钩到横着的木头上。上边的雪纷纷地落下来。骑到木头上，我听见自己的心在"砰砰"地跳……还剩下最后一层了，上边就是四方形的架顶。这一段没铁皮包了，但对面有竖井时绑着的几节钢丝绳，真是天无绝人之路。我不敢站起来走过去，木头上铺着厚雪，万一滑倒了就不好办了。我只得骑在木头上，一点点地蹭着往前移。我回头看看蹭过的木头，雪都被压平了。我暗暗自我嘲讽地一笑，如果一个长久在高空工作的人，一定会站着坦然地走过去的，或者如果这木头是放在地上，谁也会不在乎地站着走，现在，仅仅在空中，由于心理上的作用，不敢站起来。我抓住钢丝绳，心里踏实了点。钢丝绳是软的，来回晃荡，跟秋千一样。架顶的木头恰恰横在我的头顶上，我得从底上翻上去。最后的一道难关！我咬紧牙，用足劲，从木头底下把手膀伸上去把木头紧紧搂住，右腿也跨过去夹住木头，身子跟木头成了平行的。成功，失败就看这一下了。我右手松开钢丝绳，左脚一蹬，全力以赴地把身子往上爬啊，左手也伸过去抓在木头上，雪纷纷灌进了脖子里沾满了脸上，也顾不得这些了。上啊，上啊……我终于爬到了架顶，顿时觉得天高地阔，眼前的一切障碍都消失了，冷风嗖嗖地吹着，群山低低地俯首翻腾，山洼里的积雪如同细细的急流，远山斑斑斓斓，和山头的白云溶在一起，很难分出它们的界线。蓝天，白云，戈壁，群山，房屋，人……

我低头往下看，李胜林悄儿没声地爬上第三层。我想：自己下了多大的决心才爬上来，班长满不在乎地跟上来了，自己当作豁出命的事，班长可能根本没往那儿想，总是自己缺乏锻炼改造。

木板子开始往上吊，我把板子平铺在架顶，用爪钉牢牢地钉住，钉了两块板子，空空的架顶已经有了一条宽面。

老蔡在底下叫道："小杨，你老爬着干什么，站起来走吗。"

老蔡又出难题了。我试着站起来，刚刚往起一站，觉得四周空荡荡的，毫无依靠，心里一下子虚了，忙又蹲下。老蔡在底下嘻嘻地发笑。我没理会他，又慢慢地试着站起来，又感到心跳，心一横，偏不再蹲下去。站着待了一会儿，感觉好多了。再吊上来木板时，我敢把这头钉好后再站着走到另一头钉好。慢慢地我故意把步子踏重点，让板子闪一闪，跳一跳，胆子更大了。

铺了四块木板，小林说行了，以后要铺厚木头。

下来时，老蔡开心地说："小杨，你把保险带系好，我们这头给你拉着绳子，你从那边吊下来。"

"那你们可把绳子拉住啊。"

"没问题，你下吧。"

我满高兴的，像空中飞人一样，一悠一悠地蹬着木头，那边慢慢地松绳子，把我送到地面。

小林道："保险带别解下来，就这么挂着，下次上时，拉着绳子就上去了，省了再重新爬。"

……

刚刚有了两天好天气，蔡和平仅来得及把十五米的斜撑的钢架焊好，天气又变了，风，像一匹打了败仗的野兽，养息了两天，舔干了血迹，振作了精神，又咆哮着、疯狂地蹿到高空，忽儿踢起砂石忽儿扬起雪粉，打着口哨，吹着一支各种可怕的声音混杂在一起的曲子。巨大的气流像滔天的洪水涌过，混混沌沌，一切都被淹没了。

我们几个连门都出不了。小林急得在屋里的空地上转来转去，幻想着风一会儿会小一点。李胜林也心里发急，山下电厂还有很多活儿等着干，上来五六天，倒有一半时间因风太大，干不成活儿，窝囊死了。

几个人坐在地铺上，无可奈何地瞪着窗外滚滚飞过的风沙、雪雾，玻璃被敲打得叮当作响，有时好像马上会掉下来。

老蔡道："我提个建议，山上的天气，我也有点摸门啦，要好起来真好，一点风也没有，跟夏天一样；要糟起来，门也出不去。反正好天气过后，一定得刮风，风刮得越凶，哎，到时候天越好。我看，碰上好天气，咱们就拼命干，吃完午饭也别休息，马上到工地去。晚上，先叫一个人回来，把饭都打上，其他人再多干段时间。嗯，再有，像今天这样的风太大了，其实，风要是小一点，只要刮不走，咱们也到工地看看，能干就干，风大了就停下，风小点就上。"大家都同意。

到了夜里风更凶了，地动山摇。几个人谁也睡不着，听着风声，似乎到了一个风的王国，一会儿如同暴雨倾盆的呼呼声，一会儿如半空撕裂锦缎的哗哗声，一会儿如海涛撞在岩石上发出轰然巨响，一会儿如树木折断嘎嘎倒下；一会儿如乱石滚进山谷发出空旷之音……

老蔡把被子裹紧，说："我真担心随时会把房子吹走。"

李胜林瞪着眼睛："头一次见这么大的风，有十级了吧？"

我也发出声："烟筒会不会倒呀？"炉子上的铁烟筒吱吱地摇晃着，发出痛苦地呻吟，摇得那么厉害，像桅杆一样。

"不会吧，咱们的烟筒不太高，要是再高点准会吹倒的。"

"够呛，上边有几块砖头，弄不好会掉下来。"

"看，今天的炉子倒真旺啊！"

"风越大，炉子越旺，你信不信？"

"那还用你说，风大，烟筒上的气压就小，空气从炉子往上就流动得快。"

"这点道理谁不懂。"

"嘿，我原来就想不通，我想风越大，气压越大……"

"砰——"一块砖头从通烟筒的地方掉到油桶上，把几个人都吓了一跳。把刚刚迷糊住的吴大胡子又震醒了，翻了个身，骂道："唉，这鬼风，觉都不让人睡。"

老蔡小声地嘻嘻笑起来。

快到黎明，风小了点，大家才睡着。

早晨，李胜林先醒来，觉得脸上湿漉漉的，下了露水，爬起来一看，枕头上一层薄薄的雪粉，怪有意思。他叫醒我和老蔡，也是如此。最后醒来的是老吴，他蒙着被睡，雪都撒在被子上，一点没觉出来。大家一醒来便不停地说话，笑闹，抖着枕头上、被子上的雪粉。

"吱——"的一声，里边小屋的门开了，林广厚轻步走了出来。

老蔡忙高兴地嚷道："小林，你倒舒服，看我们在雪中睡了一夜，一点都不知道，真有意思！"

老吴把被子拿到床边，忽闪忽闪地抖着，咧嘴笑道："嘿，这觉睡得真美，被子厚了不少，暖和极啦！"

听着外边依然呼呼的风声，小林习惯地皱皱眉头，忧心忡忡地在房子里踱着步子。"今天又干不成活儿啦。"

老蔡道："今天不行，干脆到电厂帮助老吴修机子。"

老吴一听蛮高兴："行，回头我再跟你们一块儿搞安装。"

上午，在电厂干了半天，风势小了点，小林露出了笑意，下午可以竖斜撑了。

中午回住处，电话总机房来了个人问："你们这儿有个叫杨宝如的吗？"

我疑惑地问："什么事？"

"你们指导员打电话，叫你下午快回去。"

"好。"来人走后，我问班长，"下午我回去吗？"

"回去吧，找你肯定有事。"

老蔡打趣说："说不定让小杨遇上大喜事呢。"

我原想下午跟大家好好干，看看十五米长的斜撑怎么竖起来，工人们利用力学原理做的事都让人不可思议，有许多值得学习的地方。指导员让下山，不知什么事，不敢耽搁。

我一个人独自下山，十几公里的雪路走了两个多小时。

到了连部找到指导员。指导员详细问了山上的情况后，说："让你下来，帮助王庆功写个讲用稿。那个人让他做行，让他写就不行了。你好好跟他谈谈，好好写个稿子。你也知道王庆功师里都有名了。二月份准备开新的学大庆誓师大会，还有个矿山先进人物先进单位讲用会，团里让王庆功准备一下。"指导员用佩服的口气说，"今天早晨，多冷的天！他和老杨跑了趟大厂（三公里），检查高架电线线路，这个人为革命忠心耿耿，没半点私心，你一定要写好。"

我也油然而生敬意。我想起早上小林开门时，狂风猛卷进来的情景，这个时候去查线，真是……我暗暗想：既然已经下来了，要写就好好写一下。像王庆功这样的人多好！有时就是写不出来。我看王庆功就是时代的英雄人物。我回答指导员："对，我好好写，排长自己没写点吗？比如早晨……他的思想是怎么想的？我不能乱猜，以我的想象去代替他当时的想法，就写不真了。"指导员肯定地说："他说写了点。"

王庆功见指导员真的把我从山上叫下来了，无可奈何地说："材料都在家里呢，现在去拿吗？"路上王庆功也详细地问了问山上的情况。我说已经开始竖斜撑了。又把李胜林眼睛让电焊光刺了等杂七杂八的事说了许多。王庆功听完，说过两天，我想到山上看看你们怎么安装的。按说，这次应该跟你们上山。

进了王庆功的地窝子，他把材料给我。我翻看了一下，一份是去年架高压线的总结；一份是连里的年终总结。他自己准备的只是潦潦草草划拉的二三页。我读了一遍，简直不是讲用稿，倒像是份个人简历：出身贫农，解放前，家里穷苦极了。父亲给地主扛长工，累死累活，还养活不了一家人。我七岁就去给地主放牛。光着脚，冬天冻得直裂口子。阶级仇不用说，还有民族恨。有一年，日本鬼子让咱八路军打得狼狈逃窜，跑到我们村上，杀人放火。我见鬼子来了，急忙回家，把门顶上，不让鬼子进房子。鬼子砸门，我硬顶着，最后门一下子砸开了，鬼子一枪柄把我打出老远，头碰在地上，裂了老大口子，鲜血直流，现在我还记得清清楚楚，想起来牙根都痒痒。一九四九年，一声炮响毛主席领导中国人民站起来了。我家也过上了幸福生活。我上了小学，还办了夜校，教贫下中农识字。五九年，我光荣地当了兵，到了部队，实现了为人民拿枪杆子的愿望。六一年是我一生最幸福的日子，我光荣地见到了伟大领袖毛主席，真有说不出的高兴。从那以后我决心紧跟毛主席，好好干一辈子革命。六二年蒋介石妄想反攻大陆，我气坏了，打报告要求到福建前线去，领导批准了。我就到了福建，保卫祖国的海防。六六年复员，领导动员到新疆。我想，新疆是祖国西北的反修前哨，于是马上高高兴兴地来到新疆，分配在奎屯电厂工作。六九年，白杨河建设需要人，领导让自愿报名，自己想到白杨河生产国家急需要的矿产品，正是为人民多做贡献的好机会，于是积极报名，主动要求，终于来到了这里。去年我们接受了架设从电厂到大厂三千米高压架的任务……从这开始，下边就是大段的抄架线时的总结材料。这个材料作为一个班集体的总结蛮不错，可是作为王庆功个人的讲用就不合适了。

我指指材料，笑望着王庆功："排长，你应该写写你自己当时怎么想的和你所发挥的班长的作用。个人讲用吗，就是要说你。"

王庆功不好意思地笑笑，很别扭地说："事情是大家做的，我自己觉得没啥写的。"随后他又请求说，"小杨，你看着写写算了，我实在写不出来。"

我见排长这个劲，不觉好笑："我写。不过你得好好说说思想上的东西，比如，今天早上你跟老杨冒那么大的风，不怕冷去查高压线，心里是怎么想的，为什么就不怕苦、不怕死了？"

我给排长做开了思想工作："讲用不要怕说自己。写自己怎么干的，可以教育别人嘛，别人的也可以教育你嘛，互相学习。"

王庆功似乎想通了："嗯，想法很简单，线路万一出了毛病，断了电，大厂的机器就冻坏了。这就是主席说的武松打虎，人不打虎，虎吃人，两者必居其一，你不查线，出了问题它就要冻机器。检查线路本来就是我们的本职工作，应该的。"

我性急地问："做好本职工作就好，有的人还做不好本职工作，你就谈如何做好本职工作的吧。"

王庆功又不知如何说了。两个人磨蹭了半天，也没达到我的满意程度，倒把王庆功弄得如坐针毡、怪难受的。我也没办法，只得说："材料我拿去，不过，你不多说说，我也写不好，写不好别怪我啊！"

王庆功忙不迭地说："没事，你写吧，我到电厂去看看，这阵儿一班的干劲可大了，准备赶上你们二、三班呢。"

我有点惊讶，说："那倒好，互相比赛才跑得快。"

王庆功下到河谷的发电厂去了。

我回到自己的地窝子。李胜林、小王都不在，正好安安静静写材料。地窝子五六天没加火了，冰冰的。我现升火。炉子里劈劈啪啪响起来。我开始坐在小凳子上，以床当桌子写材料。原想满有信心地写一下，提起笔来思绪万千，又无从下笔了。我原来并不了解王庆功的详细历史，反正知道是复转军人，也知道是从奎屯电厂来的。从王庆功的简历看，真的是个一心为革命的雷锋式的红色螺丝钉。我到机修连后，知道王庆功做的最突出的一件事就是自力更生，超越现实地完成了从电厂到大厂的三公里的高压线的架设。王庆功的电工班有五个人，只有王庆功是外线二级电工，其他都是搞内线，还有的是学徒工。据说国家有条例规定，大概是四级工架线，还得有五级工监护。原来定的是七月份完成电厂到大厂的架线任务，准备从奎屯市调人架线；但市里到乌拉泊十几公里的高压线一定要完成，人都抽光了；而且市容要整顿，几条街道也都要重新架线，实在抽不出人来。就连派个人来指导、帮助都没人。团里就赶着鸭子上架，把架线的任务硬压给了电工班，而且还要提前，以保证大厂的建设速度。

王庆功的确没经受过这么大的压力，他不但得自己要树立信心，还得做电工班其他人的思想工作，最终下定决心，排除万难，保质保量地提前完成了任务。

以后，王庆功电工班陆续完成了矿山的所有的架线任务。王庆功，中等偏高个头，黑脸、大眼、粗脖、宽胸，四肢匀称，属于健美的体型。说话瓮声瓮气，性格有点憨厚，跟大家和睦相处，从没见他跟谁发过火。在他熟悉的人群中，都愿意跟他开个玩笑，却又博得大家一致好评，没见过谁说出他的不是来。

就在我给王庆功写材料的这年夏天，他的四五岁的大儿子被淹死了。他有两个儿子，就叫大虎、二虎，长得虎头虎脑，连里的人都爱逗大虎、二虎玩。王庆功的爱人在电厂上运行，也就是看柴油发电机。两口子都上班，也就把两个儿子放到戈壁滩去玩。原来只是担心儿子往河边跑，玩河水，一直盯紧不让去河谷里。两个儿子也听话，不往河边跑。但没想到的是大虎有次跑到水泵房后边的水井处，顺着台阶往下走，去玩水井的水，掉进水井淹死了。此事令全连震惊，沉闷了好长时间。王庆功为山沟的建设，不但付出了家人自己的全力，也付出了生命的代价。

　　搞完王庆功的材料，再回到山上时，十五米的钢梁已经斜斜地搭在井架上。钢架上焊了梯蹬，人可以从斜梯直接上到架顶，不需要再往上爬了。乘着天气好，紧赶慢赶，在架顶铺上了一层厚木头。勉强来得及把三根木杆绑成架子支好，准备吊东西，天气又变了，深山的风来得真快，我们刚进卷扬机房，外边已经刮得一塌糊涂。

　　风，一刮就是两天两夜，什么也干不成。

　　我们只好又到电厂帮助老吴修柴油机。

　　风一变小，林广厚又急着到工地上。天阴沉沉的，风像刀子一样地刺人。除小林外，谁也没指望这天气能干什么活儿，看样子，风还有增大的样子。小林把帮助干活儿的一个班的小青年也揪上了，迎着四五级的冷风到了土地。工地像被风洗了个澡，地面上干干净净的，积雪不知扫到哪儿去了。班长、老蔡、我三个人爬上架顶，小林安排下边小绞车往起吊东西。一块工字梁开始慢慢地上升，好像从水底往海面升一样。天空灰白暗淡得有如大海的海面。我们三个人耐心地从木板间隙看工字梁，戴着手套的手指尖冻得扎疼扎疼的，脚后跟冻得发木，好像没了知觉。当工字梁吊上来时，三个人七手八脚地往上拉呀、扯呀，冷不存在了，顾不上了。小林也蹬蹬地顺着斜梯跑上来，四个人一挤动手，说着话，出着主意，把工字梁安放在架顶木板上。

　　风开始大了，猛地一掀一掀，要把人像树叶从半空中吹落下去。我们站不稳，只得坐下，或扶着架杆。我们的脸已经冻得不像原来的脸，乌青灰白，跟灰蒙蒙的天空一样，风满身随意地乱钻，棉衣棉裤像薄纸贴在身上。风一阵儿紧似一阵，刺进皮肤里、血肉里、骨头里，每个人都说不上是个什么滋味，顾不得说话，顾不得思想，但谁也不会讲到不干、下去，因为风还没有吹到不能干活儿的地步；那么，就应该干，应该是这样，也只能是这样。一块工字梁又吊上来了，一切都无所谓了，手触着冰冷的钢铁，裸露的双腕凭狂风切割。风从袖口、领口、棉衣下、裤腿口尽情地往里钻，把身上的最后一点热气带走。干啊，抓紧时间，别休息，一休息身上就更冷了，啊，多快呀，八个钢梁吊上来了。

　　下一步该吊天轮了。天轮远比钢梁重，又是圆的，谁知道钢丝绳能不能吃住劲？大家的心紧张地收缩了，眼睛都直了，血都凝住了。

"注意啊，上边的人，留心钢丝绳断了打着你们啊！"

"喂，小伙子们，绞天轮时千万不能松手，千万别让摇柄往后转，留心打得头破血流！"

……

小绞车盘开了，钢丝绳绷紧了，我觉得绷得格外紧，几乎到了马上就断的地步。终于，天轮慢慢地离开了地面。小绞车吃力地绞动，好像马上就要被挣散了。三个小青年累了，马上又换上了三个，嘿嘿嘿地喊着号子。天轮升上来了，从架顶的木缝中冒出了头，小林扑上去，把钢钎横插过去，班长也忙插进一个，这下不怕它掉下去了。

老蔡嗓门大，兴奋地冲下边大声喊叫："再加把劲，拉呀，马上就会出来啦。"

糟糕，巨大的天轮已经顶到支架的滑轮上了，可还有小半节没上来呢。

"放松、放松。"小林朝下边挥挥手，钢丝绳慢慢放松，天轮又坐在钢钎上。

"架子太低了，滑轮绑得太松，把滑轮重新往上绑绑，天轮就可以出来了。"班长和我重新绑好后，天轮还是上不来。

风呼呼地刮着，一个个脸色铁青，一停下来感到掉进冰河里一般寒冷。

老蔡拿起一根绳子，出主意道："咱们把轮子往前边拉，让它高出木头，你们就从侧面推，让下边也快松绳子，不就行了吗。"

试一试。几个人伸出红肿的双腕，用麻木的手推轮子，又上来几个小青年，人多力量大，试了几次，总是差那么一点，大伙累得一点劲也没有了。小林扶着支架，浑身都快软了，紧蹙着眉头，吸了口冷风，鼓励大家："来，再来一次，我就不信弄不上来！来，来，使劲啊！老蔡你们再狠往前拉绳子。"

七个人围绕在天轮边，又开始干了。劲都使到头了，又是差那么一点点！就差那么一点点！

小林突然不顾一切地扑上去，用肩膀顶住轮子，把大伙儿吓坏了："小林，危险，留神掉下去！"天轮往前推，后边露出一个大空档，足有一米宽，往下可以看见矿井的四方的黑幽幽的洞口。小林脚蹬着木头，身子斜横过空档，肩膀抵在天轮上，一个劲地说："前边使劲拉、拉。"

老蔡和两个小伙子拼命拉，老蔡都站到梯子上去了。由于前边拉，后边顶，用上劲了，天轮一刹那间跃进出木头，再猛一侧推，终于上来了。小林因为身子太倾斜，自己回不去，忙伸出左手让老蔡拉，班长又拉住老蔡的手，免得老蔡反被小林拉下去，三个人一使劲，把小林拉过来。刚才小林那个劲真的有点吓人，弄不好就闪下去，大伙儿心里都佩服他为工作不怕死的劲头。小林挺坦然自若，又指挥着安放天轮。

原以为干不成什么的天气，却吊了八块钢梁，一个天轮，依着小林的劲头，干脆把第二个天轮也吊上来算了，晚下班一二个小时也没啥。他刚想跟下边盘绞车的小伙子们打招呼，发现团政委不知什么时候上山，站在下边往上凝神望着。

"政委，啥时候来的？"

大家听小林喊政委，都往下看，可不，穿着军装的政委十分醒目。

团政委向空中挥手，大声喊道："下来，下来，都冻坏了，快下来暖和暖和。"他看了看表，"现在是……哟，午饭时间都快过了。"

林广厚见政委来了，估计干不成活儿，跟大伙嘀咕了几句，一个个顺着斜梯走了下来。李胜林嘴唇乌青，没有一点血色，鼻尖上挂着水珠也感觉不到，他笑着说："抽根烟，暖和暖和。"他用冻木的手把烟放进嘴里含着，手颤抖着，僵硬得没有一点柔软感。他掏出打火机，打火机在手里晃动了半天也没打着。政委忙用自己的打火机打着，把火送过去。李胜林腼腆地一笑，低下眼去点烟，手指夹着烟去点火，烟随着手又抖开了，费了好大劲才点燃。

下午，天又变了，风雪漫天，又成了混沌世界。

长风过后，又迎来了一个风和日丽的天气，山包起伏，呈现出清晰的褐色。阳光把一切都照得明亮亮的，一切都融合在温暖的透明的空气中，矿山井架高耸屹立，像一个魁梧忠厚的巨人，在俯视、欣赏着温暖的有生气的荒山世界，自豪地富于象征性地在蓝天白云下，在群山丛岗的衬托下表现出这样的含义——一幅最生动的矿山诞生的图画，我（井架）就是这图画的最典型的展示。

我们几个即将结束井架的安装，大家决心今天一定干完。难得这样的好天气，好像前几天的狂风飞雪都是臆想出来的，离得那么遥远。我热得身上的棉衣都穿不住了，太厚了，可有一阵儿，觉得像纸一样薄呢。说现在是最冷的冬天谁也不会相信。我和班长在斜撑上扶几米长的加固角铁，老蔡在焊，小林在下边准备着角铁料。

一辆汽车像黄牛般吭吭地爬上坡来，车窗的玻璃在夕阳的反射下，发出刺眼的白亮的光。车停了，司机下了车，原来是老梁（我比较熟悉的一个司机），我愉快地大声喊："老梁，到塔城拉面粉的车什么时候走？"

"啊，我当是谁呢，"老梁走进井架，"明天就走，回塔城吗？坐我的车下去吧。"

我的心怦然而动。从山沟沟直接去塔城，有一百三十多公里。如果坐山沟沟到奎屯的车，再从奎屯去塔城，绕一个大弯，得走四百公里，得两天时间。多巧的机会！幸亏问了问，不然，真的赶不上了。今天下山，明天走多及时、方便，想到这，我返身望着班长李胜林："明天有车去塔城。"

班长关心体谅地说："那你跟老梁的车下去吧，活也不多了，下去跟排长王庆功说一声。"

我满心欢喜地答应："哎，我肯定要说。"

可当我刚想离开，才发现手头的工作放不下，几米长的角铁，李胜林抬着一头，我抬着一头，老蔡一头一头地往架子上焊。我一走，就没人担这头了，况且，又不是一根，还有好几根呢。我一走，今天就很难完成任务，明天还得干。山上的天气变化无常，今天的天气这么好，照我们的经验，明天弄不好就变天，我越想越不对劲……而在这极短的时间里，我竟然想起班长的一件事，班长的家在额敏农九师的一个偏僻的团场，他父亲一直有病，去世时家里给他发来电报，让他赶快回去处理后事。当时安装任务很紧，脱不开身，他把电报揣起来，没吭气。直到一个阶段的工作完成了，他才拿出了电报，请了假，回了趟家，这事很让蔡和平等一帮子朋友感动。我到连里听说了也很感动。我此时想到，班长遇到那么大的事都做到为工作而推迟，而我不过是晚一点去额敏见女朋友，怎么能放下工作离身而去呢。

思考片刻，我对班长道："算啦，过几天再走也不迟，大不了走奎屯再绕个大弯呗。"没等班长说什么，我冲老梁喊道，"老梁，明天以后，还有没有车啦？"

老梁仰视回答："没啦，明天去五辆车，再去就过年以后啦，怎么样，去不去？"

"去，但现在不去。"我的回答是这样的不成逻辑，可我自己的心里是明白的，合乎思考的。——在人生中，人也有真不自私的时候。

从山上下来后，我打算有车就去奎屯，再由奎屯去额敏。我屈指算了算，还好，如果路上不耽误，年前两三天到额敏还是没问题。

第二天早晨起来，我披上借来的一件棉大衣，去汽车连调度室问有没有去奎屯的车，正巧有班车，马上准备走。我心里一急，忙说："你跟司机说说，别开车，我马上就来。"我转身往半公里外的宿舍跑，快到宿舍时碰上连指导员，我愉快兴奋地冲指导员笑笑："指导员，有车去奎屯，我现在走啦。"——假是早都请好的。

指导员一听我要走，一把抓住我，笑着说："好哇，正有事找你，你想跑，那可不成，今天不许走。"

我一听心都凉了，疑惑地问："什么事啊？"

"写个材料，一排的总结材料。"

我理由十足地顶撞道："怎么，排里的材料也让我写，应该排长自己写。"

"他忙嘛，整天都忙不过来。"指导员帮排长解脱，态度真实、诚恳。

我虽然还可以找出理由来反驳，例如："再忙，写四好总结是政治，排长不能不管吧。"或者，"一排之长，对排里的情况最了解，我不过是个战士，怎么知道全排的事情。"可我没说出口，自己警惕：这又是马列主义对外的毛病，其目的，无非是早点脱身去奎屯，私心杂念作怪。虽然去额敏对我个人是重要的，可写材料对集体是重要的。"个人的事情再大也是小事，公家的事情再小也是大事。"我居然想起破私立公的警语来，我暗暗责备自己，心中转了弯，我又想到材料的确应该自己写，连里文教不在，即使在的话，也不能给每个排写材料啊。王庆功虽是排长，但文化不高，写个材料的确有困难。我于是答应了，又坠了句："我可写不好哇。"这是一句实在的话，写东西，我总是很吃力很头疼的，全靠坐得住，苦思冥想，也就是靠磨时间。

指导员见我答应了，很高兴地把我原来写的班总结和上半年四好总结材料塞到我手中，玩笑道："别心急，好好写，我保证不误你去塔城。"

我因赶车的心松下来，写完再说吧。足足用了两天时间，写完了材料，交了差。

四十一

去额敏过春节，真是好事多磨，我没穿棉裤，穿着绒衣绒裤，披一件棉大衣（借的），头顶一个破狗皮帽子（山沟里没有卖好帽子的，职工们的好帽子都是他们原有的），脚穿一双棉胶鞋。

先是从山沟出来一百多公里到奎屯，帆布篷车的汽油味太大，人又是侧面坐着，被摇晃得晕了车。从奎屯买票到额敏倒顺利，说买就买上了。可是车开出一百多公里又坏了，倒回到五五公里汽车站，等于走了半天才离奎屯五十公里。半夜里又来了新车，说为了不耽误大家过春节，连夜开，再不休息，这倒是天大的好事，可是我可惨了，我穿着绒裤、棉胶鞋，冻得双腿发木。车里没暖气，达到零下一二十度，连穿毡筒的人都跺开脚了。我也是急中生智，用棉大衣把双脚包起来才暖和了，也算躲过了一劫。

我进到吴玉娟家，她说第一眼看到我时，见我戴着个狗皮帽子，脸冻得铁青，差点没认出来。

吴玉娟父母当即决定给我赶做一条棉裤，返回时好穿。

我也总算在街上买了一顶仿军用的棉帽子。

吴玉娟家真有个过年的样子，墙刷得雪白，窗户挂起了天蓝色薄薄的纱帘子。这已是我熟悉的小屋，一个小炕，一道土火墙，一个土炉子，一张不大的旧木桌子，我进进出出就在这间房子里，连吃饭也是把饭菜端过来在桌子上吃。

我心中有点不安。我已知道吴玉娟兄弟姐妹八个。她大哥、大姐已工作，又各自都有五个孩子。吴玉娟算老三。她下边有一个弟弟，四个妹妹。她和弟弟、大妹妹都已回生产队劳动，挣工分。下边三个妹妹还上学。

吴玉娟不断到我住的房子，洗个衣服什么的，她的父母、弟妹不多进来。

我推测她们那边还应有一间大房子，晚上只我一个人在小房子住。吴玉娟父母和他们弟妹六个人在那边房子住。

我想我应该过去看看，进到那边大房子，正正常常跟大伯大妈说说话，跟她的弟弟妹妹说说话。我这次来，也等于正式地融入了这个家庭。她的父母、弟妹对我都挺自然，也没有了陌生感。过年期间，也安排我和吴玉娟到她的大哥、大姐家去做客。

可是，当我出门顺墙边的路想过去看看时，正好大妈过来，我说我想过去看看。大妈客气地说："别过去了，还是回屋吧。"把我挡住了。

我回了屋，想，能有什么呢？能有什么让我看了会有别的想法吗？吴玉娟家八个子女的确不少，她的父母又是农村的，家里很不宽裕，我也看出这一点；但是我觉得这都不影响我和吴玉娟的感情，我觉得去想她家的子女多，想她家的经济状况而给我们的感情投上任何一点阴影都是对我的真诚的感情的亵渎；真正的爱情难道是应该有附加条件的吗？而我自己又是个什么东西，人家能够接受我，已经是我的荣幸了。

吴玉娟洗衣服时也把我的灰上衣洗了。给我找了件衣服穿上。洗过的衣服拿到那边的房子，说是有大火墙烤，干得快。

第二天我问灰衣服烤干没有？她说没烤干，你就穿着这件衣服吧。我说我还是穿我的灰衣服。她说没烤干呢。

"我不信，从昨天到今天会没干？"

"你别，没干就没干。"

"我不信，我自己拿，你当我不敢去。"

我大步出门，一直走到想去的屋子，推门进去。

看到的是个厨房，也没个窗户，燻得黑黑的；房顶的一角苇子塌下来，露出一个大洞，也就成了透亮的天窗；那墙角处堆着一堆黑煤。

左手还有一个不带玻璃的木门，我竟自拉开，低头跨了进去。一屋人猛然见我进来有点愕然。他们有的在凳子上坐着，有的在炕上坐着，吴玉娟的父亲也在炕上坐着，炕上还有一个近乎光溜溜的小娃娃（后来才知道是大姐的小孩，放在这儿带着），我坦然地问："我的衣服干了没有？"

大妈忙从一叠洗净烤干的衣服中找出我那件给了我。

我乘机打量整个屋子，难怪大妈不让我进来，跟我住的那间一比，土多了。——一个大炕，炕边都磨损了，炕上铺着一条旧毡子，几个被子堆得很乱；一个长桌子，上边放着碗、煤油灯；墙是泥土的本色，地是土地的本色；有一个有玻璃的木窗户透进光来，比那边房子暗多了。

我用目光把炕划分了半天，怎么也不知八个人一个小娃娃是怎么挤下的。在炕上竖着一道火墙，好像把炕切出了一个窄长条，也就是火墙背后有个铺板，能睡一个人……我正呆愣着，大妈说："你到那屋去吧，这里乱得很。"

我不安地回到干净小屋，对吴玉娟说："你们那么多人睡一个炕，我一个人占一个炕，太不像话了！要不，我到你大哥那里去睡。"

"那有啥。"她不以为然。

我说："不行，让吴玉章（她弟弟）过来，我们俩睡，要不，我就到大哥家去。"

说了半天，吴玉章答应了。吴玉娟他们家是太能将就吃苦了，我从中看出这个家庭的一斑。因为过年，吴玉娟在家里的时间充裕了。她干这干那，也不再有什么回避，坦然自如，更显露少女的淳朴。我呢，像影子一样地总跟着她。我知道因为过年她才有了几天的时间。但我还是怀着感激的心情，感激她有这么多时间使我看到她。

她的心境很好，时时微笑着同我说话，就像同她家里人说话一样平常而简单。但由于我们深深地熟悉，这种平常简单也就再明确不过了。

我的心情是非常宁静的，像微风掠过平滑的水面，只有细微、柔和的漪涟。我的思想在她身边好像变得缺乏和简单起来，我几乎很少想到别的什么。总之，我在额敏过了一个普通的温馨的春节。

当我再度回到山沟，我的心思突然大变，一个问题深深地困扰着我——将来！我与吴玉娟已经建立了明确的恋爱关系，那么将来怎么办？让她进兵团？到山沟沟里来？噢，这是一个多么可怕的结果！我这么说，并不是对山沟沟的一切的否定。山里的条件是艰苦的，但不会永远如此，实际上，山里最最艰苦的创业阶段正在过去。就以我自己来说，搞安装的工作量少了，以后将会在电厂正正规规上班，学技术。可是在山沟沟里安一个家？弄一间地窝子，或者正正规规的平房？每到星期天到戈壁滩上打柴火？做顿手工面条改善生活？把生活的范围圈得这么小？我一想起来就害怕。如果让她到这个环境太委屈她了。她现在虽然也不过在地方上的农村，但额敏县有水有地有树有人，那是一种适合人类生活的环境，何况她有家，有父母兄弟姐妹，已经是一个非常和睦美满的家庭，让她抛开这一切到山沟沟来？为了什么？为了我？值得吗？有意义吗？万一真的来了，她会永远心安理得地满意这一切吗？我个人的生活环境的好坏无所谓，但我怎么能让心爱的人走进这远不如她现在环境的环境呢。

啊呀！我大悟大彻，我突然明白我处在了一种多么可怕艰难的处境中！

我知道，我与吴玉娟的感情是建立在学校的美好回忆中，是不计较任何世俗名利地位的考虑，再准确地说，我们只凭着彼此的良好印象而承诺了终生，却没有严肃地甚至严酷地想想将来。将来怎么样？怎样结合？怎样生活？长期的两地分居？或者有感情却因终不能解决好现实的问题而分手……我开始失眠，躺在地窝子的床上彻夜难眠。别看我现在与吴玉娟的事怎么样了，实际上还一切都说不上，一切都脆弱得经不起打击。万一终于因为个人实际问题无法解决，我们的事就完结了，她又不属于我，离我而去。一切一切的爱烟消云散，成为乌有，一想到此，我的心顿时痛如刀割，痛不欲生。

这一晚，我想得太狠太急，嘴角起了一溜水泡，上火上的。

新的一天又开始了，我已经变成了另一个人。我依然认认真真地工作，但身躯与灵魂已经分离。我的心思变了，明知道这是因为有了个人问题，私心杂念多了，却无法不去想，也无法斗私批修。因为这个问题太现实了，所谓等过几年再说，只是一种自欺欺人的行为，一旦造成破裂后悔莫及。

我的忧虑是悄悄的。班长李胜林的忧虑是公开的。班长二十七八了，有一个在团场的对象，因为没有房子而结不成婚。他的父亲又刚刚去世，剩下母亲和几个弟妹没人照顾，也准备接到山沟沟一块儿过。房子成了让李胜林心急如焚的一块心病。

连里腾不出一间地窝子给他。

唯一希望的是一间作为工间的大地窝子。工间里安着车床、钻床、牛头刨床等，是连里加工车间。团里正在盖新的修理间，等新的修理间盖起来，把大地窝子的机器搬过去，才能腾出来当新房。李胜林对连里同意把大地窝子给他当家满意极了，因为一间就可住下六七口子。

我从班长对一间大地窝子的朝思暮想，想到自己的将来，想到自己也有朝一日为渴望一间地窝子而心神不安，度日如年——也许到时不会这么难过，但这种感觉在心中抹不掉，令人腻味、令人沮丧。

我被自己的意念逼入了绝境，在山穷水复疑无路时，我突然异想天开地跳出另一个想法：出山沟，出兵团？

这可能吗？连我自己也为自己的胡思乱想而惊愕。这是闹着玩的吗？说进兵团就进了兵团，现在又要出兵团！兵团与地方是互不搭界的两个世界，隔着一道深不可测的鸿沟。我从地方跑进兵团已经是奇迹了，不管正确与否，现在又想出兵团，白日做梦吧？

可是，既然不能让吴玉娟进兵团，要想继续保持恋爱关系，我只剩下出兵团的一条道了，虽然不能说是"不成功则成仁"，也与死无异。

那么，怎么出兵团呢？我想起了父亲。也许，唯一的办法还是得找父亲。让他跟当初同意我们进兵团的洪师长说说，放我一条生路。

我以探亲的名义又请假去哈密。到了哈密，我不想去军分区，不想见那女人的面。我打听哈密地区招待所在哪儿？我从妹妹的来信中得知，父亲基本不回家，在政府招待所吃住。我找到招待所，打问杨士贵。值班室的一个大约有三十多岁的女人对我如此直呼父亲的姓名很惊异好奇，问我是杨士贵什么人？

我有点羞涩地回答："我是他儿子。"不知为什么，我每当不得不说出我是杨士贵的儿子时，总感到别扭，好像他不应该有我这么大的儿子。

女值班员是个很有风韵的富于世故（或者说富于是非）的女人，她不急于告诉我父亲在不在，而是好奇地问了我许多家庭的事。

我不善于回避，不善于说谎，竟有问必答地告诉她不少我们家庭的事——后来我真后悔，素不相识，我凭什么要告诉她那么多。

她问够了，问完了，露出满意的神色，才告诉我：在休息。

我被引到父亲住的房间。

"来啦。"父亲从躺着的床上坐起来，平平静静地说，好像我不是分别两年多的时间，而是从校门回家门似的。

我拘拘束束地坐在父亲面前，也缺乏父子间应有的温情。

我有点不好意思，结结巴巴地谈了自己有对象的事。

父亲仍然平平静静地坐着，抽着烟，冒着浑身的烟气。左手几个手指不停地一块儿搓动，好像要捏碎无形的烟叶。

"哦，哪的人呀？"

"河北的，她的父亲是天津杨柳青的。"

"那好嘛，有时间见见面，说说话。"

"她们家成分也挺好的，是贫农。"我急急忙忙地补充这一点，以博得父亲的好感。

"唔——"父亲点点头，对这一点挺满意。

说来说去，我提出要出兵团的话，搬出许许多多的理由。

父亲沉吟了许久，不停地吸吐烟："这事不太好办，等有机会开会见洪师长，在会上说说。"

"等有时间开会说说，那得等到驴年马月啊！"我一有了出兵团的决心，一天也挨不下去了。我有点失望，也有点心急，我是横下一条心来找父亲的，而且抱定不达目的死不瞑目。

"那你说怎么办呀?"父亲问。

"爸爸,您给我写个条子,我去找洪师长。"

父亲想了想,找出半张纸,抽出钢笔,很快地写了两行字:

大小子为个人问题想出兵团,可能时请给帮助。

我没想到父亲这么痛快地写了条子,我知道,像父亲这样级别的干部,轻易不愿写条子,白纸黑字给人留下把柄。我十分感激父亲对我的理解,给我的帮助。

我把条子如同宝贝般地揣好,沉重的心头轻松了许多——虽然后边的路还长着呢,毕竟一个重大的战略的第一步成功了,而且是举足轻重的一步。

再没有多余的话说了,我恭恭敬敬地从父亲的房子退出来,千里迢迢来哈密与父亲见面说话总共不过一个小时,这就是所谓的探家。

三月天气,哈密远比山沟热得早,街上的树已经长出了嫩嫩的小绿叶,气温热热的、干燥燥的。哈密城看上去也没什么特色。我想,我来哈密一趟也不容易,不如再转转看看景色。看景色最好的去处是公园,一个人独自转到公园。公园也没什么,除了树还是树。我见一个土堤后有一大片发绿色的草地,以为是个好去处,往前走了几步,突然发现低洼的长着短绿草的湿地上有不少大癞呱呱,土褐色,三五成堆,悠然自得地晒太阳。我顿时吓得头皮发麻,我很怕这软今今的长着癞疙瘩的东西,心情悚悚地疾步走开去。这地方怎么有这么多癞呱呱,这是什么地方?什么水土?——多少年,我一想到哈密就总抹不去一地癞呱呱的图景,心里便犯恶心。

我一下子没了兴致,赶回了火车站,买了张到七泉湖化工厂的火车票。从哈密到七泉湖化工厂只有十几公里,这么近的距离坐火车还是第一次。从上次白杨河与妹妹宝琴一见,又有一年没见了。妹妹终于再没回东北,在新疆落了脚。记得去年在白杨河,我还信誓旦旦地奉行独身主义,说得好凄惨,妹妹在给弟弟们写信时,还担心我这个哥哥独身一辈子可怎么办呢!想不到哥哥转变得那么快,一下子走到最前头,解决了个人问题。

四十二

一九七一年八月份,我又成了塔城人。在外边绕了一大圈又回来了!屈指算来,在山沟沟一共待了两年零五个月。——几年后,山沟沟的矿山因经济效益不好下马了，好像海市蜃楼般地出现，又像海市蜃楼般地消失了，我不知道我们当初的艰苦创业剩下了什么？如何评价？

多年后，听说我所在的白杨河已成了休闲度假的旅游区，常有人到哪儿去玩。白杨河原本有一条从额敏县通往和丰县的便道。我在时，也偶尔见过有车辆驶过白杨河的木桥上山，穿过矿区的电厂，从右边布满带棱角的碎石子轧过，拐进山洼洼里，我当时并不知道是拐到哪儿去。听人说，现在修了条柏油路，通畅，便捷，要到白杨河很容易。而我曾熟悉的团部、厂房，都已经拆除了，不过还保留着一些残垣断壁，也许看上去更像是荒凉的古代遗迹。……我有时很想再到白杨河去看一看，怀旧。我更想到奎屯见见蔡和平、王庆功、林广厚、李胜林等师傅们。我猜想山沟下马后，他们应该又回到奎屯电厂。他们可能把我忘了，但我忘不了他们。我此生经历了国家艰苦创业的年代，听闻了像石油工人王进喜等许多优秀工人的光辉业绩。但是我要说，恰恰是在山沟里，在我最后下到机修连里，遇到了不止一个，而是能称之为一群的优秀的人物，是活生生的，是我每天能看见他们，与他们共同劳动、说话、生活的人；他们是纯洁的水，洗涤着我的思想、我的灵魂，我从内心深处喜爱他们。

离开山沟回到地方，我觉得我的灵魂深处曾对着巍巍的高山，对着滚滚的白杨河水发誓，我不会忘记你们，我永远不会忘记你们。我发誓，我要把我在这里的经历写出来，我要把你们写出来。

重返塔城后，我真的动笔写在白杨河的事情。因为离开山沟的时间不长，一切记忆犹新。一点点、一滴滴，连几乎所有的干活儿的细节都写得一丝不差；那些在别人看来干巴巴的劳动过程，对我来说却充满着智慧和力量。我因为及时记下了山里的一切，当自己读自己的东西时，一言一语的对话，一举一动的身影，都引起温馨的回忆，不由得嘴角漾出微笑。

可是，我在硬皮本上写的密密麻麻的十几万字的手稿只能永远是素材，不可能变成完整的小说，更不可能指望发表。即使在"文革"后期，也没有什么文学作品可发表的地方。就是已经有了出版的小说，都是绝对没有缺点错误的高大全式的人物，我笔下的人物还做不到这一点。即使后来"文革"结束后，我的手稿也无法变成作品，单纯地写工人的作品是很难吸引人的，到现在也是如此。——人们喜欢享受工人们劳动带来的成果，却淡漠工人们在创造中的生产过程以及他们的思想感情……还有一件事十分刺痛我的心——我曾把山里艰苦创业的事跟一个年轻的小记者聊过，当然没说得那么详细，只是捡山里人曾经怎样的艰苦说了说，大约我也说过一个故事，也是我听说的，说的是在山里上马之前一直有职工在山里搞前期的创业，那是六几年，几个职工没肉吃，进山打猎，打到了一只大头羊，天气突然变了，下起了大雪，他们只得割下了羊后腿，扛着往回返。回到住地两腿都冻僵了，而他们的老婆们却用热水给他们洗脚洗腿，结果腿脚变成了紫黑色，不得不截肢……我给小记者讲了山沟里的故事，当时他也挺感动。后来他告诉我，受了我讲的山里故事的启发，他写了一篇小说，说有三个工人上山打猎，打到了一只狐狸，是活捉的。晚上把狐狸绑在一张床的腿上。晚上三个人都做了梦，都梦见狐狸变成美女跟他们上床做爱。这篇小说投稿后居然发表了。我听了后觉得他简直是亵渎了我心中的神圣，简直是对我给他讲的艰苦创业的故事的莫大的讽刺。但他也提示了我，文学应该怎样高于生活——我的十几万字抵不上他的一篇写性的奇幻小说。更令我暗自泄气的是，"文革"后开始恢复人性，更是转向爱情这一永恒的文学主题，文坛上出现了"性饥渴"，围绕着"性"展开的描写铺天盖地，我想想自己写的山里的一切就根本没有这一块，那还怎么发表？谁给发表？就是发表了又有谁看？……我也只有把那草稿永远地束之高阁，只成为我个人的一种回忆而已。

自从回到塔城，我像一棵杨树苗苗，遇到了合适的土壤、水分、养料，树根舒舒展展地伸开了，枝叶蓬蓬勃勃地舒展了，似乎有一支快乐的伴着阳光、小鸟的曲子总在我的头上歌唱。我太喜欢塔城了！太爱这个地方了！特别是经过两年多的山沟沟生活，我简直幸福得晕眩。比起兵团紧张而艰苦的劳动，地方上轻松得像是水草丰美的河滩上放着一群牛，悠闲地舒服地甩着尾巴。我作为单身汉，住在车队为单身户盖的红砖屋，两人一间，惬意极了。车队里也有食堂，只有七八个人吃饭。吃个肉菜、鸡蛋，特别是我喜欢喝的骨头汤都是很容易的，有山沟沟的生活做对比，我对眼前的一切太满足了！

最让人满足的是我又值"钱"了，所谓值钱，是指我又成了别人认识的人，成了社会上知名的人。车队里有一批"再教育"后招工招上来的学生，很快就熟识了起来，使生活中有了许多情趣。走到街上随时可见熟悉的面孔。就是不认识的人，只要提起我的父亲，马上便会亲热起来。刘孝华、秦建国等人的父母家也是我时常光顾的地方。因为出了校门，我认识的人远比在"兔子窝"时多得多。况且，地方上的婚丧喜嫁、吃喝玩乐十分频繁，人与人相识是极其容易的。塔城人又是那么质朴、热情、好客……我如鱼得水。

我去额敏县方便得再别提了！车队就开着班车。想去，每个星期都可以去，再不像山沟里熬日子，等到逢年过节跑出来，朝圣般地待上几天又跑回去。此时，我才认为我的个人问题牢固了。

我刚到车队时被分到小修间（专门修理汽车引擎），这大约是车队又轻松又有技术的工间。领导对我还是很照顾的。

可惜没过半个月，我举着被打碎的眼镜，踉踉跄跄找到办公室——我的学技术的良机又失去了。修车要经常钻到车底下，卸个螺丝什么的。我第一次钻到车底下，卸油底壳的螺丝，卸了半天卸不下来，我用梅花扳子敲呀敲，"啪"扳手打到眼镜片上，顿时花了。

扶不起的天子！

我被重新安置在修旧间。有车床、刨床、电焊。车床干不成，眼睛不好，也许是光学的作用，卡盘一转起来，总找不到要车的铁棍的中心。我只好开开没什么技术含量的牛头刨床，刨个螺丝槽什么的，也没多少活儿。引起我兴趣的是电焊——我想起山沟沟里蔡和平一手好电焊技术。车队电焊没什么技术要求，几乎是谁都可以焊两下。有人劝我不要搞电焊，最毁眼睛，这我何曾不知道，我的眼睛本来就不好，搞电焊无疑雪上加霜，可是我总得干点什么吧，总不能白吃闲饭。

四十三

时代的车轮转到了一九七二年，大学经过"文革"初期暴风骤雨的冲击，沉寂了一阵后，又开始公开招生了。这是个多么刺激知青们的消息。它又勾引起隐藏在心灵深处的久远的欲望。听说内地一九七一年已经搞部分招生的试点，耳听为虚，眼下可是眼见为实。

修旧间的董师傅对我说："嗳，你怎么不上个大学？"

"对啦，大学是谁想上就上的吗？"我一笑了之。我虽然也有想上大学的欲望，但并非那么强烈。招生的都是理工科大学，据说理工科大学受修正主义影响少，文科大学受修正主义影响深，问题多，尚不在主要开放之列。我很想上大学，独钟情于文科，而且应是正儿八经的文学专业。若是学个与文学毫不相干的专业技术，对我来说等于无端地浪费生命和时间——不知为什么，我对技术上的东西始终真正热爱不起来。不过，上大学是一种机遇，能上成就是好的，管它是个什么专业，学出来再说，能体检大学的滋味也是好的……

我抽着烟，正愣神傻想，忽感到身后的玻璃窗户被人影挡住了，我只当是队上的人，也未回头去看，或者说还未来得及回头去看，倒是站在我对面的董师傅看见了，冲我说：“你看谁来了，是不是找你的？”

我回头望去，吓了一跳，是吴玉娟！

我在车队很少提自己的个人问题，讨厌别人说三道四。迄今为止，没几个人知道我个人问题的具体情况……我慌慌张张，低着头，有点恼怒地领着吴玉娟穿过车队的大院子，我虽然没看周围，也猜得出周围的人都在望着我。车队的风气就是如此，院子里来个丫头，小伙子们都直着眼睛观望，品头论足，不一而是。进了宿舍，我松了口气，生硬地问：“你怎么到车队来啦？”

吴玉娟满面红光，十分自得地说：“你瞧，我也不知道是怎么回事，我还在队上劳动呢，突然通知我去体检，告诉我上大学，招生的老师还口试了几道题，我都答上来了，就这样录取啦！”

走鸿运的女知青也许以为一宣布此消息，我会为之惊喜若狂，我自己也没想到内心竟是这么平静，好像早有思想准备似的：“接到通知了吗？为什么单点你的名呢？”

“你忘了，上次开‘积代会’，我们公社书记对我的印象挺好，直接点的名。”

“这下好了，你一下子从农村上了大学，也算是出来了！”

“你说，我去不去？”吴玉娟透着单纯的虚伪。

我不愿意听这种话，皱着眉头：“我说不去行吗？”

“我还是去吧？啊？贫下中农也都同意我去。”

我哑声失笑，值得找这个借口吗？不过，我们都是老高中生，凭基础还是可以的。得，原来她是农村社员，我当工人，身价高一点。转眼间，人家上大学，步履青云，位置比我高了（起码社会是这么认识）。跟她一比，我稍稍改变的微弱的优势又变成了劣势，这细微的变化……

“啊呀，你要是也能走成就好啦！”吴玉娟充满渴望地咂咂嘴。

我又恼怒起来：“怎么，大学都包给咱们算了，尽想好事。”

平静的生活如池水，而一旦变化起来，又如江河直下，急剧跳跃。我请了两天假，去额敏县帮助她准备。

大伯见了我挺高兴，为了进一步捋顺关系，开口闭口叫我"他姐夫"——"他姐夫"这显然是对我在这个家庭地位的进一步的确认。

"他姐夫，你看，没想到玉娟会被招上了啊！我不是说，玉娟有福啊！我从小就看她有福。她妈妈生她那会儿我找人算卦，算卦的就说你生这孩子必有大福，哈哈。"老人舒心地笑道，"他姐夫，你看你的意思让不让她去？"

我苦笑了一下，满肚子的苦倒不出来，事情已经是板上钉钉，难道我说个"不同意"，真的就不去了吗？说了，她也绝不会依从的。这会儿，爱情的位置已经起了变化，为了前途，怎么会在乎一个尚未成婚的男人的一句自私的话啊！我真想恶作剧地开玩笑，就说我不同意她走，看看他们一家会是什么反映。但我说不出口，即使明知她上了大学会变化——糟糕，我从听到她要上大学的消息后，这个狭隘的阴影一直缠绕着我——我也自认倒霉，听天由命，只有看她的水平啦！我不能因为害怕这个变卦，为了保险起见而不同意她上大学，人，怎么能自私到那种地步！我爽爽快快地欣然同意，而且忙着帮她整理行装。

没外人的时候，吴玉娟起誓地说："你放心，我决不会变心的。"翻来覆去老是这么一句话。

——什么样的爱情才会是绝对相互信赖而决不往别处想呢？生活中地位一有了差异，双方有意无意马上就要考虑到原有感情基础和可信程度。吴玉娟自然也想到了这个问题，全家都想到了。

大伯为了安慰我，义不容辞地当着我俩的面，说："他姐夫，你放心，她活着是你家的人，死是你家的鬼，我们吴家是不允许出丢人的事情。"

我感到老人的话太重，太礼义，太有点封建社会的贞节味道。啊，善良的老人，你们那一代总是带着中国古代那种一女不嫁二夫的道德观念，把礼义廉耻看得那么重；可是，那个时代在逐渐过去，让现在的青年人像你们一样注重道德怕是不容易的。不过，老人的"陈腐"的观念，对我倒是有用的，它像一道屏障，对吴玉娟会产生心理威慑作用。我知道她向来爱父母，听父母的话，她若有三心二意，怎么也得考虑考虑家庭这一关。可是话说回来，一旦她想变卦，家中又能把她怎样。现在毕竟是讲究恋爱自由嘛。到头来，父母还是得向着女儿，总不会为我一个陌路人跟女儿翻一辈子脸吧。对这一切，在未真正成为"他姐夫"之前，我都从坏处考虑到了，连对利用老人的道德伦理约束吴玉娟这种未免卑贱的自我批判都进行了。

听天由命。我的全部观念就是如此。我不愿多说可怜的乞求的话，不稀罕她的发誓。我有苦水往肚子里咽。我回顾两个人已谈了两个年头了，倾注了多少心血，度过了多少青春的时光，一旦真的付之东流……心里顿时苦涩、抽搐。爱情在书本上总被描写成幸福、甜蜜，实际上与说不尽的烦恼、忧愁、痛苦相伴随。无怪乎有人讲，爱情是一种痛苦中寻找快乐的东西。我不知道我的这种心境是证明着我们的感情的牢固呢？还是表明我们爱的脆弱性？特别是吴玉娟对我总是保持着一段距离，没表示过一点恋人的温情，总好像怕被人窥见似的。这仅仅是怕陷入小资感中？还是做了保留的余地？究竟从哪方面去理解才是最准确的？……唉、唉，我又陷入自我烦恼了，又胡思乱想了，明摆着的，她的心中明静如水，健康向上，她总想到工作，无暇顾及我的思想、细致的体贴。我只能承认她是有事业心的人，应该赞美她的革命纯洁性，责怪自己感情过于轻飘纤弱，总是表现出一种苍白的病态的心理……我怀着复杂的心情回到了塔城。

一回到塔城，塔城的招生工作也拉开了序幕，我也随大流报了名。当时没有什么正规的考试，只由招生的老师过过目，问几个问题，认为可以就算通过了。我碰到的招生老师姓徐，中等个，湖北人，戴着眼镜，文质彬彬。我拿出自己大大咧咧、满不在乎的劲头与老师对话，我说，我的同班同学在额敏被招上了，她给我讲了一个笑话，说有一个低年级的学生也报名上大学，招生的老师出了道题，1/2 和 0.5 那个大？那个学生回答，1/2 大。

招考的老师忍不住笑了。

徐老师没问我什么问题，随便聊了几句，就换了下一个人。

结果，我被录取上了。定的学校是西安交大铸造系。我想老师没多问我，大约是知道我是高六七届高三学生的缘故。另一点，我的不拘小节、谈笑风生给了他好印象。徐老师是西安冶金建筑学院的老师，也就是吴玉娟所上学校的老师。

"文革"中第一次招考大学生引起地委的重视，录取的学生都要经过地委讨论通过。——不知何人倒了一竿子，说杨宝如高深度近视，不适合上理工大学，于是我被刷掉了。

按说我的事情已经完结了，招生的老师对我的印象不错，恰好外县招生没招够，退回一个天津大学高分子化学的名额。招生老师又让我急急忙忙填了表，填了录取通知书，我再次被戴上了上大学的花环桂冠。

呵，两口子上大学，太美了。有的同学羡慕地开玩笑。真的，两个人同时上大学，只有我们这一对。吴玉娟沉浸在简单的快乐之中。没有谁知道我此时的真正的心情——那就是无比的沉重。为什么，一个马上变得现实的问题深深困扰着我：钱！

我没有能上得起大学的钱！

我是学徒工，每月三十元生活费。一上大学，连三十元的生活费都没有了。我口袋里只有两元钱。食堂的饭票退了五元钱。临上送大学生的专车时，刘孝华的父亲给了我五元钱。我怀里揣着十二元钱——也就是我的全部上大学的钱。这点钱够在大学用的吗？如果没有钱的来源，这个大学怎么能上得下来？可是，我从哪儿弄钱去呢？我想到弟弟、妹妹。三个弟弟都当着兵，每个人每月只有几元钱的买牙膏毛巾钱，我能让他们供我上大学吗？妹妹在兵团，每个月也只有二三十元，自己能顾过来就不错啦。父亲呢？平心而论，家里是有钱的。如果父亲能每月给我寄二十元钱，我再省吃俭用还是能把大学上下来的。可是，家里的钱是王素娣管着，我们没独立前就如此抠门，我已经工作了，还能抠出钱来吗？对上大学，我只感到眼前一片昏暗。

我又淡淡地想起一件事，却是"哑巴吃黄连——有苦难言"，其实我是可以带工资上大学的。从山沟沟调回塔城时，我到革委会生产指挥组报到。管人员分配的一个姓王的问我："你的工龄从什么时间算？"我迷迷糊糊，头一次听说"工龄"两字，我那会儿竟然不知道"工龄"是指工作的年龄，而当成了当"工人"的年龄。我说我刚进兵团在武装连，后来又在青工连，一九七〇年才到机修连当工人，是不是从一九七〇年算？姓王的点点头，也不说什么。以后我的工龄就从一九七〇年算起。后来我发现，别的"再教育"上来的学生的工龄都是从下乡"再教育"算起。我们车队侯方红的工龄就从下乡那天算起。说起来，我当初进山沟时，学生们还没上山下乡呢，我大约比学生们还早下去半年。我找到生产指挥组姓王的，他冷冷地说不好改了。我也就算了——大不了晚一年转正，少拿一年的钱就是了。没想到遇到了上大学。侯方红从一九六九年下乡，到一九七二年上大学时正好已转为正式工人，可以带着工资上大学。按说我也应该如此。可按一九七〇年算工龄，我还有半年才出徒，上大学一分钱没有。

我也没想去找，我不相信找了能马上改过来，远水解不了近渴，短短的上大学的几天里能解决这个问题吗？

人生的道路是各种因素决定的，比如说，就这一个晚转正的因素，就改变了人生的方向。——当然后来不用你找，档案里的工龄纠正到一九六九年三月份参加工作了，那又是另一回事了。

人到了乌市，住在新疆大学。刘孝华、侯方红也都录取上了大学。他们俩都是西安交大。在等待往内地去的时间，我突然被通知，还要进行一次体检——只是我一个人。理由是，在我上大学的档案袋里，没有体检表。原来，我第一次被刷掉后，整个档案连同体检表打入了另册。后来又补上上天津大学，匆忙中，未把体检表放进去。

——再进行一次体检，对没有身体缺陷的人来说有何难哉。

可我呢，我的眼睛！高深度近视的眼睛！

我再一次陷入与眼睛搏斗的尴尬的处境。我心中沉甸甸地来到医院，没有熟人，没有后门，老老实实地掏出当初为放电影而配的八百度的眼镜，戴上，竭尽全力瞪大眼睛或者眯起眼睛才能看清楚第六行的，医生在校正视力一栏写上：左眼：0.6，右眼：0.6。

理工科对视力的要求是：不管你有多近视，校正后的视力必须达到1.0。这个要求并不过分，可是，我连这个都达不到。

我把体检表给了刘孝华，让他递了上去。我的这些事都是刘孝华、吴玉娟、侯方红几个热心地跑来跑去。他们从上边带来的消息是：不够上理工科的条件，可以改上文科。新疆大学招了一批上教师培训部的，问我愿不愿意？

不知为什么，我对当老师特别反感，越有人说我是当老师的材料我越反感。我得知"新大教师培训部"将来出来当老师，断然拒绝。况且我身上没钱，上教师培训部也上不起。——多少年后，上教师培训部的王怀德告诉我，教师培训是不收钱的，吃住全是公家掏。我得知后也并不后悔。——教师培训部未在新疆上，移到北京师范大学培训了两年。我的舅舅就是北师大的教授，我如果上了培训部，倒是可以常见舅舅的面了。

我跟吴玉娟说："我还是回塔城继续当我的学徒工，我不想当老师，再说我也没钱上大学。我的学徒三年快满了，出了徒，可以领工资了，我支援你上大学。"

在乌市，我们几个塔城来的同学，又跟已经招到乌市铁路局的秦建国、李继泉、李杰，还有当兵的弟弟宝平、宝宁在一块儿逛了逛一无所有的西公园，照了几张黑白照。我穿着我那时的最好的衣服——一身新工作服。最后，我用十二元中的几元钱给吴玉娟买了点上火车的吃的。送他们上了火车。一声汽笛长鸣，挥挥手，道一声，再见。

我硬着头皮只身返回塔城，像一只被人遗忘的丑小鸭，那滋味真是难以描述，岂是一个"愁"字了得！原来说上大学，敲锣打鼓地欢送走了，谁人不知，哪个不晓；转眼间，我又回来了！只我一个，灰溜溜的，说不清道不白，太难过了！一见熟人，谁都是那句话："哟，你不是上大学走了吗？怎么回来了？"

我像留声机般机械地一遍遍解释，真难过。

我的眼睛影响了我的一生，如果不是这样，我的生活绝不会是现在这样子，会是完全不同的另一种。也许，只有我最能体会"爱护眼睛像爱护生命一样"的内在的含义。

我为自己吟了一首不成诗的诗：

> 去时梢枝半吐嫩，
> 回来却看满园春。
> 无限烦恼谁相问，
> 繁花盛开自精神。

此时，老塔城人的住家院子里的各种果树花正开得花团锦簇，一片粉白，生机盎然。

吴玉娟离我远去，晃然若有所失，仿佛一切都是在做梦。她到另一个我所不知的环境中去，将过一种我所不知的新生活。而我又回到机器旁，依旧干自己的活儿，像一个等待远征"丈夫"归来的"贤妻"，每日在家纺线织布，年复一年……

出徒后，我每月给西安寄去十元钱。

第十二章

女大学生继续跟我谈——与工农兵画等号……尝试着文学写作……又从画画方面冒了出来，成了塔城的土画家

四十四

不管是招工招生，似乎都没有张志兵的事。他们队的老知青走得差不多了，他又跟新下去的低年级的小知青们混到一块儿。小知青们半开玩笑地说："张志兵一心想当生产队的队长呢。"

十月的一天中午，阳光明亮，我坐在宿舍里呆呆地愣神，想着工间的一位胖大姐神神秘秘说的话："中央有个大人物完了！……我也是听别人说的。……我不相信……可能是造谣？……阶级敌人造谣？"

我问："是谁呢？我怎么没听到一点儿风声？"

"你猜呢？"

猜谁？我的脑海翻转开了，天哪，现在是"九大"以后，刘少奇司令部的人都垮了，选出来的不都是经过考验，证明是毛主席司令部的人吗？他们还会有什么问题？他们还想干什么？难道还有谁会反对毛主席？难道还会不自量力地搞修正主义？搞反革命？……我不想乱猜，乱猜是对被猜人的不恭，我摇摇头，盯着胖大姐问："到底是谁？猜不着。"

"猜不着，算啦……这都是传说，不可信。"

"就是不可信，你也把小道消息说说。"

胖大姐摇摇头："这都是胡说八道，不能说，一说要犯错误。"

我见她执意不说，很觉扫兴，也不好再追问。一个上午一直想着这个事。

中午吃过饭，在宿舍又想这个事。只见许久不见的张志兵忽闪忽闪地进来了。

"怎么就你一个人？"他问。

"有的回家去了，有的喝酒去了。"

他坐在对面的床上，叼着莫合烟。

"你吃饭了没有？我给你打饭去。"

"不用，不用，我在小姐姐家吃过才来的。"

他接着无比沉重地说："听说了吗？中央的事。"

我正想这事，急不可待地问："都说这事，到底是谁呀？"

张志兵舔舔干热的嘴唇，颤抖着声音说："我说了，你可别讲出去，有人说是……林彪。"

我的心"咯噔"往下一沉，恐惧地问："不可能吧？怎么会是林副主席……"

张志兵脸部痛苦地扭歪了。"我开始也不相信，不过，好多人都知道了。你想，要没这个事儿，人们敢这么胡说吗？看来这是真的！林彪反对毛主席……"

我呆愣着说不出话来，心中说不出的沉重、迷乱、苦涩、绝望。

停了好一会儿，张志兵摇摇头，撇撇嘴，叹着气："唉，我是从我姐夫那儿得知的。我刚一听到这消息，眼睛都黑了，连步子都迈不动了，我都不知道怎么走到你这儿来的，像踩在棉花上一样，唉，完啦！"

我的心里空荡荡的，五脏六腑像被摘走了，空得难受；又仿佛有一块铅在冥冥之中沉甸甸地压在心头；半天，我才百思不解地问："林彪是怎么的了？他为什么反对毛主席？主席还有什么对不起他的？"

张志兵愁眉苦脸地摇摇头，什么也说不出来。

我神经质地总重复着几句话："林彪为什么这么着急？他还有什么不满意？值得跳出来反对毛主席？他为什么不想想，能反得了吗？反对毛主席能立得住吗？唉，打着红旗反红旗，怎么中央斗争老这么复杂？为什么他们不能像群众这么正直？"

"这事要是让世界知道了，人家会怎么说？老毛子知道了不定多高兴呢！"张志兵忧虑地说。

"真的，人家可看大笑话啦！培养半天，培养出个接班人，还是个赫鲁晓夫！唉！"

"真是，今后还能相信谁呢！"

我们俩情绪低落，一种失败的沉重感压在心头。我看张志兵尤其精神垮得厉害！他相信革命太认真。

快上班了，张志兵跟我道了声再见，摇晃着肩膀，抽着莫合烟，又准备回生产队去。

我急切想了解这一切究竟是怎么回事，一时半会儿改变不了几年来对林彪正面宣传的印象。我希望这消息是假的。可是，相反，纸里包不住火，早在一年前，林彪、叶群叛国外逃，摔死在蒙古的消息越来越被人知道。中国人向来有爱糟蹋人的习惯，有人开始自做聪明地嘲笑：林彪长着扫把眉，一脸的奸臣相，早就看出不是个好东西。

平心而论，我对林彪并不是完全迷信的，林彪关于毛泽东思想是顶峰论，我就悄悄地嘀咕过，既然任何事情都是相对的，一分为二的，怎么好说是顶峰？顶峰就是到头了，不再往前发展了，世界还有几亿年，社会主义也得几百年，主席思想还未被各国接受和承认，自己在这儿说顶峰，似乎不符合辩证法。……这些念头都是一闪念，只能认为是自己思想革命化程度低的表现。到后来，自己也沉浸在庆幸林彪能忠于主席的思想，避免苏联没培养好接班人的教训。当然，关于林彪的身体不怎么样，能不能活过主席也有过忧虑，那已是另一种感情了。

当我在电影上第一次（林彪垮台后）看到毛主席接见外宾时，发现他老人家一下子老了许多，白发多了，苍老了。我似乎能体会毛主席内心世界的苦楚，忍不住眼泪上涌，我用手捂住脸，暗泣起来。这个打击太大了，不是一般人所能承受得了的！

渐渐，林彪事件一点点地揭露了："571工程"……抢班夺权……谋害毛主席……仓皇出逃……摔死在蒙古的温都尔汗……折戟沉沙……一幅赤裸裸、血淋淋的政治画卷就这样展现在人民面前。

渐渐，通过宣传，人民相信林彪事件不是件坏事而是件大好事，不是吗？幸亏毛主席洞察一切，从林彪的政变经中嗅出了异味，发现得早，暴露得早，不然，万一主席不在了，林彪作为法定接班人上了台，谁还反对得了？

一想到此，我又要以手拭额，满怀庆幸，也不认为这有什么了不起的了——革命纯洁了，纯粹了。军人们垮了。文人们上台了。一大串穿军装的消失了，又突出一大串文人，这可是真马列了吧？而真正使我感到欣慰的是：周总理越来越被公认是真革命，真马列，真正跟毛主席走，是毛主席真正的战友。总理的谦虚的美德，惊人的工作能力，关键时刻的机敏过人都使总理的形象在人们心中升华。去掉林彪这个障碍物，人们才更感到主席多么需要有这么一位总理，中国多么离不开这么一位总理！

对林彪的"571 工程"的大批判开始了。批判其对大好形势的污蔑是什么"国富民穷"，什么"知识青年'上山下乡'是变相劳改"，什么"干部下放走'五七'道路是整干部"，等等。

我当然相信林彪搞"571 工程纪要"的目的是给毛主席捏造罪名，借此打倒主席，并不是真正站在人民的立场上为人民谋利益；不过，我暗暗想：林彪真的上台后，不搞老干部到"五七"干校劳动锻炼，也不搞知识青年"上山下乡"，再照他说的，上台后马上调工资，老百姓有几个能识破的？老百姓能知道什么？林彪总说"小人于以利"，对人的弱点看得很清，也真够可怕的！

通过林彪打着红旗反红旗，我开始感到"左"的危害性，我甚至自己创出一种逻辑，与张志兵研究一番。我说：

"我看'左'比'右'的危害大？为什么呢？你想：咱们过去说右是良莠不分，就是说地里即长麦子也长草，那好歹还有麦子可长；可是'左'呢？草苗具光，什么也没有，那可是一点别的办法也没有了。"

张志兵也点额同意。

可是，一帮文人上台后，从另一个角度批判林彪，说林彪的本质是"克己复礼"，是搞复辟，是极"右"。

我的思想又被搞混乱了，时间一长，就又相信是极"右"了。于是，又坦然地投入到批林批孔的反对复辟倒退的斗争中去。

四十五

盼望已久的"女神"放暑假回来了，我带着几分愤怒和不满赶到了额敏县——半年前，我借到兰州参观全国美术展览之机跑了趟西安，结果气得拂袖而归。

到西安，我先到西安交大找到刘孝华、侯方红。他们说吴玉娟混得可红了，到学校就成了他们班的团支部书记，校团委宣传委员，现在正积极要求入党……

我从他们口中一个劲地详细了解吴玉娟的情况，好像他俩是我委托的监督人。

"没啥，"刘孝华知道我的担忧，"她不会。"不过，他讲了一则发生在他们学校的真事——一个上了大学的女生，把在农村的对象踢蹬掉了。男的找来，在食堂的墙上贴了一大片大字报，把他们谈恋爱的经过都写出来，写了五六张纸，大字报的题目是："既当婊子还想立牌坊。"在女的名字上打着大八叉，还挂了一墙的东西，都是女的原来送给男的的。食堂打饭的学生都看见了。好一阵儿，那个女生不敢到食堂打饭，过了好久才露面，知道的人还悄悄指点："就是她，就是她。"

这正是我担心的，从她上学的第一天！

我们三个人一齐去冶金建工学院找吴玉娟。侯方红好逗乐，提出："我们不说你来了，就说我们找她有事，把她叫出来，悄悄吓唬吓唬她。"

他们俩熟门熟路，原本就经常走动来往的。打听到吴玉娟正在操场活动，把我领到操场。侯方红过去叫吴玉娟。我故意躲在她不注意的水泥电杆后边，忍不住内心的激动和欢快。

她跟着侯方红往这边走，说着话，仍然是短发、黄旧军上衣、蓝裤子，朴朴素素、朝气蓬勃。

到了跟前，刘孝华也不动声色地上前说话。我突然从电杆后跳出来，喊了一声："嘿，你看看我是谁？"吴玉娟吓了一大跳，尴尬地问了句："什么时间来的？"

刘孝华、侯方红为此戏剧效果的成功哈哈大笑。

她心绪不宁地左顾右盼，担心被更多的熟人碰见这种场面。她显然不愿让人知道她的个人问题；不愿让人看见她跟几个不是本校的男人在一起而胡乱猜测。我也不愿在大庭广众下抛头露面，不愿让女方因我其貌不扬而无可炫耀。

她踌躇了一会儿，说："到我的宿舍去吧。"

我们三个人一块儿跟着她到了宿舍。与刘孝华的宿舍差不多，一个房间住八个人，上下床，拥拥挤挤。她跟同宿舍的人说是西安交大的一块儿上学的同学。同宿舍的人大约见过刘孝华、侯方红，对我陌生，不过也没有人多问，我也就冒充了一回大学生。

在集体宿舍实在不便说什么，吴玉娟灵机一动，拿出一沓白纸，对我笑道："我们正准备出批林批孔的专栏，没人会画漫画，你给帮帮忙。"边说边又拿出一张印着林彪、孔老二漫画的专刊，让我照着画到白纸上。

她可真会抓公差！我千里迢迢来看她，她竟然让我帮她办专栏。

没办法。我要了只铅笔，摊开白纸，硬着头皮照着葫芦画瓢地打草稿，基本上能做到七八成像。同宿舍的女生凑过来，啧啧道："画的就是像哎。"

我一连画了七八张，也算是露了一手。

随后，我们匆匆商定，后天星期天，大家一块儿到西公园去玩玩，划划船。

星期天，与吴玉娟如约在西公园门口见了面。四个人走进了公园，缓缓步行。公园里也没什么特殊景色，草坪，小道，修理过的丛树。刘孝华、侯方红有意拉开距离，让一对恋人说说话。

我不太喜欢他们的这种做法，觉得那么不自然，缺乏一种随意的温馨的气氛；可是我又不得不感谢老同学的热心，我的确有好多话要说；而且能说话的机会也就是这次了，我不可能有机会单独与她在一起。

"……我知道，你在大学有了新的同学，而且还要待三年，照一般来说，大学之间找个朋友倒是挺不错的，当然这都是表面的现象，关键看人怎么样。我知道我作为一个人是很不完全的，天底下比我强的人多得多，我们相识，只不过在那特定的环境中，环境一变，看的人多了，有了比较，也许就不是那么回事了。"

吴玉娟只顾低头旁听，大约在琢磨我话中的含义。

"怎么样？有没有人对你感兴趣，向你表示什么吗？"我继续探测。

"怎么没有，我收到好几封信啦，真不要脸！"女大学生皱皱眉，原不想说，还是有点炫耀般地说出来。一般来说，女人们爱把男人的某些过分的举动称之为"不要脸"。我不知吴玉娟在这用的是习惯性的用语，还是为了表示对我的忠诚而对别的男性表示出的鄙视。

"你也不能说人家不要脸，人家知道你有没有对象？你宣布啦？你没说你有对象，人家表示是正当的……"

"我才不说这个……"她狡黠地冲我一笑。

"怎么样，给你写信的人？"

"一流的，信写得可好啦，比你写得还好。"

……

简直是伤口撒盐，女大学生要有半点细心，也不会这么直直地说出来。

我只感到脸皮发紧，心情异样，却又装作没事人似的："那你把信……"

"我把信还给对方，我说，我还年轻，不愿考虑个人问题。"

我冷笑了一声："可就是不愿说已有了对象的话。那么，班上就没看上一个？"

不知是炫耀还是斗气，她又冲我偏偏头，说："我们班的党支书对我可好啦！"

妈的，没到半年出多少事，我暗暗地发火。

"不过，我们没那些事，党支书找我谈心，鼓励我积极要求进步，争取早日入党。他家也是高干，他爸爸是地委书记。他跟我说，他已经有对象了。"

"你又说你没对象？"

"不，我说了，我只跟他说了。他说他有点后悔，解决个人问题有点早了。他的对象是个高中生，再教育时谈的，到学校来过，我们都见了。"

我的心稍稍安稳了一点："你是不是也后悔解决个人问题早啦？"

"没——有。"她的回答显然隐藏着某种不真实，好不令人忧虑——后来她透露，他们俩感叹过解决个人问题早了，言外之意，只可意会。

"你说……"她抬起头，望着我问："有一次我们在树林子里谈话，他说着说着，突然结巴起来，是为什么？"

"那是对你动了真感情了呗。"我想起自己第一次跟她表白心迹时不知为什么竟打开结巴，凭这一点，我能不知道别的男人啊，"你说为什么？"

"我不知道。"

"需不需要我去见见他？"

"你别……"她有点慌乱，"我对你是纯洁的。"

我再次提起她现在是大学生，我是一个穷工人，追问她内心到底是怎么想的，哪怕是细微的想法也可以说出来，我不会计较，不会生气的。

她倒实在，说："想法也有过，不过，我不会做出那样的事来，我要向白起仙学习。"

235

我第二次听到白起仙这个人物名字，问："白起仙是谁?"

"白起仙上了大学，她对象在农村，她就没变心。"

我的气陡然升起来，冷笑道："噢，你不变心，是因为学习白起仙，而不是因为我们自己的感情，要是没有真情实感，学习外表有什么用? 你现在看人是不是从大学生、工人这两个角度看问题? 我觉得我跟你谈，是看重你这个人，你的性格、气质、为人，而不计较你是什么地位，干什么工作，如果离开这些，还有什么意思! ……"

她不知所措地望着我，意识不到她说的学习白起仙出了多大的错。

我从她的话语里听出，她已不像当初看重我这个人……似乎是出于社会的道德压力，不得不维系这种关系。

我真的火了，不想再跟她谈下去，甚至不想再跟她多说一句话，爱怎么着就怎么着吧。

我不愿再单独跟她一块走路，而且也到了该与其他老同学联络感情的时候了。我赶上去跟刘孝华、侯方红说话。剩下安排的划船等等娱乐对我来说已是徒有形式了。

我带着一肚子愤怒和怨气离开西安。

……

我赶到额敏县，依然碰上她忙这忙那，连个说话的机会都没有。她还请客，请一个从塔城上学的同班同学到房子玩，叫贺成，我也认得，是我们车队一个老工人的儿子。

弄了几个菜，热情地让人吃。我在一边陪着喝点酒。瞧着吴玉娟对人家那热情劲，我心里酸溜溜的。我不相信她对这个比她小几岁的男人有其他意思，但我这种被冷落的角色使我无法忍受。我开始还强忍着，听他们东拉西扯地说话，忍来忍去，终于忍不住了，他妈的，我又不是陪坐的食客，我为什么让人家当孙子一样随意摆布。我站起来，脸色阴沉可怕，什么虚假的话也不说，拂袖而去。

我前脚进到小房子，吴玉娟后脚跟进来，问道："你怎么啦?"

"没什么。"

她知道我为什么，解释道："贺成是我们同学，他说放假到我家来玩，这次顺路来看看，我不应该热情招待吗?"

我说："我也没说不让你热情招待呀。"

"你看你……"

"你热情你的去，难道非得我在旁边陪着就是热情？要是没我呢!"

"人家在这儿，你还是过去陪陪。"

"我不去，我有点不舒服。"

"唉!"她叹了口气，急忙又回到桌子上，怕把人家冷落了。

后来我与贺成也是不错的朋友，事后想想，那会儿也是有点小心眼，把什么爱呀情的看得那么重。

四十六

别看我给吴玉娟写的情诗缠缠绵绵的，投在小报上的诗绝对刚劲有力，我模仿当年赵朴初写的《某公三哭》的散曲写了一首批林彪的"散曲"发表在《塔城报》上。——这是我活到二十四岁第一次看见手稿变成铅印的东西，自我欣赏了许久，幻想着走走诗歌创造的道路，说不定能成为一个诗人。

此时，《人民文学》复刊了，使我心里有了一种莫名的希望。我悄悄地把自己所写过的诗（大部分是在白杨河写的）誊写干净，寄给人民文学出版社，希望会有个"万一"被看中。结果不言而喻，诗稿完完整整地退了回来，多出半页纸：不够出版要求。我并不失望，因为从开始就没指望。我清楚地明白，自己不是能成为诗人的材料。我内心深处最大的希望还是在文学作品上，准确地说，我朦朦胧胧总想写成一部长篇小说。从我初二想当作家时，想的就是长篇巨著。虽然有一阵儿又想学鲁迅，写杂文；又想学郭沫若，当诗人；也想过当科学家，当隐士……

"文革"初期破"四旧"，把所有的出名的文学作品都否定完了。特别是《江青在军内的文艺座谈会上的讲话》，把"文革"前的小说、电影批得一塌糊涂，一无是处。当时我就想过，旧的破掉了，看以后出来的新是什么样子。

我非常注意文艺动态，用探索的眼光。"文革"后期，新的长篇小说出来了，《牛田洋》、《虹南作战史》。我拿到书感到一种兴奋——这可是经过了涤荡了一切污泥浊水，批判了"封、资、修"后出的代表"无产阶级"的书啊。它预示着写书的方向，指明着写书的道路，对渴望文学创作的人来说它可能就是一种启迪。

　　我耐着性子看完了《牛田洋》，写的修建水库大堤的工程，其中的党的书记高瞻远瞩，英明正确，对那些想要抓工程、搞生产的人时时犯的"只顾埋头生产，不顾抬头看路"的错误进行斗争，其中大段的路线斗争分析、枯燥的说教令人无比厌烦。……看了许多，我知道这个"新"在哪里了，新就新在全盘套了革命样板戏的"三突出"（突出正面人物，突出英雄人物，突出主要英雄人物）。主要英雄人物必须高大完美，这是我最不服气的，现实中哪有这种人！

　　在现实中，一个人做的事对不对，连他自己也需要进行分析判断，怎么就能绝对相信自己是对的，一切全对，谁反对他，就是右倾保守、错误路线。如果生活中真有这种唯我独尊、唯我独左的人会是多么可怕！我不明白，人都是从小长大的，像这种确信自己英明正确的人是怎么受的教育？怎么就能把一切是与非、对与错看得清清楚楚？而且坚信与自己有不同看法的人必然是错误的。如果我们的各级领导都有一种像这样的人，他们之间如果相碰，会不会都意见一致？正确正确更正确。如果不一致，又都自以为正确，那谁给谁上路线斗争的课，谁把谁赶到错误路线上去？

　　文学是这样的吗？无产阶级的新文学是这样的吗？以后允许出的书是这样的吗？不是这样的书就别想出来吗？

　　等了那么多年，等出这种"新"来，不免让人心生绝望，意气消沉。我也想写书，也想写出与过去不同的东西，可是我不敢确信自己想写的东西没有问题，因为自己的思想还没改造好嘛（不知那些书的作者是不是思想达到了那种境界才能写出那么正确的书）。但是让我写书，绝不是这样的。

　　"要是我写书，绝不是这样的。"我以为自己很有点与众不同的思想。偶尔与其他文人交谈，人家也都是这么想的，几乎谁都看不起新出的书。

　　一个文人愤然道："现在的东西我都看不上眼，而我要写的又根本发表不了，只能写给自己看，留给子孙看。"

　　我也抱有同感。

　　但我不甘心呕心沥血去写一部只留给自己看的东西。写小说不就是给别人看的吗？虽然我也曾有过写出的作品曲高和寡，今人不识，只有留给后人欣赏的浪漫幻想。

　　我对我想写的书朦朦胧胧有了一个大框框：我爱《牛虻》、《钢铁是怎样炼成的》、《斯巴达克斯》、《铁流》等作品，我想写一种革命性、战斗性很强又有艺术性的有血有肉的小说。我想起给我人生启迪的北京的孙铁民，想起张志兵，想起敢于斗争的阳刚之气……

我真得感谢张志兵他们在农村的表现，他们在农村一边与工作组斗，一边与反动组织斗，强烈的反修意识是多么值得一写。我开始动笔了。写着写着又停下来，在我要写的小说中，工作组被写成是错的，这行吗？因为在"文革"前的作品中，如《暴风骤雨》中的工作组、《上海的早晨》中的工作组都是被当成正面写的。再一点，我想写的书中的主角虽然充满正气，但又不像"三突出"的英雄那么完美，有缺点错误，这样写了不符合审查标准，写了还是发表不了，写了又有什么意思。再说，自己的思想改造不彻底，万一在作品中流露出小资感，费了半天劲被批了或者打成反革命，蹲上几年大狱不全完了。一想到此，只好停了笔。

我的骨子里意在当一个作家，在社会上表现出来的却是一个画画的。

平心而论，我也许更有画画的"天分"。我的画画兴趣可以追溯到在武汉上幼儿园。五六岁时画过的一幅画我至今仍记忆犹新——我在教室的大黑板上用白粉笔画了一个火车头，烟筒冒着烟圈，车头的车灯打出长长的灯光，车轮下是铁轨和枕木，车头后有一节搁煤的部位，后边是一节连一节坐人的车厢，开着长方形的窗口。

阿姨坐在小娃娃凳子上，打着毛衣，别的小朋友也都在玩。

阿姨说："既然是晚上，天上怎么没有月亮星星呀？"

于是我搬个小凳子，踩上去，在火车上边的天空加上了一个弯弯的月亮，画了不少星星，还不能太满，密疏有至。

一个小朋友说："车厢的窗户中怎么看不见人呀？"

阿姨说："窗户上再有人就更像啦。"

我又得在每个窗户里加上人，有的胖、有的瘦、有的高、有的矮。

一幅画完成了，阿姨夸我画得好。我当时的愉快心情绝不亚于那些大画家完成他们的成名之作。那幅画太"精彩"了，阿姨让保留着，舍不得擦掉。几天后，因为要用黑板写别的东西，才十分惋惜地擦掉了。

如果此例还不足以证明我多少有点画画"天分"的话，我还可以举出一个例子。

上小学五年级时，北京市少年宫办美术学习班，我和班上的两个男生考上了国画组。北京市少年宫在景山公园内，明朝的宫殿。国画组在一间古香古色的大房间里。参加国画组的有二三十人，来自不同的学校。教画的老师四十多岁，一只腿有点瘸。第一次上课时，老师讲，他会看人，会相面，只要一看就能知道哪个学生聪明、机灵，哪个学生老实、憨厚。

"瞧他，"老师用教鞭指着一个在我后侧的学生，大伙儿便都扭过去身去循着教鞭寻找。"这个学生就透着一股灵气、活性，学起画来悟性好。有些学生学画是凭悟性、凭天资，有可能成为画家。"

大讲了一番天分后，老师又把这批新生巡视了一番，最后把目光盯在我脸上，用教鞭指着我说："这个学生看起来有点迟钝，不是那么……聪明。"我相信老师说的是真的，当我的面部毫无表情，两只眼睛没有光泽地想着心事或望向别人时，简直是呆傻。

老师为他的判断准确而得意扬扬，我的心里稍有点不服，因为我觉得自己在画画方面并不是太笨。

到了暑假，举办了一次全北京市的学生美术比赛。限定时间，当场作画。

我构思了一幅《大搞副业》，画面最靠前是一个水塘，水塘里浮着一群鸭子，有的正常游动；有的半抬着身子拍翅膀；有的头扎在水里找食，由一个牧鸭少年放牧。稍远左边是一群猪（猪是不能像放羊那样放大群的，我当时并不知道）。再稍远右边是一群奔跑的马。整个画面的背景是起伏的远山，山上是蓝天白云。这幅画在今天看来当然是极其幼稚，极其可笑。画完的画都被夹在一个长绳子上挂起来，大伙互相观看。

当画画评比结束，宣布我的画获得三等奖时，我简直不相信自己的耳朵，天哪，我那也叫画吗，既无笔墨，也无技巧。我缺乏大喜大悲的精神，评上奖心中自然高兴，表面上仍然是平平淡淡。

中奖的五六个学生被招拢到一起，说是要拍照片，登报。

接着便有人来摆布，让唯一中一等奖的学生坐在中间，指着他画的《和平万岁》装作谈他的创作体会。周围的几个围拢聚精会神地听。那学生画的《和平万岁》真是好，一个小娃娃坐在儿童车里，手中拿着一个大气球，小娃娃的表情快乐生动。画是在宣纸上画的，笔墨功夫很深，很难想象是个学生画的。起码我就画不出来，至今也画不出来。镁光灯一闪，摆布也就结束。——这是我第一次"露脸"，却谁也不知道。我也第一次知道许多新闻报道的图片就是这么摆出来的。以后见这类摆出来的图片太多了，透着虚假，这也许是新闻记者们不得不用的一种手法。

随着后来的生活阅历，我明白我那幅《大搞副业》为什么获奖了，那是反映当时现实生活的画，照现在的说法是："贴近生活，贴近现实，贴近群众。"的确，当时参展的画大多是人物素描之类的。记得同在国画组画画的还有我们班的两个同学，一个叫战嘉旬，战嘉旬是个非常清秀的美少年，性格也好，好像得过肺结核，看上去白净、清瘦。他参展的是一幅写意笔墨的《仕女图》，我真惊讶他在那个年纪（十一岁）竟能熟练地运用笔墨画出那么美的仕女来，即使成人能画成那样也不简单了。多少年我一直在想，战嘉旬肯定是个大画家了。他的那幅画没能中奖，我想肯定是跟没有"政治"意义有关。

我想，我当年那幅画唯一说明的就是：看来我小时候的想象力就很丰富。

又参加了几次少年宫的画画活动，我懒得再跑了，从我们家到景山实在太远，太耽误时间。从我不能坚持参加国画组的活动，也反映出自己缺乏一种坚忍不拔的意志。

所以，我虽然多年喜欢画画，却从未有过专门的基础训练，全凭着多年自己的爱好、悟性，懂得了一些绘画的知识。

我在车队当着工人，听说地区要办美术学习班，很是兴奋，报名参加。参加学习班的有十几个人，我一下子认识了那么多画画的人，真是高兴极了。

其中我与张文阁更是一见如故。张文阁比我小五六岁，中等个，大眼睛、白净脸，十分漂亮。他是乌鲁木齐学生，"再教育"分到塔城地区的和布克赛尔蒙古自治县（简称和丰县）。一九七二年上塔城地区师范体音美专业班。他对体育、音乐不感兴趣，独喜欢画画。他原来画水彩画，有一定的画画基础。张文阁性格开朗、活泼，我们俩挺说得来。他说他挺佩服我不讲究穿戴，不拘小节的浪漫气质。

地区文化局第一次组织美术学习班，也不知怎么搞（多少年没搞过）。文化局的熊局长征求大家的意见。熊局长四十多岁，是个女的，长得很漂亮。丈夫是军分区的参谋长。我很喜欢女局长，觉得她很有女性的温和柔美。外国的文艺之神是一个美丽的女人。而中国管文艺的文曲星是包公，一个黑脸的大老爷们。外国的的确确是在搞艺术，他们认为有了女人才有了艺术。而中国的文化大约是为了走仕途的需要，金榜题名，获取俸禄。

参加美术学习班有几个本身就是美专毕业的人，我们称之为老师。张君彦和欧阳是两口子，都是画油画的。巴光明（锡伯族）画油画，本身就是在师范教张文阁的老师……学习班先学习当时的一些批判文章，先端正思想。学的是批林彪的"天才论"、"创作灵感论"等等。这些学过画画的人大约算是知识分子，好像没参加过"文化大革命"似的，说出话来都让人冒汗。

张君彦带头发言，说："有没有天才我不好说，但是干什么得有才气。才气这个东西是否定不了的。就我所知，画画也是要有才气的。画画的人很多，但是并不是每个人都能画成功。"

巴光明、张辛民、欧阳也就都谈起天才和才能、才气的问题。

我和张文阁、张万于大约属于小学徒，刚进入这个领域，所悟甚少。说实话，我对天才论也有自己的看法，但现在是让你学习、批判，不是让你反驳。

主持学习的文教干事姓李，山东人，我后来知道他跟刘孝华家关系很好，后来当到县委书记。

谈到批判"创作是电石火花，要有灵感"时，张君彦更直接地说："创作有没有灵感？我看是否定不了的。创作没了灵感怎么行？创作本身就是精神上的东西，有了灵感才能写出好诗、好作品。人都没有创作灵感，谁跟谁都一样，像机器车出的零件一样，那还有什么创作？"

几个文人也大谈创作灵感，现身说法，说他们创作时没有灵感就画不出画来。

幸亏学习报纸文章也就是过场，谁也没当真，李干事也就算完成任务。

接着从谈创作灵感谈到另一个问题。张君彦几个老师提出，既然实践出真知，创作必须深入群众，从群众中来到群众中去，努力创作出为工农兵服务的好作品，那我们不熟悉工农兵的生活怎么办？不到工农兵中去了解、体验他们的生活，怎么能画出反映时代的画来？于是老师们提出要下到底层去，下到群众中去，体验生活，搜集素材，然后才便于创作。

文化局对自治区办美展，让各地搞美术创作这件事太认真，又没经验，居然做出决定，同意参加美术班的人员到下边去体验生活，作为出差对待，报销车票，给出差费——这是唯一一次。以后文化局聪明了，再搞美展，只需把作品拿来，审查合格挂起来展出就是了。

张文阁约我到沙湾县去，因为他的同学张万于的家就在沙湾牧区，可以到沙湾牧区去写生。张万于大高个，圆脸，身体强壮，打篮球等体育活动都行，不知他怎么也喜欢上了画画，跟张文阁一块参加了美术学习班。张辛民老师也跟我们一块去。张老师比我大十几岁，塔城二中的美术老师，是新疆屈指可数的最早搞雕塑的人。

我们四个人去了沙湾。沙湾有个景色很美的地方叫"鹿角湾"，是天山的一部分。

张万于是本地人，什么都熟，他给我们找来了四匹马，找来了牧场的翻译哈杰提，是个非常幽默、风趣的人。

我不会骑马，给我挑了一匹最老实的马。那马有点老了，也不知干过多少活儿，马背磨坏了一大块皮，露着红肉。把马鞍子背上去时，马疼得一哆嗦。张万于说磨破的地方是因为马鞍子不合适造成的，反正是公家的马，谁抓来都随便骑，也不管马鞍子合不合适，随便找付鞍子就背上。

张万于是在牧区长大的，骑马不在话下，他骑马也不要马鞍子，直接骑在光背上。

我们五个人骑马进天山。

当时正值四月天气，山里才刚刚长草，极浅极浅的一层，正如古诗云："草色遥看近却无。"骑马在山里行走真是太惬意了，况且我们只是画画，一身轻松。一路上五个人说说笑笑，好不开心。

想不到山里的路边还长有野生的韭菜、野葱，牧民们是不会摘去吃的，我却觉得分外稀奇，碰上了一定下马，贪婪地采摘。

那是我第一次进天山。第一次看见大河大山的壮丽景观。我们骑马走过的地方有的很危险，半山腰窄窄的小道，马儿侧着身，并着四蹄小心翼翼才能通过。而山下是开阔的河滩，一条奔腾的河水哗哗作响，响声弥漫了整个峡谷。天山的河水有一种独特的喧响，河床都是大大小小的石头，流水撞在石头上翻出雪白的浪花，发出轰鸣的响声。天山的景色是属于那种大气磅礴的，不拘泥于一山一石的精雕细刻。有的地方显露出当年曾为海底的疏松土石层；有的地方则显示出钢筋铁骨般的坚硬岩石；而高远处像图案般长满松树的色块，充满了一种勃勃生机。我感到一种心旷神怡，一种豪情壮志，从这第一次进天山，我就爱上了天山。以后从不同的地方走进天山，都看不够，爱不够。有人说天山不就是差不多一样的石头，一样的树，一样的水，看多了就不想看了。我则不然，什么时候进天山都有新奇感、神秘感，都有新的感悟、新的赞叹。

骑马走到一处，远望一座山峰的造型很美。张辛民老师说："瞧，前边那座山的造型很好，本身就像一幅画，我们在这儿画画这山。"

张辛民老师自身带着画画的夹子、颜料、笔。张文阁也带着。看来人家两个是真正画画的。我和张万于没有，就用他们的纸、笔、颜料作画。可是画画没水。翻译哈杰提自告奋勇，从半山腰下到山底，越过河滩，从河坝（新疆把河叫河坝）里打回了水，来回也有一两公里。我们就坐在山石上画画。张文阁本身就画过水彩，画得自然不错。张辛民老师却夸我画的不错，说我把握山的形象更准确。我那会儿真像个刚学画的小孩，心时充满了一种单纯的认真，受到点夸奖，高兴得不行——我相信，美术是一种让人心灵纯净的艺术。画还没画完，天气突然变了，云雾很快弥漫开来，那好看的山形很快被迷雾遮挡住了，看不清了。而我们头上的细雨也滴落下来，打在湿画面上，混成一片。我们顾不得画画，在雨中匆匆赶路，赶到了有牧人居住的蒙古包。

我平生第一次进蒙古包，觉得在这深山、春寒、细雨之中，竟然有这样一块温暖、安全的躲避之处，真是太幸福了！蒙古包呈圆形，四周一圈是用细长木棍扎成的框架，框架上有更细长的长杆通向圆形上方的中心，形成一个圆圆的洞，可以看到天空。整个木架外都包着毡子，像人穿起了厚厚的衣裳。包顶的圆洞上也有一个圆形的像锅盖般的毡子，可以移动，根据需要调整打开的程度。蒙古包里的地面就是纯纯的土地。略高一点的地方铺着毡子，那就是睡觉的地方——实际上就等于人睡在大地上，与天地相融。蒙古包中生着小火炉子，铁皮烟筒直直从包顶伸到外面。炉子里燃烧着牛粪块。围着头巾，穿着裙子、靴子的主妇为我们烧了热热的奶茶。我们盘腿坐在毡子上，喝着奶茶，吃的是油炸的包尔沙克（一种面食），还吃炒的麦子，抓一把泡在奶茶里，还有一种奶豆腐，是从牛奶中提炼出来的，有甜味。

牧民的日常生活是很清苦的，并非像城上人想的天天吃羊肉。羊是不能随便宰的，羊是公家的，是有数的。四月份正是下小羊的时候，牧民们舍不得杀羊吃，平日也舍不得吃。

我们把摘的野韭菜拿出来，牧民洗净，切好，拌点盐，放到盘子里，用手抓着吃。我以为牧民不吃菜，看上去也用手抓，也喜欢吃。

张辛民老师会讲哈语，就说我们是来给你们画像（说写生怕听不明白）。牧民比画是不是照相。说不是照相是画像。牧民也挺高兴，就在蒙古包坐下。我们四个就拿出白纸、铅笔，对着牧民写生。

给蒙古包的女主人画像时，女人们还互相嘀咕，认真收拾打扮一番，真的当回事。

第二天天气晴好，附近的牧人也过来，我们就在草地上给牧民画像。画老人、中年人、青年人、妇女、小孩。

张辛民老师有基本功，画的人物最像。我能画成五分像。张文阁、张万于都刚学画人物，又差些。我们把画好的像给牧民们看，他们就说哪个像哪个不像。我觉得很惭愧，跑到山里给牧民画像，人家那么热情好客，我却不能画得很像，有点对不住人家。

张辛民老师还懂哈萨克文，他在画像上注的名字是直接用哈萨克文写的。我们几个只好用译音注了。

第二天骑马往山里走。晚上住在一个木头房子的哈萨克族家里。主人还煮了点肉，喝开了酒。用茶碗喝。只一个碗。轮流喝。张万于也懂哈萨克语，张文阁也会几句，就我一个"口里娃"一句话也不会，白在新疆待了那么多年。我坐在那儿像一个聋哑人，又木讷、又痴呆，显得没有一点情趣。给喝时只管喝，顶多只会一句"佳克斯（好）"。

外边下起了雨，沙沙的，打在屋顶上，听上去那么美妙、温馨。

牧人们说你们要是六月来就好了，六月草都长出来了，开满了野花，好看极了。

牧人们说鹿角湾很少有汉族人走得这么深，你们能到这儿来非常高兴。

我内心也高兴，从一九六五年到新疆一直在城上，同学中也有一些民族人，但是像这样彻底深入牧区，看到了牧民全部真实的生活，了解他们许多生活内容真是一次巨大的收获。

从收获上看应该是张文阁。

张文阁晚上出去方便，发现一个老牧人蹲在羊圈的羊群中，穿着厚厚的皮衣皮裤，带着皮帽子，嘴里哼着一支非常简单的小曲，哼小曲时好像是闭着嘴，用嘴唇的颤动把声音吹出去。张文阁说那小曲好听极了——照现在的说法是绝对的原生态。他看了这一幕，突然有了创作的灵感，他后来画过一幅画，就是一个老牧民像块石头蹲在一群静静的羊中，画的丙烯画，名字叫《守夜》。——老牧人在羊群中守夜，是怕狼偷袭羊群，只好采取这种最原始最有效但也是最辛苦的方法。

我们四个人在山里转了三天。出山时我又遇到了令我痛苦不堪的事——马鞍子把我屁股磨掉了薄薄的一层皮，往外渗出黄水，屁股一挨鞍子就疼得不行，太痛苦！他们三个都骑过马。张文阁在和丰县"再教育"时也练过骑马。他们说等磨的地方结了痂，变皮实了，再骑马就不怕了。

我满脑子草场、蒙古包、牧民、牛羊……返回了塔城。我想画的画自然是牧区，牧民在转场，一群骆驼、马，驮着箱子、毡子、支帐篷的木棍等等。我想起黄胄的画，他画的那些驴啦、马啦、牛啦、狗啦多么有味道。我喜欢他的画，想画他那样的画。可是我还从未真正创作过画，我非常认真地构草图，渴望画出充满哈萨克族风情的画来。

张辛民老师不知画什么，让我给出个主意。张老师开玩笑叫我"杨悲鸿"。又说小杨脑子好使，不能让他看到别人画画，他看了马上就学会了。我发现专业老师们画画的基本功扎实，但是构思能力不强。我灵机一动，说，张老师你就干脆画给牧民画像，通过画像把民族特色的东西都画出来。张老师觉得这个题目不错，就画《画像》。张老师多年研究民族工艺，对哈萨克族特有的服饰、毡子上的花纹图案都有研究，他想把这些具有民族特色的东西通过《画像》展示出来。

创作的初稿都挂起来了。女局长和文化干事一一看稿。

到了我的画稿前，让我讲讲画的是什么意思。

我突然心跳，说主要是反映牧民转场。

"嗯。"熊局长点点头，然后很柔和委婉地问，"只反映转场？这里看不出有什么时代的气息。"

李干事插话说："没有时代特色，单纯说转场，旧社会也是这样进行的。"

我无话可说。真的，我突然发现我的画上少了政治性，这转场像我本人一样模棱两可，灰不出，正与自己的性格相一致。

"是不是再加点什么？比如，加个解放军，突出时代特色。"李干事建议说。

我点点头。

我在画上又加上了穿着绿军装的当兵的。但是据我所知，还真有当兵的跟着牧民转场。听说中苏有块争议的地带，我们为了证明这块领土是中国的，每年必须赶着牲畜从中穿过。部队的人也就化妆成牧民，跟着牧民从一段两边是山的峡谷中通过。而两边的山上，苏军则架着机枪，对准转场的人，气氛紧张极了。他要开枪也就开了，没有办法。牧民和军人都抱着一死的决心勇敢地前往。这事也真让人感动。

我虽加了解放军，但我发现由于自己没有画画的功底，没有笔墨技巧，仍是一幅很不成功的画，不可能选上。我有点苦闷。又另外画了一幅不大的长幅《套马》，画了一大堆徐悲鸿式的奔马。

张辛民老师的《画像》也遭到异议。张老师蛮有兴致地把他掌握的民族工艺都画上去了，一个老牧民坐在毡子上，毡子上都是哈萨克族特有的花纹图案，老牧民的大皮帽子上也是图案，身后的大木箱子上也布满了民族图案，还有一叠被子花花绿绿也带有民族的花色。整个画面色彩绚丽，富丽堂皇。

熊局长和李干事看了发笑，说这有点像新中国成立前的巴依（地主）。我们听了也忍不住笑了。的确，现在的牧民哪有这样富裕。我们画像时牧民的蒙古包都是简简单单，牧民穿戴也是简简单单，不过，张老师这有点像年画，集中画出民族特色也行吧。

熊局长提出一个问题，一说出来大家突然意识到了——就是所有的画都是画的牧区，没有一幅是画工厂、农村等其他方面的，没反映出工农兵各条战线的新人新事，呀，还真是这样！

张文阁有感而发，画了一幅《巡逻》，险峻的山间几个战士骑马飞奔。他也是第一次画国画，也根本谈不上什么笔墨技巧。

画稿送到乌鲁木齐。张文阁的《巡逻》竟被选上了。听说当时所有参展的作品只有这一幅是反映边防战士巡逻与反修防修沾边的。据说我那幅不大的《套马》选上了，我自己没去看画展（也不可能跑到乌鲁木齐去看画展）。是听别人说看见了我的画。是不是真的我也不清楚，不过我并不在意，已经没有任何情趣了。

我后来见过一幅国画《我跟爸爸放牧进天山》，是立幅的，上边只画了一个牧人，皮帽子、大衣，更像一个武士。一个可爱的小孩，坐在骆驼背上的一边的篮子里。陡峭的石壁，阴云密布的天空，料峭的寒风，牧人顶风艰难地前行。

小孩的大眼睛充满好奇地望着山里的一切。构图巧妙，笔墨简洁，但却把转场的一切都包括在画里面了，令人叹服。画原来是要这样画的，要有意境，要有笔墨。

我和张文阁成了好朋友，一块儿在政府的招待所画画儿，搞创作，那是人生很惬意的一段时光。画画没调颜色的碟子，大家就把食堂打回饭菜的盘子当了调色盘。每个人面前都有几个菜盘子。为此食堂好不恼火。正赶上我到食堂去买饭票时，食堂的管理员怒火爆发了，对卖饭票的人员说："不给他们卖饭票。"我为此火冒三丈，在院子跟管理员大吵了一番。

张文阁说我吵架挺有风度，那么一种凛然、轻蔑的样子。

有一天晚上，我们几个画画的心血来潮，半夜三点多钟，跑到塔城公园去浪漫，走在黑幽幽的两排高大的杨树中间，放声歌唱，放声大笑……

我把好朋友李强介绍给了张文阁，算是我当时在文化上的两个最好的朋友了。后来李强和张文阁在乌市工作时，彼此往来，也成了好朋友。那会儿独独把我一个人搁在了塔城。

一九七五年的九月，我与李强、张文阁搞了一次难得的小小的聚会。

那时，吴玉娟已从西安毕业，分在地区建筑公司当技术员，负责塔城第一座大楼——地委大楼的施工。我们曾画过画的政府招待所基本已经拆了，只留下靠角角的几间房子。吴玉娟就住在其中的一间当宿舍。

我简单地弄了几个小菜。

我与吴玉娟是一对。李强领来了他正谈的农九师姓陈的女孩子，皮肤白皙、鼻子挺尖、长得精明，算是一对。张文阁领来的是他上师范学校的同班同学，姓潘，在塔城也是一家老户，张文阁说他喜欢小潘文静、不多话，老成有主见，算做一对。

我们三对六个年轻人谈笑风生，好不快乐。

我乘着酒兴，忽有所感，把李强、张文阁和我比作"三驾马车"，看将来谁有所作为。

朋友之间，尽是真言。

李强开玩笑说他原来特佩服我写的文章，几乎是独自一人搞了一份《红旗战报》，还有我写的诗歌，他还记得那首《五月的鲜花》。

　　张文阁开玩笑说他原来特佩服我画的画，一看我画那么大幅的骆驼、转场，心想，这是哪儿冒出来的能人，怎么原来不知道。

　　我苦笑道："好啦，你们的话外音我听出来了，你们两个一口一个'原来特佩服'，你李强的意思是现在我写文章不如你，张文阁的意思是画画不如他。"

　　"哈哈哈——"李强、张文阁都纵声大笑，他们自己并没有意识到话中有这层含义，让我一点，倒真的有点那个味道了。

　　李强、张文阁那次谈的对象都没成，他俩闯荡江湖，为成就事业遇到许多坎坎坷坷的事，爱情、婚姻从来未占到过主导地位。而只有我们这一对早早地定板了，从我的性格、思想来说真是不可思议。

　　但从那次小小的聚会到后来看李强、张文阁成就的事业，我深深悟出了一个人生的道理：不能小觑年轻人。不管人年轻时看不出什么，但是随着时间的推移，年轻人总会成就大事业的。所以，我对年轻人总有一种敬畏之心，你不知道他会从哪方面冒出来，做出你不可企及的成就。所以，就我而言，我不会背上一般年纪大的人看不起年轻人的包袱。

　　——我们那会儿真的都是无名之辈！无名鼠辈！

　　在政府招待所画画时，有一次，张文阁无意中在打草稿的绘图纸上画画，效果出奇的好。这给了我一种启示：绘图纸上抹上颜色后特别鲜艳，不走样，什么颜色就是什么颜色，特别是红色，如果画在宣纸上总是变得暗暗的。我试着在绘图纸上画牡丹、菊花，效果都十分好。这一成功，把我引导到另一方面——在绘图纸上画"国画"。我因为没有专门学过国画（在北京市少年宫国画组没学上什么），对在宣纸上用墨十分头痛，掌握不住干湿。在绘图纸上画画则不然，想干就干，想湿就湿。湿的方法很简单，想让哪块儿湿了，先弄上点清水抹上去，再用墨，竟然也能搞出在宣纸上画画的效果。

　　我开始迷恋在绘图纸上画画。一种是把整张的绘图纸裁成四长条，成为四个条屏；一种是一裁两截，再横接起来，成为一大横幅画。我从小喜欢山水、花鸟、人物、走兽。啊，我现在可以自己画了。我把手头攒下的各种山水、花鸟、走兽、人物的画样子拿出来，动手进行"加工改编"。比如要画四幅山水条屏，一幅取之钱松岩的；一幅取之李可染的；一幅取之杨太阳的；一幅取之魏紫熙的，或把横的变成竖的，或只取其一山一石。比如画动物，刘继卣的四幅动物画：大熊猫、金丝猴、白猫、松鼠。比如画梅花，正好有四幅粘绒的梅花，构图满好的。花鸟更不用说，样子最多，可以把它们往一块儿拼凑，用这幅画的山石，那画上的花，又一幅画上的鸟。大长横幅画也不用发愁，我自己设计了一幅山石、松树、牡丹、菊花，效果十分好。最出色的是模仿徐悲鸿的《六骏图》，白雪石的《桂林山水》。人物画呢，又找了一些《红楼梦》的美女们……

我先是精心地给额敏县画了一堆画。吴玉娟家的四幅山水，大哥家的四幅动物，大姐家的四幅花鸟。春节拜年的人谁见了都赞不绝口。其实也难怪，当时"文革"未结束，新华书店挂的都是革命样板戏的剧照人物，毫无艺术性可言。偶尔有一张半张山水、花鸟画也不成气候。像我这种漂漂亮亮的四条屏就没有。再有一点，塔城人从来没想到在墙上搞什么名堂，不管房子收拾得如何好，墙上总是空的；所以一旦墙上出现好看的画章子，当然引人注目。

我画画的兴趣一发不可收拾。

我求车队的黄木匠做了一张简单的拷贝桌子，也就是一张一米长、六十公分宽的小桌子，把桌面的中间掏空，放上玻璃板。画画时，把底稿放在玻璃上，画纸放在底稿上，玻璃板下用电灯或者手电筒一照，底稿的画样在灯光下透到画纸上，在画纸上轻轻描下来，省了每次画画打稿子。我设计了不少的画样，慢慢选出效果比较好的，可以重复画。

我给自己起了一个笔名："山笋"，源于一副对联："墙头芦苇，头重脚轻根底浅；山间竹笋，嘴尖皮厚腹中空。"我认为自己夸夸其谈，胸中并无真才实学，有如山间竹笋，故以"山笋"自嘲。

没想到的是，我的画在塔城开始出名，走俏。

老百姓结婚娶媳妇，床上是新的，家具是新的，但是墙上无东西可挂。如果那会儿有现在这么多的工艺美术品可挂，也就没有我的事了。墙上布置很重要，却没有东西可挂，而我的画恰恰补上了这个空白。

我开始给要画的人画画，要画的有的是同学、熟人，也有不认识我的，拐了弯地托与我熟识的人要画。我又面情软，凡是跟我要画的总是不好拒绝。再说人家要画贴新房，本身也是个喜庆的事，祝人幸福成人之美。

我是单干户，住在宿舍，正是最有时间的时候。晚上作画，画得熟了，一晚上能突击出四幅条屏来。我这种画画，有点像意大利文艺复兴时期的一种现象，据说当时画家们高高兴兴地走上街头，在墙上作画，虽然也知道用不了多长时间，墙上的画会因为风吹雨淋而消失，但依然兴致勃勃，一笔笔认认真真地创作。我也知道我的画挂在墙上，用不了一年时间，烟熏火燎会变黄变旧，可也止不住地不停地画，充满了一种乐趣。

我的画在塔城出现得多了，人们一见，便会说："这是杨宝如的画。"

我也说不上陆陆续续画出了多少幅画，成了塔城有名的"土画家"。加上我也在《塔城报》上发表些诗歌、童话、散文之类的小文章，又加上自己戴着眼镜，不修边幅的形象，也成了小有名气的文人。

一次出差，在长途车上碰上农七师的一个人，聊天中，他说他们团场的人从塔城搞到了四幅画，挺好看，是一个叫"山笋"的画家画的。

我听罢既惊讶又小有得意，我竟然被称之为"画家"。我的画竟然被当宝贝弄出了塔城，流转到几百公里以外，而且还真以为是什么了不起的画家画的呢。

四十七

因了画画，我得以被邀请参加不少婚礼，更准确地说，我所认识的那一茬青年人正值结婚的高峰期，结婚的事情特别多。遇上车队的年轻人或者熟悉的外单位的学生结婚，都得去参加、凑热闹、捧场。"文革"期间的文化娱乐少，参加婚礼凑热闹就成了塔城人的重要的文化娱乐。

塔城人结婚大都在自家的院子，老一点的塔城人基本都有自己的房子、院子。我认识的学生大都是塔城的第二代人。他们的父母大都从山南海北来到塔城，落地生根，成家立业。看塔城人结婚是一件非常有意思的事。首先是热心帮忙的人特别的多，亲戚、朋友、同事等等。塔城人的淳朴、热心在此时表现得特别浓烈，人人都想表现出对主人家的爱心。一把子年轻人主动为新郎新娘承担义务，特别是负责给每个桌子端盘子，当招待员。至于事先搭棚子、拉桌子、凳子，负责烧茶水、洗碗的也都有人自告奋勇，不计工作的贵贱好坏。

原来空空荡荡的院子一搭起棚子，顿时别有一种感觉，也不知从何处总能借来巨大的帆布，棚出好大的一块天地。借饭桌、借凳子、借锅碗瓢盆，整个是一个庞大的系统工程，也都有热心的人帮助安排得井井有条。

每一结婚总有一个总指挥，也就是总管。总管是个相当了不起的角色，他指挥调度一切，包括来多少人，开多少桌，一桌多少钱，上什么菜等等，等等。

总管不是谁都能出任的，总管万一当不好，弄得一团糟，是要挨骂的。在长期的庆婚实践中，塔城竟有了一些有知名度的总管。我也真领教过有水平的总管，车队一个人结婚共五十多席，一次开十几桌，一切都进行得井井有条，上菜很快，吃席的便也结束得快，一茬用不了半个多小时就完了，又换下一茬，其组织能力就是把地委书记叫来也未必做得如此周全。

请客中还有一个顶顶重要的角色就是大师傅。饭菜做得好不好，可不可口，关系到来宾能不能吃好的大事。再有一点，据说好的大师傅不但菜做得好，还能给主人家省肉省油，节省花费。塔城在长期的婚庆实践中，也诞生出一批业余名厨师，其知名度不下于北京的四大名旦。结婚办喜事能请到一位名厨师非同小可。塔城的吃喝热，使一些年轻人也热衷于厨艺，跟名厨师学艺的大有人在。张志兵有阵儿也热衷于红案白案，当下手，人称"二把刀"，先从切菜切肉上练刀功。

塔城炒菜的炉子也怪，用十八块大土块垒成，多一块少一块都不成。垒的结构也有学问，垒出来的炉子绝对好使，火绝对旺。

……剩下来的就是吃好、喝好。

吃酒席只是结婚的一个内容，晚上闹洞房，跳舞唱歌则更有文化色彩。

"文革"期间是不可能跳现在的交际舞的，塔城人跳的是维吾尔族舞，达斡尔舞，深深地使我着迷的是俄罗斯的踢踏舞，俄语叫作"安达罗什嘎"。晚上，在院子里的大帆布棚下，点着明亮的电灯，手风琴师拉开了手风琴，大都是浓郁的新疆少数民族歌曲。一会儿如冰雪覆盖的荒原；一会儿如热风笼罩的戈壁；一会儿如清水绿荫的葡萄架下；一会儿如奔驰着烈马的黑色大地……姑娘、月亮、小鸟、风、玫瑰花、黑眼睛……这些永恒的美好的词汇在琴声中流入夜色，欢快而热烈地激荡着我们醉醺醺的心房。

此时，我也变成了另一个人，在浓烈的白酒作用下，整个思想飘忽不定，除了眼前的一切，别的一切都成了"去他妈的"。我们说着幽默风趣的话，开玩笑，随着手风琴放开喉咙歌唱，随着舞曲疯狂地踏地，跳踢踏舞，累得气喘吁吁，直到坐在地上为止。

乐啦、高兴啦、跳啦、唱啦……

有一次参加一个婚礼，新郎是个二转子，父亲是山东老华侨，母亲是俄罗斯人。晚上，一帮老洋婆子独领风骚，唱了主角。她们一个个穿着俄式裙子，围着头巾，拥挤在一起，左右来回摇晃着，放开喉咙，尽情地用俄语唱着一支又一支俄罗斯歌曲。

那次拉的手风琴也别有味道，那是一架旧式小方块式的俄罗斯手风琴，这种手风琴虽然没有现代手风琴那么多的键，却有一种像白桦、原野、山风的声韵，那韵味竟不是现代手风琴能比得了的。

两个老洋婆子高兴地跳进场地跳起了踢踏舞。一个老洋婆子一只手里舞动着一方手绢，一只手插在腰间，跳得好自如、好精彩、好潇洒。

我不知怎么永久地记住了老洋婆子一手翻动手绢，一手叉腰跳舞的细节。偶尔，我在娱乐时，想跳踢踏舞时，便装成老洋婆子，从口袋掏出手绢来挥舞一番。

我喜欢塔城人跳舞，喜欢塔城人唱歌。

塔城人唱一种"吉里拉"的歌曲，欢快热烈，令人神情飞动。

"吉里拉"的曲调是定死的，反反复复地唱。"吉里拉"实际上就是一种对歌，在酒桌上，互相唱"吉里拉"，开玩笑，现编词，看谁能唱过谁。我们车队的阿吉唱得好极啦。——我后来搞清了，"吉里拉"是一首俄罗斯歌曲，后来传到哈萨克，成了一首哈萨克歌曲，因为在印刷的歌曲集上注明的是"哈萨克歌曲"。而我看过一篇谈及"吉里拉"的文章中更准确地知道了这是一首吉普赛人创作的歌曲，歌曲中有段反复唱的"赛给那什戈"原意是"黑眼睛姑娘"。

塔城有一支人所共知的歌曲叫《卡郎沟的河水》。这支歌是塔城一个叫王长龄的土唱歌家创作的。歌词是这样：

> 美丽的姑娘走出了帐房外，手提着水桶到河边来。
> 饮一口卡郎沟的河水，润润嗓子我唱起山歌来，
> 喂呀，喂呀喂呀，喂呀呀呀……
> 润润嗓子我唱起山歌来。

歌词并不复杂，曲调也很简单，最动人的是那一串"喂呀"伴随着一串尖锐响亮的口哨，犹如春天的百灵鸟直冲云霄，令人快活得乐不可支……

塔城人好打口哨，有的口哨打得相当漂亮。跳踢踏舞、唱《卡郎沟的河水》好像离了口哨不行，口哨声伴着曲子，加强了节奏，把气氛渲染得浓烈欢快。

塔城有几个人人皆知的"土歌唱家"，没学过什么专业，凭着天生生成的好嗓子，专唱各种民族风味的歌曲。

我们车队安师傅（锡伯族）结婚时，跟他一块儿玩大的几个土歌唱家为了给他助兴、长面子，在整个酒席期间一直唱歌、不许间断（那会儿没有收录机）。一个唱累了，再换一个人。几个歌手想出了这么一个方法，都是原声带，千古绝唱！

唱歌的有一张专门的桌子，一把椅子，桌子上放一杯白酒，唱得口渴了就喝酒。

唱的歌曲中有我知道的《三套车》、《喀秋莎》、《山楂树》、《莫斯科郊外的晚上》、《纺织姑娘》、《红莓花儿开》等等俄罗斯歌曲。

冰雪遮盖着伏尔加河，
冰河上跑着三套车，
有人在唱着忧郁的歌，
唱歌的是那赶车的人。
……

翻过了天山，来到了伊犁，
美丽的姑娘啊，阿瓦尔古丽，
天涯海角有谁能比得上你，
哦，美丽的阿瓦尔古丽，
……

沙哑的微醉的歌声，把一切都带入了另一个世界。我喜欢塔城人的乐观、开朗，富于感情的性格。塔城人并非都是土生土长，大部分都来自祖国各地，可是却像涓涓细流汇入湖海一样，汇合到一起，受着本地的影响，渐渐适应本地的习俗，改变了原有的性格，都统一到淳朴、热情、义气中来。我有时也想过，塔城人的这种有感染力的共性是如何形成的？我猜想，是不是由三个部分组成：一部分是本地民族，主要是哈萨克族、蒙古族、达斡尔族、锡伯族，豪放、直爽、嗜酒的性格的影响；一部分是来自俄罗斯族的快乐、豪放、热情的性格影响；再一部分是来自内地的汉族，主要大部分是北方汉族，山东、河北、东北都是讲义气、重友情，性格豪爽的地区，种种影响在一块儿互相交融，就形成了一种"塔城精神"——人与人坦诚相待，重友情，讲义气。

一九七四年，在农村待了六年的张志兵终于上来了，分到地区拖修厂，就在我们车队后边。我们又成了往来密切的朋友，不是他找我，就是我找他。

张志兵在拖修厂的翻砂车间，一间极空阔的大厂房，地上堆着砂子、木工模型，翻成的铁疙瘩。翻铸铁的砂子都是特殊的砂子，既要能打散，合起来又要有黏性。他是老高中生，学习翻砂技术挺快，不久就能自己化铁、看火、操作，还搞了一些技术革新。

别说，他悄悄认识女孩子的本事倒真有两下，到工间没多久，认识了一个叫栾晓英的小丫头，十七八岁，长得挺漂亮，性格直爽、快乐，父亲原是拖修厂的厂长，去世了。

他怎么谈成的，谁也不知道。

我们一块儿玩的朋友刘大侠编造了关于张志兵与英英谈恋爱的故事："啊呀呀，张志兵唱着'一条小路曲曲弯弯细又长'，两只手在砂堆里拐来拐去，英英在砂堆那边手也朝着这边拐来拐去，啊，两边的手在砂堆里悄悄地会师了，哈哈哈。"

张志兵不置可否地笑笑，任他糟蹋去。

刘大侠，一米八二的个头，长脸、大鼻子，长得跟我十分相像，有人说他是我的弟弟。刘大侠是真正在塔城土生土长的娃娃。他说他小时候太淘气了，玩鸽子、打髀石、偷果子、逃学、恶作剧，把老师气得哭鼻子。他有一帮子从小玩大的朋友，又有不少连带的亲戚。他父母双亡，父亲是开醋坊的，老塔城人都认识。他说他父亲做醋，把好馒头放在木架上，成心放坏了，让长出长长的绿毛来，发酸变味，然后捣烂了发酵……我们听了头皮都发麻，是不是那么做的不得而知，也许是他胡说八道。刘大侠有一张在塔城出名的嘴巴，能言善辩，幽默风趣。车队的人给他起了一个绰号叫："六根棍。"六根棍是新疆一种轻便的马车。马车的结构主要用六根棍子组成。主要用于城里当交通工具，早已淘汰。现在作为一种新疆特色，吐鲁番等地又用起来用于旅游。把刘大侠叫"六根棍"是说他的嘴巴像马车一样到处乱跑。

也许是臭味相投，我很快跟刘大侠成了好朋友。别人受不了他的吹牛，我听他吹牛觉得乐不可支。他也没忘了糟蹋我：

"我刚到车队，问阿西木、小胡，车队谁拉的小提琴好？阿西木说听杨宝如在宿舍里拉过，还可以吧？我听了以后，偷偷地到材料室看你。从窗户外见你正打算盘，我一看你那十个手指头，喂哟哟，细细的、长长的，别提多秀气啦！再看你打算盘，细长的指头噼里啪啦、噼里啪啦别提多灵巧，把我的眼都绕花了。啊呀呀，我心里说，凭着这十个手指头，绝对……"

他不往下说了，你自己回味去吧。我哭笑不得，妈的，过去说吃人不吐骨头，大侠糟蹋起人来也不吐骨头。

"后来，你拉小提琴，我悄悄地躲在墙根偷听，啊——"他又不往下说了。

我就不会拉小提琴，连音都拉不准，我不得不尴尬地解释，其实这解释是多余的，因为，这解释已经在他的一句"啊"里了。

刘大侠会拉小提琴，所以他敢那么笑话我。他说他拉的不正规，是自己学着拉的。他拉得粗、拉得野，强悍得有如他的咄咄逼人的个性。我们不懂音乐，听听刘大侠拉的也蛮过瘾。

刘大侠通过我认识了张志兵，也成了好朋友，甚至可以说，他们俩好的程度很快超过了我，在一块玩的时间比我多。

张志兵有幅好嗓子，不比那些土歌唱家差，他喜欢唱歌有历史了，能大段唱歌剧《柯山红日》、《江姐》的片段。

我们一把子朋友在一块喝酒聚会时，常常是刘大侠拉小提琴，张志兵一展歌喉。他最被大家欣赏的歌曲是《小路》。张志兵抹抹鼻尖上的汗（他鼻尖不知为什么特别爱冒汗）清清嗓子，悠扬婉转地唱起来：

> 一条小路曲曲弯弯细又长，
> 一直通往迷雾的远方，
> 我要沿着这条细长的小路，
> 跟着我的爱人上战场。
> ……

第十三章

父亲吐了一口血……跟遗体告别时我又笑又哭……后娘不参加追悼会……女大学生毕业，"反潮流"，要回农村务农……

四十八

一九七四年九月，我突然收到一封乌市的电报：父亲去世，速来。

父亲于一九七二年辞去哈密的职务，调入乌市，在军区干休所养病。这对弟弟们的复员倒有好处，宝军、宝平从部队复员时，都进了乌鲁木齐，住在家里，并有了工作。因为他们有了工资，不花家里的钱，矛盾也少了点。后来，宝宁也通过个人的努力进了乌市。

我是离乌市最远的一个。等我赶到乌市，宝琴、宝平、宝宁早已聚在一起。宝军是第一个得知父亲在上海病危的消息，先走了一步，算是见到了父亲最后的一面。等我们赶到上海时，父亲已经永远地离开了我们。父亲病危时，王素娣还不让军区告诉我们，致使我们失去了最后见父亲的机会。

父亲从发现病情到去世只有半年。半年前，父亲跟军区总院的院长一块坐小车在戈壁滩打猎，无意中吐了一口血，院长一见，大吃一惊，问："老杨，你怎么吐血了？"

父亲满不在乎："没事。"——军人见血多了，连自己吐血也不当回事。

"哎，你还是好好看看。"

父亲原来已经吐过几次血，也硬是没往心里去。在院长的劝告下，才到军区总院看了看，一诊断：肺癌。开始想联系北京的十三医院，人满为患，才联系到上海的长征医院。王素娣从一开始就极力主张到上海，这用心到后来越来越明显，她是南京人，到了上海就等于进入了她家的势力范围。父亲住在上海，并没有怎么感到疾病的痛苦，谈笑风生，一旦说不行，去世得也真快，是心脏病、高血压等各种病症一齐并发，猝然而死。

新疆军区专门派了后勤部的一位副处长和干事负责处理后事。

我们到了上海，被安排在静安区一处团以上干部住的招待所。地理位置很好，十分清静。出了巷子，便进入南京路的闹区。我们要求把爷爷叫来共同处理后事。军区同意了。于是多年不见的爷爷和堂哥也来到了上海。我们为一方，王素娣与她亲戚为一方，展开了一场持久战。

开始的问题的焦点是火化问题。我为家中的长子，不免要多陈述一点自己的意见，我主张该火化就火化，不拿死人做文章。真的，我觉得不管人死后遗留的问题有多大，不应该以不让火化为筹码，这是对死人的极大的不敬。十月的上海天气很热，遗体多放一天，就多腐坏一天，死人若有灵，难道会允许这种难受的折磨吗！弟弟妹妹们在这上倒没有多大的争议。爷爷想把父亲弄回老家葬在祖坟中，军区不同意，说高干火葬有明文规定，也只得作罢。

郭处长争求我们家属双方的意见，当然是我们通情达理。

据说王素娣一方提出了许多要求，不答应就不同意火化。

郭处长大约还未处理过这么棘手的后事问题，一家子像两家一样，不得不从中周旋，还得借用孙子兵法：利用矛盾，各个击破。

因为有我们这边支持火化，也不怕王素娣能怎么样，遗体还是如期火化了。

火化的地点在龙华火葬场，我对这个"龙华"两字十分耳熟，当年看小说《我的一家》，欧阳立军烈士就是被枪杀于龙华。

我们坐车到龙华火葬场，参加最后的遗体告别仪式。

王素娣一行也到了，陪她的大约是她的嫂子。

父亲躺在铺满鲜花的灵床上，经过化妆的面容红润而安详，身着绿军装，头戴绿军帽，红五星，红领章。他十四岁参军，四十八岁去世，当了三十四年兵，可以说是在军中度过一生。

宝宁悄悄跟我们几个嘀咕："我看王素娣与爸爸遗体告别时会不会哭？看她怎么过这一关？"

我们都知道王素娣对父亲没感情。弟弟们说，到后来，父亲越来越明确地认识到这一点。——也许早就认识到了，不过无可奈何，或者，人到了一定的地步，也无所谓感情不感情，能维持着过日子罢了。

哀乐奏起来了。我们弟兄几个和爷爷先由右往左围着灵床绕了一圈。我好像也没有多大的悲痛——又有点犯妈妈去世时心情反而异常平静的毛病。我出来后，走到阳光明媚的小院，觉得有点累了或者说站在院中有点别扭，便蹲下来，手里捡起地上的一根小草杆儿，在半潮湿的泥巴地上画着圆啦、三角啦等图形。

宝琴、宝军、宝平绕完圈后也过来，蹲在了一块儿。

待了会儿，宝宁才一摇一晃地过来，他有意识地多待了会儿，是想看看王素娣告别时会如何表现。我倒忘了这一点，大约宝琴、宝军、宝平也未多加注意。

宝宁蹲下来，背朝着灵堂的方向，含着嘲讽的浅笑，压低声音悄悄地说："王素娣也真行，我看她怎么过这一关，看她哭不哭。嘿，没想到，人家安排得真绝——到了跟前，人家假装悲伤过度，眼睛往上一翻，脖子往后一仰，'昏'过去了。她嫂子乘机往旁边一扶，就近到旁边的凳子上坐下来，人又马上苏醒过来，真绝！"

糟就糟在宝宁做了一个王素娣翻白眼，脖子一仰，往后晕过去的样子，惟妙惟肖，我突然忍不住要放声大笑。

——我的天！这是在灵堂跟父亲的遗体告别，放着哀乐，应该表示悲痛，这要是笑出来声来，成何体统！让王素娣大作文章啦！

不光是我，宝琴、宝军、宝平都被宝宁逗得想笑出来。

我们几个捂着嘴，强忍着笑，越想笑越拼命绷紧脸皮，努力做出严肃悲伤的样子——我第一次感到：世界上没有比想笑而强忍着不让笑出来更难受的。这使我想起看过的一部童话《大林和小林》，一个大资本家的最残忍的刑罚就是用草棍挠你的脚心，让你痒痒得笑得直流泪，别提多难受。我实在无法处理脸腮的肌肉既要笑又要悲的两种尖锐对立的矛盾。

我有意识地去想别的不着边的事，把笑劲岔过去，想着想着，又转回到这上，又差点笑出来。

宝琴、宝军、宝平也是差点第二次笑出来。

我沉下脸，低声道："想别的，往别处想。"

——这才算是平息了一场不合时宜的笑声。跟灵堂告别竟然想发笑，这到什么时候也说不过去，我们的心也真够冷的。

我对父亲没多少感情，我不会哭——这从一开始似乎就是定板了的事情，到了，却又出现了连我自己也未想到的变化。

围绕灵床转完后，最后一项是全体站在灵床前默哀，照一张全体家人参加的合影。爷爷站在第一排正中间，王素娣站在一侧，我站在另一侧……哀乐又重放起来，像水弥漫了所有的空间，有如黑色迷住了浩浩的宇宙。我站着、听着，望着父亲的无知无觉的面容，突然，也可以说刹那间，心中涌起无边广阔的苍凉悲哀，我想起永恒的宇宙中，作为父亲这一个具体的人永远不复存在；他曾有过的音容笑貌，生活、思维也都永远的不存在了！他曾有过的疆场拼杀也随之而去了！……一刹那，古往今来、天上人间、生前死后、思绪万千……我再也忍不住了，朝着我心中的迷茫空旷哭泣起来，我的泪水像我心中的哀乐，泪的哀乐奏起来，更加弥漫我的整个思维空间，把更多的思维之泪摧下来，我越哭越烈，宝琴、弟弟们受了感染，也都哭了起来——真正地哭了！

我越哭越凶，像江河奔流、大坝决堤、泪雨滔滔而下……

站在后边的宝平或者是宝军扯我："哥哥、哥哥……"

我知道我没有必要这么哭，可是我无法控制，不想控制。

我哭疯了，哭软了，过去良久，才慢慢地由暴风骤雨转成淅淅沥沥的小雨，最后慢慢地止住。在此之前，我还从没有这么哭过。我发现自己真正放开大哭是多么的可怕，像狼在狂野地嚎叫。后来，宝琴告诉我，说我哭过了头，到最后听着不像哭，倒像是笑了。

——父母的一代过去了，完结了。母亲三十八岁去世，父亲四十八岁去世，相隔了十年。也就是说，在我二十六岁的时候，父母双亡。当我后来活过了母亲的年龄，又活过了父亲的年龄，回过头去看，更加深切地痛感他们去世得多么年轻！他们在人间的生命多么的短暂！他们即使活到现在也不过八十多岁，很多老人活到这个年纪是很平常的。

我还有一个更痛心的难言之隐，令我内疚，令我悔恨——我不知道父亲的生命历程，就像我不知道母亲的一切一样，也不知道父亲的经历。父亲从十四岁参军，参加过抗日战争，解放战争，抗美援朝，一直在打仗，在出生入死，浴血奋战。我不知道他是怎么打仗的,参加过哪些战斗,他是怎么经历的,在做什么、想什么,他也年轻过,有他的思想、作为,可是我知之甚少!

我手头保存的父亲的遗物不多,一枚"三级解放勋章"、一枚"三级独立自由勋章"。勋章都放在特制的小盒子里,并有证书。是一九五七年发的。应该是国家对战争过来的人统一评定的,标有"中华人民共和国"的字样。还有一个黑皮的证书,朝鲜文,内有"自由独立二级",一九五三年发的。还有父亲在南京军事学院上了三年学的毕业文凭。还有一本父亲的工作日记,留下了父亲的字迹。还有不多的几张照片。

最能让我感受到父亲鲜活形象的是一本革命回忆录中的一篇文章,那是有关打锦州的内容,肖全夫写的一篇《苦练出精兵》的文章。文章写到肖师长抓战前的军事练兵,"培养拳头",下到七十六团,团里见师长想直接到营里,提议到二营去。理由是二营营长杨士贵是打玉田的突击连指导员,有攻坚战的经验……其中有一段文字这样写道:……在休息的时候,我同四班坐在一起聊天,突然,一只野鸽子飞到附近的洼地里寻食。杨营长跃跃欲试,说:"师长,只要你批准,我保险一枪揍死它!"我说:"不一定吧,地势低,不好瞄。"杨士贵顽皮地说:"敢不敢打赌?打不中我受罚,打中了你拿出一包烟来。"我知道杨士贵的枪法不错,但是,由于二营近来练兵成绩突出,我担心某些干部、战士可能产生些自满情绪,为了借此机会摸摸底,就说:"好,你试试。"他趴在棱坎上屏气一瞄,"叭"的一枪把那鸽子打死了。这时,全营鼓掌叫好,四班的同志大喊:"师长输了!快拿纸烟来!"我忙叫警卫员拿出香烟请大家抽。

……攻击信号一发出,我们的炮兵,在几分钟内,就把城墙打开了一个缺口,我的望远镜刚刚对准突击营。……当师指挥所跟随七十六团登上突破口时,二营已向纵深发展很远了。真不愧是尖刀!虽然纵深战斗相当激烈,敌人拼命反扑、死守,但战士们在每个营包打一条街的分工下,自找目标,见火力点就消灭,见逃敌就猛追;遇见地堡、炮楼,就安上炸药让敌人"坐飞机",炸墙、凿洞、穿宅、过院,前进快,伤亡少,缴获多。真可以说,每个连都是"尖刀",每个战士都是"刀尖"。仅二营就抓了一千二百多俘虏。战斗结束时,二营营长杨士贵来了,详细对我讲了登城突破的经过:原来第一个登城竖红旗的不是别人,正是那个在冯屯苦练爬墙的朱万林。他刚登上城墙,不幸中弹倒了下去,这时,紧跟在朱万林后边的四班长赵洪全,本来已经负了伤,见红旗倒下，挣扎着跑上去二次将红旗竖起来。一颗炮弹打来，旗杆炸成两段，赵洪全再次负伤晕倒。刚刚登上城的一排长刘金抢上去又把红旗举起，他左手举旗，右手驳壳枪向反扑的敌人射击。当他的腿被打伤，红旗第三次倒下时，立即又有一个名叫李玉民的新战士第四次把红旗高高竖起。在四班立足未稳时，敌人开始了疯狂的反扑，一次又一次，整整七次。最后城墙上只有战士王文元一个人了，他仍毫不动摇，端起机枪向敌扫射，这时在城墙下负伤的毛敬之苏醒过来，听城上打得激烈，又咬牙爬上城去。正在万分危急的时候，六连赶到了。这一切都发生在短短的十来分钟之内……

当我叫警卫员拿出烟来，递一支给杨士贵时，他调皮地说："到底打仗比练兵打鸽子强。打鸽子要赌赢了才有烟吸，可一打完仗，不用言声师长就把香烟拿出来了。"他竟然又提起练兵的事，我不禁问道："怎么样？沟帮子练兵没有白练吧？"他说："那还用说？苦练出精兵嘛！"

……

我记得父亲一九六三年第一次来我们家，住在家里，有一个他当年的战友来看他，两个人说起了一件事，那是抗日战争中发生的一件事。我记得他们聊的大意是：父亲当时还是个战士，是某首长的警卫战士。当时在我们老家一个叫杨家铺的小村子里开一个重大的秘密会议，参加的都是县以上的地方干部，可是内部出了奸细，好像是发报的是个特务，把开会的地点通过发报告诉了敌人。日本从唐山调重兵把小村子围了起来。父亲他们警卫连的士兵们早上出操，一出村子就遭到敌人的射击，当场牺牲了不少人，这才知道村子被敌人包围了。战斗打响，敌众我寡。参加会议的干部大都没带武器，有的也只有小手枪。当时做出了一个决定，由带长枪的警卫战士们带头往外冲，干部们跟在战士们后边往外冲。父亲和战士们冲出一层包围圈，又遇到一层包围圈，一层层地冲，拼刺刀。父亲冲出包围圈后跑到他姐姐家，姐姐一开门，吓得一屁股坐在地上，原来父亲浑身都是血，把她吓坏了。

父亲跟那战友说起那次损失惨重，很多很有名的高级干部都牺牲了。干部们跟在战士们后边往外冲，因为没有枪，跟日本鬼子扭在了一起，互相抱着撕咬、扭打，但毕竟赤手空拳，冲出来的人没多少。后来打扫战场，老乡们也无法一一立碑，挖了一个长沟，把牺牲的人都埋在了一起。听说现在立了一个纪念碑，每年清明都是人们缅怀先烈扫墓的地方。

父亲说那次冲出来的干部有谁谁谁，都在干什么工作。

那次是我唯一一次听见父亲亲口讲述他打仗的事。

宝琴说她回老家时，还听老乡们说父亲当年如何打鬼子，端鬼子炮楼的故事，说老家那一带有不少关于父亲打鬼子的传说。

父亲肯定是有所作为的，抗美援朝回国后就进了南京军事学院。

……

我想说的是在父亲生前，在我们到塔城后居住在一起的长时间里，乃至后来能见到父亲的时间里，我从来没想好好地坐下来，与父亲长谈，了解父亲的过去，无论是打仗还是其他的方面……

我被父母离异的巨大阴影笼罩着，又被后娘的虐待仇恨着，不愿主动地去找父亲说话，万不得已不会进父亲的房子，有什么事也是匆匆说完，起身而回。我被自己心中的东西压迫着，用自己的认识决定着自己的行为。

如果我对父亲的了解多一些，我想起父亲来会是多么的厚重，那也是一种与外界无关而只是在个人独有的精神世界里的东西。根据我的喜欢思考的性格，我会无数次地静静地想这些事情，会有不同的人生的感谓，充实自己的人生，伴随自己的人生，直到自己的这个个体的消失。

我越到老了越感到对父母的了解太少了，越有一种遗憾，一种内疚，一种无限的惆怅……

四十九

告别仪式完了，我们等待骨灰匣拿上后返回新疆。借此机会，我们五个人决定到苏州、杭州转转。我们是北方人，对南方的风景抱有好奇。我们坐火车先到苏州，逛了虎丘，各种公园。又千方百计弄了点河蟹解馋。在游玩中，宝宁突然发问："你们发现一个问题没有？"

我们不知道他指的是什么。"王素娣从爸爸去世就躲着咱们，不跟咱们打交道，挺能沉得住气，为什么？"

我们说她当然沉得住气啦，父亲活着时，她就把后事都安排好了，她回南京时，把房子所有的值钱的"金钱细软"都拿走了。宝军到上海看父亲，父亲刚一闭眼，她就赶紧把父亲手腕的手表摘了去，害怕宝军会抢走。她以为我们会像她一样，跟她争家产呢。我们自己都有工作，有工资，日子长着呢。再说爸爸能有什么财产，有点钱也早不知让她捣到哪儿去啦。

宝宁此时看问题远比我们敏锐、深刻，也许是他跟王素娣打交道多，了解得透。"我怎么觉得王素娣背后在捣什么鬼？不然她不会这么安稳的。我想，等我们再回乌鲁木齐，可能只剩下空房子，什么也没有了。她把小梅留在乌市（小梅是王素娣的侄女）就是别有用心。"

"不会吧？"我不太相信王素娣像个"大战略家"一般有计谋地安排这一切。

宝琴、宝军、宝平也似信非信。

宝宁一刻也坐不住了，像某种敏感的动物预测到地震的到来而坐卧不安。"不行，我得提前回去，不能让王素娣把咱们算计喽。"

按说，我是家中的老大，此时应该有主见、有作为，应该比弟弟们想得多、做得多，实际是：我显得手足无措，听凭摆布。按说，宝宁把问题的可能性提出来了，就算我对乌市家中的情况不熟，与弟弟一块儿回去总是应该的吧。可是我玩性太大了，总想看看西湖，抵不住的诱惑。

宝军、宝平也都不想回。

宝宁成了中流砥柱，放弃了去西湖的游玩，从苏州买了火车票，单枪匹马独自一人回了乌市。

我暗暗自责，很清楚自己在这个问题上表现得多么差劲！

我们从苏州买船票从水路去杭州，正好晚上船上待一夜，第二天早晨到西湖。到了杭州，并不急于找住宿的地方，下了船接着又是玩，灵隐寺、苏堤、白堤、三潭印月、九溪十八涧、六和塔、虎跑泉……西湖的景色与苏州大不相同。苏州都是人工制造的园林景色，给人的感觉拘拘束束，小家子气，好像《西游记》中的无底洞，进门时，看不出什么，进去之后才展开园林景色。西湖则不然，天光水色，浑然一体，好一幅天然的巨大的画卷。逛起来舒心畅意，没有一点可打破情趣的地方。

给我印象最深的是九溪十八涧，那是从虎跑泉到六和塔之间的一段山路。十月的西湖，仍然是青山绿水。走九溪十八涧，悠悠闲闲，边走边玩。左边是并不陡峭的长满绿草杂树的山壁，右边是一片片半圆形的低矮的茶树。我们走在石板铺成的山路上，走不远便会碰上清清的涧水从左边的山壁裂缝间流出来，漫过地上的石板，流入右边的绿色的浅谷之中。清清的溪水漫过石板时，只是薄薄的一层，被溪水冲得洁净的石板清晰可见。因为水薄，小心翼翼地从水中踩过去也不会怎么湿鞋。路时时地被一片片清亮的溪水阻拦，像顽皮的小童孩儿开活泼的玩笑。每踩过一片洄溪的清水都不由引起一种轻松的愉快。

生性爱玩的宝军买了一只竹子做的水笛，灌上水，吹出悠扬婉转的鸟鸣，与周围的青山溪水配在一起，妙不可言。正所谓"空山闻鸟语"。有的游人初听鸟鸣，以为有真的小鸟在叫，环顾四下里寻找，当发现是人用竹笛吹出来的，不禁悄然微笑。

我们则也为游人的误判而悄然一笑。

去过一次杭州，觉得过了瘾。我偶尔与去过西湖的人谈起九溪十八涧的美妙感受，别人似乎无此妙想迁得，也许未经历过那种美妙的境界。

回到上海，后勤部的郭处长说了一件令他惊心动魄、万分庆幸的事——自遗体告别后，王素娣又回了苏州，估计骨灰盒取回来了，又返回上海，由她嫂子陪着找到郭处长。郭处长两个人刚刚从龙华火葬场取回骨灰盒，刚刚进屋，听见敲门声，估计是王素娣她们，多了个心眼，刚刚来得及把骨灰盒塞到床底下，王素娣与她嫂子进来了。

王素娣问骨灰盒取回来没有？

郭处长机警地编谎，说还得过两天。

王素娣又返回苏州。

"好险啊！"郭处长跟我们提起时，仿佛当时被惊吓的汗还未消去，"要是晚那么一会儿，被她们发现骨灰盒就糟了！我估计她们是专门冲骨灰盒来的，如果把骨灰盒抢走，不让开追悼会，强迫答应她们的条件，就不好办了。"

王素娣这一手也够绝的，她们是不是天天在一起谋划着什么……

我怎么觉得，因为我们这边无所求，一切听凭郭处长安排，没有什么可当当的。

郭处长害怕夜长梦多，带上骨灰盒，让我们跟着一块儿回新疆。又去苏州通知王素娣回新疆。王素娣不回，不答应提的条件不回新疆。

于是我们四个和爷爷、堂哥一块儿回了新疆。到了军区干休所，才得知宝宁料事如神。宝宁先回家就发现常用的两辆自行车不见了。一辆是加重永久，一辆是轻便飞鸽。他顿时怒从心头起，叫来小梅，问自行车哪儿去了。小梅不说。宝宁更火了，抄起一根皮带照着小梅屁股狠抽了起来，打得小梅吱哇乱叫，才说是王素娣安排让寄放在一个江苏老乡家，让找主卖掉。小梅挨了揍，跑在军区组织部长那儿去哭诉，部长说的话挺通情达理，大意是：小五打你是不对，可是他们家的事已经够复杂的了，你又不是他们家的人，往里瞎掺和干什么，不是越弄越复杂。

小梅不敢在房子待，害怕宝宁再揍她，悄悄跑到别人家去了。

我们几个不得不佩服宝宁的深谋大略，处事果断。

宝宁和宝军去那个江苏老乡家，那家也不敢当当，悄悄把自行车退了。两辆自行车并不值几个钱，王素娣竟然都纳入谋划！

因为等开追悼会，我一时也回不了塔城，也乐得在乌市多待一些日子。

父亲的追悼会，一拖再拖，迟迟不能召开。军区提出只要我们同意参加追悼会，就可以召开。我们几个商量还是要求王素娣参加，因为不管怎样，她毕竟是杨士贵的老婆，丈夫去世，妻子不参加追悼会，成何体统。父亲有深交的几位叔叔阿姨也认为有王素娣回来参加追悼会好。

军区专门派人去苏州动员王素娣回来，她不回，坚持要军区答应提出的"条件"。我们虽然不知道"条件"的全部内容，大体知道要多少万抚恤金，追认为烈士等等。我听了暗暗冷笑，嗤之以鼻，天下的事情不是谁想怎么样就怎么样的，病故就是病故，追认烈士不切实际，想多要钱也并非易事，有政策在那儿摆着……

快到一九七四年底，军区下了最后通牒，追悼会再不能拖过年底，明年要召开全国"四大"，有好多要干的工作。家属参加也开，不参加也开。在此情况下，我们只得参加追悼会，莫非真的让父亲在没有亲人参加的情况下开追悼会吗？

王素娣躲在苏州坚持不回来。

我真替父亲感到悲哀，瞧，这就是你找的第二个老婆，还有没有一点夫妻的情分？为了借死人搞钱，连追悼会都不参加，一点名声影响都不顾，事情做得绝不绝！

一位军区副司令参加了追悼会，问了一句话："杨士贵的老婆回来了没有？"

回答是："没有。"

简单的两句话，也足以把父亲的面子扫完了！父亲的生前友好的叔叔阿姨们为此与王素娣反目，王返回后，很少有人搭理她。

我与王的仇恨是永远的。

说永远，其实也只是当时的感情。那时没想过还能往后活几十年，在以后读过的文章中，大约有一种说法，人是容易忘却苦难的。许多人在回忆往事时，都淡化了经历过的苦难，而留下曾经有过的令人温馨的记忆。

在以后的岁月里，这种仇恨也在慢慢淡化。兄弟们说起来，说不管怎么说，后娘的子女也毕竟是父亲所生，是同父异母，按照中国的传统观念，从血缘上应该是最亲的。宝宁对后娘的儿子杨宁感情挺深，他说，哥，可能我跟杨宁年龄最近，我跟他玩得比较多，我跟杨宁还是挺有感情的，杨宁当时背着王素娣偷饼干出来给我吃。

有一次宝宁说起，王素娣回南京后，杨莲、杨宁也工作了，但是对王素娣也不怎么好，太自私，当然这也是王素娣教出来的，自食恶果。我问，你怎么知道杨莲、杨宁对她不好？——因为自王素娣回南京后断了音信，再没什么往来。宝宁道，也是听别人说的，听知道她家情况的人说的。

宝宁说等农场（杨家合伙搞了个农场）挣了钱，拿出一万元来，到南京看看王素娣去，也显示杨家兄弟们事业有成，也是有良心的。

我说，那有什么不成，可以嘛。

宝宁说起一件事，说他当兵后，长期在又冷又潮的地洞里挖战备坑道，得了关节炎。回哈密看病，到了医院没床位，不收病人。王素娣得知后，为他到医院吵架，最后医院还是把他收下了。

这事听了有点让人感动。如果早知道王素娣对宝宁做了这么一件好事，也许我对她的仇恨会变得小一点⋯⋯

事情都已经过去了，我只是说人生的恨也罢、爱也罢都不可能永远。

五十

我返回了塔城。

离开乌市之前，我到铁路局南站货场去看秦建国、李杰一把子好朋友。铁路局把有技术的好工作留给了内部的子女。出苦力的都是外地招来的工人。秦建国他们是作为装卸工（也就是扛大件的）招到铁路上。住在一幢两边是宿舍，中间一条黑暗走廊的平房里。连着四五间宿舍都是塔城招的学生，彼此都熟悉。一间房子能摆个六七张床。工作是三班倒，总会有空床。吃饭是大食堂，集体伙食。一些塔城来的人就在这儿吃，这儿住。

朋友们到了一块儿没别的，就是一顿猛吃猛喝。那会儿大家都还没结婚，铁路上工资高，又是扛大件、出苦力的，一个月八九十元，重友情、讲义气，谁的朋友来了都热情招待，你的朋友也是我的朋友，我的朋友也是你的朋友，有钱大家花，毫不心疼，过着半"共产"的生活。

秦建国从食堂打了几个菜，端进宿舍，两张桌子一并，同宿舍的五六个人凑到一起，喝酒、划拳、吹牛、聊天。

酒酣耳热之际，秦建国、李杰、罗云刚几个唱开了乌市流行的歌曲。

> 流浪的人归来，
> 青春已过去。
> 往日心上的人儿啊，
> 如今你在哪里？
> 不是我呀不爱你，
> 实在是没办法，
> 我的小妹妹呀。
> ……

我听得出这是一首对"上山下乡"不满的歌曲，有点惊异，这样的歌曲怎么也敢唱？显然这类歌曲不是一首，而是许多。他们每唱一首后，互相使了一个眼色，马上爆发般喷着酒气，高唱起一首语录歌：

> 凡是错误的思想，凡是毒草，
> 凡是牛鬼蛇神都应该进行批判。
> 决不能让它们自由泛滥。
> 决不能让它们自由泛滥。

我头一次见他们强烈对比地歌唱，不免心惊胆战。一刹那，我真害怕了！这不是成心亵渎毛主席语录吗？如果不唱语录歌，只不过不必戳穿地表明大伙儿心情消沉罢了，明明知道不对却偏偏去做，明知故犯，岂不罪加一等！

唱罢语录歌接下来又唱"猪八戒小调"，说是黄歌，只不过有点诙谐幽默罢了。唱过之后，又起哄般必定唱语录歌……

秦建国炫耀道："瞧我们热闹不热闹？"

他们是有意表现给我看的，大约别的朋友来也是如此。我想这也不是他们的发明、创造，肯定现在流行这种形式。

我又想哭又想笑，眼睛发潮，人变得……事情变得……我不敢想，多想会浑自战栗，精神崩溃。我跟着学唱"黄歌"，却不敢同时唱语录歌，我不敢亵渎心中神圣的东西，不愿使心中变得轻飘飘的，失去重量。

除了流行歌曲，乌市还流传着许多荒诞离奇的故事，什么"梅花党"，"绿色的尸体"等等。躺在床上秦建国讲给我听，我也往心里记，回塔城当趣闻讲给张志兵他们听。

可我最关心的还是各种政治消息，铁路四通八达，各种消息来得多、来得快，我得到的最最重要的消息就是：周总理身体不好，有病，可能是癌症，推荐邓小平代理其工作，主席亦同意了。

得知总理有病自然是一番感伤，塔城太闭塞，什么消息都得到的迟。……邓小平一会儿是"全国第二大资派"，一会儿是"人才难得，政治思想性强"，是非曲直，令人费解，不过，对邓小平上台不知为什么竟觉得高兴。

回塔城后我与张志兵聊起乌市的见闻，张志兵也很有感触地点点头："说起来，能接总理班的也就是邓小平了，邓小平原来就是中央书记处的书记。"

我说："说打倒邓小平，看来毛主席还是有保留的，要不'九大'为什么单单保留邓小平的党籍，还是留了一手，不然'全国第二大走资派'为什么不能开除出党，打了半天还在党，说得过去吗？"

张志兵同意道："看来邓小平没多大问题，'文化大革命'揭来揭去，就是个'黑猫白猫，抓住老鼠就是好猫'。在战争年代，刘邓大军还是有战绩的，光那点问题也不好说。"

我也感叹道："其实邓小平反修也是挺坚决的，听说邓小平到苏联参加二十二大，中途退场回来，主席都去迎接了。"

我们俩你一言我一语，不知不觉为邓小平评功摆好起来。我突然生出一种感慨："说也怪，当初一个个大人物打倒时，咱们也挺兴奋，觉得革命的大潮真是无情，不管是什么人，地位多高，名望多大，只要不革命了，反革命了，就会被抛入历史的垃圾堆。现在呢，听着一个个站出来，解放了，也挺兴奋，觉得总算又用了，熬出来了，这是什么心理？"

张志兵沉思了一会儿，说："这有什么不好理解，允许犯错误，允许改正错误，经过审查，没问题或问题不大，解放了，重新工作。"

"可是，"我又说出曾经暗暗思考过的问题，"那整死，想不通自杀的人怎么办？"

张志军耸耸肩，撇了下嘴，回答不上来了。

我带点自嘲地自我解释道："要不，我说人得想开点，当初一批斗，丢了面子，想不开了，自杀了，要是想开点，活到今天也就熬出来了。"

我还有疑惑的地方：中央这些干部究竟有多少问题中央不知道？通过"文革"又新搞出多少问题？像现在这样差不多都出来了，那么，当初何必兴师动众搞这样的运动，花费的代价是不是太重了？……

这更深的想法没跟张志兵讲，因为我觉得这都是说不准说不清的，说也没用。

关心政治，关心运动，对我来说，已经成了一种深入骨髓的习惯，而不再是一种被强制性的行为。我们那一代人，在那种强烈的政治环境影响下，谁也无法置之度外。而像我这种喜欢思索的人也许就更为不幸。

五十一

我还有一位比我更具政治色彩的对象——吴玉娟同志。她已在大学入了党，经过三年半的大学生涯，面临着分配。

我对吴玉娟的感情已经不像初恋时那么热了，特别是吴玉娟说的那句"学习白起仙，跟工农画等号"的豪言大大刺伤了我的自尊心。她的"暖水瓶"式的恋爱方式也大大令我沮丧。我对当初热恋的女人心冷了，有点看透这恋爱是怎么回事，心灰意冷地听凭我们的关系往下发展。我不可能不跟她谈，至今为止，我不知世上有其他的女人，而且一种宁可别人负我，我决不负别人的人生哲理束缚着我，除非吴玉娟变卦，我是决不会有什么意外的。

离毕业分配还有半年，她来信告诉我，她可能留校，领导已经找她谈过此事……

我在她关键时刻的去留出奇地漠不关心，留校也罢，回来也罢，随她的便。我估计她不会回来的，能留校并不是一件容易的事，何况她又是那种爱表现的女人，这一点我是越来越领教了。

不回来也好，我竟然有了一种暗暗的庆幸，我虽然谈了恋爱，但我却很少想到结婚，对隐藏在结婚后边的俗不可耐的东西十分反感，对建立一个小家庭总有种落入陷阱的惶恐不安，把结婚看成是一种将来到老了无依无靠时的一种手段。……要是她留在学校，我想，每年借探家只在她家见见面也不错，然后，我又可以回到单身宿舍干自己想干的事：写写、画画。

我甚至还做好了另一种思想准备，说不定她在分配时会突然宣布她有了别的男朋友。三年多不在一块儿，谁能搞得清大学里的事儿？即使如此，我也不会像她刚上学时那么忐忑不安了，我将不会再有愤怒、颤栗、扎心的痛苦。

我给她的回信的答复是："随你的便。"

分配的消息终于明确——不是留校而是回农村！？

没想到，在远方上学的女朋友又给我露了一手，她要走东北"朝阳农学院"的道路，大学毕业回农村，跟工农兵画等号，向资产阶级法权挑战，限制资产阶级法权，与旧的传统观念彻底决裂，继续革命，永不变色。

她一本正经地在信中告诉我：贫下中农送我上大学，我愿毕业后回到他们中间去。

她一本正经地写道：希望你支持我。

我读罢此信，如同晴天霹雳，气堵在胸口，半天说不出话来，也无话可说！宿舍就我一个人——我喜欢在没人的时候悄悄看信。我采取了一般人发泄愤怒的方式：把信撕得粉碎，厌弃地扔在地上。是的，是的，她原来跟我谈恋爱是跟工农兵划等号，现在又是回农村，彻底"决裂"，这个人的脑子怎么了？都是怎么想的？简直混蛋透顶！

偏偏，车队的郑书记找我，谈话的内容是关于吴玉娟毕业回农村的事。幸亏当时有个政策，毕业回农村要"三同意"，即：本人同意，对象同意，家庭同意。也算是反潮流中的一点细心之处。

吴玉娟人还未回来，毕业回农村的情况已经报到地区人事科。根据"三同意"原则，把话递给了郑书记。郑书记找我，征求我的意见。

"郑书记，这叫我怎么说呢？她是大学生，又是党员，大学毕业回农村这是最时髦的了！'反潮流'，'反右倾'，新生事物，谁敢反对！谁敢说不好！我也不说反对话，我可不想给她当垫脚石，从反面去衬托她的光辉、伟大！我不是党员，落后，可不想这么个落后法。可有一点，我要说清，她要回农村，我们的事儿……就算吹啦！"

郑书记委婉地说:"你别这么说,别激动,这事好好谈嘛。"

"郑书记,不是我有什么,我不过是个普通工人,可是我想不通,难道国家花那么多钱——过去不是一直说培养一个大学生要花多少多少钱,多少农民养一个大学生吗?那么国家这么花钱,仅仅是为了要体现一种敢于大学毕业回农村的精神吗?幸亏别的大学生没像她,要不然,好吧,毕业都回农村,国家是这么需要的吗?我看国家未必是为了让人毕业后回农村才招那么多大学生的吧?再说,如果她学的是农业,还有情可原,可她学的是建筑,难道她按专业的需要服从分配,就是不革命?就是不限制资产阶级法权?就是修正主义?如果大家都像她,那么国家需要的技术空缺哪去找人?她说不愿留校,我不反对,天天搞政治,她不是那块料,当一辈子饭吃不行。可是回塔城来搞搞你的专业又有什么不可?难道塔城不缺少你那技术力量?不需要建设?非得你去农村就是唯一正确的道路?"

郑书记点点头,可以看出他对吴玉娟的行为也很不以为然,我看出了这一点,更掏出心里话:"郑书记,你自己说说,是不是大学毕业回农村就那么必要?真的那么必要我也就不多说。可是,谁像她这么蠢,我就不信他们院校党委心里支持这类事。不过谁去反对?自己找倒霉。这种事报到哪级,哪级都支持,都同意,好得很!反正是你去农村,你自己倒霉,碍别人什么事。大家都落个支持新生事物的美名,我也不当落后,她愿下,我支持。"

郑书记知道这是气话,笑了笑,没吭气。

"别的不说,咱们讲点经济,讲点不好听的。她家七八口人,父亲又老了,母亲操持家务,生活困难,欠队上的钱一直没还清。年头好了还上点,年头不好又借点,她好不容易上了大学,省吃俭用地供她,以为她有出息了,熬出来了,指望她毕业后干点什么。这倒好,回队上,当社员,真荣耀!一个工挣不了几毛钱。就当我自私也好,资产阶级思想严重也罢,我自己吃了不少苦,再为这个吃苦,不值得。我原来还想两个人都工作,有了工资,可以帮助她家的,这下倒好,让她挣工分去吧。"

郑书记点点头,表示理解,好言安慰了一番,又让我到女方家问问意见,回头把情况一块儿报上去。

刻不容缓,我跑到额敏县,把吴玉娟毕业要回农村的事跟她父母说了。

老爷子一听,气得嘴唇直打哆嗦,半天说不出话来,长得稀疏白发的瘦长脸变得灰白，眼圈发青，家里人一看，知道又犯病了，忙扶到炕上，说宽心话。

我也说："您别着急，这事儿还没最后定呢，人家要'三同意'，要是家里不同意，我也不同意，也不会让回农村的。"

老汉半天才缓过劲来，捶胸跺脚，发出的声音像一缕游丝："嗐，要回农村，我当初让她出去干嘛！白耽误那三年干嘛！"

大妈也气绝了："这是啥孩子，咋是这么个样子！"

妹妹们更是怒气冲天："我们出还出不去呢！哪有还回来的道理！"

我暗暗叹气："瞧，谁都心里明镜似的，就她不明事理！全是虚荣心作怪。大伙儿都明明看得透的东西，她看不透？我倒真想叫她回农村，狠狠栽几个跟头；她的路子也太顺了，没吃过苦头，她早就该跌跤子了。"

我返回车队，找到郑书记，说家里人不同意。

郑书记告诉我：人事科的意见大约也是不同意，塔城的大学生少，哪个方面都缺人。

我释然道："说的就是这个话嘛，如果以对社会的贡献而言，究竟哪个对社会更有利，怎么才算是对得起党的培养，不辜负人民的期望，这还用问吗？"

张志兵听说吴玉娟要回农村的事，一下子笑起来："吴玉娟就是这么个人，单纯、热情，宣传什么相信什么，她要是不这么做倒不像她了。"

我用鼻子"哼"了一声，我现在已经不愿用"单纯"这样的词去概括她了，她在使大家为她担忧、受罪、难堪；她很少考虑别人，很少替别人着想，她只想到她自己，满足她自己；这不是单纯，这是自私，是虚荣。

我又说起把这事跟在乌市的妹妹弟弟说了后，宝琴说："得啦，咱们以后也别挂雷锋像了，把吴玉娟的像挂起来得啦，我看她也没别的办法使自己比别人更出色，只有走这一条路了。"

我成心赌气，连信也不回，懒得跟她费笔墨，不理睬，等她回来再说。

十月的一天，我从宿舍出来准备去上班，瞅见两年没见的早已把人弄得焦头烂额的大学生站在院子里，还是一头短发，圆圆的脸，精精神神。

我毫无激情，阴沉着脸，把她领进宿舍。她有点胆怯，好像犯了什么错误，悄悄地坐在床边。

我的火山爆发了，发起火来是那么凶，那么怒不可遏，我言辞尖刻，寻找着最能刺伤她心的词句，因为她刺伤了我的心。

她听着，一句话不说，低着头。

我说她是靠反击右倾翻案风吃饭，靠对上级的盲目服从入党，只知道唯命是从，没有自己的主见，简直是个奴才。我骂她不懂得一点做人的道理……我冷笑道："你愿下公社只管下好啦，中国革命，复辟不复辟全靠你了。"

我简直不知道怎么才能让这没头没脑的羊羔明白点世理，像教训什么也不懂的孩子，什么都得从头说起："你知道吗，我在内地有个表姐，五八年是北京纺织厂的一个团支部书记，上边号召下农村，她是团支书，真积极，带头第一个报了名，这倒不错，一下去就二十多年。她现在带三个孩子，工作也没有，工分也挣不成，你说这搞了什么名堂，这就是积极的结果！人家不愿下乡的，现在是四级工、五级工，二十多年的老工人，照时髦的话，还要领导一切呢，你敢说这是不革命？……当然革命不是占便宜，当年多少人打仗把性命都赔进去了，又图个啥？但是，如果谁'革命'，谁吃亏；谁'不革命'，谁享福，什么都颠倒了，那还要这样干什么？"

吴玉娟喃喃地说："别说了，我错了。"

我陪她回额敏县，免不了又是一顿臭骂。

吴玉娟气得嘟起嘴："我这次回来都成了受气包了！"

我的心又软了，吴玉娟毕竟"单纯"，她还不知道社会呢。这又激起我思想的另一个方面：我不是也痛恨法权、特权，批判这类东西，希望社会纯洁、公正吗？我不是也为城市青年到边陲、到艰苦地方去而感动振奋吗？我不是也在山沟沟待过，对仍在荒山戈壁深处生活的人们抱有亲切和敬意吗？吴玉娟回农村也不过还是过那种贫苦日子，别人能过下去，她自然也能过下去，邢燕子、董加耕、侯隽十几年在农村不也待下去了吗？……并不是大家都下农村的，但有那么几个又有什么不可以，为什么事情一到了自己头上就想不通了？何必把吴玉娟骂得狗血喷头，一无是处，自己真的比对方更懂人生？更勇于正确实践革命？

不，那么，我不满什么？气愤什么？

是的，我不满宣传，不满欺骗。我看出来啦，报纸上冠冕堂皇地造一种舆论，完全是出自某种政治需要。这种舆论头脑清醒的人都不相信，上边的人也不相信，只有老百姓怀着淳朴的心信以为真，照着去做，自找苦吃。而过后，他们又被忘却，又没人对他们负责，成了一时需要的牺牲。

记得一九七四年大兴"反潮流"时，地委组织了一次各单位参加的学习班。车队郑书记让我这个搞宣传的去参加。在食堂吃饭的时候，我大发了一番谬论，我说，不是什么张铁生反潮流，应该是辽宁省委反潮流，中央反潮流。张铁生参加大学考试，拿着考试卷子觉得考题都挺熟悉，也不难，就是答不出来。他说他在生产队当队长，没时间复习功课，而有的学生不上工，在宿舍悄悄复习功课，人家不上工复习功课的考上了，他因为顾不上复习功课而考不上，觉得挺委屈，他把这意思写到卷子上了，无非是发发个人牢骚，也情有可原。人家改卷子的老师看了，能说什么，你那卷子上没分也就没分了，团巴团巴扔纸篓子算了（这是我发挥想象的形容词）。谁知道，怎么就辽宁省委知道了，大张旗鼓地宣传，说这是"反潮流"。是"限制资产阶级法权"。那还是你辽宁省委需要这个。正好有了你需要的典型，碰巧了。如果你辽宁省委不需要，他张铁生一百张白卷又有什么用。说来说去还是你辽宁省委反潮流。这事情反映到中央（我那会儿哪知道有个"四人帮"），中央也认为需要这个典型，在全国宣传开了。那说到底还是中央反潮流。

周围吃饭的人听了，也就听了，没什么反应。

有一个男的走过来，说他是什么什么记者，说我的看法很独特。问我叫什么？在什么单位？说有空想跟我聊聊。

我有点胆怯了，不知这个记者有什么背景，别是找我岔子。想想我说的也没错，我没有说中央不好的话，反而是说的好话，能把我怎么样。我就说行嘛。后来也没见有人来找。

试想想，如果当时吴玉娟真的没有谁阻挡（不可能的），真的下了农村，被鼓噪宣传一阵，等到后来"四人帮"倒了，肃清其流毒和影响时她的命运会如何？肯定成了极"左"的产物，不管她是不是没把下农村看得那么重，是不是对农村的农民有感情，她在那个大背景下就是一个"政治小爬虫"，就是一种政治斗争的"牺牲品"。我相信落实政策时，她还会上来，只不过是灰溜溜地上来，什么也不是。

我又开始恢复我的中庸之道，不管什么运动，别冒尖，别激烈，别不留后路，这是对的。你回过头看，哪个运动，冒尖的人，会有好结果？我希望吴玉娟选择一条稳当的路，只要她像一个普通大学生那样照正常分配行事，既勿

"左"也勿"右"。

——三十多年后，国家倒真正找到了一种大学生下农村的方法，大学生到农村去当村干部，帮助改变农村的落后面貌。政策是保留原来的城市户口，还给发工资，干完规定时间的村干部，干好的还可以转公务员。不干的也依然可以回城再找工作。如果当年吴玉娟遇到这种情况又有什么不可以回农村干呢。那不是一种政治利用，不是一脚踏下去只是当个农民。仅仅当一个普通农民，能改变农村的什么？

吴玉娟被分配到地区建筑公司上班，当技术员。

塔城正准备建造地区的第一幢大楼——地委行署大楼。吴玉娟作为建筑公司技术员，负责大楼的具体施工。从一出校门就被迫上了一线的实践。她一身蓝布工作服，没架子，最爱搞些个打成一片的名堂，颇得工人们的好感。在施工中，地委书记几次到工地检查工作，她陪着介绍工程进展情况，也颇得领导的好感，拍拍她的肩膀鼓励她好好干。

吴玉娟跟另一个女孩子住在地委招待所的一间房子里——大楼盖好后，此招待所将拆掉。没多久，同宿舍的女孩子搬走了，只她一个人。天棚地板，隔于一角，又安静又宽敞。我每星期去一次，去多了怕别人说闲话，又显得没出息。到了星期六，她凭借我与车队的司机们关系熟，大约总是厚着脸皮搭便车回额敏县看父母。生活变得有节奏，充实而平静。

我不忘敲打她："你瞧，咱们现在这样多好！你搞你的建筑，我搞我的文学，各有各的名堂。乘着现在还年轻，咱们再好好奋斗一下，能搞出点名堂就搞点名堂，搞不出来退一万步讲，也不过像别人那么过个正常日子罢了。"

吴玉娟点点头，表示赞同。

偶尔，我想不通她在学校的许多行为，慢慢地套她的话。

"吴玉娟，我问你一个问题，我没有任何别的意思，我只是想了解你内心真实想法。"

"嗯，你问吧。"

"你当初提的毕业回农村，究竟是怎么想的？真的就想回农村抡砍土馒干活儿？"

"不是，我想回到队上，也绝不会老当社员，肯定慢慢当个队干部什么，早晚也还会上来。"

我点点头，粲然一笑，她在回答时并不虚伪。她这么想倒是真实自然的——在坚决要求回农村的誓言中，加上一点个人的小九九倒是可信的，人无完人才是真实的人。

她说："我对农村想的没你想的那么可怕，我在生产队待过，队上的人对我挺好，我上大学，队上还给我寄了钱，挺让人感激。"

我听了，心有所动，也找到了她看似无理也有理的一点思路……

"那你为什么不留校呢？"

"搞宣传也没啥意思，再说我受不了西安的天气，天热得人干什么都没心思。每天吃的高粱、玉米面饼子，太难吃了。哦，还有红薯。有的晚饭就是几个红薯。生活上也不习惯。"

"那你提出毕业回农村是你个人想出来的吗？"

"也不是，在我们之前，学校里有一批走了西藏阿里。反潮流时，学校好像也希望出个典型。"

"你怎么知道学校希望出典型？"

"我是从学校的一个副书记口气中听出来的。"

"那你就想当这个典型？"

她不好意思地笑了。

"你知道你这么做在校的毕业生们是怎么说你的吗？"

"不知道。"

"我听人说，毕业生们对你恨得咬牙切齿，咒你不得好死。"

"不会吧，提出下农村的又不是我一个。"

"学校怎么做的？大做宣传？你写了决心书啦？"

"没有。我只是写过一个思想汇报，提到回农村的事。还是那个副书记汇报上去，做了宣传。"

第十四章

主席去世，泪雨滂沱……"四人帮"垮台……彻底否定"文革"，两派都要整下去……早知道如此，还不如当逍遥派……我想平庸

五十二

正当我们准备结婚时，赶上了主席的去世。九月九日中午，若不是发生了此事，我是不会记住我生命的此刻在干什么，我正在抠一首小诗，反映车队大干快上的。我珍惜时光，舍不得午睡，从夏天一有午睡时，就锻炼中午不睡觉，看书、画画等。

敞开的窗户外的天空是晴朗的、光灿灿的。

突然，广播中又放出了那令人胆战心惊的哀乐，又是谁？总理去世时，我们已经经历了一番生死痛苦。

我屏住呼吸听那沉重的缓慢的声音："……伟大的马克思主义者，伟大的无产阶级革命家，中国人民的伟大领袖毛泽东……"我跳起来，恼怒地把手中的钢笔狠命地摔在了地上，心中潮湿却哭不出来，充满了一种人生的绝望。完啦！什么都完啦！毛主席，唉，毛主席也……不是说万寿无疆吗？不是说能活到一百五十岁吗？都是骗人！都是虚伪！我从没想到主席不在人间，即便在总理去世后曾一闪念想到主席，很快也就不往这上想，不能想，不敢想。我仿佛被罩在大雾里，迷失了方向，今后真假是非，哪里还有判断的标准！主席在时，有天大的问题，澄清不了的是非，决定不了的疑难，有主席呢，有他老人家掌舵、

278

指航，有他老人家明察定论，大伙儿有依赖、有靠山、有信念、有干劲，无后顾之忧、无彷徨之愁。今后这么大的国，这么多的人，谁能掌握？谁能指挥？谁能令人信服地追随？啊，人活着还有多大意义！还有多大勇气！

对于毛主席，我还有一个秘密，我幻想写出不朽的作品，能够受到毛主席赏识的作品，能受到毛主席接见，握握毛主席的手呢。我参加过毛主席第六次接见红卫兵，可我眼睛不好，从广场看不清天安门城楼上的主席，我想真真切切地站在主席跟前看主席……如今我的原动力没了，不知为谁去发奋努力，为谁去废寝忘食，为自己吗？那有什么意思！为别人，会使我有这么大的雄心壮志？大地在我的脚下裂开，世界仿佛回到了尚未开天辟地的混沌之中……

我跑到广播室，郑书记在那儿静静地坐着。

下午，自然是哀悼主席，听广播，扎花圈，一切都在重复总理去世时进行过的。人们低垂着头，在平日，很少看到如此一致的悲哀沉痛。哭的人比总理去世的少。我恨自己为什么单单在计算谁哭，哭多少，这是制造一种效果吗？谁能把悲痛化为力量？真正地去革命？自己行吗？我剖析自己，却不敢响亮地决绝地说一个"能"。——卑鄙！小人！我咒骂自己，把自己看成不可救药的废物，恨不能把自己撕烂。——这使我又一次痛感无名的悲哀，洞察人性的可恶。啊，人们，主席不在了，他老人家当年参加革命，缔造了新中国，为我们带来了幸福和安宁，我们能没齿不忘？能克服我们的缺点？能从此改好吗？……

终日的哀乐，大幅的黑布、黑纱……各省的喑电，忠于中央，决不分裂……

塔城地委会议室临时改成灵堂，各单位集体致哀。

我走在队伍当中，一直没掉一滴泪。我就这么心硬？对主席没有感情？我羞惭，自责，充满了一种犯罪感。我担心自己到灵堂前也哭不出来，人们会怎么看我。

长长的缓缓的队伍被消化进门，里边哭声连成一片。未进大门有的人已经落泪。啊，哀乐，那哀乐，你是谁写的？心中没有巨大的痛苦怎能写出如此催人泪下的旋律，但你又不叫人沉于悲痛的海底，那里有一种抗争，一种不屈，一种要与命运搏斗的尖利的东西从心底升腾出来，让人含泪朝天，切齿发誓。……我鼻子发酸了，心里骂着自己，我不哭，我不哭，我与众不同……

一进门看见主席的框了黑边的大幅画像，听闻哀乐夹杂着一片失了控制的悲啼，我的坚固的大堤崩溃了。我平日纵有千不该万不该，千错万错，对主席的感情是真诚的。从我懂事上学起，这伟大的名字便与我一同存在、成长，我以为永世、永远……啊，毛主席，您今何在？一刹那，古往今来、天上人间、生前死后、思绪万千……我再也忍不住了，泪闸顿开，大雨倾盆，我毫无顾忌地号啕大哭，越哭越凶，前后的人被我的哭声压住了，我只能听见我自己的狂风暴雨。

后边的工人用手捅我："杨宝如，控制点。"

我无法控制，不想控制，任凭泪雨滔滔而下，我想把自己哭成水、哭成泥……我来世一场，都干了些什么？对得起谁呀？生命的年轮加在我身上有什么用？……

我哭疯了，哭软了，过去良久，仍不能止……我软软地蔫蔫地从另一个门出来，天地还是亮亮的热热的。我似乎是从一场梦中过来。大自然是多么永恒，再伟大的生命也无法与之抗衡，更何况芸芸众生呢。

晚上，吴玉娟到宿舍来了，说他们参加主席追悼会一个个哭得可伤心啦，她自己也哭了好几回，她问我哭了没有？

"没有。"我铁青着脸回答。

"你真心冷。"她有许多感情的话要跟我说，我看出来啦，可我故意冷冰冰地不让她开口。我似乎什么样的思想都涉猎过，什么样的感情都体验过，已没有什么可打动我，值得我去讨论的了。

我心中浮动着迷茫的雾，我差点想说我不想结婚了。真的，这一切都有什么意思！为了什么呢？主席不在了，中国的命运未卜，我却还在想着结婚，想着跟自己生理上有差异的女人同床睡觉，多不相称！

我瞅着灯光下吴玉娟有了皱纹的额头、眼角，又觉得她可怜。她在对主席的忠诚上要比我实在得多，身体力行，虽然并不那么有头脑……经过风风雨雨之后，我看出，她想有个家了。

我带她去看车队给的房子。

虽然只有一间半，吴玉娟很满意。空房子显得宽敞。搬走的那家不知什么癖好，在墙上钉满了大大小小的钉子。

我俩谁也不说收拾房子结婚的事。

我背着手，在砖地上来回踱步，只说了一句话："往后推吧。"

吴玉娟点点头。

五十三

一个月后，我又感慨万端地走在热烈庆祝打倒"四人帮"的队伍之中。龙蛇之年，真是多事之秋，当街上贴满打倒王、张、江、姚的大标语，甚至把名字倒写，打上××时，真让人有恍若隔世之感。

秋日，阳光清丽、灿烂，人们笑逐颜开，打着彩旗，穿上花衣服。

我一边随喊口号，一边思绪万千。我惊异自己的心情这么快就恢复了平静。好像打倒"四人帮"早在意料之中？其实我从未做此卜卦。我没有当初林彪垮台时的绝望的感觉，也许是经历多了？麻木了？也许因为对江青的不满，对江青的垮台高兴了？从文艺上出了一口恶气？"文革"初期，我曾拥护尊敬过江青，觉得她在毛主席身边，被陶冶得水平极高，我甚至自创一种怪论，近朱者赤，近墨者黑，有什么样的丈夫，就有什么样的老婆，男的革命，女的也革命。我也曾为"样板戏"把帝玉将相、才子佳人撵下舞台而高兴，可是又渐渐恨她把文艺卡得太死了，"样板戏"捧上了天，别无他物……可是，我也有疑惑的地方……把她抓起来？她毕竟是毛主席的夫人呐！再说，是不是到了这一步？矛盾的性质……

内幕开始慢慢地揭开了，"四人帮"这个词开始流行，毛主席起的，原来早已成伙，江青大闹政治局，大唱逼宫戏，物极必反，不抓不行了，矛盾已经转化……

——政治斗争的残酷性在"文革"十年表现得淋漓尽致。

不管怎么说，我有了一种"解冻"的感觉——春天来到了。文艺界首先活跃起来，消失的文艺演员纷纷出来亮相，讴歌新的春天……我的那根绷了多年的神经之弦也该松一松了。当我路过电影院门口倾听越剧《红楼梦》优美委婉的唱腔声，几乎心潮落泪，我从没想到有朝一日还能重听此越曲。啊，真的一切都变了！恢复了！溶化了！……学习的内容开始搬出马列关于经济问题的论述；在证明"四人帮"空头政治的虚伪；在证明马列是重视经济工作的；在强调正当管理必不可少；在为利润恢复名誉；在启发生产的目的是什么；在学习邓小平的实事求是，恢复党的优良传统……

在这新的政治的春天里，我结婚的事也准备就绪，从谈恋爱到结婚经过整整六年的时光。我结婚要比别人简单多了，我没爹没娘，塔城没什么亲人。弟弟妹妹远在乌市，不可能也没必要前来参加——根本的原因还是，我有一种淡泊人生的趣向。我原来准备十月一日与吴玉娟走趟乌市，见见妹妹、弟弟，就只当旅行结了婚。回来后，把张志兵、刘大侠等一些好朋友请请，不大事声张，也不大办。吴玉娟说主席去世，追悼期延长一个月，她是党员，不便走。我便一个人走了乌市。

朋友们开玩笑说："杨宝如自己跟自己旅行结婚了一趟。"

从乌市回来，我只在车队门上贴了一张不大的红纸："本人结婚，欢迎大家做客。"简简单单，谁到房子来，我会拿出最好的烟酒招待，不来也就算了。

到新房来看看的人并不多，正合我意。

晚上，张志兵弄来几个人咋咋呼呼要闹洞房，气氛凉凉地也闹不起来。他结婚时，我们一把子朋友可是好好热闹了一番。

我笑道："志兵，行了，各人的情况不一样，我这种结婚法就闹不成，咱们还是说会儿话吧。"

张志兵耸了下肩，也没办法，真的，不够闹的条件。

等人都走后，两个人把新房收拾好，上床休息。

吴玉娟问："你说，中央的领导也都这样吗？"

"不这样，还能有别的样子吗？"

"唉——"新娘感叹地说，"人哪，怎么都一样！"

我一有了家，又开始恢复在北京时养成的抠门精神，为了节省煤，把做饭的炉膛抹得小小的。做饭在小房子。炉膛的火通过大房子的火墙冒出去。因为火小，土火墙总是烧不热。白天在大房子穿着棉衣、大头鞋都不热。到晚上睡觉更是一关，被子冰得人非得下决心才能躺下去，半天暖和不过来。早晨醒来，冲空中吐哈气，一道轻轻的白烟，看看温度计，才零上四度。吴玉娟正如她父亲说的，不会过日子，你怎么安排她怎么接受，一点不动脑子。

"我先钻被窝，我把被窝给你捂热。"她能做到的就是这一点。

我不想早睡，穿着棉衣、大头鞋，趴在桌子上，总要写点什么东西。

冻得实在受不了了，我们才不得不思考改变。

买了个铁皮烤箱，让炉火先进入铁皮烤箱，再进入火墙。铁皮散热快，房子的温度增加了一点。

我到张志兵家，人家的房子热得穿不成毛衣，好像非洲沙漠。我说起我的房子不知为什么加不热。

张志兵到我家把炉子看了，哈哈大笑："哥们，这么小的炉膛能烧热吗！得把炉膛往大了扒，多加煤，煤砖。"

我把炉膛往大扒了点，舍不得扒得太大，怕费煤——人也真是，小时候养成的习惯，竟那么难以改变。

有了家，更准确地说，有了晚上可以搞创作的安静的环境，我的创作热情十分高涨，心中翻动着无数的构思和联想，既然"文革"已经结束了，我可以写一首长篇散文诗了，以黄钟大吕、高屋建瓴的宏大气魄写出史诗。

我假设长散文诗以两个人对话形式，一个是阅尽人间的昆苍老人，一个是新生的共和国（赤子），一老一少，一古一今……正可以论尽天地宇宙之事，好不浪漫，好不磅礴！也许我这种构思交给一个真正的诗人早写出了鸿篇巨制，到了我手里，什么样的好题材都完了，正如同我的画画，我构思来得快，画画的同仁们都佩服我这一点，学过专业画的都让我帮着构思，可是人家有画画的基本功，即使是平常的简单的构思，一旦画出来便是一幅画，而我呢，力不从心，很好的构思画不出来，画出来也不伦不类，写散文诗我同样遇到这个问题。我还没感到时间对我来说已经很宝贵，我是三十岁的人了，三十而立，由着兴趣去创作，没好好想想能不能胜任自己要写的东西，写出来的东西有没有人看，能不能发表。

洋洋洒洒地写了五万字的《祖国颂歌》，纵古论今，两千年的历史演变，近百年的中国人民的奋斗，毛主席井冈山斗争，长征，延安，创立新中国，又写了之后的一系列运动、斗争，又写了十年"文化大革命"，写了打倒"四人帮"，开始新的征程。我的想象力，我的文字的表达能力……我至今都想不通我怎么会有那么多美妙的语言，那么磅礴的气势，那么……

可是我花费很大心血却是写了一部没有任何实际价值的东西，只是凭着感觉，随心所欲地写，特别是政治性那么强的东西，又太贴近现实，当时还未明确否定"文化大革命"，还未对解放后的历次运动进行反思、评判，我不过是按照原来的调调写了下来，许多认识，用后来的眼光看早已成了错误的，即使在当时，我在内心深处也涌进一阵阵的不安，特别是"文化大革命"取得了胜利的评价问题。

——对"文革"前的十七年如何评价呢？一抹黑吗？显然不对，全肯定吗？那"文革"的意义何在？

——刘少奇错了？邓小平又站出来了？似乎又在开始恢复刘少奇那一套？

——"文革"的最终目的是什么？人的思想革命化实现了吗？

——"文革"的胜利是粉碎两个反党集团吗？若没有"文革"也不会有两个反党集团？不会给他们机会大乱天下，篡党夺权？

……

啊，为什么"四人帮"完了，我却不能像看到的小说那样，只有一片云开日出的明朗欢乐，而是思绪万千、愁肠百结，倒好像又回到"文革"初期，比那会儿还思索得沉重，想得灼痛？

我明明知道我的散文长诗不会发表，还是托人交给在乌市的弟弟宝军，托他交给《新疆文艺》一个叫刘长青的编辑，他也认识。

宝军给我回了封短信，大意是刘长青提出的意见是作品的中心思想不明确，选择的格式不太好；刘也是只看了一点儿；再说《新疆文艺》也不可能发表这么长的作品。弟弟在信中也提了他自己的看法：用词造句上都是很成功的，就是中心思想不太明确，而且抓得不紧，没能紧紧扣住读者的心弦；再说这是一篇历史史诗，更需要丰富的历史知识，从中提炼出感人的精华，给予加工成吸引人、令人观之而神动的作品。弟弟建议我先从小的短的下手，贪大求洋，反而把好时光耽误了。

真的，我在浪费时光，浪费生命。我除了写了那首长的，又写了一大堆诗不叫诗，散文不叫散文的东西，全是随心所欲，由着性子去写。有次李勇（比我低一级高六八的同学，与李强同班，也喜欢写作，后来当到地委宣传部长）跟我说，他见了一个《新疆文艺》的编辑，正在塔城办事，那个编辑叫张涛，李勇把他的文章让张涛看了，张涛评价不错。而李勇把我写的东西给张涛看过后，张涛对李勇说，他（指我）的这些东西也许二十年后会发表，起码现在发表不了。——其实是婉转地说我写的东西什么也不是，根本没有发表的可能。

我看过杨牧写的自传体长篇小说《天狼星下》，杨牧深深感谢张涛的伯乐识马，把他挖掘出来。我大约也是在那同一时间与张涛相遇，但看来真的不是什么人才，若真有才能不显出来吗。

真的，我那时应该扎扎实实地写点短小的文章，一步一个脚印走出来，可我总贪大求洋，总听凭心里的想象任性地写，写的又都是什么也不像的东西。

一句话，从我开始真实地投入文学创作时，也就开始了浪费时光，浪费生命。

五十四

对"文革"，张志兵没有我想得那么多，从"四人帮"一倒，他含笑对我悄悄道："咱们这派对啦，大方向正确。"

全国开始了批判"四人帮"的"揭批查"运动，批造反派，塔城'星火燎原'也开始挨批。

"星火燎原"曾一直以造反派自居，且与乌市造反派有直接的联系。

我也觉得虽然两派都有打有保，但关键的几个大转折我们跟上趟了，对了。

但是，我已没有了当初那种深深的仇恨，事过境迁，对对方挨批，一方面感到高兴，历史终于证明我们是正确的；一方面又带着一种慈悲的宽容："唉，都是上当受骗，成了替死鬼。"

当"揭批查"的矛头一指向"红夺指"时，我的奇思妙想便如弓弦一样"嘎"地绷断了！

——彻底否定"文革"，两派都要整下去，没有谁是正确的，没有谁是胜家。"造反派"三个字也并非指以造反派自居的人，而是指参加"文革"形成的各派组织，虽然这些组织早已不存在，但所有参加过组织的被认为有问题的人都要重新审查，进行处理。

我，自以为在"文革"中获得最大价值的追求者神色黯然了。如果把自己走过的生命里程画一个坐标图，那么坐标线的最高点应在"文革"初期那惊心动魄的日子里——无私无畏，赤诚奉献。我记得大雕塑家罗丹说过：一个女性的青春的美有一个高峰，这个高峰可能来早与来迟，但过了这个高峰就不行了。如果我的政治生命是个女性，这个高峰便是"文革"初期。在那之前我是什么样子？在那之后我又是什么样子？我的最光彩、最值得自豪、最显示人生价值的事恰恰是最不光彩、最不值得自豪、最无人生价值的事！我能想得通吗？我朝谁说去？……啊，我们一代红卫兵的形象，只是一伙暴徒？一群恶魔？用一幅漫画就可以画出他们的全部本质？又有谁去客观地真实地剖析过？

张志兵没我这么多联想，他这会儿只想到，不知运动怎么发展，可能下一步会找他的麻烦。

很快，批判"四人帮"的运动全面展开。原"红夺指"夺权被定为是"四人帮""一月革命风暴"的产物。参加"红夺指"的几个主要干部被列为批斗对象。

张志兵果然被列入批斗的对象，根据指示，暂时停止了工作，参加批斗会。

他于是陪着原"红夺指"的老干部和几个头头一块儿每天到各个单位去参加批斗会，接受批斗。

晚上，我打算去张志兵家串门，聊聊天，安慰安慰朋友。吴玉娟也非得要去。我不喜欢走到哪儿都把老婆带上。她非要去："干啥，我去看看英英还不行吗？"

我无话可说，一块儿来到张志兵家。

我问起张志兵挨批斗的情况。

张志兵撇了下嘴："喷，也没啥，让到哪儿就到哪儿去，低着头，听人批就是了。"

英英哼哼道："张志兵有什么？他又不是什么头头。天天让他陪着挨批。上边的头头说他是坏人，他怎么是坏人啦？"

张志兵倒挺大方："得了哟，英英，你咋这么多话。"

吴玉娟只会陪着叹气，还爱用点时兴词句："实践检验真理，怎么不调查，给人乱说，张志兵怎么能是坏人？"

我在地上来回踱着步，冷笑道："多少年的运动我能不知道……一开始来势汹汹，各单位揪出的坏人越多越好，'不揭不知道，一揭吓一跳'；'阶级斗争，一抓就灵'，上边要的是数字，揪不出坏人来怎么能证明运动搞得好？于是要立场坚定，旗帜鲜明，决不能心慈手软，一揪到底。等人整得差不多啦；半死不活啦；伤透了心啦；就又该纠偏啦——要团结大多数啦；百分之九十五的干部、百分之九十五的群众是好的啦；'惩前毖后，治病救人'啦；区分两类不同性质的矛盾啦；平反冤、假、错案啦……没办法，开不出球籍，开不出中国国籍，枪毙又不够格，还得给碗饭吃。"

"可现在是打倒'四人帮'之后，真把人整了，也不好翻了。"吴玉娟这句话说到点子上了。

这似乎是大家共同担心的。

"……这个可能性也存在，"我承认，"不过，我还是认为，整错了还得平反，不过肯定有屈死鬼。"

我越说越激愤，满屋子只听我一个人的。

"唉——，早知道如此，都当逍遥派好了。几年的时间玩也玩美了。我说什么时代落后点总是好。要是按照我原来看破红尘的思想，我肯定不会积极参加'文化大革命'的，也不知怎么突然怕复辟，怕变修，好，参加吧，现在秋后算账了吧，行，够意思！"

吴玉娟道："可是，当时整个形势就是那样，也不可能不参加呀！参加了，犯了错误，也是难免的。"

"那好，我问你，"我近乎冷酷，"照咱们说的，怕犯错误什么也不干是最大的错误对不对？"

"嗯，是的。"

"那么，你干了，犯了错误，人家什么也没干，没你这些错误，你能说你比不干的人正确？现在上边说你张志兵是坏人，而没说那些不干的人是坏人，而恰恰相反，不干是对的。"

"不干虽不会有错误，但也不会有成绩。"吴玉娟竟然跟我理论。

我不屑一顾，扫了她一眼："什么成绩？你限制资产阶级法权是成绩？两个决裂是成绩？现在人家抓你的辫子，希望你的错误越多越好的时候，还成绩呢！……追悼会上去谈成绩吧！"

张志兵挥挥手："得了吵，这都是气话，让批就批嘛，不是好人是坏人……等打起仗来再说，看看谁是好人，谁是坏人……"

我忍不住笑了。"唉，又是你这老一套，可惜呀，打起仗来你死了也白死，能让不是好人的人当英雄吗？"

英英从旁被激得浑身长刺，火烧火燎："那照你说，我们还没活路了？"

被宣布为"坏人"的张志兵倒没这么大的火："得了吵，这不就是说说，看你还当真的了。"

英英早急红了眼："我才不说着玩呢，要整人，搞运动，谁也没说个'不'字，可要是把人往死里整，该造反时还得造反，有什么了不起！"

大伙儿见英英急扯白脸的样子，都笑了。

我有点感伤地说："得了，我们一天脑子里关心政治、政治，也是上边多少年灌输的，现在上边转了弯子，不需要我们想那么多，倒又想不通了！……小人物是多么可怜！愚蠢！一天不问政治，吃好喝好，从人的本性上来说也是愉快的！精神与物质两者必居其一的话，我选物质。……过去说'政治第一'，现在是'吃饭第一'，'民以食为天'，……我原来还批判过别人呢……可……"

吴玉娟也觉得丧气，说："就是，行了，忍吧，熬过去算啦，好好过自己的日子。"

最后走时，我们又安慰张志兵两口子道："想开点，没什么，一切都会过去的。回过头看，这只不过是人生的一个小插曲。"

五十五

我真的有意识地把自己从浓重的政治阴影中往外解脱。

我像一个浑身舒畅地在海水里游泳的人，徜徉在陆续出版的许多外国文学作品里，许多被压抑的思想从心的窄缝中悄悄活动了。每拿到一本久闻其名的新书，便忍不住一阵松弛的狂喜，而且连"文革"前那种只知道批判的无形障碍也没有了。这使我感到：自己过去有那么多的小资产阶级感情并不那么可怕，现在的形势并没有要求人们从灵魂深处爆发革命，也并没有要求人们去抑制复杂的感情——虽然我并不认为软弱苍白的小资产阶级感情多么值得赞美。我还是羡慕意志坚强，果敢的个性。但我看出来：政治在一片声讨"空头政治"的飓风下，渐渐后退萎缩下去，失去了社会的平衡，将来还要吃"一种倾向掩盖另一种倾向"的苦头。人是难改造的，十年搞了那么激烈、那么深入的运动都未改造好，现在放纵人情人性了，就更难说了。如果说原来只想把人搞成清一色的清教徒的话，现在则是容忍三教九流、五花八门存在的社会了……

我开始从人性的角度来研究人的心理，我看到人心的一种渴望松弛、解脱的潮流，看到一种从模式里跳出放纵本性的趋势。人们一方面在感情上不愿否定主席，一方面却从主席所希望的模式里往外膨胀、开小差。我虽然为人心的背向感到痛苦，对越来越涌起的人欲横流、抛弃思想境界的追求而深深失望，但我却又愿意随波逐流……既然社会如此，那么，我为什么不消沉！为什么要装腔作势地拘束自己？啊，我的心中有一种渴望，有一种说不上为什么的愤怒，一种为了这愤怒而展开的扩张和宣泄。

我在寻求新的生活内容，一个是迷上了围棋，黑白世界中有无穷的奥妙。有人说，学了围棋，就等于找了一个终身的情人，这是真的。因为这围棋，我荒废了多少时光，又获得多少人生的乐趣，是一笔最无法算清的人生之账。中国文人的琴、棋、书、画，我又沾了一项。第二我学会了跳舞。下围棋是我有意识学的，跳舞却是无意识学到的。"四人帮"一倒，跳舞之风兴起，在乌市的宝军、宝平、宝宁都学会了跳舞，每天下班，咋咋呼呼去哪个单位跳舞。即使在房子里，也互相研究着舞步的花样。我到乌市出差，正赶上兴跳舞，我对此无动于衷，只觉得可笑。我是哥哥，不屑与弟弟们为伍。我在塔城也跳舞，可那是踢踏舞、达斡尔舞，各跳各的，男女无接触，多文明——我把不接触视为一种文明，男女授受不亲，我大约快列入老古董的行列。

"哥，跳舞简单得很，我教你。"宝平热情地说，他跳舞比宝军、宝宁更着迷。

"你们跳吧，我不跳。"——不反对跳舞，表明我很开明，我不跳舞，只说明我不爱好。

干休所对面是自治区展览馆，三个弟弟与展览馆的人约定下班后到展览馆跳舞。

"哥，你也去吧，你不跳，看看玩，也行。"宝军劝道。

我出于好奇跟着去了，只穿过一条马路就到。

展览馆的门厅的水磨石地真滑溜，当时有这好地面的地方并不多，许多单位会议室、饭厅的地面都是水泥的，也照跳。

跳舞的人并不多，有七八对男女的样子，都是青年人。女娃娃们都年轻漂亮。人都是互相约好的。手提的录音机一放音乐，宝军、宝平急急忙忙跳了起来。只有我在凳子上坐着。隔我不远坐着个女孩子，身材挺好，脸盘也不错。一支舞曲过后，稍事休息。第二支曲子开始，青年人又兴致勃勃地跳起来。事有凑巧，那个女孩子偏偏又没被邀请上。她低着头，眼睛看着她的脚尖，余光能射到脚尖前一尺的地方，有的舞男舞女的皮鞋进入视线范围，又很快从视线范围内滑过。我可以看出，她太渴望跳舞了，太渴望有人请她，连着两支舞曲没有人请她，她会不会产生一种错觉，以为自己长得不对劲，或者哪个地方引起反感，造成别人不愿意请她。她低垂着肩，垂着眼帘，显出一种自卑的神情。

她使我想起《战争与和平》娜塔沙渴望跳舞的心理描写。

我不忍心看她那么不安、自卑，其实她一切都很好。可惜我不会跳舞，好像我是个残疾人，双脚迈不动步子，不然，我会马上走过去，潇潇洒洒地请她跳舞——她使我产生了一种强烈的跳舞愿望。我注意着弟弟们和别人的跳舞步子，不就是那么走来走去吗！弟弟们不是说，你只要会走路就会跳舞，两只脚只当往前走就行了。

我鼓起勇气，果敢地站了起来，走到女孩子面前，说："我不会跳舞，试试，行吗？"女孩子露出微笑，站起来，我学着别人的样子，拉起她的手，轻搂上腰，我想象着自己随着音乐走最简单的步子总可以吧。谁知，一迈开步子总踏不到点子上。我一胆怯，越发不知如何迈步子，几乎是寸步难行，我慌忙松开手，面红耳赤，抱歉道："我真的是不会跳舞，真对不起。"

女孩子不得不又跟着我坐下来，我觉得丢脸极了，似乎有生以来从未这么丢过脸。幸好，从第三支曲子，女孩子有人请了。

几个小时下来，只有我一个人是老老实实从头坐到尾的，而且是在认认真真地看别人怎么跳舞。让我不服气的是，一个其貌不扬、赖赖兮兮的矮胖男人自鸣得意，脚底下变着花样，搂住女孩子拥来揉去，竟也能成为一种资本！

回到干休所，我是真想学跳舞了。我决心与长袍马褂的道学先生分手。弟弟们教我男步，妹妹陪我走女步，我总算能踏上点子了。

"一切的机会都是方向，你所不知。"毛主席喜欢看的赫胥黎的《天演论》里这么说。学会跳舞对别人无多大意义，对我来说却带来了某种人生的转折，正如我不是搞政治的人、"文革"中却突然搞开了政治，我也本不是跳舞的人却学会了跳舞。而且，当我回到塔城后，塔城跳舞尚处于开发阶段——我成了超前。

塔城最先兴起跳舞的一把子人是"文革"前就喜欢跳舞的舞迷，大都四十岁以上，重整旗鼓，卷土重来。天下的事就是怪，我本是最不愿意与人打交道的，却因为跳舞，很快地认识了许多照平常是打不上交道的人。我加入了这舞迷的行列，他们叫我"小杨"。

在这群人里，我见到了以往我会嗤之以鼻、一辈子不愿理的人——一个叫唐花的女的，三十多岁，皮肤白皙，面容姣好，体型虽然有点发胖，却不失风韵。"文革"初，一九六六年"破四旧"时，红卫兵在唐花脖子上挂上破鞋，游街，特别是还挂上一双大破毡筒，以证明其大破特破。我受旧书的影响太深，顶顶鄙视的就是作风问题。我还记得我当时听了脖子上挂毡筒的事还觉得解气，哈哈大笑。而今，我登堂入室，出入于人家之中，简直不可思议？

有人介绍说："这是杨宝如，他父亲是军分区的杨司令。"

"知道。"唐花大眼睛含笑凝望，"杨司令的大公子，谁不知道，只不过小杨见了我们总是眼睛一低，就走过去了。"

我尴尬难堪，慌忙解释道："我总喜欢低头走路，再说，那会儿也不认识。"

唐花爽笑起来："这回认识老大姐了吧？"

我受其感染，也笑起来。

唐花两口子准备了一顿晚饭，聚会的人吃完喝完后，撤掉桌子，在房中的空地跳舞。唐花的丈夫高大魁梧，原在乌市工作，结婚后调到了塔城。我暗想，人也真怪，他不知道唐花的事吗？可他爱她。而且为她放弃了大城市。我看出来，唐花周围有一群彼此往来的知心好友，嬉笑怒骂，率真无隙，看不出她对自己的过去有什么心理负担，也看不出周围的人对她有什么嫌弃。我原认为处在她这种环境中，可能每天都悲悲切切、阴阴沉沉的呢。偏偏人家不入窠臼，享受着人生给的那份生活快乐，不为他人的意念所左右。

我彬彬有礼地请她跳舞。

唐花似乎有一种胆怯："我可不会跳你们那花样啊。"

"没关系，我其实跳得也不好。"

我带着她跳，搂着她那肉感的腰，有点不可思议眼前的一幕，又有趣、又可笑。我带她跳了一个花样，她没变过来，抬眼望了我一眼，单纯羞涩地笑笑，像答错题的小女孩，唉，女人总有些相同的东西。

在放一首三步舞曲时，屋里的人都飞旋起来，教中学的龚老师突然想起报纸上的一句话："把我们十年的青春补回来。"这句话恰恰说出了大伙心中的朦胧的疯狂的情绪，"对，说得对，补回来。"

"来，转哪，多转它几圈！"

"跳吧，往死里跳吧！"

唐花感动地叹惜："就凭这一点，我也拥护邓小平。"

我也傻呵呵地高兴，仅仅为了能再跳舞就去拥护一个人，这也未免太浅薄了，可也从另一个方面反映了我的心境，是的，我不也是从这方面憎恨"文化大革命"吗？十年浩劫搞了个什么？就算功不成名不就吧，可玩也没玩好呀！现在我知道玩了，可是三十多岁了，玩的时间不多了！整个十年，不敢狂放，不敢潇洒，人像压缩饼干似的变成一种政治模具下的图形，回想起来岂止是愤愤，简直荒谬绝伦！

我有意识地让自己平庸。

我越看社会上的人们满足于自在的享乐，平和，明朗，健康，就越觉得自己的渴望与众不同，渴望不凡是一种畸形的病态。我试着向凡尘看齐，寻找一种内心的平衡，"知足者常乐"，"人生一世，草木一秋"，按照世界赋予我的生命正常地生活，不计较怎么生来，怎么死去，这不是很好吗？人世上又有什么永恒的主宰来裁判人应该怎么样，不应该怎么样。在长久的历史长河中，一个人晃然即逝，留不上一点痕迹，谁知道谁呢。我觉得活了三十年，第二次看破功名。第一次是一味地遁入空门，清心寡欲，了此一生。这次却是甘愿平庸，随波逐流，妥于人欲。

五十六

我最害怕结婚后女人怀娃娃，女人的肚子偏偏一天天大起来。吴玉娟挺起的肚子特别大，看的人都说是儿子。她到医院去检查，医生说，胎音这么强，肯定是个儿子。我没那么多儿女情长，冷冷地注视着她的变化，从她一怀孕，我就有一种耶稣背上十字架的感觉，心中充满了一种无可奈何的悲哀：完啦，我的自由从此结束了！我忧伤地想到我对人生的追求，在一身轻松时，尚不能实现，有了小东西就更难实现了。相比起来，外国人是聪明的、科学的，在外国把中年视为人生的黄金时代，中国则认为青年是黄金时代；外国人乘年轻时埋头奋斗，求学位，求功名，只有有了工作、地位，有了稳定的收入再谈成家立业，生儿育女。中国成了什么？小伙了过了二十五便遭议论，过了三十则称之为"老"。结不成婚，说你没本事；结了婚生不了娃娃，说你没干好事、断子绝孙；我是不是怕人骂断子绝孙才要的孩子？

按计算应该十月一日生，拖了一二天还没有动静，我要回塔城，她不让回，让我再等等。女人生孩子是一大难关，谁知凶吉，我想到这一点，也就继续等。

到了四日的晚上，有了生产的迹象，孕妇被送进了妇产科手术室。我作为丈夫是有特殊的权力的，允许陪伴。我坐在她头边，她握着我的手，我轻轻地拍她的手背，给她安慰；内心深处，既怕她出什么意外又怕别生个怪胎……偏偏，又停了电，手术室一片黑暗。我并不去注意医生、护士如何忙，我不愿看这个过程，我也不愿去看女人的下身，看怎么生娃娃的过程。

生产又遇到了麻烦，是难产，脐带绕颈，要动手术，把子宫扩大……

我只静静地坐着，感受着一片紧张和忙乱。

娃娃终于从下身出来了，医生揪着后腿举起来，像举着一只被剥了皮的赤裸的兔子。娃娃没哭，医生朝着屁股拍了一巴掌，才听见"哇"的一声，哭了。

我依然坐着，借着应急灯光怯怯地瞅了那肉滚滚一眼，细长的胳膊、腿，眼睛泛着青白的光，像翻开的某种动物的眼。一哭起来，鼻子皱成了小三角，难看极了。糟糕，全随了我了。我感到沮丧。不过，另一方面，也松了口气，总算有胳膊有腿有眼有鼻，没缺少点什么，若是个怪胎，那就丢脸了。至于我怎么老往担心怪胎上想我也说不上。

对吴玉娟来说，又一个人生的历史任务完成了。第三天我们出了院，回了家。

但是，我还不能回塔城，吴玉娟难产做了手术，缝了十几针，为防止伤口感染，每天要用高锰酸钾泡成的紫红色的药水擦洗，这个任务非我莫属。

如果吴玉娟能够像一般女人那样有一种抱窝的天性，我的后半生也许就是另一种样子，偏偏，她像一只把蛋下在别人窝里的杜鹃，剩下的事全交给别的鸟儿，这只鸟儿就是我。细腻的、充满女性的活儿都由我干。

她愿干打扫院子、打面粉、洗衣服之类的粗糙力气活儿，就是不愿意做饭、带娃娃。娃娃出生没半年，吴玉娟去自治区党校学习，我又当爹又当娘，一把屎一把尿。

半年后她回来，亲着小云儿："我太想小云云了，要是没有小云云，怎么办！"

我冷笑道："没有也就没有啦，要是咱们社会能开化到外国那样不要娃娃，我也可以不要。可是现在不行，没老婆说你的闲话，有了老婆没娃娃还说你的闲话，一骂起来就说你缺德，没干好事，不生娃娃。得，现在有了，别人没闲话了吧，可是多操心啊！要叫我说，我真想把娃娃再塞回她娘的肚子里去。"

吴玉娟有口无心:"你这个人真心冷。"

我急躁起来:"谁心冷,谁一天把云云带的,不是我吗!你嘴巴上说得好,真正带了几天娃娃?"

她没话说了——无法不承认这是事实。

第十五章

边境再度紧张，老百姓纷纷提前过年……张志兵越来越嗜酒如命……他父亲要带他走澳大利亚，他说，生是中国人，死是中国鬼

五十七

一九七九年的中越边境准备开仗，西北边境塔城再一次感到了战争的威胁，仗虽然是在中国的广西、云南打。但面对苏联百万大军压境的北方也并不轻松。

新疆从上到下都做着战备动员，提出反击越南小霸势在必行，而一反击，苏联必然会出兵干涉，侵我疆土，策援越南，因为他们订有军事同盟条约等等。

塔城地委在动员大会上讲：我们这次要做好百分之百大打的准备。又提醒大家，我们这里离苏联隔着不是几千里、几百里，而是十几公里，说打就打过来了，不能有万一的侥幸心理……

我却不相信战争能大打起来。我不赞成这种危言耸听的宣传方法。私下里我对郑书记说："像这样喊'狼来了！''狼来了！'以为这样能使人提高警惕，殊不知，这样喊多了，人都麻木了，不在乎了。等狼真的来了，就傻眼啦。"

我这话是在郑书记办公室随口说的，郑书记认为我是和平麻痹，跟我争论。

我说："我知道我这么说，你肯定认为是和平麻痹，可我认为如果中越开仗，苏联进攻中国，即等于第三次世界大战。中苏大打，必然是两败俱伤，西方国家，特别是美国坐山观虎斗，坐取渔翁之利。所以苏联不会为一个越南小国同中国全面开战。我不是什么军事家，也懂得这个简单道理。"我说："当然，

苏联为了支援越南，在边境上施加压力，甚至挑起事端倒是可能的；说肯定会百分之百地打起来是危言耸听，如果百分之百打不起来呢？是不是苏联变好啦？"

郑书记对我不合时宜的怪论一笑了之，劝我不要出去乱说。

"知道。郑书记，我不过是人熟，跟您随便说说，我说的又不是政策，破坏备战我可吃罪不起。"

张志兵却做了大打的准备，他甚至希望打仗，以证明他的价值。

我也想到了死，也并无恐惧，只是有点遗憾，我回顾自己走过的路，惭愧万分，如果真的打起仗来，死了，我为人世间留下了什么？什么也没有！多少大作家、大诗人、大画家名垂青史，而自己来世一场，无声无息，岂不沮丧！唉，一切听天由命。我打算从现在起就开始收集塔城有关战争给人们带来的一切变化，如果我能从战争中幸存下来，我愿写一部有关战争中各种人的命运的书，如果死了，那也没办法。

临近春节，人们议论纷纷，快打仗了，等不到那会儿了，有好吃的快吃吧。不少人家真的开始吃光、喝光，不打算过安稳年了。

有的人开始想法离开边境回内地。汽车站每天买票的人挤成了团。往年，赶着过年回内地的人也多，这会儿加上逃命的就更不用说了，售票超出了二十天都光了。有人向地区反映要走的人太多，能不能加车？地委新书记不同意，按正常班次发车，还算沉得住气。

不过，塔城的人们还不错，总的来说是平静的。照内地的人想象，在边境地区的人们一天不定怎么惶恐不安、席不暖身呢。哪想到人们有种处之泰然的沉着劲，一种既来之则安之的态度。我为此有一种感动。我太喜爱这里的人们！因而，对人们忙于打扫过年的吃的东西即觉得可笑，却也充满了一种宽容的爱。

吴玉娟从建筑公司回来，问我："咱们过年怎么办呢？"

"该怎么过还怎么过。"

"咱们不像人家那样提前吗？"

我还未回答，门开了，张志兵来串门，一摇一晃大大咧咧地进了屋，手中举着莫合烟："怎么，没准备准备？"他看见房中没有一点热闹的气氛。

"准备什么？"

"炒炒面哪——战备粮。"

我讪讪地笑笑："准备那个干什么，打起仗来，这冰天雪地往哪儿跑呀？山里雪一人多深，上边又没树，人家一眼就看见啦。"

张志兵抽着烟，点点头："往山里跑不行，往苇湖里跑。我早想好了，让英英带上蓉蓉还有吴玉娟带上云儿让他们到苇湖里躲一躲。"

我哑声失笑，这个张志兵，真是英雄气短、儿女情长，这零下二三十度的天气，到苇湖里也是冻死，再说冬天的苇子只需一把火，跑都没跑……

吴玉娟来了劲："就是，我跟英英在一起。张志兵，你瞧，他什么也不动，炒面也不让炒……"

我瞪起了眼："你炒嘛，谁不让炒啦，什么事都得我动手。"

"得了哟，得了哟。"张志兵劝慰道——今天早上，他也为炒炒面跟英英闹了一顿。英英提出炒炒面，他觉得可笑，没当回事，想不到英英把面炒好了，而且振振有词地说："你当我怕死，我是想着这根苗，是你张志兵的后代。要死还不容易，反正蓉蓉得有人看，你现在连民兵都不是了，要不，你往后带娃娃，我上战场，行吧。"

张志兵刷地变了脸色，没气得昏过去。

英英一看戳到了痛处，后悔了，不吭气了。

沉默了好一会儿。

英英悄悄试探着问："哎，你说咱们提不提前过年？人家都提前过了，咱们也提前过算啦。"

张志兵对提前过年倒不反对，两口子商量了一个日子，确定了要叫的朋友，由他去通知。

我见张志兵一本正经地通知朋友们去房子聚会，不免吃惊："你也赶了时髦啦！"——我认为提前过年是一种沉不住气的庸人之见。

"我倒无所谓，是老婆子的意见。"

"我可不提前过，我就不信那个邪！该是三十是三十，该是初一是初一……"

"你不怕打起来，吃不上不冤枉？"

"冤枉？嗨！"我撇嘴道，"再好的东西不过是嘴巴里过过，到了嗓子眼就没味啦。要说冤枉，是我们现在功不成、名不就，参加了一场'文革'，人不人、鬼不鬼……人家刘胡兰是'生的伟大、死的光荣'，我们呢，弄不好是'活得窝囊、死得冤枉'。"

"哈哈哈——"张志兵止不住放声大笑。

"你笑什么?"

"行了吵,再别分析啦;再分析,我这个年都没心思过了。照你说的,再别想那么多。说定了,到时去我家。我还得通知刘大侠、李昇、黄翰云几个人去。"

"也行啊,"我一边点头,一边不以为然,"行啦,快打仗了,人心惶惶,也别兄弟哥们啦,都是'泥菩萨过河——自身难保',悄悄自己过吧,有好吃的往肚子里多塞点,打起仗来也跑得快点。"

"哎,还是在一块儿凑凑。"

"……"

铁血交加,硝烟弥漫,一场历时四十天的中越边境自卫反击战过去了。一场战争给人造成的微妙心理变化是难以言喻的。

我听人说,郑书记倒挺佩服我对战争的分析,说我有头脑,中苏边境仗没大打,连小打也没有。——这就不由使人改变了对苏联的一丝看法,也就是说天天喊狼来了,狼来了,狼没有来,那么,狼是不是不那么坏了?这也许是宣传百分之百打起来的一种副作用吧?

像是一阵倒春寒过去,春天来到了,任何事情在人们的生活中都是插曲,人们带着对衣食住行的永久兴趣蚂蚁般地忙碌着。

新来的地委书记没有照着原来的"揭批查"的方向走。他对列入重点的人员的材料一一过目,又详尽地听取了汇报,最后内定的方针有两点:一是收集证据要确凿,要经得住推敲、反复,不急于定性;二是两派干部群众大多数还是好的,要顾及历史条件,切忌不能扩大打击面。

有人问:已停职反省的人怎么办?

新书记回答是:问题可以继续搞,但人应该上班,搞工作并不影响查清问题,那么多人在家闲待着拿工资也不是好事。

有此一道大赦令,运动的压力顿时减轻了不少。张志兵也有幸不再去陪斗,回到工间上班。

五十八

张志兵自己的事情还未完全过去，又为别人的事情想不开了。一天，我刚给女儿吃完饭，带着女儿涮锅、洗碗。吴玉娟饭后又去工地加班，突击进度。张志兵来串门。

两个人抽着烟。女儿像小糖人一般缠在我身上玩。我一边哄娃娃，一边冷静地听老朋友发牢骚。

"你听过我给你说的我们队上的黄文礼吧？"

"知道，'边塞学社'反动组织的骨干，你不是跟他斗吗。"

"对，就是他。现在'边塞学社'算是冤假错案，全部平反！原来判死刑枪毙的徐冰也平反了！"

他说话又愤怒又可怜，像一个孤立无援的人乞求帮助，想唤起我的同感。

没想到我沉吟了一会儿，斟字酌句地说出另一番话来："志兵，我知道你为什么郁闷，因为我们精神上的又一个堡垒给冲垮了。"我像加热的冷铁，慢慢激昂起来，"'揭批查'批我们这错、那错，但我们还在想，我们在农村坚持反修、揪反动组织没错，阶级斗争还有正确的一面。这几年这平反、那平反，毕竟还有不能平反的东西。黄文礼像一颗定心丸、安神丸，吃在我们心里，使我们还有一种自我安慰！现在黄文礼又成了好人，当然绝不能说我们不是好人，好人斗好人从中央就开始了，何况我们！可是我们的自信——可怜的一角，又垮了一大块。"

张志兵阴沉着脸——他是来听这个的吗？

我继续说："照我说，他现在平反还晚了点，那是因为平反的事情太多，轮到这类'反动组织'平反，已经错了好几年。如果有个聪明人，一定能在塔城造出一个'伟大'的英雄就是黄文礼，你信不信？你可以把他的材料阉割，可以把动机抛开——况且谁又知道他的心里呢？你只要把那些否定对了的东西拿出来，用现在的语言，现在的逻辑……你瞧吧，准能感动人。比如我可以说，他当初攻击'文化大革命'攻击对了。一九四九年后的三十年，他就对了三分之一吧。剩下的二十年，我们也是犯的错误多，对的少。他攻击'三反'、'五反'攻错了。攻击'反右'，'大跃进'，还有三年自然灾害，这又对了吧？对了，还有攻击社教。现在平反了，说明社教搞错了，起码打成反动组织搞错了。现在像他们那样的人太少，而像你我这样的人太多！傻跟傻信，我们这样的人树得起来吗？就说咱们原来最坚持的反修防修，说黄文礼卖国投降吧，你不会看不出，中苏又在解冻——本来吗，攻击人家的东西我们比人家走得还远，说人家修，我们岂不复辟了？所以现在说人家是霸权主义。可霸权主义这个概念是很含糊的，按国家性质说，你说人家是社会主义还是资本主义？人家也是全民所有制，按劳分配，国有化、公有化的程度比我们高，这一点不好驳了，也就不去说；那么，你说说，你还能批黄文礼什么呢？大不了说缺乏点民族心，少了点爱国心，那是逼的。我要是爹妈（形容词）都饿死了，也不会心中一片光明的。最最软弱的人不过是发发牢骚吧，也不至于整治了那么多年呀！"

"可他们的出发点是什么？"张志兵反驳道，"他们出自对党和毛主席的仇恨，也可能攻击对一些东西，但并不能证明他们是对的。"

"你怎么就敢断定人家出发点是反党的呢？"

"他不信共产党，想另组织党派，这算什么？"张志兵单纯、固执起来令人啼笑皆非。

"你怎么搞的，平反了就说明没那回事。无非是几个人凑在一起发发牢骚，写点有怨气的小文章而已。我们现在的牢骚不比他们那会儿多。"

"照你说黄文礼倒比我们这些一直相信党、跟党走的人强了？"

"看怎么说，那会儿咱们相信，犯了错；人家不信，没犯错。我们这会儿相信是走对了，说不定人家比我们更相信走对了呢？"

"不管怎么说，凭怀疑党而不跟着走也算不得什么正确。"

我苦笑笑："你又讲大原则了，黄文礼不管怎么平反了，这不是你平我平，是党平的，这也说明党也允许怀疑过它的人并不那么错。"

"塔城法院的水平代表不了党，不是实事求是。"

"就算是，那又怎么样？现在一风吹，跟着吹，总比不跟好。我要是法院的也平，谁不会做好人，管我什么事。政策归政策，实际上有些事谁也搞不清。你社教搞出的有些贪污，本人也承认了，也退赔了，一风吹，都是冤枉，就那么回事。说不好听的，这也是一种大赦，收买人心。再说隔了那么多年，也没必要再整治了吧。"

又说了会儿话，看时间晚了，张志兵告辞回家。他手插在口袋里，嘴里吹着一支曲子。他驼着背，他的情绪十分低落。

我抱着女儿送到门口，看着朋友的背影消失在黑暗中，忽生一种惆怅——

何必说得那么激烈呢？他来舒心，顺着说几句就是了，何必弄得心中不快，可是我自己不也气吗。——我没在队上待，不认识黄文礼，可是却根据张志兵跟我讲的，在写他在农村的一段生活中，凭着想象写了不少黄文礼的内容，那当然是一个反面的角色。而张志兵与其斗争，也成了表现张志兵革命的一面。而谁知，黄文礼平反了！"边塞学社"平反了！社教中企图外逃被枪毙的"边塞学社"的主谋徐冰也平反了！而我那一大堆写人家反动的稿子还在那儿放着呢。我都不知道怎么改写这部分；或者就不用怎么改写，当时怎么想的怎么做的就如实写？就像我们"文化大革命"中怎么想怎么做的就如实写？已经那么经历了，有什么办法。

——天下真有"无巧不成书"的事，两年后，我还真见到了黄文礼。还是吴玉娟引荐的。她说有一个搞建筑的包工头，偶尔聊起来叫黄文礼——她听我讲过张志兵在农村跟黄文礼斗的事，把姓名记住了。

"啊呀，是吗？你能把他叫过来吗？我想跟他谈谈。"——我太想见见这个黄文礼了。

吴玉娟还真的把黄文礼叫到了家中。湖北人，黑黑的，嗓子又沙又哑，真难听。我不便问那些被斗争的具体的"罪行"，从平反的角度问了问情况。黄文礼告诉我，徐冰被枪毙，平反后给其家寄去两千元以示安抚。他自己被关了几年，补给了八百元钱。……黄文礼耳朵背，听人说话特别吃力。他对我说，这是当初一九六九年张志兵把他弄到地道里打的。这使我特别尴尬。

为了交谈方便，我想起拿来纸，在纸上写。

于是得知黄文礼是湖北人，一九六六年到一九六八年被打成"现行反革命"，戴上"现行反革命"帽子。一九六九到一九七一年底被判刑。一九七九年平反。三年自然灾害湖北也饿死了不少人。过去只知道甘肃死人多，看来湖北也不少。他从黄陂高中毕业，考上武汉师范学院孝感分院。分到新疆交通局。一九六二年元月边民外逃后到塔城。

我在纸上写："张志兵下东风后，究竟对你们搞了一些什么名堂？"

黄文礼看了字后说起来，我记不全，只记下了：把腰打坏……无所不为……地道，吊起来……两天两夜不给饭吃。

我写道："学生也是受蒙蔽，认为自己搞阶级斗争是正确的。"

黄文礼讲了他对极'左'认识的事，在纸上写道：

"时风亦学林著,何谓林著?滥竽充数也。若圣人说大粪是香的,那么他的徒子徒孙也会说大粪是香的。"

我问他是哪年写的?

答曰:"六七年初。"

我不知道黄文礼从何角度能这么早看透林彪或者出于一种什么情绪?一九七二年批林彪前,我杨宝如是没有这样的认识的。更何况那时林彪正如日中天,正成为毛泽东的接班人呢。我那会儿只知赞美林彪对主席的忠诚,赞美林彪最高举毛泽东思想……他这么说,先见之明从哪儿来的?但是没问。

黄文礼又讲了他自己创造的一个政治笑话:他说他孩子有天回家,说老师讲,毛主席能活到一百五十岁。他听完,拿起擀面杖打娃娃,把娃娃打得跑到外边,他还追着打。周围的邻居问为什么打孩子?他说,人家都说毛主席万岁,他回来说老师讲能活到一百五十岁,不打他行吗!周围人只得说打得有理。

我听完有种异样的感觉,谁都知道说"万岁"只是一种祝福,谁能活一万年。有一阵儿也听过说主席能活一百五十岁的传闻,说医生们对主席身体做了全面检查,什么毛病也没有,能活到一百五十岁。那会儿也听到过一种说法,说未来的人生活好了,治疗疾病的能力提高了,人的寿命能达到一百五十岁。说主席能活一百五十岁,自己还有种欣然,没去多想有多大可能性,没多反感,更没想到去嘲讽这种说法。看来黄文礼是有种气,是对主席有气还是对这种虚假宣传有气,不得而知。

我在纸上写道:"我与张志兵'文革'在一起,是好朋友。否定'文革',否定极'左',大方向错了。但写东西时要具体、真实,方成为小说。"

黄文礼问张志兵在干什么?

我写道:"他去内地出差,不知道我现在认识了你,对过去的历史,我们一齐知道错了!……他是认为'边塞学社'是反动的才整你们,现在平反了,历史证明整错了,不承认不行,当时太相信上边,红卫兵嘛。"我又写道:"谢谢你,给我说了这么多,对我正确描写那段历史有好处。现在就是要善于从两方面看问题才不片面,听一面之词不行。"

想到张志兵说过"边塞学社"的人员都喜欢写东西,有的特有文采,我就提到现在塔城的文人准备成立一个"西风学社",过一阵儿准备发成立告示、登报、出作品，繁荣塔城文艺创作。现在形势不同，什么也不怕了。

我写道："你以后还可以搞点文学作品。"

黄文礼拿过纸笔，几乎是想都不想，提笔而来，用公整、有力的字体写道：

> 春已去，夏复来，年华逝水。
>
> 两鬓苍，创业难，夙志东流。（休也）

我写道：

> 搏斗——强者！

黄文礼接过纸笔，写下：

> 我一度要为强者被溺水中，几乎致命。

我写道：

> 心有余悸！时代不同了，今非昔比！

黄文礼写道：

> 今非昔比，老生常谈。

我不能不说他的人生经验有道理，他真的吓怕了。而我那会儿正雄心勃勃，写道：

> 不成功，则成仁，古今有之。不怕犯错，才敢写此书。

黄文礼最后问我的话是："张志兵也会这样认为吗？"

我说："他不这样认为又怎样，事实在那儿摆着嘛，我想，他也会跟我一样认识的。"

张志兵毕竟不是杨宝如。听了我见黄文礼说的话，有点愠怒地摇摇头："你不应该跟他说那样的话，你这个人就是太书生气、太心善，你怎么能跟他主动去认错呢！"

我大约也知道，张志兵在农村队上时，因为支持齐队长的工作，也跟黄文礼有其他方面的矛盾，但是张志兵的态度让我想起萨特说的"他人即地狱"。人与人之间太难理解了。

五十九

张志兵越来越嗜酒成瘾。

我相信,他喝酒有内心的惶惑和苦恼,也许喝酒就是喝酒,高兴就是高兴,没那么多可分析的;即使有点苦恼,也是酒后想起来的,而不是为苦恼而喝酒的。

一次,英英急急忙忙找上门来,满脸是泪,哭着说:"你们去看看张志兵吧,他都成了什么啦!简直丢脸……"

我来到张志兵家,李昇、刘大侠、薛海青几个朋友也在。张志兵在大房的双人床上横躺着,醉烂如泥。大立柜的玻璃被打碎了,露出柜橱里的衣物,像剖开肚皮看到了五脏六腑。地上的碎玻璃反映着光。

"瞧瞧你们的这个朋友,哪还有个人样!喝到半夜里回来,门明明是往外拉,他硬要往里推,还砸门,说我们不给他开门。进来了,就打我和蓉蓉。我们说什么他也不听。又对着镜子照,说镜子照出来的不是他,用小板凳把玻璃砸了,闹了半晚上……你们是他的老朋友,你们说说,这叫我们怎么过?他不嫌丢脸,我还嫌丢脸。"英英边说边哭。酒鬼木然地酣睡,如同永不复生地死去。

"唉,唉,"我束手无策,只能说,"你也别多在意,他就是这样。我也说过他。等他酒醒了,再好好说说他。"

第二天,张志兵抽着烟到我家来了,满脸的惶惶不安。他早晨一醒来就知道昨夜发生的事情,懊悔不及,任凭老婆数落,半句话也不吭。

"你是怎么搞的?"我一见朋友也不客气,"你怎么成了这样?不错,咱们是工人,每天跟厂子里的人打交道离不开吃喝,可从精神上你也是高六六级的老高中生,照你这样,全混到一块儿去了,有什么意思!我怎么觉得你不是张志兵了!"

张志兵像个不懂事的小孩子不小心打碎了碗,害怕大人打似的诺诺道:"我也不知道怎么回事,酒一喝多,脑子里一片空白,自己干了什么事也不知道。"

"酒就那么好喝?"我有点怒不可遏,"不错,我也喝醉过,也不是不喝酒,可我至今也不知酒好喝在哪里?只不过大家都爱喝,只好跟着喝,我现在越来越不行,喝一点就打冷战,有人说喝多了,能喝出酒香来,你有这个感觉?"

"这倒是真的。"张志兵可怜巴巴地点点头。

张志兵发誓再不喝酒，没人相信这个话。所有喝醉的人第二天都发过类似的誓。刘大侠曾"将"张志兵的"军"，"张志兵，你能把酒戒了，我就把那个事（指性）戒了。"引得大伙儿哈哈大笑……谁知道这是怎么回事，有一阵儿，张志兵连着喝醉，有如决堤、崩溃，家里闹，外边闹，谁也管不住、劝不住。

有一回，我见他额角有一块伤疤，问他是怎么弄的？

他满不要乎地说在工间干活儿不小心碰的。

还是刘大侠告诉我，张志兵在酒桌子上跟一个小伙子打起来。两个人都是帮助别人办喜事，一块儿说话、抽烟，原本没什么事。到了晚上，为结婚帮忙的人凑到一块儿喝酒，喝多了，小伙子提起老爹"文革"初游过街、挨过打，非要说是张志兵打的。张志兵说没有。小伙儿说即使他没打也是他手下人干的。张志兵说他不知道这件事。小伙子非要让张志兵承认是他打的他老爹。三说两不说，张志兵火了，动怒道："就算是我打的又怎么样？"小伙子也火了："当初你看我们小，就这么欺负我爹，现在我要找你算账。"张志兵道："你老爹当年有贪污问题，为什么不能整？"小伙子说："平反了，全是诬陷。"张志兵道："什么诬陷，球，全是一风吹。"小伙子受不了，说着说着打起来，把一桌子酒菜也掀翻了，满地都是盘子、菜，打得一塌糊涂，两败俱伤。

张志兵频频出现在各种酒桌上，自然免不了多出许多是非。

他悄悄跟我说起一件丢脸的事："哥们，今天丢脸了，狗日的，酒桌子碰上几个偷鸽子、打髀石（羊拐骨）的小溜溜子，非要找我打架。我说咱们别在酒桌上打，不远的河边去比画。我也喝多了，说，走吧。到了河坝边，我说谁上，是一个个上，还是一块儿上。我正说着，狗日的，一个小泡子从背后一搪见把我踢倒了，几个人上来就用皮靴子踢。我知道塔城人打架的毛病，专门踢肋巴，我赶紧把头抱住，蜷起身子，护着肋巴，让他们美美地踢了一顿。"

"他们为什么要找你打架？"我不明白。

"为什么？他们说你张志兵当初厉害得很，名声大得很，我们想领教领教。"

"那你别理不就得了，难道他们还在酒桌上打不成？"

"我不是喝多了吗！哪想到他们会来暗的。狗日的，我的腿软软的，一点劲也没有，人家一搪子，我就趴下了，真丢脸！"

"你没看清是谁打的？"

"球，光顾着保护肋条了。这些怂踢够了，我爬起来，说，有这么打架的吗？要打一个个来，这么打不是本事。他们也不上了，一个个站在那儿，装什么事也没有过，说，谁踢你了。你说赖不赖。"

"唉！——"我为朋友深深地叹了口气。

"狗日的，乘着我脚底下没根，占了便宜了，占得好！我爬起来，蹲到河边，用河水把血迹洗干净，往回走。快到酒桌边，我们手拉手，拍着肩膀，笑着回来，谁也不知道，还以为我们去找厕所方便了一下呢。"

"那你怎么办，还想收拾他们？"我问。

张志兵做了一个俄罗斯式的耸肩动作，意思好像是：说不上。

我对此又气愤又无可奈何，劝说道："好汉不提当年勇啊！现在都三十多岁了，老婆、娃娃一大堆，哪有精力进行这种争斗。现在的青年闲得没事干，有的是时间闹事，你能陪得起吗？吃了亏，算啦，以后再别逞能了，打不过丢脸，打过了又怎样？"

张志兵无言答对，没多说什么。

刘大侠有一次跑来问我："哎，你知道不知道张志兵在河边挨打的那一次，他专门找你跟你说了。"

我说："知道，怎么啦？"

"啊，你咋跟张志兵说的？你是不是说'好汉不提当年勇'？"

"是的。"

"啊，你们几十年的老交情，你竟然跟他说'好汉不提当年勇'，把他伤心坏了。你的心太冷了哟。张志兵跟我说起这件事，眼泪都流出来了。"

我呆愣住了，没想到我说的那句话会使他那么伤心，"我难道说的不对吗？我只能那么说，他能指望我干什么呢？指望我帮助打架？指望我为他鸣不平？"

"啊，道理嘛是这个道理，只是……话不该那么说……"

我突然感到有时张志兵的内心多么脆弱。也是，多少说几句安慰的话也对着呢，那话太刺激了；可是那话又有什么呢？难道不是事实，难道是贬低吗？

六十

张志兵遇到一个很好的改变命运的机会，他却放弃了。事情是这样，"四人帮"倒后，出国热开始了，塔城的一批老华侨又开始活跃起来——这次他们不是去苏联，而是去澳大利亚。关于塔城老华侨的来龙去脉，我还真的做过深入的了解，我曾想写一部关于老华侨的中篇小说，专门采访过几个老华侨。塔城是个非常奇特的地方，有着其他地方无可比拟的特殊的历史。塔城的老华侨基本上是山东人、河北人。当年从东北进入苏联。大部分找了苏联女人。一九三七年，苏联搞肃反，怀疑老华侨中有日本特务，把在苏联境内的华侨抓了起来，进行审讯。审讯过后仍不放心，决定把他们遣返回国。当时因为东北苏日开战，边境封锁，过不来。苏方问老华侨们愿意不愿意到新疆去。

老华侨们担心被送到"铁道线北边去（西伯利亚）"，同意来新疆。当时新疆的统治者是盛世才，表面上联俄联共，与苏联的关系友好，同意接收。于是一批老华侨带着老婆娃娃，坐火车，跨过大半个苏联，从新疆口岸进来。一部分到伊犁，一部分到塔城。于是形成了塔城有一大批汉俄混血儿的现状。一九五五年，一部分俄罗斯女人回了苏联。一九六二年边民外逃，又过去一部分。剩下的老华侨、老洋婆子和他们的子女留存下来。到"四人帮"垮台后，还活着的老华侨、老洋婆子所剩不多了。

我没想到的是，张志兵竟然也与老华侨"体系"有着密切的联系，这是我慢慢知道的。一九七五年，张志兵在狱中的父亲回到了塔城。我曾在他家见过，是一位六十多岁的老人，两腮消瘦，似乎没了牙齿，精神头挺好，穿得整整齐齐。

"这是我父亲。"张志兵平平静静地介绍。

我十分意外，多少年，我很难把张志兵与有父亲联系起来，我已习惯他没爹没娘的现状，现在突然冒出个父亲，十分别扭。我十分尊敬地向老人打了招呼，也不便多说话，或者说不知道怎么说好。

只见过一次，仅仅一次。

张志兵谈起他父亲的事也缺乏感情，十分理智、冷静，他告诉我，老爷子从一九六〇年被怀疑为"特嫌"，拘留审查，关在乌市第一监狱。到"文化大革命"时，也没人管没人监督，老爷子愿意上街就可以随便上街，也不跑。老爷子会点中医，给狱中犯人看个病什么的，挺自由。直到一九七五年才释放出狱，安排在塔城师范教英语。"四人帮"倒后，甄别纠偏，他们为此找有关部门，要求给老爷子平反。可是一个十分滑稽的问题令人瞠目结舌，老爷子只是拘留审查，没判刑，怎么平反？于是乎出现了一个问题，从一九六〇年到一九七五年，在狱中白度过了十五年，竟然什么也不是，法律有这个条文吗？拘留了十五年！

如果判刑也该刑满释放了吧？

人有几个十五年！十五年的岁月就是如此白白地度过！想想太冤啦！更糟的是，老爷子是以"特嫌"的嫌疑被抓，那可是历史问题中最严重的罪名。子女们也背上了沉重的家庭历史包袱，前途、事业无不受到重大的影响。我不会忘记，张志兵参加文攻武卫，对方观点的人称他为亡命徒，这边人也信不过他的处境；而从一九七二年大学招生后，他也从不报名……

张志兵不多谈他父亲的事，也不露出愤愤不平的情绪。但我从他的只言片语中感觉出他们姐弟也没少找有关部门落实政策，但结果是踢皮球，谁也不敢承担责任，因为一旦承认，便要承担三万元的补发工资的问题。于是老爷子的事就不了了之地放下来。……几十年后，在一次吃饭时，他告诉我，最后还是补发了三万元。说到他父亲怎么个"特嫌"法，他说老爷子年轻时也张狂，一九四九年之前在一家外国银行当职员，解放军到上海时，老爷子他们还组织起来保护银行的账户和资料，不让被破坏和销毁，受到军管会的表扬。老爷子的一个同事、也是朋友，后来定居在香港，不忘友谊，给老爷子写信，老爷子也回信，这就成了"特嫌"……

我大约知道，张志兵老爹轮流在几个子女家居住，共同赡养老人。

有一天，老爷子突然失踪了，跑到老洋婆子那儿去了。

知道内情的人告诉我，老爷子被抓走前就与洋婆子住在一块（老洋婆子的丈夫死了，也是一个老华侨），而且还生了两个儿子。张志兵从不谈此事，不承认有同父异母的兄弟，没任何往来。老爷子回来后，张志兵和三个姐姐都不让老爷子再过去。不知老爷子是旧情难忘，还是耐不住寂寞，自己悄悄跑过去了，这使得张志兵姐弟们十分尴尬。

渐渐，塔城有人申请到澳大利亚定居，零零星星走了几个。

开始到澳大利亚并不难。澳大利亚在香港有个办事处，只要那边有人担保，这边申请，就可以出国。我弄不清，老华侨们何以有这么大的章程？张志兵告诉我，一九五五年从塔城走的华侨中有去了澳大利亚的，是他们出面担的保。

风传塔城三十几家老华侨准备去澳大利亚，张志兵老爹相好的老洋婆子也走，老爷子也走。

快七十岁的人了，竟然还要远走异国他乡，老爷子究竟是一种什么样的心境？……

这批老华侨一走，塔城的老华侨基本上就走光了。

张志兵跟我说，老爹想带他走，只看重他。

"那你就去吧。"我极力主张他走。我曾把世界研究了一番，认为最好的地方就是澳大利亚。那地方面积大，只比中国小一点点。大面积的草场，牧业好。那么大的国家，才两千多万人，但社会现代化，很富足，社会秩序也好。

张志兵不置可否，对去澳大利亚不感兴趣。我认为他说老爹要带他走，也未必是真能走成，事情还在联系办理之中。而多少年的好朋友一旦走异国他乡也是令人难以接受的，从内心深处，我当然舍不得他走啦。

事情越弄越真，一天中午，张志兵摇晃着进来，挺得意地炫耀："哥们，我老爹去北京办出国的签证，非得让我填表，一块儿走，我没填。"

"为什么？"我皱起了眉头。

"我生是中国人，死是中国鬼。"他显得挺有气势地说。他跑来向我表白，以为我会赞美他。

我觉得他太单纯，不免冷笑道："中国生不缺你这样的人，死不缺你这样的鬼。"我为自己一气之下如此快地对出这两句话而哭笑不得，"你以为你爱国？谁需要？去澳大利亚就是不爱国？去澳大利亚是个机遇，不用说生活比这儿好，没一年半年小汽车、别墅都有了。在这儿一辈子得不到的东西，到哪儿一年半载就得到了。你有本事，再赚上钱，回来投资、办厂，衣锦还乡，不比你现在半死不活混的强？你现在算啥，谁重视？'文化大革命'卖了半天力气谁好？没把命赔进去就算不错了！'再教育'卖了半天力气有什么结果？斗来斗去，'边塞学社'也平反了！'揭批查'连民兵都不让你干，没把你当坏人收拾就算不错了！现在厂子也混得不过如此！……你可倒好，'我生是中国人、死是中国鬼'。"我模仿他的口气，放粗了声音，像老牛嗥叫一般，"真棒！真感人！"

张志兵被我劈头盖脸地一痛讽刺挖苦，怔怔地说不出话来。

转眼间，几十家老华侨真的远走高飞消失了。张志兵父亲过去没多长时间，受了风，偏瘫，没多久，就去世了。

——后来，张志兵跌了大跟斗，受了重大挫折，一谈起来，大伙儿都说，张志兵那会儿走澳大利亚好了，也没这么多事。

第十六章

我开始写长篇小说……阴差阳错，我竟然成了武警干部……张志兵到广州给单位买车被骗……我转业到昌吉——远离塔城是为了完成作品

六十一

生活是一首乐曲，有低音有高音，不可能总停留在一个拍节上。我经过一段放松自己，心里又不平衡了。其实，内心深处，我就从来没心甘情愿地甘于平庸过。功名的色彩、价值的光泽又在我的胸中跌宕，我心中升腾起一种烦躁，一种空虚，坐卧不安，神情恍惚，对外界呈现出一种漠视的态度——我在构思作品。

我要写一部长篇小说。

写一部与别人的小说迥然不同的长篇小说。

我还没学会走就想跑，我连一个短篇小说都没写成功过，却想干长篇。有人早就劝过我，写东西应从短篇开始，练练笔，有了一定的基础，再写长篇。可我等不及了，我三十多岁了！许多时间被无端地消耗掉了，我再没有时间像蜗牛慢慢地爬。再有，我时时感到生命的压力，不知道自己究竟能活到哪一天，也许没有那么多可供慢慢准备的时间，我必须玩大气魄，抢时间，争速度，一步到位。

其实，我的长篇已经动笔了，只不过写写停停，还找不到具体的定位。

我的小说的主角就是我的好朋友张志兵，当然，既然是小说，好些地方是

虚构的。

首先，我把张志兵的家庭设计成革命军人、烈士子弟。我把北京孙铁民的性格气质与张志兵合在一起，想塑造一个很革命的形象。小说的梗概是：我（当然在书中是别的名字）因家庭不幸，母亲早逝，悲观厌世，一九六五年被父亲接到边境小城，团支书张志兵（当然在书中是别的名字）是烈士子弟，有很强的革命思想，他热心地帮助我积极要求进步，渐渐有了起色。"文化大革命"开始后，我们积极投身进去，破"四旧"、"夺权"、打"走资派"、"文攻武卫"，自以为生命辉煌地燃烧。"再教育"时，我们又主动要求到艰苦地方去，同在一个生产队，一方面参加生产，一方面抓阶级斗争，与反动组织"边塞学社"的残余分子斗。"文革"结束后，改革开放。"文革"中的所做所为作为极"左"遭到批判、否定。我们陷入巨大的精神崩溃，痛苦的反思之中……

在这里，我想使自己的书反"三个小小的潮流"。

一是"四人帮"倒台后的小说，大都是写了"文革"中挨整的人的不幸和痛苦，而这些挨整的人大都是出身不好，或者有问题，或者被打成"走资派"的，这当然是一个事实。但是还有一个事实，就是大量出身好的人的难言的苦衷。"文革"中，敢于冲锋陷阵的大都是出身好的，他们出身好，自以为是听党的话，忠于毛主席，最关心党不变修，国不变色而干了，却错了。这个打击是不是更大？面更广？是不是更加伤了热情和积极性？他们将如何抹平伤痕？

二是真实地反映一代红卫兵的真实思想。在否定"文革"的影视、小说等作品中，红卫兵只是被简单地描写成一伙暴徒、一群非人性的东西，他们只是作为残害老干部、知识分子、不幸的人们的反面陪衬而出现的，只知一味地行凶作恶。但有谁用历史的眼光去剖析过他们呢？红卫兵是怀着人类最美好的理想和愿望走进这个运动的，连他们的野蛮、凶残的行为也印着一种追求美好的印迹。两个极端如此矛盾地统一在这代人的身上，这种历史的特殊不是也应该有一种深刻的描写吗？

三是"再教育"去农村，上山下乡，并不完全是一种灾难，它对人生的磨炼也有值得的一面。最最主要的是，社会是复杂的，人是复杂的，是不好切割的，用人的一段历史写这个人，往往是片面的。一个人在"文革"初期造反，打人，你若描写，就成了一个暴徒；下农村，受苦受难，又成了一个可怜的人；返城后，苦苦挣扎，谋求生活，又成了一个不幸的人，用哪一段的经历来描写这个人都是不完整的，只有把这个人的"文革"前、"文革"中、"文革"后连起来描写，才能塑造全面的真实的这个人。而我，并未看到这种完整的作品。

但是，我自己是否有能力表达出这个主题？若写出来，是不是有人敢发表？

我写写停停，像骑着毛驴在黑暗中前行，不辨方向，走走停停，不知所从。

要赶时髦，还是写改革，偏偏对这方面的直接生活太缺乏了。我不愿简单地为赶时髦而赶潮流，为发表为出名而写东西，更不愿摘取人生的片断攻其一点而不及其余。

手里有了要写的东西，我心里踏实了，仿佛那写在纸上的一个个的字便是加在人生上的砝码；又如全身散乱的气收进了丹田，六神有主。我精神内视，每天沉浸在自己的冥想中，连走路、吃饭也胡想，有时不由自主地嘴角挂出微笑或者怒气冲冲，谁也不知道我怎么了。

每天晚上，老婆睡觉后，能静静地写上二三页纸便是人生的最大收获，算是这一天没有白过……

上班后，郑书记把我叫到办公室，告诉我：公检法准备招一批干部。要高中文化程度，要考试，合格的录用转为干部。让我统计队上有无愿意参加考试转干的。

我很快统计上来，有一个人报名参加。

确定了考试的时间，郑书记让我负责把参加考试的人带到指定的考场去。

我答应着，准备马上去做这件事。

郑书记叫住我，关切地问："你不准备报个名，转干吗？"

我呆愣了一下，真的，我没想到自己报个名。我一听公检法招干就没兴趣，我不喜欢行使国家专政职能的工作，太没文化味。

郑书记也不好多说，只是绕着弯开导我：公检法这次招干是个机会。平时，要转成干部不是容易的。在车队以工代干不知什么时候才解决，再说，你喜欢写写画画，当个干部也比较适合。

"那，那我也报个名？"

——完全是偶然动了心。我一天挺满足在车队当个宣教，从没好好想想工人与干部的区别——在社会眼中的区别。等我当上干部后，才感到了这种区别是深刻地存在着。

我完全是临时地即兴地在领着别人去考试时，报了名，允许的。

所谓考试，不过是老师在考场拿着报纸念一段文章，看能不能够当场记录下来。

结果，歪打正着，我被录取了，分配到了公安处。其实，如果我能被分到法院、检察院，我可能吃这碗饭更长久些；法院、检察院审理案件，更具思辨色彩；而搞公安，我则相差甚远矣。

人生的命运，又开始了新的改变。

六十二

分到公安处的是一批人。我从进地区公安处的第一天起，就知道自己不适合这种职业。我被分到了治安科，穿起白上衣、蓝裤子的警服，戴上了大盖帽。

我喜欢写写画画，在公安处用不上，没那么多写写画画的事。就是有点，也是政治处的事，与我无关。能写点东西按说是有用的，但我喜欢写的是文学、诗歌方面的东西，机关需要写的公文形式的东西，我写不来。公安处的领导都认识我的父亲，也认为我是个有才气的人。我不知道当他们知道我的实际情况后会不会有一种失望，我相信他们一定后悔地议论过我。

最糟糕的还是我的体质和眼睛，搞公安这两项是必不可少的。我没有强健的体魄，如何与犯罪分子搏斗？我没有好的眼睛，如何射击？如何记清他人？……也许，我对自己过于苛求，公安处也有又瘦又小的人，我对自己没信心，我当公安干警完全是阴差阳错，仅仅是为了得到一个干部的指标。

我完全是被动地无可奈何地顺着人生的路走下去。

一年后，我又被分到了边防科，专门从事反外逃工作。更有阴差阳错的是一九八〇年，边防科升格成了边防分局，而边防分局属现役编制，于是，凡是边防科的人，一夜之间成了现役军人。我一想起来就不可思议，三个弟弟当过兵，没有一个是当官的，而我八百度的近视眼，连当兵都不够条件，却鬼使神差地当了军官。边防分局很快地成了边防局，又很快地成了武警支队下的边防局。搬出了公安处的大院，到城郊的一个孤立的二层办公楼上班。那楼原是市医院盖的，后来发现如果市医院搬到偏僻的郊区，会没有病人去看病，于是将此楼卖给了武警支队。

武警支队那会儿刚刚组建，由两部分人员组成，一部分是公安，一部分是军队。那会儿的体制也不完整，不像后来，威风凛凛的武装警察队伍日亦壮大，是威慑敌人、保卫国家安全的重要武装力量，谁人不知，哪个不晓。

我那会儿就算是初创阶段混进来吃馍馍、混卷子的，体质不行、眼睛也不行，而边防局的同事老姚开了一个玩笑，更让我感到自卑和沮丧。老姚是个老公安，在公安处时就一直从事边防反外逃业务，他对边境那边的情况了如指掌，比如这边跑过去的人被送回来后，一审问，他就知道其人被关在了什么地方，又转到了什么地方……是我们边防局的业务骨干。

我被定为边防参谋。老姚说带我到边境上转一转，熟悉熟悉边境的情况。我也就跟着老姚坐小车到了一个边防派出所，也是第一次。车停在派出所，要了两匹马，老姚和我骑上，慢慢走向边境线。那日天气晴好，边境上的一切都看得清清楚楚。我又一次看见边境对面苏联边防军修的铁塔式的观望哨，孤独地立在开阔地上，分外显眼。我第一次见对面的铁架子观望哨还是一九六五年初到塔城，父亲视察边防站时把我也带上了。咱们这边的哨所都是营房和哨塔连在一起的。平日在营房吃住，上哨塔也是从内部通道上去，暖暖和和，虽然是以土对洋，但一点不受罪。而对方的人站在半空的铁架子上，四面穿风，穿得再厚也冻得够呛。七几年新疆军区画家姜学亮曾创作过一幅木刻画《风景这边独好》，画的是曙光初照山顶，一片红光，我边防战士们骑着马精神抖擞地离开营房出巡，那营房、哨楼如我所见的一样；而那画的左下角则是黑幽幽的一片朦胧，"苏修"的黑铁塔哨楼隐约可见。这当然是一幅壮我志气的佳作，印象极为深刻。几十年后，我见到了姜学亮，一个非常朴实、可亲的人。我管他叫二哥。因为他是宝军的媳妇姜学英的二哥。在北京解放军画报社工作，已是将军级的画家。

我和老姚骑着马沿边境走，边境那边有犁过的宽宽的松土带，只要人一过去，肯定会在松土带上留下脚印。松土带那边又有铁丝网，又有一种说不上是什么，插在地上的矮棒子，我猜想那是不是什么电子设备，一有动静就会报警。……反正这边的人一过去，那边肯定就能发现，没有说跑过去转来转去发现不了的。

我和老姚穿着便装，我穿着不值钱的还有点现代的小西装、喇叭裤，老姚笑我像个文化人，又说咱们在这儿走，老毛子的望远镜肯定在盯着咱俩，弄不清咱俩是干什么的。

转到下午往回返，走在空旷的原野上，老姚左顾右盼，说他迷了路，不知走到哪儿了。我是从来不记路，不辨东西南北的，老姚一说，我也有点紧张了。老姚领着我朝着一个方向走，远远看见一个村子。到了村子跟前，老姚让我上前去问问这村子叫什么，好知道我们到了什么地方。

我还真的策马往前紧走了几步，碰见一个村民，我问他这村子叫什么？他有点诧异地说："你们早上不是从这村子出去的吗？"问得我目瞪口呆。

老姚从后边赶过来，嘿嘿地开心地笑。他早知道这村子，什么也弄不错。果然我们转过一条街就看到了边防派出所。——这个玩笑开的！老姚喜欢开玩笑，性格开朗、热闹，我们在一起也是很开心地度过。但这个玩笑大大地刺伤了我的内心，它说明我是多么不适合边防的工作，把我的眼睛不好又不记地方、不记人的缺陷暴露无遗。——几十年过去了，我都忘不了这个玩笑，忘不了我愚蠢地问村民，而村民反问我，你们早上不是从这儿出去的吗？真是莫大的讽刺！

所幸的是，边防局最终给我确定的工作任务是负责各市县边防分局的边境通行证的发放、回收，密码的编写（当然是上级配的密码），还有五个边境检查站的审查通行证的业务。对此倒也没有干不下来的，避免了我的特短。

但是我的最致命的弱点是我的心理素质，我觉得搞公安的心冷，缺乏感情，有一种人与人之间的关系冷漠的职业病。我不想使自己变得像他们那样，我骨子里是个文人，是以感情支配人生的人。

我第一次参加审讯一个外逃送回的年轻人时就有那么多不该有的文人感情。

"你为什么外逃？"我板起脸，声音低沉威严。

"没活路。"青年人回答。

"什么意思？"

于是，青年人讲了如下故事：他是兵团一个团场的青年，在团部的机械厂工作。团场的头头把自己的子女安排在机械厂，工资比连队种地强。但机械厂也不是什么工种都好，头头把子女安排在有技术有活干的车床等好位置上，实行计件，发计件工资，结果头头的子女们多拿钱。而没后台的青年人没活儿干，没工资，他不服，所以外逃了。

我能说什么，我只能例行公事说："为这个事也不能外逃呀！"

"活不下去，就外逃。"

"这不是解决问题的办法，有问题可以反映。"

"向谁反映？谁能解决？"

"你一外逃性质就变了，成了叛国投敌，你知道不知道？"

"不知道，我只不过看不惯团里头头的行为，他们要活我也要活。"

我依然耐心地给他讲了许多大道理。

"你们官官相护，你要是我，你该怎么办？"小伙子挺能说。

……

从内心来说，我挺同情小伙子的处境，对那个团场头头以权谋私的行为也很气愤，这冲淡了我对小伙子外逃的严重性的认识，我对自己这种感情很不安，好像搞公安的人不应该有我这种温情：外逃就是外逃，别的管不了那么多。

我跟一个领导到一个边防检查站检查工作，又引起我久久不安的温情。陆上清是边防局副局长，江苏人、小个子，原是某团场保卫科长，精通公安业务。成立边防局时调了过来专门负责边防局的业务工作。他属于那种工作型的人，除了工作好像没有他自己，除了谈工作也很少谈别的什么。边防局安排他带兵在边境外逃人员常走的路线上潜伏，截获外逃人员，他尽职尽责，风雨无阻，趴冰卧雪，精神感人至深。我觉得没有第二个人能担当他的这份职责，我对他的敬业精神敬佩至极。

我们去的是和什托洛盖检查站。该站设置得相当有问题。原来是考虑盘查进入和丰县的人员（属塔城地区），实际上却成了卡住整个阿勒泰地区的入口处，大量的工作成了检查进入阿勒泰地区人员的通行证件。

开春时节，正值内地人员大量地流入新疆，大量地涌入边境。当时的政策是严禁非边境地区的本地居民进入边境的。

一些到阿勒泰地区的盲流挖一种叫"发菜"的植物，有点像人的头发，长长的、细细的、墨绿色、胶质透明、味道有点像海带，长在山上的石缝间。采集时用一种细钢丝特制的耙子，从石缝中耙。发菜据说主要用于放汤，主要是南方人吃，利用"发菜"和"发财"的谐音，互相赠送，图个吉利。

我们到检查站时，已经没收了一大堆挖发菜的耙子，耙子没收，人员挡回。也有溜过去的，因为检查站周围的地形并非不能通过人。

第二天，陆上清与我上到检查站，有一辆从阿勒泰方向过来的卡车，挡下，车上坐着四个蓬头垢面、衣衫褴褛的男人，每人一个单薄的行李卷。

陆上清命令车上的人下来，行李都卸下来。

经审问，这几个人是从宁夏专门跑到阿勒泰挖发菜的。他们在山里待了半个月。每天用一个铁锅熬糊糊喝。晚上碰上了狼，差点没让狼吃了。水土不服，又拉了肚子。有一两个脸色黄黄的，半躺半坐，没精打采。

不用说，工具自然没收了。

"挖的发菜呢?"陆上清问。

"没挖着什么发菜，今年天旱，山里没雪，开春后没什么好挖的。"盲道们说。

"把行李打开。"陆上清命令道。

慢腾腾的，行李打开了，在破棉被最中间放着不大的一团发菜。

"我看你们就不老实，不说实话，把行李全打开。"

还有一个行李中有一团发菜，也不多。

"把发菜没收，行李打起来吧。"陆上冷静而正确地命令道。

几个男人一听没收发菜，竟软弱地呜呜哭起来，说起乞求的话:

"给我们留下一点点吧，我们身上一分钱也没有啦。"

"我们什么吃的也没有了，坐车回去的钱也没有了。"

"行行好，给我们留下一点，买回去的车票。"

我听见这些衣衫褴褛的人的一片哭泣简直受不了。我虽然面无表情，却十分注意陆上清的决断，希望他动恻隐之心，留下一部分让他们带走，这几个人真的弹尽粮绝，还要回宁夏。

"不行，让你们得逞一次，下次又来了。"陆上清不为所动，这是一种原则性。

"我们再也不来了。一次差点没把命要了，再不来了。"

"不行，全没收。"斩钉截铁。

我差点想开口说话，替几个盲道求情:"给他们留下一点算啦。"可我几次想张口却没说，唉，我是不是又成了小资产阶级的温情主义?我得承认，陆上清这么做没错，一点错也没有;搞公安就是要心冷，要有原则性，都像我这样能搞成公安吗?

从检查站下来到所里，我总忘不了那几个可怜分分的盲流，不知他们能不能搭上车？到了乌市又怎么能回宁夏？我见了巴岱所长，问："你们过去收的发菜怎么处理？"

巴岱所长说："拿到镇上去卖，专门有收购的。"

"为什么不在这儿设一个收购点，收上了，个别困难的还可以给点钱。"

"这倒是。"

这是我唯一表露心迹的说话。

下午，我们又上到检查站。站前空荡荡的，几个盲流已不在了，走掉了。

即使我做的符合当公安的事情也令我不安，一天半夜，隔壁邻居（车队司机）敲我的院门，我穿好衣服，出来开门。邻居告诉我，他放在院子里的一只羊让人偷走了——我是搞武警的，人家自然找我。我没法说我不是公安，不管破案子。

——唉，我什么时候破过案子，什么时候懂这些！

"我知道是谁偷的。"司机小田指着地上，地上一层薄薄的新雪，留下偷羊人的脚印和羊蹄印。我也就认真地寻着脚印去找，好在新雪上没有被打乱的脚印，一直拐到前院的一间房子门前。里面住的是客运站烧锅炉的阿扎提，一个年轻单身的小伙子。我和小田去客运站把值班的老赵叫起来，三个人商量怎么办。我让小田去给派出所打电话，我和值班的老赵又返回到阿扎提的门前。

从门缝往里看，不是一个人，还有另一个人。土炉子上有口锅，锅里冒着热气，显然羊已经宰掉了，有部分煮在锅里。

我做好准备，抬起手臂"邦、邦、邦"敲门，而且厉声喝道："开门。"

里边说话声马上停止，没了动静。

"开门，我们是公安局的。"

里边依然没动静，只有火炉呼呼的抽风声分外响。

我突然有个怪念头，担心里边的人把羊皮烧了，毁灭证据。我从地上捡起半个土块，对值班的老赵道："我把玻璃砸了，以后你们再安上。"

"行。"

"哗啦，"玻璃碎了，可以看见两个人在炕边坐着。地上摊着羊皮，羊皮上放着羊肉，我放了心。从玻璃窗伸进手去把门打开，走了进去。没过多久，公安派出所值班的人来了，一切交给他们去处理。

这对搞公安的人来说只是件小事，对于我却是那么吃力，以后我见了阿扎提，人家没怎么样，我却总觉得不自在，总是忍不住吊下脸来，阴沉着脸走过去。我不是勇武之人，我无法正常地处理我的心情。天下的事没法说，张志兵那么想当兵、想当公安却当不成，而我不想干，却吃了这碗饭。

六十三

女儿会走路后，我把娃娃送回了额敏县。爷爷、奶奶有个大院子，对娃娃来说等于有一个具有无穷魅力的自然世界。奶奶对娃娃们实行的是"不管政策"，爱怎么玩怎么玩，一天像个土猴、泥猴，但玩得极其快乐。女儿关于童年的最美好的回忆都与奶奶、奶奶的院子有关……夏天的院子里种着各种蔬菜，每天早晨拖拉着鞋，跑进西红柿地找发红的西红柿吃；天热时，院子里的花草上飞舞着蜜蜂、蝴蝶，捉蜜蜂捉得满头是汗，蜜蜂放在一个小火柴盒内；奶奶家养着牛，女儿有一次穿着红衣裳路过牛棚，被牛用犄角顶了起来，是奶奶发现，救了下来；从此每到傍晚牛从野外吃草回来，女儿慌慌忙忙地先躲进房子，把门顶住，不让牛进房子；奶奶家的浓浓的奶菜、酥油饼、油炒面是难忘的……一大家子人，热热闹闹，照女儿自己后来的回忆："好像《红楼梦》的大观园，我喜欢热闹。"

但是，终于有一天，我不得不把女儿接回塔城，使我下决心的原因是我看见的一幅画面：春天的温暖的阳光下，刚刚翻过的松软的土地还未平整。一只癞皮狗摊开四肢在土里懒洋洋地晒太阳；在离狗不远的地方，一个穿着过冬棉衣棉裤的脏兮兮的小孩也摊开四肢，躺在土里，懒洋洋地晒太阳。当我走到这画面的小孩旁边时，小孩认出了我，从土里爬了起来，扑过来，抱住我的腿，叫了声："爸爸。"

我抱着土猴儿似的女儿进了爷爷奶奶的屋子，我不好多说爷爷奶奶什么。吴玉娟和她的弟弟妹妹都是在这院子自由自在长大的，以后她姐姐的娃娃也在这儿自由自在地长大。现在我的娃娃、她妹妹的娃娃也都在这院子生活，这里是大自然的保护区，家庭级的"公园"，这里的一草一木、飞禽走兽，包括人都是自由地生长的。因此，爷爷奶奶对云儿与流浪狗自由在地里土里打滚不会大惊小怪，我也并没有生气，不但没生气，还觉得很可笑——我记得读过一段报纸,一对夫妻每天出去干活儿,把娃娃关在房子里,由一只狗看护。娃娃拉的屎,狗便吃掉,娃娃因为长期与狗在一块儿,学会了狗叫,而不会说人话。刚刚看到的一幕使我想起了这个故事。

我提出云儿已经三岁了,要把她带回去,上托儿所、幼儿园,受受教育,学会过集体生活,学点知识,不然,将来上学跟不上趟。

爷爷奶奶口头上说着:"就是。"眼神里却露出舍不得的意思。特别是爷爷,云儿一个冬天跟爷爷在大炕上滚来滚去,爷爷睡觉她睡觉,爷爷烧香拜佛,她也跟着磕头,女儿小圆脸、密密的短发、胖乎乎,不喜哭、不淘气,几乎成了爷爷离不开的小伙伴。

我当然知道,一把女儿带走,老人跟前没有了娃娃会多么空落寂寞,我有点于心不忍,差点下不了决心,可还是强迫自己硬下心来,顾不了这么多——女儿真的到了该学点什么的时间,再不能荒废。我觉得我好像不是把娃娃从老人身边带走,而是非常残忍地夺走似的。

对于我的这一果断决策,女儿不领情,多少年过去了,仍然想不通:"爸爸,你为什么非要我上托儿所呢?我一点儿也不喜欢上托儿所,把人管得那么严,一点儿也不自由,中午非得让人睡觉,我在奶奶那儿中午从来不睡觉,不睡觉强迫人睡,太没意思了。"真的,女儿对上托儿所没留下什么好印象。

女儿接回来后自然成了我的事,上班送、下班接,迟到早退的事是难免的。吴玉娟是他们单位的先进,得处处带头,我也就只好当她的垫脚石了。

一份考技术职称的文件把平稳的吴玉娟震动了——凡属"文革"期间上大学的工农兵学员都要考试,评定技术职称,七十五分以上算助理工程师,六十分以上算技术员……

"杨宝如,"吴玉娟又商量、恳求的口吻,"我要是复习功课,你能不能带好云儿,做饭,我狠狠心,好好复习。"

"你不复习还不是我干着呢。"

"我是说,你好好支持我。"

我感受到她的压力和决心,油然而生怜意:"这有什么,咱们发牢骚归发牢骚,你要是真敢考,家务活我包了,谁没个雄心壮志,只不过难以实现罢了,你这是正事,我能不支持?"

吴玉娟跟公司提出请假复习功课，公司不同意，说上边没有明文规定，况且她这会儿正负责一幢楼房的收尾工程。她跑到地区科委叫苦，地区科委也吃不准，说这就看单位头头怎么处理了。无奈公司技术人员少，一个萝卜一个坑，不是刁难，实在是没法让她放下工程，回家复习功课。

"去他妈的，"我激愤地骂起来，"你不管它，不理那茬，还是在家里复习功课。你把这些人看透，他们现在用你，像使牲口一样，至于你将来会怎么样，他们当然不管。到了，还是你自己吃亏。你没职称，跟谁解释去？你管他工地不工地，拿上职称是自己的，谁也说不出话来，像这样傻干，到了，人家还是说闲话。"

这个道理也许是对的，可是吴玉娟不敢擅离职守，她多少年走的是另一条道路，那就是到哪儿都服从领导，积极、热情地去干，以博得好感。她真正地感到了左右为难。

"我每天晚上抓紧时间复习功课。"

我道："全凭晚上复习，那我得伺候到哪一天！你要是突击，我还好说，马拉松我可受不了。"

吴玉娟近乎乞求说："杨宝如，那有活儿我们一块儿干，齐嚓咔嚓，完了，我复习功课，好吗？"

我心软了，只能如此。我又出了个点子："还有一个办法，咱们把女儿全托，星期一送，星期六接，光咱俩，随便凑合吃点。没了娃娃，安静，正好可以好好复习。"

她一听觉得有道理，当即同意。

我星期一送云儿到托儿所，跟胖胖的塔塔尔族阿姨说明全托，下午不接了。到了下班时，我总不由自主地想到接娃娃的事，我猜得出那两岁多的小生命一定纳闷：爸爸怎么还不来呀？别的小朋友都走光了，她一定心里发急，却说不出话来；当她被安排在陌生的床上睡觉，能睡得安稳吗？……一刹那，我感到自己是多么冷酷、残忍；可是，为了成全夫人的事业，也只有这样了。我咬咬牙没去接。

没了小娃娃，房子里果然安静了、省心多了，时间多出来了，

每晚属于我写东西、画画的桌子眼下归了太太。天冷了，互相串门的人也少了，正是自家安稳过冬的时候。一般来说，人们不喜欢冬天，可我认为冬天

是写东西的好时机。

吴玉娟伏在桌子上复习功课。我借了本大部头小说，消磨时间。刚有女儿时，有人建议在做饭的小屋子里盘个炕，一方面饭也做熟了，炕也烧热了。有个热炕娃娃不挨冻，万一娃娃尿炕了，可很快地烤干。我照着办了，果然很好。一家三口吃喝拉撒睡全在小房子里，脏是脏了许多，可大人孩子都不受罪，真要是在大房子过冬，非把娃娃冻坏不可。土炕暖烘烘的，我看不了两页书就迷糊了，直到她把我推醒，说："不行，我晚上看书不行，看一阵儿就睁不开眼睛啦，脑子里什么也记不住，还是写你的小说吧。"

我一看小钟才十一点钟："这才几点钟，就不复习了。"

"我真的不行了，明天早晨你早早叫我，我早早起来看书。早晨我脑子最清醒，我是百灵鸟型。"——她有一次听我说，能熬夜的人是猫头鹰型，能早起的人是百灵鸟型，把百灵鸟三个字记住了。

"你让我睡到半截怎么写东西呀！"

她一幅睁不开眼睛的迷瞪劲儿，爬上炕沉沉重地倒下去。

早晨，等我醒来时，她已伏在桌子上算了不少题，得意地说："早晨复习功课效果就是好！好几年了，好些东西都忘了，一复习都想起来啦。以后我就天天早晨复习，晚上桌子给你用。"

我倒真有点佩服起她的这点干劲，不禁也来了精神："好吧，以后晚上归我，早晨归你，今年冬天咱们把时间安排好好的，我也要写出点东西。"

女人也挺高兴，如同重新开始一种生活。

挨到星期三，我想去看看女儿，心里总有什么放心不下，原来是天天接，一下子三天……可去了又怕阿姨说（全托不让中间去看娃娃），又怕女儿闹着回来，咬紧牙关，硬等吧。还有三天就是星期六啦，得逼着小家伙适应全托。如果小家伙适应了，不光这一阵，起码能轻松几年。

星期六，我去接娃娃。

塔塔尔族胖阿姨告诉我："你的孩子有点闹眼，托儿所有好几个娃娃都闹眼，专门隔离开了。"

我找到隔离室，见小家伙在橙子上蔫蔫地坐着，可怜巴巴的。我过去喊道："云儿，云儿。"小东西抬起头，眼睛粘得挣不开，不哭不闹，软软地扑上来，我抱起了娃娃。看护的阿姨道："你的娃娃有点发烧，烧得不太厉害。"

我把女儿接回家，女儿软软地像没了筋骨，怎么哄也高兴不起来。夜里，小身体发开烧了，越烧越烫。幸亏隔几家的邻居是车队医务室的丁医生，我让吴玉娟半夜去敲门。女医生是上海人，挺热心，过来了，问了情况，给女儿打了针。"你们这是怎么搞的，全托也得慢慢来，哪有说平日天天接，突然一个星期不见面，娃娃肯定是上火急的闹的眼，看这样子是烧了好几天了。"

等医生走后，我把那小身体抱在怀里，说不上的懊悔，瞅着没几天就瘦下去的小脸，心里痛得发紧。我可以想象出那颗小心脏猛不丁没人接会多么憋闷。阿姨说娃娃没哭，是的，她要哭倒好了，女儿的脾气随我，太内向，有事憋在心里头，一憋就是六天，那是怎样的难受啊！

吴玉娟也神情不安，笨手笨脚地伸出手想抱娃娃，以表歉意。

我的无名怒火一下子冒出来，踹了她一脚："去你妈的，别装洋蒜。"

女人吓得缩回手，嚅嚅地站在一边。

三天。

女儿整整三天高烧。

整整三天滴水未进。

我整整把女儿抱了三天，我要为自己赎罪，我要用这行为对那不懂事的小东西表示深深的歉意，是我不好，是我残忍，是我狠心地把女儿扔在那儿一个星期没去看她。我举着女儿的软软的小手打自己的脸，我在那小脸上落下无数的吻……

终于有一个早晨，女儿醒过来，从被子里伸出小胳膊，奶声奶气地叫了一声："爸爸。"就凭这一声就知道我的身价了。我赶忙爬过去，像头母鹿俯下身去嗅她，心里充满了无限的慈爱。

我给女儿穿衣服，洗脸，热牛奶。

我不敢马上把她送托儿所，陪她玩了一天。第二天，送她去时，她紧紧抓住我的裤子不松手。我不免一阵心酸，我发誓，再不把她全托，保证来接她。

张志兵两口子来串门，我说了把云儿全托生病的事。张志兵瞪起眼睛把我说了一顿，我甘愿挨骂。

说上几句话，我们就摆出围棋对弈。下象棋，我不如他；下围棋，他不如我。

六十四

随着形势的发展，我们的思想也不易激烈，变得平稳了。我们有点懒得再争论形势，妄谈政治之类的事情。时代发展的趋势越来越明显，农村的改革主流是成功的。在毛主席的问题上的是与非、功与过都做了定论。……连边境上的环境也是缓和的。往年，每到我牧民转场路过双方争议区时，苏方都是一幅张弓拔弩的紧张局面，眼下，苏联军官会站在路边寒暄几句"累不累？""有病人没有？"等等。双方边境会晤也增加了友好的气氛，为友好干杯。彼此邀请到家中去玩，执行一种和解的外交政策。当年外逃过去的人员作为华侨对待。这边有逃眷的"半家户"，一夜之间都荣升为"侨眷"，为的是团结一切有利于"四化"。一些跑过去的人从东北入境，绕道来塔城探亲，穿得鲜亮光彩，坦坦然然地走在大街上。边境地区也开始建设了，早先是怕打仗，不敢建设，眼下不怕了，楼房一幢幢盖起来……

我们两口子也到张志兵家去串门。男人们抽烟、下棋，女人们聊家常。蓉蓉和云儿两个小姐妹挺玩得来，我们开玩笑道："可惜都是女孩，不然结个亲家。"

吴玉娟经过考试，评上了助理工程师，一桩大事落了地。

人不过还是那个人，那个性格，那个智力，一有了职称，便觉得有了身价，增值了。女助工又调到了计委设计室专门从事建筑结构设计，少了些风吹日晒之苦。

老婆是助工，划进了科技人员，男人的牺牲也变得更加天经地义，诉说苦恼更加难遇知音。一九七七年，也就是"四人帮"垮台后的第一年，我曾参加过一次高考，但又失败了。那时，离高考前十一天我才得知有这次高考，当时我已经二十九岁了，应该是最后参加高考的机会。可是我并不兴奋、激动，因为我本身已经有了工作。吴玉娟虽没说反对我高考，但我看出她是不愿意我参加考试的，好容易有了一个安稳的家庭，很希望就这么安安稳稳过日子。我想上大学只是想弥补当年的一种缺憾。我报的是新大的中文系，不想离开新疆，只是想体验体验大学生活。对大学还能学到多少知识并不指望，我觉得单凭掌握的文学知识，我足以够一个大学生了。

十一天时间太短了。语文的东西是没法复习的，只能拼功底，关键是数学。十一天要把学过的数学方面的知识全恢复起来真是太难了。我的数学其实也还可以，三角函数、解方程、平面几何都说得过去，只是到了初三、高一，学排列组合、代数这部分，因母亲去世，已经根本学不进任何东西，整天就是趴在桌子上睡觉。我决定这部分不看，听天由命，但其他部分也只能突击，但十一天能复习得过来吗？

我的语文考得不错。据有人透露，其分数是全地区的第一。说也怪，考试的头天夜里，我怎么也睡不着觉，我辗转反侧，猜测语文的作文题目可能会与周总理有关。我知道作文要凭基本功，凭平日的积累，这样押题是不好的，可是却止不住脑子往这上想，朦朦胧胧、断断续续地做好了赞美周总理的文章。第二天考试，作文题目是"每当想起敬爱的周总理"。我夜里梦好的文章还未忘却，我提起笔来江河直下，一气呵成。

可是我的数学成绩糟透了，才三十多分。最后悔的是有道十五分的大题，已经做对了，但因答案是个分数，有点不自信，又改错了。

据说此次高考，老高中生的录取分数线是一百五十分，其他学生是一百二十分。我的考试成绩因为数学一下子把总分拉了下来。

高考失败后，断了上大学的念头，还是老老实实过日子吧。但是我对文科非要考数学耿耿于怀，想不通为什么学文学非得要考数学是什么道理？数学不行文学就搞不好吗？文学里头又有多少是要用数学解决的问题？自此考试之后我也落下了一个毛病，总是做梦梦见考数学过不了关，到了六十多岁竟然还做这样的梦。有次朦朦胧胧梦见一块的同学高考走了，我因数学不过关，留了级，又认识了新同学，新同学又考走了，我又认识年龄更小的新同学，一年一年我总那么上着高三，永远上不成大学。有时梦见一道数学题做不出来而惊醒，有时梦见连小学最简单的加减法都做不出来……恐怕我到死都逃不脱在做数学题的噩梦。

所以我认为初中时全面学点数理化，到了高中就应该分科。学文科的就专门学文科，学理科的就专门学理科，再不能耽误了人才。

我认为，学文学有其特殊性，与学习数理化的知识积累方式不同。比如一个造桥梁的专家，他的知识如果不到一定程度，就是造不出桥来。可是文学不一样，并不是上的学越多写的文章就越好。如果那样，搞文学就太简单了。文学的确是有悟性和才气的成分在里边。也正因为这样想，我对兴起的文凭热也颇有点冷眼旁观、隔岸观火。什么电大、夜大、函授、进修……这类闪光而费力的东西对我来说虚得很，学出来干什么呢？花费那么大的力气又能应用到什么上呢？小地方似乎没有容纳这些知识的地方，如果仅仅是为了拿文凭，长点工资，那就更没有什么价值。我相信自己经过这么多年的自学，文才已不在一个大学生之下，我现在需要的不是重新学习什么语法、古文、写作知识……我需要的是创作，写出东西来。我已经到了舍不得浪费两三年去读文凭的境地。我苦熬苦煎，怀着躁动、不安不断地写，虽然写过的东西都当了擦屁股纸，但却不能不说我没有追求。所以，每当有人看见我在厨房可怜兮兮地忙活或者我自己因不堪烦躁而发牢骚时，十个人有九个会用流行的逻辑劝慰我："两个人总有一个牺牲事业。"我顶恨这种逻辑。为什么人家看吴玉娟是个大学生就必定是搞事业的；而我，一个男人就该一辈子做牺牲？荒唐！如果人真的能轮回转世，有下辈子的话，倒也罢了，可谁都知道，人只有此一生啊！

我的长篇小说艰难地悄悄地往前行走，有如红军的二万五千里长征，爬过了雪山，又进了荒无人烟的草地……小说的主人公从遥远的历史慢慢地走到了眼前，走到了跟作者并肩前进的路上，我已经写到了眼皮底下，我好像不是在写小说，而是一个记载历史的史官，记载着张志兵的一言一行。我现在成了跟现实中的张志兵并肩前进，也是跟小说中的主人公并肩前进，也就是说，我满怀激情地写小说，却没有一个完整的构思，开了头，却不知怎么结尾，就像冰山雪水从山上流淌成河，奔流而下，一个劲地浩浩荡荡前进，不知何日能汇入大海？

我写了主人公经历了"文化大革命"，经历了"揭批查"的困惑与反思，又到了一个人生的十字路口，摆在主人公面前的命运有两条路：一条是在他的"左"的思想彻底崩溃后，感到绝望、幻灭，意气消沉；一条是在他的"左"的思想崩溃后，开始往"右"转，从极"左"到极"右"。据说人是最容易从一个极端走向另一个极端的，两条命运给主人公安排哪一个？

我想给张志兵安排第一种命运，甚至给他设计了一个很有戏剧色彩的结局：自杀。在电影电视中，为了取得突出的效果，是最喜欢让人自杀的，让张志兵自杀，造成震撼心灵的悲剧效果？

现实中的张志兵是不会自杀的。实际上，从那个历史年代走过来的一代人也没几个自杀的。倒是听说哪个学校的一个女娃娃不愿学英语，提出：既然是中国人，为什么要学 ABC？受"左"的影响太深，不满现实而自杀。那也只能说明她的单纯。现实中的人们很善于顺应历史，调整自己，永远不变的信念和原则是没有的，正所谓适者生存，生存仍是第一的。那么，按照张志兵的现实表现，我只能写他消沉了？平庸了？——小说就这么结尾？

六十五

我相信，生活的本身比任何虚假生硬的编造都丰富、出奇。一天，张志兵找上门来，神秘而又兴奋地告诉我："哥们，知道吗，机修厂（原拖修厂）开始选厂长，竞选厂长啦。"

我精神一振："改革到这一步了吗？怎么个选法呢？"

"群众推荐也行，毛遂自荐也行。"

"怎么，你想毛遂自荐？"我一下子看到他的心底。

张志兵点点头："怎么样，我参加竞选好不好？"

"什么好不好，早就应该这样了，你张志兵也该冒冒了。"

张志兵点点头，胸有成竹地说："哥们，你信不信，我这次很有可能当选为厂长。"

"你怎么这么自信？"

"我这几天关在家里翻报纸、看材料，写了十二页密密麻麻的改革方案，拿上去给我们的书记看了，葛书记看了很欣赏。厂子里说选厂长，底下嘀嘀咕咕的多，除了我没有谁拿出个像样的东西。"

我笑着插话道："没有竞选宣言。"

"对啦，没有宣言。再说我提的问题都是有科学、有理论的，他们不服不行。"

"那你到底怎么写的？"我百分之百关心朋友的命运。

张志兵点着了一根烟，滔滔不绝地讲了一大堆。

我心想：看来小说不能马上就有结局，还得写下去，写到主人公经过苦闷、彷徨，终于又在改革的大潮中站起来。是的是的，这才是最完美、正确的结局。这也更符合张志兵性格的发展。这个人，一辈子爱冒尖，无论怎么整都整不垮的。啊，现实生活真是妙极了！其实不用你编，自然而然发展出来的情节比任何编造都生动、丰富。张志兵能竞选厂长成功就太好了！……再写到他立志图新，使厂子改变面貌，产生了效果，我的小说就可以封笔了，划上一个完整的句号。

很快，机修厂都知道张志兵想竞选厂长的事。我认识的几个机修厂的朋友见了我都告诉这条新闻，明广峰在大街上碰上我说："听说了吧，比养的张志兵想当厂长。"——塔城人的口头语便是这"比养的"，鲁迅曾讽刺"他妈的"是中国的"国骂"，这"比养的"大约也算是塔城的"专利"。——其实，这"比养的"是山东人的口头语，塔城老华侨中山东人多，也就在塔城流传开来。我所说的机修厂的朋友也是张志兵的朋友，平日常在一块儿玩的，但他们此时谈起张志兵竞选厂长的口吻，完全是一种嘲弄的讽刺意味。

明广峰嘲笑道："比养的，张志兵还没当厂长呢，就要把他的师傅撵出工间。"

我问是怎么回事。

"比养的，张志兵喝醉了，跟他师傅吵架，说已经把骆师傅列入清理下放的名单。比养的，猫教老虎本事，老虎有了点本事就想吃猫。"

"完啦，张志兵怎么能这么说，就是想这么做，也没必要这么胡咋呼呀！"

"说的就是，这比养的一闹唤，大家都说，瞧，这小子对他师傅都这样，还没上台就想整人，上了台不定是啥样子。"

我心里暗暗叫苦不迭，只有我知道，张志兵在他的改革方案里确有一条是重新组合劳动力。有的工间人多活少，天天坐着闲聊天。他准备把多余的人都抽出来，搞个修缮队。厂子里有不少房屋维修、铺石垫路的杂活儿。厂子里的人闲着，却从外边花钱雇人干活儿，这笔钱可以省下来。可是，有什么事也得等中选再说，怎么这么沉不住气！这么一闹，失了民心。老百姓懂什么，天生地同情弱者，自然为骆师傅打抱不平。

张志兵对此不以为然，他说他没喝醉，没跟师傅吵架，是不对劲的人有意糟蹋他、胡编造的。他依然对治理好厂子抱有信心，他说他在机修厂待了八九年，对厂子里的一切都看得清清楚楚，心里有一本账，只要能选上厂长，把厂子搞好没问题。葛书记支持他，还指点他修改了几处呢，让他在全厂的大会上宣读了他的"改革计划"。

明广峰跟我说："张志兵站在台上，对着稿子念，念得结结巴巴，鼻子尖光冒汗，不停地擦鼻子。底下没人认真听，说话、打毛衣、嗑瓜子，没人把他当回事。"

做完"竞选宣言"，张志兵说得党支部开会研究——漫长而沉闷地等待。

一个星期后，公布了结果，没有通过。

张志兵觉得丢了脸，根本没想到是这么个结果。厂子里不对劲的人对他的失败兴灾乐祸。我对这个结果虽然不敢说是意料之中，也是有精神准备的。我觉得，从工人中直接提拔当厂长或者副厂长，这种改革程度在当时并非能行得通，不成熟。张志兵似乎只是被利用，体现一种改革的精神，当了陪衬。

天下没有不透风的墙，参加党支部会议的人透风给张志兵，说举手表决时，第一个举手反对他当厂长的便是那位葛书记……张志兵不相信这是事实，瞠目结舌，目瞪口呆。

"妙绝！妙绝！"我得知后真想鼓掌大笑。

"丢脸！太丢脸！"张志兵对着我摇头叹息，把这个失败看得很重。

我不愿承认朋友的失败有多大："有什么丢脸的，奋斗了，失败了，正常现象；只不过有点令人扫兴罢了。"

"哥们，怎么样，我也换换单位吧？"

"怎么，不哪里跌倒从哪里爬起来啦？"我善意地开玩笑。

"去他妈的吧，再干有啥意思。"

"唉！"我叹了口气，"你也不知道怎么这么背，干什么都不顺，你能成龙成凤，偏偏是虎落平原被犬欺。"

"唉——！"张志兵沉重地叹了口气，弄不清命运为什么总与他作对。

没过多久，张志兵告诉我，他调到额敏县糖厂。"塞翁失马，焉知非福"，这次调倒调好了，额敏县糖厂是地区上的重点项目，正处于筹建阶段，要干的工作多得很。厂子里的头头也都是从塔城调的，是他熟悉的人，对他很器重。他是厂子里的采购员，经常参与厂子的会议，决策个什么的。张志兵开始春风得意，到乌市、内地出差，采购各种材料、机器设备，挺忙活儿。额敏县离塔城六十公里，如果正常，他星期六回来，星期一回去；如果遇到出差，他回来的次数就少了。自从他调到糖厂后，我们之间的来往明显减少了。我虽然有种失落，但想到他闲了十年，柳暗花明，又成了大忙人，有了新价值，也算得其所哉。

张志兵越走越远，又要到上海去买车。说起来他是地地道道的上海人，父母都是上海的。他从小在新疆长大，还没去过上海呢，没见过上海的亲戚。

一个月后，他从上海回来。我、刘大侠、李昇、黄翰云、薛海青一把子朋友跑到房子，喝酒聊天，听他讲上海的事情。他眉飞色舞，滔滔不绝，真正是大开了眼界。

他在上海见了他的大伯，一位处长级的高级干部，也由此认识了他的一位堂哥——这位堂哥在张志兵今后的命运中占据了一个十分重要的位置，这位堂哥也是采购员，却极有能量，没有他办不成的事情。

首先，堂哥把他安排在一个只接待外宾和团级以上干部的大饭店。他担心住房太贵，回来不好报销。他堂哥说："没事，让你少花钱还住好房子。"他堂哥认识大饭店的经理。张志兵说他平生第一次见穿着西服打着领带，戴着金丝眼镜，有如资本家的老干部。堂哥用上海话跟总经理一说，总经理马上给他安排在外国人住的房间，而且是白住。堂哥说："现在没外国人住，空着也是空着，你住进去，没事。有了人，你再搬出来。要掏钱，掏多少也不让中国人住的。"张志兵说他做梦也想不到这样的事，三几年的老干部竟然敢这么做事，堂哥也完全把这当成一种有本事的显示。张志兵买车的事也全凭堂哥帮他跑成的。他开始正正规规去买车，令他难以置信的是一辆汽车额外加三千元钱，点现金，一手交钱，一手交货，三千元不上发票，属于给私人的好处费。他不想掏这笔冤枉钱。跑了一家汽车修理厂，说有汽车，但要搭三万元的电瓶极板。又跑了家汽车公司，也有车，不多挣钱也可以，那得给搞批钢材，要 1.0—1.2 毫米厚的钢板。他一筹莫展，还得找堂哥。堂哥有一层关系网，利用老关系认识一个钢铁厂的供销科长，在大饭店设了一桌。又打听到供销科长的独生子要结婚，缺海蜇皮，打发他专门跑了趟宁波，通过熟人的关系买上了海蜇皮，赶在办事前献上了礼品，便得到科长的大笔一挥：发给十吨钢板。堂哥给够买车的钢板，剩下的自己又倒卖掉，挣了笔钱。

堂哥不是一般的人，每月工资才百十来元，可房子里彩电、冰箱、录像机样样都有；花钱大手大脚，经常下馆子吃饭，数起上海的名贵饭菜特色了如指掌。堂哥还有个大计划，正通过老婆在澳门的亲戚关系，申请移居澳门。

"呜——"一声汽笛声响，离开上海时，张志兵就觉得老天有意让他来趟上海，开开眼界，改造一番。这下他算服了，原来内地的社会全凭吃喝开路，拉关系走后门办事。他在这儿拜了个师傅——他的堂哥，瞧瞧堂哥的能量、神通！

不过是个普通的采购员就如此！要是更有权有势又会怎样？他觉得堂哥这样的人配这样的环境简直天衣无缝、浑然一体，真是适者生存。没堂哥，他张志兵搞车就是一句空话，他倒想正正规规搞辆车，能行吗？早鼻青脸肿地滚回去了。可是，看，不管他用什么手段，车买回来了，谁又能说他个"不"字。

……

我详细地问张志兵买车的经过，因为我要把他的一切写进我的小说，我的小说不知如何结尾，可总逃不脱走向消沉，走向世俗的阴影，可具体怎么走的细节，我编造不出来，偏偏张志兵用他的行动最详细、生动地帮助我把小说编下去。

私下里，张志兵悄悄对我叹道："哥们，这下我知道什么是社会了，再别提什么毛主席的革命路线了吧！"

我猛然听这话，有点突兀，接受不了。按说我好像早就期待着这个深刻的思想转变。我们多少次地辩论，我总在劝朋友往通了想，他总是想不通；现在想通了，我又忽然感到一种巨大的悲哀——人终于走向世俗，失去了理想的光彩。我心里空落落的，我知道从此以后，我们算是彻底地与过去告别了。

没过多久，张志兵告诉我，他堂哥已经批准到澳门定居。现在澳门一家公司当大班。我觉得天下的事情真怪，早些时候，什么对外开放、做买卖、谈生意；什么香港、澳门、花花世界，都是远在天边的事儿，谁知张志兵刚刚走到生意线上，便就有那么一个堂哥正儿八经地在澳门，顿时有了最时髦的海外关系，看来真要成什么气候。

——我突然有了一种感觉，我们这批三十多岁的人，如果再不能搏斗一番，一上了四十就会被时代淘汰。既然搞政治斗争碰得头破血流，当政治动物不行；那么当经济动物，看在商品大潮中能不能第二次崛起。

我把这第二次崛起的试验放在张志兵的身上，"文革"中当政治动物他表现得够充分的，看这次当经济动物如何？

张志兵给我看他堂哥来的信，说有一批货，让他到珠海去洽谈。我问他是什么货。他说是走私的服装（那会儿走私进口服装挺盛行）。我说："有这条线，这个机会，那你就去吧。"

他摇摇头："现在还不到时候，没有去珠海的理由。"

我点点头，知道不顾一切地突然去珠海，就等于辞去公职，彻底地不干了。

天缘巧合，张志兵很快等来了机会，他们的厂子要买一部车，新上任的孙厂长，指名道姓要皇冠车（当时那牌子正流行）。张志兵毛遂自荐，揽下了买车的事。我猜出他的用意：下广州，一是为公家买车，露一手，在厂子有进晋之路；二是与他堂哥联系，看能不能搞点什么名堂。

临走时，张志兵把我们一把子朋友叫到房子玩了玩。我们开玩笑，说发财回来请我们喝茅台酒，他一口答应："没问题。"

谁知，张志兵一去广州不回头，买车的六万多元钱一开始就被骗掉了！

刚听到这个消息，我呆愣住了，我的第一个感觉好像是我看过的《七三一细菌部队》里的一个细节，一个日本兵不小心把盛满病菌的玻璃试管打破了，一片玻璃碴扎进后背，另一个日本兵手疾眼快，连想都没想，拿起刺刀把扎玻璃碴的一大块肉挖下来，保住了他的一条命。我不知为什么会有这种感觉，仿佛有块高浓度的细菌的碎片扎进我的后背，马上就会在体内扩散，引起极度的恐惧。

完了！出师不利。我去张志兵家从英英口中打探消息，英英也说不清。她说张志兵在信中也不讲清楚到底是怎么回事。一来信就是要钱，说广州花费大。她说她一次寄了两千元，没隔几天又要钱，好不容易攒的一点钱都贴进去了。广州那地方，有多少钱够丢的，连个响也没有。

我忧心似焚，爱莫能助。

一九八四年春节，我们一帮子朋友聚在张志兵家，谈论他。

李昇显得特别的激动，他审时度势，激烈地主张张志兵怎么也得回来一趟，车款又不是个人拿了，上当受骗，完全可以回来跟厂子里汇报，做检讨，挨批评，受处分都行。然后，再提出追款，那么多钱，肯定得追，那时，你再第二次去广州也行。照现在这样，也不回来汇报，干啥也不知道，厂子里停你工资，你也没话说。

我们都认为李昇分析得对。

我也发急："真是的，张志兵平日脑子挺好使，这会儿怎么啦？脑子让狗吃啦！"

薛海青道："这小子是不是不打算回来了？"

刘大侠道："哎，有可能，这小子狠着呢，说不定什么老婆娃娃全不要了，比养的，广州再找个情况，哈哈哈——"。

"嘘——别胡说，英英听了非气死了。"

我忧虑道："是不是张志兵干了什么事？没法回来了？回来也交不了差？"我隐隐觉得广州那边发生的事情不是那么简单，不是三言两语能说清的。

李昇道："不管怎么着，也得回来一趟，就这么个事情，能怎么着。你不回来，什么也说不清。公家那么一大笔钱，能不管不问？"

事情不幸被李昇言中，六万元，在偏远的小地方听起来是多么吓人的数字。特别是到一九八五年清理整顿经济、治理环境时，塔城将此列为重大的经济案件，并派工作组专门调查处理此事。

事情越弄越僵，越来越糟。

一切只能等张志兵回来才能搞清楚。

六十六

还未等张志兵回来，我又遇到了转业问题。可以说，从当兵的第一天我就想到了转业，我不是当兵的料。可是，转业也并不是容易的。一九八四年，部队有了转业名额，名额少，轮不上。第一个走的竟然是政治处的副主任，她家是杭州的，在新疆待了二十多年，如果不是转业，怎么也难从遥远的新疆调回富饶的鱼米之乡。一九八五年，我及早地打了要求转业的报告。这年的春天，批准下来了。这对我是一个解脱。我想，我除了当一个文化人，干别的什么都是浪费生命。

我决定，好好利用这次转业机会，走到自己多年想干的文化艺术的路子上，彻彻底底地当个文人。

当我真的面临转业时，突然萌生了一个想法：离开塔城。

——我得向乌市靠拢。这个念头一旦出现，像闪电照亮了我的整个心灵。向乌鲁木齐靠拢，不是为了我，首先是为了女儿云儿。塔城好是好，民风朴实，人们热情、正直、善良，可是，塔城毕竟太偏远了、太落后了，在整个社会走向商品经济时代更显得突出。我的三个弟弟、一个妹妹都在乌市。他们的娃娃也都在乌鲁木齐。我发现娃娃们这一代，远不像我们兄弟姐妹感情深。弟弟、妹妹的孩子都在乌市，往来还亲近点，而只有我在塔城，将来联系越来越少……我的女儿也与乌市的小姐妹们缺少亲情。

"对啦，将来，我们云儿走趟乌市，就像乡下妹子进城，围着个头巾，挎着个篮子，带上自家老母鸡下的鸡蛋什么的。到了乌市，看看堂姐、堂妹。芳芳她们说，哟，塔城的妹妹来了，领着转着玩玩，逛逛商店，住上几天，打发回去了，那我不干。"

宝琴、孝华觉得我这种说法可笑。

我自己在塔城生活了二十年，再多待几年也无所谓，可是一辈子在塔城，像当年老华侨先找块坟地说"我死以后就埋在这儿"，我不干了。一辈子待在塔城，是不是太冤枉了？

我不知道我的内心深处为什么会有这种思想，别人在塔城待得心安理得，也没有我这么多想头。刘大侠就对我想离开塔城不可思议："塔城有这么多朋友、哥们兄弟，你换个地方，哪找这些人去，有什么意思？哈哈，还是算了吧。"

我讪讪而笑。二十年，真的有许许多多的好朋友，我在他们中间如鱼得水；二十年，就是因为有张志兵、刘大侠、李昇等等许多同学、朋友，才过得不知不觉，过得舒心、愉快。

可是，我真的得往乌鲁木齐靠拢，我与妹妹、弟弟们特殊的命运使我对宝琴、宝军、宝平、宝宁有种难言的特殊的感情。多少年，我远离了他们，需要填补的感情太多了；我想更多地看见他们，与他们生活在一起，感受那种从北京四合院中延伸过来的亲情；另外，我也想秦建国、刘孝华，他们都是我学生时代的最好的朋友；我也想李强、张文阁，希望恢复我们之间的文人之交……

也许，还有一点，藏在我灵魂深处，我想远离塔城，完成我的写作。我怎么觉得在塔城，过多的朋友往来，会使我写不出东西来，完不成作品。这个想法也许并没有道理——离开塔城后，我对张志兵的情况再难有直接的真实的感受，使得我无法完成他的后半部分。

离开塔城，往哪儿去呢？

进乌鲁木齐不可能。我知道进乌鲁木齐很难，要有三个条件：一是家在乌市；二是从乌鲁木齐当兵出来的；三是家属在乌市，我不具备任何一个条件。我也没有可利用的硬邦的人事关系。虽说三个弟弟、一个妹妹在乌市，他们也没有能力帮这个大忙。另一方面，我看不上乌鲁木齐，我嫌它乱糟糟的，冬天污染厉害，每天上下班挤公共汽车十分讨厌，住房也异常紧张……我从一开始就没做乌市的梦。

我看上了一个地方：昌吉，全称是昌吉回族自治州。

昌吉离乌市只有三十五公里，是一个地州级地区，相当于大城市的卫星城。能到昌吉也就跟进乌市差不多。想见弟弟、妹妹、同学们也很容易。

我想昌吉，昌吉可不想我，当我把眼光转向昌吉时，完全是一种"纸上谈兵"、"痴人说梦"。我对昌吉的全部了解就是公路边的那个水塔，似乎成了昌吉的标记。坐车去乌市一看见水塔，人们便说，昌吉到了。昌吉对我来说是一片空白，没一个认识的人。

对我欲调到昌吉的突发战略构想，吴玉娟并不十分欣赏。她的爸爸、妈妈在额敏县，她已经习惯在塔城、额敏之间跑来跑去，十分自在、温馨。我不是不理解她的真情，我若是父母也在额敏县，也真的没恒心远走高飞。可是，我得咬紧牙关，往乌市靠拢。

吴玉娟吭吭叽叽不想去昌吉，却又没表示出最强烈的反对，只有在吵架时，把这当成筹码。

"哼，我就不去昌吉。不去昌吉。"

我撇撇嘴，用冷酷决绝的语言说："你不去，我去。我是去定了。反正我得往杨家靠拢，你不去，那就只有离婚了。"

"哼，离就离，娃娃得给我。"——她以为这一手很有效，知道我疼孩子。

"行啊，给你，什么都给你，一切都留给你，我什么也不要。"

她没辙了。

当真的开始往昌吉努力时，吴玉娟也再没犹豫，我们两口子齐心协力进行活动，这其中的曲折一言难尽，终于有一天，我们站在昌吉的土地上，成了昌吉人。

我想借转业机会搞个文化工作的希望再一次落空。我原来一心想到个文化单位，托陈雪飞给帮忙。他是弟弟宝平上大学时的同班同学，当时宝平是班长，他是副班长。他是江苏人，脑子非常聪明，他说起跟宝平在一起时有过许多可笑有趣的事，是宝平最好的朋友。正是因为有了陈雪飞的热心帮忙，我才调进了昌吉。想起跑调动时，既让陈雪飞联系工作，还吃住在他家。陈雪飞的爱人潘萍是他的同班同学，也就是宝平的同学。人家既上着班，还要下班给我们做饭，说"我们"，因为不光我在陈雪飞家吃住，还有一个蒙古族老师，也在让陈雪飞联系调动工作，也在家里吃住。陈雪飞毕业后，曾在某县乡镇学校当过几年老师，与蒙古族老师是同事。后来陈雪飞在州劳动人事局工作，自然有调动的事就求他了。晚上我和蒙古族老师在客厅的沙发上睡觉，那会儿做的沙发都是能打开睡两个人的。看着潘萍带着娃娃还为我们两个人做饭，却又没有一点怨烦的表情，很是让人忐忑不安、过意不去。潘萍的一句话更让人感动不已，她说没事，她已经习惯这样了，这又不是第一次，经常有找陈雪飞调动工作的人在房子吃住，还有过三个人挤在沙发上睡觉呢——那还有什么可说的。我后来跟吴玉娟说，人生有些事情是永远不能忘的，我说为我们的调动工作，麻烦了不少人，我们应该有感激之情，其中一个就是陈雪飞。

陈雪飞对我的事很认真，给我联系《博格达文学》编辑部，人家说要看看我写的文章、画的画。我把写的几篇小说手稿和部分画交给陈雪飞。他交给人家。人家看过评价说，小说还可以，只是笔有点发涩，小说内容若不是比较过时，可以发表一篇；又说我画的画比我写的小说好一些。至于安置工作，因为编辑部的编制已满，不好解决。陈雪飞又热心地帮我往州工会联系过，他跟州工会刘主席挺熟，还给我出主意，给刘主席送上两幅我画的画。我画了一幅徐悲鸿的奔马图，又画了一幅自己拼凑的花鸟画。我很想在工会搞个宣教，我当过十年工人，对工人有一种独到的感情。结果也是因为编制满了而进不去。

在我已经转业到昌吉，在最后的分配关头，我还不死心，最后想争取到文工团或群艺馆。人事局专管分配的彭科长劝我：你不要到文化单位，文工团比较乱，前一阵刚刚整顿过，他们现在连个办公的地点都没有，借的设计院的一层楼，再说没住的房子。

最后给我确定的单位是州公安局、州工商局，两者必居其一。

我说："公安局就算了吧，我刚从公安武警出来，又进去。我知道我干不了这个，那就州工商局吧。"

彭科长说："工商局最好，去了就有房子。"

房子，这多诱人，"人无远虑，必有近忧"，到一个新地方，住房的问题当然是顶顶重要啦，我再一次妥于现实的考虑，选定了工商局。

也有人曾分析说，真搞个文化专业未必就好，也未必就能干出什么，搞搞业余的倒好。这也许有一定道理，但我终因无法实现自己的要走的路而十分遗憾。

六十七

工商局的条件果然不错。我搬进的平房挺让人满意。房间挺大，比在塔城住的房间大。还有两间煤炭房，正好靠在路边。有一条窄土路可以走车。拉煤的车停在路上，可以从煤炭房的小窗户直接把煤卸进房子，比先把煤卸在门口，再一点点抬进煤房子方便多了。

平房的院子也比在塔城的大，还有一个厕所，这是最方便的，在塔城没厕所，上厕所还要到前边的院子或到公园去上。

女儿上学就更方便了，房后的街道就有一所小学，还有一个塔城的同学（比我小三级）就在那个学校当老师，叫薛应魁。找到小薛联系上学，夫人让找一个老师好的班，这也做到了。女儿每天背上书包，从房子转到后边街上去上学，也没有什么横穿马路、不安全的事，让人放心。

我上班也方便，就在前街，连自行车都不用骑，出了门走不了两分钟就到了。工商局的办公条件也挺好，两个人一个办公室。还有一个自己的小食堂。还有一个小招待所。当时工商局的人不多，我当时是第二十二个人，照我自己说的：坐的是第二十二把交椅。

工商局的工作是搞经济管理，这也让人感到不错。原来搞公安，搞武警，一旦对人处理开了都是劳改、判刑，太残酷，万一出了差错，对人的命运造成的伤害太大；而经济管理顶多是经济处罚，罚钱，相对就比较温和了，就算有失误也没那么严重。

进了工商局，各方面条件都不错，我有了一种知足感，一种人生有了着落的感觉。原来当兵总有一种人在旅途的感觉，现在找到了一种归宿，我不可能再变来变去了。想想自己从走上社会变来变去换了多少单位，即使在山沟里也换了几个单位，先是老兵连，又是青工连，又是团部，又是机修连；回到地方到了车队（待的时间比较长有八年）；又到了公安局，又到武警，现在又进了工商。

我现在应该是最后的归宿了吧？

我想到了昌吉，人生地不熟，完全是重新开辟的一片天地。我相信自己的为人处事，与人为善，与世无争，我会处理好与新单位的同事的关系，照北京的口语：当孙子。头三年当孙子。当然不是以后要当爷爷，当孙子是说新单位谁也不知道你，对你也没什么感情，但这都没啥，时间长了，人总会熟起来的，总会变得正正常常的。

是的，到了新单位一切从头开始。

令我欣慰的是，我注意学习，注意熟悉业务，对领导布置的工作努力去完成，为人谦和，处事谨慎，领导对我的印象不错，同事们对我的评价也不错。

缺少的是失去了塔城那么多的朋友，生活中有了一种寂寞，有时真的好寂寞啊！

但是我是想到了这种孤独寂寞的，我在离开塔城时就想到了，也许正是没有了那么多朋友的来来往往，没有了难以静心的喧嚣，我可以静下心来，完成我要写的东西了。

所幸的是，我在昌吉又找到了新的乐趣，昌吉的围棋活动很活跃，我通过参加围棋比赛，认识了许多棋友，这下子不寂寞了。……我下棋的瘾很大，连下几个小时都没感觉，有时在棋馆下一晚上的棋，想想一个四五十岁的老汉混在一帮小年轻中下棋是个什么景象……有两年时间，我与师范学校的徐老师（教授、围棋裁判）成了最亲密的棋友，你来我往，几乎每个星期都在一块儿下棋。……只是后来徐老师下棋少了，他练了"法轮功"，说下棋多了影响功力。后来他居然相信"法轮功"的有病"不打针、不吃药"的邪说，心脏病犯了，关起门来练功，三天后，人已死了，令我好不伤痛。……后来有了电脑，我在电脑上下围棋。曾经有一次，一连下了七天，天天下到深更半夜，有一天竟然下到早晨六点多钟，鸟都叫了。

连着下了一个星期的棋，走路轻飘飘的，头晕，体重掉到五十八公斤。我太缺乏毅力了，太缺乏自我控制的能力，再照这样下去，我非死在这个围棋上。我下决心把电脑上的围棋停掉了。

我也不是没有想过，自己到了这个年纪还是贪玩，缺乏干事业的恒心和毅力，也真是人生的致命弱点——我的那本书呢？我怎么就不能静下心来，抓紧每一天的时间，毫不荒废地写下去呢？

我没法做到有点时间就用于写作。

六十八

我不得不佩服李强持之以恒，坚持写作的毅力。我到昌吉后，到乌市方便了。每一次见到李强，都知道他在不停地写东西，有一大堆写作计划、构想，总在充满激情地写；每一次见面，畅谈之后，都给我造成巨大的心理压力，激发起我的创作欲望，回过头再爬纸格子。

李强住在文联的一幢六层的陈旧的灰水泥楼里。那楼是六十年代盖的，房屋的结构很不合理，进门是一个狭过道，过道的左侧有一间小小的房间，仅能放下一张床、一个小桌子。李强平日就在这个小房间写作，这是他自己独有的天地。大房间只有一间，摆着双人床，但不能算卧室，还摆着沙发、椅子，来人时又只能算是客厅。大房间有一个多柜的大书架子，几乎挡住了最宽的一堵墙，上面摆满了各种各样的书，都是与文学艺术有关的，小说、散文、诗歌、文学理论、戏剧、考古、探险、美术……凡是跟文化艺术沾边的，无所不有。我问李强你这书架上的书都看过吗？他说都看过。我真佩服他的读书精神。

李强一九七五年上的大学，在上海师范学院。大学毕业后回新疆，分到自治区文联，在《新疆文艺》当编辑，后来又到《新疆艺术》当编辑。我一生想到个文化单位，从事文化工作却不可得，而李强却如愿以偿，搞起了真正的文学艺术。

李强此时才真正谈开了对象，成了家，爱人在电视台工作，也是一个文化人。他结婚比我晚，生孩子也比我晚，生了一个儿子。

一次我到他房子去的时候，他正好休息，带娃娃。一岁多的独生子手脚不拾闲，总是在动，踩着人造革的长沙发上扶着靠背走来走去。我们一边说着话一边还得注意沙发上，别一头栽下来。沙发后边有一台立地的电风扇，上边搭着几块尿布，成为一道独特的景观。我说把尿布搭在电风扇上应该是一大发明，的确不错，通风透气、干得快。他也只有呵呵地发笑。

李强让我帮着看看儿子，他去烧点水。烧水时液化气罐又没气了，他一边使劲摇着钢瓶一边烧水，也总算烧开了小半壶水，可以喝个茶。正说着话，儿子又尿尿了。他从电风扇上拿下一块干净尿布，把沙发上的尿一擦，手一扬，尿布飞进了一个墙角。这皮革的沙发也发挥了作用，不渗漏，随时尿随时擦干净。

李强漫不经心地说他最近发表了一篇文章《新疆的歌舞向何处去》，引起很大反响，引起很大争议。他说新疆歌舞再不能墨守成规，总是老一套，必须兼收并蓄，要汲取其他的艺术成分，对新疆的歌舞进行改革，才能适应市场的需要。

我从他的表述中知道他通过不断地写文章，已经在新疆的文学艺术界有了一些名气。他也越来越走入学术研究的领域，特别是搞《新疆艺术》后，对新疆的西域文化，从歌舞、戏剧、宗教、民俗、壁画、民族等等无不感兴趣。他说这里面的东西太多、太深，再怎么研究也研究不完。

我从李强家回来，感到一种巨大的压力，当年的"三驾马车"李强已经开始冒出来了，有了成绩。张文阁在泥塑方面也取得巨大成功，被称之为新疆的"泥人张"。而我却一文不文，我从心里发急，又得赶紧去爬纸格子，搞我的那部长篇。

李强也到昌吉来看望我。他是和秦建国一块儿来的。我有个小院子真是太方便了。我们就坐在院子里，摆上小桌子，吃了饭、喝茶、聊天。此时我在院子里开辟出一小块地，种上了西红柿、茄子、辣子，长得好不好，反正是有了一小片绿色，别有一番情趣。

我们就说起我们三个当年的友情。

当年步行串联到乌市后，秦建国主张走口里，到北京见毛主席，是我力主返回塔城的。快到"上山下乡"的时候，秦建国就又提起想到内地看看，他长这么大还没去过内地。一旦到了农村当农民，可能就再没时间走口里了。他是跟我和李强说这个事的。我也就动了心，说咱们三个人做伴走趟口里，看看祖国的大好河山。

秦建国说他没问题，他要走口里，家里会同意，会给他钱的。李强说他可以想想办法，他可以跟他父亲说到口里去看病，他的耳朵有点病，提出要到口里去医治。我却想不出到哪儿弄钱去，钱是后娘把执着，绝对不会给一分钱。就是跟父亲说，也不会有用。你说你只是单纯地到内地转转本身就不成为要钱的理由，这事也就放下了。秦建国几年后独自走了趟北京，算是完成了一个心愿。

我们三个人东拉西扯，我就讲起了一个故事。我说欧洲有一个有名的画家叫凡·高，这个画家的经历很独特，他原本在俄国的一个小镇待着，是个贵族家庭，很富有，很受人尊敬。他有一个美丽的妻子，还有两个可爱的孩子。谁都想到他会这么一直过下去的。可是有一天他突然失踪了，音信皆无，不知跑到哪儿去了。后来有人在巴黎见到了他，他住在巴黎的一个破公寓里，穷困潦倒，他在画画。那人问他为什么放弃富裕的生活和美满的家庭跑出来。他说他认为自己有画画的天分，能成为一个大画家，可是如果满足于安逸舒适的生活，他就不可能画画，也实现不了他的追求，他后来真的成了一个大画家。

这个画家的经历很触动我的内心，让我朦朦胧胧有一种感觉……

秦建国说他自己就有一种想离家出走的想法，他说一天老婆娃娃实在压得喘不过气来，真想去他妈的一走了之，找个地方躲清闲去。

李强说他也有离家出走的想法。

我说你们俩怎么跟我一样，我也想离家出走呢，怎么到了这个年纪都想离家出走呢？

我们三个人不约而同地哈哈大笑起来。

真的好奇怪，我只以为自己有的想法，没想到会有一种共鸣，人到了一定阶段，竟然会产生同样的想法！

我说离家出走并不难，关键是离家出走后干什么去？如果像那个大画家离家出走后完成自己的追求也值得，可是我想我离家出走后能干什么？我真的能完成一个什么伟大的作品吗？做不到。关键是没那种才气，如果没有才气，单单的一个离家出走只不过就成了一种形式……所以，想来想去还是不敢动弹。

秦建国说，你们还想搞点什么名堂，我是小人物，什么也不想搞。离家出走不过是想想罢了，自己给自己找开心，想完了回过头来还得伺候老婆、娃娃。

李强说他虽然做不到离家出走，但是喜欢到处转转，他说他一写不出东西就出去走走，只要一出去就会找到灵感，真灵。

我知道这一点，上次去李强家，他就给我念了一篇日记，写他去阿勒泰可可托海。他从小在那儿长大，留下了许多美好的印象，也写了回忆可可托海的散文。他念的日记只不过是在旅途中，同车坐着一个小姑娘，他对小姑娘的观察和对话，写得清新、自然、生动、精彩。

我很嫉妒李强的几十本日记。他有一个习惯，把所看到的、想到的都用日记的方式记录下来。而他所记的日记并不是简单的三言两语，而是像文学速描一样写得很详细，很有文学色彩。

第十七章

听说张志兵快病死了，我赶回塔城……一审判了八年……帮他写二审材料，结果依然……被送到塔里木劳改农场，又成了摘棉能手——一个总想冒尖的人

六十九

一九八七年的一天，我忘了因何事去乌市的塔城办事处，见到秦建国的妹妹秦炎，她半笑着对我说："你不去看看你的好朋友张志兵吗？他在医院快死了！"

我吓了一跳，愠怒地说："这可不能胡说，别胡开玩笑。"

"不是跟你开玩笑，"秦炎嬉笑道，"张志兵在看守所干活儿，不知怎么把手背蹭破了一块皮，感染了，手背肿得那么大，发炎到了胳膊又到了肝，成了肝脓肿，医生把英英都叫去了，说不行了，让准备后事呢。是死是活说不上……"

"那我得去看看。"我的心沉重极了。

回到昌吉，我找局领导请假，编谎说老岳父身体不好。编谎并不好，老岳父没病说有病，似乎是对老人的不恭。可是不管怎样，我怎么也得见见张志兵，我离开塔城后，他就被从广州抓回了塔城，一直未能见面。

领导准了假，我很快坐上了北去的汽车。

我不太相信张志兵会死去，心里愤愤然：不可能！这不是写小说，当需要让一个人死时，笔下一抹，这个人便死了。……这个死法倒满合时宜的："……他的精神垮了，他感到自己失去存在的价值，失去了奋斗的目标，于是，他就

死了。"我这会儿不知道为什么想起《战争与和平》中的安德烈公爵死时的描写："……门开了,死神进来了,于是,他就死了。"要是张志兵这么死太没意思了,这叫什么!

我不承认、不相信;却又不能完全不承认、不相信,我的情绪恶劣到了极点,我憎恨命运如此捉弄人。我的可恶的讨厌的富于幻想的气质在这会儿却展开翅膀,一个劲地雪上加霜,我幻想自己给张志兵献上了花圈,并且写好了挽联,我想起李清照"生当作人杰,死亦为鬼雄"的名句,又想起自己曾经说过的"活得窝囊、死得冤枉"的话,经过糅合,顿时成了一副挽联:

> 生不济世,难为人杰。
>
> 死得窝囊,不成鬼雄。

不是开玩笑,我真的会为他献上,这里有我的自嘲、我的愤怒、我的遗憾、我的悲哀……

到了塔城,出了车站,我直奔市医院,按说我应该买点罐头水果之类的东西,可是死活都不知,我还讲那个客套干什么。

越靠近医院,我的心越收紧,看周围的一切都像海市蜃楼般不实在、梦幻一般。进了医院,我提心吊胆地问一个认识的护士:"张志兵在不在?"

"他已经出院了。"护士说。

我的一颗心落了地,忙返身出来,朝张志兵家走去。一进他家的院门,我放开嗓子吼道:"张志兵!"

"谁呀?"张志兵推门出来,意外地惊喜,"哥们,你怎么来了?"他举着一支伤残的手,手背坑坑洼洼,像月亮表面荒寂的环形山。

见到活生生的张志兵,我异常高兴,我离开塔城一年,加上他走了广州一年多,将近两年多没见面,这其中巨大的变化不言而喻。

我进了房子,英英上班,蓉蓉上学,家里只留他一个人。他要倒水,我不让他倒,自己倒上水,点上烟,便言归正传,聊起分别后的事情。

张志兵到广州后,经人介绍,认识了一个汽车修理厂的康老板,康老板手头就有车,不过在珠海。他跟康老板去看了车,是一辆碰坏的皇冠车,碰得很厉害,要换总成。车价定为四点五万元,他认为还可以。于是与康老板签订了合同书和装备协议书,书中写明,待全车装配好,达到交通监理部门要求后再总结算。

张志兵给厂子发电报，要求汇六万元。

糖厂按照电报要求，汇去了六万元——问题从这里开始了，六万元汇到了康老板的修理厂的账上，这是一个最最根本的错误。钱一到康老板的账上，便石沉大海，钱未用在修车上，而是用做了其他开支：一点五万元发了工资；两万元购买了设备；剩下的两点五万元还了别人的欠账（欠北京十五万元）。康老板许诺说：等想法从别处赚了钱，再补上。

张志兵一下子从购车变成了追账的角色。

塔城这边停发了工资，他的生活也没了着落，睡公园板凳，吃大排档，与小溜溜子为伍……

此时，他与在澳门的堂哥拉上了线，开始做小笔的生意，为了找做生意的本钱，他回过头来开始跟康老板借钱。今日二千，明日三千，陆陆续续借了一万三千元。

张志兵借款时，都打借条，说："我这是借的钱，跟寄的公款是两码事，公家的钱你还是要尽快地还。"

"好说，好说。"康老板连连答应。

塔城工作组到广州追款，与康老板签订了一个还款协议，还款不得超过一九八六年七月份。

康老板手拍胸膛，用浓重的广东腔保证："没问题，绝对没问题。"

关于张志兵从康老板那儿借的钱，康老板说："张志兵的借款是我私人的钱，与六万元还款无关。"

于是在起草的还款保证书第四条写道：张志兵借康得益的私款由张志兵本人负责偿还。

办完此事，工作组返回了新疆。

那么，为什么张志兵不先回新疆呢？照李昇说的，汇报完了，经领导同意再回广州追款？张志兵说，他担心他一回来，领导再不让他去广州，他想通过与堂哥做生意，赚上钱，凭自己的能力逐渐把六万元还上，他根本就不相信康老板会还钱，全是骗人的。

可惜几笔大生意都没做成，而他用自己的全部本钱与人合伙做的一笔生意也砸掉了。

张志兵沮丧之极，在他最绝望的时候，曾在珠江大桥上徘徊了一晚，产生过跳江自杀的念头——珠江大桥几乎成了广州那些破产、走投无路的人自杀的地方，人只要从桥上跳下去，落入江中，必死无疑。

我没去过广州，对广州的一切觉得神神秘秘，对张志兵在广州的一切希望了解得越详细越好，我要写他的长篇小说，不了解详细怎么能行；况且，他在广州一年多的时间，应是他生命的一个大转折，在广州一年，他脱离了塔城的闭塞落后的环境，一下子进入到现代的大商品潮流中，几乎变成了另一个人。

我尽管一个劲地从他嘴里挖在广州的细节，但仍感到不足；因为不知道他的内心感情的细微变化；不知道他打交道的形形色色的人的性格、气质、语言、心里，使我写广州这部分时，总是空空洞洞，我有时想，我要是跟他在一起就好了，这可能吗？

张志兵又给我讲了一件不一定要讲的事——但从后来的发展看，又是微妙影响他命运的一件事。

工作组到广州调查他的问题时，有一种难以理解的行为，就是除了了解案情外，还一个劲地了解他的作风问题，住过的地方都问遍了。我问，你怎么知道工作组了解你找女人的事。他说，是他待过的地方的服务员告诉他的。

张志兵在广州被抓起来后，工作组在看守所对他进行审问，问完了买车的事后，又问起了作风问题。

"说说你在香蜜湖度假村都干了些什么勾当？"工作组温金良长瘦脸、白净，是县检察院的干部。

张志兵想不出干了什么名堂，回答不出。

温金良提示他："在香蜜湖度假村，你与一个女人单独在一块儿待了六天，有没有这回事？"

"有。"他想不出工作组怎么知道这件事。

"你们都干了些什么？"

他竭力辩白什么也没干。

"你不要狡辩，我们已经掌握了你的材料。"温金良"啪"地拍了下桌子。

张志兵做了个无可奈何的姿势。

"你以为我们是诈唬你？"温金良从牛皮档案袋中抽出七张硬纸卡片，"你在度假村的一举一动我们都掌握，不信，我给你念一段……×月×日，下午一点钟至三点钟，你与那个女的在海湾浴场游泳；三点至四点在小酒吧饮咖啡；四点至六点回房间休息；七点至八点进晚餐，九点去舞厅跳舞……还要我给你念吗？"

张志兵真的惊异地冒汗了，他没想到度假村里竟有暗中眼睛盯着他的一举一动，并且精确地记录在册，幸亏他什么事也没干，真要是干了就完了。

"你说吧，这下你该说老实话了吧？"

"我没什么说的，你们倒希望我干那事，可我不是那样的人。"

"你能是什么人？你还以为你是什么样的人？"温金良轻蔑地说。

多么尖利的刺，无情地扎进了他的心，他的眼睛阴森了，他说了一句后来让他吃尽苦头的话："我没什么作风问题，这事给你可能非有问题不可。"说完此话，他转身离开审讯室，也不听背后的厉声威吓，回到自己的号子里。

温金良气得大拍桌子，指着他的后背道："张志兵你等着，我不把你送进去，誓不为人！"

我问度假村的事到底是怎么回事？

张志兵告诉我，他通过他的堂哥认识了堂哥的老板，姓梁。有一阵儿，他跟梁老板谈一笔出口毛条的大生意，最后没谈成。但梁老板却做成了一笔卖给国内的橡胶的生意。梁老板做成此生意后，十分得意，专门带着夫人准备在香蜜湖度假村玩上一个星期，把他也叫了去。

梁老板的太太是北京人，说得一口北京话，长得十分漂亮。堂哥曾给他暗示，梁太太并非是真正的太太。张志兵刚到广州时，给澳门挂电话，电话接通后，传出一个女人的声音，一口地道的北京腔，他呆愣了，以为打错了电话，因为堂哥的爱人也是上海人。

"你是张方宪的堂弟吗？"女的很清楚他是谁。

"……是的。"

"噢，你堂哥不在，你有啥事跟我说吧，我可以转告他。"

跟梁老板谈生意后，他多次见过这位梁太太。

梁老板把他叫到度假村，说，这次叫你来，咱们不谈生意，只是玩。我的夫人一直想到深圳度假村玩玩，一直没时间，这次我想在这儿待上一个星期，咱们一块儿度假。

当天下午，睡过午觉，梁老板、梁夫人、堂哥、他，四个人，来到海滨浴场游泳。堂哥陪着梁老板游泳，大部分时间在沙滩上。张志兵陪着梁太太。他玩的是狗刨，塔城人的游泳姿势，双脚拍打水面，打得水花四溅，扑通扑通作响，梁太太没见过这种游法，觉得十分可笑。

晚上，梁老板突然接到澳门电话，说北京来电报，让他去北京一趟，梁老板顿时不安起来，担心橡胶生意有什么意外。让堂哥赶紧去买第二天去北京的飞机票。第二天早晨，张志兵告辞，准备回广州，梁老板不让他走，说："你别走，陪着我太太好好玩玩，等我从北京回来再接她回去。"

梁老板走后，堂哥要回澳门，张志兵急了，人都走了，剩下他和梁太太，孤男寡女算什么。堂哥劝他留下，还是等老板回来，不然，不好交差。

堂哥走之前，有点不放心，悄悄地对他说："你把她照顾好，别惹出别的事……让老板知道了，我的日子不好过……"

张志兵顿时正色道："你把我看成什么人了。"

一个星期后，梁老板从北京飞回深圳，堂哥也从澳门过来。梁老板问太太玩得怎么样？梁太太说有张志兵陪着，玩得挺高兴。梁老板挺感谢。寻个机会，堂哥悄悄地问张志兵："你没……那个吧？"

张志兵说："什么事也没有。"

……

我和刘大侠大约像工作组的人一样，不大相信他一个星期什么事也没有。刘大侠出主意说，我有一个办法，咱俩弄点酒，套他的话，让他酒后吐真言。

我俩真的按既定方针办，把张志兵灌成八成醉，我俩像审问一样让他交代跟梁太太到底有没有那事？

"没有。"张志兵脸上带着酒燻出来的醉态，脑子却十分清楚。

"不会吧？"刘大侠嬉戏道，"你小子离家那么长时间，你又不是个二刘子，球头子发胀的事没有？"

"哎，人家是梁太太。"

"老板太太，咋啦，啊，人家老板让你陪着，不就是让你，啊，那个……"

张志兵一口咬定什么事也没有。

我问："那你说说跟老板娘亲近到什么程度？"

"什么程度，天天在一块儿，晚上，我看电视里的武打片，她看诗歌，泰戈尔的诗，给我念诗，我们就靠在席梦思的床头上，她穿着睡衣，真丝睡衣。"

"哈，那你还说没有。"刘大侠抓住话茬。

"我没动她一个手指头，我只是一个劲地抽烟……"

"那你们怎么睡觉？"

"另外给我租了间房间。"

"那你想过没有，一点想法也没有？"

"哎，不敢胡来，你们不知道，弄不好房间的某个地方装着摄像机，通过闭路电视，把房间里的一举一动都录下来……"

"胡扯。"

"真的，我就见过装着闭路电视的宾馆，高级宾馆都有这种装置，只不过外人不知道罢了。"

"那你是不是害怕闭路电视摄下来，要是没有闭路电视呢？"我问。

"不可能，不可能，"张志兵一个劲地摇头，"幸亏我什么也没有，我要是真干了，什么都完了。就是没有闭路电视我也不会，我觉得梁老板这么安排是不是一个圈套？他们会不会是国民党的间谍，你一旦上当，抓住把柄，让你提供情报……"

——他都想到哪儿去了！他没白参加"文化大革命"，阶级斗争的警惕性蛮高的，倒也令人佩服。

我问："你这么做，梁太太会是什么想法？"

他说："敬重！佩服！跟我堂哥夸我，说我是真正的男子汉。后来，有几笔生意，都是梁太太鼎力促成的。"

借着酒意，张志兵吼道："哎，哥们，我承认我贪财，可我不好色，贪财非得好色吗？我不好色，行——不——行？"

七十

张志兵开始为他得罪工作组而付出代价，他吃尽了温金良的报复的苦头。

就在他不服审讯，转身而去的第二天，一个又瘦又小的广东"猴子"，气势汹汹地把他单独叫到院子里："好哇，你这个坏分子，你不服审讯，不老老实实交代罪行，今天让你尝尝无产阶级专政的味道。"瘦猴子边说边指挥两个狱警用麻绳绑住了他的手腕，把他带到铁条做的监狱大门前，把绳子从铁门上抛过去，往下一拉，他的胳膊被吊了起来，身体也跟着往上伸，在脚尖与地面接触只剩下一点点时，绳子系住了。他的两只胳膊又空又酸，手腕被勒得麻木生疼，脚尖似挨地不挨地，他拼命地挺直脚尖，想让脚尖多吃点劲，减少胳膊负担的重力，却是徒劳无益。脚尖绷得抽筋发酸，身体的骨节像散开，汗从他的额头、脖子，浑身上下往外淌。

南方的太阳又毒又热，他仿佛被装进一个巨大的烤箱，要把他烤煳、烤焦……一个小时过后，他被烤得头晕眼花、口干舌燥，周身已经融化成雾状，手脚已经失去了知觉，只剩下一种似有似无的朦胧……

"怎么样，这跟搞女人的滋味不同吧？"

小瘦猴从房子蹿出来，挖苦道。显然，温金良把案情给他们讲了，这次拷打是温有意安排的。

张志兵浑身浸透了汗水，低垂着头，任人摆布。

足足吊了两个小时，他才被放下来，脚底一挨地，像没骨头的棉花似的"扑通"一下软瘫在地上。他被架回了号子。他连滚带爬地到了水龙头下，打开凉水，从头冲下，不停地冲，不停地冲……把浑身的毒火拔出来……

他再被提审时，他蔫了，老实了，一点傲气也没有了，温金良感到满意。

此时，他的心情早已转到别的上去了——他发现地上有两个烟头，这个发现几乎使他惊喜万分，不亚于哥伦布发现新大陆。他装着弯腰系鞋带，用最快的速度把烟头攥进了手心。站在旁边的小杜（塔城公安局的，专门协助工作组把他押回塔城，他的哥哥与张志兵都熟悉，也是三中的学生）把他的一举一动都看在眼里，不过，他没吭气。

审问完了，小杜押着他回牢房，半道上碰上了瘦猴子。瘦猴子眼睛尖，盯着他攥着拳头的手，问："你手里拿着什么？把手张开。"

粗壮的大手慢慢地伸开了，手心里有两个已浸上汗水的烟头。

"好哇，你敢违反狱规，去，靠墙站着。"瘦猴子蹦跳起来。

他慢慢地走向墙根。

"妈的，你还不把烟头扔掉。"

他只好忍痛割爱地把手倾斜，让两个烟头落到地上。

瘦猴子飞身跑进房子，拿出电警棍，气势汹汹地喝道："背过脸去，对着墙，把手扶在墙上。"他的手刚刚挨上墙，只觉得浑身一震，心脏像被重重敲了一下，双手不由自主地抠进了墙砖的缝中，他平生第一次尝到了电警棍的味道，他咬紧牙关，抑制住喊叫的本能。

"妈的，你还挺硬！"瘦猴子被犯人的硬挺劲激怒了，电警棍连着往他身上捅……一阵阵难言的痛苦的心跳，他的手指深深地抠进了墙缝，尿水顺着叉开的大腿无知无觉地往下流。

"呵，你小子还硬，我就不信……"瘦猴子快气疯了，电警棍朝他头上一捅，他只觉得眼前一黑，身体被抛到空中，一下子飞出几米远，重重地摔在水泥地上，身上被臭虫、蚊子咬满的皮擦掉了一大块，渗出了血……

他醒过来，眼圈红了，他火了！拼了！他活这么大，还没受过如此的屈辱，他这么活着，生不如死。他猛地从地上爬起来，冲上前去，一把夺过电警棍，甩得老远老远，然后一把揪住瘦猴子，顶到墙面上，用铁钳般的大手狠狠卡住那细脖子。

瘦猴子被掐得喘不过气来，脸憋得通红，直翻白眼。

一直站在一边的小杜急了，跑上前来用两手掰他扼住喉咙的手，好心地劝道："张志兵，松开，你不要命啦！不想活啦！"

张志兵大声吼道："我不活啦！我掐死他，我偿命！"

"松手。张志兵，听话。"小杜掰不开他的手，也急了，从腰里掏出手枪，枪口顶在他的太阳穴上，顶得生痛，像把皮都戳破了，"我喊一、二、三，再不松手我就开枪了。"

硬硬的枪口使张志兵冷静下来，他相信他真会开枪的；他甚至感到了尖利的子弹从脑袋中穿过的刺痛，不由自主地松开了手。

瘦猴子顺着墙根溜到地上，好半天才缓过劲来。

张志兵被小杜押回了号子。

号子里的人围上来，看他身上被电击过的青斑，都说他闯了大祸。他不在乎，反正已经豁出去了，有啥算啥。

狱中的队长果然阴沉着脸来了，问了事情的经过，没说什么，又阴沉着脸走了。他等着报复，却没有。听号子里的"苍头"讲，队长把瘦猴子狠狠训了一顿，实在出人意料。

……

张志兵被押送回了额敏县，一审判决后押回了塔城看守所。

我发现，在对张志兵的一审判决中，温金良带着明显的对张的报复心里。——开庭前，检察院以原告（公诉方）给了张一份起诉书，供他在法庭上答辩。在这份起诉书里，给他定的罪名是贪污公款。依据的理由是广东康德益的反水口供：张志兵在我处没六万元钱，我也不会借给他钱。张从我这儿借了一万三千元钱就是六万元之中的。在此之前，订的还款协议书，认定张借的是私款，由张自己还清。现在改成了借的钱都作为挪用公款，按挪用半年以上按贪污论处，定为贪污。

在法庭辩护时，张志兵提出关于他的借款是私款一事，已在工作组定的还款协议书中明确写清，要求法庭出示证据。

审判人员对此感到意外，望着公诉人温金良，因为案卷中从未提到还款协议书一事。温金良脸色发白，回答："案卷中没有这个证据。"

当张志兵提出工作组在广州查账，曾给他看过查账记录，证明六万元公款被买了设备、发了工资、支付别人的欠款等，一笔笔账记载清楚，数目相等，怎么能说从中挪用公款？要求法庭出示查账记录时，审判长说："案卷中没有查账记录啊？"

问公诉人，温金良沉默了片刻，冷冷地说："我们在广州没有查账。"

明明是有的事而说是没有，这表明温金良的一种不正常的心里。按照法律规定，一切有利于证明案情真实情况的，都是证据。有意地抽掉对张志兵有利的证据，无疑是使法院在判决上往重里判。我不敢说张志兵在广州的一切都是清白的，但作为公诉人，是不应该这么做的。后来，案卷交到塔城二审时，根据地区法院的要求，补进了被告提出的上诉证据。

张志兵挪用公款一万三千元，判了八年，折合成六年；另外，他为别人做生意从中拉线，得了三千元中介费，却定为"居间谋利"，判三年，折合成两年，共计判处八年有期徒刑。

八年！抗日战争才八年！多么可怕！

我回塔城时，张志兵的案子已转到塔城地区法院，准备二审。张也从额敏转到塔城看守所——塔城人都知道的那个黑大门。他因为得了这场大病，才得以保外就医在家待着。

谁都知道，二审终审，第二次上诉太重要了，也是最终的判决。

张志兵保外就医后，英英哪儿也不让他去，怕再喝酒坏事。他除了晚上到姐姐家串串门，哪儿也不去。白天不得不到医院去换药，也不愿见熟人，不愿多说话，换完药就回。

塔城的一把子朋友刘大侠、李昇、黄翰云、薛海青、戎建华都来看张志兵，他们是有意识地凑到一块儿，陪他玩，为的是不让他寂寞。

朋友们来了故意把气氛造得很活跃，喧闹得快把屋顶弄翻了。

英英对来人非常真诚地欢迎："今天在这儿吃饭吧。"

"我们是吃过饭来的。"

英英不依："今天是张志兵出院的好日子，老哥们也来了，祝贺祝贺。"

"那行。"在塔城，到谁家喝酒是最正常不过的事。

酒倒上了，不能给张志兵喝，他的炎症还没消，英英不让喝。

几杯酒下肚，大伙儿的话多起来，天南海北，不知怎么又扯到广州去了。

李昇开玩笑："张志兵，今天不怕英英在这儿，温金良一天放风说你在广州搞女人，你今天老实说，在广州干过什么事没有？"

"没有。"张志兵认认真真地回答，一脸的严肃，大伙儿都乐了。

"喂，"刘大侠道，"啊，你当我们不知道，听说你在广州有个私生子，算到现在……啊，也快周岁了。你看吧，每月是怎么寄钱？啊，你也别不好意思瞪着我们，要是……啊，实在资金紧张，我们大伙儿也完全可以帮你凑凑……啊，既然已经……啊！"

张志兵的脸色都变了，以为真的有人这么放风，他悄悄瞅了下英英，害怕英英信以为真，会翻脸、发火。

没想到英英听了反倒开心地呵呵大笑起来："那也不错，走到哪儿都不吃亏，都有叫爹的。"

她这开通劲儿，反倒令大伙儿瞠目结舌，再开不出玩笑来。

我明白，英英经过张志兵这番磨难真的心胸大度、开朗起来。

英英说："只要老头子平平安安，比什么都好，他爱怎么高兴怎么玩都无所谓。"

大伙儿又闹腾了一阵儿，约定明天带麻将来，陪张志兵打麻将。

我住在张志兵家，目的只有一个，与他好好聊聊，好好地了解他。

第二天，朋友们真的又来了。知道张志兵不拿工资后，家里生活紧张，大伙儿带了点酒，买了一些吃的，又凑了一顿热闹，然后打麻将。

李昇、我、张志兵、英英躲在小房子里，却有一件重要的事情。

张志兵手坏了，写不成二审的上诉材料，他手没坏时，也没抓紧时间写。他好像对上不上诉不抱什么希望，有一种看破一切的意味。倒是他二姐夫、李昇、英英等忙着张罗。

按说二审的前景还是有一定的有利因素，首先人熟，地区法院的古院长都认识。张志兵不便去找，二姐夫去找过。二姐夫说的话挺有道理，二姐夫说，我们不说张志兵没罪，也不说有罪，到底有多大罪，判多少年合适，要以事实为依据，实事求是。古院长答应案卷转过来后调阅案卷，研究案子时参加一下。

我听了感到有一丝丝的光亮。不过，我历来是爱唱悲观调子的，我说："县法院判决没水平，就看地区的水平啦；不过，官官相护，地区法院、县法院也是互相沟通的，地区法院也未必会为你张志兵去得罪县法院，这点你得做好思想准备。"

李昇道："也是，也只有一步步地努力了。"

英英可怜巴巴地对我说："你看怎么帮帮张志兵。"

李昇对我说："我看，还是先把上诉的材料搞好。张志兵写不成，材料在我手里，我工作挺忙，材料写了一半，你能不能帮着把上诉材料搞完，你正好来了。"

我顿时肝胆相照地回答："这有什么，不过，我没写过这类材料，怕写不好；不过，我先写，写出来不行再改。"

李昇拿出材料，我们俩又在一块儿把有关材料看了看，谈了谈怎么写。

我用了一天时间，很费了些功夫突击改完上诉书——写这些法律上的东西不像文学创作，干巴巴的，没有一点激情。不过，想到我此行，能给朋友帮上这点小忙，心里很是欣慰，这多少也补上了我愿与他同甘共苦的一点小小的愿望；当然，我尽的这点微薄之力，比起朋友受过的苦和他将要受的苦是无法相比的；我虽然不为他的行为负什么责任，但我总觉得欠着他什么；好像不能分担他的不幸便是一种逃避、一种负罪；我太想能分担他点什么了。

张志兵把材料拿去给他二姐夫看了。二姐夫改了几处，找个熟悉的打字员打印了二十多份。除交法院、检查院外，又给求人帮助的人发了材料。

完成这件事，我返回昌吉。当然，也没忘到额敏县看看老岳父、老岳母。

二审拖的时间很长，终于有一天，我得到消息，维持原判，八年，一天也没少。我弄不清这是怎么回事？八年，真的八年！这不是下农村接受"再教育"，"再教育"还有自由呢，这叫什么！……

后来，二姐夫路过昌吉到我房子来了一趟，我才得知，地区法院看过案卷，认为对张志兵的量刑过重，认为判五年比较合适。但是地区的一个领导得知后，过问了此事，并且指示："一天也不能少判。"那个领导曾是"文革"中我们这派反对的对象。想不到，二十年后派性的阴影还罩在张志兵的头上，而且最终让他吃了苦头，张志兵真是太倒霉了！

张志兵得知这一切，什么话也没说。

他在看守所积极表现，像狗一样忠实地给所里献殷勤，一心要作为特殊的情况留下来不去劳改农场。所里让他养鸡，他买来养鸡的科技书，把鸡养得成活率达到百分之九十五，创出了奇迹，成了"样板"，其他看守所来参观；他当号子头，帮助所里监督犯人劳动，把犯人治得服服的；他甚至给所里建议搞汽车、摩托车修理业务，他懂这方面技术，再带几个犯人就可以干起来。公安局有那么多汽车、摩托车，一年修理费花不少钱。他的建议引起了公安局长的重视，把他叫到办公室谈话，准备马上实施。甚至，建议他刑满释放后就当修理所的所长，他竟然回答："也行嘛！"他如此卖力，无非想留下来，能与老婆、娃娃常见面，与老婆娃娃在一起，有机会回家团聚，能与他熟悉的朋友们在一起玩。

一般犯人倒希望到劳改农场，农场要比看守所管得宽，自由，能抽烟，自己弄吃的……

可是到春节前打击刑事犯罪，要抓一批人，看守所没地方放，只有把他们这批送走，腾地方。于是他也被列入名单，不管原来多么有希望留下来。他先被送到乌苏劳改农场，后来又转到了南疆塔里木劳改农场。

七十一

一九八八年，我的老岳父去世，我又回了趟额敏县，办完老岳父的丧事后顺便回了趟塔城，住在刘大侠家。我去英英家，问了张志兵在塔里木的情况，出于写作需要，我希望能非常细致地了解他在那里的一切。英英大体说了说，更详细的她也说不清。张志兵来信只说在那儿怎么怎么好，让家里放心，思想深处的东西大约也不便讲。

我问："张志兵寄来的信你有没有存起来，我看看。"

英英道："没有。信看完就烧了。张志兵不让留。"说着她找出一封信，"这有他刚寄来的一封信。"

我问："我可以看看吗？"

"那有什么不可以的。"

英英把一封信找出来给我，我又见到了张志兵那蚂蚁般又小又拘谨的字，跟他的性格完全相反。若从他的字判断他的性格就完全错了。张志兵在信中说他跟连长一块儿去喀什参加表彰大会——他是连里的摘棉能手、尖子，评上了先进，戴大红花。接着又写了一些努力接受改造的话——我不敢完全相信这是他心里话，在我的想象中，他永远是一条狼，是一条不会向命运屈服的狼！就从他又当上什么摘棉能手也可以看出这一点，这小子，走到哪儿都想冒尖，拼命地冒尖。"文化大革命"武斗当先锋，下农村想竞争队长，进了工厂又想当厂长，到额敏县自告奋勇买汽车也是想作为进晋之路，到看守所养了五百只鸡，活了百分之九十五，又成了搞副业的模范，这不，到了塔里木又成了摘棉能手……我虽然不与他在一起，但我能感到他那颗不屈不挠的心，那棉花是好摘的吗？弯着腰，一朵朵摘，劳改队里谁不想表现好，以便减刑，能从中冒出来是容易的吗？可他又冒出来了，我佩服至极！

看完信，还给英英，从信上是了解不到张志兵的内心世界的，最终还得等他回来再说。

看来，我这部关于以张志兵为主人公的长篇小说只得再继续等待下去。我原来写到他被送往劳改农场就准备结束了。一个人从极"左"到极"右"，最后宣布银铛入狱不是挺完整了吗？若是部电视剧，这结尾的画面不是很好处理吗——"一个刚刚下过雪的寒冷的晴天，一群犯人站在看守所的院子里，依次排队上车。……囚车驶进了茫茫的冰天雪地的旷野，像一只忘了时节盲目爬出地面的甲虫，再也无法钻下去，只有一个劲地往前爬……"

完了，小说到此结束。剩下的该是整理、修改、复写、投稿……

可是，书真的能写到此完结吗？能完得了吗？……如果没有他的出狱，没有他的东山再起，能完吗？他的命运是完整的吗？他的人生能划一个圆圈吗？

啊，如果继续等待，我又得要等五年，我这是要写一部什么样的作品呀！写了二十年，还要再等下去，用整个生命的时间来完成一部小说？

我决心继续等下去。

在等待的过程中，我可以把已完成的部分修改好，等他出狱后，再把后边的续进去。当我把这部用心血写成的小说反复审视之后，我突然感到浑身燥热，又从脊背透过一阵冰冷，我发现，我的作品写得太松太散。这部小说的主人公成了两个人，一个是张志兵，一个是我自己。我原来的意图是采取反衬法，用我的与他的截然不同的性格、气质，反衬他的意志坚强，充满不息的奋斗精神；在他的反衬下，也更表现出我个人性格上的软弱、悲观消沉。我看过一部外国作品，看到这种互补的写法，给人留下深刻的印象；可是到了我的笔下，觉得笔力分散而没有吸引力。我经过反复考虑，决定重写，也就是写这部小说的第二遍，把有关我自己的部分大刀阔斧地往下砍，集中精力突出他一个人，以使性格更突出，情节更紧凑。

于是，六十万字的一遍稿成了一堆废纸。

又开始了，拿一天天的生命做赌注，蚂蚁啃骨头一般，少看了多少电视，少玩了多少，少了多少生活的情趣，"为伊瘦得人憔悴"，大约用了一年多的时间，拖拖拉拉写出了第二遍稿子。文字由六十万字压到三十多万字，少了一半。……在写二稿的过程中，自己就不自信，硬着头皮写下来，结果发现，压缩得太狠了，成了流水账，过于简单，缺乏细节的描写；没有细节就没有小说，感觉只是个提纲，有了骨架子，还未往上加肉，第二次改写无情地宣告失败了。

我感到写作的痛苦与绝望。我真的不是写小说的料。有好一段时间，我放弃了，再不想动笔。也许，我放弃这种力不从心的写作是明智的，人的生命有限，我为什么不能像别人那样轻轻松松地活呢？谁又要求我非要写这劳什子呢……但我内心又沉甸甸的，张志兵、朋友们都知道我在写小说，小说已经成了我生命的一部分，一旦失去写作，我不知自己的生命的意义何在？

我咬咬牙，又决意开始第三稿的写作，还是以张志兵为主角，增加细节的描写……

第十八章

邓小平南行讲话，又把我的思想震撼了……我怎么还是"左"……毛遂自荐搞公司，当经济动物……我差点把书稿全烧了

七十二

一九九〇年，令人高兴的一件事，那就是塔城三中的老同学聚会。时下兴起怀旧热，在乌市的秦建国、刘孝华、马焕文等一时兴起，提出塔城在乌市的学生不少，找个时间聚一聚，立刻得到了各方面的响应。具体的事情由刘孝华负责实施。他联系的地点是邮电管理局招待所食堂，我和昌吉的闫永孝、戎建华、薛应魁几个专门坐车赶到乌市。

最让我感慨的是当初两派学生尽释前嫌，欣然坐到了一起。二十多年过去了，一切都成了过眼云烟。就拿马焕文来说，他是我们班的学生，"文革"分成两派时，他参加了李建生的一派，而且成了主要的头头之一，我暗中把他恨得牙根痒痒。我想那会儿他出个什么事，我是会很高兴的。一次听说在大街上被我们这边的人围住了他，几乎快抓住了，一帮子女生围在他周围，保护他，大哭大叫，才使他得以脱险。……

一次到乌市，到秦建国家，那时他还住着平房。在座的有车队的小胡、小崔，自然是塔城习惯，喝酒。忘了是什么原因，王小津说没有水，让我们拿啤酒当水喝。我们于是边喝白酒边喝啤酒，我很快就醉了——我后来才明白，两种酒是不能掺在一块儿喝的，喝起来比单喝一种酒更容易醉。

喝酒中间，秦建国提起马焕文，说："宝如，我说一个人，你可能不感兴趣。"

我醉意朦胧地问："谁呀？"

"马焕文。我知道'文革'中两派，你们之间成见很深。可是我跟他关系一直很不错。我们两家的老人是多少年的熟人，关系一直挺好，我和马焕文一块儿玩大的……"

我突然动了一种感情："你不要说了，'文化大革命'，都是上当受骗，还不都是瞎卖力气。从我们之间有什么过不去的。你这一说，我倒很想见见马焕文。咱们班同学找同学的不就是三对吗，你和王小津、我和吴玉娟、马焕文和王淑梅。走，我现在就找他去，见见老同学。"

说风就是雨，我、秦建国、小胡、小崔坐着小崔的车三转二拐到了一幢房前。小崔在车里等着。秦建国，小胡陪我上楼，敲门……这一切我都是在半醉的状态之下，一概弄不清。

门开了，我昂然而入，扯着嗓子喊："马焕文，想不到吧，我看你来了！"

马焕文出来即不惊讶，也不陌生，热情地握手："快进来，坐、坐。"

我又扯着嗓子喊："王淑梅，出来，见见老同学。"

"来啦，来啦。"王淑梅忙从房中出来。

我又问："没想到吧？"

"能想到，能想到，有啥想不到的，都是老同学。"一点不见外。

也许没人会相信，我与王淑梅虽是同班同学，在学校时却从未说过一句话。王淑梅长得有点像我的后娘王素娣，便有一点小别扭。我在学校时，跟班上大多女生没说过话，这次是我与王淑梅几十年来的第一次说话。

"喝酒、喝酒，到了老同学这儿能不喝酒吗？"我此时已醉了——我后来一直跟王小津提起，为什么竟然没水喝，让我们拿啤酒解酒，翻的更快——但我怎么没说，秦建国、小胡都没事，就我不行；我的体质太差，酒量太差，从来都是别人什么事也没有，我早翻啦。

后来怎么弄菜，又怎么喝的酒，我都想不起来了，唯一记得是吼了一声："盆子。"我知道，我要吐了，翻江倒海，把所有吃的都倒了出来，连苦胆都快吐出来了——这就是我与马焕文二十年来的第一次见面，好不狼狈。……我浑身无力，光想往地上躺，躺在地上凉凉的，十分舒服。秦建国、小胡不许我躺，把我搀着扶着，难受万分地拉到妹妹宝琴家，磕磕绊绊地上了楼，敲开门，扶着躺在大长沙发上……

我对老同学聚会十分兴奋，站在邮电局招待所门口，与陆陆续续来的原三中同学点头，握手，交谈。由于历史原因，学校分成两派，后来又上山下乡，年级的界限打破了，这也使聚会的面很广，远远超出一个班或一个年级的聚会，哪级的学生都有，各年级的学生见了彼此亲热得不行。

多年不见的同学，早已忘却的记忆都想了起来。

我感到最难堪的是人从对面走来，微笑着上前握手，你也知道是老相识，可是就是想不起是谁，或者说把人与姓名对不起来。

迎面过来一个又高又胖的人，我们彼此拉着手，我问："老哥们，我是谁？"

他显然记得我，我想了半天，想不出是谁。

"我是罗玉刚。"他自我介绍道。

我一跺脚，哈哈大笑："罗云刚！怎么不认得！你跟张志兵在一个生产队，一个宿舍，那年我到队上去……可是你胖了，让人认不出来了！"

"你没变化，还是那么瘦，越来越瘦。"

二十几年没见，没几个人能认出来，手握着手，调动脑海深处的记忆，拼命地想，寻找蛛丝马迹。

"老哥们，不认识啦？"一个长得又小又精，头发有点稀的人站在面前，我想我的表情一定很滑稽，一方面肯定认识，十分热情地握着手；一方面却想不起是谁，不知如何叙旧。

"我是张双……兔子窝……"

我简直不好意思，我怎么能把他们忘了呢，六个"小勤务兵"。

"你忘了咱们到三道河坝打鱼，打出蛇……"——他提到最精彩的一幕。

一切回忆都想起来了，我亲热得恨不得把他搂进怀里："你现在在哪儿呢？"

"某某工厂的副厂长。"张双并不忌讳。

刘孝华此时过来，说张双这次帮了大忙，用他们厂子的车子拉饮料，确实不错。

"真不错，真不错……"我真的太高兴了。

陆陆续续一共来了七十多个人，我与冷玉兰、王淑梅、高兰英等女同学见了，在学校时没好好说过话，现在没那么多毛病了，大大方方地说话聊天。

老同学聚会还邀请了已在乌市居住的原三中的老师，孙驭昆、卢振基、任广达等等。此时也没必要提老师们原来是哪派了，都是我们应该尊敬的老师。

聚会时邀请了一个人，很是出乎我的意料，三中军训时的军代表曹玉泽。曹玉泽在三中时是个连长，后来当到某边防师的师领导。转业后，在乌市某部门当党委书记，早已今非昔比。可学生们都亲切习惯地仍然叫他："曹连长"、"军代表"。高三甲班的高美英说："曹连长，我们叫你曹连长不生气吧？我们要叫你什么师长、书记总觉得不那么亲切，叫曹连长特别亲切，就像回到学校你给我们当军代表的那个时代。"曹玉泽呵呵笑道："就叫曹连长好，我一见同学们也就好像回到了在三中的时候，一下子变得特别年轻。"——以后，同学们就一直亲切地叫他："曹连长"。十个人一桌，鸡鸭鱼肉上了个全。刘孝华在邮电管理局工作，与招待所的人熟，饭菜的安排是没得说的。当年的学生们几十年没见面，聚在一块儿，也不知怎么有那么多说不完的话，整个大厅一片说话的嗡嗡之声，很少有人动筷子。我身边坐着李建生，他的模样倒是没有多大变化，说话还是那么稳稳当当。说起来从一九六七年到现在也有二十几年没见了。

高六六级的王建堂主持会议，高大黑粗，人极聪明，能言善辩，现在是工业学院的工程师，夫人是我们班的冷玉兰。

刘孝华发言，谈了聚会组织筹备工作。他专门写了稿子、念稿子，声音不大，也缺乏表演色彩。大约谁也没听清他讲什么，被一片说话的嗡嗡声所淹没。

接下来是"军代表"曹连长发言，他仍然是那么一种爽爽朗朗、大大方方的风格，只是鬓角已经花白；他声音洪亮、引人注目；他说他能参加塔城三中老同学的聚会，非常感动！二十多年过去了，今天又与同学们在一起，就像回到了在学校的时光；如今，你们都已成才，有当工程师的、教师的、各行各业，为国家发出光热，我今天愿意为同学们献歌一首，以表情怀。

"哗——"大伙报以热烈的掌声。

"我唱得不好，忍不住自己激动的心情，万分激动。"

他唱了一首《少年壮志不言愁》：

> 几度风雨几度春秋
>
> 风霜雪雨搏激流
>
> 历尽艰难，痴心不改
>
> 少年壮志不言愁

> 为了母亲的微笑
>
> 为了大地的丰收
>
> 峥嵘岁月
>
> 何惧风流
>
> ……

听罢，我有点唏嘘，这首歌曲总能勾起人生的悲怆的感受。

接下来是老师的发言，老师唱歌。

李建生现在是大学的讲师。"文革"分两派时，我对他也是充满了一种仇恨……但要说我们曾有过的感情，又不是一般的，我们一块儿上北京接受毛主席的接见，一块儿回来造反，有一阵儿志同道合……

我俩坐在一块儿，亲热得好像从未有过任何过节。

"你父亲是个好人！"李建生真心实意地说。他又说起杨司令比武（一九六五年全疆民兵大比武）后把他们参加人员都请到房子的事，"你父亲请我们吃的都是野味。自己打的野兔子、野鸭子。连吃的鲤鱼也是自己打的。弄了满满的一桌子。还让我们喝酒。我第一次喝酒就在你们家。我喝了一口酒，好辣，辣得我眼泪花都快出来了。"

他又感慨道："你父亲去世得太早了！四十八岁，正是干事的时候。"

我说："有什么办法，生命的事真是太难说了！"

"严泽明好像也有七十多了？"李建生道，此时已没有"文革"中打倒严泽明的意味，而变成一种怀旧的关心。

"就是吧。……可是王新光、杨宗泉都不在了。"——我提的是当时军分区的副政委、副司令，听说也就活了七十多岁。

他说："'文化大革命'都是胡整，两派干部打来打去谁也不是坏人，都是老干部。那会儿咱们都认为自己是正确的，是忠于毛主席革命路线的，现在看来都是上当受骗。"

我讲起看过的一篇小说，写得挺深刻：一个红卫兵"文革"中起来保卫一个老干部，在武斗中打死了人，在对他的审判时，那位老干部又参加了对他的审判……我们就是当了炮灰、替死鬼的角色。

"不过，"他说，"不管怎样，咱们还是真心爱社会主义，爱党和毛主席的。我们争辩，只不过是表明自己是坚持正确的，而对方是不正确的，从来没怀疑我们的社会主义制度和主张复辟的。"

我真没想到我们又想到一块儿，我神神秘秘地说："你看，八九年的事，从形式上看好像跟'文革'初期有点相同近似，其实有着本质上的不同。"

"这怎么能比，"他说，"动乱的目的是搞资产阶级自由化，幕后是西方支持的。我们什么时候反对过自己的国家，让西方帝国主义满意过。"

提起自由化，我们俩又说到一块儿。

我悄悄嘀咕道："八九年动乱，实际上是我们自己造成的，是我们自己不抓政治的恶果。你注意没有，'四人帮'垮台后，反'左'反来反去，把几十年筑起的大坝冲垮了。你想想现在二十几岁的学生，'四人帮'垮台时才十几岁，正是看世界的时候，可是我们怎么宣传的，中国这也不行，那也不行，什么什么都是西方好，年轻人在这种印象中长大的，思维已经那么定了，怎么能不倾向西方！人家美国也没跑到你国内来造舆论，是咱们自己造的，自己给自己抹黑，'人人都说西方好，唯独神州出蠢虫'。"

我们又走到了一块儿了，从政治观点上又有了一致性。我们毕竟是一个时代的人！我暗暗欢喜他有同我一样鲜明的认识，而且一直关注着国家形势，特别是政治形势的发展。显然，我们对政治被极大地削弱不满；对不抓政治，听凭各种思想泛滥终于造成的自由化的动乱不满。

我们对动乱后开始抓治理整顿表示一点欣慰。

一方面是社会上自由化的思想泛滥；一方面是党内腐败之风越演越烈，深深困扰着我们这一代人的心，我们是曾为纯化党的肌体奋斗过的，一代人的最好的青春都搭在这上边。

我悄悄说："陈云说，执政党的党风问题关系到党的生死存亡的大问题，还不是个腐败变质问题，说透了，还不是个党内走资派的问题。现在否定'文革'，否定'走资派'，甚至提出党不会变质，不会复辟，那生死存亡又从何谈起？"

他说："党内没有走资派，戈尔巴乔夫是什么？不就是党内走资派，不就是复辟变质，毛主席的理论哪点不对？苏联活生生的实际不是明摆着的吗？一个国家，总不能说党内是好的，老百姓变坏了吧？"

……

一番肺腑的长谈。我没听见别人说什么、吃什么，别人也许都顾了说话，桌上的整只鸡竟然没人动一筷子，后来想起来真是觉得浪费。刘孝华也可惜地说，差不多所有桌上的全鸡都没动，太浪费了。

饭后，在门口照相，总体的、各班级的、男的、女的、关系好的、上山下乡时在一块儿的……好不热闹。

自此以后，在乌市的同学聚会就成了经常性的活动。每年都会聚会。规模没那么大，常来常往，愿意参加聚会的自然而然地形成了那么一群。我是抱定主意，凡是乌市的老同学聚会一定要参加。我坚信：友谊是人生的三大支柱之一，人不可能没有友谊。

而且我发现，人生几十年，虽然待过不少单位，也认识过不少人，有过相处不错的人，但是经过岁月的沉淀，留下来的最亲的还是这些老同学。

我发过几次感慨，在老同学们中得到认可：

我说，老同学相见，哪怕就什么话也不说，老脸看着老脸就高兴。——当然没有不说话的，每次总能多喝酒，总有说不完的话。

我说，老同学聚会，是聚一次多一次。——原来的逻辑是聚一次少一次。我说怎么是聚一次少一次呢？比如本来一年聚一次，聚了两次了，不是多了一次了吗。

我说，老同学的友谊已经成了生命的一部分。——原来是说生活的一部分，我说生活也就是生命，它真的是生命中不可缺少的一部分。

李建生很欣赏我这句话，每次聚会大约都要他这个"老班长"首先发个言，他有时就提到杨宝如说的"已经成为生命的一部分"。他还说只要是聚会，他能参加一定参加，只要他还能走得动就一定参加。

秦建国也有一句名言，更是被大家频频引用，他说大家都是"生前友好"，为"生前友好"干杯。——这句话的学问就更深了，"生前友好"这是追悼会上的话，对每一个终要逝去的人来说，现在的同学不是生前友好吗？我们不是应该多多地体验好友们在一起的快乐吗？

我一直记着普希金的一首诗，大意是年轻人在一起就要快快乐乐地相聚，尽情享受友谊的美好。到老了时，看到新的年轻人快乐地相聚，而你被孤独地撇在一边，你可以用手支着额头，回忆你当年美好的时光。这首诗给我一种人生的哲理，所以我很珍惜每次和朋友们在一起的时光。

我到这个年纪还能和朋友们在一起，已经很庆幸了。我还有自己的快乐，快乐还没有过去。我在把那种无人理睬的孤独往后推，推到大家都走不动了，无法见面或卧床不起的时候……

<h2 style="text-align:center">七十三</h2>

我怎么也没想到，一九九二年春天，邓小平一个南行讲话，又把我已经平衡的心理打破了！

我认为稳是对的，应该一直稳下去。可是邓小平强调的是经济要发展得快一点，隔几年上一个新台阶，发展才是硬道理，而且，显然在批评不敢闯的思想：改革开放迈不开步子，不敢闯，说来说去是怕资本主义的东西多了，走了资本主义道路。要害是姓"资"还是姓"社"的问题。他提出判断的标准有三条：是否有利于发展社会主义社会的生产力，是否有利于增强社会主义国家的综合国力，是否有利于提高人民的生活水平。总之，强调的还是发展经济。我真的大惑不解，一九八四年公司热时，一味地往前冲，我觉得整个国家像一架下坡的列车，越飞越快，仿佛要崩溃、断裂，弄得问题一大堆。我刚到工商局时，正赶上清理整顿公司，对公司热造成后遗症深有感触。再加上一味地追求经济发展，整个政治思想也崩溃了，出现了巨大的空洞……那么，像现在这样稳扎稳打地前进不行吗？不要总是一种倾向掩盖另一种倾向，为什么不能既抓住了经济又顾及政治呢？……可是这种求稳的思想被认为还是姓"资"姓"社"的思想在作怪，说来说去是怕走资本主义道路。平心而论，我内心真的担心的就是这个呀！可是这不对吗？难道国内的自由化，国际上的社会主义国家的垮台不足以往这上想，并且引起重视，认真对待，制定对策吗？

我认为当前右倾复辟的危险性成了主要矛盾，克服"右"的东西是主要的，可是到了邓小平那里，怎么又成了主要是防止"左"，怎么老是防止"左"？我真的弄不清，是自己头脑中"左"的思想太根深蒂固，还是邓小平的判断的错误？这么多年，我真的就逃不出"左"的框框子吗？我这么忧国忧民还是"左"？这么反对自由化还是"左"？"右"的危险差点把国家翻了个儿，中国主要的还是防止"左"？

我扪心自问：是不是我们普通老百姓看问题总是存在局限性？是不是总是跳不出一般的思维，总是按照平常的规律办事？……吸取"文化大革命"的教训，我对自己的思维也不敢多自信；也许，邓小平纵观天下大事，高瞻远瞩，比我们站得高，看得远，他说得有道理。

邓小平关于"左""右"的讲话是这么说的：

"现在，有'右'的东西影响我们，也有'左'的东西影响我们，但根深蒂固的还是'左'的东西。有些理论家、政治家，拿大帽子吓唬人的，不是'右'，而是'左'。'左'带有革命的色彩，好像越'左'越革命。'左'的东西在我们党的历史上可怕呀！一个好好的东西一下子被他搞掉了。'右'可以葬送社会主义，'左'也可以葬送社会主义。中国要警惕'右'，但主要是防止'左'。'右'的东西有，动乱就是'右'的！'左'的东西也有。把改革开放说成是引进和发展资本主义，认为和平演变的主要危险来自经济领域，这些就是'左'。我们必须保持清醒的头脑，这样就不会犯大错误，出现问题也容易纠正和改正。"

我对自己改造来改造去，依然存在"左"的思想感到沮丧！我为什么总如此呢？我图什么呢？为什么总把复辟不复辟看得那么重呢？我为什么不能有邓小平那种豁达的思想——资本主义代替封建主义的几百年间，发生过多少次王朝复辟？所以，从一定意义上说，某种暂时复辟也是难以完全避免的规律性现象。

小人物就是小人物，我深深感到用自己的有限的思想和胸襟在盲目关心国家大事的痛苦！不行，我得走出自己设置的怪圈，我得解决自己病态的心理。当然，没有谁强迫我非要怎么样，是我自己受不了自己的心理压力，我要追求一种平常的、正常的心态。

我突然有了一种内心的痛苦，我怎么还是政治动物！真的改变不了吗？我讨厌我自己，讨厌现在的我。我想象着揪自己的头发，扇自己耳光，揪着头发离开地面；我想发风、想抽风；我想把脑袋割下来，倒过来，像打破储钱罐一样，把里边乱七八糟的东西倒空，清理干净，然后再按上，一切重新开始。

我知道有个精神病人，他总觉得脑子里有个小人，那个人在给他下命令，让他干这干那，他就不由自主地照着命令去做；他痛苦极了，想不照小人说的去做，却总扭不过那个小人。——我是不是脑子里也有个小人，像个肿瘤一样在脑子里，悄悄地指挥我这么想那么想，使我变得如此不正常。我是不是也是个精神病人？叫"政治狂想症"或者什么别的，精神病人中有没有这个分类？我真受不了我的"关心政治"了！我从没有像现在这样明确地感到，我必须跟我的"政治"诀别，下定决心彻底诀别！

我发现，要在现实中克服"左"的后遗症的最好的办法就是——经商。

我发现在北京闹动乱时，南方就相对平静，南方开放早，人们都忙着经商，挣钱要紧，管你什么"自由化"、"姓资姓社"，悄悄的，把自己的事情做好，真的，我发现，做生意的人就没有我这么多虚无缥缈的想头。张志兵从做生意起，很少再听说他谈过政治的事。再看看我的弟弟宝军、宝宁，他们一天忙这忙那，哪有时间像我这样杞人忧天！我这毛病也许是多年在办公室坐的、养出来的毛病。一杯茶水一根烟，一张《参考》看半天。与我的整天坐办公室相反，弟弟们都往商品经济上走。宝宁最早就放弃了铁饭碗搞开了个体。宝军一九八八年开始搞承包，承包他们食品公司下属的肉食门点，他们单位的人都想不通，"放着好好的保卫科科长不干，承包肉食点儿干什么？"宝军做生意稳扎稳打，以小见大，一点一滴地做起，渐渐有了积累，生意越做越大，又搞开了水产生意，每年的利润十几万元。

对两个弟弟出来做生意，我和妹妹宝琴都挺支持，说也怪，我们兄弟姐妹的思想都比较活跃，并不守旧、僵硬，也不知道是如何形成的？是受母亲影响？母亲每天忙着做饭、上班，也未必表现出任何浪漫色彩。是受父亲的影响？父亲每天上班下班，很少跟我们说话，也说不上几句话。也许是因为在北京多年，受特定的社会、同学、朋友们影响？也未必。北京人也未必个个都是思维活跃、开朗的。我隐隐约约地觉得，我们弟兄的体内中的不安定的因素肯定来自父亲或母亲的一种内在性格的遗传。

而且，我还发现，在许多方面，我与宝军、宝宁有更多相似性，也就是一、三、五相同。我们不但长得比较像，思维也比较相同。宝军、宝宁做了生意，我作为老大，也应该有这方面的想法才是，但我原来没有自己试一下的强烈愿望，还在写书上打转转，我现在想往这条道上走了。而宝琴、宝平相对稳定，没有对做生意表示出大的兴趣，他俩都是党员，有大学文凭，在单位上混得也不错。

我跑到乔局长办公室，大胆地提出办公司的事。乔局长只不过比我大七八岁，在部队当了二十年兵，转业时是军分区的副政委，有很强的组织能力，领导水平，为人既深沉又随和。特别是我觉得乔局长思维挺活，不拘泥守旧，挺有开拓精神。果然，乔局长对我的想法很感兴趣，很想在这方面进行一点探索。

我提出办公司的理由：一是国家现在提出机关的闲散富余人员分流，鼓励办公司，我认为这是一个大的举措。当初部队削减百万，只有削减之后，才实行了军衔制。国家政府机构会不会如此？只有大量的闲散富余人员削减，也就是所谓的消肿之后，才能实行公务员制度。要是这么着，我们办公司，给下来的同志们准备好一块生存的园地，不要等动开真格的，人下来了，没地方去（我谈这个问题时，也隐隐地把自己算在削减的人员之内，不这么想，怎么能说别人呢）；第二点，工商局的一批子女陆陆续续地高中毕业了，也有大专要毕业的，国家提出办公司，却对工商、税务等提出限制，不让办，这不公平。别的不说，政府其他部门办公司，自己的子女可以安排在自己的公司就业，工商局的子女们难道不是人？出了校门，没地方去，上大街要饭？办劳动服务公司，以安排自己的子女就业为主，这有什么不可？办劳服公司，当不在受限制的范围之内；第三点，局里工作人员工资有限，就那么点，没有一点灵活的钱，有了公司，有点活钱，每年搞点福利也方便。

乔局长把办公司的事提到局务会议上。会议室陷入一种莫名的沉寂中，气氛凉凉的，并不热烈。

沉寂了一会儿，胡科长呵呵笑了几声，发言道："我看办一个公司也对着呢，解决自己子女的待业问题，谁能保证娃娃们一出来就能考上高中、大学，考不上怎么办？谁能给安排工作？你把娃娃推到社会上去，谁要呢？娘希匹。"他习惯性地骂了一句，"我们不给自己解决行吗！现在你老杨又毛遂自荐出来搞公司，这是好事嘛！为大家办好事，这样的事能不支持嘛。"

办公室主任也说："……工会就那么几个钱，过年搞点油啦、肉啦、都十分困难……"

几个支持的一咋呼，会议上的气氛松动了，老闫、老白模棱两可，搞也行，不搞也行，既然说搞，试着搞吧。

赵副局长此时开了腔，明确提出反对搞公司，他说："如果大家认为需要搞公司，我也没话说，但是就我个人意见，我是不同意搞劳服公司的。这方面我们不是没教训，我们各县工商局几乎都搞过劳服公司，可是哪一个办好了呢？哪一个有效益呢？没有。不是搞得半死不活，就是亏损赔本；所以，我个人意见是不同意办的。"

我听了赵副局长的话后有点发愣，在此之前，我并不知道各县工商局办过劳服公司，我还以为我是独创呢！但我有一点不服：各县的没办好，不等于今后就办不好，也不等于我就办不好。

乔局长鼎力支持办一个劳服公司，以安排知青为主，并要申请免税。"公司由杨宝如出来领办，他自己也有此意，他弟弟搞水产，可以先提货，再付款，还是有条件的。……办劳服公司，我的意思是规模不要大，能把知青养住就行。"

办公司的事通过了，有点勉强，给人以如履薄冰的感觉。

——啊，好啊，办公司，搞商品经济，我总算走到这条道上了！平心而论，我不想走这条道，我是个文化人，不懂得做生意，也无多大的兴趣；我对钱也缺乏足够的渴望；可是看看时代，对人衡量的价值观念变了，似乎只有钱才是衡量一切的标准；只有能挣钱才是最有价值的。我看过一部美国作家德来塞的长篇小说《天才》，写一个很有绘画天才的青年画家，为了赚钱，当了广告公司经理，放弃了有前途的绘画，成了一个富有的平庸的广告人。虽然我没有写作的天才，相反，恰恰是没有半点写作的才能，我仍觉得，我变得平庸、世俗了，为了人世间的暂时世俗的追求而放弃了一种高洁的、精神光彩的东西。

晚上，我翻出书稿——第三遍书稿，书稿从一九九〇年蜗牛般慢慢爬行，到了眼下又写出了三十多万字，又是多少个日日夜夜的伏案疾书的心血，把宝贵的时光投入盲目的空洞之中。我不能再写了！写了二十多年了！终于证明我不行。人贵有自知之明，我应该有这个明了！我再不能犯傻了！我赌不起了！生命有限！

一大堆书稿，几十年的心血，我突然想把它们都焚之一炬，表示我跟以往彻底决裂的决心。我以后不再是文人，而是商人；不再是政治动物，而当经济动物。这句话我在一九八四年第一次公司热时就呐喊过，张志兵出来试了一下，失败了，判了八年刑，现在人还在塔里木劳改农场。那会儿，我对自己出来试尝也没胆量，没兴趣，现在我也要杀到这条道路上了。让自己那不安分的灵魂，过分追求价值的思想再与社会搏斗一番，这样我跟上时代了吧？正确了吧？我想哭！

书稿没烧，收拾起来，再没写一个字。

七十四

我开始筹划公司的事，局里只让我一个人出来，稍稍有点遗憾。我希望能出来两个人，合同科的小雷精通财会，又有经济头脑，我跟他聊过办公司的事，他也有这个愿望，我也跟局里提过，局里研究的结果，认为我一个也就够了——从后来看，领导们对我的能力过于相信了，他们没想到我在经商方面是如此的白痴，连基本的财务制度都不懂。

我也没想到生意场中竟有那么多的险恶，一起步便重重地跌了一跤。

我请来工商局刚刚退休的女会计老孔当公司的会计，老会计正统、规矩。

在业务方面，我聘用了一个二十八岁的小伙子。小伙子姓付，叫付建新，中等个头、大眼睛、挺鼻梁、五官端正，塔城人。说话口气很大，那是塔城人特有的一种习惯。我是春节在戎建华家偶然认识付建新的。戎建华两口子也是塔城人，刚刚调到昌吉市医院不久。小付年轻漂亮的面孔在我们这一伙"老人家"中显得十分突出。女主人陈琳问我："你不认识小付吗？他的爸爸是付洪昌。"

"付洪昌，怎么不认得。"付洪昌原是塔城五金公司的采购员。喜欢跳舞。刘大侠跟付洪昌关系挺好，常常在一块儿玩。我得知是付洪昌的儿子，自然有了一种亲切感。

我问："你怎么调到昌吉来了？"

小付说他有个舅舅在这儿，帮助联系到棉纺厂招待所当厨师。小付好做饭，提起塔城有名的几个婚丧喜嫁的厨师都跟着学过手艺。

陈琳道："我把小付叫来，这饭就是他做的，你们觉得怎么样？"

大伙儿自然说好，不错、不错。

陈琳又道："你不是说你要搞公司吗？把小付要上，绝对是个好帮手。"

小付说："我自己就做着小生意……有个河南人，叫我找一间偏僻的房子，造假烟，我没干。"

戎建华问："造假烟那么容易吗？"

小付说："有什么难的，就一台卷烟机，你弄点真烟丝，再弄点假烟丝，掺在一块儿，加上香精，机器一卷一切，烟壳都是在内地做好的，一装，就行了。"

我说："那可不能干，工商局打假，查的就是这些人。"

小付说："杨叔，你要是搞公司，我跟你干。招待所也没啥事，又排外，所长看不上我。"

我说："还不一定呢，能搞成，你愿出来当然好。"

一成立公司，我就想到了这个小付。他父亲是塔城人，小伙子看上去又挺精明强干——我开始实践自己的用人之道，我有个逻辑：毛泽东不会打枪，却把天下打下来了，关键在用人，用打枪的人；我虽然不懂生意，但只要用了懂生意的人，不也可以把生意做好吗。

做生意的第一件事是从弟弟宝军那儿提一批水产。宝军挺痛快，只管我拿。

宝军见过小付一面后，对我说："这个小付，我看着有点贼乎，不是靠得住的人。"我不知道他是从哪点看得出来的？他的看法是不是有点主观臆断？也许是宝军做生意时间长了，养成了习惯，见谁都先从坏处看，以防不测，这种看人方法也不是完全正确的吧？

我提了一吨多水产：虾仁、红虾、青虾、鸡胸、鸡腿、鸡爪、鸭掌等等。

我联系到冷库，人家同意存放，但要收取一定的保管费。存放时是按件算的，一共多少件，并不详细登你放的是什么。没想到，就这么一件小小的事情也能出岔子！我从弟弟那提的青虾是两箱，青虾最贵，没敢多提。我先是把一件青虾和一些水产放进买的一个冰柜，推到市场上销售。销售水产并不乐观。昌吉的市场太小，要水产的不多，有的饭馆子一次只要几板子，还不能及时给钱……到我感到买水产的路行不通，把剩下的水产给弟弟拉回去时，发现那件青虾没有了！可是我存的件数并没少——也就是说被人调包了。可是我找谁说去？冷库里也有别的人放的水产，都是各自堆堆，互不干扰。肯定是其中的谁把青虾给换走了。我有能力查这个事吗？能去找存放东西的人都是谁？就算你费尽力气去查了，谁会承认换了你的青虾。你找管冷库的，人家说你的件数对着呢，你能说什么？我突然感到一种恐惧，冥冥之中竟有这么可怕的险恶存在，防都不知怎么防。

我只有"哑巴吃黄连——有苦难言"。但我对人心的险恶并没有引起足够的警觉，我以后遇到的把人坑死的事比这大多了，多多了，市场把人的心变得太坏了。

小付辞去了棉纺厂的厨师工作，搬到工商局住。我在一楼给他安排了一间房子。小伙子并不懒，挺勤快，也能吃苦，嘴巴子也挺能说，很快局里上下都认识了我的这位塔城小老乡。

公司没搞多久，我的心开始大起来——局里陆陆续续打到账上十二万元，我还嫌少；因为我考虑到公司没什么技术特长，只能搞一般公司都能搞的东西，比如收购农副产品啦、皮毛啦，搞这些十几万显然是太少了；我又从银行贷款了十万元，一共有了二十二万元的资金。

局里有一部准备报废的 213 铁壳小车，尚未送物资局回收公司，还可交劳服公司使用几个月。

二十二万元，一部小车，是一个很好的开端。

我的手下已经有了几个人员：一个会计，一个司机，两个知青，一个业务人员共五个人。

万事俱备，只欠东风，剩下的就看怎么做生意了。

我在办公室环顾大家说："我不懂做生意，你们看，咱们做什么生意好，该往哪方面使劲？"

小付对做羊皮感兴趣，主张搞皮子，他给我引荐来两个盲流，都是做过皮子生意的。一个姓张，叫张谋亮，河南人，中等个头，三十多岁，长得一幅老实巴交的样子，话也不多。小付说张谋亮是破了产跑到新疆来的。他说张谋亮在河南农村有个老婆，后来又在青海找了一个回族老婆。张谋亮一直做皮子生意，自己有个小皮毛加工厂，有二十多万元资金。后来小老婆一家子把财产独吞了，把他撵走了。他才跑到新疆，投靠一个表哥。

我问："你怎么把他认识下的？"

小付说张谋亮在市检察院看大门，小付经常去检察院找一个塔城调来的朋友，认识的。

我听了小付的介绍，倒对张谋亮有了一丝同情，他有老婆又找老婆，按法律属于重婚罪。也许正是因为这一点，第二个老婆把他的财产吞了，他也不敢告。

小付引荐的第二个盲流，姓李，小个子，东北人。老婆也在，姓邵。小付说小李子老婆的哥哥在州物价局。

工商局有一长溜旧平房，基本空着，没什么大用。小付把小李子两口子安顿一套住下，张谋亮也搬过来，住其中的一间，与小李子两口子搭伙吃饭。

小付抓着张谋亮干活儿，每天帮着把冰柜推到市场上去卖水产。有一次，我见张谋亮动作迟缓，给冰柜车子打气慢了点，小付瞪起眼狠狠地训斥他，我觉得有点不忍心，过去跟张谋亮寒暄了几句，我拍拍他的肩膀，说："你的情况，我听小付讲了，没事，慢慢来，好好干，慢慢搞点积累，东山再起。"

张谋亮木讷地点点头——似乎不相信还有那一天。

小付听从小李子的建议，决定到阿勒泰地区的布尔津县去搞皮子，说那地方比较偏，皮子多，还便宜。他们三个人走了趟布尔津，搞回了几百张皮子。

皮子放在一套平房里。小付领我去看他的成果。阴暗、潮湿的房子里堆放着臭烘烘的皮张。小李子两口子把皮子按大张小张、盐板皮、鲜皮分开。不同的皮子不同价格。小付说这次能赚个一千元，算是开了张。后来小李子讲，第一次倒皮子并不赚钱，小付没给他们一分钱工资，让他们先忍着，等以后做好了再补上。小付为了炫耀第一次生意赚了一千元，跑到乔局长那儿去汇报，又提出种种建议，俨然是公司的经理。我得知后，也一笑了之。我知道他爱说大话，想自我宣传一下也无所谓，再说，东跑西颠也不容易，何必求全责备。

第二次走布尔津，搞来了整整的一个大半挂汽车的皮子。乔局长也有点闲情逸致地过来看。小李子站在车上的皮子堆里，光着上身，把皮子一张张地往下扔，湿皮子分量很重，一张张往下扔十分吃力，小李子干得汗流浃背，仍不停手，一股不怕累、不怕苦的劲头令人十分感动。

小付跟乔局长显摆说："这次皮子能赚到三千元。"

"是啊。"乔局长对这种开始有点效益的展现挺满意。

平房里的皮子堆得更高更满了。

但是皮子的销售却发生了问题。一听说有皮子，皮货商们不知从哪个角角落落冒出来。米泉县是新疆最大的皮张集散地，米泉县的皮贩子一个个都来看皮子。小付得意地说："一个走了，一个来了，都快成市场了。"

皮子的定价、处理都交给了小李两口子。谈了一大圈也没成交，嫌给的价太低，人家则说要的价太高。正当皮子脱不了手时，跑来一个人，愿意每张皮子高出别人五角钱收购。小李子两口子满心欢喜。那人说，我今天把皮子拉走，明天早上给你们送钱来，不行我给你们打个欠条。小李子让那人打了欠条。第二天，那人却没有送钱来。小李子跑到那家去要账，那家要开了赖，说没钱，往后拖，双方成了讨账关系。

小付第二次倒皮子的同时，倒了一批活牛下来，共五十三头牛。这完全是小付自作主张干的一件事。他从布尔津给我打电话，说布尔津牧区的牛很便宜。他说："你弟弟不是搞牛羊肉吗？可以给口里发牛肉。"

我与宝军联系，他说现在没客户，他不需要牛肉。我又骑着自行车跑到冷库，冷库静悄悄的，冬宰是在十一月开始，眼下，冷库的机子为了节省电都停了机，仓库不制冷。

我把得到的信息反馈给布尔津，小付说，他的牛已经联系好了，带上去的买皮子的钱付了牛款，让再汇三万多元的买皮子的钱。

木已成舟，我让老会计又汇去了三万元。

一天的晚上十二点多钟，小付出现在我家，告诉我："牛、羊皮都放下来了。"

我跟着他来到平房的巷子口前，前后两辆八米的大半挂车气势雄伟地停在路边。一辆车上装了满满的羊皮；一辆车上则有木栏围着，上边挤着活生生的大大小小的牛，路灯下，牛挤成一堆，数不清是多少。

皮子倒好说，牛是活物，一切都成了大问题。"把后边车厢板打开，把牛放下来。"

"不行，不行，车太高，牛掉下来把腿摔断就糟了。"

还有更发愁的——牛往哪儿卸呢。

"是啊，这么多牛往哪儿搁呢？"

一个过路的维吾尔族人过来，说他有个院子，挺大，可以放下，不过每头牛要收五十元的场地使用费。

我们当然不愿意了。我说："干脆，卸在平房的院子里吧。"

"哦，前边有个地方有个坑，车可以开进坑里，把牛直接从车上赶到坑边边上，保证摔不了。"

"那就这么办。"

半挂车去了半个小时，一群牛从远处过来，黑夜下浩浩荡荡地像千军万马，又像洪水堵了河道般一下子把马路涌满了，幸好是半夜，没什么交通问题。

五十三头牛全都赶到平房的墙院内。

提起拉牛的辛苦，小付、司机小邓有说不完的话，他们怕牛跳车，又怕牛倒下压死，人一路上就跟牛在一起，粘得浑身上下都是牛屎。有一阵子，几头牛倒下了，站不起来，他们曾商量把牛杀了，放血——如果牛没放血死了，牛肉红红的难看、不好卖。谁知后来牛又都站起来。从布尔津到昌吉，七百多公里，没死一头牛，也算个奇迹——有经验的牛贩子根本不敢这么装车，五十三头牛起码要装两个半挂车，让牛有活动的余地，五十三头牛挤在一起没死算是幸运。

第二天，我又到平房去看牛。工商局的人听说放下来一群牛，都觉得可笑，当笑话说。白天看牛就真切了，牛大的大、小的小、壮的壮、瘦的瘦；院子里被牛群踏踩得乱七八糟，一堵早已风化的土墙被牛顶倒了，又用木杆子栏起来；一头头牛的后腿垮骨特别突出，小付说从山里把车放出来，牛已经五六天没吃东西了；在山里时，牛一个个满是光泽，现在饿坏了，没精打采；我让赶紧弄点吃的，弄了一拉车苞米杆子，还不够牛群塞牙缝的呢。

土墙圈外，站了不少维吾尔族、回族人，都是屠宰户，一听说这儿有牛，都围过来，跟小付一谈价格都摇头，嫌贵。

我发现这样一头头地卖牛不是个办法，牛没喂的，等不到牛卖完，饿也饿死了。再说，一大堆牛挤在破土墙院子内，也不安全，万一跑了牛，丢了牛，就糟糕了。我跟小付说，你看有没有一下子全都要的，不能这么零敲碎打地卖牛。我有点恼怒地说："跟你说了，牛放下来没人要，你不信，非放下来，你说说好了有人要，谁要？"

"不是你弟弟要吗？"小付耍开了赖皮。

我说："我已经跟你在电话里说了，我弟弟不要，你说已经说好有人要了，怎么又成了我弟弟？"

他是有意要做成这批牛的生意，将在外，不由帅。他算计着就是牛肉不赚钱，每张牛皮买一百元，五十多头牛也有五千元的赚头。

牛没吃的，令人心急如焚，我说不行先放到郊外去吃吃草，不能总这么饿着。我和会计老孔、知青小闫把牛赶出门，顺着公路拐到三公里外的郊区，沿着一条土路往前赶，路边有水渠，水渠边长着一些草，路边地里也有一些未收的玉米杆子。地里的农民不让吃玉米杆。为了少惹事，我们不得不停地跑，防止牛吃地里的庄稼。

老孔从一开始放牛，就觉得可笑，笑得弯腰，笑得眼泪花往外冒："啊呀，我活这么大，还没放过牛，跟着杨经理，什么事都经历了！放牛，咯咯咯——"

我也是哭笑不得，当初出来搞公司，哪能想到这一幕！我想我放牛的样子

374

一定可笑，戴着眼镜，瘦儿麻秆，手里拿着树枝子，穿着凉鞋跟在牛屁股后边跑，什么形象也没有了。

牛的确是饿坏了，几乎一个星期没吃东西，要是人都得饿死了，还是牛皮实。牛们一个劲地吃草、喝水，路边的草也不是太多，边吃边往前走，大约放了一个多小时，再不敢多待了，这么一支五十多头牛的人马，再多待下去，怕村民们出来找麻烦。

把牛刚刚赶回平房的院子，小付也回来了，告诉我一个好消息，说他找到市养猪场，猪场有一百多亩的苜蓿地，苜蓿长得可好啦，人家同意把牛赶到苜蓿地去，牛也全买了，给的是原价。等于不赚不赔，不赚也行，只当白跑了一趟，我大大地松了一口气。

转眼间，五十三头牛消失了，小付问我："猪场现在没钱，打白条子行不行？"

我说："那怎么能行，猪场也是国营单位，怎么能打白条了了，要支票。"

一天晚上，司机小邓到我房子来，悄悄给我反映小付的问题，小邓一米八二的个头，身体强壮，这次弄牛，他吃尽了苦头，浑身上下都是牛屎。他说小付手脚不干净，在山里谈牛的价格时，从来不让他参与，不当面说，总是躲着其他人，嘀嘀咕咕，小付自己肯定赚了钱，现在的牛价跟从牧民手里买的不一样。

我点点头，不温不火，我相信小付是做了手脚的，做多少，不得而知，我觉得小付也太沉不住气了，他也曾跟我说过："杨经理，你看我也二十七八岁了，没个对象，没个房子，我跟着你，总得弄套房子吧。"

我诚心诚意地说："不着急，慢慢来，你只要好好干下去，如果有合适的生意让你做，赚点钱，也不是不可以。"

"那我的事交给你了。"

"也不是交给我，这事也只能等待机遇，心急了也不行。"

我相信小付做了手脚，但我还是抱着宽容的态度，"水至清则无鱼，人至察则无徒"，我无法要求他不自私，捣点小鬼也无所谓，只要不伤大局，能让公司赚上钱就行。

吴玉娟听了邓司机的话，十分恼火："小付就不可以相信，一看就贼乎乎的，不是好东西。以后你得把钱把着，不能让他用。"

我说:"你怎么这样说话,前一阵儿,小付到咱家来,还让人做个饭,做拉条子,跟干儿子似的,现在又说这话,不相信他,相信你,你能去做生意?"

卖给猪场的牛款一时拿不回来,我又开始组织第三次上布尔津的行动。一方面是搞皮子,十月天气凉了,开始进入屠宰的旺季,也是搞皮子的好时间;另一方面市场黄豆的价格看好,小付说布尔津的黄豆相当不错,我让他搞些黄豆。小付说又搞黄豆又搞皮子忙不过来。他说通过两次搞皮子,张谋亮和小李子都是实在人,都指望公司赚钱、发财,没二心,人是绝对可靠的。他说,他跟张谋亮、小李子说了,干脆把搞皮子这摊子让他俩承包,给他们五万元钱,每个月交一万元。

我说:"五万元,一个月交一万元,有那么大的利吗?完不成怎么办?"

小付道:"你管他呢,他说能完成,完不成算他的,是他的事。"

我想了想:"那也成嘛。"

小付去找张谋亮谈判,回来跟我说:"张谋亮讲五万元一个月交一万元有困难,要是六万元完成一万元差不多。"

"那就加一万元,六万元,每个月交一万元。"我接着说了一句自以为挺懂经济的话,"完了签个合同,立个字据。"

小付道:"干脆你写合同,让他们签字得了,两个盲道,能写什么合同。"于是我拟了一份合同。

小付把合同拿去,张谋亮、小李子签了字。

张谋亮到账务要拿六万元时,老孔不同意,她说:"我不认识你是谁,我不可能把钱给你,要拿钱也是小付来拿,出了事,我找他,由他赔。我把钱给了你,你跑了,我找谁去。"

小付见让他签字拿钱,老会计口口声声说出了事找他赔,心里也有点发毛,跑到我这儿提出:"不行,得找个中间担保人。"我觉得这个建议很好,问谁能给张谋亮担保?

小付道:"张谋亮的表哥正在小李子那儿,他们几个正吃饭喝酒,他是搞建筑的,家里有院子有房子,让他担保,准没错。"小付又建议我写了个担保书,让他表哥签了字就行了。我写了担保书,交给小付,没十几分钟,小付拿着签了字的担保书来了,说:"张谋亮表哥看了,说没问题,拿起笔就签字。"

——这事办得应该很周全,没有漏洞了吧?

小付到财务上打了领取十万元的条子，为了保险起见，等他们到了布尔津后再把钱给他们汇过去。

小付走之前，拿来了一张猪场三万三千元的付牛款的支票，他是这么说的："这张支票，猪场说，等到十月十日以后再使用，不过，等不到支票使用，在十日前，他们会把三万三千元的现金交来，万一交不来，再使用支票。"

支票没什么问题，交到财务上由老孔保管好。

自从司机小邓告了小付一状后，吴玉娟总跟我嘀咕，说不能相信小付了，小付自私自利，自己从中捣鬼，做手脚，得找人监视他。

我不愿听她的，认为她不在其中，不知其事。小付工作还是挺卖力气的，干得也不能说很差。我想起中国传统的不让老婆参政的规定，说："公司的事，你不要管。"

她又较上劲："不行，我找乔局长、赵局长去。"

我说："你找局长的意思是什么？不让小付干了？可能吗？我再告诉你，公司的事不要你管，这跟你有什么，你少掺和啊！"

一天的下午，刚下班，吴玉娟穿过工商局办公楼的前门进入后院，正碰上司机小邓。小邓自从到我家说了小付的事后，吴玉娟把小邓看上了，认为小邓忠实可靠，竟自作主张的布置，让小邓监视小付，有什么事尽快报告。我十分反感把这种克格勃式的特务行径带到公司来，极力不赞成。

小邓见了吴玉娟，打招呼道："我们准备明天上去了，有什么事没有？"

吴玉娟一听，冲小邓招手："你过来，我跟你说件事……"

我此时也在后院，远远看见了，就知道她又要搞什么名堂，加快步子朝他们走去，边走边吼道："你老老实实回家去，少掺和！"——在院子里，我只能这么威吓地呵斥。

吴玉娟不理睬我，故意大声对小邓道："你上去后，不能把钱给小付，钱你得掌握着，你监视他，不要让他捣鬼！"

小邓又不管钱，吴玉娟说的都是废话。

我被吴玉娟这么肆无忌惮地干涉我的事激怒了，我扯直了嗓子吼道："吴玉娟，我最后跟你说一句，你少掺和，没你的事！"

吴玉娟成心不理睬我，继续对小邓大声道："你听我的，我们老杨眼睛也不好，身体也不行，是个书呆子。我在塔城设计室管过财务，哪有把十万元给小付的！也不把出纳、会计带上去，这符合财务制度吗？你瞧着吧，把钱给小付，非出事不可，不出事，你找我来……"

我再也受不了这可恶的女人的咒语，我气昏了！我要冲上去揍她！狠狠地揍她！我那种翻脸不认人的毛病又上来了，我跑了起来……这女人一见我朝她跑过来，一边嘴里喊着："干啥！干啥！"一边撒腿就跑。她在前边跑，我在后边追。别看她七十多公斤，一旦跑起来满快——她当年在学校锻炼长跑，基本功还在。我可不行，我是我们班跑得最慢的。……我一边狠狠地骂着："你操你先人！"一边拼命跑，往快里跑。脚下的鞋子也不争气——鞋子是那种没有鞋带的一脚蹬，又是旧鞋，松得很，一跑起来，光往下掉，好像穿着拖鞋在跑步。

我俩一前一后跑出了院子的侧铁大门，又往右跑出五十多米，她又往右拐弯，往工商局楼的前门跑去。我追着追着，一只鞋掉了，又忙着提鞋。她回过头来见我停住提鞋，以为我不追了，放慢了脚步，见我又拼命追上来，大势不好，才又转身想继续往前跑。这次我的速度比她快，我伸出右手想抓住她的衣领，手指一弯，正挖在她的后脖子上，手指甲在肉皮上划出一个又长又宽的大长道子，血渗了出来。

她也不跑了，用手捂着脖子，呜呜道："瞧，你把人挖的，都流血了！"

我这时气也消了，有点后悔——何必呢！

吴玉娟捂着脖子，口口声声找领导去告状，告就告去，听天由命。她没去，回了家。

——这最"精彩"的一幕，只有一个人从头到尾都看见了，就是会计老孔，她正站在工商局前门的台阶上。事后，孔会计对我说："你们家老吴哪点说得不对！我原来就跟你说过，我跟着上去，你嫌人多、花费大……你还把老婆脖子挖出了血……"

我无言答对，后来事情的发展，不幸被吴玉娟言中了！

第十九章

……被河南盲流骗走了六万元……几笔生意的款追不回来……我只落了个心眼好的名声……夫人介入我的生意，我感激她又恨她

七十五

十月中旬的一天上午，我正独自一个人坐在办公室里，想着牛款的事，小付说十月十日前有人把三万三千元的现款送来，结果连个人影也没有。十日后，孔会计拿着支票到银行取钱，人家说支票填写有误，"万"字应简写，"万"字左边不能加"亻"，支票上的"万"字写成了有"亻"的"仿"字，得重改支票。我和孔会计跑到猪场财务室，他们说管支票章子的会计回内地探亲去了，得一个多月才回来，又节外生枝，令人心烦……我点起一根烟。

门开了，去布尔津的小李子进来了，我条件反射般地问："皮子搞回来了？"

"没有。"

"那你怎么回来了，张谋亮呢？"

"杨经理，我跟你说，钱让张谋亮骗跑了！我操他个妈的！他把我也骗了！"小李子捶胸跺脚，骂声不断。

我的心平静静的，没有一点异样，冥冥之中我觉得自己像被人装进麻袋里，扔进平平的大海之中，连个浪花也没起，平平静静地沉下去。——我到后来都不明白我听了那消息为什么那么平静！我好像早就等着这一天！等着厄运的降临！好像我的一切就是为了等待厄运、等待折磨的。

我平平淡淡地问："你说说，是怎么回事？你们不是在布尔津收皮子吗？"

"我们没在布尔津收皮子。张谋亮说布尔津的皮子贵，西藏的皮子便宜，他说我们反正定了合同，在哪儿收管不着，只要我们交上钱就行了。我说那这事你也得跟小付说说，问问他的意见。张谋亮说，不用，你一问，他就不让咱们走了。"

"那你就跟他去了？"

"他说西藏皮子便宜，把我说动了心，我就跟他到了乌鲁木齐，住在他认识的一个老乡家里，第二天，我们买了到西宁的火车票，去了西宁……"

"唔，往下说。"

"到了西宁，我们住在一个知青旅舍。第二天，他说上厕所，我左等右等他不来，我出去找他，怎么也找不着，我到派出所报了案，人家问了几句，也就不管了。"

"他拿走了多少钱？"

"六万元。"

"不是你身上有三万元吗？"我从小付电话中得知，一个人给了他们三万元。

"是呀，小付给了我三万元，一路上，张谋亮老跟我要钱，说是他表哥担的保，出了事他得负责，钱放在我身上他不放心，我就把钱给他了……谁想到……我操他妈的……我见了他，非宰了他不可！"

"那你是从西宁回来的？"

"我差点回不来，我们俩买了从西宁去格尔木的汽车票，他跑了，我是把票卖了才回来的，我操他妈的！"

"我怎么知道你去了西宁？"

"我这有去西宁的火车票，我还在西宁看了病，哦，我们还照了个相……你瞧，这是张谋亮的黑包包。"他把一个黑帆布包放在我面前，"他说上厕所，也没拿包，我想不到他会跑，等了四五个小时，我开始认为他到火车站去转转……后来才想到他跑了！"

"把包放下吧，你还可以，知道回来。"

"嘿，杨经理，我太老实了！要不，我怎么也不会把三万元钱给他……"

他转身要走，又转过身来，提出了一个问题："杨经理，你怎么不发火？……我以为你知道了一定会跳起来……是不是你知道他走西藏的事了？"

"我怎么能知道，要你们到布尔津搞皮子，怎么到西藏去了？"

"我也这么说，可我看你一点不着急，我以为你……"

他走了。我静静地坐着，整个办公室明亮而安静。十月的室内有一种阴凉，窗户开着有微微的凉风吹进来。小李子一说，我就相信一切是真的！当然，这里头扯着许多问题。小付是怎么安排的？小李子是不是说谎？钱是不是全给了张谋亮？担保人怎么交代？我想起张谋亮曾建议到西藏搞皮子，说他去过西藏，不要以为西藏有多遥远，其实也没啥，看来，他大约是一拿钱就预谋逃跑了。

我下意识地打开张谋亮留下的黑提包，翻看里面的东西，也无心细翻，人都跑掉了，看这些破东西又有什么用。只有一件破黑色衣服，空空的，名片倒不少，大都是浙江皮革厂的，证明这小子的确是搞过皮子生意的。破什物中有一张河南某县法院的判决书，内容是他在内蒙古骗人家十万元，被人家及时追回去，看来这小子老早就不是一个老实人。

当我给乔局长汇报被骗六万元时，我觉得自己比死还难受。

领导倒没发火，脸色阴沉。

我跟领导说宽心话："等小付回来，看怎么打的条子，有中间担保人，他担了保，出了事，找担保人算账。"

小付到十一月底才回来，拉回了二十多吨黄豆。

我问小付知道不知道张谋亮没在布尔津搞皮子，而是拿着钱从西宁逃跑了。

小付说不知道，他把他们安顿好后，就去搞黄豆，再没见面。

我说："他拿着六万元跑了。"

"不可能吧？"小付也傻了眼。

我问："你给他们每人三万元，打没打条子？"

"没打条子。我想，他们已经写了保证书，有张谋亮的表哥担保，出不了岔子。"

我的心此时才真正地沉重起来——没打条子！把那么多钱给私人竟然没打条子！这件事就复杂了，难怪张谋亮敢跑！他拿着钱跑了，你找担保人也没用；如果担保人说，不错，我是替他担保的，但是你是不是把钱给了被担保人，你有什么证据？没证据，怎么找担保人算账呢？

我相信小付没让张谋亮、小李子打条子是真的，我发现，搞生意他也嫩着呢，并不成熟，不然，略略懂一点法律常识，怎么会出这么大的纰漏！

　　单位有的人提醒我：恐怕没那么简单，哪有给钱不打条子的，这是一般的常识，你说你给小付钱，他打条子没有？打了吧。六万元不打条子，说得通吗？

　　孔会计说："弄不好是小付成心捣鬼，说不定钱他们几个分了，又让张谋亮跑了。"

　　我说："不会，小付还没那个胆量，再说，我还是比别人了解他，他并不想把事情做坏。"内心，我也有种自责，为什么把小付看得那么成熟，什么都依赖他去办。

　　所有的生意都别做了，剩下的全成了补漏洞。九千元的羊皮款要追；三万三千元的牛款要追；六万元要追……

　　小付找来了张谋亮的担保人，一个干瘦的河南人，他说，张谋亮根本不是他表弟，什么亲戚关系也没有，也不是一个村的，只是那一带的人，是别人介绍才认识的，随便这么称呼。

　　"那你为什么给他担保？"

　　"我没注意看，那天，我跟小李子、张谋亮喝酒。小付来了，说给张谋亮六万元收皮子，证明他们不出问题。我喝多了酒，也没好好看担保书，谁知怎么就签了字，到现在我也不清楚怎么写的。"

　　"这你说不通，是不是喝多了，我们不管，签了字就有法律效力，正因为有了你的担保，我们才敢把钱给他们，不然不会给钱的。"

　　"我真的喝多了，没看清是什么意思。"

　　"白纸黑字，打起官司来，你要承担一切责任的。"

　　"那就打吧，"他负气道，"那……那我也会找律师的。"

　　"那是你的事。"我玩起口舌来头头是道，可是当初干什么去了？出了事，找担保人气势汹汹。跑掉的跑掉了，拿没跑的出气，算什么本事，这是多么的懦弱！

　　吴玉娟此时成了我的主宰，只因未听她的一句话，铸成大错，她开始全面介入了我的领域。她说她认识州法院的小白，在一块儿开过会，先问问小白看能不能打。

　　我成了恭顺的小绵羊，再也没有追着她满院子跑，非要揍她的气魄。法院的小白看了我写的材料，说可以打，没什么大问题。

　　可我心里犯嘀咕，我总想着张谋亮表哥说的也要请律师的话，我多少在公安、武警干过几年，懂得证据的极为重要性。小付、小李子的口供人家可以说是串起来的，没有当事人的口供不算数。有担保书、合同书、却没有证明拿钱的字据，法院能这么判决吗？状可以告，可是本身已经赔了六万元，再拿出几千元钱打官司，再打不赢，再白扔进去——我现在才开始懂得算钱啦，才知道一分钱一分钱要赚多不容易，要赔可是一眨眼的事。

孔会计说："你谁也不告，就告小付，小付从业务上拿的钱，打的条子，他给谁不管，只告他，跟他要钱。"

我于心不忍，我告小付有什么用，他一分钱没有，告了跟没告一个样；再说，实际上钱不是他拿的，他也是失误，我这又是欺软怕硬的手法。

我护着小付，不愿伤害他。

吴玉娟为此冲我发火："为什么不告，他把钱给了盲道还有理啦！他没钱，让他们家里赔！"

我极不忍心，这跟他们家里有什么关系，他是已经独立生活的人。

吴玉娟见我束手无策，这也不行，那也不行，火透了："那我找小付去说。"她说罢就噔噔噔地出了门。小付住在院子旧住宅楼的三楼，旧楼已归劳服公司往外出租，其中保留一套，小付住其中。我不知道吴玉娟是怎么骂的，据一个尚单身、与小付住在一块儿的小马说："你老婆吼得把房子都快震塌了，把小付骂得狗血喷头，一声不吭。"以后，小付真怕见我夫人，有一阵儿突然失踪了。

吴玉娟又打电话到棉纺厂，找到小付的舅母，问她要人。

小付的舅母也不是省油的灯，也是个直暴脾气，两个女人在电话里一顿大骂。——我后来才知道，吴玉娟和小付的舅母并非不认识，小付的舅母也是塔城三中的学生，比我们低好几级，还跟吴玉娟同住过一个宿舍。曾当过兵，在西藏阿里部队的卫生队，与后来的某知名作家是战友、好朋友。小李也是命运多舛，女儿上高中时跳楼自杀，后来，丈夫又因车祸身亡，人一生如果都遇到这类事，真是惨透了！我有一次在街上遇到小李，夫人与小李热情地打招呼，说话（当然已是吵架后多少年的事了），我才知道吴玉娟与小李同过宿舍，为什么当时从未说起？如果早就认识，怎么能那样吵架？我还对小李说，咱们塔城人在昌吉每年都搞个聚会，你不知道吗？以后通知你参加。小李只是笑。后来戎建华告诉我，小李早就知道，不是因为当年为小付的事……你又是组织聚会的人。我听了非常忐忑不安，我居然还有这种作用，别人因为我……难道我是那种人吗？我后来再见小李都非常热情，我还说过想见毕淑敏，有部小说写成了，想让毕淑敏在北京推荐发表呢。

我为寻找小付的行迹抱着决无恶意的态度去过他舅舅、舅母家，也了解到他们的苦衷，他们根本管不了小付，小付也不听他们的话，他们也为小付费尽了心机、吃够了苦头。

小付让吴玉娟骂跑了，不知去向。

我给吴玉娟讲大道理："你把小付骂了一顿，挺威风、挺解气，他一跑，追款的事都搁下了；他不在，好多事情都说不清，你这是给我帮忙还是落井下石？"

吴玉娟也回过味儿来了："对对对，我再不骂他了。"

小付渐渐露面了，他搬到平房，与小李子两口子在一块儿住（老邵多年后告诉我，小李子多年打拼挣了钱，在北京买了房子）。

我去找小付，劝说道："你还是到楼上住吧，楼房有暖气，暖和。我也把老婆子说了一顿，不会再骂你。"我把小付劝回了楼。又事先说通了老婆，把小付叫到房子吃了顿饭，和和气气，好像什么事也没发生过。

小付去追三万三千元的牛款。

此时，我才明白卖牛的内幕，又是令人无比头疼的事。五十三头牛实际上没有卖给猪场，而是卖给了一个姓何的私人。姓何的是个私人屠宰户，承包了猪场的肉食门点，挂靠在猪场。牛是他买下来的，他要打白条子，卖了再给钱。因我跟小付说过，堂堂的猪场怎么非打白条子？没支票吗？小付讲不要白条子，要支票。何拿不出支票，找到猪场场长，让猪场提供一张三万三千元的支票，作为担保，押在工商局。他保证在十月十日前把三万三千元交给工商局，把支票再拿回来，不会有任何风险。猪扬竟然答应了。但也留了个心眼，故意把万字写错。结果，十日过后，姓何的没交一分钱。而支票又取不出钱来。

小付为了要回牛款，跟我说，他准备吃住在姓何的家，帮他干活儿，直到追回全部牛款。一个月后，小付交来了一万元的现金，剩下的继续要。

在让小付到布尔津搞羊皮的同时，我又派了一支人马到内地搞打包带。所谓打包带就是捆纸箱子的那种偏宽的塑料绳子。知青小乔给我引荐他的朋友小张到公司，我聘用了。这个小张长得精明、干练，似乎是个很有头脑的小伙子。他提出做打包带的生意。他说他家在棉纺厂，棉纺厂打棉包都用打包带。棉纺厂每年用大量的打包带，都是从内地进的。内地的打包带才一吨一千四百元。新疆三千五百元。再加上运费什么的，一吨起码也能赚个一千元。进上十吨打包带就能赚一万元。

我问："你对打包带的业务熟吗？"

小张说："熟悉。我原来就跟人进过打包带，自己想进，钱不够。"

我说："那好吧，就做打包带的生意。这事交给你去办。"

原来决定小张一个人去内地。小乔没去过内地，跑到我房子，说想去内地看看。我也就同意了。这无形增加了一份开支，但跟后来的损失比，这都是小事了。

两个人出差回来。打包带还未到，是挂火车的零担。时间慢。到十一月底，货才到。十吨卸在了自行车棚（有塑料棚顶不怕雨雪）。小张又拿来一卷样品，说是从一捆打包带上剪下来的。样品果然好，怎么弯也折不断。剩下的事就看推销了。

这时公司采取了一个令人尴尬的举措，赵副局长把我叫去，对我说，公司是企业，不是国营事业单位。企业要讲究经济效益，要把工资与效益挂钩，你的公司什么效益也没有，还雇了那么多人，开支那么大，这怎么能行。从现在起不能再发工资。除了局里的会计和知青，外边的人停发。有效益发工资，没效益不发工资。我觉得领导说得有一定道理。我发现我的思维并没有完全走到企业上来。特别是赵副局长早就提醒过我，做生意有赚有赔是难免的，赔个一两万也没啥，但不能出现大的漏洞，不能出大错，伤了元气。

我当时点头，心里却想，怎么能赔一两万呢，我根本不能赔——谁知赔的何止一两万！

我虽然也知道雇人多了，发工资发不起了，但想想是因为自己的失误使被领工资的人也都陷入了困境，从我本心来说，我并不认为雇人发工资有什么错，我想不能只看眼前低谷，往后发挥好了，他们也不是不能赚钱，赚的钱比工资高就是了。比如：十吨打包带，赚一万元，小张每月工资是二百五十元，一年才不过三千元，还能赚个七千呢。可是让停发工资是局里说的，我又厌烦这种行政制约，又无可奈何地服从命令。

小付、小张、老郭、司机小邓的工资都停发了。我又不可能拿出钱让他们去挣效益。小张为拿最后一个月的工资还跟孔会计吵了一架，说是应该发给他，杨经理同意的。老孔问我，我说："给吧，给吧，该给的给，我这个人仁义。"

打包带销售并不容易。吾副局长的侄儿联系呼图壁县酒厂，要了四吨。说是如果好，用完了再要。酒厂正红火，用打包带打酒箱子量也大，给的价格也好，每吨三千五百元，起码能挣个六七百元。

有一天，呼图壁县酒厂打来电话，说打包带是劣质的，不能用，让我过去看看。

我简直不相信自己的耳朵，"不会吧，是不是弄错了？我们的打包带不会有质量问题。"

我带着知青小闫赶到呼图壁县酒厂。负责打包带的人还认识我，参加过广告协会成立会议。

我问："你怎么敢断定打包带是我们的？"

他说："走，咱们到库房看看，拉来的四吨打包带还没动呢。我们把别人的打包带用完了，开始用你们的，谁知一提就断了，装车时连着断了几箱子，酒摔在地上都打碎了。偏偏那天，厂长领着办公室的全体人员参加劳动，厂长火了，问是谁进的货，把我弄得挺尴尬。我想你们是工商局的，质量不应该有问题。"

到了库房，副厂长指着一包打包带，"你看"，他从中抽出一根打包带，一折出了裂缝，使劲一折，断了，跟干柴一样，根本不能用。

我无话可说，做梦也没想到小张进的是劣质打包带。他跟小乔是那么好，我对他也不错，他怎么能做出这样的事情？我想起他给我的那把样品，我说："是不是也有好的，挑一挑还能用？"

副厂长道："算啦，我们也没人能挑，都忙着。厂里已经付了两吨的款，每吨三千五百元，我们也认了。剩下两吨你找车拉走吧。说实话，春节前，我们大量出酒，消耗打包带快得很，你们质量要好，用完了还准备要那六吨，价格多点少点都无所谓。"

我垂头丧气地回来，正所谓"哑巴吃黄连——有苦难言"。我不相信小张不知道他进的是劣质货，浙江早已骗人出名，我就怕这点，还嘱咐要监督生产过程。我想不出我安排这个生意哪点有漏洞？可他还是干了坏事。他肯定吃了回扣，图个人捞小钱了。不错，停工资他走了，可他没想想，如果不停，他又怎么能干下去？

我独自到车棚，拿把剪子，一个包一个包地检查，坏的里头挑好的，大约有三分之二根本不能用。我有点犯了痴迷症，在大街上碰见旧箱子上的打包带，就忍不住去折，人家的又挺又硬，怎么折都不会裂缝，承受拉力大，我的真不行。有个懂行的人看了道，你的打包带都是回收的旧带子又重新制的，骗人的。

我以为挑出的一部分好的还是不能用。只能联系包些轻东西，比如有半吨给了鞋厂，包鞋盒子，算是凑合用了。碰上棉纺厂、酒厂要，也不敢给，弄得焦头烂额。我又一次感到生意场上，人是多么可怕！像小张，他为什么就不能把这件事办好，长远地考虑问题？把事情办好了，有了信任，可以长久地干事，长久地挣钱，为什么一锤子买卖，逮着一个机会，就非贪不可，再不想后路？生意是这么做的吗？做人是这么做的吗？

七十六

小付搞来的黄豆也赔了钱。

小付搞黄豆拿了四万元，花了三万三千元，应该交公司七千元，孔会计叫我让小付结账，他已经拖欠了好长一段时间。

我去宿舍找小付，问他买黄豆的余款还在不在。

他说："在呢。"

我说："孔会计让你到账务上把账结了，该报销的车票、差费算好。"

他说："再等两天吧，我再算算。"

我知道小付花钱大手大脚，关切地说："你是不是花了些钱，不够还的了？"

小付坦然道"没有，钱存着呢，再等两天。"

我有点不好意思催得太急，怕他难堪。

没隔多久，小付第二次失踪了，彻底地失踪了，欠的七千元钱也拿跑了。

孔会计埋怨我："按照财务制度，他回来就得结账，还不完，另打条子都行，怎么能拖那么长时间，杨经理，你的心也太软了！"

小付，这个我从内心信任、不疑心的人，最后也终于给我来了这么一手，真绝！

短短几个月，稀里哗啦，近十万元都扔了进去，我急于求成，急于见效益，正应了古人的一句话："欲速则不达。"像样的生意没做成一笔，我有一种崩溃感，当然实际上，并没有到如此的地步，但我有这种感觉。

经济上的危机固然重要，但我遭到了更严重打击的是精神上的危机，我不知道我几十年形成的为人处世的信条哪里出了错？我是主张与人为善的，尽管有时候我也能做出点狠巴巴的样子，但我的骨子里是善的。随着人生阅历的丰富，我越来越不苛求于人，苛求于这个世界。我不敢再以个人的好恶评判别人，我觉得每个人都来世一场，各有各的活法，性格各异，也未尝不可。我虽然眼神不好，认人困难，跟社会上打交道少，但从内心，我还是喜欢人、喜欢不同的人，而且忍不住要表现出自己的温和、善良。

我办公司，如此善待每一个人，为什么却遭到如此惨败的报应？我曾经说："宁可天下负我，我不负天下。"曹操是："宁可我负天下，不可天下负我。""文革"中，关于儒家法家的大辩论，我是支持法家的，相信法家提出的"人之初，性本恶"的论断，但我在处世中，却总是不由自主地走偏了路，我对公司的人说："我反正对得起你们每一个人，你们对得起对不起我就看你们的了。"结果人家硬是对不起你，你又怎么样？

从办公司的所作所为，我只落下了个"好人"的名声。

孔会计最爱说："杨经理是好人，心眼太善了，菩萨心肠。"

知青小乔说："杨经理有大将风度，心豁达。"

我后来接触的人，不知为什么都是口口声声地称我为"好人"。

虽然我周围的人，利用我的善良做成他们坑害我的事，我依然相信一部电视剧的一个片名，叫作"仁者无敌"，即使做生意难免有钩心斗角、尔虞我诈，但我相信能成大器者，还是要有"仁"，要有道德、良知，要有公正的思想。

但是从我所做的一切看，我的这种"心好"加上对商品经济的一无所知而形成的"好人"，的确是一种愚蠢无能的代名词。

我一听孔会计他们说"杨经理是好人"就尴尬万分，我说："行啦，行啦，我知道你们说的好人的含义，鲁迅说过'忠厚是无用的别名'。我知道，如果不搞商品经济，作为一般的为人处世，你们说我是'好人'，我认为是个赞美之词，在商品经济中，说'好人'等于骂我草包无能……"

我有时也惊异于自己的天真无知，如果不玩商品经济，自己的谈吐思想相当成熟，有水平，谁与我交谈也认为有头脑、有思想，怎么搞开了商品经济，我无知的不如三岁小孩？人家说啥我信啥！好像大脑的细胞嫩嫩的，像刚出土的嫩韭菜，远远没有形成纤维网络。我意识到这个问题后，曾努力克服，但事到临头，思维起来还是陷入无知的老路。

小付一跑，所有追欠款的事都落到我一个人头上。

姓何的欠牛款的家离我的住处有三公里多的路程，出了工商局大门往西，直直地穿过三个十字路口，然后又要绕过一个大弯子才到他家。我后来发现一条捷径，可穿过一片麦子地的土路。他家有个院子，平房，大体上是一明两暗。院子里养了好几只狗，不咬人，何金祥搞屠宰，杂七杂八地喂狗。

何金祥是个盲流，没什么单位，也没什么营业执照，算是个黑屠宰户。

我因经常去他家，人熟了，闲聊天，得知他的一段自视为幸运的经历。他说他是山东人，当过兵。一九七九年部队调往老山前线反击越南时，在临出发前，他上街后，悄悄溜了号——也就是当了逃兵。部队派他班上的两个战士追捕他，追上了就会把他枪毙，可是没追上。而追他的人在前线打仗都死了，一个也没回来。

他说这话时，得意扬扬，显示出他自己聪明、脑瓜子活，很有点庆幸的味道。

我却感到悲哀，一九七九年自卫反击战，多少英勇无畏的青年人牺牲了，而贪生怕死的倒苟活着，而且不曾因他的临阵脱逃而受到任何的惩罚。新疆，既是个藏龙卧虎的地方，也是个藏污纳垢的地方！

我向何金祥追款，当然是一幅诚诚恳恳、推心置腹的样子，我从一开始追款就选定了一条"温和"的战略，我不想吵，不想闹，凭良知感动人，以心交心。

我实实在在地讲了自己的处境，希望他理解。

何金祥，中等个儿、大圆头、身体强壮，身着灰不出出的衣服，让人想起山上的土匪。

何金祥鼓起圆眼："钱没在我这，还给小付啦。"

我温和地说："你既然说钱给了小付，有什么证明，有条子没有？"

"怎么能没条子，不打条子行吗。"

"那你能让我看看条子吗？如果钱给了小付，那就没你的事了，剩下的我找小付去。"

"条子不能给看，你把小付叫来，我就给你看条子，我有话跟他说。"

我明白这是个无赖行为，有条子亮出来没他的事不好吗？看来钱还未还。我只有一趟趟耐心地往他家跑，我快成了英吉拉·甘地的和平斗争。我也似乎成了俄国大作家列夫·托尔斯泰的信徒："勿与暴力抗恶。"

我明白我被何金祥装在套子里，也只有硬着头皮往里钻。我给自己规定了一条原则，每个星期六晚上，或者星期天到两个欠款人的房子转一趟，持之以恒。事情既然是我做下的，照北京人的话："我当孙子。"欠钱的是爷爷，要钱的是孙子。大冬天，黑灯瞎火地出去追款，滋味并不好受。我穿得厚厚的，带上皮帽子，穿上棉皮鞋，蹬上半小时的自行车，越过已经没有庄稼的旷野到何金祥家，有时他在家，说上几句话，把我打发走；有时不在家，跑空趟子。时间长了，连他们家的几条狗都认识我了，见了我摇着尾巴表示亲热。

我们家的人形成了条件反射，好像我每个星期都应该出去要款。一次，我实在懒了，或者说准备星期天去，女儿见我看电视，问："爸爸，你今天不去要钱吗？"

我又伤感又有气，我好像是日本一个破了产的资本家，债台高筑，连老婆娃娃都希望他去跳楼自杀，以求全家的解脱，我冷冷地说道："怎么，我非得去吗？"

女儿马上改口道："爸爸每星期都去，我们都成了习惯了，不去就不去。"

"唉——！"我内心深处仰天长叹。

想我杨某人，也是堂堂的将门之后，也经过"文化大革命"的风雨，在单位上大小也是个科级干部，可现在成了什么？不得不卑躬屈膝地向一个盲道陪笑脸，下好话，指望能感化他，还那两万三千元，人活到这份儿上，真难呐！

一次从何金祥家出来，越过黑幽幽的田野，进入有柏油路的拐弯处，地上的冰溜子把自行车一别，车子倒了，把我摔下来，来了个大仰八叉，皮帽子飞出老远，眼镜也摔掉了，幸好没掉出多远，我还能摸到，连忙捡起来，借着路灯照了照，还好，镜片没碎，忙戴到眼睛上。——我摔倒的时候，四周静悄悄的，没有一个人影，也算没丢脸。

从此，我晚上出去再不敢骑自行车，皮帽子一扣，放下帽耳，双手揣进袖筒里，弓起腰，一步步地走着去，我知道，人步行一般每小时走五公里，大不了走上四十分钟到何那儿，再四十分钟走回来，我当孙子，我认啦！

也许有人问，为什么不打官司？不到法院起诉？

我当时有一种后来看去很可笑的心理，我不太相信司法部门。六万元被骗后，有人说快到公安局报案，我犹豫了，首先是工商局让人骗了，太丢脸！工商局是管个体户的，倒让盲道给骗了，这真是天大的笑话！其次，我不相信报了案能有什么结果，公安局会为一个六万元的案子通报全国？能到处张贴张谋亮的相片？能花费那么大的一笔钱？再有，我害怕再交什么钱，各种费用，我再给不起了。同样两万多的牛款和九千多的羊皮款也是这种心理。我想通过自己追款，把钱拿回，可能比法院快，打一个官司得一两年，太漫长了（实际上我追款一年，打官司两年，用了三年时间，更漫长）。

狡猾的何金祥大约也怕我打官司，跟我说你打官司打不赢，市法院的人他都认识，你怎么报上去，怎么回来。我听了，竟信以为真。他又有意无意地说，法院要分一批牛肉过年，他杀了几头牛，便宜价格卖给了法院。我听了更以为这官司难打了。啊，瞧瞧，我这个人多么好骗！等我后来真打开官司，完全不是那么回事，要说姓何的法院倒也挺熟，因为他是老打官司的人，早挂上了号，法院的人说，何是个无赖、油子，你怎么让他骗了？我无言答对。

何金祥坚持让我把小付找来，我也只好到处找小付。

小付到哪儿去了，无从查找，到他舅妈家，也不知道。

何金祥还神神秘秘做出为我着想的样子，说他知道小付在哪儿。我往他那儿跑了几趟，他才说，有人见过小付，从塔城往额敏倒羊呢，只不过他赶着羊走。

我信以为真，也许小付拿着公司的钱，贩羊也未可知，可到哪儿去找他呢？一拖拖了一段时间，何金祥又神神秘秘地告诉我，小付在跟别人合伙做发油料的生意，发两个火车皮。

我问他怎么知道？

何金祥说："他来找过我呀。"他支棱起眼睛，"他找我借空油桶，我从市榨油厂给他借了一批一百五十公斤的清油桶。"

我问："你不怕他借了油桶不还？"

"我不怕，我收拾他有办法。"

"那他啥时间回来？"

"说不上，他好像跟着押车皮去内地了。"

那就只有等待。

一九九三年的春节，我过得索然无味，深深地陷入巨大的反思之中。这年，我们一家三口人去克拉玛依过春节，吴玉娟和她的妹妹们在一块儿有说不完的话。女儿与她的小姐妹玩得兴致勃勃。我整天坐在沙发上看电视，什么也不想干。晚上几个打扑克、玩麻将，我都不参与。我也不想跟他们诉什么苦，像鲁迅笔下《祝福》中的祥林嫂。我自己的甘苦自己知道，没必要与别人说，博点同情有什么用。我也不想像电影电视剧般地做出夸张般的愁眉苦脸，我只是静静地坐着，挺平和地看电视，电视上演的啥，也没看进去，全是想自己的心事。

我在反思自己的行为，在孕育新的发展，公司还要搞下去，巨大的损失如何补上，是我心中无形的巨大压力。做生意已经没钱了，那么怎么能做到没钱也能做生意呢？这成了唯一的路……我是不会再犯用自己的钱做生意的毛病，也没钱了，大约也不会再出现不懂财务，让手下人拿着大笔现金……

我在克市待了两天就待不住了。我想去塔城，三百公里，跟刘大侠、黄翰云等朋友在一起还有点意思。要不直接杀到乌鲁木齐也行，有秦建国、刘孝华一伙老同学。谁知道克市因春节班车停三天，又没有私车，克市竟成了一个死城，与外界无法联系的孤岛。当你想离开时，竟然无法走脱。都九十年代了，竟然还有这种事，令人惊异。

待了四天，像过四天的禁闭炼狱的日子。

但这四天，也让我开始有了新的构想，我想到的是成立一个广告装潢公司。搞广告是我熟悉的业务，广告是玩智商，是靠头脑产出，跟拿着钱倒牛倒羊不一样，昌吉没有一个像样的广告公司，正好填上空白。而搞装潢，是借他人的资金下蛋，无本生意。

从克市回来，我就搞了个广告装潢公司。自办公司以来，唯一赚了六千元的就是装潢。一个在石河子南山煤矿干了二十万装潢活儿的私人，经介绍挂靠在装潢公司，我们只收取百分之三的管理费，算是最低的。二十万收取了六千元。

孔会计也叨叨，从搞公司都是赔钱，就在建筑上赚钱了。我牢记在心。

进入一九九四年，在全国也在新疆兴起党政机关办公司热，昌吉一下子冒出许多建筑公司，吴玉娟正好在建设局工作，对建筑行情一目了然。她给我建议公司下属成立一个建筑公司。我向局里建议，局里很感兴趣，找来吴玉娟。

吴玉娟就说能找上搞建筑的老工程师，最好的施工队长云云。于是局里同意成立建筑公司。其实那会儿的许多建筑公司都是空架子，拿上活儿找施工队干，或者是私人拿上活儿挂靠在建筑公司，公司提取管理费。看起来建筑公司有凭空赚钱之利，但也有风险，一旦施工质量出了问题，或造成债权债务问题，都由建筑公司承担，干什么都是不容易的，但毕竟搞建筑还是赚钱，比做一般的生意风险小、挣钱多。

我自认为最成功的是揽了一个工程，一个叫李清泉的人，某学校的后勤管理人员，搞过学校的建筑维修活儿，认识吴玉娟。吴玉娟领到家来，说李清泉能拿上州政府招待所盖楼的工程。李清泉也就说认识州政府招待所的谁谁谁，争取把工程拿上，挂靠在局里的建筑公司，整个工程款从公司过账，公司提取百分之三的管理费。我当然非常高兴，对李清泉待若上宾，唯唯诺诺。

李清泉不时地到房子来，谈跑工程的事，说他有个老同学，是一个单位的一把手，那个单位临街，准备盖一幢办公楼，但不大，二层楼，一层搞成街面房，可出租。

跑来跑去，政府招待楼的活儿没跑下来，被别人拿上了。他又跑老同学的二层办公楼，说那楼已打了报告，等待批资金的事。

吴玉娟已经失去了耐心，对李清泉有点冷淡，觉得李清泉光吹牛，什么也干不成，不想听他胡吹牛了。我觉得吴玉娟这样不对，与人交往，不能全看利益关系，不能有利益关系就交，没有利益关系就不理人家。凡是李清泉来，我总是作为朋友说话聊天。李清泉也越来越觉得我这个人不错，愿意找我说话聊天，至于他说的工程我也不知有影没影儿，他怎么说我怎么听，成也罢不成也罢，不过多往心里去。

结果，李清泉到底跑成了此事，工程造价一百二十万，后来又追加了十万，按百分之三提管理费，就挣了纯纯的四万两千元。

我也有了某种信心，我跟孔会计袒露，算算自有建筑公司以来，加上我揽的这个工程，收的管理费也有八九万了，我说再努努力，争取把前期的损失补回来。

孔会计说，前期的损失是补不回来，不能说后头挣的钱顶前头亏损的账，按照账面上说，亏损就是亏损，也永远挂在账面上的。

我听了，多少有点泄气。

局里为了加强公司的管理，把小雷派了出来，小雷精通财务，能把世间的一切事情都用算账的方法计算出来。建筑工程的监督管理全部交给了他。唉，当初，我俩要是一块儿出来就好了，也不会出那么大的漏洞。凭着小雷的算账，怎么能让我把那么多钱给了盲道。也许他们不见钱永远是好人，没野心，一见了钱，心态就变了，这是我的一个最深刻的教训。

追款成了我的专项，我继续持之以恒地往何金祥家跑，往史荣亮家跑。

何金祥给我神秘地透露小付的行踪，说在路南工人文化宫后边见过小付，那儿有一幢平房，小付在那儿跟一些临时工住在一块儿。我想这倒是很有可能，小付舅舅的大女儿，一个上高中的女生，因为老师批评了几句，想不通从四楼跳下去自杀了，在昌吉轰动一时。小付舅舅、舅妈到处找小付，后来在一伙盲流住的地方找到了他。

我叫上闫永孝，他也是塔城三中学生，高二的，比我低一级，家是额敏县的。他在物探队工作，是工程师。我俩骑自行车去文化宫找小付。工人文化宫盖得有民族特色，造型很好，得过奖。我俩从边门进到文化宫的后边找平房。找来找去没有什么平房，有个锅炉房，供暖气的。半公里处有一处孤零零的一间平房，过去看了，是一个库房、厕所，一个女人看着。问这周围有无平房，平房是有的，在文化宫的左侧。我们俩骑着车子绕过去，何止一幢，好几幢，前后排列着，栏杆围着，家家都有小小的菜园，种着一点菜、一点花草，十分幽静雅致。问问坐在院子里悠闲自在的大人、小孩，得知这是工人文化宫的家属院，住着本单位的职工，肯定没有外来的盲流之类。

正当我四处找小付的下落，单位上的王朗说在乌市见了小付，小付在卖彩票，几个人都见了他，错不了。

何金祥又神神秘秘地告诉我，他在乌市见了小付，还跟小付在一个饭馆吃了顿饭，小付说他想跟别人合伙，承包教育学院下的一个兰梦歌舞厅，正搞装修，地点在北门。我又信以为真，跟局里要车，去乌市北门找小付。局里不但派了车，而且为了加强追款，又派白科长、小蒋配合我找小付。

我们来到北门，是个大转盘，最突出的是八一剧场。我父亲去世后曾在八一剧场开过追悼会。小付有个姐姐是军区文工团的舞蹈演员，就住在八一剧场左侧家属楼里。旧楼，过道窄窄的，各家门口堆满了各种杂物。他姐姐家门口挂着一个花布帘子，一间大房子隔成两间，房子里有张双人床，房子布置得有点文化人的味道，特别是有那么多的录音盒带，都是歌曲、音乐的录音带，反映出原主人的职业特点。小付的姐姐离了婚，去北京进修两年，尚未回来。——后来也未回来，在北京进修其间，傍了一个日本的大款，一个原是中国人，加入日本籍的日籍华人。后来两口子在北京做木地板的生意，成了富翁。后来小付的姐姐把小付也调到了北京，成了一个几百人的大厂的厂长，他父亲给他找了一个塔城媳妇，认为塔城人老实放心，这都是我后来知道的情况。

而眼下，我在找小付。

我相信小付有可能在北门搞什么舞厅之类的名堂，他原本就对这种娱乐业感兴趣，曾建议我包舞厅。我、老白、小蒋沿着八一剧场、北门转盘转了一圈，见有歌厅、舞厅、食堂就钻进去看看、问问，都是开张多年，没有什么新建的迹象，也没有可新建的地方。我们又打听到教育学院，倒真有一家正在装修的游乐城的门面，已经装上了蓝玻璃，说的一定是这了。我跟老白进去打听这个歌舞厅是谁开的，人家说是教育学院。我们问是不是有个叫小付的人投资承包的。人家说没听说叫付建新的。我简直弄不清这一切是怎么回事，仿佛又走进了迷魂阵。

我们从装修的房间往外走，碰见一个正在指挥别人干活的一个戴眼镜的小伙子。我上前问道："这有没有一个叫付建新的，有人说他包这个舞厅。"

那小伙子看去十分精干，他说："没有。我是负责这儿装修的，工程是我包的。"

我实在是一脸的困惑。

小伙子说："你不认识我了吗？我是昌吉的。我还到你们家去过，找吴科长。"

"是吗？"我有一半惊喜，我竟然在这儿碰上认识我的人，我相信他说的是真话。

我不甘心，又领着老白、小蒋到小付姐姐的住处，门锁着。花布帘子依然在。

我还得到何金祥家去，和风细雨地说话，耐心地找小付。我发现我的城府太深了，我从未发现我有这么深的城府，深得连我自己都觉得可怕——我内心似乎有一个深渊，一个什么掉进去都会无声无迹消失的深渊。这个城府害了我，也帮助了我。像拿李清泉的那个工程，吴玉娟都没了耐心，说这个人光吹牛，什么工程也没有，劝我不要理他。但我不，我诚心诚意地等他，最终他还是有了工程，上交了四万多元的管理费，也没出什么差错。可城府太深有时又是一种多么软弱的表现，比如我现在的追款。

我终于在乌市八一剧场后边小付姐姐的房子里堵住了小付。我、老白、小蒋是大早晨赶到乌市的，掀开花布帘子，门没锁，推开门，小付在（近一年没见面了）。房子里还有他的弟弟、他的妈妈。我说了要找小付去何金祥家，三方对证的事。小付并不在意地跟我们坐车回了昌吉。

我们开车去何家。路上我问："何说你打了条子，钱在你这儿，给了你一万五千元，你敢不敢对证？"

小付说有什么不敢，他能拿出条子来，我就认账，十分干脆，面无惧色。

等的就是这一句话。

来到何金祥家，一切都汇合了。何金祥正在床上躺着，盖着被子，见我们进来，也没起来，继续躺在那儿。

小付走到何金祥的跟前，用一种揶揄的口吻问："何金祥，你说把钱给了我，我给你打了条子，非要找到我，有话跟我说。今天我来了，还有杨经理，还有工商局的人，咱们当面锣，对面鼓，你把条子拿出来，是我打的我认账。"

老白也说："是呀，三方对证，你有什么证据拿出来，我们今天就解决这个事情。你说小付不在，不拿。今天我们专门从乌市找来了，人家愿跟你对证。你把条子拿出来让我们看看，再收起来也行，我们可以做证是谁的事。"

小蒋也急躁躁地说："这是最好的，拿条子的一瞬间，立见分晓。"

何金祥躺在那儿，好像被强光照射在了脸上，闭上眼睛，一句话也不说。

几个人你一句我一句地让他拿出条子。小付一边问何金祥，一边冲我们眨眼，像是早知道他会如此耍赖的。

何金祥装死、耍赖，半天只冒出一句话："我头疼，跟你们没话说。"

任怎么问，再不说话。

出得门来，小蒋愤愤地说："纯粹的滚刀肉，我从一见他就说了，泼皮无赖，这号人见得多了。"

事实证明，何金祥拿不出任何条子。剩下的事只有一条路了，起诉，再没什么可拖延的了。

大伙儿又回到工商局。我不能让小付走。找到他不容易。还有关于他那七千元的账，也得交代清楚。快中午了，我站在局门前，与小付相视，我说："到房子吃个饭吧。"我固然有怕他溜号之意，也有几分诚意，虽然我找了他一年，也知他拿走七千元钱，却依旧恨不起来，仍保留着一份温情。

"不啦，"小付说，"我到冯萍那儿去看看，好久没去了，在她那儿吃饭，下午我会过来，你放心。"

我轻轻一笑，问："何金祥说你倒羊，到内地倒油，有没有那回事？"

小付撇撇嘴："我什么也没干，他说的我一件也没做过，我一直在乌鲁木齐帮助卖卖彩票。"

我回想起让何金祥骗得好苦，简直是……

小付没有失言，下午到工商局来了。局里为此开了局务会，各科的科长都参加。对小付进行盘问，从给张谋亮的六万元，到买黄豆的剩余款，一笔笔澄清，真像过堂的一般。最后小付说是拉了二十二吨半黄豆，意思是按这个数结算。领导问我的意见，以我的为准。

我知道小付多算半吨黄豆，想减少还款。

我出于公心，明确地表示，当时拉了二十二吨黄豆，应该按二十二吨结算。不过，我提出，小付去何金祥那儿追款的三个月工资还是应发（原来工资停掉了），他毕竟是为了公司去追款的，局里表示同意。

各种算下来，小付欠七千元。

会上问，你的欠款怎么办？

小付道，当然还了。

于是都签了字，结果还是一纸空文，小付走后，再没回来。我也到检察院咨询过，是否能以贪污公款论处，检察院说这是公司人员欠公司的账，不好立案，到法院也说不好办……

不过，局里开的这次局务会，对我倒是一件好事，白科长后来对我说，原来不清楚，以为你给张谋亮钱呢，现在才明白，是小付给的线。这使我晃然悟到一个问题，背后不知局里的人是怎样议论我呢，大约也不会说什么好话——这也是正常的，事情没弄清，怎么说都可以。不过，我还是挺感谢局里的同事们，不管他们背后怎么议论，从来没有当面问过我，给我难堪。通过对小付的盘问，弄清了一切事实，对我也是一种解脱，怀疑我和小付合谋分钱的话也消失了。平心而论，自办公司，我从未为自己谋什么私利，没想到什么自己发财的事。我对公司，像自己过日子一般抠得很紧，开张时没放一串鞭炮，没开过一桌席……大伙儿开玩笑，杨经理没赚钱，就是因为开张时没放鞭炮没请客的缘故。

不过，天下若说还有"善有善报、恶有恶报"的话，我得感谢市法院。经过两年的官司，法院不但追回了何金祥两万三千元欠款，而且还从何欠账开始一直算到他还款时的利息，补回了全部的损失，着实出了一口恶气，也算是最最成功的一次官司吧。

那笔羊皮款也通过打官司追回来了。不过是把姓史商店里的各洗涤用品抵了债务，通过减价销售基本拿回了款。不过这里隐藏着一个特别令人痛心疾首的事情，令我终生难以忘却，姓史的不但欠着我的钱，还欠着一个小伙子的钱，那个小伙子给他装修的商店，花了一万多的装修费，也是不给。也是起诉到了法院。法院也只能以这批洗涤用品作为拖欠方的全部资产，判给两家追款人，也就是说我与小伙子一家分一半的洗涤用品。我也只好同意，因为只能如此。后来法院说东西全归我了，因为那个小伙子自杀了。法院说那个小伙子搞装修也是拖欠了别人的货款，人家跟小伙子追款。小伙子好像还跟别人合伙买了辆拖拉机（不知什么型号），小伙子因为从这拿不回一万多元的钱，还不了别人的钱，自杀了！我从未见过那个小伙子，而痛惜小伙子太轻生，让年轻的生命就那么轻易消失了，也许咬紧牙关还是能挺过来的。

我由此也特别憎恨在市场经济中损害他人利益的人——软刀子杀人真是不见血啊！

我记得一次次往姓史的房子跑，他不是新疆人，不知从哪儿来的。我追款采取的是印度甘地的和平主义方法，不吵不闹，时间长了，人也混熟了。姓史的竟然跟我大谈他的经商经验，他问我："你做生意，赔得起赔不起？"

我回答："赔不起。"

"那你就做不了生意，做生意要赔得起，才能赚钱。我做生意就是先赔后赚。比如：我正在做面粉生意，一车面粉从面粉厂赊出来，拿到吐鲁番去卖，不图赚钱，赔上点钱也卖，然后拿上面粉钱做别的生意，再从别的上赚钱，把损失补回来。为什么要赔钱卖面粉呢？为了用他的资金。你想想，你把别人的资金占用着，一年、二年不还，还不用付利息，比从银行贷款还划算，再说，你从银行贷款还贷不上呢。"

我说："你每张皮子比别人多付五角钱，把我的皮子拿上，也是用的这套方法吧。"

他略带尴尬地笑了，不言自明。

在我向他追款时，他还是个单身汉，到追款结束，他不但找了个年轻、漂亮的回族媳妇，还抱上了一个大胖儿子。他坦然自若，沉着冷静，却置他人于死地而不负责任，多残酷的社会现象！

我有时回想自己的一段经商经历，不免后怕，惊出一身冷汗。我觉得自己像古时一个成语里所说的，一个主人养了一群恶狗，又养了一只小鹿。因为主人喜欢小鹿，恶狗们便都哄着小鹿玩。小鹿觉得这群恶狗挺好的。后来主人死了。这群恶狗马上就把小鹿咬死了。我觉得我就是那只小鹿。如果我不是工商局的，如果我不是拿着公家钱做生意的，而是我自己做生意，我早被吃得骨头渣都不剩了。这比喻也许并不那么准确，但我冥冥之中就是这么想、这么感觉的。

七十七

我知道，从我六万元被骗之后，局里彻底地不相信我搞商品经济的能力了。我听说，乔局长曾问过别人：用杨宝如搞公司是不是用错了人？我对乔局长感到深深的内疚，领导那么相信我，委以重任，是我自己把事情搞糟了。天下事，虽说不以成败论英雄，但在商品经济中你赔了钱，难道还让人说个好吗？

我的夫人吴玉娟更是极力主张不让我干公司。

我不愿回局里，从我一出来搞公司，我就不愿回局里，甚至不愿再参加局里的一切活动。局里每天早晨和下午上班时集中在会议室进行点名。点名时，便聊聊听到的什么新闻，看到什么电视，一场球赛或别的什么，等等，说到高兴时，引起一阵阵的欢笑声。我先是不愿参加这个点名，觉得透着一种机关的无聊，继而又不愿意参加星期一、三下午的学习，念报或念文件念得单调而枯燥，听的人则昏昏欲睡，这种场面我经历了几十年……从我在汽车队当宣教，我念文章，下边打瞌睡，到机关后人家念文章我打瞌睡，一日一日地在重复，却无法改变。有时开局务会我也不想参加，如果不是派人叫我，我便不去参加，时间一长，有没有我参加，也无所谓了。

我并不怀疑机关存在的价值，但我对人的生命消耗在机关早有了反感。

我对吴玉娟说："我也知道我不是做生意的料，等干上一二年，把损失补上，再赚点钱，我就不干了。"

吴玉娟不依不饶，主张让别人干，我回来。她希望我安稳在家里，一日三餐，囿于小家庭。自从她预言成功，又帮助我处理了打包带等等，局里领导认为她有本事，愿意听她的，她也"倚老卖老"，动不动就去找领导。

一九九四年五月份，赵副局长把我叫到办公室，正式通知我，让我把公司的业务交给王朗，回局里上班。"你回到局里，但追款的事你还要继续跑。"

我的脸色阴阴的，虽然知道会有这么一天，却没想到来得这么快。

乔局长也找我谈话，问对回局里有什么想法。我说："凭我的本意，我想干到一九九四年底，再有点效益，也好交代，局里非让我回，我也没办法。"

乔局长说："你这个人心眼太实在，不适合做生意。"

得知我回局里，最得意的是吴玉娟，她竟然把这功劳归功于自己，"跟你说吧，是我让你回来的！我找过乔局长、赵局长，说你不是做生意的料，说我工作忙，经常出差，家里需要人照顾。"

我皱起眉头，冷冷地说："我就知道你捣的鬼。你这个人越来越让人厌恶！"

她虽然给我帮了不少忙，从内心深处，我好恨好恨这个暴露出强悍一面的女人。

其实，如果我不回局里，也干不成什么事。一九九四年清理整顿公司，建筑行业的"三无公司"被取缔，想搞建筑挣钱已不可能。王朗接公司后，稳稳当当地挣点钱，把知青养住。后来知青陆陆续续找了工作。公司不复存在。

第二十章

我又得爬纸格子，别无选择……我突然发现，我了解的只是自己——只能以自己为主角写书……一切重来，我想哭

七十八

回到局里，我郁郁寡欢，我心中有一种愤恨、一种怨气，却说不清是冲谁，冲局领导？冲社会？冲我自己？我又有了屈原那种无法排遣得要跳尼罗江的劲头，好像有多大的才能没使出来，不被人信任、理解。

在表面上，我含而不露，我从不愿像影视演员那么做作，故意表现得意气消沉、紧锁双眉、借酒消愁等等；但是局里仍有人说我不干公司后，情绪不太好，我说："没有呀。"真不知他们是从何而言。

我表现出的是轻松快活的。我活了几十年，除了小时候，妈妈想到给我过生日外，我自己从未想到过生日，妈妈曾说过："儿的生日，娘的苦日。"真的，一般人过生日，很少想到此时正是当母亲的最痛苦的分娩之时。没想到，女儿兴趣所至，咋咋呼呼要给我这个老爸过生日。

女儿说："我看看爸爸生日是什么时间？给爸爸好好过个生日。"

我说："你查吧，爸爸的生日按照阴历是四月二十二，按阳历是什么时间？"

女儿去翻日历，查到了阳历是六月一日。

"爸爸的生日是六一儿童节！这个日子好记，每年过六一儿童节时也给爸爸过生日。"女儿逗乐。

"今年是六月一日，明年就不一定了，按阴历算不会总是一天的。"

女儿一挑头，吴玉娟也当了真，买过生日的蛋糕。

我向来讨厌形式上的东西，此时却不反对像模像样地过一次生日。到了这一天，碰巧吴玉娟大哥的女儿、大姐的女儿也来昌吉，增加了生日的气氛。大圆桌子搬到小客厅中，做了一桌子菜（当然还得我自己做）。

女儿说："过生日，一岁一个蜡烛，爸爸要插四十五支蜡烛。"

我说："那还不把蛋糕插成马蜂窝了。插上几个，象征性当个样子得啦。"

于是蛋糕上插了四支大红蜡烛。点着。我模仿别人的样子，噗、噗，吹灭了烛火，变成了一道道青蓝的烟。

拿去蜡烛，开始切蛋糕。由我掌刀。我切蛋糕，女儿、夫人、外甥女们唱起了《生日歌》，我也跟着唱："祝你生日快乐！……祝你生日快乐！"

我一点也不快乐。我不知道生日为什么要快乐？我装作快乐，把切开的蛋糕分给大家。当我吃蛋糕时，女儿给我照相，我有意做出大口吞吃蛋糕的滑稽相，被照了下来。我当时有一种怪想法：我这是做给女儿看的。后来看了洗出来的彩照，自己削瘦得像只蜥蜴，饥饿地吞吃刀上的蛋糕；我又一次想：我给女儿留下了这个样子，让她以后（指我不在人世后）翻看相集时有这可笑的一幕。

刚刚回到局里，便有事找上门来，星海广告公司的李宁来找我，说有件事，需要广告协会出面，凭他个人已经无能为力了。我问是怎么回事？

李宁说昌吉州成立四十周年大庆，把清理户外广告、美化市容的事交给了市建委下的市容监察大队。市容监察大队下了一个通知，要求所有户外广告牌都到他那儿重新登记，每平方米交纳七十到九十元的场地占用费，如不交款，不予发证，作为非法经营处理。

李宁算了一笔账，昌吉市的路牌广告百分八十是他经营。他当初起步，昌吉市还没有路牌广告，第一家经营，形成规模。现在每平方米收七十到九十元钱，而一平方米的纯收入一年也就一百元钱。昌吉的广告不景气，开始起步都是赔本经营、优惠政策，目的是造成气氛，靠以后增强意识发展，慢慢回收。如果每平方米这么收钱，路牌广告没法经营了，只好破产。

我听了陡然生起一股怒气："你没找着说说？"

李宁道："找了，我能不找吗。我去找了，什么话没说，低声下气，就差当孙子了。我说你们不就是要钱吗，能不能少要点？或者路牌广告作为我与你们联合经营也行，赚了钱，给你们一半也行，可人家就这都不答应，一分钱不能少。我实在没办法，找到市工商局的肖兰，肖兰说这事管不了，市容大队收费经过市物价科批准，人家是合法的，她也没办法。这不，我找你来了，广告协会不管，是干啥吃的，还相信什么！"

李宁说话时不注意，很冲，但我并不介意，他能干事业，就让人敬佩。李宁也就三十多岁，瘦瘦的，精明强干，一幅文化人的长相，在昌吉最早搞的广告事业，视广告事业为生命。我从认识他起就觉得他是个干事业的人，很佩服他，也一直支持他的工作。

"我实在走投无路了，才来找你，你这儿再不解决，我就只有破产了。"李宁说得挺惨。

我说："怎么不管，这是广告协会的事，不管行吗？正好我不干公司了，回来了，可以有时间干了。"

我把情况给主管业务的赵副局长汇报了，赵副局长也很气，指示我先把事情调查清楚，召开有关方面的人开会，研究解决方法。

我首先去找市容监察大队，心里充满了一种愤愤，我想起为了追牛款，追羊皮款，受尽屈辱，低声下气当孙子的样子。是的，那会儿我被人捏在手里，我的特长也发挥不出来，受尽了气，现在该我用权了。我被人捏住没办法，我现在怕谁？为什么不大胆地把自己应有的权用足，谁又能把我怎么样？我似乎带着一种报复心理以及对这个社会尔虞我诈、私欲横流的反击心理去找人。

市容监察大队的队长是个年轻人，高个子，长得帅气，我大约也认识他。

我说明身份，说明来意，韩队长也不敢怠慢——在这儿我是有身份的，或者说我的工商局的身份不容他怠慢。

我心平气和地跟他讲道理，拿出《广告经营管理条例细则》让他看，定价要有工商局参加。

他说，市政府组织开过会，市工商局也参加了，同意市容监察大队牵头，市工商局也同意。

我不紧不慢地"将"他的"军"，我有足够的道理可与他争辩，我要扯出这个"以权谋私，乱收费"来。果然，我了解到他们下边也搞了个公司，要帮公司创收。收取的所谓每平方米七十到九十元的占地费就是由公司开收据，交给公司的，作为创收的收入。我像一个精明的医生，用手术刀解剖一般，把解剖对象看得一清二楚，这可不是我自己做生意，一笔糊涂账。

我又去找市政府的物价科。原有的物价局砍掉了，合并到工商局，留下物价科（后来又恢复了）。物价科有个高胖小伙子，挺随和。我拿出李宁提供的批的收费表。

小伙子坦率地说："这是我批的，就是我办的。"

我问："你定的每方平方米收七十到九十元的占地使用费，依据是什么？调查过了吗？"

小伙子倒实在："没有，市容大队报来，说收个费，我看了也就批了。"

我又搬出广告条例应由工商、物价、城建共同商量，而且是工商牵头。

小伙子说他没看过这个条例，不清楚。我给他讲了，收这么高的费，广告单位没法经营，现已引起告状，他有点尴尬。

我又到州物价局，找到管事的，拿出市物价科批的文件——那只是在市容大队的报告上批了一行字。州物价局对市物价科随意批的这个文件显然很不满，他说："市容大队的报告我这也有一份。"说着从桌子的左上角的一叠材料中很快找了出来，"我看了，没批。压在这儿。市物价科怎么批了？他们是一个科，根本没有批物价的权力。"

我的内心明朗起来，我的努力是有道理的，没有白费。

于是向赵副局长汇报，赵副局长非常认真，而且马上找出解决问题的办法，与州物价局商量，在州物价局会议室召开由州工商局、州物价局、市工商局、市物价科、市容大队五家联席协商会议。会议上由州物价局明确宣布：市物价科批的关于户外路牌广告收费不成立。一、市物价科没有批准的权力；二、没有此收费项目。对于收费的新的立项，州物价局说他们都没有权力，还得报自治区物价局批准。

这个看似已经没法翻的"案子"，终于翻了过来。在这里，我得感谢赵副局长，赵副局长真是有一种为企业着想，努力扶植企业发展的服务精神。在这里，我也得感谢我自己，我也算有良知，也憋了劲要把一种公正找回来。

可是，事后李宁又遇到倒霉的事，不知哪儿冒出来的公路管理站，稀里哗啦把位于市转盘中心、四个角的所有挂在栏杆上的路牌广告全装车收走了，像一个穿衣裳的人突然被剥光了，只剩下赤裸的骨架。我又得找到靠近乌市路边的公路管理站。一个瘦小的维吾尔族年轻人说按照公路管理规定，公路两边十二米不得有广告牌，说广告牌影响司机的视野，容易出事故。是他下命令找车，把广告牌全卸掉、拉走的。我又给赵副局长汇报情况，赵副局长又是生气，联系到市政府。由市政府出面，把公路管理站的维吾尔族小伙子请来，告诉他，昌吉州四十年大庆，正做着美化城市、宣传企业的事，而位于市中心的十字路口的护栏广告也起着这样的作用。虽然那条路是从乌市到北疆的主道，但也是昌吉市城市中心的主街道。你那个十二米的规定在这儿应用得不对，在这儿怎么能路边十二米不挂广告牌，还是把所收走的护栏广告牌拿回来，不要影响庆祝州四十年大庆的活动。那小伙子发现事情有点闹大了，政府都出面干涉了，同意退还广告牌。

李宁找车把广告牌都拉了回来，但是广告牌一折叠、一压，百分之八十都不能用了。——就因为那么一个人的灵机一动，自以为干了件有功的事，利用那么一点权，一胡整，一个企业就得完蛋！企业并不是因为它自己有什么错而垮台，而是因为行政执法部门的错误而吞食苦果。

李宁也算有头脑、有思维，他后来不再搞护栏广告，而找到一个机遇，在往乌市的路边一个单位的一道长长的外墙上做广告，他承包了那道墙。而后来，他也终于实现了想搞派送信息的构想，办了新疆第一家派送信息的广告报纸，再以后，又在四川的几个地区搞了派送信息。……在市场经济中立住了脚，形成了有规模的企业。

李宁后来告诉我，他跟韩队长后来也成了朋友，韩队长对他说，没想到他在那种打击下，居然又站了起来，他以为他会一蹶不振呢，对他很是佩服。

我接着遇到一件事更是令人无奈——新疆突然兴起了养殖海狸鼠热。从乌市开始，通过报纸、电视、广播大做广告，连篇累牍地专题报道，声称养殖海狸鼠会快速致富，把那个灰不出出的小东西吹得神乎其神，"国际市场公认的动物软黄金"，被养殖界誉为"致富头号状元"。养殖海狸鼠热很快从乌市漫延到昌吉、奎屯、巴州、伊犁、塔城等地，而且纷纷办了执照，敲锣打鼓庆祝开张营业。有的地方政府官员上门表示祝贺。生活在西部边疆的人仿佛又得到了一条摆脱贫困、快速致富的捷径。一些养殖场信誓旦旦大签养殖合同，高价出售种鼠，高价回收仔鼠，保证致富。而且还真有一则报道，记者跟着一个养殖场主到五家渠回收高价出售种鼠下的仔鼠，按照合同当面回收，当面付款，而且声称不会欺骗养殖户，以后有多少回收多少，很是有宣传的诱惑力。

我一开始就觉得这是个骗局。我在工商部门工作，知道类似的骗局很多，十年前一场行骗全国的养蚯蚓快速致富使多少人上当受骗，花几千元买一窝没人要的蚯蚓，再不见有什么回收。昌吉州奇台县受骗的群众曾集体向政府告状，其愤怒之情可见一斑。而曾在新疆行骗过的养长毛兔、养乌骨鸡、养绿毛龟、养地鳖虫等等都大同小异，就是高价出售种兔、种鸡、种虫什么的，答应回收仔兔、鸡蛋、小虫什么的，到时他又不回收了，卷款逃跑⋯⋯这次的养海狸鼠与以往有什么不同？

我看了一份材料，是说内地养殖海狸鼠已经造成众多的行骗案件，包括为新疆提供海狸鼠种的四川都陷入一片打官司、解决经济纠纷之中，要求法院敞开大门，受理海狸鼠的纠纷。而《中国法制报》一九九四年十一月十九日"一个神话的破灭"更是分析了养殖海狸鼠为什么会热起来的原因：

一是有些操纵者蛊惑人心的宣传；

二是传媒机关片面报道带来的负效应；

三是有关管理机关对这种活动缺乏必要的监督；

四是广大养殖户不成熟和幼稚所致，为什么只听宣传而没有人去打听过到底市场如何就盲目相信养殖场的宣传广告。

⋯⋯

可是就在《中国法制报》宣布"一个神话的破灭"时，新疆正把养殖海狸鼠吹得云三雾四，正在欺骗众多的人上当。

我又有了一种忧愤。

一九九四年底，在石河子办的新疆北疆片《广告法》培训班上，我跟一位上级领导谈到养殖海狸鼠的宣传完全是个骗局，看能不能搞个新闻发布会，明确指出这是个骗局，在全疆制止宣传，提醒百姓不要上当受骗。

领导感到难度很大，新闻媒体通过广告宣传，正增加收入，而我说的所谓骗局并没有发生，你怎么能够公开地、全面地制止这种行为。

我突然感到搞行政管理这种工作的一种软弱、无能。倒也是，电视、报纸、广播正鼓吹养殖海狸鼠快速致富的神话，怎么可能突然让你去宣布——这是个骗局，应马上制止。他们谁会这么做？可你要宣布这事，也只有通过新闻媒体，它卡住了，你有什么办法？另外，在疆内搞海狸鼠养殖的，基本都办照经营，按照广告审查要求证件是合法的，只能对广告中的不实之词进行限制（实际上也做不到），连广告中说的签合同、保证回收也不能定为虚假而予以制止。

那么，剩下的只有等待，等待欺骗行为的发生——这好像看一个人爬山，山那边是悬崖峭壁，你没法告诉他危险，只能眼睁睁地看他往上爬，一直爬到山顶，一直看着他从悬崖上掉下去摔死，然后告诉世人：那山爬上去是要摔死的。

有时候真感到一种无奈，如果你不知道，浑浑噩噩，倒也罢了；如果你清清醒醒，明明白白，却无力去阻止就成了一种悲哀。终于等到这一天，新疆媒体开始报道养殖海狸鼠受骗上当的消息。电视上出现了人去楼空的画面，出现了空荡荡没有了一只海狸鼠的冰冷的水泥地面……新闻媒体收取了广告费没什么损失，政府官员们费了些唾沫也没受什么损失，受损失的是那些上当受骗的老百姓，不知又把多少积攒下的血汗钱搁了进去。

我也没受什么损失。令我苦笑的是，时过境迁后，领导称我"有超前意识"。

我感到惶惑，也许自古到今的历代王朝政府也是这样的？从来没有什么管理到位的事。都在不能不管，管又管不到位，但还是得管，就在这种矛盾中走过来了？历史也就这么发展过来了？我对我当个公务员真正实质性的能干些什么有了怀疑，准确地说，我对自己把生命押在这上是否有意义产生了怀疑。这个工作是有意义的，你不做会有人去做，也需要有人去做，但对于你认为的生命的意义标准是不是就是一种浪费和牺牲？

这件事在市场经济中不过是无数插曲的一个小小的插曲，对我却留下了深刻的印象，使我对要在这个行当奉献一切有了怀疑，也使我萌生了退意，不想再吃这碗饭。

七十九

我知道不搞公司后，我又得要回到桌子上去爬纸格子。可是我不想爬。我的这种心态有点像我小时候听人讲的一个生活常识：有的猫喜欢吃小鸡。要想不让猫吃鸡，只有一个办法，把猫抓住，把鸡毛点着，放在猫鼻子跟前，让它闻烧鸡毛的煳臭味，不闻也得闻，以后猫一闻见鸡的味，跑得远远的，再不想吃鸡。我就像那只猫，我绕着、躲着，怎么也不想再去碰那鸡——我想写的东西。

我跑到棋牌摊上去下围棋。

在下围棋的人中，我是年龄最大的。我认识许多的年轻人。所有下围棋的人都一律平等，没有高低贵贱之分。大家都无所求，高高兴兴地只是下棋，是人世间一块最纯洁的领域。

黑白世界，纹枰对弈，有无穷的乐趣。

我就这么乐呵呵傻乎乎地活吧。

我喝醉酒的次数也多了——但绝对不是什么借酒消愁。我与同事、朋友喝酒都是高兴的，只不过我的酒量不行，人家没事我却醉了。

女儿最最怕我喝酒，总是提心吊胆。我一与朋友聚会，女儿便幽幽地望着我："不去不行吗？"

"不去怎么能行，噢，朋友们在一块儿，就我不去……"

"唉——！"女儿无可奈何地叹气，"去了别喝酒。"

"不喝酒是不可能的，注意点，少喝就是了。"我讲得头头是道，蛮辩证唯物的。

"哼，你一喝就管不住了，唉，他们非要你喝，你只喝一杯。"

我知道我此时一准板起脸："要是喝一杯也醉了呢？我自己掌握就是了。"

"爸，你没看你喝醉的样子，要是有录像机，我真想录下来，让你自己看看。你那么瘦，跟别人不一样，人家喝了没事，你一喝就醉。"

"这次保证不喝醉。"我近乎嬉皮笑脸。

"唉，说你也不听。"女儿像个小大人无可奈何地叹气。

不论我何时回家，出来开门的总是女儿，而她的第一句总是："爸，你没喝醉吧？"她直直地望着我，判断我是否喝醉了。

"没醉。"我似乎得意地坦诚回答。

"真的没醉？"女儿似乎永远不相信，歪着脸，抬起眼睛，往前探头，更加仔细地观察。

"真的没醉。"

"没醉就好，唉，这下我放心了。"

我知道女儿为什么等我，我每次喝醉了，都是女儿照料我，打扫吐的酒垢，给我擦嘴擦脸……我也养成了潜意识，一喝醉酒回家，往床上一躺，就叫女儿。

"爸，我在这儿。"女儿的细长的手指抓住我的手，表示她在我跟前。

"别……别离开我，别……别走！"

"我在呢。"我感到有湿凉的毛巾通过柔柔的小手擦我的手、嘴、脸、额头，又凉又舒服，又有凉水端到嘴边，"漱漱口吧。"女儿十分周到地伺候……

吴玉娟没女儿那种细腻的感情，把伺候我的事推给女儿，只会嘴巴上说好听的话："瞧，尕妮，多么心疼爸爸！多心细！尕妮真是爸爸的好女儿！"

我一醉就得躺倒一二天，头晕。我这个人不怕头疼，就怕头晕。我发现，人不喝酒，还看不出体质的差别，一喝了酒，体质上的巨大差异就显出来了。有的人，头天喝酒喝得再醉，睡上一觉，第二天爬起来，什么事都没有。我就不行，头天喝醉，第二天起反应。

每喝醉一次，如大病一场；每酒醒一次，如大病初愈，又格外地感到生活的可爱和美好。

我想消沉，我躲着不去爬纸格子，可是我躲得过去吗？我的生命已经变得孤注一掷。我像一只珍珠贝，从自己珍珠层分泌黏液，做了一个极小的珠核，然后用柔软的身体保护着它，用珍珠液把它一层层地加厚，那硬硬的珍珠硌着我的腰，使我生存的每时每刻都不舒服，可是我的生命意义又在于使那颗珍珠越长越大，直到它被人发现，实现它的价值。

我万般无奈地又被逼回到桌子前，重操旧业——写那已经被搁置了两年的东西。

此时，张志兵已出了狱，正生活在远远的塔城。

我已经写到了他的入狱，再写，就是写他在塔里木的劳改生活和出狱后的东山再起，此稿就算圆满了。

一九九三年我去额敏县拖公司被搁置的小车时，到塔城的张志兵家住了几天，准备彻底了解了解他的塔里木生活。也许是我过于敏感，我发现，当谈到塔里木时张志兵很少能兴奋起来，我问点什么，他回答点什么。英英好像不愿意提塔里木的事，她没表露什么，是我感觉到的。我忽然悟到，同这对充满了精神伤痕和生活伤痕的人若无其事地大谈塔里木是多么不合时宜。也许是我问起，他们才谈，换个别人，他们会明确地表示出不愿谈那段历史的，情有可原。

即使这样，我也得到了我永远无法编造出在精彩片段，张志兵提起了他在塔里木的一段经历，是真是假，我是无法判断核实的。"人家说我是塔里木的许云峰。"他唯一充满激情的夸耀。

这个比喻显然并不恰当，许云峰是长篇小说《红岩》中的英雄，在敌人重庆的磁子洞、白公馆中，受到百般拷打，威武不屈，从容就义，张志兵怎么这么比？

事情是这样的，张志兵大约因为表现好，受到重视，荣升为连里食堂的班头。一天，十三个北京的劳改犯下了班，有八个先到食堂打饭，张志兵说："你们十三个人的饭干脆一块儿打了。"给打了十三份饭。后来五个下班的人又来打饭，张说："你们的饭已经给一块儿打完了。"五个人说："没有，不知道，没打什么饭。"

张志兵说："打啦。"

五个人说："没打。"

双方吵了起来，越吵越凶，北京犯人火了，冲过了隔离，双方大打出手。

事后，连里新来的连长把张志兵叫到一间房子里，七八个人对他进行审讯，硬说这个打架是他策划、挑起的。张志兵不承认。新来的连长指挥七八个人用电警棍打他，让他招认，他就是不承认。一直斗了两个多小时，其中一个参加审讯的人也看不下去了，偷偷跑出来，跑到另一个连，叫回了原来的老连长。老连长火了，领了一帮子过来，双方吵了起来，把抢都拔了出来，差点打起来。

"那为什么叫你许云峰呢？"

"队上的人都服了我，七根电警棍把我打得血都吐出来了。我实在受不了了，一头撞向火墙，老土块火墙，也不结实，火墙塌了，多少年积的烟灰噗地冒出来，我满头满脸都是灰，头也碰破了，血也流下来了；其实也没流多少血，只是血和灰都在一起，看起来吓人。你没见，当时用抬把子把我抬出来时，所有的犯人都肃然起敬。连我的对手，北京犯人都服了。"

"为什么？"

"北京犯人自以为来自大城市，看不起新疆人，说什么新疆狼？是新疆羊！北京人才是狼。这么一闹倒好了，北京犯人成了朋友，我认识的一个，是北京一个大作家的孙子，关系挺好。"

"那新连长为什么会收拾你？"

"连队互相换人，老连长调走后，新来的连长认为我是老连长的人，想找岔子收拾我。"

"那这事的结果呢？不管吗？"

"怎么不管，就是从我那以后，塔里木下了文件，指示不许打犯人，把小子又调走了。"

——后来有一次，张志兵跟我说了实话，他就是给北京犯人少打了五个人的饭，就是要打这一架，就是要证明新疆人才是狼。——你说说我的这个老朋友，他都什么岁数了，身处在什么环境，竟然为是不是狼打那一架，值得吗?!他的脑子怎么就那么简单、那么天真！唉!

……

张志兵的这些经历使我深深地震惊，他讲得轻松还带点自豪，可想想几根电警棍往身上捅时是什么滋味！我相信他不会编造。我曾把他的这段经历，当然也包括他的其他最具故事情节的经历讲给别人听，闻者无不为之动容。但越是如此，我越感到驾驭题材的困难，浓缩可能吸引人，一细写就存在无法克服的障碍。就拿张志兵讲的这段，我无法写出他所认识的老连长的具体的人，他们之间有什么细微的感情；我也无法写出他的日常生活起居；与北京人的种种纠葛；特别是我无法了解他在那种环境中的心理状态；我无法让他给我描绘出来，也无法以我的心态去推敲，还是那句话：没有典型环境，典型细节，书从何来！

张志兵回塔城后的经历我也无法把握，我已离开了塔城，关于他回塔城后的所作所为也只能道听途说。

但我知道一点：张志兵必须东山再起，否则他所受的所有的苦难都没了意义。对别人来说，可以变得默默无闻，对他来说不行。他起不来，他便不是张志兵。我们这些朋友也是用这把苛求的尺子衡量他。

但是怎么做？只有天知道！

我原来曾想过他开个饭馆什么的，他会做饭，先从小打小闹起步——虽然从内心认为这种起步是太小了，却也想不出什么别的好路子。

没想到他一起步就开始做边贸生意。此时的塔城已非同往常，成了新疆对外开放口岸。塔城的对面已不再是什么苏联，而是哈萨克斯坦。战争的阴影是彻底没有了，代之而起的是红红火火地做生意。一批批的老毛子（改不了的称呼）到塔城来，满街采购货物。这边的人也跑过去做生意，他便是其中的一个。

刘大侠嘲笑张志兵没见过钱，开起张志兵的一个玩笑："张志兵背着一麻袋钱回到家，把钱往床上一倒，哗啦，满满的一床，双手在钱堆里挖抓，对英英说：老婆子，看！这就是钱！二十万（货款）！开开眼！你见过这么多钱吗？哈哈哈——"

我表面上跟着笑，心里却笑不出来，我没忘记，他为了一万多元钱被判了八年！能见到那么多钱，其心里是怎样的感觉，猜也能猜出个一二。

我问张志兵有没有这回事，他笑笑："呸，哪有那回事，刘大侠糟蹋我呢。"不过，我倒希望有这个生活的细节——它太形象太动人了！

张志兵开始发胖了，变得虎背熊腰，脾气比原来躁烈多了。英英说他动不动吵架，瞪眼睛。又说他心脏不好，在塔里木让电警棍打的。我感到他越来越我行我素，越来越像一只成熟的老狼。

我能跟他开的玩笑就是："你赔了六万多，我也赔了六万多，我们连倒霉的数字都一样，真是天生的缘分。"

张志兵告诉我，他要吸取以往的教训，跟公家的钱一分也不沾边，一分钱也不借，一分款不用。他承包了一个公司，白手起家，不要公家的一分钱。

张志兵赶上了好时候、好机遇，而他受过的磨难全成了他的新的搏斗的不可多得的经验财富。从这点来说，他说他对走过的路"无怨无悔"，包括在塔里木。

英英笑话他是"长不大的老青年"，说他"一看那些老电视剧，就眼泪汪汪"。我听了却有一种欣慰感。我原来总在猜想他经过那番曲折不知会变成什么样的心态，没想到他还是没有失去他的基本的东西！——我说不上我为什么总是过于关心人的政治思想，计较这些东西？

一次喝了酒，谈遍了天下大事，他对我说他信马列，我差点哭喽！

……

我又一次搁了笔，陷入长长的苦苦的思考之中。

我发现，我似乎永远在犯最基本的原始的错误，被困于迷途而转圈圈。关于如何写作，我牢牢记住巴金老人的一句至理名言："写你熟悉的东西。"我觉得我是在照着巴金老人说的去做的，多年来，我认为我除自己外，最熟悉的是张志兵了。二十多年来，我像雷达一般追踪着他，我对于他的描写几乎跟他的行为同步，也就是说，我几乎不用编造任何情节，他怎么做，我怎么写，我曾那么自信能把他这个人物写好，写了一遍又一遍，每一遍都是几十万字。

就在女儿给我过生日的那个晚上，我写完了书名为《残狼》的最后一个字，时间为一九九四年六月一日。此稿之前停在一九九一年，也就是我差点烧掉的稿子。搞了两年多公司回到局里，我不得不提起精神，把此稿写完了。

我翻着这部用铅笔写着密密麻麻的潦草小字的稿子，心情沉重。我大略计算了一下，约有四十多万字。我在继续写此稿时就动了心思，只写到主人公锒铛入狱，送到劳改农场……以后的事我无法再写了，在农场的表现如何，出来后又如何做生意的，我真的写不成了，因为我无法了解经历的细节，无法了解他的内心世界……况且一部书总有写完的时候。我觉得通过几稿的写作，这部小说的人物设置、人物关系已基本完整，对主人公的刻画也很充分，书中虽然也虚构了一些情节，但基本上能按照主人公的思想、行为方式表现出来，这应该是一部完整的书。

我拿起厚厚的第三遍手稿，又认真仔细地翻了一遍，我得承认——它还是失败的！

在我写的这部手稿中，为了突出主人公，也就是现实中的张志兵，我把有关描写我的部分进一步压缩，凡是与主人公无关紧要的情节全部删掉，我觉得书中的情节显得更紧凑了。……可是为什么我的书还是描写事情的过程太多，缺乏细节的描写，为什么细不起来？说到底，我发现，我还是对别人不熟悉。我不熟悉别人思想深处的东西，不熟悉别人刹那间的细微之处。……我不是有才气的写作者，我真佩服那些能写出各种各样性格人物的作家，甚至能写出古人具体思想行为的作家。啊，才气，我太缺才气了！我竟然不能推敲出别人的思想感情来，我只知道自己的思想感情。如果按巴金老人说的"写你熟悉的东西"，我就只剩下熟悉自己了。

莫非，我真的只剩下写自己一条路了？细细想起来，我的生活经历也够坎坷曲折的；我的性格也有一定的社会典型性；我的人生，正好是经历了从解放到现在五十年的里程，我也基本置身于五十年中所有的重大的历史变化事件中；特别是我认为自己是个富于思索的人，我经历了所有的重大历史事件而引起思想矛盾和痛苦，我经历了我们这一代人的"左"的思想的形成过程和克服

"左"的漫长而曲折的道路，我想，我如果能把自己写出来，让后来人看了，不管对我们这代人的评价如何，起码会说："哦，他们是那样思想、生活的。"

按说，能写自己不是一件露脸的事吗？我却心情沮丧、绝望！我可以在书稿中写到我自己或找到我自己的影子，却从未想过把自己当作书中的主角。我总是被别人的人生、性格所感动，激发出创作的欲望。我想写当初塔城火烧沙俄贸易圈（被两国称之为"唯一"的外交事件）；我想写塔城老华侨从东北到新疆的经历；我想写我认识的一个被打成"右派"的人的不幸命运；我想写吴玉娟给我讲的大学一个女生的怪异；我想写李强给我讲的他们宣传队一个搞作曲的狂烈的个性；我想写一个画家妻子不愿接受第三者插足而自杀的悲剧；我想写十二个从农村招的模特被现代生活腐化的故事……可我至今谁也没写出来。我才思浅、笔力弱，消耗了几十年的岁月，多么可怜可悲！当我想到我只剩下写自己时——我想哭！

可是，在一通深深的反思之后，我不得不痛下决心，原来写的全部作废，还得另起炉灶，重新打鼓另开张，以我为主角，写一部书。啊，写了二十年，仿佛已乘着马车慢慢向目的地驶去，谁知却被抛了下来，车不在了，我被搁置在茫茫的荒野上，一切还得重新开始。而且，书中的主角一变，那味道、意境也全变了。

——我别无选择，在我四十六岁时，还得"而今迈步从头越"。

第二十一章

总算出了一本书，却是反映环境保护的童话集……我岂是只出一本书的人，又出第二本反映环保的童话集……当年的回归山林找到了积极意义

八十

在我动笔写自己的同时，我又复苏了另一种写作的兴趣……那就是写反映环境保护的童话。

说来话长，我在七几年时就开始写童话，零零星星地在《塔城报》上发表。我怎么会有这种童心，连我自己也莫名其妙。按说我的性格比较悲观消沉，而且因为家庭不幸，过早地老气横秋；偏偏我喜欢写些小童话，纯洁而稚气的童话，讲些浅显的教育儿童的道理。

我把童话当成副业，一种偶有所感而抒发一下的形式，我从未想到能在童话上搞出什么名堂。

调到昌吉州工商局后，我看到了一份报纸《中国环境报》。报纸是环保局掏钱给有关部门订的，其用意在于提高有关部门的环保意识。

工商局与环保局有一些业务上的联系，比如，一个企业有无污染的问题，必须先经过环保局的评估，没有许可不能办执照。再有，在保护野生动物方面，也有与环保、公安、林业等互相配合，共同查处的责任。

报纸扔在办公桌上，也说不上是给哪个科的，办公室发报纸一会送到这个科，一会儿送到那个科，大伙儿看过也就看过了。我开始也未过多留意，看了

一段时间，心中萌动了一种感情，善于多思多虑的性格使我开始为野生动物的被残忍杀害而愤然不平；为树木的被乱砍滥伐而愤然不平；为人的各种污染而造成生存环境的恶化而愤然不平……我开始关心起环境保护来，有意识地收集《环境报》——这倒是没有任何人与我争的报纸。受到一种朦胧的意念的驱使，我平生第一次想剪贴报纸，把认为有用的文章、报道剪贴起来。《中国环境报》每期介绍一种动物，约几百字，还配有该动物的图画，令人十分喜爱，我都精心地剪贴起来。渐渐地竟贴了一大本。有一次，我在报纸上读了一个小童话，是写一条小金鱼如何战胜污染的——一股污水张牙舞爪地冲过来，小金鱼举着红缨枪冲上去，又冲下来，又勇敢地冲上去，终于把污水打退了。这是个很单纯幼稚的童话。用一只小金鱼来战胜污染是多么的不现实。给我留下印象的是，在这篇短小的童话前，竟然还加了编者按语，是说准备试探着用童话反映环保问题，准备继续以小金鱼为主角写下去，后来却再未发现续篇，显然，小金鱼是战胜不了污水，解决不了巨大的污染问题的。我举出这个小小的童话，是因为我已经在写有关环保的童话了，已经初步设计了一个大熊猫和一只金丝猴为主角，以他俩搞一系列童话。看了小金鱼，使我有了一种感觉，用童话反映环境保护是一条值得探索的路子。

从一九八七年动笔写反映环保的童话，在纸上划拉来划拉去，一直找不到感觉，直到一九九〇年突然开了窍。那年，一九八九年后，全国又走入了稳定。北京正万众一心，充满激情地办亚运会，其大起大落令人不可思议。这时州上对一些大企业派驻稳定大局工作组。时间是一年。局里派我参加工作组，进驻头屯河的水泥厂。工作组一共四个人。两个是州直单位的领导，我和一个刚从北京毕业回来、分配在检察院的女大学生迪丽是组员。

派工作组只是一种形式，中国形式上的东西太多，但也没办法。工人们都紧紧张张地按部就班地忙生产，经理们每天忙着研究生产，没有什么稳定不稳定的事。两位州直单位的领导又有自己单位的事，不长驻厂里。就是到厂里参加什么领导班子的会议，也没我和迪丽的事，级别不够。但我们两个组员必须每天在厂子。我唯一干成的一件事就是水泥厂新建一个白水泥厂，属合资企业，合资企业的执照必须由国家工商局审批，正好我是工商局的，工作组和厂里决定让我跑一趟北京，我飞机去飞机回（第一次坐飞机），等了一个星期，拿回了批件。

每天骑自行车到水泥厂去上班，却又无事可做。厂里的刘经理把我安排在厂办公室，给我一张桌子，每天喝茶、看报纸。我又开始有了那种荒废时光、虚度生命的焦虑不安。我不应该被这种形式拘束下去，浪费生命。我发现办公楼的三楼有间工会活动室，空空的，很少用。三楼很少上人，静静的，可以清楚地听见水泥厂机器的轰隆隆的响声。我提出来，每天在三楼活动室上班，厂子里有什么事只管叫我，没事我待着。

刘经理有点过意不去："这样多不好，还是在办公室……"

"不不，"我说，"咱们不拘形式，我真的不在乎，我想写点东西。"

于是，意外地有了一个安静写作的空间，这可是原来参加工作组没想到的。

我每天到厂子上班，便直接上三楼，在空荡荡的活动室里占据一张桌子，擦掉桌子上的细细的水泥灰尘（是从窗户缝钻进来的），一个人静静地写，把平日想写的、顾不上写的，一行行、一页页地用铅笔写出来。

我写了一篇《三个狐仙》的中篇童话。在《聊斋》里，狐狸精大都是善良而美丽的，这正与我想把动物写得美好，唤起人对动物的爱和保护相一致。细想想，天下的动物对人怎么了？不是人在残害动物们吗！所以，我努力把三个小狐狸写得很美，用《红楼梦》那种略带华丽的语句写。还有一点，不知是不是我独有的感悟，我要在童话中写出人的个性——像文学中注重塑造个性一样，于是有了这样一篇童话：

翠云山（作为环境优美纯净的象征）有三个小狐仙，一个是白色，雪白雪白的，名字叫雪娜；一个是黑色，漆黑漆黑的，名字叫黑妮；一个是赤色，火红火红的，名字叫红姑。三个小狐仙住在山顶一个奇妙的洞中，亲亲热热，形影不离。

可是这种自然的和谐被人打破了。人们进山采石炼矿，炼矿的毒烟使花木凋零、鸟兽受害（破坏大自然，污染大自然）。小狐仙们奋起与这种破坏抗争。红姑为制止炼矿，投身火中，炸毁炼矿炉，与炼矿的老板（破坏自然的恶势力的代表）同归于尽。雪娜为了阻止人们再次进山炼矿，到镇上给想进山的人托梦，警告。由此引起了一个叫崔刚的人的关注，崔刚潜入山上，用毒箭射杀了美丽而刚烈的雪娜，目的是为了得到狐狸皮（一个残杀野生动物的恶势力代表）。黑妮侥幸逃生，混入人间，当了一个环保工作人员，她性格温和，也知道无法用激烈的手段向人进行报复（反映出整个动物界的被动的无可奈何的现状）。她只能乞求于提高人的环保意识，与其从根本上解决问题（也只能如此）。

我写《三个狐仙》时，充满了一种灵感，一种灵空的、自然的、泉涌般的激情。当我写到红姑准备下山，以自己的生命阻止人的破坏，与雪娜、黑妮在松月泉边生死离别的情景，我突然被自己写的童话中的人物感动了，我悄悄地哭了，泪水夺眶而出，顺着脸颊缓缓地往下流，我静静地坐着，一动也不动……

在此之前，我也写了一些反映环境保护的童话，曾把最先写的《大熊猫强强游历记》和《贝贝鼠穴历险记》两个中篇整理出来，去找好朋友李强，他是《新疆艺术》的编辑，跟文艺界的人熟。他给我联系到新疆青少年出版社，领我见了该社的一个编辑，稿子放下。我再去见编辑时，他说稿子看了，还可以。在新疆搞童话的作者少，童话属冷门。编辑挺热心，说："五万字的童话，再加上点插图，出个小册子，哪怕出版社再贴上点也行。"

我第一次感到太阳冒出了地平线，把我阴沉的世界照出了一线光明。

我开始抑制不住内心的冲动，在单位上说我准备出书了！

虽说昌吉离乌市只有三十五公里，交通还是不方便，我把与编辑联系的事交给了刘孝华，有些事让他帮忙去跑。

据他告诉我，编辑说出版社要出的书太多，第一次讨论，把五十多部压缩到三十多部，我的童话仍在其内；第二次又压缩到二十多部，我的书竟然仍未被砍掉——就这一点也够我荣耀一番了。

后来，刘孝华打来电话，告诉我，出版社让我先交两千元印刷费才给出书。

两千元！在我眼里像一个天文数字。按照传统思维，我还难以接受自己掏钱出书的概念，我认为，我只需要拿点稿费，出书仍是出版社的事。我含含糊糊，舍不得掏钱，出小册子的事也就搁下了——我失去了一个很好的机会。一切机会都是方向，如果我抓住机会，以后的命运也许会是另一个样子。后来出书还不是自费，何止两千，一两万都花了。不久，那个编辑调到别的杂志社去了。又听李强讲，青少年出版社改组，从新疆人民出版社调进了一批人。后来，我的书稿被退回来，这已是意料中的事了。

兴致勃勃的童话写作就此偃旗息鼓。

当我不搞公司，动笔写自传体的长篇小说时，又拾起了童话的写作。

八十一

一般人出短篇集子，大都是文章先发表，发表的数量多了，再编辑成集，我欲走这条路却走不通。我觉得我写的东西与别人不一样，我的这种写法编辑们未必接受。我说的是真的，我写了一篇《魔袋》，不知应算荒诞，还是魔幻，写的是世界上突然出现了一只能变大变小的口袋，吞吃各种动物、植物……引起世界的恐慌。最后证明"魔袋"是由人的胃组成。实际上是想反映人口过剩，过多地消耗地球上的自然资源，只不过没有直说出来，采取了一种逆向的写法。

我把小说寄给在《中国西部文学》当编辑的董为清。稿子自然退了回来。董为清认为这是一篇科学幻想类型的荒诞小说，但内涵很深刻：人类在毁灭自己的生存环境，迟早要受到大自然的惩罚。但是，董为清在退稿时付了两页纸，其中一页写道：

老杨：

《魔袋》未能通过终审，主编口头的回答是："太离奇！"令人愕然！

新疆人还生活得其乐融融，尚未感到生存环境在日益恶化。这小说在新疆就属"超前意识"了。

建议投向关内的刊物一试，或能成功，也未可知。

我相信，编辑们从未见过我写的这类东西，很难接受，即使是全国的刊物也只是在刊登写实手法写的各种题材作品，很少刊登这种浪漫主义手法写的东西。我不知道，像我这种想象文学——我后来越来越认定，不管是童话，还是科幻、传奇、荒诞、魔幻、穿越等等，都是一种想象文学，是充分发挥人的想象力，把人的想象力往极致发挥的一种文学——还能到哪里去发表呢？

我对全国刊登儿童文学的刊物不是没注意研究。影响最大的《童话大王》只发表郑渊洁一个人的作品，不管是长篇、中篇、短篇全是他一个人写的，成了他自办的独家刊物，也够绝的。好容易盼着出了本《童话世界》（西安出的），倒是广招四海了，但登出来的童话又走入到那种比较浅的小儿科，其印刷、排版也差，令人失望。《童话报》、《少年文艺》、《儿童文学》也都有童话，但都是用的比较短小的童话，有的好像只是把童话当成点缀而已。我也不是没有试着投稿，不知是我的水平低，还是思维怪异，均石沉大海，也就没了投稿的信心。

我像得了疟疾，忽冷忽热，一会儿觉得自己的稿子写得挺深刻，挺有味道，与众不同；一会儿又觉得自己的思维古怪，写出来的东西非驴非马，不入时尚，永无出路。……可是已经形成的思维无法改变，我又按照自己的思维逻辑写了四五篇，算算凑成了二十万字，若能成书，其厚度也说得过去吧。

一篇篇各种稿纸，写着工整的、潦草的字迹的稿子放在柜子里，静静地躺着，不知出路在哪儿。

我很不自信地去找了《回族文学》的编辑关学林，他也是北京人，比我大几岁。我与他熟悉是出于偶然。我是管广告的，《回族文学》封三封底有点广告，量不大，也算是广告经营单位，但每年年检，检查也跑不掉。有一次去，具体管广告的人不在，我坐在老关的办公室聊起来，方知同是北京人。——实际上我们在新疆待的时间超过了三十年，远远超过了内地，当是新疆人。

我说："我写了不少童话，不知《回族文学》登不登这类东西？"

老关道："怎么不登，儿童文学是个空白，正是我们要加强的，你拿来我看看。"

我自然欢喜，一口答应。

我拿上自己早先在塔城写过的几十篇短童话，也不过是个几万字的本子，送到《回族文学》老关的手中。

老关有点意外："没想到你写了这么多！"

后来，一篇描写珍珠贝的童话经过略略加工，登在了期刊上。

我得寸进尺，又提起我还有二十多万字的描写环保的几个中篇童话。老关挺热心地让我拿来看看。

我很快又把一包厚厚的稿子放在老关的桌上。我知道他没时间看这么多，便把我自认为写得最好的《三个狐仙》放在最上边，说："这是我自己觉得文笔最好的一篇。"

老关抽时间看过后，对我说："《三个狐仙》写得不错，这个水平出书是没问题。"

我提出自己不认识出版社的人，很希望他引荐一下。

老关挺爽快地答应了，说自治区马上开作协会议，他会见到一个新疆人民出版社的编辑马雄福，是回族，常来昌吉《回族文学》，关系挺不错。

于是我认识了马雄福，一个很年轻的人。马雄福也是先看了《三个狐仙》认为出版没问题。此时，他调到民族文化研究会当副主席，不在出版社工作。

但他有个关系很不错的同事张德茂，调到青少年出版社，而根据我的书的内容，也适合在青少年出版社出版。

我到青少年出版社，心里有点小小的胆怯，当初准备出书未成，书稿曾退回来。我不知道他们是怎样的人？会怎么对待这次的书稿？书稿交到一个五十多岁的老编辑手中，正是张德茂，还给我送了他的书，本身也是搞儿童文学的，为人随和、诚恳。

先后看了张德茂（笔名丹江）的诗集《神马》、《唱圆天山月》，歌曲集《神奇的土地》，深深地为作者几十年执着地为少年儿童写作而感叹，新疆竟有这样的人！为少年儿童写了几百首诗。其中又有上百首诗词被谱成儿童歌曲，让儿童们有了更多的可以唱的歌，现在有几个人愿做这样的事情？愿意把生命花费在这片园地？我杨某人能做到吗？我虽然写童话，但只是为了表达对环境的忧思，只不过借助童话这种形式，我的创作思想、写作追求要比张德茂老师复杂得多。但是我真的非常佩服他的一生追求。张德茂引以为自豪的是《黄河大合唱》的词作家张光年（即光未然）为《神奇的土地》写了序言。"张光年年近八旬，且染病在身。各地求张老作序者不胜枚举。不论熟或不熟，一律为张老婉言谢绝。这次张老破例为拙作写序，这是张老对一位远在边陲的晚辈的关心、扶持和鞭策。"

张德茂真的有理由感到骄傲和自豪。

具体审我的书的编辑是一个年轻女的，叫张宇心，原是学校的语文老师，她说这是她编辑的第一本书。张宇心非常认真负责，在我的书马上要印刷时，还赶到昌吉，最后看一遍稿子，看有没有还没发现的错别字。

我的书的序是张德茂老师写的。好像有个不成文的规矩，出书人都愿找个名人写序，张老师也说，找个名人给你写个序吧。

张德茂找到马雄福，商量说看能否找个名人写个序，看找谁，人家愿不愿意写。

马雄福说："找谁呀，你就是名人，又是搞儿童文学的，你写不是最好吗。"

于是我有幸得到张德茂老师的序。

……

我渴望出书当作家的愿望逐步走向了实现，令人苦涩的是："有意栽花花不活，无意插柳柳成荫。"原本想写长篇小说，却没想到在童话上冒了出来。

我有时也好奇地分析自己：怎么就想起写环境保护的童话？为什么别人没往这上想，而自己往这上想了？而且那么执着地写出来？是什么引发了自己的兴趣？它必定是来自人生深处的一种认识的结果。

一天，我在大街上行走，路边的白杨树叶已是一片金黄，地上落下的树叶也是一片金黄，我踩在树叶上，只感到置身在一片清亮的秋光之中，我突然想起了自己年轻时曾有过的逃离人世、躲入深山老林，过一种纯净的无声无息的生活的思想，对人世间的纷纷争争、忙忙碌碌充满了一种鄙视和淡漠，想不到这种回归大自然的思想并没有消失，而是被压入脑海的深处被储藏起来，三十年后又冒了出来——从保护环境的角度冒了出来！这个大圈圈绕得太微妙了！如果我没有当年那种遁入山林隐居，批判人世间的思想，大概也不会有现在这种强烈的健康的环保意识。我发现，人生有时就是一个大循环圈，从一头出发，绕了一圈，又与出发点接上了头，成了一个完整的圆，这个圆也是一个句号。

人生于无有之中又回归于无有，本身就是一个大大的完整的圆圈。

我后来套用陆游的一首诗把自己对环保的关心概括为：

> 未死已知万事空，
>
> 但悲不见世界同。
>
> 人与自然和谐日，
>
> 化做尘埃也从容。

八十二

从另一方面，我也在圆自己渴望当作家的梦。

当我向弟弟妹妹们宣布：出书再不是虚的，而是变成实实在在的现实时，妹妹弟弟们都挺高兴。

宝琴提出："哥哥出书，我们都赞助你，哥哥一辈子想出书，总算有本出来了。"

宝军道："哥，你出书需要多少钱吧？"

我说："自费出书，准备先印两千册，大约要两万元。"

宝军道："那我支援你两万元。"

我说："不不，我们自己已拿出五千元，交了部分费用。"

宝军道："哥，那我赞助你一万五千元。再有你有什么需要拉关系，请客的事，只管到度假村去，有什么需要的你只管说。"

宝琴、宝平都赞助了一千元。

宝军很豪爽地拿出一万五千元资助我出书，一方面显示出弟弟非同一般的骨肉亲情，另一方面他也的确成了我们弟兄中的大款。他从食品公司保卫科停薪留职，承包食品公司的肉食点开始，以后搞水产，有了一定的资金积累。而他做出的承包电厂游泳池的决策，使他的事业达到了辉煌的顶峰。原来那个游泳池只是电厂内部职工游泳用的。电厂发电时为了冷却进行水循环，交换出的水是热的，游泳室的水始终是热的，一年四季像温泉一样舒适。宝军也是极富艺术气质的人，他把游泳馆精心装修，别具一格。一进大门，在走向游泳池的两边搞了两大长溜玻璃缸，里面游着各种热带鱼，顿时把人带进一个充满蓝色海洋的世界。进游泳池的大门后，迎面是怪异的假石山，从山石洞中穿出去后才能看见荡漾的池水。这又符合中国园林讲究的互相掩映、曲径通幽的风格。宝军给他的游泳馆起了一个只有他自己才能想得出的名字："红雁鹭岛度假村"。后来，通过电视、报纸、电台几乎家喻户晓，也都记住了总经理杨宝军。

宝军搞游泳馆成了"名人"。偌大的乌鲁木齐，几百万人的大城市竟然只有那么一个室内游泳池（后来，搞的游泳馆就多了，也更加高级，更加别致），其经济效益也是可观的。在游泳馆如日中天时，院子里的停车场的车都停满了，还排到了街上。周末，游泳池里人多得像下饺子一样……我们这些老同学也组织了一两次到宝军的度假村游泳，自然是免费的，连吃饭也是免费的。

我也曾为有这么个弟弟而自豪过，也有过一点虚荣，当我这个"有名的不知无名的不晓（京剧里的一句词）"想引起人的注意时，一说我弟弟是红雁鹭岛度假村的杨宝军，便顿时有了几分色彩。

不过，也有人问我："你是他亲哥哥吗？"

我也只得回答："是的，我们是同父同母的一点不掺假的亲兄弟。"

也有人总弄不清我俩的大小，总口误地说把宝军说成我的哥哥："你哥哥……"

我说是我弟弟。——人有钱了，连辈也变大了。

书印出来了，又面临着如何销售。写书时的一片文雅高贵顿时变成了商人的铜臭，每天脑子里想着怎么把书卖出去，这就是市场经济给我们文人的一点难堪。

说来说去，不就是出了一本十五万字的书吗！何必费这么多笔墨自我宣扬！

啊，我自己何尝不知道这个道理！

有的作家一年写几十万字、上百万字，区区的十五万字在人们看来算得了什么！何况，天下能写出个十几万字，出个集子的人不是多如牛毛吗！是的、是的，我知道，我明白，没有谁比我自己更清楚几十年的追求换来薄薄的小册子是多么的寒酸！多么的难以启齿！

可是，我也希望大家理解我，我无端端地给自己施加的压力太大，我为当初轻率地定下的志向吃尽了苦头，我承受的这个难以胜任的角色的时间太长了！像我这等年纪的人，稍稍有点才的早成为有名气的作家了，而我算不得大器晚成，只能说熬出了点名堂。我是不是有点像范进中举，痰迷心窍了，口中只知高喊："中了！中了！"

我发现，请相信，我是真的发现，我的这本《三个狐仙》一出，我的生活、生命一下子变得生动、活跃起来；我的人生价值充实起来；我的一切都清晰、明朗起来……

吴玉娟拿着我的书，躺在沙发上，带点亲昵的口吻，说："我一定要认认真真地把我老头子的书看完。"……她今天二页，明天三页，也没全部看完，却感叹道："真想不出这些故事你是怎么编的，我就想不出来！"

"是呀，你老头子天天弯腰驼背，低头走路，想什么呢？不就是想这些吗。"我自嘲道。

"我当初就是看上你有才，要不，我为什么找你呢！"

"得了吧，我搞公司倒霉那阵儿，你是怎么骂我的——你能干个啥？做生意做生意不行，写东西写不出来，是不是你说的？"

"嗳、嗳，我那是激你，没我那么说，你能写出来……好老头子，不说这个了。"

我也并不较死理，这已是一种温馨的嬉戏。我们夫妻关系早已越过激流险滩，汇入一片宁静的宽阔的大海。

书的出版也使我自以为在女儿面前有了另一种豪气，我给女儿提供了一笔精神财富。

一天，我喝了点酒回来，也不管女儿正伏在桌前复习功课，喋喋不休地慷慨陈词："……爸爸没有别的给你，这是知识产权，不许别人翻印，知道吗？"

"知道。"

我长长地出了一口酒气："我小的时候就想过，人的生命有什么延续的办法？爸爸现在有了你，你又像爸爸。多少年，通过教育培养，你的性格、思想、气质中都有了爸爸的成分，爸爸通过你把生命延续下去了，但这只是一种延续。我现在把书写出来了，又多了一种精神的延续！可这种延续的长短、范围就是你的事了！你能使更多的人知道它就等于我的生命延续得更长久……你没见别的作家的女儿，整理她爸爸的著作，使之发扬光大（我好像成了名气多大的作家，真到了这个份上似的）！……"

女儿被我的话语感动着："爸爸，我会的，我会的……"

我的眼睛又潮湿了："……也只有这一条路了！不然，一个人还能剩下什么呢！"

酒醒之后，女儿还想着我的话，说："爸爸，我记着呢，我会……"

我倒不好意思，不便多说——只不过写了那么一本小册子，却有那么多的想头！那么多的期望！谁知道这小册子能留存多久？现在一本书出来，能轰动个一年半载就了不得了，何况我们这等默默无闻之作！

八十三

当我把出版的《三个狐仙》给宝军的时候，我又一次提出了我的要求。"宝军，出书归出书，最终我还是要搞公司，到时还要借助点你的力量。"

宝军望着我，带着一点嘲弄的微笑："哥哥，算了吧，你还是写书吧。"

"照你的意思，我只有一辈子爬纸格子？"我非常反感写书的话，变得激烈愠怒，"书当然要写，但也就这两年，我把自传体的小说写完，再写本童话，就不写了。"

"那你想搞什么公司呢？"

"广告啦、旅游品啦、影视啦……反正是跟文化有联系的。我再不会去倒什么皮子啦、油葵啦、黄豆啦等等，纯商业性的生意我玩不了，但搞文化，与文化有关的事情总可以吧。我起码在这方面有点专长，便于发挥，也不会吃大亏嘛。"

宝军见我不高兴，打个马虎眼："得，哥，等你书写完了再说吧。"

谁都不相信我能再搞公司，不相信我会把公司搞好。吴玉娟一听我还想搞公司就头疼。她希望我永远地待在家里，想象我退休后就是在家写东西、画画啦，要不就是老两口早上一块儿上上公园、散散步之类。

我明确告诉她：你不要指望我老老实实在家待着，如果那样，等于早早进了棺材。人退下来必须干点事，保持正常的生活规律，如果退下来，一天在房子抽烟、睡觉、看电视，用不了几天就打发了。

我快五十岁了，已经把退休的事当成话题，我把自己的后路给吴玉娟规划得明明白白：

第一，我决不会等到六十岁退休，要是那样我就彻底完了！如果熬到六十岁退休，年龄不行了，身体不行了，什么也干不成了。现在国家有工龄三十年、年龄五十岁可以退休的政策，我就以此为标准，我到五十岁时，工龄正好是三十年，两个条件都够了，到时让退则退，不让退，干脆这点工资也不要了，彻底辞职。

第二，写书也就是这两年的事，人的才能有限，能把个人的自传体小说写出来，也就把自己此生的生活经历掏光了，没什么可再写的了。我见过一幅漫画，画上画了一座山，山顶有块碑，上边写着：成名之作。而两边的山腰有许多小碑，一边写着，成名之作之前；一边写着成名之作之后，意为成名之作后的作品一部不如一部，走了下坡。我能写成自传小说，也就江郎才尽，再写也没什么意思。至于童话，还可以出一本，大体也就把想写的环保题材都写完了，大约再挖不出来。该写的写完后，就洗手不干了。

第三，我肯定还要搞公司，不是想证明自己是这块料，也并不是为求得一次成功，我只是感到，时代已经走到了这一步，整个社会成了市场经济、商品社会，我们既然无法改变社会，只有顺应社会，不管内心深处我是不是愿意社会走到这一步。我也不想挣什么大钱，也不是能赚大钱的人，只要能挣个小钱，不管多少，能活得自在就满足了。因为我现在搞的工作实在不是我愿意干的，特别是在办公室里无端地消耗岁月是最最可怕的事情。我无论如何要有另一种活法，照自己想活的活法活，心甘情愿。

我和秦建国、闫永孝议论过这个话题——第二次生命定位。我们多少年并非按照自己的意愿活着，而是为了工资，为了活命，不得不按照命运给我们安排的路子走，干自己不喜欢的职业。现在，只有退下来，才能称心地按照自己想干的活一回。我们得感谢命运给我们机会，比起已经退休的人来说，我们比他们幸运，他们即使有心干什么也因为年龄大了，干不成了。而老天爷给了我们这次最后的机会，给我们留了一点时间，重塑自己。

我还有个更大的心愿：实现"三驾马车"的梦。当年，我与张文阁、李强在一块儿欢聚，我曾说过"三驾马车"的事，多少年过去了，我忘不了他们，忘不了我与他们之间的情谊，我要去找李强、去找张文阁，要把当年的感情联系起来，不管我们各自经历了多少沧桑岁月，我却追求当年那种纯洁的友谊，我想，我如果能出来，搞个文化性质的公司，总能有某种密切联系的可能性。

生命是有限的，最终能走到自己想干的路子上是多么的快乐。

对自己生命的评价，我又想起了《钢铁是怎样炼成的》保尔那句话："……不为虚度年华而懊悔。"可是想想我们这代人走过的路，几次都被他人所左右，无法不虚度，无法不懊悔……我对自己的人生只想用一句北京话来表示："去他妈的吧！"不，不，也许有人会说，别这么说，还是有点意义的，辩证法，全面看问题等等。这我也明白，可我总结浓缩，真的只想用这句话——去他妈的！

我信誓旦旦地声称非出来搞公司不可，其实也只是一种想法。公司是那么好搞的吗？首先资金从哪儿来？这可不是搞劳服公司，是公家掏钱，这可是私人的事，是要自己掏钱的。家里那点积蓄不要说吴玉娟不同意拿出来，我自己也不敢动呀，那可是活命的钱啊！我想的是弟弟宝军的钱，有好多的想法。

我到宝军的飞机场去。宝军在搞游泳馆取得效益后，又搞了两个决策：一个是搞农业开发，搞农场。一个是搞飞机（那种民用的小型飞机），硬是在城边上找了几百亩地，盖了房子，成立了一个通用航空公司，买了三架小飞机，开始经营。他最终的目的是想搞成空中旅游。在地面上坐车旅游总是慢，如果搞成空中旅游，想进沙漠，直接飞到沙窝子里，想看雪山，直接飞到雪山之上……我们杨家兄弟就是这样，凭着浪漫、想象搞事情，最终也栽在这浪漫、想象上。……可那会儿，我们都觉得宝军有钱，虽然他从不透露他有多少钱。

我因有了想法，跑到宝军的飞机场找他，我说你能不能给当哥的十万元，作为启动资金，不算给算借也行，以后挣了钱再还给你。我心里盘算着，一个文化娱乐公司要求的注册资金十万元，有十万元就可以干事了。

宝军不正面回答，却说他有一个想法，他说飞机场下边有一块空地，也就是我们从公路往飞机场拐弯看到的左边的一片长着小树林子的空地。他想适当的时候把那片空地买下来，盖成公寓，兄弟姐妹五个人每人一套，搬到一起住，等于大家又到一块儿了——也是一种心愿。不能说弟弟的想法不好，想法真好，若真有那么个杨公馆，五家子住在一起，一直到老是多么圆满的事情，也不枉大家非同一般的亲情。

自己想搞一摊子没有了资金来源，但我仍然想出来，最最根本的原因，我不想再浪费生命，我想只干自己愿意干的事。自己想干的事并不一定有意义，这我很清楚，对于意义两字，我有自己的看法：只要你自己觉得有意义它就有意义，你自己觉得心甘情愿地去干，觉得时间没荒废就有意义。

我找到局领导，说我想退下来，干点自己想干的事。乔局长倒也不反对。自从我出了本童话，乔局长对我也有点刮目相看，我都没想到有一天，我正坐在自己的办公室，乔局长竟然过来，坐下，跟我聊起了文学创作，甚至说起了他个人努力奋斗的经历，令我感动。我知道，搞公司的失败使我的信誉走到了谷底，我也怀疑自己在这个社会上存在的能力。出书让我又有了自信，我自己有个比喻，这就像儿童玩的跷跷板，这头下去了，那头又上来了。我引用了《红色娘子军》里的一句话："打不死的吴琼华我还活在人间。"是的，我打不死，打不垮，我得往起挺，我得证明我自己，证明我是个有用的人。

可是如何退下来的选择颇为困难，虽然国家规定年满五十岁、工龄三十年可以要求退休，可在实际上很难执行，还是照着男六十岁才办手续。在这之前要求退休根本不可能批。停薪留职的形式好像也过去了，八几年曾风行一时，到了九几年好像很少见了。同样，辞职不干也有很大风险，关键是，辞职不干也罢、停薪留职也罢，要是一出来就有一个事干，一个明确的目标就好了，接上茬了，不需要在乎那点工资了；可是我朦朦胧胧、模模糊糊，不知道自己出来后是想写作，还是画画，还是干别的……而弟弟不给钱，我又没了工资，能指望老婆掏钱让你干事吗？而女儿又在上高中，很快面临高考问题……我想来想去，不敢意气用事，还是想个稳妥的办法，我想到了病退，因有病而提前退休，国家是有这方面规定的，病退是有工资的，发百分之八十还是多少就不管它了，有点钱总是好说的。

我就找领导，诚诚恳恳、坦坦然然说自己想退的决心，而比较稳妥的是想走病退的路子。

乔局长叫来办公室主任，说老杨想病退，搞文学创作，还是要支持一下。如果老杨能搞来病退的足够的医院证明，你跑跑人事局，给联系联系。

办公室主任也就按照局领导的指示跑人事局，打报告，提出这位叫杨宝如的同志因心脏病严重而要求提前病退。

跑的结果却令人失望。办公室主任说，人事局的人说，他的心脏不好可以病休吗。他今年四十八岁，再过两年到了五十岁办病退也不晚。

一条路又被堵死了。

我唉声叹气，看来还得硬着头皮坐办公室，还得一天天无端地消耗生命的岁月。

吴玉娟对我没跑成病退却很高兴，她一直反对我提前病退，也不相信我所说的写作、画画，或者干其他的能有多大意义。她认为工商局不错，能稳稳当当工作下去就很不错了。她满足于这种已经形成的正常的生活秩序，每月有稳定的收入，然后把女儿带好，一步步往下走。

——直到很久以后，吴玉娟才向我透露，我没办成病退是她挡住的。她挺得意地告诉我，她找到人事局管这方面的一个熟人，让熟人不同意给我办病退。啊，原来如此！原来是她背后捣的鬼！她一向喜欢背后搞小动作，是她捣了一竿子，把我的事捣掉了。

可是吴玉娟说这事时我已经没脾气了，只是麻木不仁地听着。

吴玉娟敢跟我说这事也有一个背景：公务员涨了工资，又有了房改，有了属于自己的房子，她定论说，那会儿你要出来，什么都没有了，"要不是我……"言下之意，她在挽救了我。

我又有了一种激愤，我说那会儿出来了也不一定就是死路，如果那会儿出来画画，也能画出名堂来，你没见有的画画的，一平尺定价几千，还不是自己定的，是国家定的。画画也能挣钱，不比现在拿死工资少，也会有钱买房子的。……不要说什么出来就是死路的话，置之死地而后生，怎么就不是一种活法？

说是说，但都已经成为历史了。我终究也没敢突破寻常人生，竟然一辈子就这么循规蹈矩，老老实实地过下来了，匪夷所思！

八十四

出了一本《三个狐仙》，我以为为自己的生命画上了句号。可是我还活着，还会吃会喝，还喘着气，往下的路还要走，我又能干什么去呢？我想起联系《三个狐仙》出版时，马雄福向青少年出版社的编辑张德茂介绍我时说："老同志出本书也不容易！"话语中有一种怜悯的意味——似乎一个一生追求文学之路的老先生总算完成了人生的最后的夙愿，你就成全了他吧。说实话，我在未能出书之前的确有这种想法，一想到自己来世一场却一事无成，真的会死不瞑目！而当我出了《三个狐仙》之后，却有点愤愤地想："我这辈子难道只能出一本书吗？"

我岂是只能写出一本书来的人！

我发现，通过各种信息的反馈，对我的童话反映还不错。我把书寄给《中国工商报》《中国环境报》居然都有一小块评介的文章。《中国工商报》说"这本书是以世界所关注的热点——环境保护为题材，采用了童话、神话等形式，向人们展示了环境保护的重要性及现实意义。这是一本儿童读物，但对成年人而言又是一本很严肃的读物，至少让成年人也懂得了环境保护对人类生存的重要意义。在我们生活的世界里，破坏、忽视环境保护，生态平衡等行为，多来自成年人。如果他们读完这本书后能有所启迪，我想一定是很有意义的事"。《中国环境报》的绿地副刊登了《三个狐仙》的封面，下边加了简短的小块文章"安徒生的童话好就好在孩子们爱看，大人们也爱看，因为他在童真稚趣的语言中注入了很深刻的内容……至少在《三个狐仙》中，童话不再仅仅是一些'咿咿呀呀'的东西"。

虽然只是两小块文章，不知有没有人看，看了有没有人能记住，但是对我来说却有如一针兴奋剂，起码这是我活这么大，第一次使自己的名字和所写的东西见储于内地的报端。而让我玩味不尽的是评介中用了"童话作家"这四个字。我是"作家"了吗？我从十四岁渴望当作家的心愿真的实现了吗？作家，多么令人动心的称谓，我的自信心从出书这一天开始膨胀、扩大。

单位上的一个同事告诉我，他女儿看了《三个狐仙》悄悄地哭了。是吗？我感到兴奋，我能猜得出她是看哪儿哭了，我相信她哭的地方正是我哭过的地方——我相信文学中的一个逻辑：能感动你自己的地方才能感动别人。单位的一个同事跟我开玩笑说，我儿子考不上中学找你算账，他说他儿子看《三个狐仙》着了迷，不让他看，复习功课考中学，他儿子悄悄在被窝里看，被发现了。我听了很高兴，证明我写的东西孩子们有兴趣，能看进去。

我回想起自己小时候上五六年级时，什么书都看，什么《希腊神话》、《一千零一夜》、《西游记》等等。我还记得上课时看《希腊神话故事》看着了迷，老师走到我后边都不知道，被老师猛地把书抽走了……我想说的是十几岁的孩子阅读能力已经很强了，现在的孩子阅读能力更强，可是现在能给孩子们看的书籍真是太少了。一说童话，好像就只是给五六岁的小孩看的，全是些小猫小狗，说些浅显的道理。没想到童话是一种想象力，是一种文学的表达方式。《西游记》你说是儿童文学还是成人文学？十几岁的孩子已经能够看懂，所以我不想写那些浅显的东西——我也没少写过许多浅显的童话，但是我现在要写就写有深刻含义的童话，我相信十几岁的孩子的阅读、理解能力。

我充满了新的创作激情，我已经有了成功，就要按这条路子走下去。十五万字的童话太少了，我还能写出好多童话来。我失眠了好多年，总在做梦，梦见过许多稀奇古怪的东西，我的想象力依然存在，这是我还想写童话的最大本钱。

我现在放在床头的只有一本书：《聊斋》。那是一本厚厚的全白话文的《聊斋》。我看过古文的《聊斋》，领略过古文之美；但是古文太深了，不得深解。我现在不是欣赏古文言之美，我现在是要看聊斋故事，蒲松龄写出的许多美妙绝伦的神鬼故事。我太喜欢《聊斋》了，书中的许多故事都令我百看不厌、意味无穷。我现在不是钻进书里去感受书中的角色啦，我看书是为了感受作者如何写作的手法，如何表达出的意境。我想以《聊斋》的手法来写童话，那纯纯的东方的、民族的、优美的东西。

我在写《三个狐仙》时已经在试着用《聊斋》的写法了，也只是取了那么一点点，也就是有那么一点意思。我肯定无论怎么写也无法达到《聊斋》的境界，人家那书是会代代流传下去的，而我……但是有一点我是明确的——那就是我不想写爱情，就是难免有那么个别的一点点，也绝不是篇章的主题。我讨厌写爱情。现在的文学、影视、杂志中充斥着男男女女之间的爱情，不厌其烦，我不想赶这个潮流。我发现古今中外的文学作品中也离不了这个东西。《白雪公主》、《灰姑娘》都写最终获得了爱情，《天仙配》、《白蛇传》、《牛郎织女》更是写人与神鬼的爱情。我有种逆向思维，动物为什么要爱人？凭什么要爱人？

《白蛇传》里的白蛇为什么要爱那个叫许仙的人？难道蛇里没有值得爱的美丽的雄蛇吗？《追鱼》中的鲤鱼精为什么要爱人中的一个书生？而且为此愿意去掉千年修炼的道行，甘愿只活那几十年？……在人与动物之间，动物凭什么喜欢不同种类的人，人的什么东西都好吗？人懂文学，人这么写，是把自己视为宇宙的中心，是把自己视为万物之灵，什么都要围着人转。所以，在我想表达的人与自然的关系中我不想搞这个名堂，不想靠这个去吸引读者，找卖点，也不想亵渎那些动物淳朴自然的天性，于是我的童话中有了一种纯情、纯净，少了一种人欲的污浊。

我又开始写童话了。我才思泉涌，自己都惊奇自己有那么多的想象力。晚上失眠，在迷迷糊糊中依然构想着童话的内容。我写的童话几乎都是一遍稿，再誊写一遍就算定稿了。我也知道鲁迅说的"至少看三五遍"的严谨写作作风是对的，可是我看不进去，东西一写出来就没了激情。看稿子、改错，已经成了一种难受的过程。

我发现，写童话和写长篇小说是两个完全不同的境界，写长篇小说，老是受着真人真事束缚，想着写出"典型环境的典型人物"，一个人的语言、动作、思想要一致，所以，笔撒不开，太干太涩，思维僵化，情绪呆板。可是写童话就不一样了，天马行空，随心所欲，想到哪儿写到哪儿。最最令我惊奇的是：我居然能把对人生的认识，对社会的看法，对生命的感悟都写进了童话，从童话的角度反映了出来。总之，我对人生的所有想法都从童话中渗透出来，而且那么自然、合理，不会像小说引起复杂的是是非非。

我又惊奇地发现，我一生中对文学、美术、音乐等等的感悟居然也能汇聚到一块儿，全从童话中表现出来了。我在写一只老公鸡时，一只专门捕捉蝗虫的老公鸡（利用鸡来灭蝗是新疆的首创，无污染灭蝗），我突然想起了《战争与和平》中的俄方统帅库图佐夫的形象，老态龙钟，瞎了一只眼睛，沉默寡言，深藏谋略，却不被人理解。我就以对库图佐夫的感觉写了一只老公鸡。我在写一个少女吃了有毒的鲤鱼而死，从阴间到阳间劝她父亲（正是父亲的小造纸厂的污染至她死于非命）放弃扩大生产规模时，我突然想起了《窦娥冤》中窦娥的鬼魂夜入父亲的官府，见父亲把自己的案卷放到一摞案卷的底下，认为此案已结，不想再看，又把案卷一次次从底下放到了上面。受到这个细节的启发，我也设计了一个情节，女魂总是把父亲想上新项目的报告拿掉，一次又一次……我在写一只黑熊的儿子被人打死后，黑熊决定报仇，变成一个打工的，到仇人家干活儿。当仇人的儿子长到一岁时，决定把一岁的小孩摔死，让仇人痛不欲生，这个细节是我想到俄国一篇小说后设计的，记得那小说写了一个玩世不恭的贵族子弟，与别人决斗，对方要射击他时，他却漫不经心地从帽子里拿樱桃吃，并不怕死。对方觉得在他不怕死时打死他没意义；而贵族子弟见对方不打他，说欠着他一枪，什么时候想打都行。后来贵族子弟谈恋爱，结婚，在婚礼上，那人来了，举起了枪。贵族子弟脸白了，因为此时是他最不想死的时候。那人没放枪，看到了他的怕死，已经胜利了。我也没让黑熊摔死小孩，但让仇人感到了最大的人生痛苦，也让他知道杀死黑熊的儿子，黑熊的那种痛苦。……

我写童话远比写小说来得纵情驰骋，得心应手，我很快完成了第二部的手稿。

我还得走自费出书的路子。

我正好把第一本书卖的钱来出第二本书。我甚至有个想法，用第一本书的钱出第二本，用第二本的钱出第三本……吴玉娟也不会同意用家里钱贴着出书的，家里的钱的确是要有其他用途的。我也没指望老婆娃娃会放弃一切，只是为了让我完成文学的追求。

我拿着二十万字的书稿又找到青少年出版社，找到一个叫郑琴的女编辑。郑琴与张德茂老师坐对面。出第一本书时，郑琴开玩笑说，你出第二本书时我给你当编辑。当时，我没说自己能不能写出第二本书来。两年后，我拿着书稿来了。

审稿的过程中遇到了一个问题，郑琴对我的一篇《野缘》吃不准。这篇童话写到一个人（我）、一只大雁、一只狐狸不断地投胎转世。那个人（我），先是与大雁为偶，受过狐狸的追杀；后来我变成一个人，娶了狐狸变的少女为妻；后来我变成了一个女人，丈夫是原来的那只雌雁，却射杀了变成雄鹿的狐狸；后来我变成了一群猴子的首领，与变成另一群猴子首领的大雁决斗，咬死了对方，而我又被变成人的狐狸吃了猴脑；后来我又变成了人，大雁又变成了大雁，狐狸变成一只野骆驼……

郑琴提出，不知这样写阴间行不行——言外之意会不会认为是宣传封建迷信。

我听了，有点激愤，说："我知道你的意思，但是这跟宣传封建迷信无关。我只是把阴间做一个舞台，完成角色的转换。你知道，国外有些环保主义者，认为人与动物是兄弟，是平等的，人不应该吃兄弟的肉，也就是同类肉；所以，有些热爱环保的就成为素食主义者，只吃素食、不吃肉。"

郑琴表示她知道这个情况。

我说："我正是想表达这个意思，人与动物是平等的。所以，这里人变成了动物，动物变成人，人是动物，动物也是人，意思是人不要残杀野生动物。"

郑琴说你的意思我也明白。

我说："其实关于阴曹地府也不能用封建迷信一言以蔽之。当你相信科学，不去相信的时候，它就不是迷信了。我现在有四本西安的书，是一套，其中一本就是《冥府的故事》，人家在前言里怎么说？说能想象出阴间冥府表现了中华民族的丰富的想象力，是中华文化的灿烂的瑰宝之一。你瞧，人家是怎么说的，人在不懂得科学道理之前的丰富想象，才能创造出的一种神话。现在人什么都懂了，产生不了神话了，那么就简单地说那会儿人们都是封建迷信？……"

郑琴说："你说的《冥府的故事》还在吗？"

我说："在。"

郑琴说："你拿来我看看。"

大约是看了书，郑琴再没说什么。第二本书编审通过了。我又让小邵（美编）给设计了封面，一个背侧身的女山鬼，骑着一只豹子。整个底色是蓝的。也是带点动画的画法，挺好看。我忽发奇想，就照这样，第一本与第二本风格一致，以后若再出书也保持一致的风格，就像一组邮票，多有意思。

两本小册子出来啦，感觉就不一样了，量变到质变，人家看你的东西就可以看出你的什么思维啦、风格啦、文笔啦等等；也就是，你像个飘荡的雾气般的东西，慢慢聚成了人形，你写的东西越多，聚成的人形越清晰，人家越能准确、真实地了解你。

依然是自费出书，依然是自己推销。

我自己卖不了几本，顶多是州工商局和各县市的工商局买一点。自己认识的企业买一点。我给自己定的原则：对企业买不买决不强求，决不能影响工作关系。推销书的大头还得靠吴玉娟。吴玉娟当过教建筑的老师，她的学生多，她的兄弟姐妹都帮着推销，所以卖书的量比我能推销的多多了。

　　我不得不承认夫人的社交能力和推销能力。可我又有一种淡淡的悲哀，我是希望自己的书能摆在书店里，由那些喜爱书的小朋友买了去，看了后能培养出一种绿色的环保意识，那才是书的价值所在……

　　有一次，我在大街上行走，看见路边有个摆满书的地摊。我有个习惯，看见推着车或摆地摊卖书的总忍不住驻足看看书。我蹲下来，看地摊上的旧书。突然看见了熟悉的深蓝色的有"山鬼"两字的书，五六本并排在一起。——我的一个同事告诉我，曾在旧书摊上见过《三个狐仙》，当时我听了挺高兴，好像那是一种成就。我认为，旧书摊肯卖我的书是件好事，说明人家认为我的书有可卖的价值。我相信，人家摆旧书摊的人也不是什么书都要的。我大约猜想到，摆旧书摊的人是从废品收购站的各种旧书、旧杂志堆里挑选有用的书的，大约会出比收购站的收购价格高一点的价格买下来，然后在旧书摊上加价卖出去。因此我有了一种荣幸，我的书能跟那些名著、那些流行的小说摆在一起真是不错。

　　我蹲在地上，像一个普通人那样伸手从五六本的《山鬼》中抽出一本，随手翻翻——我肯定不会买的。

　　突然，我听到头上传来一个声音："你就是那个作者吧?"

　　我抬头望去，一个中等个儿、三十多岁的卖书人坦然地望着我。

　　"你怎么知道我是作者?"我有点迷惑。

　　"那上边不是有照片吗?"

　　我更奇怪了。"那么多书，哪个书上都有照片，难道你能把所有的照片都记住? 作者来了都能对照出来?"我笑着问，"你怎么想起看照片来了?"

　　"我看了看你的书。"摆摊人平平静静地回答。

　　我更兴奋了，摆书摊的人竟然有耐心看我的书，问："写得怎样?"

　　"还不错。"

　　"这书能卖掉吗?"

　　"还可以。我已经卖掉好几本了。买书的都是学生娃娃。这书题目也吸引人。"

　　"那你看的书很多吗?"

　　那男人笑了，"摆书摊不看书行吗?"

　　我突然有了一种尊敬，站在我面前的这个看似平常的人也许才是真正有知识有文化的，读的书远远比我多，也富有自己的思想、见地，只不过因为种种原因流落到这个地步。我站起来，像老熟人似的聊起了天。摆摊人告诉我，他平日在亚中商城卖旧书，那有一片供卖旧书的摆摊的地方。你若要买旧书可到那个地方去。

几年后的一次，我还真想起去了一次，果然有几家卖旧书的地摊，可是没见这个人。旧书摊上没了狐仙、山鬼，却有我的一本《古道倩影》，不过封面脏兮兮的——那是我图便宜，在一家收印刷费很低的印刷厂印制的，封面整个印砸了。

第二十二章

与李强、张文阁相聚火焰山，"三驾马车"各有成就……张侠说，可以给老杨开个研讨会啦……认识了新疆众多文人，被誉为"绿色作家"

八十五

一九九九年三月二十七日，我突然受到张文阁的邀请，去吐鲁番火焰山看他的旅游景点。同时被邀请的还有李强。我得知后非常高兴。从一九七五年我们三个人在一起聚会后，已有二十四年未曾三个人相聚了。平日我也单独见过张文阁，也单独见过李强。他俩也互相见过，就是没有"三驾马车"聚在一起。

自二十四年前三个无名之辈的年轻人在一起流露出想干一番事业的思想后，作为张文阁至今都做了些什么，我大体也略知一二，还是摘取别人写的一些资料更为清楚。

……张文阁一鸣惊人，轰动美术界是在一九八七年七月，此前，名不见经传的三十四岁的张文阁，硬是从新疆把几吨重的土陶艺术雕塑作品，弄到了首都北京，在中国最负盛名的美术殿堂——中国美术馆办了"张文阁大漠土艺展"。

这个展览，犹如一股强劲而浓烈的西域之风。

这个展览之所以引起轰动，是因为它的独具特色给参观者以强烈的视觉快感。其特色可以用三个字来概括，即新、奇、趣。这个展览也可以称之为"泥人展"，这些"人"全是以前少有人用雕塑艺术形式来表现的新疆少数民族最为普通的农夫、村妇、牧民及一些牲畜、农具、乐器和生活器物等。而令人称奇的是，雕塑材料只是最常见最不值钱的大漠生土，经低温焙烧，生土原色保持不变，而且大部分作品不着一点别的色彩，使作品土得掉渣，像出土文物。这些"人"经张文阁适度地变形后，大都显得笨拙、敦实，却难掩其幽默，甚至还表现出了乐观、善良、顽皮、智慧、坚韧。

展览其间，北京各大媒体予以专题报道，展馆每天都观者如云，其中美术界的大师级人物还纷纷为他题字、题诗。中国工美协会雕塑专业委员会会长、著名雕塑艺术家钱绍武先生为张文阁的"泥人"题字为"拙趣"，中央工艺美术学院院长张汀先生题字"大漠风采"，中国美术馆馆长刘开渠先生题字"大漠土艺"，著名美术家韩美林先生题字"戈壁陶魂"。

展览结束后，中国美术馆收藏了其中十五件土陶雕塑作品。

次年，张文阁更把这股西域风吹到了日本。他在日本大阪举办的个人雕塑作品展，引起了当地的轰动。其中的大型组雕《丝路古堡》被日本国立民族学博物馆收藏。

连续两年的两次成功展览，张文阁被中国文化部授予了"民间美术开拓者"称号。一九八九年《大漠陶塑》又荣获全国首届工艺美术作品优秀奖。

此后张文阁的雕塑作品获奖无数。

……

张文阁从北京展览之后，为了拓展自己的事业，办了留职停薪手续，成了新疆文艺界的下海第一人。

他以自己的智慧和毅力，决心开发新疆的旅游产品。一开始，好像并没有想象的那么难，很快招兵买马，租房融资，设计开发了大漠陶塑、民族布人、西域摇扇、西域葫芦、新疆壁挂、大漠拎拎包等六大系列，几十个品种的旅游纪念品，取得了令人惊叹的社会效益和经济效益。一时间，各大媒体火热报道，影响力远至敦煌、兰州、西安等地，旅游部门纷纷提出订货。旗开得胜，乘势而上，张文阁又从银行贷款十万元，招工集资数十万元，全部投入扩大生产。到一九八九年春季，他们从新疆到敦煌、兰州、西安旅游热线上已布下了三十多个销售点，只待旅游旺季降临产品变成金钱滚滚而来。手里一旦有了钱，大漠土艺博物馆就可以开建了，梦想就可以变成现实了。

不料，旅游旺季没有如期而至，却突然冒出个"六四风波"，且越演越烈，竟波及全国。改革开放中的中国，骤然被迫放慢了发展速度，全国旅游业一落千丈，旋即跌入低谷，各旅游景点几近门可罗雀。如此惨相，对张文阁而言，就是灭顶之灾。货都发出去了，一分钱贷款也收不回来，别说扩大再生产，就连职工工资都没有着落。银行又紧缩银根，贷不出款，同时，职工们看到公司即将破产，纷纷要求退还集资款。有吵吵嚷嚷的，有哭哭啼啼的，有推推搡搡的，更有揪着张文阁脖领子把他甩来甩去的……张文阁真是叫天天不应，叫地地不灵，有时被逼得大脑一片空白。

当时，张文阁认为自己有三条路可走，一是自杀，人死债灭，一了百了，可要背上一个骂名；二是逃亡，三十六计走为上，躲过这一劫再说；三是咬紧牙关，扛过这一关。他最终选择了第三条路。他不断地给各种索债的人说，只要我张文阁活着，就一定会把钱挣回来，欠谁的，该谁的，我都会一分不少地还给各位。只希望大家能给我一些时间……

九个月后，也就是一九九〇四月，张文阁和他的"铁杆儿"朋友上了吐鲁番的火焰山。

张文阁想要建造的新疆大漠土艺馆选址在木头沟，坐落在著名的柏孜克里克千佛洞前一公里处的旅游专线上。附近还有著名的景点——全国重点文物保护单位：高昌故城、阿斯塔那古墓群、吐峪沟千佛洞、胜金口千佛洞和名扬四海的火焰山。这些著名的自然、人文景观可以为将来的土艺馆带来大量的客源。

土艺馆就地取材料，首先按照土艺馆的规划设计建造了十四米高的古堡和一栋三个穹顶的房屋，工期用了三个月。按照这样的进度，干多少年才能让土艺馆初具规模？他们的资金有限，耗不起呀！必须改变计划，否则将会前功尽弃。

经过反复论证，张文阁他们决定工程分两步走。第一步，利用火焰山的文化资源，先建一处供旅客们在名山脚下拍照留念的景点，以此积累资金，滚动发展，最终实现土艺馆建设的目标。这样，速度虽慢，但成功的系数较大。

为了一九九〇年入冬前必须完成室外雕塑，以便冬季在室内生火建室内雕塑和壁画绘制，一九九一年夏季一定要开门揽客的进度计划，张文阁不惜以高息向私人借款，解决资金奇缺的困难，确保工程按期完成。

那些日子，张文阁他们的伙食只有面粉和红豆腐。张文阁既是老板，也是员工，既是总设计师，又是总工程师，还是雕塑工、画工。干得太累了，就地一躺，吐鲁番火热的土地就像热炕一样，让他们睡得安然酣然。著名画家范曾先生曾为他们题诗一首：驼铃万古应鸣沙，一线孤烟划晚霞，腕底灵魂无斧凿，苍穹作室漠为家。这既是大漠土艺馆的写照，也是张文阁这些艺术苦行僧的写照。

一九九一年五月一日，一座全新的独具特色的旅游景点——火焰山土艺园，如期对外开放，当年收益十余万元。此后，火焰山土艺园以每年十万元的幅度递增，一九九一、一九九二两年的收益不仅还清了所有的欠款，而且还完善了旅游设施。从一九九三年开始，每年的收益都投入到土艺馆的兴建中……

八十六

星期六早晨，我和李强各自赶到张文阁家。最显眼的是门前一对铜狮子（他自己铸造的）。他这个大院位置挺微妙，看起来挺僻静，可是往前走不远就进入了热闹的101车终点站和到一些县市的长途汽车站。

三个人一会齐，马上去车站，坐班车，走高速路，三个小时后到了吐鲁番。下了车，便有张文阁那辆闯江山的破面包车在路边等待。他自嘲他的车开起来像拖拉机一样响，果不其然。他让车开到吐鲁番的广场，说看看他的《大漠明月》铜雕。我和李强十分高兴。张文阁设计《大漠明月》时，我见过他设计的草图，也许是隔行如隔山，我也没看出这大漠明月有多新多奇，还挑剔一番。没想到这件如民族乐器的造型和几个泥人（已是铜的）组成的雕塑竟获得中国工艺美术创作大展世纪杯金奖，成为一件出了名的铜塑艺术。在空旷的广场的背景下，《大漠明月》显得十分独特，看实物的感觉跟在工作室看小样完全不同。

张文阁带着照相机，我们三个人搭肩搂腰亲密无间地合了影。

照完相，张文阁让司机买了些吃的，我们便驱车四十多公里，来到火焰山的大漠土艺馆。——为了张文阁这个人，《新疆艺术》破天荒地用整整一期的内容介绍了大漠土艺馆。我也从各种杂志刊物上看到反映火焰山景观时，多用张文阁搞的雕塑造形。……而身临其境，这是第一次。一到这赤裸裸的红土怪石之地一切清晰可见。

张文阁带我们看他的三个大半圆顶的大型宫堡。李强用的标准的称谓是"穹庐顶建筑"。李强搞了二十多年的《新疆艺术》，对新疆的宗教、歌舞、美术、古物、语言、民族无所不通，发表过百万字的文章。

这种独特的穹庐顶的造型是从一公里外的帕孜克里克千佛洞的洞顶的造型仿制的。三个排列整齐的大圆顶和四个小圆顶都是泥土色，整体看上去像是奇特的古堡群，在赤裸的荒山的映衬下，分外醒目。

张文阁给他的这组建筑起了名字叫"万佛宫"。他说这名字也没最后定，究竟叫什么，正广泛征求意见，也让我俩想想有什么好名字，目前姑且叫它"万佛宫"吧。

"万佛宫"前推土机用一个冬天推出了一个宽广的场子，说是准备当停车场（原来的停车场太小）。以后来车在停车场一停，游客接着就可以参观"万佛宫"了。

我们走向"万佛宫"时，不得不踏进厚厚的红土中，张文阁笑道："到了这儿到处都是土，想不沾土根本不可能，你们也别心疼皮鞋了。"我开始还小心翼翼怕沾上红土，走了几脚，沾满土后，反倒不在乎了，放开在土里蹚了起来。

李强完全用学者的眼光观察一切，一走上十二米高的砖砌的图案的大门，便能指出这是维吾尔族建筑风格。

进了大门，穿过前院，进了三个穹庐顶正中的一个。

正中室中垒起一座高大的佛像，用砖垒起来还未完工，单从已完工的部分看便可看出这佛像一旦完工会是多么的辉煌、雄伟，佛像的造型相当准确、中正。在新疆，我还没见过这么高大、正规的佛像，张文阁的构思真是不一般。

接着他领我俩进入右侧的一个房间，也是十二米高的圆形顶。地上搭着木脚手架，一直搭到挨近洞顶。令人瞠目结舌的是巨大的洞顶已经画满小佛像，一个挨着一个，一圈挨着一圈，色彩绚丽、斑斓。佛像已从顶部画到了离地面四米高的地方，也就是说从四层楼高的地方一点点画下来的，这巨大的工程量、这巨大的气魄！我觉得自己的胸膛突然像两扇门打开了，透出神圣的光芒，我真的被震撼和感动了！

精通佛学的李强看了几眼说："你这壁画套的是龟兹克孜尔千佛洞第十八号窟。"张文阁哈哈一笑，点头称是。

接着我们又转到另一侧室，也是十二米的洞顶画满了佛像，从洞顶一点点画下来，已完成一半进程。

我不知怎么抒发感慨，真的没想到规模这么大，这么恢宏，档次这么高！

穿过正厅向右去便进入了一个半地下的建筑。李强又是内行地考证，这是吐鲁番的庭院造型……张文阁在把新疆地域特色的东西都往一块儿搬，在浓缩。根据他的规划和构想，也许有一天，你只要到这里一趟，就可以看到新疆所有的民族风情。

看过"万佛宫"，又看了在画刊杂志上早已熟悉的《丝路古堡》、《牛魔王洞》等等，全都由泥土筑成，使人对泥巴的功能不得不刮目相看。火焰山终年很少下雨，泥土建筑在露天地里，长年不坏。这也是做为首开新疆泥塑的张文阁所看重，最能发挥其泥塑艺术才能的用武之地。

说实话，我对泥塑是外行，看不出造型怪异，由土块和泥巴合成的《丝路古堡》究竟好在哪里。这是一座包括底座在一起的高十四米的泥土造型——我后来看过西域的残留的泥土古物后，才知道那会儿的建筑基本上都是这种把土夯实，中间加夹着红柳、苇子什么的……显然张文阁考证过西域的土城、土塔，还是有所感悟，要的就是这个土劲，他那塔的造型也肯定是他从什么考古中感悟出来的。这堆破泥土雕造的塔看上去不起眼，照出来却有一种奇妙的效果，好像古时的西域全浓缩在这个塔上了。这破塔几乎成了火焰山的标志，几乎所有到过火焰山的人，都要在这《丝路古堡》下留影。

看着张文阁用火焰山的泥土搞出的这一片建筑和雕塑，成了气候，我想不通他当初怎么就会认为他能在这儿干出事业来？说起来他也是城市人，想干事也是在乌市，怎么就想到到三百公里外的最热最干的火焰山上干事？

张文阁说他当时也没想那么多，他当时只认为吐鲁番气候干燥，下不了几点雨，搞泥塑可以长久地保持，不会被水冲坏。也许如他说的那么简单，也许他想了很多。

关于他们创业，报纸也报道过，他领着一帮铁杆弟兄冲进这片大漠荒野，剃了光头、光着脊背，几乎以出家人断绝尘缘的精神开始战斗，这是一次精神的西行朝拜，一次人生的磨难取经。

张文阁指着周围的荒野说，当时连住的地方也没有，到了晚上就睡戈壁滩上，只不过男人们找一块地方，女人们找一块地方。

转完了景点，我们三个人信步迈上一个红土包包。此时，正是日落时分。四周的大漠荒山不像白天明亮干热。庞大的穹庐顶建筑后面是一座瘦骨嶙峋的长条山。山中间有一条长长的黑色的色带，十分奇特。而建筑物的正前方不远是一个深深的峡谷，峡谷里有一条细长的弯弯曲曲的河，叫木头沟河。河对岸是一座陡峭的荒裸的高山。山体的大部分是风化的流沙。山头则是锋利坚硬的各种形状的怪石。张文阁称这座山为"万佛山"。这山本没有名，名字是他们起的，白天光线强时还不明显，到了此时山头的岩石有了各种形状，还真有点像不同的佛。这"万佛山"的名字起得好。以后这山肯定就是叫"万佛山"了。有了这"万佛山"，张文阁的景点叫"万佛宫"也就恰到好处了。

还有一个奇特的景观，在夕阳下，景点右侧前方有座半圆的山几乎变得光亮、透明，反映出红色的光，很像佛像的脑后的那轮光环。张文阁说他们给那山起了个名字叫"佛光山"，听他一说，越发觉得佛气十足了。

仗着我与李强是张文阁的朋友，从参观景点的同时我俩一直指指点点，出主意，出点子，好像是来搞策划的。站在土包包上观望四周，又议论起他的这番造就，没想到竟引起一番争吵。我认为他的这个第二期工程，也就是在穹庐顶中画上壁画，雕塑十二米的大佛像，以后游客来了更有的看了，使得景点整体上了一个新台阶。而一期工程，因为是每年不断增加一点，现构思、现实施，缺乏一种完整的规划，显得有点散、有点乱。以后可以在万佛宫搞完后，再把原来的景点占的地方再统一规划构思，搞出一批更好的泥塑来。

李强也有同感。

张文阁却嘲笑我俩把第二期工程看得太重，说他看得很轻，第二期工程算个什么，那不是什么创作，只是把别人的东西搬来，是为了一种商业的利益，他说他看重的还是他的第一期的创作，那才是有价值的。

我就说你有了这第二期工程的确是上了一个规模和档次，这应该是个事实，你让游客来看景点，人家是要知道有可看的东西，你这可看的东西多了，来的人也就多了，你的效益也出来了。

张文阁就说你们根本不懂艺术，什么是艺术，他搞的泥塑是艺术，而第二期工程不是。

我也就有些生气，说那你搞二期工程干什么，这不就是你说的文化和商业相结合？

张文阁就说他只为商业利益搞的第二期工程，而不是为艺术创作而搞的。

我心里有气，我们看了景点，只是顺着你张文阁的思路来看问题，说到第二期工程完了会有怎样的效果，怎么倒扯到我们不懂艺术上了。你那一期的泥塑，东一坨子西一坨子，有点粗糙、有点散，如果重新规划，也还是你来塑，还是你的艺术，我们说的对不对、行不行是你的事，怎么扯到我们不懂艺术上了。

我们争了个面红耳赤，都不知是为什么。后来也慢慢平静下来。张文阁大谈起第二期工程完了之后，又有第三期工程、第四期工程的构想……只要不停地干下去，这里的规模肯定会越来越大、知名度会越来越大……

我们于是开玩笑说，对于过去，你现在是在仿造，对于将来，这里也将成为文物。

张文阁开玩笑，以后不行就葬在这里。这里极干燥，沙土，不腐烂，干尸。将来出土了也是文物。

我们听了，忍不住哈哈大笑。

在我们纵论古今，大谈文艺之时，一桌丰富的晚餐也准备好了。

饭桌摆在同样是穹庐顶的房屋内，给人一种新鲜愉快的感觉，居然还有电灯——刚刚把一台发电机修好发的电。

张文阁叫来山上的所有的人，约有十一二个人，搞建筑的、司机、美工、女工等等。眼下还不到旅游旺季，到八月份，车水马龙，从早到晚，那又将是另一番景象。

我见到了画佛像的美工，竟然是一对情侣，都是学过美术的大学生。女的长得很漂亮，也很年轻，很难想象这种漂亮的女性竟能甘于寂寞，长年累月地伏在墙壁上枯燥地画画。听张文阁讲，在十二米的洞中画画，冬天冻得要命，夏天热得要命，受罪极了。

我问小张女士："洞中的画画了多长时间才完成现在这样？"

答曰："已经画了两年多了。"

我问："全部画完还要多长时间？"

答曰："还得一年多，全部完工画下来要四年时间。"

又是心灵的震撼。我问，"你们能在这山沟沟里待住？"

小张女士道："我们觉得火焰山挺好的，空气新鲜、没污染，也安静，不像城市那么嘈杂。"

……

张文阁见人到齐了，亮开嗓门喊道："把酒拿来，打开喝。"一幅豪放不羁的派头。

我想起他在城上时，一说喝酒扭扭捏捏、小心翼翼，能少喝就少喝。笑问他："你不是说你不喝酒了吗？"

"到了这不一样，一到了这，心胸特开朗，浑身感到轻松，不喝酒行吗？"于是他张罗着，拿茶杯喝，一次倒不少，还要一口闷掉。他先自己扬起脖子一饮而尽。逼着他人照着这个样子喝。完全跟在城上判若两人。

下边的人也都照着这个样子喝。女的也喝。不知他们天生能喝酒还是在这大漠之中炼得能喝酒了。

酒一喝，气氛自然起来了。

酒过三巡做游戏，做"开火车"的游戏，即每个人起一个站名，然后大家拍手，先由一个人开始发火车，到别人的车站，必须准确地说出对方的站名，说错了就得喝酒。如果说对了，就由对方发火车，再找别的车站……总之，谁报错了对方的站名，就得罚酒。

我突然有了一个歪点子，我说大家起名字，都起一个日本名字——因为我觉得日本名字不好记，应该容易出错。于是大家有叫山本的、龟田的，而女的必须要加个"子"字，于是叫什么美子、什么秀子的。我给自己起的名字是"横路敬二"，这是日本电影《追捕》中的一个角色，长得难看，最后还被人摘了脑子，成了一个勺子。我不忌讳。有文友曾开玩笑称我为"横路敬二"，我欣然接受。日本名字果然绕嘴，容易出错，喝罚酒的次数也就多了。但是喝罚酒的人如果能唱个歌、跳个舞、讲个笑话、说个故事也就能免了喝酒。

该小张女士喝罚酒时大家让她跳舞，说她跳舞跳得好。小张就跳维吾尔族舞，李强起身给她伴舞。小张此时变得又生动、又活泼，扭动腰肢，轻舒双臂，果然有专业的水平。——张文阁告诉我，小张原在南疆当上了公务员，可她辞职不干了。她离了婚，有一个女儿，送回老家父母那儿。自己出来谋生，追求艺术人生。

有一个被罚酒的女士愿唱歌。她唱了首《大漠精神歌》，她一唱，满桌子都跟着唱起来，用手拍桌子，打出节奏……他们把歌词唱得滚瓜烂熟，有一种意念和狂热在歌中迸发出来。

我和李强都被感动了。我问这是谁写的歌？

张文阁开玩笑："谷建芬。"

"谷建芬?"我有点不相信。谷建芬是名作曲家,怎么会给这儿作曲?不过细想想也说不上,张文阁曾在北京美术学院上了两年学,认识了不少名家名人,张汀、范曾不都给他提过词、写过诗吗,范曾题的诗一直在他的办公室挂着。我后来在翻《新疆艺术》专刊中,才知道张文阁用的是谷建芬的曲调,他自己写的词,内容是:

> 大漠的精神在哪里
>
> 在这里在这里在这里
>
> 人生的光彩哟闪烁在这里
>
> 戈壁荒漠烈日炎炎
>
> 磨炼着我们不屈的信念
>
> 齐心协力不畏艰难
>
> 理想为我们启动风帆
>
> 我们在丝绸古道上
>
> 用青春铸造时代的丰碑

折腾到半夜,我们才休息。

张文阁给我俩安排的住处就是他们的职工宿舍,半地窝式的房子。他们创业的人最早都住在这里。四月的火焰山晚上很冷,所以房子里还加着炉子,房子烘得热热的。到了夏天,住在这里可是凉快,是个避暑的好去处。

我问张文阁:"能在这儿过夜的朋友多不多?"

他说不多。

我说:"过不过夜大不一样。不在这儿待上一夜,根本无法了解这里的一切。"

他说:"真的打算以后把景点搞成有住宿有食堂,为愿意在火焰山、大漠住宿的提供方便。"

第二天,张文阁忙于景点的工作,已经进入一种老板的状态。

我和李强步行到一公里外的著名的柏孜克里克千佛洞参观。李强十几年前已经到千佛洞来过,研究过这里的壁画,对这里的一切了如指掌,他是陪我转转,我是第一次。

四月份的火焰山,天气冷冷的,甚至有一点点的冻。

　　清晨的火焰山呈现的是一种铁青色，无论是河对岸的"万佛山"，还是"佛光山"都仿佛卸了妆，显露出一种质朴宁静。我们俩轻松地在沙砾的路上走着，能在火焰山上住上一晚，第二天再从从容容地转悠，十分惬意。

　　千佛洞在半山腰，也就是木头沟河的左壁高大的土崖上。此时前来参观的人并不多。明朗的天气，三两游人，本身也是一种令人陶然的情景。李强理所当然地成了我的导游，他手里拿着一个小本子，随时记下他认为有用的东西，他是一个地地道道的学者。

　　土崖下的洞窟有一二十个，对游人开放的六个。对那些没开放的洞窟，游人可能会想到一定会有什么更神秘更有价值的东西，怕开放了会遭到破坏。其实也不尽然，我为什么这么说，说来也巧，正当我们参观洞窟时，见有一个瘦小的外国女人也在参观，陪同的有翻译人员。不知这个女人是什么身份？景点的工作人员把不对外开放的洞窟都一一为之打开。我们俩也得以随着参观一番。

　　李强通过打问得知，这个外国女人是德国民俗博物馆的馆长。当初德国探险家从此千佛洞盗走的壁画，大部分毁于二战的战火，一小部分就在该博物馆中。此女馆长有心要把这一部分返还给中国，如果能那样当然好了。的确，洞窟中最好的壁画都被盗走了，又毁于战火，令人痛心不已。

　　看了那些封闭的洞窟，令人失望。有的并没有什么东西。而最令人揪心的是，有的洞窟的壁画全部剥落，墙泥都扣在地上，也就是说，壁画朝下，扣在了泥土的下面，如何把泥土附到墙上，而保证那下面的壁画完整真是个难以解决的大问题……

　　从千佛洞上来，我满脑子是残破不全的壁画，兀自暗然神伤。

　　……后来张文阁把河对岸的三十亩地租了下来，那块地有多年生长的树木，有葡萄园，他统一重新进行了规划，建成了民艺传承区。把南疆的土陶、土印花布、花毡、桑皮纸引过来，建了民间手工艺作坊，让游人来了直接就能看到这些濒临失传的民间艺术。

　　再后来，他修了直通"万佛山"山顶的木板云梯，并美其名曰："没有过不去的火焰山。"在这里，游人不但能钻山洞、攀云梯、登火焰山顶一览名山风采，还能在云梯客栈里下榻，体味山民淳朴生活、吃民族风味餐、看民族歌舞、选购土特产。

　　张文阁把火焰山的资源用到了极致，他让游人来了有的看、有的玩、有的照……他终于把大漠乡土艺术博物馆建成为集中展示新疆民间工艺的最大规模的场所，也是吐鲁番地区极具西域特色的国家级 AAA 旅游景点之一。

此后的二〇〇〇年，李强走了内地，调到山西工作，后来又落脚西安。他回疆时我俩见过面。我与张文阁多次见面。但再没有我们三个人同时出现在一个画面的时候。

八十七

一日，《回族文学》主编李明通知我参加一个会，小说创作座谈会。我很高兴。我对任何与文学有关的人和事都充满了兴趣。我很想认识搞文学的人，想着能在座谈会上见到一些文人，与他们相识。

我参加会时又拿了几本《山鬼》，准备送给在会议上认识的新文友。

会议也就开了半天，由文联李主席主持。参加会议的有我开始熟悉的《回族文学》的编辑们，其他的真没几个认识的。借着会议也就算是有了第一面之交。人家也都是第一次见我，除我之外，其他文人们早已彼此相识多年，往来多年了。

我没想到的是，这次半天的会议却使我的未来人生发生了重大的改变！

会议中，有个人突然说："老杨已经出了两本书了，我看能不能搞个老杨作品的研讨会？以州文联的名义搞个研讨会。"他说这话时，瞅着李主席。李主席微微点点头当即拍板，说："可以。你就具体负责组织老杨的研讨会吧。"

我震惊了！惊骇了！心跳了！疑惑了！我望向这个发言的人——我从来不认识这个人，不知道这个人的存在，可人家认识我，而且用那么亲切熟悉的语气提到我这个人，提到我的书。

会议后我来到这个人的办公室，人家本身就是文联的人，挂的牌子是"创作研究办公室"。这个人叫张侠——以后我对这个名字再熟悉不过了。

张侠五短身材，头发往后背，大眼睛，眼皮很双，四十多岁。我跟张侠说话时仍有一种惶恐不安，还是有点不相信这是真的。我说我也不是没想到搞个个人的作品研讨会（那好像是一个作者的荣幸），但是我觉得自己出的书还不多，还没到那个水平，原来想等再出一些书，等自己觉得差不多了再研讨。

张侠说出了两本书也可以了，研讨会也不是什么大不了的事情。张侠边说边翻一个厚厚的小电话本子，上边密密麻麻记满了电话。他说研讨会以昌吉州作协的名义开，可以邀请自治区作协的人参加。他说跟自治区作协主席赵光明都非常熟悉，他要邀请赵光明一定会来参加的。

我又是受宠若惊，我好像进入了一扇大门，突然间能见到文坛的上层，能跟"只闻其名，不见其人"的名人们见面，真有一种不胜荣幸之感。

研讨会的事由张侠操作，我一切听凭安排。

很快，张侠又把我叫了去，对我说，他想了想，研讨会干脆就以新疆作协的名义召开。我吓了一跳，怎么能升格到以新疆作协的名义召开，人家同意吗？张侠说没问题，他已经跟赵光明说了，光明也同意。如果在昌吉召开，你还要安排车辆，他们过来也不容易。在乌鲁木齐召开，车辆就省了，人家坐公交车就可以参加了。再有，你在昌吉开，有好多人来不了，在乌市开，就可以参加上了。

那当然好了，求之不得。

张侠问我在乌市有没有熟悉的地方，开完会还要吃个饭什么的，都是这样。

"有啊。"我有一种天助我成的感觉。"我弟弟就开着一个度假村，有大餐厅，几十张桌子，还有豪华的包间，就在城边边上，交通也方便。"

"那就更好了。"显然张侠也挺满意。

我到乌市弟弟宝军那儿，安排研讨会的事。宝军滑雪场的效益越来越差，每况愈下。弟弟原先搞了个度假村，是承包的电厂的游泳池，经过了一番改造装修，开张营业，效益非常好。承包期五年到结束时，竟有几百万的现金收入。但是弟弟的第二次创业却是一系列的决策失误。其中一个失误是玩飞机（小型的通用飞机）想以后搞空中旅游什么的，思维太超前、太不切合现实。他现在搞的这个滑雪场，原本是一个飞机的起降场。原来只打算建一排平房，供工作人员居住之用。如果照那样也花费不了多少钱，起码不会像现在这样窘迫。谁知他后来不知怎么心血来潮，要盖一个两层楼的宾馆，一楼主要是餐厅、包厢，少许住宿。二楼是住宿。这下花费就大了，建筑费是一方面，装修费也不少。只把一层装修完就再也没能力装修第二层了。那你搞了这么个宾馆干什么呢？自然是要人来吃来住啊，可是这一片荒滩，谁来吃住呢？

宝军倒是极富想象力，他望着因推平机场而堆在机场外的斜长的巨大的土堆突然有了一个构想：搞滑雪场。于是推出了两百多米的滑雪道，扎上一二十个蒙古包，买了一堆滑雪具，冬天滑开了雪。因为就在城边边，城里人坐着公交车就能到此，冬天滑雪的人还很多。当时新疆的滑雪场还很少，上规模、上档次的也少；再有，其他滑雪场离城远，来去不方便。他这儿冬天的效益还凑和。可是冬天滑雪也就只有两个多月的时间，其他的时间还是什么也干不成。搞宾馆的费用几乎是永远拿不回来的。

我来滑雪场已是三月初，厚厚的积雪已经开始溶化，已经滑不成雪了。我说明来意，弟弟自然是鼎力支持。但是我知道弟弟已经没有张罗的费用，就提出吃饭、喝酒的费用都由自己出，对外就说度假村招待的。宝军也就同意。兄弟俩拟好了菜谱。我提出要上一道螃蟹——当时螃蟹价格很贵，能在餐桌上上螃蟹还是很新鲜、时髦的事。弟弟说哥哥你放心好了，剩下的事都由我来办，保证客人们满意就是了。

开会的这天是二○○○年三月三日，跨世纪的一年，似乎很有点意义。

到会的有近四十人。按照邀请函的名单是四十七人，昌吉的十九人，乌鲁木齐二十八人。有些人有事没有来，来的人大都是文联、作协、编辑、记者；电视台、报社、广播电台三大媒体都有人来；来的人中基本上都是作家、诗人、评论家，都是身兼各种职务的。

会议在一间装潢讲究的大包厢，摆了三张大圆桌子。正面挂了红布标。我诚惶诚恐地被安排坐在了前边，从头到尾一直在紧张中度过。赵光明主持会议，说了开场白，说他昨天参加了一个人的长篇小说研讨会，那书写得不怎么样，但是大家都说好——文人脑子转得快，他担心大家会想到他随口说的话而影射这个研讨会也是作品不怎么样，也只能按惯例说好，忙加了一句："这个研讨会是真正的好。"

会上，张淑萍老师做了重点发言——这是张侠安排的。张侠说会上要有人作重点发言，给我推荐了善写文学评论的昌吉州职大老师张淑萍。张老师准备得非常认真，文章很有分量。随后，不少与会代表发了言，因为张侠事先给一些代表送过书，大约翻看过，发的言都很好。

会议上有个有心人叫黄毅（诗人、散文家），是个很讲义气的人。把会议的发言记录整理了一个纪要，发到《新疆日报》上了。我剪辑保存下来，也就永久地知道当时大家都说了些什么。

会议后，在大厅吃饭。大厅空荡荡的，没有一个外人。可是在大厅里吃饭的感觉非常好，巨大的玻璃窗把外边的明亮的光线射进来，一片清亮，从餐厅就可以看见外边的天空、白云、厚厚的积雪。文人们聚在一块儿是不会冷场的，大家又是彼此相识的，场面顿时热闹起来。

这时宝军也风度翩翩地出来了，我介绍这是我的大弟弟。——没想到的是宝军与在座的不少人都相识，比我认识得早。宝军在搞游泳馆的度假村时曾在电视台、报纸上大做广告，但是不交广告费，而是以广告费顶消费，也就是电视台、报社的可以领人去游泳、吃饭、住宿等等，因而结识了不少文人。

我又给大家介绍自己的夫人吴玉娟。她从一开始就非常热心帮助老公张罗研讨会，非要参加会议，她对这种露脸的事感到一种荣耀。

我在酒席间最想交心的就是写童话的刘乃亭。在新疆文坛，一说童话作家就说到刘乃亭。中等个儿，陕西人。后来刘乃亭告诉我，他开始是写小说的，后来改写童话，反倒冒了出来。我找到刘乃亭碰酒，刘乃亭说给我介绍一个也是搞儿童文学的李晓玲，一个二十多岁，身材纤巧，五官秀气的少女。刘乃亭说新疆真正搞儿童文学的就他们两个，加上我是三个。李晓玲是广播电台主持人，艺名小玲叮当，专门给小朋友讲故事，她把讲过的故事整理加工，出了一本《写给小读者》，卖掉了十万册。我听了感慨多多，人家那么年轻就出书了，而我五十岁才出书，人家一下子十万册都卖掉了，而且是在全国热销，而我印了那么两千册，却连昌吉一个地区都走不出去。——李晓玲后来一口气出了四本童话书《美德花园》、《梦想风暴》、《快乐精灵》、《比糖果甜蜜》，全国热销，甚至脱销，真是令人无法攀比。

我突然来了幽默感，笑道："那咱们仨是老、中、青三结合；从年龄上我是老、刘乃亭是中、李晓玲是青；而从文学创作上，刘乃亭是老、李晓玲是中、我是青；咱们三个老中青在一起，给大家敬敬酒。"

于是我们三个搞儿童文学创作的，挨着桌子给大家敬酒，造气氛。

当我得知刘乃亭是新疆大学出版社的编辑很高兴，说："我以后出书到你那儿出行不行？"

刘乃亭说："怎么不可以。"

我说："正好你是搞童话的，给我当编辑，这就更顺了。"

研讨会搞得挺成功——起码我自己是这样认为。酒桌上似乎每个人都很开心、很尽兴。事后又很尽责，很认真地写了报道的文章。我都一一收集起来，珍藏至今。

我等于一下子认识了一大批新疆文坛的名人。如果让我一个一个去认识不知得多少年，也未必能认识上。我好像火车提速，一下子提前、超前到达了目的的，而这一切是张侠给我的，我对张侠充满了感激之情。我有时想不通：人家与你素不相识，凭什么要为你张罗这次研讨会，如果人家不这么张罗，影响人家的什么？什么也不影响。那这就只说明了一个问题，张侠是一个对人有侠义心肠，是个非常热心、率真的人。我也是从小看了许多古书，很重情谊、讲义气的人。我相信法国作家罗曼·罗兰所说的，人生有三大支柱：事业、爱情、友谊。我特别看重友谊，把交朋友、重友情看成人生的一大支柱。我认定了要把张侠作为一个真诚、真心的好朋友相交。

晚上，我看张侠诗歌，他已出版了几本诗集。他写的是现代诗，用词用句都很怪。我想不通他是怎样构思的。我年轻时也写过诗，都是比较传统的写法，也试着写各种形式的诗，都没写成功，我缺少写诗的才气。张侠也写散文、游记，并自诩他的散文写得也不错，游记也行，有约稿。对于张侠的诗歌创作历程，我慢慢有了一个完整的了解——八十年代，张侠曾致力于西部现代主义实验，与一群诗友创立了博格达诗社。其所写的诗歌散见于《诗刊》、《星星》、《诗歌报月刊》、《诗林》、《诗潮》、《都市》、《绿风》、《中国西部文学》以及台湾的《秋水》、《葡萄园》等五十余家报刊。其中有许多篇什在国内获奖。

也就是说张侠从八十年代就活跃在诗坛，到处发表诗歌，而那会儿我杨宝如还苦苦在自己的长篇小说的泥潭中挣扎。但是好像文学作者的内心都是孤独的，我也看到了张侠内心的那份孤独，特别是他曾经有过很长时间病痛的折磨，后来弄清他有过严重的哮喘。张侠在他的一部诗歌集的后记清楚完整地写出了他的生命与诗歌的历程："……1995 年 11 月，我触摸了死神的手指。死神的手冰冷而滑腻，我们互相对视，死神的背后是黑暗的深渊。我知道，只要我向前一步，我就会永远的消失在黑暗中。那一刻，也许是妻儿哀痛的目光，让我毅然停步，从死神冰冷的手中滑落。"……我与张侠交往时，应该是他心情最愉快的时候，也是他对人生大彻大悟的时候。表面看去他身体也很好，虽然有心脏病，但是该喝酒时也挺爽快地喝酒，既有山东人的直爽性子也有新疆人的豪爽性情。

　　自从与张侠交往后，我被带入了另一个境地——那就是不断结交文友。昌吉的文友不用说了，常常坐在一个酒桌上，越交越热。还有乌市来的文友。此时我也弄清楚了张侠为什么与赵光明那么熟，赵光明曾在昌吉报社工作过多年，是称兄道弟的哥们。乌市文友来昌吉都是与张侠联系，几乎所有外地来的文友都是先与他联系。他还有另一个路子上的文友——就是网络上的文友。他一直跟我炫耀，他是一个网站的版主，像编辑一样，看上网的稿子，确定上网的稿子。他说一般网站都不审上网的稿子，他的网站审稿子。他提到他的《新丝路文苑》时充满爱心和深情，他似乎迷在了他的网站上。他对我说这些，我却一片茫然，不知所言何物。我也买了电脑，是给女儿买的。也想到今后写稿子，用电脑打字。打字没学会，也学不进去，还是用手写稿子。电脑的用途只剩下了一个：下围棋。张侠对我不上网看网站，不用电脑打字，很是有点失望。他说上网很容易，我教教你。

　　张侠来我房子，只此一次。打开电脑，教我看《新丝路文苑》，教我怎么发邮件，怎么跟帖。我嘴里嗯嗯着，却什么也没看明白，心里想着以后再慢慢学。

　　我心血来潮，让张侠看我写过的稿子——从来没给人展示过。我搬出一摞摞手写的稿子，在床上堆了一堆。张侠有点惊讶，说没想到我写了这么多稿子。说他要写过这么多稿子，早就出名了。

　　我看着自己那一大堆稿子也有了一种感动，且不说能不能发表，仅仅用消耗多少生命的时间写出来就有一种感动。

　　我说："我也没有写多少，就是一部小说，改来改去，抄了一遍又一遍，也发表不了，也就是一堆废纸。几十年写了一堆废纸。"

　　但这还是给张侠留下了深刻的印象，他在后来给我写的书评中夸张地说我写了"一拉拉车的稿子"令我汗颜。我玩笑说："有没有半拉拉车？还得排开来散装。"

第二十三章

热爱新疆，尤热爱新疆的人……忙着写出《古道情形》——赞美新疆的长篇小说……与张侠成为知己……他突然去世，痛煞我也

八十八

我五十二岁时又迎来了生命的一个转折，单位上让我们这些五十岁以上的老同志"内退"或称为"休假"，也就是工资照拿，但不需要再上班，等到六十岁正式办手续。我听到这个消息，把手放在脑门上，谢天谢地，感谢这个政策！从表面上来讲，我们这些老科长是给年轻人腾位置，曾有人说过，老家伙对改革开放的最大支持就是腾位置，让年轻人上，我心甘情愿地腾位置。单位上有些人说老杨退下来是最高兴的了，捂着嘴笑。我真没想到单位上还真有理解我的人，什么少了奖金、午餐补助，钱算什么，花钱买时间，老天开眼，总算给了我点时间搞创作；如果真让我干到六十岁退休，眼也花了，手也哆嗦了，我还能干成什么！虽说是上班时也能用业余时间创作，但那效率就太低了。

我千恩万谢，躲进自己的房子开始完成想写的东西。

我被一个题材煎熬着，一个突出的奇想，弄得我食不甘味，夜不能寐——那就是写楼兰美女。

楼兰，西域丝绸古道的一个小国，在销声匿迹了两千多年后又被人从沙漠中挖掘出来。而一般人能记住"楼兰"两字，是因为楼兰一带出土了三千多年前的金发碧眼的美女干尸，被称之为"楼兰美女"。这个楼兰美女，怎么也是值

得大力开拓的文学题材。

我发现在文学上，影视上，凡是中国古代的东西能写的都写得差不多了，什么兵马俑、蛐蛐罐、围棋、武术、大辫子、舍利子等等，写得几乎不留一点空白。而我庆幸"楼兰美女"尚没有被人写出名堂来，还有一丝空隙可乘，如果我让"楼兰美女"的魂附在现代美女的身上，啊呀呀！

那么，我要让这个附魂表现什么呢？单纯的附魂是没有什么意义的。我还是受传统文学影响，写文学作品总要有个什么意义。我看过不少香港的鬼片，喜欢那种浪漫的故事，但我觉得那些片子或者让你惊恐或者让你搞笑，却没什么意义，纯粹的娱乐，也就免不了有些低俗；我不会去那么写的，那么写还不如不写，我没时间这么闹着玩啦。那么我想怎么写？我想起了自己深爱的新疆，我生活了三十八年的热土，我还要继续生活下去，一直到死。我觉得在新疆生活了大半辈子，我感谢承载了我的生命的地方，我觉得我得对生活过的新疆有个交代（谁也没这么要求我），完成自己的生命感受。一句话，我要把楼兰美女附魂跟赞美新疆联系起来。

我发现，新疆在宣传旅游资源时存在一些不足，比如宣传考古时只谈考古，宣传山水时只谈山水，宣传歌舞时只谈歌舞，宣传民俗时只谈民俗，没有一条线像穿珠子一样把新疆的考古、山水、歌舞、民俗等有机地穿到一块儿，使人更加容易感受。特别是新疆"山好水好人更好"，这个"人更好"在一般的宣传中很难反映出来。你这个"人更好"怎么个更好法？新疆人热爱新疆的最最根本的原因是觉得新疆人好，新疆人淳朴、善良、热诚、侠义，那么，这个"人更好"不反映出来，就反映不出新疆的好来。

我回想来新疆几十年，真的非常喜欢新疆人。新疆人来自山南海北，各省市的人都有。但是受了新疆少数民族淳朴之风的影响，受了大漠荒天、雪山草原的环境影响，人变得格外善良、豪爽。实际上，我自己身上也有了新疆人的东西。我与人交往心地坦诚，这既有我从小形成的性格，也有我到新疆后受到的影响。我越来越不喜欢绕弯子，有什么就直接表白，不愿费那么多心计；我喜欢听民族歌曲、新疆味的歌曲；我喜欢吃羊肉、喝奶茶；我喜欢喝酒，在喝酒中与朋友抒发深深的情谊；我喜欢新疆的山水，包括戈壁、沙漠、荒山等人烟罕至的地方；我最想上的地方是天山，老想待在蒙古包里，感受天山深处傍晚与清晨的那种阴凉；我喜欢新疆小城市那种空旷和安静，人口少，人们的满

455

足表情；我喜欢新疆的天气，夏天再热房子里总是凉的，冬天再冷有暖气，特别是有煤，平房里那一炉暖温的火；我喜欢新疆的牛马羊狗和各种野生动物、野生植物……哪里黄土不埋人，我甚至喜欢死在新疆，对什么老家早已一片茫然……

于是，我想编造这么一个故事，纯属虚构的故事：让一个美丽的姑娘突然离家出走，独自到新疆寻找二十多年未谋面的父亲，她的父亲在新疆已成为一个音乐家——多么美妙的职业。美丽的姑娘走楼兰古道，被两千多年前的美女古魂附在身上，而这古魂不时地发作，弄出些啼笑皆非的事情，"戏"也就从这开始了。姑娘寻父不容易——也不想让她很快见到父亲。于是让她走库尔勒、走喀什、走和田、走乌鲁木齐、走伊犁大草原、走喀纳斯湖，最后在吐鲁番才得以见面。这一路追踪，便把新疆的考古、山水、歌舞、民俗等全部串到了一起。为了反映新疆的"人更好"，我在作品中有意塑造了一个聪明、幽默、真诚、侠义的维吾尔人，让他帮助姑娘寻父，同时又通过姑娘遇到的众多热心人，反映出新疆的人好。

我想使我的作品带点轻喜剧的色彩，不想深刻、不想沉重。同时我想回避当前流行的一些文学影视创作套路，我给自己提出了"四不"：一不写情场，二不写商场，三不写官场，四不写警匪，抛开这些流行的东西，是不是也能写出些东西来？

我构思这个"楼兰美女附魂"已经一年多了，一有了这个想法就激动不已，这又是一个带有浪漫主义的题材，我是多么喜欢浪漫主义啊！可是因为上着班，脑子里的思路不连贯，断断续续，干巴巴地写了一点根本不成立，幸亏让我退下来了，我可以突击写这个东西了，我把想写的其他东西往后推，先把这个完成。我急于要写这个东西是怕构思被人"抢注"。我知道中国人太聪明了，你想到的东西别人也能想到，现在新疆的旅游业大开发，内地的人越来越喜欢到新疆旅游，文人们也想写关于新疆的东西，怎么就不会想到楼兰美女。实际上已有电视剧写楼兰美女了，也已经开拍，只不过那构思跟我的不一样。但是像这种古今交错、时光交错的表现手法并不稀奇，我得抢我的构思、抢我的"知识产权"，在别人想到之前完成我的作品，这就像商标注册一样，我注册在前，谁再与我的"商标"相同近似就算是侵权，就算是剽窃，就算是抄袭。

我潦潦草草在纸上写完了初稿，又誊写到方格纸上。我还是犯老毛病，创作时充满激情，誊写时则木不呆呆、痛苦不堪，更不用说耐心地反复修改了。

我找到刘乃亭所在的出版社，要出这本叫《古道倩影》的书。我已在刘乃亭这出了第三本童话集《女神》，当然很顺利。刘乃亭自然愿当我的责任编辑。

没想到出书卡了壳，刘乃亭打电话告诉我，一般出书要经过三审、一审、二审，最后总编辑终审。一审二审通过了，到总编那没通过。总编对鬼魂附体有质疑。现在正批"法轮功"，这种写法会不会跟批"法轮功"的形势不相符合。

我听了莫名其妙，这种浪漫主义的创作手法跟"法轮功"有什么联系。

刘乃亭有点无奈，说："我也知道，可是总编通不过。……要不，你把楼兰美女附魂去掉?"

我一下子气上来了，"楼兰美女附魂只不过是一种浪漫主义的创作手法，所谓附魂不过是种想象力。你站在交河古城、高昌古城前，你一定会想，两千年前的人是怎么生活的? 脑子会出现两千年前的图画，楼兰美女就是这种想象力，你想的，由楼兰美女去做就是了。如果把楼兰美女附魂去掉了，那这本书还有什么意思，远不如不写，楼兰美女就是这本书的魂。"

刘乃亭同意我的说法。

我又说起出的童话集《女神》，里边不也都是这种想象，不什么事也没有，怎么到这就不行了?

刘乃亭说："看有什么别的办法解决这个问题。"

我就说了在出《山鬼》时遇到的事。

刘乃亭说："你不行把《冥府的故事》还有一些材料带来，亲自跟总编说说。"

我那本《冥府的故事》找不到了，找了本内地出的《鬼故事》——居然还是月刊，每月都出，我都想不通怎么会让出这种专写鬼的书。记得小时候为了宣传唯物主义、破除迷信，有一本《不怕鬼的故事》。现在堂而皇之地宣传鬼，真是此一时彼一时也。——我当时并不知道，时光到了二〇〇六年，鬼怪、玄幻、穿越、恐怖、盗墓、新武侠等各色新文学类型在网上崛起，吸引了惊人的点击量，随后又纷纷变成实体书。我那会儿如果知道，也真想穿越时空一趟，把后来的那些把宇宙星空、过去未来、天堂地狱、妖魔鬼怪玩得一塌糊涂的书拿来给总编看看。我那点书中的小浪漫跟后来的东西比起来简直微不足道，我只不过是个老实本分、有点浪漫的作者。

我去见了总编，很熟。我有一次动了感情，让刘乃亭把出版社的编辑们请到弟弟的滑雪场滑雪，吃了顿饭，认识了总编。刘乃亭告诉我，总编是个非常敬业的人，原来是研究历史的，只是比较谨慎。

我给总编看《鬼故事》。总编扔到一边，说这种乌七八糟的书看都别看。我就说毛主席还有"我失娇杨君失柳，杨柳轻杨直上重霄九"，主张现实主义和浪漫主义相结合的创作方法。新疆大漠荒天，需要的就是想象力，没有想象力太痛苦了。何况我的美女附魂还挺有积极意义，反映丝绸之路。

书还是通过了，我心里挺感激。

我问刘乃亭看了书稿有什么看法。我原来就跟他谈过要出这么一部长篇的事。刘乃亭是陕西人，也是直言快语的人。

"比我想象的好。"刘乃亭实话实说。

我又问："书中的毛病呢？"

刘乃亭说："有的地方写得非常精彩，有的地方写得简单粗糙。"

我承认指出的非常准确。

两个人畅所欲言，无话不谈，刘乃亭最后说了几句肺腑之言，令我震撼，铭记在心。刘乃亭说："你应该好好写一本书，哪怕用三五年的时间，不要急着这样出书，要写出有分量的书。"

我点头，变得有点羞涩、忐忑不安。

刘乃亭说："我准备到六十岁时，好好写一本自传体的小说，把自己的生活经历都写出来。"

我明白刘乃亭婉转表达的意思，照我这个年纪再不能追求出书的数量啦，这些匆匆写出的很粗糙的书是立不住脚的，一个爱好文学的人应该写出最有分量的长篇巨著。我知道自己仍在做着铺垫的事，在绕着我终生想完成的东西。我总在为临时想出的题材而把那部"大作"往后推，甚至对能不能完成那个长篇而没有信心。刘乃亭说的对，我得静下心来、潜下心来，去完成那个长篇，对来世一场的人生做个总结。

八十九

二〇〇五年的一天，又想见张侠了，我给他打电话。张侠也想见我。我们现在成了什么关系？十天半月不见面就想得慌，不见面就心里发空、发虚，惶惶不可终日，好像有件什么大事没办。

我们要见面太容易了，双方离得很近，五分钟之内就能见面。我只需要走出住宅区的大门往左走个三百米，到一个十字路口就能看见张侠。而张侠从他住的小区出来，走个三百米也就到了十字路口。我俩分站在马路的两边。我眼神不好，但是对张侠太熟悉了，从路这边望去，从个头、身段、动作就能认出张侠来，我一见张侠就不由地露出微笑，扬起手臂。张侠认我没问题，眼睛一点不近视，我没走到路口就已经望见我了。

我走过马路去，两个人一块儿去一家小饭馆，叫重庆川味饭馆，小两口开的。男的个子不高，女的更小巧。小饭馆的菜便宜，最主要的是小饭馆自己卤猪耳朵、猪蹄子，也直接往外卖。我们两个已是这儿的常客，总是先要个猪耳朵、猪蹄子，其他的菜都无所谓。起先两个人喝一瓶子酒，回家后不舒服，起码我酒量不行，第二天总得头晕难受地躺一天半天；后来两个人不"煮酒论英雄"了，喝上半瓶子；后来更实事求是了，喝个啤酒也挺好。主要的是两个人说说话——总有说不完的话，都是文人的话。

我俩坐在一块儿说话，张侠说准备请假回趟山东看看老娘。然后到北京某出版社办书号，是那种套书的书号，也就是一个书号能出一套书。他想把这套书叫作"白雪莲丛书"。他问我有没有要出的书。

"有啊。"我说，"不过不是什么新书。我想把我写过的三本童话认真修改一下，出一本童话选。送人也好送。人家看了这个选就知道你的一切了。"

张侠说他自己也要出一本诗集。也是选的过去写过的诗歌。也有一些新诗。书名都想好了，叫《与生命对视》。

我觉得张侠又在"傻热心"。我发现张侠有好多"傻热心"的事，给这个策划啦、给那个帮忙啦，有点天真，把好多事情想得过于简单。他这次跑北京要书号出书是不是又是一次"傻热心"，这件事是容易的吗？要是我杨宝如有没有心劲去跑这件事？

没想到张侠到北京真把书号搞回来了。出一套"白雪莲丛书"，十本书。州文联又从少得可怜的经费中拿出一万元补贴出书，天底下哪有这样的好事！

张侠为昌吉的文人们办了件大好事，许多出不起书，想都没想到能出书的人都可以借此出书了。刘河山的散文写得很好，他一下子出了两本散文集，评价不错。摆进新华书店居然不操心销售。其他人出的有诗歌集、小说集、散文集。张侠精心地出了他的《与生命对视》。他大女儿给设计的封面，找的插图，都很令他满意。我也出了我的绿色童话选，把原来文章中的一些粗糙的东西删除了，心里舒服了不少。我自己又画了封面，画了二十多幅黑白线条的插图——我毕竟有点画画的功底，三十多年不画画了，画出的东西也还有个样子，有人说不比专业的画得差。

我认真看了文友们出的书，从头看到尾。——我给自己定下一条规矩，对文友们送的书必须认真地看，才能了解人家的思想、文笔，见了面才能有言以对。

应该说，有了这套书，本地文学的水平一下子显现出来，原来都各深埋着，根本无法看到。我感到本地文人们的写作水平真的不低，有好多文章令我叹服。

我挺感激张侠办了这么一件好事，让我了了这么一个心愿。张侠说我的童话准确地说应该是童话小说，还有增长的空间。又让我选几篇自己满意的，热心地发到《新丝路文苑》网站上。又把我的《古道倩影》长篇发到了网站上。

我不自信，笑着问："有人看吗？"

张侠说："怎么没人看。"他说有一个认识的西安文友，看了我的一篇童话，印象挺深。又说也有人看了我的长篇，评价也不错。

我知道张侠对我好，不免多说几句好听的话。从我与张侠的交往，我看出他并不是只爱说好话的人。张侠对文友们的文章不满意时，拍起砖来（拍砖，网络用语），也挺直率、尖刻的呢。

九十

我把我的《绿色童话选》出版后，第一个想到的就是给远在西安的李强寄去。虽然我出的几本童话集都给李强寄过，这本童话选也大都是从那几本童话集里选的，我还是多少有点成就感，我也在总结自己的文学生涯了。

但是，我知道此生已无法跟李强"抗衡"了，根本就没法比。李强已是陕西师范大学教授，博士生导师，著名作家。数十年如一日研究与探索中外文化交流史、丝绸之路文化艺术，有优秀文艺著作与哲学社会科学专著三十余部问世，获国家级、省部级或校级奖励二十余项。此时，他已经完成了他的学术专著三部曲。在他寄给我的第三部学术专著《中外剧诗比较通论》（上下集）的后记里，他踌躇满志地写道："《中西戏剧文化交流史》与《民族戏剧学》，这两本书以'史'与'志'的文体形式圆了我多年梦寐以求探索有关世界'剧诗'发生、衍化、发展的文化艺术理念之梦。如今所新发排的此部《中外剧诗比较通论》应该算作我'剧诗'之梦探研'三部曲'最后压轴的一部。"——李强算得上是功成名就，对他付出的多少心血和孤独寂寞也就变得无怨无悔。他的著作绝不会昙花一现，肯定会比他的生命走得更远。他几乎是填补了学术的一个空白，已经成了后来研究此领域的导师……

我又能说什么呢！我只能从文学角度白话两句，我说你的人生追求已经实现了，可以搞搞文学了。我说你那几十本日记，随便整理整理就是好的文学作品。我说虽然学术著作也能反映出一个人的思想感情，但是还是比较间接，你把你的日记搞出来，你李强是个什么人，就更能真实地反映出来了。

李强说愿意听我的话，一定把日记整理出来，出一本散文集，其实我们说这话时，他已经在动手做这件事。不久，他告诉我已经搞出了一百多万字的散文，觉得太厚了，又砍成了六十八万字。我一听吓了一跳，他干什么都是大块文章。他也真的像搞学术一样，把全国划成几个片区，按每个片区归纳散文，他定的散文题目大气磅礴，为《神州大考察》。

李强说让我写一篇对他印象的文章，放到他的散文集后边，我有点惶惑，说我的文笔不行，恐难胜任。他说你一定要写，他说最了解他的就是我了。这倒也是，作为朋友，作为文人之交，我敢说没有哪个比我与他的交往更长久。想想从上个世纪六十年代（多么遥远的时间），我俩相识到现在已经四十多年了，说是相交一生也不为过。我推却不过，只好硬着头皮写了我对他的印象，平铺直叙，大白话，实在写不出能与他相比美的委婉、华丽的辞藻。我一再声明，我那文章你一定要修改，我的用词造句太差了、太贫乏了，有的地方应该有一些表达的词句却想不出来。我把写好的文章复印后给他寄去。

我挺希望好朋友再回新疆的。他也快退休了。我说别看你在内地待了那么多年，你的魂儿应该在新疆。他也承认，也想回新疆再搞点轻松的文学创作。可是他还是回不来，又有了新的学术课题，还得领着学生到处奔波去调查、考证，我真的忧虑他越来越少的头发。

九十一

转过年的春节，我有了一个意外的惊喜，一个唱歌的朋友，也是塔城人，也在昌吉工作，比我小几岁，叫孙志军。孙志军突然给我打电话，说有个人看了我的《古道情影》非常欣赏，想拍电视剧，急着要见我。

我不免一阵激动。此时我正好在乌鲁木齐，在妹妹宝琴家。而孙志军说的蒋欢的公司就在附近的一幢大楼里。我叫上宝琴做伴，不到两站的路程，就找到了那幢楼。坐电梯上到十二层，就找到了那个叫蒋欢的人。

蒋欢有四十岁，个不高、短头发、圆脸。同屋还有一个披长发、身材苗条的女的，是他的爱人。

通过聊天，我得知蒋欢两口子父母都在昌吉，本身就是昌吉人，顿时有了亲切感。两口子经营文艺演出团体，手下有一帮子唱歌、跳舞的演出人员。孙志军曾在他的手下唱歌，不知为什么把我送他的《古道情影》送给了蒋欢。

蒋欢的爱人小陆说蒋欢把书看了两遍，"他从来不看小说的，却把你的书看了两遍"。书是小陆先看的，觉得不错，推荐给蒋欢。蒋欢看了就给孙志军打电话，说想很快见到作者。

我不明白蒋欢是搞文艺演出的，为什么想拍电视剧。他就说起香港导演徐克在新疆拍电影《七剑下天山》时，他给提供了几百个群众演员。他也跟着徐克跑了几个月，对拍电影电视知道是怎么回事了，也就有了想拍电视剧的想法。也有人拿来小说看了，不满意。看了《古道情影》，相中了。

有人拍电视剧当然是好事。我从写小说一开始就是照着能拍电视剧来的。其实我一开始想写成二十集的电视剧，为此还看了一些影视剧本，琢磨影视剧的写作手法，但是想到写出并不内行的剧本后，何处去发表？又去给谁看？都没有谱。我又怕把写出的东西撒出去后，别人看后抢了我的构思，我那个楼兰美女附魂可是我的"发明"、我的"专利"呢，所以我才写了小说。但是里面用了许多电视剧的手法，景场的转换，大量的对话等等。

我的《古道情影》曾受到一个人的青睐——《西部文学》主编董为清。那是在新疆作协开的我的此长篇小说的研讨会上（张侠出面张罗的），董为清说他认真地看了小说，说我"写得很聪明……"我知道董为清说我写得"聪明"的含义，我的确写得"聪明"，准确地说，我写得非常轻灵……我跟董为清说，西域两千多年的历史，不说没有老百姓安居乐业的时候，但是经历的苦难太多、太血腥，打打杀杀的事太多；而反映新疆的作品也太血腥，像《天地英雄》、《七剑下天山》；还有一些反映现实的作品又太沉重。我说我很注意看反映新疆的电视剧，像《兄弟》反映民族团结的；《新疆姑娘》反映维吾尔族姑娘跟汉族小伙儿恋爱，突破民族传统的；都是围绕着设定的一个主题展开情节，虽然写了新疆，但是主要表现那个主题。我说我写的纯粹是反映新疆的风土人情、山光水色、丝绸古道，非常轻松，是轻喜剧。我说我不喜欢血腥，不喜欢沉重。

董为清很想把小说改编成电视剧。约我到他的办公室谈改编剧本的事。他还叫来了文联管电影电视剧的小殷，搞过电视剧。三个人共同商量如何写剧本的事。由小殷拿出一个策划方案，把《古道情影》改名为《北京姑娘西游记》。董为清还热心地构想，把小说中的卖烤羊肉串的库尔班的身份变成一个搞摄影的文艺工作者，甚至与小殷等构想搞成《五朵金花》那样的音乐剧。我可以感到董为清是真动了心了。可是此事没过多久也就不了了之。照董为清的话说找不到投资的企业。的确，那时候新疆有钱的企业还不多，就是有钱也未必愿拍电视剧。不过，我还是挺感激董为清对我的作品的看重。

没想到又遇到了一个知音。

蒋欢说以他的资金和一个朋友的资金三百万元，资金还有些缺口，可以通过其他的融资办法解决。他决心把他经营多年的资金全部用来投资拍这部电视剧，令我有了一种感动。很快，我与蒋欢在写字间签了一个合作的协议。其中不免谈到报酬的问题，照蒋欢提出的，电视剧拍成后，如果有利润，按纯利润的百分之三付酬，我也欣然同意。

我再书呆子气，也毕竟活了六十岁了，不会不知道这个付酬实在有点虚，甚至可以说基本拿不到钱。……我知道当今的电视剧，百分之七十亏损，只有百分之二十赢利。我当然相信我写的这个题材拍好了是很好看的。我希望能上中央八频道，而且好些地方台能转播，甚至都想到了搞成光碟后也热卖，但是最终会怎样也只能走一步看一步。……我真的不想图钱，我愿意跟对方捆绑在一起，完成这件事情。我有点图名。我最想的就是有朝一日电视剧拍出来，前头有一行字：根据某某某长篇小说《古道情影》改编。唉，人老了老了，还看不透名利两字。我到这年纪不是应该早把什么名啊、利啊看透了吗？利有点看透了，这名还有点看不透。想想，就算电视剧拍成了，前头给你挂上了，那又能是多大的名？又能增加你的什么人生价值？能有谁知道？能存留多久？我又想《红楼梦》的"好了歌"，什么什么好了，就是什么什么忘不掉。我忘不掉这个名啊，人在社会中的这个社会属性啊，一生想靠文学增加人生的价值啊！

我把有人拍电视剧的事跟张侠说了，张侠也很高兴，我说这只是个意向，距离能不能拍成还遥远着呢。

我提出想让张侠为《绿色童话选》写个书评。我知道现代社会信息非常重要，没有什么"酒香不怕巷子深"，而是酒香也怕巷子深。我知道张侠文笔很好，给别人写的书评很好。再说张侠的大女儿在报社，发表个书评也有个通道。

张侠说他考虑考虑。

过了几天，张侠跟我说，他要写书评不想照一般的书评方式去写。书评写出来了，果然与众不同，看了前边的几段，令人发笑。吴玉娟看了也忍不住哈哈大笑。

张侠的书评是这么写的：

"……见到老杨，发现我猜度的作者形象和眼前的老杨反差很大，我相信全国人民谁也不会把童话跟杨宝如联系在一起。那天他穿了一件皱皱巴巴的T恤衫，他那干瘦的体型和枯黄的肤色很容易让人想到三年自然灾害。本来一头'自来卷'挺让人羡慕的，只可惜长在他头上，一点不被珍惜，在他不断喷吐的烟雾里变成一堆苦蒿。小说家赵光鸣给他送了个绰号叫山魈，他欣然接受，还常常炫耀。……"

我非常喜欢这个书评，张侠回避对具体的作品作分析评价，而是从我的性格、生活经历、文学追求活脱脱地写出了我这个人。

这个书评居然在新疆的两大报纸《新疆经济报》《新疆日报》都刊登了，也让我有了一种"荣耀"。

很少给我打电话的张文阁看了报纸，给我打了个电话，好像我真的很有了名气似的。

九十二

张侠永远充满热心，这年的"五一"他又搞了个热心的惊人之举：即与新华书店联系，搞一个本土作家的签名售书。

"五一"这天，我带上自己的童话选来到书店。七八个文友也带书来到书店。书店一楼打出了一幅红布横标，摆了一溜儿桌子。作者们坐在桌后，把书摆在桌上，等待顾客到来。我紧张、冒汗，我对张侠搞的这个签名售书存在疑问——想也想得出来，小地方有多少人到新华书店买书？而到书店买书又有谁会跑到你这些不知名的作家跟前买书，非要你那个签名？看看人家全国的签名售书是怎么回事，那都是已有名气的作家，或是已有名气的影视明星写的书。人家就是慕名而来，以有那个签名为荣。在这儿行吗？谁知道你是谁呀！你白送给人家，人家要不要呢！我捏着一把汗，担心遭遇无人问津的尴尬。

签名售书开始，还真有一二十个人围过来。其中有的人从每一个人的书中拿一本，交款，签名，把书拿走。我也手心上冒汗地签了十几本书，平生第一次以这种方式给人签名。一会儿我就明白了，这些来买签名书的都是新华书店各县市分店的经理，还有新华书店本身各部门的负责人，都是事先安排好的，必须每个人买一百多元的书，是一种任务。我有一种说不出的感动，又有一种感伤。我感到张侠和新华书店安排的这事真是用心良苦，何必呢，让人家每个人买一百多元的书人家愿意吗？我们那签名值得人家去保留吗？

我卖出的书中只有一本是真的顾客买的，那顾客是个小女孩，说看过我的书（从什么渠道看过的不清楚），点名要了我的书，女孩的妈妈给女儿买了。

我知道我们这些本土作家的书走不出昌吉，走不出新疆（起码对我来说如此），我们这是自得其乐。我曾把自己的那本童话选试着打进了自治区新华书店，全疆销售；两年后结账时只卖掉了九十三本，多么可怜！——我内心里当然不服气，我觉得自己的童话不比那些摆在书架上其他人的童话差，但是人家有名气，有人炒作，一般人买书总是照着名气去买，若是我自己买书不也是如此吗，所以我无法怨天尤人，只能甘自忍受。我称自己的童话是：看了都说好，不看什么也不知道。

令我不好意思的是中午新华书店还请我们吃了顿饭，这事情是不是有点颠倒了？

到了晚上，还是请我们吃饭，而且是在档次很高的海鲜城吃饭。一个大圆桌能坐二十个人，我们七八个签名售书的作者悉数到场。其余都是新华书店的人——也就是每人买了我们书的人。

我有种感动，有种不安，我觉得人家真的没有必要如此盛情地对待我们这些文人。

新华书店的总经理是个女的，姓陈，四十多岁，一看就是精明强干、豪爽大方的女强人。让手下人买书都是她安排的。显然，她也担心签名售书时遭遇冷场、遭遇尴尬。

可是，这种关心、热情，这种赔钱的生意只有胸怀豪放的新疆人才做得出。

陈总经理手端酒杯，开怀畅饮，谈笑风生，真有种峨眉不让须眉的巾帼英气。

在座的人互相碰怀、畅谈，亲如一家人。

张侠十分激动，显然他也没想到新华书店会这么盛情款待我们这几个文人。他站起来，手端着酒杯，环顾左右的文友说："咱们几个人也凑钱，一个人一百元，就在这个地方，回请新华书店的朋友们行不行？"

那还有不行的，当场每个人掏出一百元，交给张侠。张侠交给刘河山，说："就由河山具体操办，找个时间咱们再在这里相聚。"

陈总经理也不玩客套："好，咱们再聚。"

一星期后，刘河山具体负责张罗，又在海鲜城摆了一桌。只是各县市的书店经理都开完会回去了。陈总经理和手下的各部门的负责人参加。这边人也陆陆续续进来，坐在一起，就差张侠了。刘河山手机与张侠联系，说张侠正往这儿赶，有个十分钟就到了。

又等了十几分钟，刘河山接手机电话，说张侠不来了，坐车到乌鲁木齐去了，让大家别等他，只管自己玩好。

我有种失落，张侠应是我们的主角，没有这个主角，酒席顿时逊色不少。

我问刘河山为什么走了乌鲁木齐，刘河山说张侠遇到了一个急事，非常非常急的事，不去不行。

后来我知道，张侠的大女儿突然查出来一种很重的病，什么病大家也不太清楚，反正是不好治的病，张侠一得知，半截途中拐了弯，奔了乌市。女儿的事当然是最重要的了，从中也看出张侠对女儿的爱，真正的父女情深啊。

有半个月的时间我没敢跟张侠联系，知道他的心境不好。任何不关痛痒的安慰都是没有用的。直到有一天，我小心翼翼地打电话，约张侠出来，张侠答应了，这让我有了一种欣慰。

张侠来了，像往常一样，在一个路口站着。

我顺着路这边走能望见他，他能望见我。

我们俩到四川小饭馆，像往常一样点两个小菜，喝啤酒。张侠说他有半个月没跟任何人通话了，也不想见人，你是第一个。

我不便问他女儿的病情，只捡着轻松的话东拉西扯，让朋友心情放松。

又有了两次文友的小小聚会，又是张侠出面张罗的，四五个人，吃的是湘鹅火锅。

张侠显然心情好多了。他提到要与刘河山、马玉梅、陈霞几个文友去奇台，到挖掘恐龙化石的现场去看挖掘恐龙。这次挖掘恐龙化石是一次有组织的大型活动，中央电视台也来人现场拍摄挖掘进程。我猜想他不愿放弃这个机会，肯定会写挖掘恐龙的文章。据后来马玉梅说，张侠的心情还是不太好，在奇台也不多喝酒。赵光明一把文人在一起热闹时，他一个人转山头，脸色黑黑的。

又过了二十天，我忙着女儿结婚的事，心里却一直想着张侠，想着请张侠一伙文友参加女儿的婚礼，给他打电话，他说从奇台已经回来一个星期了。两个人在电话里说了不少话，可是没提见面，我想着专门到文联去一趟，到张侠的办公室，当面说说话。我还有些事需要到张侠的办公室去说说，我曾无数次到张侠的办公室，无拘无束地说话，我没想到这次会与以往有什么不同。

没想到，八月三十一日晚——张侠突发心脏病去世！

电话是张侠的爱人小于打来的。我顿时脑子一片空白，转而有了一种愤怒，真的愤怒：他……怎么就……不在了呢？

我叫上夫人匆匆赶到张侠家。房子里已有很多人。刘河山、王心德、周丽娜几个文友也在。我哭了，哭得好伤心。屋子众人也一片悽然。

我以为张侠是喝酒死的，然而不是。

张侠去世前两天说胸疼。他有过严重的哮喘，几乎死掉。他想的是肺子或气管上的事，还专门到医院拍了肺部的片子，看不出什么。他想都没想到做个心电图，他本身有心脏病，怎么就没想到是心脏上的事？如果当时做个心电图，及时发现问题，马上住院，不就什么事也没了。最后的时间他与小女儿雅菲在房子里。雅菲还说要不要打个120急救，他说不用，一会儿就好了……他还出去在小区门口转了转，回来后坐在床边。雅菲也不知道怎么办，帮他摸摸胸口，抚抚背；如果有点常识，让他躺下来，静静地躺好，吃粒速效救心丸，也许就闯过去了，也许就能长久地活下去，与众文友们长久地交往、快乐下去……可是，现在还说什么呢，从宇宙、从地球、从人间消失了，没了就是没了，无知无觉，永不复生。

我去殡仪馆参加张侠的追悼会。

我没想到参加追悼会有这么多人——在极短的时间里，那么多的文化人知道了张侠去世的消息，纷纷赶来。这得感谢网络，网络传播信息的速度是惊人的。由此，也看出张侠平日为人处事是怎样了。

我没想到张侠的去世对我的打击是如此之大，我感到了一种人生的沮丧，我真想喊一声戏文："真真的痛杀我也！"我活这么大，经历的亲人、朋友去世太多，但真的从没像这次令我痛彻心脾、肝肠寸断，或者痛得根本不是什么词语能表达出来。

我又犯了老毛病，除了去张侠房子失声痛哭一阵外，心又平静如水，没有任何激情的表现。

晚上，我打开电脑看网上的文章，《新丝路文苑》全是悼念张侠的文章。我一个劲地寻找这类文章，不管是熟悉的文友、不认识的文人的文章找出来——细读。我以为我最了解张侠，对他最有真情，想不到那么多文友都对他有那么深的了解、那么深的爱，而且用那么大的文采，把他们的感受准确、生动地表达出来，比我自己想说的想写的深刻无比，以至于我不知面对还活在心中的张侠，望着我的张侠还能说出些什么！

没写怀念文章的未必就不是好友，我就是一个。我想了很多却无法著出一字。我不是文思敏捷、出手快捷的人，何况我不会打字，无法很快地向文友们传递信息、表达内心的感受；可是，我总得对张侠有个"交代"，我怎么能对我们多年的深交一言不发，我不能让冥冥之中的好友觉得老杨这个人不够意思，不会认为交了我这么个朋友是看走了眼。我决心好好地写一篇文章，是那种"痛定思痛"，静下心来，深思熟虑有分量的文章。

没想到在张侠去世之后，我倒开始认真看电脑上的《新丝路文苑》了。我怕那些悼念张侠的文章会很快消失，还用纸把几篇诗歌、散文一字字抄写下来。后来，我注意到文苑有一栏，都是些作者的名字，我以为是告诉你，这些是常在文苑发表作品的人，其中也有西岛（张侠的笔名），我无意照着西岛的名字一点，顿时有七页张侠的文章目录呈现出来，令我如获至宝，那是张侠从二〇〇〇年到二〇〇六年在网上发表过的全部文章，清清楚楚地展示出张侠的写作历程。唉，我早干什么去了，我对张侠的了解如果早早地去网上建立另一种感悟联络，我会更加深刻地了解他的为人、思想；他的诗歌、文章走向，还有其他。

我确定要写的这篇文章就叫作《夜读张侠》。

……

张侠在文苑关于二〇〇五年优秀写手评选结果一文有段前言，说"这两年是他人生最快乐的两年"。看了这个表白，我仿佛突然看到了张侠的笑，温和的笑、舒心的笑，真的，我相信张侠忍不住在电脑上打出几行字，真的是他的内心的真情流露。"人生"最快乐，也许用"人生"是不是帽子太大了？人生中最快乐，难道人生中没有别的最快乐？比这两年更快乐的时候吗？如果我说这几年与张侠相识、交往是我此生交友最快乐的，别人能相信吗？起码我说与张侠的相交是此生交的文友最快乐的，会有人相信吧？我五十二岁与张侠相交，有六年的时间。我说是人生最快乐似乎有两个含义：一是说在此之前交过的文友，他是最令我快乐的；二是说我从现在到死（还能有多少年），再不会遇到像他那样知心知己、愉快相处的文友了，这个论断不成立吗？——我真的不会再遇到张侠那样给我生命带来刻骨铭心的快乐的文友了。

只可惜我对他在网上交友的快乐了解得太迟、太少，没有分享他的快乐。其实分享这份快乐，也会给我的人生带来更多的快乐的。

我从网上查到张侠二〇〇五年组织的那次网友恳谈会。发通知组织网友参加在乌鲁木齐召开的会议，不禁记忆犹新。那次他拉我去，我说我不懂网络，还是跟他去了。第一次见到他的那一片网络天地的文友，当然，还见到我熟悉的赵光明、董立勃、黄毅、陈默等一些作家朋友。我靠墙坐着——一个胡子花白不知因何而参加这个会的老汉。我注意到张侠在这个圈子中的分量。他念了他精心准备的一篇文章，用传统文学与网络文学这个题目引发辩论，活跃气氛。他这个版主第一次与那么多在网上熟识的文友相见，面对面发出惊喜和快乐。众多的网友也都是第一次相互见面，引起亲切和快乐的笑声。"啊，你就是……"这样的口语比比皆是。张侠感慨道，有一些文友离得远，没有来，以后常开这样的会，让更多的网友相见。

张侠显然很得意他的这一"杰作"，他问我会开得怎么样？我说没说的。他很自豪地说，那么多网友见了他并不反感，很喜欢他，他很有魅力。他也为见了不少网友的真面而开心。

张侠为什么这么热爱文苑，热爱网上文友？我在网上查看到他的一段话："……在一个藏污纳垢的世界里，《文苑》是我希望的一片净土，我和大家一样，非常喜欢这个安静、祥和的空间。在这里我们摆脱了功利写作的诱惑，更加珍视情感的自由宣泄。在这里没有所谓的名人，没有人在意你是作家还是诗人，所有的写手都在一平等的平台上，写作不再是一种职业，变成了生命的一种呼吸方式。网络写作使文学又回归到绿色写作的原始状态，变得纯净，质朴。"张侠在另一篇文章中写道："……能为大家做点事，我心甘情愿，这是我出任版主得到的最大一笔财富，这些或陌生或熟悉的朋友，让我感到温暖，我从他们身上找回了快乐，找回了人生的乐趣。"从张侠的《与生命对视》的后记中可读到："进入21世纪，我将与生命对视的目光移到网络，随着生命在网络上的渐渐溶入，我对生命的感悟开始变化。面对死神我不再感到恐惧，内心变得坦然，我告诉自己青春已逝，如何固守秋天，是我生命的主题。面对人生，我选择了豁达和潇洒；面对欲望和诱惑，我虽不是心如止水，却像一条秋天的河流，已心无波澜。"

网络对张侠的生命有那么深刻的影响，这在一般人是难以想象、难以做到的。换句话说，张侠已视网络为生命，更准确地说是与网络中那些使他视为生命的东西溶在了一起。

……

张侠，从哪个方面来说你走得都不是时候，虽然说"人生自古谁无死"，虽然说"死去原知万事空"，但你真的不该在这个时候悄然而逝。你太忽略你生命的对方——死神了。你说："我与死神相持很久，却无法将对方击倒。这是我生命中最强硬的敌手。我们已对峙了十年，彼此成为对方生命的一部分。死神让我不仅感受到生命的脆弱，也让我领悟到生命的意义和生命的宝贵。"可是当你躲过十年对峙，忙着追求生命的意义和生命的宝贵时，死神依然存在。死神是天底下最忠于职守的神，他不会犯任何疏忽的错误，而你却犯了。

没有了张侠，我这个六旬老翁好寂寞、好孤独啊！

不过，我真的很喜欢文友们在张侠的追悼会上写的那副对联，高度概括了他的一生。

西土永志侠德
漠风长当雅诗

我在张侠去世后一个月，把一篇九千多字的《夜读张侠》发到《新丝路文苑》上。在这篇文章保存的时间里（过一段时间就会被换掉），我看到点击次数有六百多次。能有六百多个文化人看了我写的怀念张侠的文章，我也就满足了，比我预想的多。

我也把一篇复印的稿子给了张侠的爱人小于。她的大女儿张雅茹说在网上也看了。

张雅茹说她把网上怀念他父亲的六十多篇文章都复印了出来，百日之后上坟时都在坟前烧了。张侠若有知，一定会感受到众文友对他的真情实意……

第二十四章

蒋欢想把长篇小说《古道倩影》拍成影视剧，视为知音……与秦建国、闫永孝成为酒友……几多酒醉……是不是出本集子叫《酒殇》

九十三

我一直想把蒋欢请到昌吉来坐一坐，与昌吉的文友们见见面，我当然第一想叫的就是张侠。我好像已把自己的文化价值与张侠联系起来了。我所做的一切只要他知道，他认可，能在他那里留下印象就算是有价值的了。从我认识蒋欢的第一天，我就想着让张侠认识蒋欢，让蒋欢认识张侠，那是我非常乐意看到的事情，可我怎么能想到张侠突然就消失了，做梦也想不到啊！

蒋欢总算有时间到昌吉来，他父母就在昌吉。我心里有一种张侠不在了的深深遗憾。我叫了几个文友，能来的有陈友胜、钱世林、李明、刘河山、闫永孝，喝了喝酒，聊了聊天。

以后，我和蒋欢的往来密切了，我已经能自己找到商业银行的楼房，自己找到他的写字间、公司的办公室。

我那本《绿色童话选》印出来后，我也给蒋欢送了一本。我没想到的是蒋欢的爱人小陆竟从头至尾一字不落地看了一遍，又跟蒋欢说我的童话也写得非常好。蒋欢也把书看了，他们两口子又喜欢上了我的童话。

蒋欢说这些童话可以拍成系列动画片。

我说不是你想到，我都想到了，现在国家在加大国产动画片的力度，现在国家要求每个地方的电视台必须有少儿节目这一栏，而少儿节目中必须有动画片这一块，而且是在黄金时间播出，而且必须百分之七十是国产动画片。国家收购动画片每集三十万元，在电视剧里价格都是最高的——我很注意有关动画片的信息。

蒋欢感叹拍动画片的成本太高。他说电脑上制作的三维动画，一秒钟就是多少多少钱。

我说，我还有个想法，用真人拍。过去有个电影《马兰花》就是用真人拍。演动物的戴上个动物的头套也挺好的，遇到一些需要变幻的情节，再用些电影蒙特奇的手法。我说要拍就找些小娃娃，用小娃娃装扮成动物，用小娃娃拍成本低。我说，我还想到一种方法，讲故事，一个老人讲故事，比如我吧，我讲故事，讲到故事中的情节时，小娃娃就穿上动物的服装演角色，这样更省钱……

蒋欢、小陆听我说。

我说，这样一集一集拍出来，搞成系列，可以跟当地的电视台联系。现在动画片缺口很大。好像有个统计，咱们国家动画片的缺口是多少多少万集。……其实拍出来也可以制成光盘，家长买了给娃娃看……

我跟蒋欢、小陆就是这么一聊，不可能马上就去做，做起来复杂啦，别的不说，哪有那个钱呐。可是蒋欢、小陆真的喜欢上了我的童话。我不但在《古道倩影》小说上遇到了这两个知音，又在童话上遇到了这两个知音，我真的有种感动！我的童话也有些文人看过，还真的没像他俩看得那么重，而且已经纳入了他俩想实现的目标。

有一天，蒋欢打电话问我，你的妹夫是不是在邮电管理局。我说是的。他说他现在办了一个网络电视台，要在邮电管理局批一下，备个案。他说其他手续他都有了，只是在邮电管理局备个案，有这个程序。

这个事并不难，说备就备了。

原来蒋欢搞了个网络电视台——他太能折腾了。网络电视台意味着什么？意味着你打开他的网站，可以看见活动的画面，一般的网站只是文字的，顶多有些图片；而网上电视就不一样了，可以刊载电影、电视剧，可以有活动的音乐、歌舞，可以有报道采访，可以有活动的广告……蒋欢告诉我他到北京，通过一系列活动，也花了不少钱，注册了这个网络电视台。

我挺兴奋，也浮想联翩，因为他有了挣钱的路子，他可以做许多广告了。蒋欢也挺高兴，打开手提电脑，让我看一则广告，是那则在电视台经常看到的广告，绿竹林里白衣飞动，那是五粮液的广告。他告诉我，他跟五粮液联系了，人家答应他在网络电视台上播一年，给他四十万元。想想动辄就是四十万，广告真是太来钱了，想想干个别的，挣个几十万是容易的吗？我是管广告的，我当然知道有些新闻媒体全靠广告发了。有的广告公司靠做广告也成为千万富有企业。……我也就给他出主意，我说现在一些建筑企业，房地产开发公司都愿做广告，可以拉拉广告。他说已经派人去拉广告了，已经有六家开发商愿意做广告，一年十万元广告费。他说开发商说在电视台做广告，一年几十万，还播放时能看上，不播时看不上。网络电视台不一样，什么时候打开什么时候就能看上，人家愿意做，还说便宜。

我真佩服蒋欢的头脑和思维，佩服他敢闯敢做的本事。我说你有了这网络电视台就像下围棋，原来一盘子死了，因为放下一个妙子，满盘皆活。

蒋欢也就高兴地说，满盘皆活。

我感觉这么一来，拍电视剧的资金有来源了，原来一直发愁拍电视剧的资金问题。蒋欢说了他有一百万，他的朋友有一百万，有二百万，蒋欢说最少也得三百万。我也问过他资金来源怎么办？也出过主意能不能跟人合拍？有没有他认识的内地的同行，愿意加入拍电视剧？我说有的电视剧看片尾，好多都是有人赞助、多家合拍的。蒋欢说他内地有认识的同行，关系还挺好，他会联系。他说他的同行在内地认识的企业多，可以拉广告（拉广告的意思就是企业愿在你的电视剧上做广告，既是赞助又是广告费）。我也就把希望放在蒋欢能否找到内地的同行，联系完成电视剧的资金问题。

蒋欢有了自己的网络电视台情况就不一样了，他自己有了资金来源，而且这个资金来源会很快、量很大。这对他来说，无论是拓宽了事业挣钱的路子还是拍电视剧都是好事。

有了这个路子，电视剧前期都敢开拍了。

蒋欢把网络电视台分了许多栏目，就跟我们看其他网站一样，有许多许多栏目，每个栏目又有许多许多内容。蒋欢说他也想设一个文化栏目，他都想了，也叫"艺术人生"，当然最后名字还没定。我说肯定要有文化栏目，这个栏目最能吸引人。我说看文字网站的文化栏目就比较死，只能有些文字和图片，你这就不一样了，是动的、活的，那效果就大不一样了。

我说的他都同意，他也都知道。

蒋欢说他想采访我一下，先搞个第一期。

我说也行吧。

某天，蒋欢给我打电话，说要采访我，说他和陆老师已经在我单位的大门口了。我忙出来，蒋欢两口子站在大门外。蒋欢背着挎着一大堆东西，真的像个新闻记者。小陆子穿着一身白西服、十分醒目。

我把两口子让到房间，搬出自己的写作手稿、收集的资料、精心剪贴的报纸。小陆提问，蒋欢摄像。我特别讲了第一次开我的研讨会，与会者在会上的发言，对我写环保童话的肯定。小陆让蒋欢把我指着报纸上的文字边念边讲的过程拍了下来。

采访录像很快放到了蒋欢的网络电视上，当时他的栏目不齐全，还没有太多内容。我在几个栏目上都看到我的形象，很不好意思。

蒋欢还说这是采访我的第一篇报道，以后还要有第二篇、第三篇。

我对蒋欢把我抬得那么高有点忐忑不安，我说我真的没那么好。不过，我有了想象，我说你以后把这个文化栏目办好，专门采访新疆的文化人，每个人有专访，有活动图像，后边还有其作品的介绍；我说我可以给你推荐文学界的名人，像赵光明、董立勃……文学这一块我可以给你找人；另外画画的、歌舞的、音乐的，还有民间的艺人……你搞得全全的，全是本土的文化人，把新疆的文化人推出去；其实内地人对新疆的一切都很感兴趣，肯定有人看。

蒋欢就说这主意很好。这当然只是一个构想。眼下他还是琢磨着《古道情影》的事，做了个很有西域风味的广告画。写了一段推介《古道情影》的宣传词，打开他的网站就能先看到这个。

九十四

二〇〇七年的八月三日，我和夫人动身去塔城参加高六七届四十年老同学聚会。临出发前，突然接到报社刘河山打来的电话，他说乌市晚报有一版是写《古道情影》的。我问都说了些什么。他说你看了就知道了，好像说的不好的话。

我在车站找昨天的乌市晚报,一下子买了两份。果然几乎有一版的版面,题目是:电视剧《古道倩影》选秀试镜遭质疑。主要是指蒋欢在乌市开始的招聘演员活动,办招聘演员的培训班,收取费用。说其"广电局未发拍片许可证,招聘演员也不属其经营范围"。报道是绕着弯说的,采访参加培训班的人员、采访广播电视局、采访新疆电影家协会、采访工商局、采访律师,让这些人和部门来说事……我看了此文,不明白报纸为什么用那么大篇幅要说蒋欢招聘演员这个事?我也跟蒋欢议过招演员的事,这部电视剧里需要很多演员,特别是关键的几个演员。我还一直强调最最重要的就是演库尔班的演员,一定要风趣幽默,这个库尔班演活了,整个电视剧就成功了一半,如果这个演员演不好,就砸了。我没把蒋欢招聘演员当回事,认为是顺理成章的,也知道他在进行这个事,但不知道办班收费的事,没想到引起这么大的风波!

赶到塔城参加聚会,我们这些从外地来的,在塔城没地方住的,住在外宾馆。负责具体接待的李晓芬说,外宾馆一张床平日是八十元,他们通过熟人谈,压到了四十元——当然是为了给我们节省点开支。塔城的老同学为这次聚会还专门组织了一个筹备班子,还掌着一点小权的几个老同学都在班子里。他们也都六十岁了,马上就要退了,开玩笑说,最后再为老同学聚会出一把力。筹备组的同学是:

常学军(达斡尔族),地区扶贫办主任。

金柯泰(达斡尔族),市政协主席。

侯方红,地区民政局局长。

崔从斌,地区卫生局局长。

宗德勤,地区运管站站长。

于润德,地区群艺馆馆长。

……

只是想到一个人,令人有点黯然,十年前老同学聚会,我和夫人从昌吉坐夜班车赶到塔城,有点晚了。当时同学们已经都在三中集中,只差我们两个。我和夫人赶到三中,一进门,尚秉英急急地迎了出来……而这次尚秉英已得了肺癌,躺在乌市的医院里,已经参加不了聚会了。她是地区妇联主任,上一次是张罗老同学聚会的主力。

我们这些六十岁的人，相对进入了一个稳定期。我也知道一些人生常识，人到六十岁后有一段稳定期，稳定期过后就进入了衰老期了。记得十年前搞三十年聚会时，刘孝华代表老同学们发言，还充满激情地谈到再干十年，努力工作，多做贡献云云，而这次发言只能说注意健康、生活愉快之类的话了

同学们在一块儿说起，十年后，也就是五十年再聚会，还能不能聚起来？再过十年，差不多都七十了，可是往老变了，照王怀德说的，谁在谁不在都说不上了……

我也是抱着最后一次聚会的想法"到此一游"。我自己另有一件事情要做，就是带一些《绿色童话选》给塔城的同学。乌市的同学给过了。我还有一个心结：当年"破四旧"把学校图书馆的文学书全烧了，虽然那是特定的历史环境下做的蠢事，不是我的错，但我还是有一种内疚、不安，这次也给母校三中捐上《绿色童话选》，虽然无足轻重，却了了一个心愿。

三中变得越来越认不出来了，较之十年前又有了很大的变化，盖了新的现代化的教学楼……新的校长是个女的，还有老师，都年轻得令人难以置信。——在他们眼里，这是一帮六十岁左右的老头老婆，我们脑子里浮现的什么图景，他们根本想象不出来。……参观校园时，我自己特别望了望在学校后边陈旧得像库房一样的礼堂，不知现在还做不做礼堂，会不会在里边开会或搞些文化娱乐活动？从两扇破旧的大门和进门两侧房子的黯淡的窗户看，好像已经没有作用了。我想起自己曾在进门右侧那间房子里住过，守着炉子，望着炉子里的火光，有那么多现在看来是幼稚的荒唐的想法……我很想走过去，打开门，只把房子里边看一看。可是我不可能突然要求学校的人员去找钥匙，给我开礼堂的门……同学们只是绕着学校轻松地转一圈，像旅游、休闲，我不可能节外生枝。

转到学校大门口，大家站在院子里聊天，或坐在榆树边的矮围栏上说话。我跟王秀华聊起了天。王秀华带上了一些内地的口音。王秀华当年到克拉玛依参加工作，很快当了一个领导，后来调到内地胜利油田。她这次从内地回新疆到塔城看望父母，她的父母都八十多了，还都健在，身体也好，令人羡慕。她从内地到乌市时，我们高三乙班十几个同学还坐了一桌。我们班在内地的女同学还有战月华，大学毕业后留在了内地。王秀华和战月华在学校时就是好朋友，在内地互相联系密切的就是她们两个。王秀华说战月华现在北京，她儿子在上

大学，她专门到北京陪读。刘孝华、秦建国当即让王秀华给战月华打手机，在座的每个人都跟战月华说了说话，意思是老同学四十年聚会，希望她能赶回来参加。战月华肯定回不来，也就让代问同学们好。

我也跟战月华通了电话——应该是近四十年没听见她的声音了。

在榆树的围栏边，我和王秀华聊得挺开心，当年在学校时从未说过这么多的话。我就说起我们俩是同桌，她是团支书，我是老落后，是不是为了帮助我这个老落后，有意这么安排的。她说没那个意思。……聊着聊着又聊到战月华，她说起战月华当年曾对我有好感……我就想起让王秀华带本《绿色童话选》给战月华，王秀华挺高兴，就说一定带到。

聚会期间，安排了三次参观活动，一是看巴克图口岸；二是看卡浪沟水库；三是到一百公里以外的巴尔鲁克山的边防站看"一颗小白杨"（也就是阎维文唱的那棵小白杨）。

看了巴克图口岸（十年前也是参观了巴克图口岸）。塔城没有什么著名的景点，外地来人一般都到巴克图口岸看看，其实也没什么看头，只是对没到过口岸的人有点新鲜。那天口岸关闭，不通车。可以看见一些长长的大型运输车在路上静静地停着。巴克图口岸在新疆的对外口岸中已不是最重要的，伊犁的霍尔果斯口岸、博州的阿拉山口业务远比这儿多。可是在历史上，巴克图口岸曾是新疆对外通道的最重要的口岸，有过许多的故事。——不过，后来又有了新的故事，塔城开辟了跨境旅游，到边境那边的阿拉湖的三日游。以后将有一条铁路修到巴克图口岸，塔城的命运将会有更加巨大的改变。

我们去三十公里以外的卡浪沟水库参观。对我来说是第一次。水库在山里，但一路上更像是在丘陵地带走。新疆的景色一向是大气的、舒展的，不管什么样的景色都给你舒展到极致。这山中的景色也是，延绵的大块或者叫大片的山里风光让你视野开阔、心旷神怡。看远处蓝天白云之下的山坡有大块的长条般的淡黄色，那是麦田，一条条淡黄色与一条条绿色（灌木形成的绿色）交织在一起，像一块巨大的彩布铺盖了一切。

到了水库，可以看见一条牢固的水泥大坝。坝面很宽，可以通行车辆，但有铁索挡着，禁止车辆通行。同学们步行走在大坝上，观望右边形成的水面，而左边大坝的下方有河水流出……

——啊，这就是卡浪沟河！塔城人爱唱的《卡浪沟的河水》的卡浪沟河！

我对卡浪沟河的印象是看了李建生两篇对上山下乡的回忆，那是他在"纪念上山下乡三十周年"写的。那时他建议老同学们都动笔写写上山下乡的回忆文章，还商定出个纪念集子。他自己带头写了两篇。

李建生和一些同学上山下乡时在一个名叫克孜别提的地方。"克孜别提"哈萨克语的意思是"姑娘坟"。相传有位美丽的哈萨克族姑娘，因为保护羊群与黑熊搏斗，不幸身亡，埋在这里，故名"姑娘坟"。他是这样写卡浪沟河的：……卡浪沟河位于塔城县北山的一条名叫卡浪沟的山谷里，虽名不见经传，却是塔城县最大的一条河流。河水完全由山谷两侧的泉水汇集而成，水清见底，冰凉刺骨，就是在盛夏蹚水过河，时间稍长，也会有凉气浸骨之感！卡浪沟河河面不宽，山谷狭窄处，只有不足十米，水深过膝。河的上游源头与哈萨克斯坦相接，河两侧花草遍布，生长着草莓、阿魏蘑菇和一种叫作"玛琳娜"的野果，味道酸甜，是极好的消暑野果。每年五、六月份，哈萨克牧民赶着牛羊路过这里，进入夏牧场，度过牧民们最好的"黄金季节"。

卡浪沟河山涧有一眼特殊的泉，四周林木茂密，只有正午时光线可照。每当阳光照射泉水，水色泛白，哈萨克牧民称之"圣水泉"。牧民转场路过这里，总是习惯地喝上几口泉水，然后再灌上一瓶，在小泉周围的小树上挂上一些布条、小旗之类的东西，据说这可以治病避邪。整个卡浪沟河的河面上没有一座桥，只有水文站旁有一条空中索道，那是挂在索道上的一个由人拉的木箱子，春季涨水时，可从索道通往河的对岸。每次只能乘一人。记得我们下乡的第二年春天播种时，河西五百亩地正在播种的拖拉机突然没油了，当时正值河水上涨，一二百公斤重的油桶，索道无论如何是无法运过去的。担任二队队长的知青林治学横下一条心，干脆亲自赶马载油闯河。马车赶到河中心，河水已浸过马肚子，治学心急拼命舞马鞭，眼看就要到对岸，一个浪头袭来，几乎连马带车全部打翻，林治学心急眼快，跃身跳入水中，一边用肩扛住马，一边一只手死劲拉着马车，硬是将两桶柴油运到对岸，解了春播的燃眉之急。

……后来我当了大队党支部副书记，林治学当了二队的政治队长，我们总是在思索着如何摆脱贫穷，如何改变山村的面貌。我们筹划在卡浪沟河河西建立一座小型电站；筹划在卡浪沟河上修一座能通马车、牛车的"大桥"；筹划开凿山洞、引水上山，让河西五百亩地都变成水浇地，变成旱涝保收的丰产田；

筹划将人畜饮水分开，把沟底小溪的泉水引到各家，让各家吃上自来水……想到这些美好远景，我们常常夜不能寐，禁不住按《清平乐》的词牌，填了一首《山村夜谈》的词：

夜深屋小，油灯昏昏照，床头共议远景好，伙伴喜上眉梢。

凿穿河西山峦，填平村东沟壕，引来卡浪沟水，电机喇叭鸣叫。

为了实现这一远景，我们几个男知青一起实验炸药；冬天和社员们一起冒着零下二十多度的严寒修渠挖洞，馒头冻得像石头，只得用十字镐砸着吃，时间一长，得了胃病，胃疼得彻夜难眠……后来山洞挖了一多半，终因积水过多，逼迫停工。电站计划也因缺乏资金，难以启动。但那实现美好远景的愿望，却时时在我们脑中涌动。……一九九六年，后来担任塔城市委副书记，当年在同一个公社接受再教育的常学军告诉我，现在的克孜别提，公路已经修通，当年梦想的水电站也已经建成，河西的五百亩地也成了水浇地，村民们不仅点上电灯，吃上了自来水，还看上了电视。听了他的这些讲述，我多想飞到卡浪沟河边，再看看那里的山，那里的水，那里的人，看看当年为之奋斗的一切、一切……

李建生提到的常学军此时正领我们这些老同学走在水库大坝上，眼前的这座水库就是他负责修的。他当时是市委副书记，负责农业这一块，参与了水库的整个修建过程。常学军是达斡尔族，原名叫吐尔肯拜。他从小就在这个阿不都拉乡长大。这个乡是达斡尔族主要居住地。常学军也算为家乡的父老做了件大好事。

……

此次聚会难得的是与杨鼎升老师说了许多话。杨老师从校长的位置上退下来，也有七十岁了，两道独特的浓黑剑眉依然显著，湖南口音也依然明显。因为我无拘无束、畅所欲言，杨老师喜欢招呼我坐在身边说话——在学校却从未如此。我也没忘记给杨老师道歉，"文革"中画老师的漫画，把杨老师画成戴着秀才帽、扛着支滴墨的大黑笔……

又说到学校的事，我也没忘记那时我是个落后生，挺让老师头疼的。

我笑问杨老师："当时对我这个学生的总体感觉是什么？"

杨老师想了想，说："又恨又爱。"

九十五

一回到昌吉，就回到了另一种现实。

我到乌市蒋欢那儿，了解到了事情的来龙去脉，乌市晚报的一个记者到蒋欢那儿拉广告，让在晚报上做一个招聘人员的广告。蒋欢不做。那记者就暗示不做会有严重的后果。蒋欢大约也说了不好听的话。照小陆说的，不做就不做吧，何必把人骂一顿，得罪人呢。后来报纸的记者竟然找来工商局的查蒋欢的证件、执照是否齐全，也没查出问题。后来报纸登了大版质疑，蒋欢也火了，就让他的一个手下的小伙子，在网络电视台上发表了一番指责报纸的言论，还登了记者、工商局去查证的一段录像。我看那录像，查证的人往外走时，还能听见蒋欢说的"都是渣子"的骂声。——我看了这录像，感觉蒋欢表面上挺随和，骨子里却有种傲气。比如像我这种年纪的人，历尽人间之事，变得中庸随和，遇事是很难吵起来，妥善处理罢了。

其实，我也没太把报纸的报道当回事，我还跟蒋欢开玩笑，好啊，这一炒我就出名啦，要不，谁还知道一个叫杨宝如的写了本《古道倩影》。我说，我看过华君武的一幅漫画，一个人趴在凳子上，让人打屁股，题目是"一打我就出名了"，现在的风气就是这样。我还听说一个作家，雇人写文章，写夸他骂他的文章都行，他的目的只是要求他的名字不断出现，吸引人的眼球，让人能记住他。

蒋欢说，他也是这个意思，往大了炒，炒得越大越好，这次一炒，有人就把他的公司记住了，还有人要给他钱，支持他拍电视剧，一个老太太说愿把一辈子存的两万元捐给他拍电视剧，说口里随便拍电视剧，新疆拍个电视剧咋就这么难。

过了几天，蒋欢给我打电话，说坏事真的变成了好事，一个香港的老板找上门来，愿意投资拍《古道倩影》。

我几乎难以置信，问是怎么回事。

蒋欢说香港老板在招聘演员时就来过，中等个，穿得普普通通，说他来应聘。蒋欢当时说，这里没有适合你的角色，那人也就走了。香港老板在南疆转了一圈后，觉得这个电视剧挺有意思，就又找上门来，说他现在北京五星饭店住着，给了电话，让蒋欢到北京去找他。我问蒋欢，香港老板是怎么知道你要拍《古道倩影》的？蒋欢说是网上看的，看了他的新疆网络电视台。我说还真有人看你的电视台？蒋欢说内地也有人看他的电视台。我问香港老板怎么在北京？蒋欢说香港老板在北京搞工程，拿了一部分奥运工程。我问香港老板怎么想起拍电视剧来了？蒋欢说香港老板原来就拍过电视剧，在电视剧《霍元甲》里当过角色，他自己在香港也有个影视公司。这就对了，什么事情总会有个来龙去脉的。

有了香港老板投资，我很兴奋，也许是天意让电视剧拍成！所谓电视剧能不能拍成，关键还是资金问题。新疆的企业家，没有谁舍得给你投资拍电视剧。内地企业投资拍电视剧，也是要有回报的，在电视剧上做广告，宣传企业的产品。新疆的又有几个是名牌产品，做了广告又能有多大销路？……我也就是自己这么分析。上次董为清他们决心拍《古道倩影》，就是不知到哪儿筹钱去，也就搁卜了。

——说是有香港老板投资，也只不过是一句话，离具体落实还遥远着呢，也许不过是一场空欢喜。

不过，蒋欢跟我说《古道倩影》的电视剧本已经写出来了。说起写剧本，蒋欢最初让我写，我说写不了。我说写小说和写剧本是两个不同的领域。我说虽然我在小说里用了一些影视剧的手法，但是真正写剧本完全是另一回事。

蒋欢说他在网络电视台上发广告，招写电视剧的，居然招来了三个。他说一个是伊犁的，一个是南疆的，还有一个是内地的。蒋欢有一种商业的精明，他让每个人各写各的，谁写的好用谁的。他更有一种聪明，如果这个人这部分写得好，那个人那部分写得好，把写得好的部分都凑在一起，就成了。我不得不感叹蒋欢太精明了！可是我问，那怎么给人稿费呢？他说，给上一部分稿费就行了。

有一天，蒋欢告诉我，他们每个人的剧本都写出来了。他看了，有的地方行，有的地方不行，还要修改。他说，那三个人说，他们三个愿在一起共同把剧本完成。

有一天，蒋欢告诉我，三个人共同把剧本完成了。他笑道，三个人租了个房间，每天在一起，啃干馕、喝白开水。口里来的编剧来去都是自费，什么都是自费；他说他不缺钱，他只是想完成心愿；他说他在内地搞了几个剧本，没拍成；他想借这个电视剧出个名。我听了挺感动，想想三个大男人，挤在一间出租的房子里，竟能同心同德地完成一个剧本，也真的有一种精神。

其实我一听说三条汉子挤在一个房间写剧本时，就很想去见见他们，但是我没说，我知道蒋欢是不希望我见的。我发现蒋欢有他的一条原则，不想让我接触跟拍电视剧有关的人。到现在为止，他请的拍电视剧的导演是谁我都不知道。

蒋欢说剧本写成了二十一集（我的小说是写了二十章，好像就应该是二十集似的）。我说可以呀。他说剧本有了些改动，先不让冷小玉（书中女主角）新婚之夜离家出走，到结尾时让她在北京结婚，库尔班、山本、伊万（书中人物）都到北京参加她的婚礼。我说改得好，改得好，大团圆的结局正好符合中国的传统。

蒋欢说从网上把剧本发给我。我说我不会打字，没有电子邮箱。他说要不给你复印一份。我说复印太花钱，完了再说吧。

我不太急于看剧本，我想主要情节都没有改变，大体也知道是怎么回事。蒋欢也一直强调主要情节就按书上的写。他还说编剧挺感谢我的书，很多地方已经照着编剧的方式写了。

蒋欢打电话约我到乌市，说准备到自治区广电局办网络电视台的注册证，备个案。他已经办了邮电管理局的备案，再到广电局备个案。他说听我说过广电局有认识的人，可以办得快一些。我说有认识人，我弟弟的同学现在是广播电台的书记，我自己也打过交道，挺熟。

我赶到乌市，见了蒋欢，正说着要去广电局，门开了，进来一个四十来岁的维吾尔族，是来办公事的。他说他是广电局的，是来查网络电视台的。他查看了有关证件，打开电脑看网上证件，说从北京办的证不行，必须要有本地广电局的许可证，但是现在的有关文件，还不允许给私人企业办网络电视台的许可证。

第二天，蒋欢和我到广电局去，先找弟弟宝平的同学史林杰。人还不好见。保安给史书记通电话，报了我的姓名，认识不认识？见不见？回应是，见。我突然有了种感慨，如果我不认识史，而又有事找他，那能见上他吗？

史林杰一个人一个办公室，大长条黑色办公桌，桌上还有面小国旗。史林杰衣冠楚楚、文质彬彬。倒也没什么架子，挺热情。我在工商局管广告的时候，也管广告协会的工作。自治区广告协会开会时史林杰也参加了。我记得送史林杰一本我写的童话书，他还建议可以选一些，通过广播的少儿节目往外播。我虽然没去做，但是一直很感谢他的关心。

我和蒋欢说了找他的缘由，说了广电局要查处网络电视台，不给办许可证的事。

史林杰挺直爽，推心置腹，就说现在的确管得很紧，明年要举办奥运会，对舆论宣传这一块抓得很紧，不能出岔子。他说他在这上也犯了个错误，他原想在广播上增设几个栏目，还挨了通报批评。他拿起桌上的一个红头文件说，这就是对他的通报批评。他说得很轻松——这毕竟是想把工作进一步搞好而不合时宜挨的批评。

我们也没指望能改变什么，只是想让他跟管查处的沟通沟通，妥善处理罢了。

史林杰又说起管批影视剧的也是同学，宝平班的一个女同学。这倒是挺让人高兴的，蒋欢说过电视剧最终还是要自治区广电局批。早先要经过国家局批，现在权力下放了，各省市也有权批了。史林杰又说他认识电影制片厂的导演，可以给我们介绍，这也就算了。

蒋欢倒也痛快，回去后就把网络电视台停掉了，也没说再拖延拖延，跟广电局扯扯皮什么的。他说他以后还会想办法再搞起来。——没了网络电视台，也就没了广告的来源，也就没了收取广告费的资金效益，原来盘算着一年就能自己拍电视剧了……

蒋欢给我偶尔透露，他们家是坚决反对他拍电视剧的，那么多年就挣那么点钱，一拍电视剧，拍不成功就全完了。我说你们家的想法是对的，现在的电视剧百分之七十赔钱、百分之二十保平、百分之十挣钱；赵本山就挣钱，报纸上说挣了五千万，他就不用名演员，用的都是他的徒弟，各方面也都尽量简单、降低成本。

我也坦诚地对他说，电视剧也不是非拍不可，有钱拍，没钱算，不能没钱硬上，拍到半截没钱了，还得到处找钱去……倾家荡产的事不要干。

蒋欢当然也不会干那样的傻事。

不过，我真的很感谢遇到蒋欢这么一个知音，一个实实在在想把我的小说拍成电视剧的人，我很满足。

九十六

乌市的老同学李进新五十九岁的生日，邀请昌吉的我和闫永孝参加。昌吉经常参加乌市同学聚会的就是我、闫永孝、戎建华，已经成了惯例，也跟我们三个热衷于老同学的见面有关。

我非常热衷于与老同学们见面，每次的聚会活动都热心参加。从一九九〇年乌市的同学们搞了第一次聚会后，同学们年年都有聚会，逢年过节，基本上都会搞些聚会活动。照刘孝华说的，我们这些塔城人在乌市都快出名了，因为一聚会就会在这个饭店或那个饭店，人家也就知道有这么帮塔城人。我听了刘孝华的话还挺自豪，我自己也觉得塔城人特别重情义。我发现赶上哪个同学的儿女结婚，酒席上坐到最后的还是塔城人，老同学们聚在一起总是有说不完的话、道不完的情。

这几年，刘孝华、王怀德建议把聚会的次数减少，比如春节、"十一"七天大假聚一聚就行了，聚得太多了谁也受不了。王怀德说，说是聚得少了，其实还是没少，谁的儿子、丫头结婚，又凑到一块儿，还是这些老同学。这倒是真的。这几年老同学的儿女们都进了结婚阶段，我去参加婚礼的次数不少。而从李建生开始，我们这些老家伙们又有了过五十九岁生日的花样。李建生先过的五十九岁生日。李建生在鲤鱼山一个风景不错的度假村请的客，请了些老师、请了些学生，玩得挺高兴。从那时起我第一次听说"过五十九（岁）不过六十（岁）"的话。我原来一直认为人活到六十岁是一个花甲，所以有过"六十大寿"的话。照李建生过五十九不过六十不知从何说起。同学们就议论这只不过是一种风俗，也不是全国都如此，有的地方讲究这个。李建生是山东人，是不是山东人如此讲究？我是河北人，河北人是不是也有这个讲究？有的同学就说过五十九也就是过六十，现在按周岁算，过去按虚岁算，按虚岁比周岁大一岁，按虚岁过六十大寿也就等于按周岁过五十九岁生日。有李建生开头，大家也就玩笑说到五十九过生日也都得请客，自己给自己找乐子。当然后来也没有都如此，想请就请，不想请也就算了。我后来过五十九时也没请同学，只把自家兄弟姐妹请了请，别人也没说啥。

李进新过五十九岁愿请客，通知我们，那也就欣然前往。

李进新是新疆社会科学院宗教事务研究所的研究员。在社科院附近的一个饭店请客，我又见到了刘孝华、秦建国、王怀德、李建生等老同学。李进新还请了自家的一些亲戚、朋友。戎建华原本就在乌市，直接参加的。难得的是李进新的夫人许孔凡也在场，许孔凡小我们一级，也是俄罗斯族，会说一口流利的俄语，常年跑哈萨克斯坦、俄罗斯做生意，同学聚会时常常不在。许孔凡在那边出了次车祸，骨折，养了很长时间的伤。许孔凡更具俄罗斯人的性格，爱玩、爱热闹。

李进新说祝酒词，他说他这次请客有三重意思，一是搬了新房子，乔迁之喜（我们都看了他们两口子的新居，精心布置，充满了浓郁的俄罗斯风情）；二是过五十九的生日；三是怀念去世不久的母亲。提起母亲，李进新充满了深情，他说他的母亲从俄罗斯来到中国，把中国当成了第二个故乡，努力工作，意志坚定，把他们几个兄弟带大成人；而他母亲多少年一直为病痛所困扰、折磨，一直到去世。

我听了感到凄然，我感到人世间有许多东西都是应该表达的，可是却都无法表达保存下来，单单一个文字的力量是太弱了。

席间我又喝多了酒，不单单是跟老同学们喝，还跟李进新的亲戚、朋友喝，也都是塔城人，实际上又是一次塔城人的聚会。塔城人爱玩。把饭桌酒菜往边上撤，中间腾出空地，放上欢快的新疆歌曲、俄罗斯歌曲、迪斯科、卡卡……许孔凡跳起舞来，又疯狂、又欢乐。大家劝她小心点，受了伤刚好，别把腰扭断了。我们也都借着酒劲一顿狂舞。

酒席散了，似乎还没有尽兴，实际上是喝多了，还想再喝点。秦建国说："到哪里再坐坐？"我说："到五一路夜市，五一路夜市有羊蹄子，咱们吃点羊蹄子、羊杂碎。"好，那就五一路夜市。我、秦建国、闫永孝三个人打的到五一路夜市。谁知五一路夜市已经收摊子了，密如蜘蛛网似的灯光已经熄灭，路两边一个挨一个的饭摊子已经没了，马路变得空旷。我顿时有种失望，幸好路边有家灯光明亮的饭馆，里面还有人在吃饭，应该是一家二十四小时通宵服务的饭店。我们三个人就拐进饭店，找张桌子坐下来，点了几个菜，要了酒，又喝了起来。

我记得没怎么喝，我记得我说喝不动了。真的有几次，我能清醒地说，我喝不动了。闫永孝就说，喝不动就不喝了——他永远比我能喝。这次闫永孝也说，喝不动就不喝了。闫永孝后来告诉我，我们三个人又喝了一瓶子半，可怎么记得没喝几杯子？

喝完酒，快到门口时，不知为什么闫永孝与小保安争吵了起来，小保安把闫永孝推了一把，跌倒在门口的台阶上，腿上磕破了皮。秦建国也就跟着吵起来，说你们怎么不知道尊敬老人，没看他一头白发，你们怎么没有文明礼貌。

秦建国说："不行，打他个比养的。"

我也就说："打。"此时在我眼里，世界上什么都不存在了，什么都无所谓了，最最重要的就是——打。打成什么样、伤成什么样都无所谓，死也无所谓。

我记得有一次，是张寿堂在饭店请客，吃完饭，安排在地下室的歌厅唱歌。老同学们都聚在歌厅。秦建国上去拿着话筒，颠三倒四地说些车轱辘话。歌厅又来一些人，也是要唱歌的，是付了费的。小保安就上台抢秦建国的话筒，要给后来的人。秦建国不给，一群小保安上来要收拾他。这边的老同学们不干了，就拥上去跟保安们争吵起来，推推搡搡，一直到动手打了起来。我很遗憾我那会儿不在场，闫永孝也深为遗憾，我和闫永孝为个什么事儿打的到宝军的滑雪场去说个事，等返回去时已经结束了。我觉得我有点像逃兵，需要在场时却没在场。

刘孝华说也没怎么打，主要是推推搡搡，李继泉挨打了，嘴唇都打肿了，一个小保安也受了点伤。公安局的人来了，见是这么个小事也没管就走了。我想象着一帮五六十岁的"老知青"一个个痛挥老拳与一帮子十八九的小保安打起来的一幕，很觉可笑，谁会想到这帮老家伙有教授、专家、讲师、工程师、政府官员……平日里斯斯文文，关键时候倒能团结一心、毫不退缩，是不是当年毕竟"造过反"、当过红卫兵？还是塔城人就是有那么种仗义的精神？

……我这会儿准备豁出去打了，闫永孝体重一百多公斤，粗胳膊、大手，小时候也是打下架的。秦建国是个小斯文人，但他八十多公斤，宽背，也不是容易打倒的。我身体最差，六十多公斤，戴着眼镜，但我相信脑子反应还算灵活，我会知道怎么随机应变，比如上去只管把一个人的腿抱住……

不知怎么闫永孝与那个高个子保安又友好地互相拍肩膀、拥抱，和解，没事儿了。

闫永孝说小保安给他道了歉，他也就不计较了。

没打起来也好。若真打起来了，真不知会是怎样可怕的结果。

从饭馆出来，也不知几点了，反正回昌吉的班车早就没有了。秦建国说要不到他那儿去住？我和闫永孝说不去。我知道我妹妹宝琴就住在附近，有一张空床，但我不想去。我说还是打的回昌吉。

秦建国说："打的，我送你们回昌吉。"

我说："你回家吧，我俩打的回昌吉。"

秦建国不干，非要打的，也跟我们到昌吉。

我也高兴："好，打的回昌吉，再吃牛肉面。"

我们三个打了的。昌吉到乌市三十五公里，七十块钱。秦建国非掏打的钱。

到了昌吉，进了灯光明亮的二十四小时开业的牛肉面馆，就在客运站旁边。

我又买了酒，要了几个小菜，要了牛肉面，喝酒、聊天。

我就又想起了构想的《酒殇》系列作品。我说有一次，也是从乌市喝酒回来，也是坐在这儿吃牛肉面，我就心血来潮，突发奇想，构思了这个《酒殇》系列，这个"殇"字太好了，屈原有首诗叫《国殇》，我不知道这个殇字是什么意思，后来查字典，这个殇是指人在中年时死去，我看喝酒喝死也都是中年……用这个殇字正好。我说，都说边疆少数民族地区喜欢喝酒，喝了酒就喜欢唱歌，把酒与歌联在一起，成了一种文化。旅游的到了新疆，就想体会新疆人的喝酒；而新疆人为了表达对客人的热情，也就拼命地喝酒，让口里人高兴。可是谁知道新疆人喝酒的背后是什么？新疆人有多少人是喝酒喝死的！……新疆人是以死的代价去完成这个酒与歌的。

我一说起这个就有种愤愤、有种悲伤。新疆人太重情义，太看重友情。"宁伤身体，不伤感情。"我说，像有些老的，每天背着手只是在吃饭前喝两杯，能喝死吗？喝不死。新疆人喝死的都是为情义。酒中情，杯中情，情在酒中——也的确，人喝了酒，感情就上来了，没有什么遮掩，真情流露，表现出最真实的人性。我说，谁去想这酒后边的事情，只知道你是个喝醉鬼，却不知道酒中的情义，其实，人不是死在酒中，是死去情中，为情而死！

闫永孝同意我说的话。

秦建国也认为有道理。

我知道，曾让我感伤的是小严的死，小严是塔城严老师的儿子。小严调到昌吉后，得知是严老师的儿子，自然格外亲切，也就有了在一块儿喝酒、凑热闹的事。在昌吉的塔城人在一块儿聚会时，也力推小严唱主角。小严也有着塔城人的仗义，总是积极认真地参加活动。小严调来时在州教育局，干了很长时间。他被调到州二幼当书记的消息我们也是知道的。没想到他喝酒喝多了,突发心脏病去世了,才四十几岁。听说小严调到州二幼当书记,上任一个星期后,二幼的老师们说给新来的书记接风,去饭店里摆了一桌。他喝的是白酒。——其实我们都知道小严不能喝白酒了,这也是有一次在一块儿喝酒,我们照惯例给他倒白酒,他媳妇不愿意了,说他腿都坏成那样还喝白酒。我们真不知道小严的腿成了什么样,就让小严把裤脚挽起来,一看,整个小腿紫黑紫黑的,非常可怕。他得的是脉管炎,脉管炎是很难治的,弄不好得把腿锯掉。大家忙说,别说我们让你喝白酒,就是你要喝白酒也不让你喝了。小严就是这么个为了朋友的情义什么都不顾的人。可以想象出,小严也是刚上任,不愿说出自己的病情,不愿扫大家的兴,让喝白酒就喝白酒,你敬一杯他敬一杯,喝多了。席上的人见他喝多了,也没送回家,就在宾馆的房间里休息,还安排了一个人陪他。半夜里小严从床上滚下来,躺在地上。陪他的人想把他弄到床上,他九十多公斤,那人搬不动,只好让他在地上躺着,盖上被子。没想到第二天他已经死了,脸憋得紫黑紫黑的,是突发性心梗。据说他口袋里一直装着速效救心丸,不知谁的心脏不好,他还掏出来送给了那人。不过,就是他身上有速效救心丸也没用,他那会儿醉着呢,根本不可能爬起来吃药……小严的去世让我伤心不已,虽然在新疆喝了几十年酒,但是眼看着身边很熟悉的人因喝酒而死还是第一次。

我又说起了王建堂,一次乌市的塔城老同学大规模聚会时,让他负责组织活动。他本身就因为血压高在医院住院、打吊针。聚会时把针头拔了,到会场与同学们相聚,还是喝酒。虽然说他后来猝死跟喝酒没直接关系,但跟他豪饮,造成"三高"也是有关系的。

我又说到郝建昌的弟弟。说到建昌的弟弟,建国说他比我更清楚。建昌的弟弟在乌市住了三个月,床底下一大堆空酒瓶子。我说有一次,也不知怎么建昌弟弟找到昌吉,问我认识不认识他,我说认识。他说他在乌市车被扣了,等着处理,他说他身上没了吃饭的钱,想借点钱,我多少也知道他喝酒的事,也不敢多给,只给了三十元。我说建昌弟弟说话时,头上冒着汗。建国说他要了钱还是买酒喝。他把乌市认识的人都找遍了,跟谁都这么说,要点钱买酒喝,管也管不住。建国说多好的一个小伙子就毁在酒上了。建国说建昌弟弟在部队开车表现挺好的,还入了党,找了个漂亮的蒙古媳妇,生了两个儿子。到了地方,喝开了酒,党籍也开除了,媳妇也离了。我听说建昌弟弟在乌市被几个人打断了腿……我说起这就有种悲愤，我说我有次跟建昌提起写《酒殇》，让他写写他的弟弟，他却不愿意说这个话题。

我就又说起这《酒殇》的话题。

我说闫永孝说要说喝酒喝死的，他知道的太多了，光他身边的就不少，他的大伯、三伯都是喝酒喝死的，还有他的……他说他搞地质勘探，在喀什待了七年，南北疆的地方都跑过来了，接触的人多，知道喝死的太多了，光他们地质队数得出来的就有十几个。

我说那你就开写。我说是这么说，第二天酒一醒，又觉得这难度太大了，假如按一篇三千字，凑一百篇，三十万字，才能出个集子，哪有那个精力。没想到闫大爷倒认真开了，还真写了，写的《小老西子》（说的是他父亲带着几个东北军的弟兄到新疆在额敏定居，开酒坊谋生，其中一个小兄弟喝酒喝死了）真的不错，不是一般的不错，是非常的不错！真正的原生态。只有在新疆的特定的环境中才能写出来，口里人是绝对写不出来的。这小子还写成了小说，我原来没想到写小说，想的是纪实、散文之类，没想到这小子写成了小说。我说好啊，你一下子把起点拔得这么高，就照这个水平写下去，写成系列。

我说我原来想的是我们自己写一部分，然后征稿，说征稿也不过是让别人也写，谁知道身边的人怎么喝死的都可以写；像王建堂的事可以让李建生、李进新写；建昌的弟弟的事让建昌写；东西写出来，再加工修改……写喝酒喝死并不丢脸，这里有一种豪情、一种情义，我觉得从这个角度反映人生，还真有一种深刻。

我又说书还没写出来呢，我跟闫永孝又争起来了，我说这书是咱们俩合编，我说我的名字放在前头：杨宝如、闫永孝合编。闫大爷不同意，说他的名字要写在前边。笑。书还没影儿呢，两个人为名次争了个一塌糊涂。

再有，我说这书应该是编著，有你写的，也有别人写的。闫大爷非得要他一个人全写。我说你包不下来。我说，我信奉的写作宗旨是巴金说的，写你熟悉的东西。我说你闫永孝可以把你熟悉的人的细节写出来，别人经历过的细节你就不知道了，没有细节就没有小说，闫大爷非常犟，说他全包下来。

闫永孝说他要写一百零八篇，就照着水浒的一百单八将，三十六天罡、七十二地煞，我把你们俩都放到三十六天罡里。

我笑说："闫大爷要写一百零八篇，最后一篇空白，留着，就写他自己。"

闫永孝说："我留着最后一篇写我自己。"

……

我和秦建国、闫永孝喝酒喝到后半夜，闫永孝说他想睡觉了，说完就起身离开了。剩下我和秦建国继续喝酒说话。我对闫永孝的离开有点微词，我就说闫永孝对你建国的确不错，原来不熟悉，熟悉后你们俩关系倒比我还密切。……但是说到底比起我们的友谊来还是差一截。我说你建国送我们俩回昌吉，你图个啥，还不是朋友坐在一块儿说说话，他怎么能说困了，拍拍屁股就走了，我如果说我也困了，我抬屁股走了，你建国一个人在这儿喝酒吗？

秦建国就说："不是个东西。走，找他算账去。"

我们俩顺着大街步行，也没打的。闫永孝住的物探队挺远。我俩一步步走到他的家，一排旧楼中的一个门，进去，一楼。闫永孝开开门，我俩进去。闫永孝又躺回床上，什么也没盖，又呼呼睡过去了——那架势，有点让人想起与水浒里鲁智深喝醉了躺在凉亭里酣睡差不多。秦建国就来了气，我也生了气，秦建国骂道："你闫大爷真不够意思！我们到你房子了，你理都不理我们，只顾个人睡觉，走走走。"

我和秦建国就气哼哼地出来。走了几步，见闫永孝追出来，站在院子，说"你们走什么，我刚才睡糊涂了，迷迷糊糊，走，到房子去。"

我骂道："你闫永孝真不够意思，哪有这样对待朋友的，我以后再不跟你玩了。"

我们俩慢慢地走到汽车站，这时天已经亮了，有了第一趟班车。我说："我送你回乌鲁木齐。你送我到昌吉，我送你回乌市。"

我俩上了车。到了乌市，还是不想回家。到哪儿去呢？秦建国就说到李进新家去。我们俩就打的去李进新家。我虽然看过李进新的新房子却不记路，秦建国说他知道。我们敲开李进新家的门，李进新不在。许孔凡和一个女的在说话，见我俩来了，也不怎么热情（也不敢热情，怕两个喝醉鬼闹事）。许孔凡说李进新今天有事，去参加一个会议。我俩有点失落，干干地退了出来。还到哪儿去呢？秦建国就说到王怀德家去。我说我不熟悉路怎么走。秦建国说他知道门。我俩又打的到王怀德的住处，上了楼，敲门，结果没人，更是失落——按说这天是星期天，应该有人的（后来王怀德说两口子到女儿家去了）。还到哪去呢？我说到我妹妹宝琴家，也就是刘孝华家。我说，星期天，我妹妹是绝对在家的。我俩就又打的到我妹妹的楼下，上了楼，我满有信心地敲门，绝了，没人。我想我不是失落，而是绝望了（后来宝琴说她有个多年的老朋友请她一家子三口过去玩，吃个饭）。

只剩下回秦建国家一条路了。

我送秦建国回家，一进房子，王小津就哭开了，说建国那身体你们也不是不知道（二〇〇〇年突然尿血，肾癌，切掉了一个腰子），你们怎么能喝一晚上酒，到现在才回来，不要命了吗？王小津说了很多，表达得很生动，可惜我记不清了。

王小津让建国回房子睡觉，让我也休息。我说我不休息。我把建国送回来，我的任务完成了。

我跟王小津开玩笑，我说你把我骂得"狗血喷头"，吴玉娟还从来没有这么骂我呢。其实王小津只是叨叨，没有一句骂人的词。

王小津一边哭一边说，还给我下了一碗肉丝面条。我此时也酒意、困意，疲惫到了极点。吃了肉丝面条，打的到车站，返回了昌吉。

我后来跟秦建国开玩笑，你进房子睡觉，一了百了，王小津把我骂得"狗血喷头"。

秦建国说他往床上一躺什么都不知道了，他说王小津不错了，一边哭一边还给你下面条。

此次喝酒令人难忘。人生许多难忘的回忆都跟酒有关，但是我真的开始反思：再不能这么喝酒了。我们真的到了这个年纪，到了不该纵情喝酒的年纪。但我又不想发誓不喝酒，其实这个誓发过多次，等于放屁，每次喝多了，难受地躺在床上，头晕目眩，就暗暗发誓，再不能喝酒了，结果还是喝，"狗改不了吃屎"。……只是以后少喝，怎么能控制不多喝，这成了一道我此生最难破解的难题。

九十七

到了十一月时，又有一次喝酒，令我悔恨不已。

十一月份，接到一份通知，参加自治区作协召开的长篇小说创作座谈会，我感到一种荣幸！我只写了一部不长的长篇却能参加这样一个会议，真的感到很荣幸！

会议在一个宾馆开的。两个人一个房间。吃自助餐（很丰富）。开会有大会议厅，分组时有小会议室。我感到了一种豪华享受。我不是没住过宾馆，没开过会，只是感到：作为很穷的作协能掏出钱开这么一个会议，上了档次。

会议的主持人，自治区作协副主席董立勃（小说家）就说起作协能开成这个会很不容易，非常感谢自治区财政厅给作协拨了五十万元，支持作协的工作。而作协从五十万元中拿出钱，首先就开了这次长篇小说创作座谈会，也足见作协对长篇小说创作的重视。

董立勃感慨说，十年前开过一次长篇小说座谈会，十年后才开第二次会，实为不易。董立勃提到长篇小说创作有点忧心忡忡，他说新疆的作家拿过鲁迅文学奖，但是没拿过茅盾文学奖（长篇小说奖），连提名也没提过。他希望新疆的长篇小说在三五年内有好的作品出现，起码能获得茅盾文学奖的提名。——我感到了董立勃那种心理的压力。他现在主抓文学创作，希望为新疆的文学创作做出成绩，希望新疆的文学创作有一个大的提升。我个人也很喜欢董立勃这个人，年轻、富有才气，是现在新疆小说写得最好的作家之一，在内地最有影响的作家。

听了董立勃的发言，我也感到一种沉重，我还能为长篇小说做出点什么呢？谁都认为，新疆应该是能出大作品的地方。新疆独特的地理环境、独特的人文历史都为能写出好作品提供了极好的资源。又有人说新疆远离繁华闹市，没有心浮气躁，能够静下心来好好地写东西，反而能写出像样的东西来。从理论上来说这是成立的，但在实际中又是复杂的，文学作品纯粹是一个人的精神创作，一个成功的作品又是由诸多因素促成的，任何抢时间、争速度都是没用的。新疆终究会出大作家、大作品，这一点毋庸置疑，但是它是在什么时间能出来，谁也说不上了。

我还想为新疆的长篇小说做点什么？可是这是多么难呐！生命有限、精力有限，而你用残存的生命、精力去写，又不知写出来的东西是个什么样子？能有什么水平？

何英的一个发言，又让我内心有了许多想法。小何是个女的，也就三十多岁，专搞文学评论的。大会安排她搞了一个前十年长篇小说的创作总结——单指汉族创作的这一块。其他少数民族，像维吾尔族的十年创作另有总结。

小何的这个总结写得很有层次、很精辟，后来发到网上了。陈友胜从网上

493

看了。老陈写了部反映民族的长篇小说《风雨努尔加》，很不错。他原是写诗歌的，但不影响他也写了长篇，而且能归到十年长篇小说的成就上。陈友胜接到参加会议的通知，但是他忙着搞昌吉的非物质文化遗产的收集、整理，顾不上参加会。

我在小何的总结上看到了自己的名字，排在陈友胜后边。总结是在说到还有一批老作家，在坚持长篇小说的创作时提到我的。我感到一种荣幸。我只写了那么一部不到二十万字的长篇小说，而且很粗糙，居然也能挂上号。

会议上是不喝酒的。原以为也就这样过去了。晚餐时却不是自助餐了，由陈漠的工作单位新疆人民出版社赞助，正儿八经地摆开了酒席，十个人一桌，也上了白酒。还有节目主持人，也是参加会议的作者，还安排了节目，文人多才多艺的多了，有的歌唱得真好。我坐的桌上都是这次新认识的文友。文人在一块儿是很少能冷场的，大伙儿也就互相敬酒、说话。最热闹的当数赵光明在的那一桌，大声喧哗、笑声不断。我想着得空过去跟光明碰一杯酒。

没想到小何端着酒杯过来了，笑着叫了我一声："山老师。"我说："你怎么把我的姓都改了。"小何说："赵光明老师说你姓山。"我也笑。

我说："小何，我还真有件事想问问你，你把我的名字也写进你的总结，是不是因为熟悉，碍于面子，不得不写呀？"

"没有。"小何此时显得青春、活泼。

我待的这个酒桌，人陆陆续续走了，只剩下三个人。赵光明招呼我过去。我又犯了老毛病，不由自主地走了过去。一些别的桌剩下的人也凑到赵光明的桌上。我此时也喝多了酒，充满了一种快乐，变得谈笑风生、风趣幽默。我说剩下的都是精英，就像两万五千里长征，能到延安的都是精英。来，我们能凑到一块儿就是缘分，好好喝酒。

我就又说起赵光明给我起的山魈的绰号。有人不知道山魈是什么。我还解释说山魈就是动物园那种脸上是蓝的，上边有三个竖道的猩猩。我说我查过神话词典，山魈也叫山鬼、山神。我说你们以后就叫我"山老师"。众人大笑。

我喝酒一过线就把握不住了，痛痛快快地碰杯，痛痛快快地喝酒。

从酒桌上下来，我说说再找个地方坐坐。赵光明也酒兴正浓，说光喝酒了，也没吃东西，肚子空空的。一帮子文人就又找到一个饭馆，想喝点酒。人家是个回民清真饭馆，不让喝酒，也就吃点面回来了。

回到宾馆到赵光明住的房间，刘乃亭也在，就又说了些话。当然还有几个文人也在场，找赵光明说话。

头天的事就过去了。第二天居然头没晕还能爬起来参加会议。我发现，参加会议的人看去都普普通通，谦虚平和，但都有各自称道的作品。有的人的作品已经很有名气，在全国的文学评比中获奖。有的在本地区中首屈一指，政府都给予重奖。我认识了一个在阿勒泰工作的年轻人，才三十多岁，你都想不到他在那个偏远的地区写武侠小说，竟然在全国（包括台湾、香港地区）的前十名之列，他的稿约不断，都是重金。更让人感叹的是同在昌吉的卢德礼，原在呼图壁县当老师，退休前也没怎么写东西，退休下来后，突然要写一个小地方的百年沧桑变化，全部写完要一二百万字，而且也就一部一部地写了出来，由青少年出版出资出版……新疆真是藏龙卧虎啊！而文学是什么？真的让人困惑，想想自己几十年想写的一部小说到现在也没折腾出来，而人家想写什么就写出来了，而且马上就能走出去。……单单参加一个会议就感到荣幸，我也许只能剩下这点自我安慰了。

到了晚上，又有酒席（忘了是哪个企业赞助的）。赵光明不在，好像跟几个不错的文友出去了。……我提醒自己，今天再不能多喝了，昨天已经喝多了，折腾得够呛了。按说我也提不起喝酒的精神了——人往往是这样，头天酒喝多了，兴奋过度了，第二天就蔫了，再喝酒也没了精神。

在酒桌上，很低调地喝酒。

快结束时，听见有人叫我，我一看，是陈漠，心中顿时有种亲切感。陈漠中等个儿，长得挺俊秀。他在昌吉工作时，我们就认识。陈漠的散文写得很好，很有种深意。陈漠跟张侠的关系挺好。我在张侠家跟他喝过酒。张侠去世后，陈漠还张罗着办了一场张侠诗歌朗诵会，费了不少精力，是个很重情义的人。昨天晚上的筵席就是陈漠以新疆人民出版社的名义赞助的，他现在是出版社的编辑。

陈漠一叫，我就动了感情，昨天没见到他，这会儿见了，总得要说说话儿。我也就过去坐到陈漠的桌上。同桌的还有几个文人。我跟陈漠喝酒，跟新认识的文友喝酒，自然又喝多了——还是个酒量问题，其实别人也没少喝，但是喝同样多的酒，别人都没事，就我不行了。到最后剩下三个人，我，文联的老毛（赵光明给他起的绰号叫"毛太公"），还有第一次认识的乌市的小杨，长得精明锐气。就又说找一地方坐一坐，我就说吃羊杂碎。小杨说他知道附近就有一个饭馆，他熟悉。我们就到那小饭馆，炒了两个菜，又喝酒。

到第二天醒来，我看见茶几上摆着打包拿回来的炒肚丝、炒羊肝，还有半瓶子酒。我能记清回来后，老毛、小杨在我房间还说了说话……可我怎么隐隐约约记得还去找赵光明，到赵光明的房子说过话了？

后来赵光明告诉我，夜里五点多了，我去敲他的门，还用脚踢门。他说他没敢开门，一开门，就别再想睡觉了。他说敲门的声音那么大，满过道都听见，别的房间以为出了什么事……赵光明说得很轻松，还带有一点他特有的幽默口吻。

我听了后悔死了，连连给赵光明道歉，他倒并不在意。

我真的后悔，甚至痛恨自己！我怎么这样！参加会议的人谁像我这样！人家哪个没有作品，但是都稳稳当当。都说文人嗜酒（武人不嗜酒？老百姓不嗜酒），人家也都没像我这样。难道是人家酒量都比我好？还是人家都能把握自己、知道把握场合、知道自我控制。我真的不是一般的差劲，简直是差劲透了！我从这次又一次看清了自己为人做事令人沮丧的一面。我对那晚打扰了一层楼的文人们感到深深的歉意。我内疚、自责，我再不能这么喝酒了。

我能把握住自己，我能改得了吗？

九十八

我终于喝翻了，差点喝死。

我记得是六月份，二〇〇八年奥运会前的两个月。这天像往常一样，闫永孝把秦建国、郝建昌从乌市叫过来小聚。我们好像形成了新的"四人帮"。一两个月就要见见面，不见面就想得慌。一般总是闫永孝跟秦建国联系，建国叫上建昌，闫永孝叫上我。建国、建昌从乌市赶过来，又总是先到闫永孝的打字复印店。我再过去。——说起我们四个人怎么粘到了一块自然有个说法，我与闫永孝的熟悉是我到了昌吉，发现居然有这么一位塔城三中高二的学生，自然成了最亲密的朋友。闫永孝家也是额敏县的，老额敏县人。闫永孝家也有一段历史，他父亲是东北军（东北义勇军）的，抗日，战败后退入苏联，进入新疆塔城，在额敏县定居。闫永孝与郝建昌是高二的同班同学，在学校就是合得来的好朋友。秦建国与郝建昌的关系就更深了，他们的父亲都是从苏联过来的老华侨，是彼此往来的好朋友，两家子关系十分亲密。他们的父亲早已过世了，但秦建国的妈妈与郝建昌的妈妈依然往来密切。秦建国与郝建昌就是从小玩大的发小。我与郝建昌的友谊可追溯到在车队，当时车队招了一批上山下乡的学生当司机，我自然与学生们更容易建立感情。我喜欢到郝建昌家去玩，他家有个大大的果园子，都是大冬果子（也就是越放到冬天越好吃的苹果）。他的妈妈对我挺好，我到他家玩得挺自在。我跟他还有一个故事，他结婚时让我给他画了一幅奔马图，还让当主持婚礼的司仪。我从来没干过这事。他非让我当，说我说话幽默。我也是受了塔城民风的影响，为朋友帮忙竭尽全力。我先是跟着去接新娘子，新娘子叫陶月霞，他的同班同学。进院子大门后，必须喝三杯酒，一杯子七十公分，三杯酒下肚，我已经半醉了。当司仪时，不知说了些什么，院子里的婆娘、娃娃笑成一片。然后是陪着新郎新娘一桌桌地敬酒。等到吃席的全走完了，该我们这些帮忙的上桌了，也没顾得上吃东西，又是一通喝酒……等我醒来，已经是第二天上午了，我竟然躺在新房外间的炕上，同炕的还有两个人，也都是喝多了。这也是我和建昌的一份深交吧。

秦建国最喜欢在闫永孝的店里凑热闹。一般建国、建昌来时总是买上点吃的，就在店里做，用店里的磁化炉做饭。一般又总是建昌掌勺，当大师傅。建昌饭做得好，他在乌市的任务就是天天给老婆、娃娃做饭。他的一个儿子、一个女儿都在乌市工作，后来又加上儿媳妇、女婿，一大家子都是建昌做饭。

秦建国愿意在小店里吃，觉得温馨、随意，无拘无束。闫永孝小店分为两部分，外边打字复印，里边照相。做饭也在里边。闫永孝在里边照相的地方摆上小圆桌子，几个人吃菜喝酒聊天，外边有谁来印个什么东西也不耽误。闫大爷（因为他头发白了，建国开玩笑叫他闫大爷）头痛的是我们抽烟，我是老烟鬼，建国、建昌平日抽烟不多，一喝酒就抽得多了。小店里三个人冒烟，冒雾腾腾，也没办法。闫永孝原来也抽烟，戒了，是让吴玉娟给戒了，为此还有一个故事——有一天晚上，我在闫永孝家喝了酒，他送我到物探队的大门口，看我上了出租车，道了再见。我没有回家，一趟子到了棋馆，下了一晚上的围棋。夜里三四点钟，吴玉娟起来上厕所，见我的小床上的被子还是空的，以为我还在闫永孝家，便打电话，让我回家。闫永孝说早走了，我亲自送到大门口，看他打的走的。吴玉娟说那我不管，昨天晚上他说去你家，到现在床上还是空空的，我只知道他在你家，我现在只跟你要人，生要见人，死要见尸。闫永孝半夜起来接电话，穿着背心、裤衩，光着脚丫子。那时天气已冷，冻得边接电话边搓脚丫子。电话打了一二十分钟。结果闫永孝得了一场重感冒，倒把抽了三十年的烟瘾给戒了，从此再不抽一根烟。人也一下子胖了，从九十公斤长到了一百零三公斤。

我们老同学在一起说起这事，说吴玉娟还是有本事，能把闫大爷的烟给戒了，以后再想办法让吴玉娟把闫大爷的酒给戒了。

秦建国、郝建昌买了个羊腿，还想在小店里做。一做又得一个多小时，我建议：干脆到外边去吃吧，找个小饭馆，抽烟也没事，茶水还管够，省了自己烧。

他们也就同意了我的意见。四个人走了一站路，拐到步行一条街。所谓步行一条街，就是不让车辆通过，路边都是商店、饭馆，供人休闲、游坑的。这条步行街修得挺精致，路面都是用整齐的石板砌的，很宽敞。步行街右边是一个树很多的公园，原来是收费的，步行街建成后改成不收费了，人们可以从步行街拐到公园消遣。搞这条步行街的公司原指望修了此街后会很热闹，但没有预料到的是，昌吉毕竟人少，很难形成像口内那样的闹市；所以步行街内冷冷清清，商店、饭店也没多大的效益。

我们四个人在街上慢慢走，有几处都在街边摆着一片塑料的桌子、凳子，都是开小饭馆的，吃的也大都是小菜、凉面、烤肉之类。

我们找一处坐下来，就我们四个。天气不热，四周清爽、开阔，很是惬意。

闫永孝先点了四个小菜。秦建国买来一瓶子白酒。闫永孝此时已经不喝白酒了，自己带了一瓶子红酒，他张罗着给我们三个人倒上白酒，小饭店也没小杯子，拿出的是那种薄薄的喝水的透明塑料杯。塑料杯放进一个带把的硬塑料底托里。一瓶子酒分三个杯子倒完了。

闫永孝不喝白酒是因为不久前刚刚脑出血，这也成了我们喝酒的话料。有一阵儿闫大爷喝酒喝勾了，每天自己喝上两三瓶白酒，还不算啤酒。我啥时候到他店里去，都醉醺醺的。我说我是朋友在一起时喝喝酒，自己一个人从不喝一滴酒，你怎么能没事自己跟自己喝酒；我说你照这样喝酒非喝死不可。我说我抽烟，将来得肺癌；你喝酒，将来得肝癌。可是他不听，还是喝。

有一阵儿他不喝酒了，不知道他媳妇杨晓敏说了什么，他居然戒酒了。按说戒酒也不是这个戒法，要一点点戒，也就是不是不喝酒，而是逐渐地少喝，可是他说戒就戒了，血压一下子上来了——喝酒是个双刃剑，喝酒有降压的作用，一喝酒，血管扩张，血流得畅了，血压下来了；可是喝酒又有升压的作用，一不喝酒血压又上去了；所以一不喝酒升压，又用喝酒降压，形成恶性循环。

闫永孝突然戒了酒，血压升上去了，头晕得厉害，走起路来轻飘飘的，我有天到他那儿才知他戒了酒。他要上厕所，小店没厕所，厕所在附近的学校里。只见他穿着旅游鞋，走路慢慢的，从店门口到人行道有个小台阶，也是慢慢地抬脚，上去一只，又慢慢地上另外一只。从厕所回来，也是小心翼翼地迈下台阶。他不在时，杨晓敏跟我说："你们是老同学，你劝劝他，让他到医院看看，我说他，他不去。"我说："好，我劝劝他。"杨晓敏说旁边就有个诊所，先进去检查检查。我也极力赞成。这次闫大爷听话了，跟着老婆顺左手往前不远就有门诊。看完回来说是"脑萎缩"，建议去拍拍片子。

杨晓敏就说中医院近，下午到中医院去拍片子。

晚上七点钟，杨晓敏给我打电话，说闫永孝住院了，脑出血，你不去看看、说说话。

我一听吓了一跳，脑出血！我马上想到脑溢血引起的偏瘫、鼻眼歪斜、说不成话、半身不遂等等症状，但我又不相信闫永孝会那样。不管哪样，我得去见证一下，我要在第一时间见到他。

我买了些水果、牛奶、方便面，赶到中医院，见了闫永孝。他躺在床上，五官好着呢，说话也清楚。他说医生不让他动弹，所以不便起来说话。我说你死犟死犟的，也有听别人话的时候。

我就坐下来说话。另有物探队的两口子来看他。

也就知道了幸亏到医院拍了个片子，发现有点脑出血，不多，可以吸收掉。再往前说，也就幸亏今天去看门诊，如果再拖着不看，后果就不知道会怎么样了。

闫永孝这下真老实了，不喝酒了，还吃降压药。

秦建国、郝建昌得知后，还专门来昌吉看他。

闫永孝不喝酒，却还习惯性地煽火我们三个喝。我说我慢点喝，我不能喝猛酒。建国、建昌酒下得快，到他俩把杯中酒喝完时，我还有半茶杯酒。此时，又开了一瓶酒。我说他们喝完了就给他们倒上，我不比他俩的酒量，我少喝点。闫永孝说，第一杯子喝完，以后喝多喝少再说——这似乎也是酒桌的规矩。

我端起半茶杯，有点愁，但还是一口气喝完了。酒又倒上了，茶杯的三分之一，可以慢慢喝了。

我们就说你闫大爷不喝白酒，怎么也得喝点红酒陪陪。

闫永孝让小饭馆开红酒，小饭馆没有开瓶器，也就是没有专门取红酒瓶口软木塞的工具。他说你们什么饭馆，连个开瓶器都没有。他到不远处的另一个饭馆问了，也没有。他只好起身，说店里有，回店里去取开瓶器。

剩下我们三个人喝酒聊天。

我原来还好好的，正常地说着话，突然间，更准确地说刹那间就不行了，从凳子上一下子出溜到地上。……以后的事只好由建昌、建国说了。

他们俩没想到我突然不行了，滑到了地上，开始吐酒，也慌了。两个人商量着送我回家。但是步行街不通车，他俩只好把我抬出步行街。我虽然才六十多公斤，但建昌说死沉死沉的。

到了路口挡车，人家一看是喝醉鬼，不拉。挡了几个车都不拉。后来来了一辆收废品的三轮车，说要四十元，还到二十元。两个人把我窝进三轮车的车厢里，长胳膊长腿的居然还能窝下。两个人坐在车边边上，把我送到工商局门口，又抬进院子，上了楼，敲门。

门一开，抬进去，吴玉娟的两个妹妹也在。她的二妹妹莲莲就说，怎么把他喝成了这样？建昌害怕闹起来，忙声色俱厉地说："悄悄，什么也别说，赶紧抬到床上去。"

我在我的单人小床上躺了五天，整整五天！头晕得下不了床。吴玉娟就打电话骂闫永孝——只要在一块儿喝多了她就骂闫永孝，不管是不是闫永孝的事。我也总是说，喝多了是我自己的事，我不喝，谁还按着脖子灌我。

整整躺了五天。我还从来没有喝醉了躺五天。最多时躺过三天。一般躺个一二天就缓过来了。其实这次酒喝得真不多，算算也就二百公分。平时喝这点酒，虽然也不免晕乎一下，但绝不至于躺五天。我知道为什么这次翻得这么快了，还是犯了两大忌：一个是空肚子喝酒，一个是喝猛酒。按说我喝了这么多年的酒，已经有这方面的经验了，已经注意喝酒前尽量吃些东西，已经注意了慢慢喝……但这次我疏忽了，早晨就基本没吃东西，中午虽有几个小菜，也没怎么动筷子，肚子是空的；又一下喝了半杯茶，喝了猛酒。

躺了五天，起来又缓了两天，等于难受了一个星期。我走起路来软软的、轻飘飘的，准确地说，脑子是清醒的，但是脚底下总是不由自主地走不稳，这是我的难言之苦。

最难言的是我觉得眼睛出了问题，眼前出现像黑网网似的东西，飘来飘去，挥之不去；而晚上黑暗之中却能闪出很亮的长道金光，不知从哪儿来的。完了，我的眼睛不能出问题，我全靠眼睛写作呢，眼睛不行了写不成东西那不全完了！

我担心的是视网膜脱落。回族编辑部一个女编辑，就因视网膜脱落，极度近视，近乎失明。我给女儿打电话，说出我的担心。女儿是医院的医生，就给我联系到他们医院的眼科做检查，我一般是不愿意进医院的，这次也就老老实实去乌市，到女儿医院的眼科做了检查，做了眼 B 超。

检查的结果是玻璃体混浊，学名叫什么玻璃体后剥离，一般叫作"飞蚊症"、"闪光症"。

眼科医生说这没事，年经大了都容易有，有的年轻人也有。我问能治好吗？医生说治不好，也没必要治。

女儿见不是视网膜脱落，松了口气，她说她紧张坏了。

女儿给我买了两本书《眼底病百问》、《眼科病治疗预防与调护》。我翻了翻，也就明白了，造成玻璃体后脱离的常见原因是年龄的改变及高度近视，这两样我都占了。但我自己也总结出另一个道理：酒伤肝，肝伤目。我是喝酒伤了肝，而肝和眼睛是有联系的，这也就是说，我喝酒前还不明显（医生说已经有了），喝酒后明显加重了。这酒不能喝了——我得完成要写的东西啊。

又遇到老同学在一块儿聚会时，闫永孝不喝白酒了，我也不喝白酒了。闫大爷是脑出血，我是眼睛"瞎"了。不过也就是那一阵儿……

第二十五章

不断与蒋欢相见……声称有香港老板投资，有名导愿导……又言推荐童话到香港，拍电影……昌吉电视台拍了专题片《桑榆童心》……我说白活

九十九

我期望的《古道倩影》的影视剧似乎也有了些进展，这也是听蒋欢说的。

春节前蒋欢走了趟北京，说是看看导演拍的片花。他说还在与香港老板联系着，老板也让他去北京——老板住在五星级饭店，地址什么的他都知道。

一个多月后蒋欢回来了，我俩坐一块儿说话，我喜欢在我家对面的汉餐店吃饭，每次我们见面都在这家汉餐店。这家汉餐店有一定规模，一楼有七八张桌子，楼上还有三个包间。我和夫人也经常在这儿吃饭。她也经常把来昌吉办事的企业领这来吃饭。我也在这儿请过朋友。开饭店的五十多岁的老板娘早把我们认下了，见了我们非常热情，有时也开几句玩笑。

我和蒋欢面对面坐着，点上三四个菜，喝点白酒。蒋欢喝白酒不行，我也不强求，喝点酒只是个意思。

蒋欢行事低调，他在北京时给我打电话，说话总是闷闷的，不会喜笑颜开地说话，让你总觉得事情进展得不顺利，而他又总是说，我回去再跟你说。

他说这次到北京看了片花相当的不满意，没拍出新疆的味道来；像我们觉得最有新疆味道的在那拉提草原蒙古包喝酒、唱歌（剧本中的情节），导演觉得一点意思也没有，全给砍了。

　　我说，那段不能砍，那段真是最有新疆味道了。——我说的是小说中的一个情节：小说中的主角冷小玉、库尔班、日本人山本、俄罗斯人伊万转到伊犁的那拉提草原（新疆的旅游景区）在蒙古包里与一些哈萨克族、蒙古族、汉族人在一块儿吃肉、喝酒，喝高兴了又唱歌。这一段我写得很细、很具体，还把我喜欢的塔城人唱的《吉里拉》搁进去了。这一段我几乎浓缩了新疆各族人的和睦相处，各族文化的相互交融；表面上看是喝酒、唱歌，其实有很深的寓意在里边。

　　蒋欢说，我就说这段不能去掉，去掉这电视剧还不如不拍了，没有新疆味道我拍它干啥；如果拍出来看上去跟口里的没什么区别，拍出来也没什么意义，还不如不拍。

　　这也是我一直坚持的。我一直跟蒋欢说，新疆还没有一部把新疆的考古、山水、歌舞、民俗有机地穿到一块儿的片子，要拍出原生态，拍得土得掉渣。古人有两句诗，是说一个人题《黄鹤楼》的诗写绝了，后来人想题诗都无法超越那首，所以有两句诗叫"眼前有景道不得，有人题诗在上头"，咱们要拍就拍好，让以后想拍同类片的想超越都很难。

　　蒋欢也是这个意思。

　　我说拍这个片子还是要有新疆导演。新疆导演熟悉新疆能拍出味道来；其实有些新疆导演拍的片子也挺不错的，新疆味浓极了。

　　蒋欢也说不行就找新疆导演。他说他对片花提了修改的意见，那导演说再进行修改，修改完了再看。

　　我还惦记着我的童话。我说从报纸上看，现在有一种专门出版经济人。他们认为好的文学作品，就由他们出版、包装、销售，甚至与国外联系出版，走向世界。我说不知你蒋欢在北京有没有接触这种人的可能，有的话，联系联系——我很想使我的童话能走向全国，不甘心自己的童话只囿于极少数人知道，我不满足。

　　蒋欢说他想着我的童话呢，到我出童话的出版社去了八九趟。唉，要见出版社的总编太难了！底下的编辑就给你挡掉了。蒋欢说，我去了八九趟，见不上总编，我都有点想放弃了，后来总编给我来了电话，我才见到总编。我把你的小说和童话给总编送了。他看了，问我是什么意思。我说想由出版社出版销售。我说作者并不想从中挣什么钱，哪怕一分钱不要，只是想扩大影响。总编说，小说写得很纯净，但是摆到书架子上，肯定没人买。现在的小说都是市场化操作，你的小说里没有激情戏就没人看。说到童话，出版社很少出版这方面的书，也不可能由出版社出钱出这方面的书。出版社也没钱。蒋欢说他有个想法，也不让出版社出钱，他说可以在书中插广告，可以拉广告，让企业在书中做广告，出版社就通过书中的广告费可以拿回出版费、编审费，也可以有盈利。

我没想到蒋欢如此关心我的童话，还为此找出版社受到冷落。他电话里没跟我说过。我以为他去北京什么都不顺，没戏了。他回来一说，事情还在，见了香港老板，老板同意投资一千万拍电视剧。导演继续修改片花。他又联系了出版童话的事。

我觉得不那么容易。

蒋欢又说起跟导演商量好了，电视剧的演员从北京选。他说你把冷小玉写得太完美了，从新疆选不出来。我说我怎么写得太美了，我没刻意把她写得多美。蒋欢还是说冷小玉一定要找个非常漂亮的。他说他还找了范冰冰，范冰冰说档期拆不开。我对蒋欢居然敢去找范冰冰很是可笑。蒋欢认识李咏，到北京总会去找李咏，也通过李咏认识不少演艺圈的人。

我提到库尔班这个角色是不是还是从新疆找，新疆好找。姜乐说导演说北京也有维吾尔族人，搞文艺的，也可以从北京找。

我说跟你蒋欢一见面，一说，就有了信心、开心，不见面就总觉得没戏了。

一个月后，蒋欢又去北京，说再看看片花。还有，徐克到了北京，让他过去。自从拍了《七剑下天山》的电影，蒋欢一直与徐克保持着联系，建立了一种朋友的友谊。蒋欢说徐克到北京是有个对他采访的节目。——我还真看到了朱军做的节目有与徐克的对话。

蒋欢电话说到了北京，又看了修改后的片花，还是不满意。他说香港老板也看了片花，也不满意。蒋欢说片花有些地方还是挺不错的，背景的风景拍得相当漂亮，冷小玉古魂附体的一刹那运用的镜头、侧脸的表情都挺好。

蒋欢说他和香港老板的意思是不行就算了。导演坚持说他一定能拍好，而且非要拍这个片子不可。老板和导演签了个协议。老板给导演前期打入一百万元。如果拍好，以后再打钱；如果拍不好，不但一百万元要退还，还要付一定的赔偿费。

我听了这个消息挺兴奋挺疑惑，蒋欢先是说他投入了一百万元作为启动资金，说着说着又成了香港老板给导演一百万用于前期准备，到底是谁给的？蒋欢后来的话语里越来越明确地说香港老板跟导演签了协议，而且有点为把老板跟导演捆绑到了一块儿暗自欢喜。我要是一问电视剧的事，他就说交给导演了，导演弄不好，有老板找他的麻烦。……可是我闹不清的是如果电视剧成了导演和老板的事，那你蒋欢有没有投资？是有还是没有？那你又怎么从中分钱呢？那我又从哪儿去得百分之三的利润呢？……这些我都没问，总觉得不好问，总觉得还是把电视剧拍出来再说。

蒋欢这次到北京的时间比较长。

蒋欢又有了新的构想，今年是奥运会，怎么能在奥运期间把《古道倩影》宣传一下。他说他要把《古道倩影》搞成那种大开本（比大三十二开还大的本子，现在流行大本子）。书出来后也不卖，赠送。他想的是赠送给各大院校的学生。学生爱看书。容易扩大影响。

我感激蒋欢对《古道倩影》的钟爱和执着，但不知能不能搞成？他想的是不是简单了点？我还是担心……就是搞成了，发出去，又能造出多大的影响？能使人们知道有部《古道倩影》的小说"挺好看"？期待着拍成电视剧很好看吗？

蒋欢又让我把我的全部童话搞成四本分册，列出每本的目录。说搞成一本太厚，搞成四本，也是大本。我照着他说了做了。电话里报了每册的目录。他说先搞一册试试看。他看了有册目录中的童话他那都有底子，说就先出这册。

蒋欢说把我的童话介绍给了徐克。说他跟徐克走了趟上海、苏州。到苏州参加电影节。同行的还有小陆。坐在火车上，徐克躺在床上看我的童话。看到有的地方还跟蒋欢、小陆念上一段，说写得怎么怎么好。蒋欢说徐克说这些童话也就是在新疆，如果在北京早就被抢掉了。我说也不一定（我曾给北京寄过自己的童话，也没什么反映）。但是徐克能喜欢我的童话，当然令我高兴、兴奋。蒋欢说徐克说回香港后，打算把我的童话推荐给几个导演朋友，选出几篇拍成电影。这就更让我兴奋了。

我想着写的小说能拍成电影、电视剧；童话又能拍成电影，那我的作品真的更加有意义了。

我希望二〇〇八年这一年能开机拍电视剧。新疆的六、七月份，山里的景色最好。当然我也跟蒋欢说过，也不一定就非到实地拍景。新疆有好些风光片，已经把好的景色都拍过了，其实可以采取剪接的办法，把人和背景嫁接起来。我还举例，比如拍他们（指剧中人物）到喀纳斯。其实可以到乌市的南山拍戏，最后把喀纳斯的景色放进背景就行了。蒋欢也认为可以利用新疆已有的风光片，取其有用的做背景。当然有些还是要实地拍的……无论如何，新疆的六、七、八月是拍电视剧的好季节。十月份天就冷了，拍自然风光的地方草木凋零，不好看了。

蒋欢六月从北京回来，我俩依然在汉餐馆碰头。

蒋欢说了北京的事，也就是我上边说的事，电话里也都提及，见了面又详细地说了一番。听他一说，我自然很开心。

我想的还是今年电视剧能不能开拍。

蒋欢说导演在四川汶川大地震后到四川去拍反映大地震的专题片，是中央电视台给的任务，什么时候搞完说不上。

我说能给导演安排任务，那这个导演的名气不一般。

蒋欢说，人家本来就是名导。

——但这个导演是谁？姓谁名谁？蒋欢从来不说，神神秘秘（我的感觉）。

蒋欢给了我一本《古道倩影》的大本子，封面是小陆设计的，基调是黄红色、沙漠、骆队。有楼兰美女的头像（从别处套的），很贴切。有冷小玉的美女头像。他说就这一本。还有一本是封面又修改过的，在他那儿——这就是准备插广告的大本子样本。看来他实实在在地做这件事。

再给蒋欢打电话，他已经在天池了。

蒋欢曾透露他跟旅游局的关系不错，今年在天池的歌舞演出队只保留了他们一个。天池的演出由他们队包下来。他们现在正在排节目，也都是跟王母娘娘有关的内容，人家让怎么排就怎么排，让演出就演出。他说演出团的都是从南疆召的维吾尔族小姑娘、小伙子。小陆一个人也管理不过来，也怕出什么事，比如年轻人谈恋爱什么的。

蒋欢在天池，只能用手机联系，很不方便，我也就不便多打扰。

看来今年是拍不成电视剧了。蒋欢好像已不关心这个。一说拍电视剧的事，他就说已经交给导演了，导演跟老板签了协议，导演得向老板负责。我很郁闷，觉得蒋欢好像甩包袱，把包袱甩掉了，解脱了，已经跟他没关系了，拍成拍不成不关他的事，也没什么可急的了。

我急有什么用，只能再耐心地等。也不能把能不能拍成电视剧看成生命的增值。赵光明的小说拍成了好几部电影——我是从电视上看介绍新疆天山电影制片厂的成就时知道的，但我没听赵光明说起，看来他并未把拍成电影看成是他小说的价值。还有董立勃，他的小说由内地影视公司拍成了电视连续剧。去年开会时，有的文友向他提及，他很不以为然，好像是小说一拉长改成电视剧，失去了小说的原意，成了另一种东西，已经与他无关。……其实我也悟出来一个道理，你如果把小说改编电视剧的知识产权卖给影视公司，人家怎么拍就与你无关了，也就不操心了。去年冬天，弟弟宝军让我到乌市去，他认识了一个从北京到新疆办事的朋友，在北京电视台工作过，也拍过电视剧。三个人在一块儿坐坐。那位北京的文化人听了我的情况，也就说，你把拍电视剧的版权卖给他，他拍不拍，拍成什么样跟你没关系；一手钱，一手版权，清清楚楚，没有你这样的。

我也明白。可是事已至此我也没办法。要是蒋欢不拍我又找谁拍去？我还是希望有人拍。如果一手钱、一手版权，蒋欢会不会就不拍了，而且不会给你一分钱。

一〇〇

奥运会后，张侠的小女儿张亚菲突然来电话，说电视台已同意拍我的专题片。春节时亚菲就说过，想拍我的专题片。她在电视台的一个栏目组，叫《感悟》，专门拍社会各方面的名人。文化艺术方面的专题片也做了不少。

我也没什么不愿意的，拍就拍。

于是亚菲带着专题的小组到我的房子，拍这拍那。我又搬出了那一大摞多年剪贴的报纸，上边都是环保的内容。又搬出了我的书稿……但是我问亚菲："书稿都搬出来吗？"

亚菲说："都搬出来吧。"

我说："算了吧，我不想让人看到那一堆稿子。哪个搞写作的没一堆稿子，有什么可炫耀的。再说我那堆稿子都是废纸，没写出东西来。"

亚菲又让我坐在桌子前写稿子，这不成问题，我不会玩电脑，还是用最原始的方法写作，也就是爬纸格子。

亚菲说："采访要好几天，不是一次能完成的。"

我说："随叫随到。"

亚菲他们又约我到一个地方，不是公园，但四周长着小树，有铺着石头的小道，很幽静。亚菲拿出一张纸，上边是拟好要问的题目。她拿着话筒对着我问，有摄像师支好固定架，对着我拍。亚菲提示我不要紧张，说不对也没关系，反正还要剪接。

我说我不紧张。真的，工作几十年，我已经掌握了从容说话的本领。

亚菲拟的问题有点深，全是按照她那种现代思维问的。她有二十七岁，长得像张侠，我没想到她年轻轻的却有可称道的工作能力。记得前几年有一次到张侠家，第一次见亚菲，她正站在进门不远的地方，专心致志地吃一支雪糕，一种单纯到了极点的样子。

亚菲这次跟我说了不少话，说她原来不看她爸爸的诗，她爸爸去世后，她才看了，觉得她爸爸的诗写得很好。她说因为要拍我的专题片，也看了我的几篇童话。亚菲做我的专题片，也是看我和他父亲的友谊，她说她想把这个专题片做得精致。

亚菲对我提问，我对答如流，甚至问一答十，滔滔不绝。关于人生、关于人与自然、关于人与社会、关于人与文学……都是我思考过无数遍的东西。我对亚菲说，不是我对答如流，而是你问的问题，我不需要现想，早就想过无数次了，只不过这次通过你的提问，我把我脑子想的汇总起来，我自己还没这么好好的捋顺呢。

好，一次通过。

正式问话结束。亚菲随便问点题外话："杨叔，你对你的一生的看法是什么？"

我说："白活。"

这话似乎惹怒了采访小组的三个人。辅助亚菲采访的小张（四十多岁，当过节目播音员，长得挺漂亮）说："怎么能说白活呢？你现在多好，有家，你爱人、工作也挺好；你女儿当医生，也挺好。"

我来了幽默："你说的这是动物世界的标准，生存与繁衍。现在有了吃，饿不死了；又能有娃娃，物种不灭绝，这就是不白活？"

亚菲他们三人当然不认可我的说法。

我后来找了一个很好的解释，我说白活的意思是好比一个跳高运动员，他给自己定的目标是跳多高，跳不过去，他就觉得没有实现人生的目标，就是白活。

亚菲看出我对人生的悲观。她问我是不是因为她父亲的去世，对我的打击太大才变成这样？我说不是。你父亲在世时我们就探讨过这个问题，就说到人生没有任何意义。

亚菲又采访了夫人吴玉娟，她挺高兴——她对能露脸的事情总是挺高兴。她说老公天天写作（惭愧，我有那么大的毅力就好了），不知写断了多少笔（用碳素笔写，不扯到写断笔的事），毛衣胳膊肘的毛线磨破了，补了又补（谁的毛衣不是胳膊肘老破）……吴玉娟对着镜头说，"老杨因为写童话，他的心也变得年轻了……成了一个老小孩"。

吴玉娟后来悄悄跟我说："亚菲采访你时，总希望问出怎么有爱心、有童心、童心未泯，你却没往这方面说……"她似乎是为了弥补亚菲的缺憾，才说我是一个有童心的人。

我听她一说，看来有点缺憾。……但是亚菲没有暗示我，或许她认为我写童话，自然会流露出童心来，也会在谈话中表现出来……

采访还安排了一项内容，采访一些小学生，让小学生谈看了我的童话的感想。这个点子是我提出的。我说童话是写给青少年的，是不是找些小学生看童话？亚菲觉得这个主意好，就这么定了。

我为此专门跑了趟新疆青少年出版社。他们二〇〇六年出了本《最后一只小鸟》，从我的几十个童话中选了九篇，搞了彩色插图、精包装，作为他们建社四十周年的精品书之一。这本书是青少年出版社自己掏钱出的，还给了我稿费，我以后出书要是都能这样出就好了（想得美）。这本书印了两千册，销得并不太好。我觉得封面设计得不太好，插图也不太精美，价位也有点高。他们原来是让北京的一个人搞封面、插图，后来人家因为活儿多，不搞了。这就又在新疆本地找人，时间有点紧，水平也有点差。因为我是懂画的，也就觉得有那么点缺憾。我买了五十本，除了送小学生自己也要保存一些。

我让在小学当老师的薛应魁（原塔城三中的学生，比我低三级，也是多少年的朋友了），在他们学校找一个五六年级的班，找一些喜欢语文的学生，把书送给他们，先让他们看了，然后再去采访。小薛联系了一个五年级的班主任，说她班上的学生语文挺好，书也给了，我们只管去采访就是了。

我和采访组来到学校，正好是上课间操，大约十个穿着校服的小学生等我们。一见我们就围过来。亚菲拿着录音棒问他们看了书没有，喜欢哪一篇。孩子们就七嘴八舌抢着说，

"我喜欢《最后一只小鸟》。"

"我喜欢《山神和水神》。"

"《小草籽》。"

"《小野马欢欢》。"

……

亚菲问："你们看了几遍？"

"看了两遍。"

"我看了五遍。"一个小男孩夸张地说。

亚菲问："书写得好不好？"

"好！"

"太好了！"

"从来没看过这么好的童话！"

亚菲让孩子们坐在地上围成一圈，让我也坐下，给孩子们讲童话。我有点为难，我不太喜欢这种固定的模式，想随意一些，但还是坐下来，随便翻出一篇装模作样地讲起来，边讲边说出我写此童话的用意，每一段想表达的意思，小孩们倒很快地听进去了。而此时，亚菲随便叫上一个学生，在旁边的一棵树下单人采访。采访一个再换一个。我从后来录制的带子中，看到一个小男孩说得挺到位，小男孩说："以往看的童话都是有一个很美好的结局，而杨爷爷写的童话，结局都挺悲惨，我看了后……我想哭。"

现在的小孩子与我们小时候完全不同，一点不怯生，我们小时候见了生人，总是很拘谨、胆怯。采访刚结束，七八个小家伙就一窝蜂似的把我围起来，吵吵闹闹让我签字。我说我不签字。我说你们书看了还可以借给别的小朋友看。我说我的字写得不好。小朋友们就说杨爷爷你给我们签个字嘛，求你啦。我只好答应。我坐下来，小家伙们立刻左右挤过来，还有的从后背、头上压过来。有个小女孩也姓杨。小家伙们就把她推到我怀里，说你们是一家子，这是你爷爷，我也只好认个孙女。

其中有两个小男孩特别淘气，一个把我抽烟的烟头捡上，夹进本子当作是纪念。另一个小男孩就非要我抽烟，等我的烟头——这有点像现在网上的恶搞。

拍摄完出了学校的大门。薛应魁送我们出来。小家伙们不能出门，就在门内隔着铁栏杆跟我挥手道再见。他们这么做也不是老师安排的，完全是他们自己的行为方式。这让我有点感动，那么短的时间似乎就有了一种感情的沟通，我想起我说的白活的话，似乎能为孩子们做点什么也不算白活吧？

一个多月后，八个小学生来访问我。我得知他们来，先上街买了点葵花子、糖。上次采访时他们就说，我们能去看你吗？我说可以呀。没想到他们还记得这件事，也就真的来了。

小家伙们还凑钱买了三四样水果，香蕉、苹果、梨子什么的，我也顺便摆上。

我怕他们紧张、拘束，让他们尽量放松。小家伙们开始还拿着小本子，问我的写作经验。我说把小本子收起来，没什么写作经验，多看多写，就这么多，聊天，闲聊。

我问他们看过电视台上的《感悟》没有？

小家伙们基本没看。

我就搬出放像机，接到电视上，放《感悟》的光盘。也就十五分钟。小家伙们看到出现他们的镜头，高兴地大笑，吵闹成一团，气氛霎时活跃了，录制的光盘有孩子们的画面不少，似乎也突出他们认可我的童话的情节。

我此时真的成了爷爷，不管我过去做过什么，我现在是善良、和蔼、可亲的杨爷爷。凭着我六十年的认识阅历，我已经能从他们的言谈举止看出他们的性格。一个小女孩话多，性格开朗，是现在的班长，据说她父母也是塔城人，在本地的一家企业工作；一个小女孩，长得温婉，话不多，喜欢拧小男孩的耳朵，这个小女孩不是好伺候的；一个小女孩，有点胖，说出话来挺尖刻，怕是个很有心计爱说人的；一个小男孩，长得不高，也就是说"想哭"的那个，居然在班上跑得最快，应是那种有某种才气的。最看不准的是两个淘气的小男孩，长得很阳光，两个人像是小搭档，干什么都在一起，比如一人一个耳机听周杰伦的歌，还能跟着唱。……

说话，聊天，有一个多小时。两个小男孩已经把我的几间房子都光顾过了，该好奇也都好奇过了。

我按照既定方针，给每个小朋友一本《绿色童话选》。我说那本《最后一只小鸟》只有九篇童话，童话选有二十多篇，有的比较长，有的有神话色彩。我说这次给你们签字，写上你们的名字，小朋友当然高兴。

我让小班长女孩把每个的名字写好，我照着名字写到书上，签上我的名字。小女孩说那个姓杨的同学很想来，突然有事请假回家了，她家在伊犁。我也就又签了一本。小女孩说还有一个同学没来，上次采访时也在，那女孩好像从书店买过你的童话，不知有没有这回事。我就说再拿一本，如果她有了就送别的同学，没有就送她。

一○一

十月份，蒋欢从天池上下来了，我们又见了面。蒋欢说起一件事，让我很是郁闷。他说九月份他给北京打电话，让导演和编剧来新疆，他掏钱。他说他正好在天池搞演出，就让他们住在天池，什么都方便。他说导演没来，编剧来了。他开车到飞机场接了编剧直接上了天池。

说到这儿，蒋欢做了个解释，他说编剧是突然来的，事先也没跟他说，他是匆匆忙忙到机场接人，所以也没顾得上叫我。

蒋欢说把编剧接上了天池，待了六天，连来带去一共七天。这期间，蒋欢说他把南疆某某县六个专门演奏十二木卡姆的老艺人用车接到了天池，唱了整整三天，全套的木卡姆曲子——意思是让编剧了解新疆。

蒋欢说编剧是个名编剧，曾是反映清朝的某个有名的电视剧的编剧。但是对新疆不了解，没有新疆的生活，写的剧本没有新疆的味道。他说编剧在天池玩了六天，挺高兴。他把编剧在天池的活动录了四个光盘，让编剧带回北京去好好看。

蒋欢说编剧走之前跟他好好聊了聊，说没来新疆之前，对维吾尔族的了解就是卖羊肉串，再一个就是小偷（一些维吾尔族小孩被骗到内地当小偷行窃）。编剧说通过这次来新疆，对维吾尔族了解了，是很优秀很有文化的民族。编剧说他这次回北京一定能把剧本改好，知道怎么改了。编剧说一个月后让他再去北京看本子。蒋欢说你把本子发到网上，我从电脑上看就行了。编剧说不行，你一定要到北京来亲自看。

我对能找这么一个名编剧编《古道情影》的电影剧本感到高兴。对蒋欢想到选择老艺人宣传十二木卡姆让编剧了解新疆的角度表示赞同。我想象编剧在天池的蒙古包大概也少不了喝酒、唱歌的内容，那是最能了解新疆各民族的，一定也会给他留下深刻印象。

不过，蒋欢说这些时我有种失落，要是他当时通知我，我会坐车上天池的。我要是能见见编剧，面对面说说我写这部小说的想法，说说我对新疆的了解，会对编剧有所帮助的。可是他没告诉我。他说的编剧来得突然，来不及跟我说的理由似乎不成立：编剧在天山待了六天，有的是时间，怎么就不能通知我，还有什么来不及的？我感到：蒋欢还是不想让我跟拍影视剧的人接触，怕我什么呢？我会把他挤到一边，直接跟拍影视剧的人沟通，另起炉灶拍影视剧吗？

我有种遗憾。其实得知蒋欢有个演艺团在天池演出，我就有点想上趟天池，看看那些维吾尔族少男少女怎么演出。而蒋欢把十二木卡姆搬上天池，演唱了三天，就更有意思了。我还从未听过完整的木卡姆呢。我也喜欢在蒙古包里喝酒聊天。我还知道天池有几个哈萨克族歌手，说话非常幽默，如果能见到他们，应该是很愉快的，也可以学习他们的幽默方式。我还喜欢天山高处的那份清凉，特别是晚间和清晨的那种难于言语的清凉，那是只有山上过夜才能感受到的。

遗憾就遗憾吧，也只能是无所谓。

蒋欢说还与徐克通着话。说徐克把我的童话给他的另外两个导演朋友看了，三个导演准备每个人选一篇拍成电影。

蒋欢说徐克选的是《三个狐仙》。有一个导演选的是《山鬼》。

我说："他们挺会选的，这两篇都有点神话味道。"

蒋欢说："徐克可能在里边加点武打。"

我笑了，知道徐克最擅长拍武打片，我说："打就打吧，只要人家愿意拍就行。"

蒋欢说："我也是这么说。"他说徐克说先不拍成长片，先拍成那种四十五分钟的短片，先投入到香港市场看看效果，好了再拍成长片。

我听了有点失望，其实直接拍成长片也没事。现在都讲究环保，这种以环保为内容的有点神话色彩的片子应该有市场。

蒋欢说徐克说你的童话也只能在香港拍，在内地拍不成，只能在香港拍了再进入内地的市场。

我相信。

但是我不以为然。

我也知道香港拍了一部以聊斋中的《画皮》为原型的电影。《画皮》中原来写的是一个鬼化成美女害人的故事，这不挺好吗？但是因为担心写了鬼过不了审查，把鬼改成狐狸精，是狐狸精变成美女害人，果然在内地上演。但改得好吗？自古中国人敬畏鬼神，神是人们想象出来的，鬼也是人们想象出来的，神鬼是一致的，并没有什么区别，同样反映了古代劳动人民的丰富的想象力，是中华文化的瑰宝，难道说神就可以，说鬼就不行？国内影视把天上的神仙折腾得面目全非，不成样子，但不是迷信；而一谈鬼就成了迷信？神也罢、鬼也罢，关键是你怎么写，想表达的是什么意思，能产生的影响是什么。

我的童话如果能在香港拍成电影再进入内地当然是条很好的路子，但是不是也是一种无奈？

元月份，将欢又要到北京去。

我们又在一块儿小聚，这次他说了让我惊讶的事情——他的新疆电视网站早已开通了，竟然是跟中央电视台二频道、五频道、七频道联网，有权直接转播上述频道的节目。新疆广电局根本管不上，也不扯到办什么证。蒋欢说奥运期间，他的电视网站都快给打爆了，点击率竟然达到六十万人次。

我暗暗叹服蒋欢真有章程、真硬气，从哪儿跌到就是能爬起来，换个人行吗？

蒋欢说他的广告也变了，根本不用下去拉广告，都是做广告的找上门。

……

我说蒋欢你真能沉得住气，不吭不哈地做了这么多的事。

蒋欢说他低调，不想再找麻烦。他说他只是跟我说，跟别人从来不说。我也就明白他希望我也不要张扬。

蒋欢又说了件让我兴奋不已的事，他说香港的王晶给他打了个电话。他说刚接电话时，看是国外的电话号码，并不熟悉。王晶说我是王晶，徐老怪让我代问你好。他见提到徐老怪，明白了。徐克在香港有个绰号叫徐老怪。王晶说徐老怪走北京了，让我给你打个电话。蒋欢说王晶在电话里说，他选了一篇《野缘》想改编成电影。他说看了童话选，觉得里边有好多东西随便抠一点都能拍成电影，他说能不能把童话选买断，蒋欢说那得跟作者商量。

我相信蒋欢说的是真的。如果没有这事他没必要这么说，他不这么说也不会缺少什么。

我说也不要买断，里边有的也不适合拍电影。

我对王晶选了《野缘》挺佩服。我说王晶真聪明，《野缘》是最适合拍电影了，里面的角色变来变去，借助阴间这个平台，一会儿人变成动物，一会儿动物变成人，表现人与动物是平等的，人即动物、动物即人。

蒋欢也说他最喜欢《野缘》这一篇。

我真的很兴奋。我没想到徐克找的拍电影的导演朋友就有王晶。蒋欢说徐克委托王晶改本子。我说蒋欢你信不信，我从一写童话就想到王晶了。我当时就觉得我的童话在内地不好拍，只有拿到香港去拍。而香港找谁拍，我就想着这个王晶。真的，我喜欢看香港的鬼片，看了不少香港的鬼片碟子。我发现，不少是王晶导的。我当时就觉得王晶拍的鬼片还行。不过，我也看出香港鬼片的不足，总是搞笑或者恐怖，像大辫子清朝服的僵尸，蹦来蹦去，纯粹是搞笑，没有任何意义。还有的拍得挺恶心，满肚子生蛆什么的。香港的鬼片就是少了那么一点意义。我说拍我的童话，加那么一点环保的意义，其实也能走出去，现在世界都重视环保，不会没人看的。

蒋欢就又说起徐克问怎么给作者费用。

蒋欢说你们先改编，拍出来再说，作者根本不图钱，你们到时照着市场的行情，按照你们认为的标准给就是了。

我说，完全正确。

我又想到要是我能跟王晶通上话就好了，聊聊我对《野缘》的理解，但是肯定蒋欢不会让我通话的，我也就不说。

跟蒋欢聊得挺高兴。我说一见面总有让人高兴的事。

蒋欢无意中说了一句话，一直让我琢磨不定，他说自从认识我"压力挺大的"。我当时没多想，后来总想着这句话，是不是蒋欢承诺要拍片子，要是拍不成，没法跟我交代？或者说蒋欢有好多别的事要做，也能挣钱，当时是一时兴起要拍片子，没想到拍片子这么难，有点骑虎难下？或者说是我总盯着拍片子的事，把拍片子看得太重，即使他有心放弃，却还不得不操作下去？……

第二十六章

希望尽快拍出《古道倩影》电视剧，却终无结果……欲出"老三届"的知青回忆录，也未如愿……

一〇二

……可是自从六月份跟蒋欢通了一次电话后，再也打不通他的手机。一打手机对方就是嘟嘟地响，是那种打通了却没人接的响声，并不是关机。我想蒋欢是听了手机响，看了是我的电话号码而不接。他为什么要这样呢？……我也不能老打电话，差不多一个星期打一次，每次都是电话通了却没人接。

我有种愤愤，为什么不接呢？你就是影视剧拍不成了也没关系。你就明说，什么原因拍不成了。拍不成就拍不成，我还能怎样，不接电话是什么意思。

……总算听见声音了，是蒋欢。我有种惊喜，顿时怨气也没了，我说你怎么搞的，给你打了几次电话都是手机通了，却不接，我还想影视剧拍不成了，不好意思回电话，拍成拍不成回个电话总可以吧。

蒋欢说他七月四日回到了新疆……还有些事要办，完了会跟我见面。

十月份，我给蒋欢打了手机，他说正在天池上，正处理他的演出队的事，他说下午能赶回来，我也就从昌吉赶到乌市，在我女儿的房子等他。

等到晚上，蒋欢打电话说从天池下来到阜康车又坏了，要修车，回不来了，只能第二天中午见面。

我只好在乌市过夜，又等了一个上午。

中午与蒋欢见了面，蒋欢从元月份走北京，到现在十个月没见了，将近一年。

我俩找个饭馆吃饭，点了个干锅鱼、米饭，一切从简。我见了蒋欢挺兴奋，像旧友重逢，分外亲切。

我问电影电视剧的事。他说事还在呢。明年还是准备搞。又说到童话这一块，他说给香港打电话，徐克、王晶还在写剧本，选的是《三个狐仙》、《一幅魔画》、《野缘》。他说王晶很喜欢《野缘》，不过要修改，要适合香港人的口味。他回说，改吧，怎么改都行……

——我没想到，此次跟蒋欢对话，暴出了一个对我来说是天大的秘密：蒋欢依然用缺少起伏的声调说——要拍电影的是张艺谋。

我真惊喜了?! 眼前一片明亮，宽阔的深远的明亮，我情不自禁地纵声大笑，真想不到是鼎鼎大名的张导! 我的作品竟然能跟张导挂上了钩! 我似乎难以相信! 真的有点不相信这是真的! 几年来蒋欢跑来跑去，神神秘秘，从来不明说导演是谁，让人云里雾里好几年，让人猜疑、让人郁闷、让人……原来他不便说。

我说："你这一说我就明白了，像去年汶川大地震你说导演要去汶川拍抗震片子，我还想什么导演，还非得他去，而那个编剧来天池，你不叫我，也有道理了。"

蒋欢说："编剧来不是那个意思……"

我抢着说："你不用解释，我都能帮你解释，你没通知我上天池见编剧，是怕我去了就知道导演是谁了……不过，你也真能沉得住气呀! 几年了就能憋住!"

蒋欢说："其实我还是不想说，想等电影电视剧出来的时候说……你知道，说早了传出去对张导不好……现在到处都是狗仔队，无孔不入，你稍稍有点风吹草动，他就能闻到味儿，跟踪上来，给你一通瞎报道……"

"对对，这还是没影的事儿呢，的确不能瞎说，这要捅出去，能成的事也不成了。"

"我跟你说了，你不要跟别人说，跟谁也不要说。……我是看你急，才忍不住跟你说了。"

"不说，不说，跟谁也不说，有什么可说的，这不还没见动静吗?"

难得的是蒋欢也想象开了："要是电影、电视剧拍了，你可能就一夜走红了。"

我说："岂止是一夜走红，简直是红得发紫了！……要是到明后年电影、电视剧拍出来，香港那边的童话电影也拍出来，那不红得发紫了！……你想想，哪有两个香港的名导同时拍一个人的作品的！你说，这条消息在报纸上一登，徐克、王晶还有谁同拍一个人的童话作品，这个人是谁？张导把他的小说改编成电影并首次担当电视剧的总监，这个作者是谁？……咱不是一夜成名了吗？其实我的自传体的小说也可以到此结束，借着吸引眼珠的瞬间推出去，也就完成使命了。"

我说："现在的市场经济，文化也是市场，你要让人知道你真的太难！当然，咱们也别打算人家长久地记住你，只是借助吸引眼球的最短的时间，但是也得抓住啊！"

蒋欢也笑了。

我说："你也走红了，你就是经纪人，又是制片人，一下子就在娱乐圈里有名声了。你不是以后还想拍影视剧吗？这就等于闯进去了。"

我脑子转得飞快，又有了一个想法，我说："蒋欢，我想到了一个让你也出名的书，比如、假设，咱们出一本书，书名就叫'为何走红《古道倩影》'。这个书分两部分，后半部分就是《古道倩影》的小说，前半部分就是像揭秘一样，主要写你怎么一步步地把小说变成电影、电视剧的。这里有你的文章，我也写点东西，然后比如有张导的文章，就写他为什么要改编这个小说，还有电视剧导演的文章……其中还有大量的图片、剧照……合起来一本书。就跟电影、电视剧同步推出，有点像'花絮'什么之类的东西。也别用娱记到处探密了，咱们就自己写出来，肯定也有人愿意看，不指望挣钱，就是造个势。"

蒋欢嘿嘿笑说他也是这么想的。

我有点纳闷，我没想到之前他已经这么想了吗？……我说我给你个"任务"，你再跟张导接触时有意识地跟他说话，了解他的思想、观点、看法等等，然后你悄悄记录下来，越详细越好；以后出书，这些东西串在一起就是很好的文章。

他嘿嘿发笑，说他已经这么做了。他把跟张导在一起时张导的说话、活动都写了日记，记在日记本上。

我不禁大笑，说你真有心计，咱们都想到一块儿去啦。

我的心情异常舒畅，对蒋欢的默默付出如此感动。我说我原来还玩"君子之交淡如水"，还绕着弯儿跟你说话，我现在真的没必要了，再没有什么可忌讳的。我说你今年也四十岁了，按年龄应该比我小一辈儿，我也不想说像父子一样，我们就是忘年交，忘了年龄界限的朋友。

春节前又跟蒋欢见了一面，自然还是说影视剧的事，他说徐克给他打电话，他是用手机接的，说了半个小时，手机都热了。徐克说原来把《三个狐仙》准备拍成一般的片子，拍了一个片段，放出来后效果挺好，他又改变了主意，准备拍成 3D 片子，投入加大了，要增加很大的投入……

我感到吃惊，又兴奋又不安，拍 3D 片？那成本可就大了！最近全国都在上映好莱坞的 3D 大片《阿凡达》，运用最新的高科技手段拍成了 3D，更加立体更加清晰逼真。由此在国际上引起了 3D 热。好多要拍的片子都改成了 3D。国内也有人跃跃欲试，要拍 3D。可拍 3D 成本远高于一般的片子，不是谁都可以拍得起的。我的想法是，不一定拍成 3D 就一定有人看，如果内容不成功，那赔起来就更惨。

蒋欢又说徐克在电话里说，感谢我们不要版权费就让他拍电影，他说也想帮我们。他说他认识内地的一家出版社，可以联系出版我的童话。他建议把我的童话搞成图画配文字的形式，也可以出 CD，也是图画配文字，配音乐讲故事。

我听蒋欢这么一说挺感动，人家那么一个大导演，还能为我的童话操心，还想得那么细！但是我对都搞成动漫式的图画，像过去的小人书，以画为主，配文字表示异议：画画的成本太高，玩不起。再有这种图画配文字一般都是面对低幼儿童的；我那童话比较成人化、比较深，一般小学三年级以上学生才能看懂；拍 CD 也是同样的道理，现在动漫都是活动的，才能吸引人，如果拍成死画面配人讲故事还是难吸引人。

蒋欢想想也有道理。

我说还是搞成文字为主，配彩色插页省事，我说完起身到我房间的书架上，拿出一本新疆青少年出版社出的《最后一只小鸟》，给他看。

我说要搞也就是这种形式，还是文字加彩页吧。

蒋欢说但是要搞成一本书是不是太厚了？

我说搞成分册也行，一本一本的，再合装在一个硬纸盒子里，也都画上好封面。

蒋欢说他也是这个意思，他说把书拿上参考参考。

蒋欢说他还准备到北京去。准备春节初三就去北京，这时候北京好找人，春节过后人就散了，不好找了。他说他二○一○年主要就干这件事，其他的都不干了。

我说："真的，从○六年说搞影视剧到明年就五年了，我跟好多人都说了，一年跟一些人说，五年说了多少人？亲戚、朋友、同事、文友、作协……人家一问我电视剧拍得怎么样了，我都不好意思，羞涩得很……"

蒋欢说他也心急，急得都睡不着觉，半夜里突然坐起来，陆老师问怎么了？他说　想到拍影视剧的事都睡不着觉，心里发急。

我问："你对拍影视剧到底有多大的把握？"

蒋欢说："有百分之九十的把握。"

我跟蒋欢推心置腹，说出心中的忧虑，我说："蒋欢，我有个感觉，如果今年再没动静，明年出不来也就没戏了。"蒋欢也有同感。

我也跟他明说，我说："我有部写了四十年的小说，一直写到现在，写到拍影视剧，如果拍出来了，小说也就算收尾了，结束了。……不过就是没拍出来也收尾，我设计的收尾是个括弧，有 A 结尾和 B 结尾两种，成了按成了的写，不成按不成的写，怎么样都行。"

蒋欢说："我知道。"

我说："我准备明年开始打稿子，修修改改，把收尾的部分空着，最后往上一加就是了。"

春节的大年初四，蒋欢真的坐飞机去了北京。

一○三

自从蒋欢说了张艺谋是导演之后，令我更加关注有关张艺谋的行踪。当时张艺谋还在拍《山楂树之恋》。报纸上说搞得神神秘秘，在哪个村子拍时，全部封锁消息，雇了当地的人把守村口，不让一个娱记进去。《山楂树之恋》先是在网上发表的小说，一炮走红，写的是二十世纪七十年代的恋爱，被称之为史上最纯洁的爱情。张艺谋接手拍成电影。好像拍完此片还要拍一部什么《金陵十三钗》。我那部《古道倩影》连影子都没有。

我给蒋欢打电话，我说拍电影的事儿越来越没影，能不能把拍电影的事抛开，就说拍电视剧的事，你跟香港老板说说。

蒋欢说香港老板还是想电影拍出来再拍电视剧，只要电影一开拍，一个月后他就打钱拍电视剧。

我说，香港老板的想法也是我们给他的，给了他一个框框，他是按照我们的思维去想的，现在我们得给他另一个思维，就是现在新疆发展的大好形势，新疆自中央工作会议之后进入跨越式发展，十九个省市援疆，其中又有文化援疆、旅游援疆，势头多猛；而咱们的电视剧正好是反映新疆文化旅游的，又反映新疆的民族团结，拍出来不会没人看的。人家文化援疆、旅游援疆也不是单向的，也有个交流，也会把新疆的文化带到各省市，像咱们这题材拍出来，有几个省市放了，就不会亏本，肯定能挣钱，老板不会亏的。

蒋欢说他给老板说了，新疆的形势老板全知道。

我说："那就是说，如果拍不成电影，老板就不拍电视剧了，实际上是放弃拍电视剧了。"

蒋欢说："也不完全是。"

面临着新疆的大好形势，我心急如焚，算算看，从二〇〇六年与蒋欢订协议说拍电视剧，到现在已经五年了，五年了啊！耽误的时间太长了。也不能说当初蒋欢说先拍电影再拍电视剧的构思不对，那个时候的形势不像现在，没有紧迫感，还是慢节奏。现在是形势喜人、形势逼人。我有了一种愤怒，一种悲情，我再不指望什么名导先拍电影了，我耗不起了；我不能再背着手，在房子里转圈圈，等待别人去做事，把命运放在别人手里。——我得出山了，杀出去；我得为《古道倩影》拼搏一回。我的人生之训之一就是"谋事在人，成事在天"。

谋事在人，成事在天。

事情要人谋，也就是你想做的事努力去做，不能不做；你做了，不成功，无怨无悔。有可能成功的事你不去做，失去机遇，怨不得别人。一件事的成功扯到天时、地利、人和等诸多因素，缺了哪一方面都不行；对我而言，照外国的语言表达方式是"我竭尽了全力"就行了。蒋欢跑到北京去搞影视，我看不见、摸不着，鞭长莫及。但是我回过头来，想立足新疆，看在新疆活动一番能不能成事。我冥思苦想，想到另一种形式，能不能由新疆的几个政府部门联合推出此电视剧。我注意到电视上播出的电视剧，有好多都是有政府部门参与的，比如宣传部等等，电视剧《唐山大地震》就是由政府部门牵头拍摄的。

如果有几个政府部门联合推出，肯定会引起内地有关政府部门的重视，会看到其中的政治意义，有利于在当地的电视台播出。再有，我更想到了中央电视台。我发现，反映新疆的电视剧是很容易上中央电视台的，比如新疆的反映兵团的《化剑》，虽然不是黄金时间播出，但上了中央电视台就是成功。还有反映十二木卡姆的电视剧《十二木卡姆的记忆》也上了中央电视台。我记得早先看的《兄弟》、《戈壁母亲》、《新疆姑娘》等也上了中央电视台。如果这部片子拍成了，凭着政治意义、现实意义也努力上中央电视台有什么不可以呢。

我把想法跟蒋欢在电话里说了，我说了我的心境，说了再也不拍电影的事，还是回到新疆，立足新疆。我说了由政府部门牵头拍成电视剧的可能性。我甚至具体提到了找新疆旅游局、宣传部、电视台、天山电影制片厂……

蒋欢说他也想到了，在新疆找几个政府部门。他说他已经找过旅游局、宣传部了。

这回我有点意外，原来他也放弃找什么名导拍电影，也转到新疆来了，而且已经动手找了。

"你不是说旅游局的领导挺熟吗……"

"找过了。如果旅游局出个红头文件，到下边拍片子住宾馆，到景点免收费，能节省不少开支，可是旅游局不愿意出文件，不太愿意参与这个事。"

"不支持吗？"

"支持是支持，但不愿意出文件。"

"你怎么找的宣传部，你认识人吗？"

"不认识，不认识也直接去找的，还给了书，但是人家含含糊糊，不给答复。"

我又说到电视台、天山电影制片厂。

蒋欢说没去找，也不想去找。他说新疆文化圈有个怪圈，他干不成的事也不想让你干成。他不想干也不想让你干，你想干了还给你捣杆子，让你干不成。

我不知道他何以有这种印象？是不是那次与晚报记者的事？还是新疆网络电视台的事？还是他曾遇到的这方面的事……

照蒋欢反馈的信息，在新疆找几个政府部门牵头搞这个事也搞不成，那就不拍了？算了？我心有不甘。蒋欢可以不搞这个事，他有在天池的演出队、有网络电视台，还有其他挣钱的事，拍电视剧对他来说好像是副业，是可有可无的东西。我看出他已经没有信心了。可是我不能那样，拍电视剧对我来说是主事，是一定要谋的事，我必须按照自己的思路拼搏一回。

我想到了自身的工作单位——工商局。我虽然退休了，但我是工商局的人。我在自己的这个系统努力一下还是有条件的。我想到让自治区工商局来牵这个头。我可以找自治区工商局的王书记，我有一点可以说动他的地方——那就是他很注重文化。记得王书记刚上任的时候，就提出了抓工商文化，而且很认真，成立了工商文化的办公室，配备了人。于是各级工商部门也大抓工商文化。

记得二〇〇八年自治区工商局还专门召开工商文化座谈会。参加会议的二十几个人都是有写作成绩的，有的是在工商杂志、红盾网（工商局办的）、报纸上发表过反映工商的文章，有的写过小说、诗歌、散文等等，内容不一定是写工商的，属于精神文明建设的一部分。

自治区工商局抓文化建设的卢新江秘书长，被王书记委以重任，一定要抓出成绩。

那次王书记亲自参加了会议。

……

我正琢磨着怎么见王书记，慷慨陈词一番，说服王书记，由工商部门牵头，联合几个政府部门推出电视剧，突然接到自治区工商局的通知，到南疆的库尔勒参加第二次工商文化座谈会，不由一喜，觉得是个好兆头，正可在此会议上，见到王书记，借机说拍电视剧的事。

到了离乌市五百公里外的库尔勒参加会议，王书记却没来。听卢秘书说，王书记对此会非常重视的，原定好是参加的，突然遇到国家工商局来人，计划赶不上变化，来不了了，我听了很失望。

我是第二次到库尔勒，二〇〇四年，我们局里一些已不在工作岗位的老同志提出，我们在新疆一辈子，还未转过南疆，有点枉为新疆人。局里下了决心，派车让我们十几个人把南疆转了一圈，真是大开眼界。当时我已经写完了《古道情影》的草稿，书中有很大一部分是写南疆的。因没有去过南疆，想了个办法，从图书馆借了本《新疆博览》，后来又找到本《走进新疆》，对新疆的山水风光、名胜古迹都有介绍；又加上我自己收集、掌握的一些资料，加之以想象，写出了小说中游南疆的部分。正因为是在想象的基础上写的，也就写出了一种神秘、神奇，真正转过之后反倒消失了。我有种感觉，如果我是在转过南疆之后再写此书，可能就写不出更虚幻的色彩来。不过转过南疆之后才真正感到了一种磅礴大气，才真正感到了什么是新疆，才知道自己生活在一种什么样的大环境里，值得你为此自豪骄傲。

我是参加会议年龄最大的，已经六十三岁了。卢秘书长对长者十分尊重，会议上让我发言，照相时坐在前排，吃饭时坐在身边……

我心里想着拍电视剧的事，总是把工商文化往拍电视剧上引，发言时强拉硬扯"大工商文化"，说工商文化有两部分，一部分是写反映工商内容的通讯、报道、小说、诗歌、散文等等；一部分是工商人写的反映道德情操、精神文明的文艺作品。我相信会议上成立的"工商学会文艺创作分会"章程中提到的"……为新疆跨越式发展及长治久安做贡献"。我提到我写的《古道倩影》就是反映民族团结的，正是为新疆的跨越式发展和长治久安做贡献。由我们工商人去做这个事，是一种工商文化的提升，是一种大工商文化云云。

我跟卢秘书长在一起时，总忍不住喋喋不休地谈我的电视剧。卢秘书长很理解，很支持，但是他做不了主，得跟王书记说，也答应一定跟王书记引见。

开会回来，我给蒋欢打电话，他说在天池上，说他下来回乌市后一定见个面。

我终于等到了蒋欢的电话，他在乌市让我过去，约定是下午三点钟。

我们在碾子沟十字路口的招商银行门前见了面。我们第一次相识就在招商银行里面的写字楼，有几年一直在此写字楼他的办公室见面，这两年不知他搬哪去了。

蒋欢让我跟他去当一个评委，完了坐一块儿吃个饭。说话间，小陆子也出来了。已经有两年没见小陆子，觉得很亲切。

原来蒋欢在家乐福超市三楼设了个小演出台，搞了个《快乐家庭》网络电视选拔大赛暨二〇一〇年艺术特长展示才艺大赛和幼儿组平面模特大赛。也不知道他俩怎么有那么大的能量，就能哄着家长带着娃娃来参加比赛？大约已经搞了不少场了，今天只是其中的一场。蒋欢说报名的有几百人，还在红十月的广场上搞过两场。

我有点忐忑不安，说我没当过评委，万一给娃娃们打分不公平了，影响了娃娃们的名次。

蒋欢说，没事，你是作家，什么艺术都懂。

我说我还是不懂这种歌舞方面的艺术。

评委席的桌子支开了，是那种极轻的可折叠的不知什么原料做的。评委还有两人，一位姓马，是女歌唱家；一位姓梁，是搞舞蹈艺术的专家，也都是退了休的人，这倒让人有点心安。我说我不会打分。老梁说不要紧，有问题咱们三个人可以商量。

小陆子就是主持人，看来她也是轻车熟路，不知主持过多少次，参赛的小娃娃也都熟，能叫出每个人的名字，好像是经过初赛选出来的。

我打分时给自己定了个标准，以打的第一个分为标准，比第一个好的往高了打，差的往低了打，这样就相对公平了。

参赛的小孩从三岁半到十二岁的都有。我想不通小孩的家长真有闲心、真有热心让孩子参加这种比赛。围着小台子的家长有一圈，大都是母亲带来的。

这一批是十五个小孩，一个个过。我们三个评委的合计分除三就是名次分，也算基本准确，好坏的分差还是公平的。大约用了两个小时，结束出来后头昏脑涨。街上车水马龙，行人众多，要搭个出租车真难。

打上车，去了他们熟悉的一家汉餐馆，此时有六时多，我们三个人坐下来，点了四个菜。

不喝酒，啤酒也不喝，说说话。

我说你们真行，怎么能让那么多人知道你们搞这个节目，还来参加，要叫我都不知道如何进行。他们说有网络电视，他们从网络电视上发广告。我当然知道蒋欢搞了个新疆网络电视台，太聪明了。我说中央现在才转过弯来，搞了个中央网络电视台。蒋欢说他现在捋顺了，就是转到与中央网络电视台联网了，是中央网络电视台在新疆的分支，谁也管不着了。

……

我有点担心他们《快乐家庭》这一块别光为了挣钱，匆匆忙忙，别出什么岔子，再引起家长不满，捅到新闻媒体上去。我说蒋欢你原来说搞个比赛，获奖的免费去看世博会。蒋欢说这事在呢，就是第一名看世博会。我说获奖的是少数，其他参赛的也得让人家觉得参加这次比赛值得。小陆说把参赛的人都搞了照片，在网上登了，如果家长愿意要，还可以发到家长的电脑上去，都挺高兴的。

我有点放心了，还出主意说，还可以把参赛娃娃的参赛过程录下来，剪辑成小花絮一样的东西。我见中央电视台有一台节目就是把选手的参赛过程剪辑成小短片，当个纪念。我说如果家长见自己的娃娃能留下小花絮，当作纪念，肯定高兴，比拿个什么奖的还有意义；要知道时间一过就成历史了，再也无法重复。

小陆说那也不难，也不费什么工夫，每个参赛的小孩都有录像，从中选一些一合就成了。

我看得出，蒋欢、小陆两口子真的是志同道合，并肩作战，雄心勃勃地要干一番事业，大钱小钱都挣，拼命地敛财，也干得很成功。

我又一次感到，拍电视剧的事对他们并不那么重要，可有可无，成了更好，不成也不影响他们什么。

说到拍电视剧，蒋欢说的话让我又冒火又泄气。

我说了想见自治区工商局的领导，由工商局牵头联系旅游局、电视台什么的。

蒋欢说："为什么旅游局就不能发个红头文件，有个文件拿着到下边去就好办了。"

我说："你没在官场待过，红头文件是好发的吗？你觉得你拍电视剧是大事，对领导来说，要抓的事多了，怎么能为你这事发个红头文件？要叫我我也不会发的。就是发个红头文件能干什么？人家旅游景点都是企业经营，你能用行政命令让人不收门票钱，住旅馆不收旅馆钱？"

"可以少收点。"

"少收点也不可能。"

说到电视台，我说有电视台参加便于跟内地援疆省份的电视台沟通，进行交流，口里有几个电视台播电视剧，按照市场操作，该给你的钱给你的钱，就不会亏本，有钱可挣。

蒋欢说："新疆电视台会给你钱吗？不但不会给你钱还跟你要钱，因为你占了人家的播出时间。"

我听着上火，不知他何出此言？

我说："电视剧拍出来不可能不在新疆电视台放啊，总得本地人先看吧。"

蒋欢说："新疆电视台放也可以，但是得把广告的时间段给我。"

我说："可是，电视台播电视剧，就是靠中间插播广告挣钱，广告给了你，人家挣什么钱？"

"那没办法。"

蒋欢完全是一个精明的商人，狠起来也真狠。

这话题无法再说下去，我又说起我的好多想法，我说能不能让香港老板到新疆来一下，看看新疆的发展形势，十九个省市援疆也有文化交流这一块，拍出电视剧进行文化交流，是会挣钱的。蒋欢说香港老板对新疆的情况很清楚，都知道。我说香港老板既然要拍新疆的电视剧不来新疆看看怎么行，总不会什么也不管就把钱扔进去吧。蒋欢说他也想到让老板到新疆看看。

我说让香港老板过来，联系见见工商局的领导、旅游局的领导，还有有关部门的领导，沟通一下，人家见你真的有人拍，资金落实，有什么不支持的。

蒋欢说跟香港老板联系，让老板过来一趟。

我说我会把找王书记的结果告诉你。

"十一"长假过后，我心急如焚地想见王书记。

终于有一天，卢秘书长叫我过去。这次是工商局开会，王书记在。

我就等在卢秘书长的办公室。

卢秘书长到王书记的办公室盯着。

有电话了，让我马上上去。我忙到王书记在的楼层。进到房间，是个外间，秘书坐的。另有一门打开可见并非很大的办公室。有人在找王书记说事。等那人出来卢秘书长忙领我进了办公室，给王书记做了个介绍。

王书记好像没什么印象。我忙说两年前参加第一次工商文化会议，还给您送了两本书。

王书记想起来了。

王书记有五十多岁，为人谦和，没有架子。卢秘书长一直说王书记很随和，他们跟王书记在一块儿随便说话，没有那种领导的感觉。

我见王书记之前，也一直叮嘱自己要克服紧张心理，也想到抛开职务，只当大家都是朋友。你可以设想，如果王书记跟他的同学、朋友在一起，大家会在乎他是什么职务吗？同理，我的同学中也有在高位的，我们在一起时，能想到他们是什么位置而拘束吗？……官场下级对上级有敬畏之心，是因为他掌握着你的命运，所以总想到别的地方去。我一个退了休的干部，还有什么仕途吗……总之，我想着见了王书记，一定要坦坦然然、推心置腹地说话，不矫情、不做作、不胆怯、不拘束。

我站在王书记的办公桌前面，也不想坐，知道王书记很忙，说不定一会儿又有人来找，我得抓紧时间说，我忙说了这次在库尔勒开会，卢秘书长又成立了工商文化文学创作组，提出了加强工商文化创作，提出了工商文化要为新疆跨越式发展，为安定团结做出贡献，我说这是大工商文化，把工商文化提高上一个台阶……

卢秘书长说你把重要的说一说。

我把已准备好的《古道倩影》翻到后记中的一页，说王书记我给念后记中的一段，您就知道我找您的意图。说着我就弯身，隔着桌子把书送到王书记的眼前，指着一段，我突然感到自己是不是太鲁莽了，哪有这样跟领导汇报的方式？

卢秘书长说："没事，王书记喜欢这样，你只管说。"

我就边用手指在行间移动，边嘴里念念有词"……我们在宣传新疆的旅游资源时，往往宣传考古时只谈考古，宣传山水时只谈山水，宣传歌舞时只谈歌舞，宣传民俗时只谈民俗……没有一条线像穿珠子一样把新疆的考古、山水、歌舞、民俗有机地串到一块儿……特别是新疆'山好水好人更好'，这个人更好在一般宣传中很难反映出来……新疆人热爱新疆的最最根本的原因是觉得新疆人好。新疆人淳朴、善良、热诚、侠义，那么，这个'人更好'不反映出来，就反映不出新疆的好来。"

我说我在书里写了一个北京姑娘到新疆寻父，她的父亲二十年前离家出走，在新疆成了一个音乐家。我通过让北京姑娘寻父，从南疆到北疆，最后到吐鲁番终于找到了父亲，通过她找父亲的过程，把新疆的考古、山水、歌舞、民俗都串到一块儿。我这里又塑造了一个维吾尔族人，男主角，他热心地帮助北京姑娘寻父，也转遍了新疆。通过写这个维吾尔族人，写出了新疆的人好。也通过各地的各民族人热心地帮助寻父，写了各民族的人好。

我说我还写了一个古楼兰的美女，让美女的魂附在现代美女身上，其实这也就是想象，比如你看交河古城时会想到两千年前是什么样子，那会儿的人是怎么生活的。楼兰美女就是一种想象，是浪漫主义的创作手法……

我说现在乌市有个影视公司要把书拍成电视剧，这个公司资金有点不足，但联系了一个香港老板愿意投资，而且现在剧本也写好了。但是人家香港老板是做生意的，是要挣钱的。原来想找个北京的名导拍成电影，再用人家的名气拍成电视剧，这样电视剧也容易有名气，有人愿买，愿意播放。可是五年了，人家名导忙得很，也顾不上。……我现在想的还是回到新疆，由咱们新疆拍。由咱们新疆的一些政府部门联合推出，也是有影响力的。我这个电视剧正好是反映新疆各民族友爱团结的，正好符合新疆稳定团结的需要……咱们工商局出面牵头，联系几个单位，比如旅游局什么的，也是咱们工商文化为新疆跨越式发展做出的贡献，我真的希望您能支持这个事。

王书记听明白了，直起身子，爽快干脆地说："好事！支持！"

我顿时眼睛一热，激动得差点哭出来，没想到王书记如此爽快，多余的问话没有。我虽然也想到了能说动王书记，得到领导的支持，但没想到会如此的痛快！

王书记说："好事。支持。我同意。"转而对卢秘书长说，"这事就交给你办。如果遇到什么困难需要咱们工商局解决的，一定帮助解决。"

卢秘书长点头答应。

愁得我夜不能寐的问题就这么痛快地解决了——自治区工商局将牵头联系几个单位共同联合推出此电视剧，多好啊！

我再三对王书记表示感谢，退出了房间。

回到卢秘书长的办公室。卢秘书长说他会认真地做好这件事的，下一步让我还是把这个事写个完整的情况，就是以后跟其他部门联系也有个具体的东西。

我连连答应，说没问题。

卢秘书长沉思说："你还是要把资金落实。"——真是有工作经验的人，一下子就点到了问题的要害，关键是资金，资金不落实就什么戏也没有了。

我说我回头就找蒋欢，把资金落实，我会带他过来，向你汇报进展的情况。

一○四

再给蒋欢打电话，他不接，明明手机声音是通了，但就是不接，直到里边传出"暂时无人应答，请稍后再拨"。……蒋欢已经有了不接电话的毛病。上次见了一面，已经是打过许多次电话才接的，而且是因为他需要我为他的儿童才艺表演当裁判，才主动打的电话。

十月二十一日，蒋欢打来电话说跟我见一面。我从昌吉赶到乌市，在红十月小区外的一家小饭店坐下来说话。我不想责问为什么总是不接电话，既然已经见了面，就赶紧说事，我有一系列关于拍电视剧的构思要跟他说。

蒋欢解释说我给他打电话，他还在伊犁参加新疆旅游会议，他在摄像，顾不上接电话。我也就含糊过去，那天我打过三个电话，上午一个，下午一个，晚上一个，晚上是十一点打的，你白天开会摄像顾不上接（其实也不成立），晚上十一点还摄像吗？

蒋欢说伊犁开旅游会议，对他们在天池的演出团队挺满意，明年还是定的让他们演出。

我就又说起我明年一定看看他们的演出，我说起我的一个朋友看了他们的演出，感到"震撼"，说一群十四至十六岁的小姑娘，小脸儿都紧紧的，像含苞待放的花蕾，太精神、太漂亮了，我问他都是哪儿找的？

蒋欢说专门到南疆的一个县的农村找的。小姑娘们都是农村的，没出过门。他认为合适的，选出来，经过培训，参加演出。他说为演出花了五万元做服装。给演员的工资一个月是两千。

我说不错、不错。我知道蒋欢抠门，能一个月给两千元真的不错了。我有种感动，他能跑到南疆贫困的农村，把一群小姑娘领出来，开阔了眼界，又给家里挣了钱。不然小姑娘们在农村，再长大点嫁了人，也许一辈子就在那封闭的农村，不知外边的世界了。

不管怎么说，我觉得蒋欢能搞出这么个精湛有水平的演出队在天池演出，使内地人来新疆能体会到新疆的美好，总是做了件非常好的事情。

……

书归正传，我说了如何到自治区工商局见了王书记，王书记如何痛快地表示支持。我说有了工商局的支持，再由工商局出面联系旅游局什么的并不难，但是现在你没法让工商局去找旅游局，没有真正落实的东西。你总不能说，我们工商系统有个退休的老同志，说他的小说想拍成电视剧，他说有影视公司愿意拍，看你们愿不愿意参加，能这么说吗？如果旅游局说进行到哪儿啦？工商局说那老同志说怎么怎么进行的，堂堂的工商局能这么去跟别的系统说这种没边没沿的话吗？我们得先给工商局拿出具体的东西，让人家看了确实是已经落实的东西，人家才好出面联系。

蒋欢承认就是如此，

我问蒋欢："你说的新疆旅游局也不说支持，也不说不支持是怎么回事？"

他略有尴尬地笑了笑，说："我想让他们出点钱。"

我说："不要说出钱的事，行政单位没这笔钱的，我要是单位的领导也不会出钱的。"

他说："不出钱这事就好办了。"

我说："咱们是利用它们的名声，要的是这块招牌，按照你懂的广告的说法，就是一种广告宣传，你看像《江姐》、《唐山大地震》都有政府的名字在上边。当然那种电视剧、电影都是万无一失的，绝对不会出政治错误。而咱们的《古道情影》毕竟有点穿越、奇幻的东西，像宣传部门就不要粘了，其他部门多多益善。"

我说像工商、旅游部门不出钱，但也不是帮不上什么忙，如果拍电视剧到了下边，遇到一些具体的困难，让他们出面帮助解决，总会好办的。也不说不能省点钱，比如进景点，省点门票钱，到时再说，这都是小问题。我说我在库尔勒开会，一个在若羌工商局工作的王宏儒，也是文人，就说如果想到楼兰、罗布泊他就可以帮助进去。

我说咱们抓大放小，先不算具体省几个钱的小账，还是算大账，把电视剧拍好，拍出水平。你拍出水平了，谁都愿意参加，何乐而不为；你拍不出水平，人家也不愿意参加，那也证明人家水平不行吗？

他同意是这么个道理。

说到资金落实，我问："香港老板来不来新疆？"

他说："不来了，还是让我到北京再说。"

我有种失落——这不像是认真投资的，怎么就不能过来？到工商局、到旅游局走走，落实落实是不是有这些部门参加，会对电视剧的效益有什么影响。

我原来没想到参与电视剧的具体进程，但是现在不同了，我帮助找联合推出的单位，已经亲自出马了……我发现自己还能做成点事。我想入非非，想着更深入地参与进去，力促把电视剧拍好，而不是袖手旁观，完全指望蒋欢去做。

我说我想参与电视剧拍摄的全过程，叫什么"策划"也好、"监制"也好，我说咱们现在就得做好前期工作。我说第一个就是改剧本，反反复复地改，我先改一遍，大家再一块儿好好推敲好好改。你看张艺谋、冯小刚，他们好多时间都花在改剧本上……

我说你把那三个人写的剧本给我刻个光盘，我现在要好好看。咱们也不说二十二集，还可往长了拉，还有好多东西能装进去，比如十二木卡姆，让冷小玉他们在南疆转到一个乡，参加农民们的一个木卡姆演唱会，你正好有现成的演员，就拉到乡村的麦场上，这就可以凑一集……

蒋欢显出一种不耐烦的表情，说："剧本不好找，电脑里那么多东西不好找。"

我怔了一下，这可能吗？

我说："前期有好多工作，库尔班这个演员一定要找好，不行，我在工商系统中找，我在库尔勒开会时发现有几个维吾尔族长得不错。"

蒋欢苦笑了一下，说："我这有四五十个人选，其中还选不出一个吗？"

我说："啊，那应该有吧。像服装设计、布景设计都得动手搞了，要不，明年怎么开拍？"蒋欢说："这你不要操心，这都是影视公司的事，你跟影视公司签合同，把钱给他，该怎么拍是他们的事。"

我有点尴尬地笑笑，是我想得太多了？

不过，我最担心的是明年还拍不出来。今年已经第六年了，明年第七年，这叫什么，难道明年再拍不出来，再照第八年拖吗？

我暗示说，"要拍明年六月就得开机，六、七、八三个月还是好季节，外景好，山里的草长得好，到九月就不行了。"

"我五月就开机。"

"你有把握吗？"

"有把握。"

"你有多大把握？"

"百分之百。"

我难以相信。

我想参与电视剧的拍摄过程的一腔热血被蒋欢的不冷不热浇灭了，他显然有他的一套做法，我不知其里。

因为一切都没有眉目，我也不好意思给卢秘书长打电话，我说什么呢？我想象着王书记问卢秘书长，那个电视剧进行到哪儿啦？卢秘书长怎么回答——再没回话。唉，我那么急着见王书记，当王书记表示支持后，我又石沉大海，在他们眼里我成了一个什么样的人？——一个勺勺颠颠的老汉跑到工商局哇啦哇啦吹了一通牛，又没有下文了，把人耍着玩吗？

我给蒋欢打电话，关心他的行踪，关心电视剧的进展，可是他又不好好接电话，明明手机通着呢，他就是不接电话……

我该怎么办？

我感到自己在商品经济中的软弱无能！总想起当年搞公司时被一个个人的愚弄、欺骗，以至于被盲流凭空骗走六万元钱。可是这么多年过去了，也应该知道怎么做了，可为什么还是这样？作品是我的，是我可以任意处置的，怎么也弄成了这样？……

我还是憋着劲给蒋欢打电话看他接不接。

十二月二十七日上午十二点打电话，接了。

既然已经接了，我也不想说以前打那么多电话为什么不接，说这个没意义。我问他现在在哪儿呢。

他说还在新疆，把在新疆的事都处理完了，过两天就到北京去。

我说你走北京之前回昌吉一趟吧，看看你的父母，我给你送个别，咱们俩坐一坐。

他说行嘛。

以后他没来，再打电话又不接了。

我真的很无奈。现在都十二月了，他才说走北京，他吹牛说五月开机，还剩四个月，可能吗？可我有什么办法，只能等。等到五月份，他要安排天池的演出，总能把他堵上的，到时看他怎么交代。

一〇五

十二月二十一日晚，刘孝华打来电话，说后天二十三日王怀德叫几个老同学在一块儿坐坐，他个人请客。我说个人请什么，还是 AA 制吧。刘孝华说他说个人请，没几个人。我说一定去。

我有点兴奋，眼看今年就要过去了，居然有老同学出面张罗一下。好几个月没见秦建国了。我也没张罗叫老同学到昌吉来玩，也没打电话问候，好像欠着建国什么。

二十三日，到了一处叫明园的饭店，进了包间，王怀德、刘书栋坐着。随后张寿堂、李进新来了。已有六个人。问还叫谁了？王怀德说李建生今天上午有课，来不了了。给秦建国打电话，他说要接王小津回家，王小津在教课，能不能来还不一定。

张寿堂又给李建生打电话，李建生刚进家门，说下午有课，还不是在学校上，是到另一个地方上课，的确来不了了。——说起李建生的人生历程，倒也真符合他的个性、气质，他是新疆师范大学法经学院教授，——对我们这些老同学来说，只知道李建生是师范大学的教授，教哲学的。他具体搞了些什么并不清楚，他也不说这些，老同学聚会只说聚会上的话。……只是我后来看了他送给我们的两本书《实践中的哲学、宗教和民族问题研究思考》、《新疆宗教学研究》，才对我们这位老班长有了更深的了解，对他更加敬重，他的政治性太强，并不是因为他是学政治的就应该政治性强，而是他骨子里就有一股正气，一种他自己认定的坚定的政治立场，而且为实现自己的目标，有一种不惜余力的自觉。……略略翻了两本书，对李建生的事业追求有了大致的了解，二十世纪八十年代，是我国改革开放的初始阶段，经过十年"文化大革命"，全社会都在进行反思和理论思索，哲学研究一度活跃，作为大学期间主修哲学的李建生自然把研究视线集中在哲学方面；九十年代以后，随着苏联、东欧社会主义阵营解体，世界范围的社会主义运动处于低潮，民族主义浪潮和宗教复兴浪潮席卷全球，新疆首当其冲，身处新疆的李建生随之把研究方向逐步转向民族学和宗教学。但无论是哲学、民族学或宗教学研究，李建生都不是关起门来做学究，而是紧随改革开放实践中显现的问题进行理论上的思索，这是其一；其二，李建生的许多论文，特别是宗教学方面的论文，大多是通过做课题，深入城乡第一线做调研后，有感而发得出的理论思考。所以，这些论文大多有很强的现实针对性。因而，这些研究成果，不仅对当时和今后的学术研究及学科建设有理论参考价值，更对当时和今后地方党政决策和工作部门有资政作用。……我还了解到，新疆有了宗教学研究，新疆宗教能不能够成一门"学"，即新疆宗教学，是李建生力主建立的。他一旦认定宗教学这门在新疆值得献身的学科，就锲而不舍地为之奋斗，短短几年间，围绕宗教学研究主持和承担了若干个课题，发表了数十篇论文和调查报告出版了多部。在李建生的努力下，新疆师范大学的宗教学硕士点一举申报成功，并很快被自治区确定为重点学科，马克思主义宗教观教育和宗教事务管理研究方向也开了全国之先河……

我心里最清楚，李建生是一个一辈子"关心国家大事的人"，他后半生所做的事，用一句话就能概括——为了新疆的团结稳定、长治久安。

李建生就算是我们"老三届"的精英，是我们这一代还有所作为的可称道的代表性人物。老教授也六十多了，一九四五年的，是我们当中年龄最大的，我们差不多都退完了，他还是退不下来，还带着硕士生，还在干……

我对李建生来不了有点失落，我希望每次都能看见"二李"即李建生、李进新。

又给秦建国打电话，秦建国说得把王教授送到家，把车放下，再坐公交车过来，得两个小时，等他来可能都散了，不来了吧？大伙就说散不了，一定等他过来。秦建国答应了，说你们先吃，别等他。

一说喝酒，桌上一下子摆上了三瓶酒，王怀德带了一瓶，刘书栋带了一瓶，李进新带了一瓶，说是王怀德让带的。

刘书栋明确表示不喝酒，红酒也不能喝，只能喝茶水，他最近查出胃溃疡、肠梗阻。大家也不勉强。剩下的都喝白酒。有一阵儿王怀德不好好喝白酒，有一阵儿刘孝华不好好喝白酒，但今天不错，说喝白酒就喝白酒。

老同学们在一块儿什么时候都是高兴的，东拉西扯，有说不完的话儿……无意中刘书栋说到一件事，夏天，他和几个同学到独山子去玩，沈德新（一个公司的老总，应该是初六八年的同学），又说起想出钱赞助出一本纪念"老三届"文集的事，可当时刘书栋他们都没感觉，没回应这事。

李进新说："沈德新说出钱的事，十年前就说过了。文集到现在也没写出来，就搁下了。"

我又惊又喜，说："天底下竟然有这样的事！有人赞助出书，却没有感觉、没有反应！"刘书栋说："我也不知道出不出书，我怎么吭气。"

我问："你说的沈德新自己出资吗？"

刘书栋说："他自己出什么资，他的公司有的是钱。他每年的工资几十万，还有石油部发的奖金……沈德新也就这几年了，再过几年也就退了，想要钱都没有了。"

在座的同学们都议道：出啊，为什么不出个纪念文集，有这么好的事为什么不干。

李进新说："十年前说出十万，现在物价都涨了，十万打不住吧？"

刘书栋说："十万不行，二十万，这个事我去说。"

我说："三十万。官场上都这样，往高了报，不怕他拦腰砍一刀。你说三十万，他砍成二十万、十五万，还觉得他占了便宜似的。"

众人笑。

刘书栋说："三十万说不上，二十万应该没问题。"

我知道我是真兴奋了。"书出不出来，先把钱要上。咱们按一千元吃一桌，十万元能吃一百次，二十万就能吃二百次，三十万就能吃三百次。哇，可能到蹬腿儿（北京话）都吃不完。"

在座的都笑了。不过大家说有了钱肯定要出书，不可能光吃饭。

我难道不知道这个道理吗？还有谁比我想得深、想得远，更想把这个集子出出来。我写那个自传的长篇小说，不就是不甘心我们这代人悄儿没声地过去，想在历史上留下点我们这代人的痕迹——历史上曾经有过这样一代人，他们有过怎样的经历，怎样的思想，怎样的情感……

我突然发现，在座的老同学们众口一词地赞同出书而且充满了热情，充满了激情——真是水到渠成啊！记得十年前，一九九九年在独山子饭店的老同学聚会上，我受李建生之托，写了一个征稿通知，在大会上念，底下一片嗡嗡声，好好没人听。下来后我让刘孝华写稿，他哼哼唧唧地说没时间写。我又跟几个人说了，都没动笔写的意思。李建生是正儿八经地写了两篇，还打印出来，真不错。另有王建堂一篇、陈德昌一篇、闫永孝一篇，我也写了一篇……但这次大家都没二话了，肯定都要写稿。

秦建国还是来了，他把车放下，想打的打不上，只好坐公交车，又堵车，耽误不少时间。秦建国喜欢说怪异的话，故意说："写性行不行？"

一句话问得在座的人吭住了。

我玩笑道："也行啊，比如你建国少了一个腰子，如何克服困难，战胜疾病，最后一个腰子比别人的两个腰子还管事。"

众人哈哈大笑。

我说："建国你就写你父亲是老华侨，在特定的环境里形成什么样的思想。我说不是专门写老华侨，而是在你的文章中带进这些东西，更有塔城特色。"

秦建国说："我父亲有什么可写的，都是缝破鞋的。"

"怎么不能写，"我似乎激愤，"都是经历过的人生，有什么丢脸的吗？难道只有老爹是当官的才能写？我老爹是当司令的，可我相信我老爹如果不是司令而是别的我也会写。他妈的，我们这代人都快过去了，还有什么不能写、不敢写的吗？"

秦建国说："有道理、有道理。"

坐在我右边的张寿堂有点发愁："我写是写，可是写不好。让我说可以，可是写文章不行。要不，杨宝如，我口述，你写。"

我玩笑道："可以呀，你是大学文化，我是高中文化，你口述，我记录，然后注明：大学生口述，中专生整理。"

刘孝华、王怀德等见我说得可笑，都笑了。

王怀德说："不知道的还以为张寿堂瘫痪了，躺在床上起不来，只好让别人代笔。"

……

我对我们这帮已进入花甲之年的老人突然下决心要出一本文集有一种感动，这真的是事前没有想到的。我暗下决心，一定要为出这个文集竭尽全力、当仁不让。我甚至想到凭着自己对文学的爱好，有着写作的经验与思维，有意识地引导写出一本高质量、有思想、有特色的文集来。于是关于出文集、写文章的话题我说得特别多。我提示说，说是写"老三届"上山下乡的"知青"的事，但一定不能仅限于上山下乡的一段，而是写我们这代人，共和国的同龄人，我们这代人的经历。我说那些写"知青"的小说、影视剧只不过以上山下乡开始，然后写到回城，有当官的、当老板的、当老师的、工人等等；写到恋爱、成家，生孩子；写的是一生的种种经历……其实我们经历过的什么事都可以写，不怕你写；你别以为你的人生中做出了什么超前、怪异的事；你的思维、感情会多么与众不同；其实就像孙悟空翻不出如来佛的手掌心一样，你怎么想、怎么做，都跑不出我们那个时代形成的思维模式；不管你有意无意都会用那个时代的思维模式指导你的行为；所以只管放手大胆地写、真实地写，怎么写都是

"老三届"的一代人。

李进新对我说的非常赞成。

我又提到对收入文集的文章的作者一定要有一篇三百字到五百字的自我介绍，不是简单的简历，哪年哪年生，干过什么工作等等，不是；而是有关自己一生的人生感悟，或者人生中记忆深刻的片段等等；一句话，通过三五百字的东西能把你这个人写出来。我说我看那些小说选，每篇小说后都有作者的一篇短文，写的内容也可能跟他写的小说有关，也可能无关，但那却是最能反映作者的精华部分。

我说李进新你那次请客，说有三层意思：一是怀念你母亲去世一周年；二是你的六十岁生日；三是乔迁之喜。你说到你母亲从俄罗斯来到塔城，把塔城当作第二个故乡；身体不好，却哺育你们兄弟几个成长，一直与病魔做斗争，很是令我感动；这些为什么不能写，这都可以从你自我介绍的部分反映出来。

李进新点头称是。

我说李进新你写的《新疆宗教演变史》写得多好！特别是你一直写到现在的新疆的民族宗教状况，让大家有个清晰的了解，真的不错。我说李继泉说他儿子是公安局的，人手一本《新疆宗教演变史》，看来你那书已经成了正确了解新疆的宗教的教材。你怎么就不能把你如何写这部书写成文章。

李进新说他写的最后一章还专门经过讨论，有人建议作为单独一章发表，不放在书中。最后大家决定还是放在书里，现在看来效果还是非常好。

……

在座的议起谁当文集的主编。

我说李建生吧，上次定的他是主编，老班长嘛，有人气，有号召力。

王怀德说就让李进新当主编。李建生忙得很。再说李进新也是出了著作的人，当个主编没问题。

李进新推让了一会儿。大家说就你了，再别推让。李进新下了决心，勇挑重担，说："那我就当这个主编。"

聊起给这本纪念文集出个什么书名？刘孝华说比如叫什么"峥嵘岁月"、"塔城纪事"什么的。我说什么"峥嵘"啦、"蹉跎"啦，人家都用过了，小说都出过了，也有电视剧拍过了，我突发奇想，来了幽默，我说我起个名字，叫"回光返照"，人死之前会突然有段时间特精神，眼睛有神，思维清楚；我说我们这群六十多岁的老汉已经到了安度晚年，再过几年都忙着守着孙子消磨岁月，乘着现在还有一个空当，却突然精神焕发，要出本集子，这不是回光返照吗？

刘书栋笑得不行，觉得回光返照太可笑了。

书名肯定不会用这个词的。刘孝华说书名暂不定，回去大家都想想，把想好的书名拟出来，下次再议。

大家又议到既然要钱就得给沈德新打一个正式的报告，让人家备案，有个可批的东西，别让人家到时说不清。

刘书栋说没那么复杂，随便打个条子能做账就行了。大家说还是正正规规写个方案，把出集子的事情说清楚。于是就说谁写这个方案，推来推去推到我头上，我说："我写。"

我又提示如果文集出来了，是不是走正式出版的路子，也就是从出版社要书号，能在新华书店发行。我说正式出版，有国家新闻出版署的书号，也就可以储存在国家的图书数据库里，也就等于能流传下去，以后不管谁看，都能找出书来。

大家议定就走正式出版的路子。

李进新出过书，我也出过书，我俩就说出一本书，预期算大概在五万元，如果书里有照片可能更多点。

想着能有二十万，五万元也就不算个啥了。

刘书栋又提到还会有其他的花费。他提出二三月份走趟塔城，落实塔城同学写稿子的事，也要有车费、吃、住的事。

想着会有二十万元，我心有所动，借着酒劲，对李进新、刘书栋说，有了二十万，给我五万，我有一本写了四十年的书，写的就是我们这一代人。虽然我是以自己为主角，以自己的人生经历写的，但我要写的是我们这代人。去年春节聚会时我就说过，把写这代人的事交给我，我来完成，决不退出历史舞台。是不是就把我这本书也纳入反映"老三届"的小说呀？

李进新望着刘书栋，说："这事可以考虑，是不是作为一笔专项资金考虑？"

刘书栋说："可以。"

我的快乐难以言表。

我不认为这就板上钉钉了，还八字没一撇呢，但一想到有了可能性，我的心里一下子轻松了许多。

喝多了酒回不了昌吉，就住在乌市女儿家，第二天才回了昌吉。

我动手写关于编纂出版塔城"老三届"文集的方案。翻出保存了十几年的一些资料：比如高六六届在塔城聚会的发言稿，高六七届三十年聚会、四十年聚会的发言稿等等。细细地看了一遍，又有了几多感慨……我一定要认真对待出集子的事，尽自己的能力帮助出好。我把方案写得很细、很全。说到书名，我突然想到了一个词：蓦然回首。

——呀，多么贴切的书名：蓦然回首。

我们一帮子六十多岁的人突然想起出一个回忆人生的集子。"蓦然"，突然之意。"回首"，在此有回忆之意。而古诗词云："众里寻他千百度，蓦然回首，那人却在灯火阑珊处。"蓦然回首，寻找那人，意味无穷；那人是什么？那人就是我们通过回忆这一代的人生，总结出我们自己认为的价值。

于是，我把方案中的书名拟定为《蓦然回首》。

一想到我在自传体长篇小说里想要表达的热爱塔城、热爱老同学们的意愿，突然又由这些老同学共同来写塔城，写我们这一代人是个多么好的事情！我有点恍惚，觉得不可思议。

我心酣意畅。我想到了，我的自传体小说就以跟同学们共同完成出纪念文集结束。啊，还有比这更好的收尾吗？简直是天意！怎么会有这么一个完美的结局！做梦都想不到会有如此完美的结局！

我那个以《古道情影》是不是拍出来作为小说结局的心理压力一下子减轻了。有了出集子的事，我一下子豁然开朗，能不能拍电视剧已经不那么重要了。我再不会把蒋欢这个人看重。想想我都做了些什么？从茫茫人海找出这个陌生人，却把小说的最后命运交给他，他拍成了便以胜利结尾，拍不成便以悲情结束。他是谁，竟让他掌控我这部写了四十年小说的结尾，这简直是虎头蛇尾。

而我们的文集肯定是能搞成的。这是一群几十年的老同学在搞，没有商业利益，没有复杂的人际关系，同心同德，志同道合地完成一件事，让人多么心情敞亮，多么充满激情！

刘孝华打来电话，问我的方案写好了没有，我说没问题。他说写好了用网上邮箱给他发过去。我说我不会玩电脑，我是手写的，在稿纸上写的。他说看让谁带过去，云儿回家时让她带过去。我说云儿这阵不回家，云儿只有星期天有可能回来。他说还是想办法早点带过去，元月二日聚会时好拿给大家看，也不能拿个草稿给大家看，还是打印出来，人手一份，看着方便。

我说对对对，我问："肯定元月二日还聚吗？"

刘孝华说："你没记住吗，是不是喝多了？说死了元月二日再在一块儿研究方案，张寿堂请客，地点也定了，在鸿翔饭店。"

我问："鸿翔饭店在哪儿？"

刘孝华就详细说了在哪儿哪儿。

我想起来了，去过，离郝建昌家很近，我说我知道在哪儿了。

刘孝华还想着有没有别的办法，不必专门跑一趟。

我说这有啥，跑一趟就跑一趟。

第二天，我从昌吉坐车到乌市，到了孝华家，也就是我妹妹家，把稿子交给孝华，孝华看完了，说还想修改。我说你怎么改都行。

元月二日，我独自从昌吉赶到乌市，找到鸿翔饭店。一进包厢，意外地见到戎建华坐在那儿，还见到了李建生，这次他在了，多了这两位，让人很高兴。

戎建华是从塔城过来的。谁都知道今年塔城又闹了雪灾，最冷时降到零下四十度。他从他的牙店脱身后回到塔城，说可能在塔城长期待下去，守着父母尽孝心。戎建华说他是有事才过来的，待个十天半月，然后还要回塔城去。

在座的老同学们就都说戎建华是孝子，对父母孝顺。戎建华有苦难言，说"孝是孝，但不顺"。戎建华说起他父亲今年九十三岁了，母亲也九十岁了。圣诞节时，他父亲非要到教堂去，雪那么大，天那么冷，可父亲非要去，没办法，兄弟姐妹几个只好小心翼翼地陪着父亲去教堂。他父亲信基督教，非常虔诚。塔城的教堂就是他父亲和一些信教的朋友张罗着盖起来的。说起戎建华兄弟姐妹对父母的孝顺在塔城是出了名的，一直被评为五好家庭。但是戎建华却知道兄弟姐妹为尽孝付出的太多，苦不堪言。戎建华跟我说过，在他父亲的眼里只有他母亲，其他外面的世界、子女的需要都不存在。他父亲只要求子女必须对母亲好，必须轮流到跟前照顾母亲，稍有差错，就大发脾气。戎建华说有一次老爹嫌他姐姐戎富华是晚来了还是什么的，罚戎富华站着，不许吃饭。戎建华说他姐姐就老老实实在那儿站着——他姐姐自己已经都是当奶奶的人了……戎建华说他的母亲现在已经没有意识了，连人都认不得了，家里雇着两个保姆，另外还得有兄弟姐妹轮流回家伺候。他回塔城这一阵儿也是整得疲惫不堪，借着接儿媳妇回来，透一口气。

其实，我早已想到戎建华就把他们如何对父母尽孝写出来，就是一篇好文章。当然不是只写冠冕堂皇的东西，要写出他们的苦衷，但终究是表现了我们这代人懂得孝道，再有什么不顺也坚守的精神。

上次聚会是七个人。这次成了九个人。

大家都说趁着还没喝酒，把文稿的事定一下，一喝开酒什么都说不清了。

刘孝华把我写的方案打印了十份，发给在座的每个人。他说想修改也没修改，原封不动。说先发给大家，看大家说怎么修改。没想到的是他把我写完方案附带加的一点说明也打印了十份，一并发了。

我那"说明"只是发了点感慨．当年号称为"老二届"的上山下乡知青们现在已进入花甲之年，更有甚者已奔向古稀之年，回首一生，感慨万千。花甲老人相聚一起时，强烈地产生了一种愿望，把我们一生中值得回味的东西写下来，留在历史中，留在比我们自身生命更长远的文字里。关于我们这一代人，有诸多的文字描写，也有诸多的文学、影视作品，但我们仍觉得反映不够。特别我们这代身处边疆塔城的"老三届"有其独特的生活环境和生活经历，使我们既有着一代人的共性又有作为塔城人的独特一面。我们想把深深打着塔城烙印的一代人写出来，既为我们自己在风年残烛中慢慢地回味，也想为后人留点历史的痕迹，告诉有兴趣了解曾经活过的一代人有怎样的经历、怎样的思想、怎样的情感……一谈人生就扯到意义，这就是我们这代人身上的历史痼疾。我们这些老知青们突然觉得把人生经历写下来，把对人生的感情写出来，也有一种意义，甚至成了我们这个年纪还能做的最后一件有社会意义的事，悲乎哉？壮乎哉？

李建生说："老杨对出文集非常有热情，这次一定要好好表现。"

我说："老班长、老教授这么做了指示，我一定竭尽全力好好表现。"

李建生说："也不是什么指示。"他说他还想写两篇文章，还在慢慢地想。

秦建国说："我喜欢宝如的这个说明，我们这个集子也别说会有多大的意义，就是写给我们自己的；等老了、病了，躺在床上动弹不了了，看看，回忆回忆过去。"

我笑了，说也就是这个意思。我说我担心再过几年，大家都有孙子、孙女了，都享受儿孙绕膝，心态变了，哪还有写文章的心情……

此话又引起在座的谁有孙子了，包括孙女、外孙子、外孙女，有的举手。

刘书栋最早有孙子的，大家都知道。李建生也有了。刘孝华也有了。其他人尚无。

此次聚会我让刘孝华把李强的七十万字的《神州大考察》带来，让大家看看，参考参考。我说李强的这个集子有前言后记，特别是他在文章前边放了几十张照片，有考察景点照的；有跟文人学者照的；每张照片下还标注了照片的出处，咱们的集子的照片也应该这样，下边要有一段文字。

李进新说他看了李强的一些文章，写得真不错，真有才气。其中有几篇也写到了塔城，写的都挺好。

我说李强写他下团场后，骑着小红马，背着小马枪上边境巡逻那篇本身就是"上山下乡"的好文章。还有两篇写他返回塔城，写塔城的，也都挺不错的。

李进新说李强有三四篇都可以直接放进咱们要出的集子，不知他同不同意。

我说这有什么不同意的，不用他说，我做主，没问题。

李建生说，在内地的还有王小仆、刘强，也可以约他们写文章，王小仆是北大的历史系名教授。刘强是同学中做生意很成功的老板。

借着说李强的文章，我也就说了，咱们这个集子不要搞平均主义，不要限定每个人只能登几篇，多了不登；也不能限定文章的长短，好文章不在乎其长。我说看出版的文学杂志，也不是每篇都好，其中有一两篇不错就不错了。咱们出文集也是，必须有拿得出去的压轴文章，有几篇有水平的文章，集子的水平就提起来了。……我说咱们的集子必须有厚度，不怕厚，越厚越好；要是薄薄的，也没必要要书号、正式出版了；找个刻板，手刻就行了。

刘书栋也来了幽默："不行找个油印机，不要现在的油印机，像'文化大革命'印传单一样的油印。"

我也笑道："对啦，不要现在的油印机，就要那种手拿油滚子手推的……"

哈哈哈，我自己笑得好开心。

刘书栋悄悄跟我说，他也不会写文章，他说让我帮他写。我说，行嘛——看来在座的不言而喻必须写文章，但也真愁怎么写呢。刘书栋不好意思明说。张寿堂明说了，遭到大家一通笑话。

张寿堂说起他到中医院，看见王莲芳陪着孙驭昆老师出来。他说孙驭昆老师身体不太好，好像得了肺癌，现在又转到脑子上了，是不是现在好了点？正从医院出来。

我听了心中很是郁闷。

我说上次说了，出文集也要有老师的文章，像孙驭昆老师的古诗词选上一二十首。杨鼎升老师也出了诗集，也可以选。卢振基老师还有一首纪念高六七老同学聚会的诗，还是现代诗……

大家也都说要有老师这一块，也可以登一些不是学生，但跟塔城上山下乡有关系的文章。刘孝华认为既然是纪念上山下乡的知青文集，还是应以写上山下乡为主。

我就害怕局限于此，我又强调写我们这代人的一生，不管哪个阶段的事，千万不能局限于上山下乡，什么"韭菜麦田分不清"、"下地干活腰酸腿疼"……都写那事太单调了……

李建生也说，上山下乡只是二三年的时间，不能只局限在二三年里头，还是要写不同的历史阶段的不同的事。

李进新提出《方案》写得太长太细，不便给沈德新看；还是另写一个报告，便于人家批。他说这个报告由他写。

他说根据《方案》再写一个征稿通知，看由谁写。

大家议了一下，就由刘孝华写。

一共喝了四瓶子酒，又是不少。

戎建华情绪所致，说元月十日，就在这个饭店这个包厢，他请客，在座的一个不能少。

大家也都来了情绪，都同意。

元月十日，大家都熟门熟路地又聚到了一起，真的一个都不能少。而有点意外地又多出一个人来：段咸君。段咸君是高六六级学生，与张志兵、李建生是同班同学。后来段咸君上大学回来，在塔城师范当老师，下得一手好围棋。我原来也没接触过，因下围棋而有了交往。但让我把他记住，而且终生难忘的是一次对话，是那种"与君一席话，胜读十年书"的对话。

那是"文革"中的一九七四年。……有次，段咸君骑自行车到我宿舍下棋。下完了一盘棋，我送他到院子当中，无意中聊起了当时的批林批孔运动，批判孔子的儒家学说，主张法家的学说。我还真的很认真地看了点法家的著作，特别是荀子的性恶论。儒家认为"人之初，性本善"。法家认为"人之初，性本恶"。儒家认为人生下来是善良的，坏是后来学的。法家认为人生下来是坏的，善良是后来培养的。我那会儿挺赞同法家"人之初，性本恶"的说法。我认为人性恶的根本原因是由人的本能决定的。"食色，性也。"正是由于人的需要生存和繁衍，决定人的本性是自私的。人为了满足个人的需要而去做坏事。而约束人不去做坏事是道德的作用。比如荀子说，儿子有好吃的自己不吃而让老的吃，不是自己不想吃，不需要，而是道德要求他应该让给老的吃……诸如此类的道理还讲了许多。于是我就把我的想法跟段咸君说了。

段咸君嘻嘻笑着，说："食色是人的本能，但不能说是恶。你不能说人的本能就是恶。"

"可是"，我说，"恶正是从这本能滋生出来的啊。"

段咸君说："你可能说因为食色，会有一些恶，但你不能说食色必然产生恶。食色跟恶没有必然的因果关系。"

我被段咸君反驳得有点上火，我一向认为自己是富于思索、有文人头脑。

我说："那你认为儒法斗争是怎么回事？你认为儒家的理论有道理吗？"

段咸君依然面带微笑、嘻嘻笑着说："儒家的东西是否认不了的。中国几千年受的就是儒家学说的影响。中国人的性格、思想、习惯都是受儒家的影响，如果把这些都去掉了，中国人还剩下些什么？中国人与外国人的区别在哪里？"

我顿时语塞，我突然意识到，真的，如果突然把中国人身上的受儒家学说的东西都去掉，中国人与西方人的区别在哪里呢？

我有点激愤、有些生气，我还可以辩下去，但看段咸君站在院子里，并没有想辩什么，只不过依然是随便聊天说话而已。

段咸君骑着自行车走后，我感到十分郁闷，随便的聊天却使我耿耿于怀。我想到了什么？我想到高六六级真是有人才呀！我原来认为高六六级王建堂是他们班玩笔杆子的，是最有头脑的了。李建生更不用说，从我们在北京一见，就觉得他非常有思想。后来的事更不用说了。原来并未怎么听到的段咸君，怎么说起话来也是有头有脑，出人意料！

我认为段咸君说的肯定是他想过的，不是刻意地去想，而是通过他自己的人生阅历自然形成自己的思维方式、思维习惯，遇到事自然地按照他平日的思维惯性表达出来了。

与段咸君一席话让我感到的是另一个问题：就是我突然发现自己看问题的片面性、偏激、绝对化。我还是看待问题不够客观、辩证。像批儒评法，怎么就跟着舆论走？就真的把孔老二的儒家学说看得一无是处呢？

……

见了段咸君，我挺高兴的。段咸君从塔城师范学院院长退下来，也在乌市定居。那年秦建国妹妹秦炎的女儿结婚，见过段咸君一面，也有几年不见了。——我对段成君一直挺敬佩，我忘不了一九七四年批林批孔时，我俩在院子的一番对话，真的令我对他刮目相看，觉得他有思想。我也曾跟他提起过这事。他说他觉得我也有思想，他才跟我说，要是别人，他也不想说那么多。

我问段咸君还下不下围棋。

段咸君说偶尔在网上下下，不过下上两个小时就头昏脑涨，下不动了。

我有种失落，真的是老了，下两个小时就不行了。我别的不行，下围棋还可以。我还真想过有时间到乌市，就到段咸君房子，好好下下围棋，看来也没必要了。

刘孝华拿出一份征稿通知，给大家念。文集的暂定名称"蓦然回首"。当他念到出文集是为了纪念"上山下乡接受贫下中农再教育"时，几个同学都皱起了眉头，王怀德说"接受贫下中农再教育"就不写了吧？

李进新说："就写纪念知识青年上山下乡就行了。"

刘孝华说："那就把'接受贫下中农再教育'去掉？"

大家众口一词，去掉、去掉。——也不知他怎么想起把这行字写上的？

看来刘孝华还是想的主要写那一段经历，强调以写那一段的经历为主。

大家也就议了一下，如何用语言表达。定的是：重点写上山下乡，主要写这代人的人生经历。

议到征稿通知出来后，如何发给经历过上山下乡的同学，就说在塔城、克拉玛依找一些负责联络的同学。由他们负责发通知，征稿子。

塔城找谁呢？

议来议去，定下由崔从斌、吐尔肯拜、李晓芬负责。

克拉玛依呢？

由林治学负责（好像再找不出第二个人来）。

　　我在上次聚会时就提出过自己的一个想法，把已有的有关聚会纪念文章，已写的稿件（主要是李建生的两篇稿子）等都打印出来，放到电脑上去。看放在谁的博客里。大家想看，就从博客中调出来，所有的资料一目了然。以后征集到的文章都放到一块儿，供大家参考。大家看了文章，也就大体知道怎么写了。

　　李进新也挺同意这个意见。

　　大家也就说，由李进新完成这事，从他的博客里看文章。

　　当然，提供的老照片也可以发到博客上。

　　戎建华说他还真是有不少当年拍的照片，一看就像回到当年一样，他可以提供不少照片。也有人说，照片还是要选，不是谁的照片都能登，还是选择有代表性的照片。对此大家都没有异议。

　　事情说完了，开始喝酒。

　　秦建国说："还喝酒吗？我就算了吧。"

　　段咸君说："你小子现在说这话，那次秦炎女儿结婚，你说教我怎么喝酒，把我都喝醉了，你小子怎么能不喝酒呢！"

　　秦建国笑道："那我就喝？"

　　段咸君说："你肯定要喝。"

　　段咸君提起下农村时戎建华队上有匹小红马，那小红马太好了，跑得快，跳得高，真是匹好马。他一说，戎建华也想起来了，说真是匹好马。段咸君就说为了换小红马，还给了戎建华一把枪（土造的），骑了一个星期。

　　我说："这多好啊，这就是个题材，就写马，就写小红马，从写马的角度反映农村的生活。"

　　段咸君说："这怎么好写？用枪换马骑。"

　　我说："怎么不能写，当时学生下去都带着枪，历史吗，那才有历史感呢。"

　　段咸君说："那我就写小红马？我还用过几匹马，有很深的感情呢。"

　　我说："俄国有个作家莱蒙托夫，出了本专写俄国农村的散文集，也是世界名著，其中有一篇就专写马，写得太好了。"

　　段咸君说："我也不会写文章，到时我先写出来，你帮我好好修改。"

　　我说："没问题。"——其实我想说你是师范学院院长能不会写文章，没说，等文章写出来，看了再说。

遗憾的是，出集子的钱没要上。

春节聚会时，李进新说刘书栋给独山子的沈德新打电话打不通。我还不甘心，跟李进新、刘书栋说没钱也可以出集子，每个要书的人多掏点钱，也等于赞助了，谁也不会在乎多掏点钱吧。再有没钱就不要书号，不正式出版，也可以少印点……可是因为没钱，他们都没有心劲了。我自己也搞不成这个东西——大约只是我这种喜欢文学的人总想把人生的东西留在文字里，其他的同学没想那么多，什么也不留就不留了，没什么遗憾不遗憾的。

后来，有一次喝酒，李进新有意无意地告诉我——根本就没有给沈德新打电话。大家对搞这个事没有信心，不会写稿子。我听了愕然。好像只是我在热衷于搞成这事。既然大家都不想搞，那出集子的事只能过去了。

翻过年来到了二〇一一年，蒋欢所说的五月份开拍电视剧，踪影全无。算来从二〇〇六年说拍电视剧，签了协议，已经过了六年了。我挨过这五月，又给蒋欢打电话，看他怎么说。

六月份的一天，他突然接了电话，在这之前的半年一直不接，我感到他是没注意谁打的电话，无意中接的。

我见电话通了，很高兴，不想再多说什么。

蒋欢说他在北京，搞了一个七八十人的团队在北京，演员有五六十人，跟什么剧院签了演出合同。需要演出时就参加演出。我对蒋欢把演出搞到北京，而且有那么大规模由衷地钦佩，不管怎么说，蒋欢搞民族歌舞演出，宣传新疆，也算是做了一件大好事。

我问："效益如何，能挣钱吗？"

蒋欢说："可以呀，不然那么多人怎么住得起宾馆。"

我问起拍电视剧的事。

蒋欢说："我们正说这事呢，一屋子人，正说到新疆拍电视剧呢。我说了，你们都要开拍了，还没给作者的版权费，赶紧把作者的版权费给了。他们现在还犹豫到不到新疆去，听说新疆乱得很，又出事了。"

我说："乱什么，乌鲁木齐又没事……"我说，"他们那么怕死，还到新疆拍什么电视剧，什么事也没有。"——我想说的潜台词是新疆那么多人都生活在新疆，难道都有生命危险？他们来新疆也必定有生命之忧吗？

蒋欢说："我也这么说，看他们，定了，六月份就开机。"

我说："那我等着，来了见见面，我请他们吃饭。"

以后又没下文了，人也没见来。

我心态平和，对我与蒋欢从开始到现在的交往不想说什么，拍影视剧的事是不是真存在？是原本存在，后来放弃了，但嘴上永远说要拍？还有什么香港把童话拍电影的事，若无此事为什么那么说，是开始有后来又没了？一切都搞不清。也不想较真了，我恍然意识到，影视剧已是没影的事儿，是我太认真，抱着希望总是问。你问，他就说有，决不从他嘴里说无，让你自己慢慢去感觉没了，自己再不提这事了。

我再不打电话了。

第二十七章

生态文明，美丽中国，成了最终的追求……四面出击，想使更多的人读到绿色童话……清明扫墓，祭拜父母——此生也将过去

一〇六

时光冉冉，岁月如梭，转眼间到了二〇一二年的九月份，影视剧没影了，老同学的文集也没影了，我该如何把这部写了四十年的长篇小说收尾？我心里有了一种焦虑、不安。这一年多的时间里，一些同学的身体健康陆续出现了问题，李建生做了手术，张寿堂得了癌症，张志兵安了支架，曹连长也做了手术，孙驭昆老师已经过世……我瘦及麻秆地还没发现什么大病，但心理惴惴不安，毕竟是六十四岁的老爷子了，千万不要在哪个环节上出问题，我想出的书还没出来呢。

我感到了衰老，不敢照镜子，一照镜子就看见一张头发稀疏、满脸皱纹的瘦长脸，脸上的老人斑与脖子上的扁平疣连成一片，憔悴无神的双眼令我自己也不忍直视。我现在的相貌起码比我的实际年龄大十几岁。我到澡堂子去洗澡，搓背的习惯性地问，老爷子你多大了？我说你看我多大了？搓背的说你有七十多了吧？我还不服气，我说我哪有七十多，我才六十四。后来我想，我驳他干什么，有必要吗。后来去洗澡，换了一个搓背的，也是习惯性地问，老爷子你有多大啦？我说你看我多大了？他说你有七十五了吧？我说差不多。他说你七十五了，能有现在这种状态就不错了。我想我六十五，如果是七十五的状态那

就完了。……后来有人问到我的年龄，十有八九说有七十多了，也有说有八十多了，我的心里承受能力越来越强，我曾玩笑说，只要别说我九十多就行了。

我知道距那个从宇宙、从地球、从人世间消失的距离越来越近了，那我还想干什么？我想最后的挣扎——我想让我的童话有更多的人读到。说起来惶恐不安，从十四岁追求当作家的梦，到六十五岁了，真正天马行空，凭着自己的思维独立创作的童话也就七十万字，一生写下来的纯粹创作的作品也就一百多万字。惭愧啊！寒酸啊！可有什么办法，才气不足，难成大器。

而我现在思考的问题是到底为谁写作？为什么一生痴迷在写作上？写给谁看？又有多少人看了？如果一生写的东西没几个看了，而当你不存在时又很快湮没无闻，那你图的是什么呢？

晚上看孙驭昆老师的《芙蓉阁诗笺》。孙老师去年因病去世，许多老师、同学去陵园参加追悼会，平时见不上，多年见不上的老师、同学倒在追悼会上见到了，还比每年搞的同学聚会参加的人多。我还开玩笑，说要见到这么多老师同学只有到追悼会时才能见到，陵园倒是个见面的机会。在等候进灵堂的休息室内，散发孙老师的这本诗词集。原先聚会时得到过一本，不知道哪儿去了。我很快地要了一本。想到孙驭昆老师作为生命的个体已经消亡，无知无觉，还能让人知道他曾经存在的就是这本诗集了，我一定好好地读读孙老师。

一年之后的现在，我静下心来读孙老师。书中的几百首诗词，是从两千余首诗中选出来的，也是集一生出版的唯一一部诗词集。众所周知，孙老师的诗词写得很好，题材广泛，或赞国家发展繁荣；或颂祖国壮丽江山；或歌爱情神圣忠贞；或仰贤圣哲人德勋；或咏物抒情；或友朋酬唱寄怀；或抨击社会丑恶等等，表达了作者的真情实感……我耐心地、认真地、绝不敷衍地读完了孙老师的诗词，也对藏在孙老师面容后的内心有了深刻的了解。在人世间，真正了解一个人是多么困难。我对当年把孙老师画进漫画一直有种深深的内疚，虽然几十年过去，谁也不把那当回事，但我真的内疚，很是自责。

我看孙老师的诗词，是结合内心思考的问题在看的——就是为什么写？孙老师走的是另一条路，他是写给自己的，写给自己内心的。他写诗词像写日记一样，有感而发，有感而写，他不是为发表而写得，不是为让多少人能读到而写的。虽然孙老师也发表过不少诗词，但他并没把写作定位在让别人能读到而写。他没有这个心理压力，写得轻松、自然，他肯定没去想怎么青史留名，怎么能让多少人读到为满足。

我走的是另一条路，从一开始写作就是向外的，这让我太痛苦、压力太大，而又因才气不足，勉强为之，就更是成了一种精神负担。也许我原来写作时并没有想让多少人读到我写的东西，想的只是作品能不能发表，能发表了就感到满足了，陆陆续续出版了几本书就有了一种小小的成就感。

可是到了眼下，我已成了无人理解的闷在房中度日的老汉，未来的日子屈指可数，突然对人世间多少人能看到你的书而困惑起来。我能像孙老师那样处之泰然吗？孙老师的诗词集只印了一千册，能读到的人有多少？我相信，拿到孙老师此书的老师同学，也未必有多少人能像我这样认真把里边的诗词读完。当然孙老师也发表过不少诗词，获得不少奖，收录在一些专集里，那读的人肯定多了，但是有多少人读过也无法统计，估计也有限。

我开始钻牛角尖，算计自己的书会有多少人读，大致以出版五本童话而言，每本印两千册，每本有人读到，也就一万多人看过你的书；也就是说，你一生呕心沥血写的东西，只不过有一万人读过，是不是太悲惨了？……而社会上，有的人一出书就有几十万人阅读、上百万人阅读。……而看当今的网络文学方兴未艾，什么武侠、传奇、魔幻、盗墓、穿越、惊悚等等，一打开电脑，每一种作品都是成千上万，光看作品的目录都看不完。年轻的写手们足不出户，可以轻易地打出百万字、千万字的东西。而有的作者的作品点击量竟然达到上百万、上千万，甚至上亿，简直令人不可思议！……面对这种网络文学的崛起，有的文学评论家断言"传统文学已经死亡"。一个评论家用古诗"可怜夜半虚前席，不问苍生问鬼神"总结对这些网络文学作品的看法，"自五四新文学以来，一直是心怀天下苍生的文学传统，而今天的网络文学里完全没有苍生和现实的影子，只有鬼神"。又有人道"这些作品无善恶，无历史，无道德谱系，只有输赢"。……当然，我不认为网络文学没有好的东西，张侠就一直为贬低网络文学而不服，据理力争。可是，在网上发表的传统文学能够有点击量，能够走红，能够走出来的也真是不多……想当年只知道纸质文学，文章是印在纸上的，怎么能想到会有一种叫电脑的东西，文章是从荧光屏上看的，更让你无奈的是，现在又出现了手机文学，手机上看小说。……唉，真的是跟不上了！

我跟自己别了劲，我要在我活着时努力让更多的人读到我的作品，不是为了名声，不是为了金钱，只是为了让别人读到。于是我想到，要想让我的书被更多的人读到，关键是让少年同学们读到，我瞄上了十几岁左右同学这一块，我想到了网络的传播，我虽然不会打字，不会上网，但我知道网络的力量，现在已经是网络世界，网上阅读已经远远超过了纸质的阅读，从网上去传播一种东西会很快很广。我想要最后一搏了——看看走网络传播的路线能不能成功。

我开始行动——那只是一个人凭着自己想象而开始的行动。

我一直订着一份乌市的晨报，晨报每星期六有一期花季，专门报道学生的生活学习情况，其中很有匠心地搞了晨报小记者活动，从各学校选出小记者，组织小记者搞各种丰富有趣的活动，比如让小记者去采访啦、组织参观旅游啦、读书看报啦、歌舞音乐啦等等，等等。有一则报道说，乌市各校的小记者已达五千余名。我动了心，如果晨报让这五千余名小记者从网上阅读我的童话，就等于有五千人看到了；如果每个小记者动员十个所在班上的同学阅读就有了五万人；如果再布置每个阅读的同学把童话传给他（她）认识的同学或者亲戚、朋友的孩子，不管是在新疆或者内地的孩子，以每个人转播十个人为限，那就等于五十万人，再让那些小朋友给别人转发……不就能有上百万人阅读了吗。我的童话如果能有上百万人读到，平生之愿足矣。

我根据报纸上的热线电话号码打了电话，几天后来了电话约我去谈。我很兴奋。我小心翼翼地揣好储存着四十万字的童话的光盘，拿上五本《绿色童话选》去乌市，进晨报大楼，找到约见我的人。一个四十多岁左右的女人，有点疲惫憔悴，好像是每天都是这类没完没了的业务，职业疲惫。她问我要说什么事，要求是什么？

我就啰里啰唆地说我是童话作家，写了几十万字的环保的童话，想让学生们看到我的童话，提高环保意识；又说了晨报下有五千小记者，怎么通过网上让他们读到，再由他们传播，让更多的同学读到，云云。

女记者把一个采访录音机放在跟前，以职业的口吻问了我一些问题，我都一一回答。她说会把我的要求整理出来，上报到上边的编辑组。我留下了五本书，说让她和编辑组的人看看。我说是不是把光盘里的童话发到她的电脑上去，便于从电脑上看。她说她桌上的电脑没有录光盘的东西，把光盘留下，回头想法录下来。

我返回了昌吉，等待消息。

一直没消息，我给女记者打电话，她说报编辑组了，一个星期后就能见报了。——我有点纳闷，我希望的是组织小记者们网上读我的童话，没有什么见报不见报的事。我又等了一段时间，又打电话，她说没有反馈的意见。我问没有反馈的意见说明什么？她说没消息就说明没采用。

约了个时间我去拿光盘。她人没在。留下了一张纸条，说五本书有三本送给有娃娃的朋友了，拿不回来了，只剩下了两本，抱歉。我把两本书留下，有人愿意看总是好的。拿回了光盘。

我有点郁闷，更准确地说有种悲哀——我的童话求人看都没人看！我理解人家编辑部为什么不去做这个事，人家觉得没必要，没必要搞得那么大的动静。人家按照正常的策划操作已经把小记者的事搞得挺满意了。去做我的事，能给这块带来什么特殊的效应吗？不能。冥冥之中我是在等待知音，如果编辑部有特别关心环保的人，觉得这个事对宣传环保特别有意义，进而热衷地去促成，不怕麻烦，为了公益，也许就成了，可是没这样的人。

泄气，但不甘心。

我要完成最后的挣扎。

我分析自己的失误是心太大，想让乌市各学校的学生读到我的童话，力不从心。我缩小范围，立足我所在的昌吉，看能不能让昌吉学校的学生读到我的童话。我想到了教育局，能不能去找教育局，通过教育局的网站录下来，让教育局安排各学校学生从网上阅读。可是我不认识教育局的人，我直接去找，谁认？我又想到宣传部肯定跟教育局有联系，宣传部管宣传，应该跟哪个部门都有联系，那么，先找宣传部，得到宣传部的认可，再通过宣传部联系教育局？可我宣传部也不认识人啊——中国人的毛病，好像不事先认识人，什么事情都不会办成似的。

我待在房子冥思苦想，非常不自信，但还是该做的事做完，谋事在人，成事在天。

九月份的一天，我拿上两本童话选、U盘和所有报道过我的报纸文章复印件去闯宣传部。我知道宣传部在党委的办公楼里。党委办公楼和政府的办公楼在一条街的两边，面对面。工作时政府的办公楼进过的次数多，党委楼进的少。

天气晴朗宜人。到党办楼的大门，值班的保安的桌子就在靠值班室的院中，保安挡住我，问我找谁。我说找宣传部。问宣传部的谁。我说不认识谁，找宣传部有事。问事先约好的吗。我说没有。那不能进去。

我突然有点急，说："我就是有事，就是不认识人，这事还能不能办成？"

保安说："老人家，你别火，你到底有什么事？"

我说："我是作家（真不愿以此标榜，这是什么身份吗），我想要跟宣传部谈我书的事。"

保安说："那我们打电话给你联系，看人家见不见你。"

保安打通了电话……里边说，见。

找到宣传部宣传科，拐进去，房间不大，并着两张桌子，靠外边坐着一个三十多岁的男的，靠里边一个年轻的女的。男的很随和、热情，不摆官场的架子，让人心里舒服。我也在官场待过，也非常注意跟人打交道时随和、自然，别让人拘束、胆怯。

我坐下来，倚老卖老，把找宣传部的意图说了，自然啰里啰唆地讲了一大堆宣传环境保护的意义，提到胡锦涛总书记最近的讲话，专门强调了生态文明建设，生态文明将改变生产方式和生活方式……

小韩翻了翻也算不薄的童话选，又翻了翻复印的报刊文章，虽然是多年零零星星刊登的，但剪贴在一起也有种气势。

小韩说："宣传部有一年搞过一次诗人孙涛的宣传，在师范学院礼堂。"

我说："知道，我也去看了，孙涛朗诵诗，黑黑的眉毛，还有他自己写的词、谱的曲的歌舞。"

小韩说："你这个也可以搞，这得跟教育局联系，作为公益，不收任何费用，公益阅读，当然还要注明不得剽窃、改编、非法使用什么的……不知道教育局网上有没有文化这一块，若没有还得设一个吧。……还可以搞个活动，签名售书……"

我忙道："我没书了，签不成，只能走网上阅读，我不在乎能不能记住我的名字，只希望看内容。我都想好了广告词：'绿色童话，净化心灵。'还有一句最适合娃娃心理的：'你绿了吗？'只要娃娃读了，就等于关心环境保护了。"

小韩说："你等着，我进去跟刘部长汇报一下，刘部长就在斜对面的办公室。刘部长还是州文联的党组书记。"我啊了一声，是吗？我知道文联去年改选，《回族文学》主编，也是作协主席李明当选为文联主席。我想到文联在宣传部直接领导之下，还去文联找过李明，想让李明领着见宣传部的人。去了，李明不在，到内地挂职去了，这才促使我下决心直接找宣传部，管他认识不认识人呢。

小韩起身，拿着书和材料出去了，一会儿回来，说刘部长同意搞这个事，作为明年的新文化宣传。

我挺感激小韩直截了当地接受了我的要求，还热心地出策划案，认为这是一件很好的事。我也心直口快，我说遇到了知音，我等的就是知音。

小韩说现在挺忙，顾不上，等过了"十一"再联系。我说过了"十一"也顾不上，"十八大"马上就召开了，还得宣传十八大。小韩说你也在官场待过，你比我清楚，你的事可能要晚一些了。我说没事，明年都行。

小韩留下我的电话。撕了一片纸，写了他的名字、手机号。

"十八大"召开，有了"十八大"的报告。我也有我自己的特别关注。报告中有一大题目是专谈生态文明建设的："建设生态文明，是关系人民福利、关乎民族未来的长远大计。面对资源约束趋紧、环境污染严重、生态系统退化的严峻形势，必须树立尊重自然、顺应自然、保护自然的生态文明理念，把生态文明建设放在突出地位，融入经济建设、政治建设、文化建设、社会建设各方面和全过程，努力建设美丽中国，实现中华民族永续发展。"显然，国家越来越意识到环境保护的重要，越来越清醒，这让我感到欣慰。"生态文明"四个字里涵盖的内容就更丰富了，扯到好多方面。我觉得最重要的还是改变人的思维方式的问题。我们所提到的生态文明将改变生产方式，生活方式都建立在改变思维方式之上，现在最重要的是改变思维方式。

我写的童话肯定是属于改变人的思维方式的。我富于幻想，到老了也未失去，这是个双刃剑，让我精神丰富又让我痛苦无比，特别是我是从前边的时代过来的人，想个人利益之外的事多了点，如何解决人与自然的和谐是想得最多的，也还想再写写这方面的东西，但我真的没精力了。我也想到了，随着人们环保意识的提高，会有更多的人站出来写反映环保的作品，不管是诗歌、小说、散文，还是影视、动漫等会越来越多，成一种潮流。我好像应该是"待到山花烂漫时，她在丛中笑"的角色。我也许把自己高看了，我写的那点童话不过万把人看过，能对提高人的环保意识起到什么作用？我最敬佩的还是那些拍《动物世界》、《人与自然》等等纪录片的人，他们才是真正值得活的人，那些献身于爱护大自然的科学家们是我们的先知先觉，他们活得真有意义。那些纪录片才真是潜移默化地改造着我们的思想，培养生态文明的意识，促使我们去反思人类，走一条与自然和谐的道路。

我有时在想，还捣鼓什么，费那个劲干吗，有人看没人看算什么，怎么还看不透这个世界，看不透人生？

看得透，但还是不甘心。

我又发现了一条能使人看到我的童话的路子。

之前，有一年多的时间，新疆作协准备出一部新疆儿童文学作品选。具体由刘乃亭张罗。刘乃亭算是新疆最有名的儿童文学作家了，作品也最多，影响力也最大。他除了自己出作品，还努力为儿童文学这一块操心费力，在作协之下成立了一个儿童文学研究会，把赵光明也扯进来了，封为名誉会长。儿童文学研究会搞过几次活动，几乎把有意无意写过儿童文学作品的人都收纳进来，热情鼓励大家在这个领域创作，促进新疆儿童文学发展。

出作品选的事我是知道的，挺高兴。我见过上世纪一九八七年出过的一本《新疆儿童文学获奖作品选》，可能之后至今再没出过集子。儿童文学一直是文学中的弱项，很难被重视，被当成小儿科，写者寥寥。不过现在的动漫倒是越来越火，成了最时髦的产业，大约还是因为能赚钱，商业化。动漫应该跟儿童文学有联系，从这个角度说，儿童文学又是最有前途的文学。

有一天，刘乃亭打来电话，挺急，说出书的稿子都收齐了，准备排版出书了，给我打电话我不在。我想起来了，我到内地旅游了二十多天。十几年没去内地旅游了，好容易下决心到内地转了一趟，却赶上出书要稿子，耽误大事。

刘乃亭说赵光明说了，出集子怎么能没老杨的作品，他在一个时期还是很有影响力的作家。我听了有种感动，光明啊，多少年的朋友！他说的既是事实但也有他想着我，我真的好感动！

刘乃亭说尽快寄稿子，不超过一万字，短的也行，反正最多不超过一万多字。具体联系找毕然，交给毕然。

我忙与毕然联系，毕然本身也是一个出版社的编辑，三十多岁，女，出版了一系列的图文并茂的绘本作品，其影响力也走出了新疆。我不需要再寄作品，毕然所在的出版社出一套童话集时，其中有我的一册，当时已把几十万字的东西打到毕然的电脑上，由她去选出需要的文章，东西还在她的电脑里储存着。

毕然问我选哪几篇？

我说《黑熊哈力》一万多字，够了。

毕然就把这篇发到新疆教育出版社了，《新疆儿童文学作品集》由该社负责编辑出版。

出版后，刘乃亭打电话，每个人赠送两本书，到出版社去领。我去拿书时，见到负责出书的小贺，女，也有三十多岁。她说认识我，早在二〇〇〇年开我的研讨会时她就参加了，一下子让人感到亲切。

半年后，刘乃亭打电话，说到出版社领稿费。之前，我以为是政府出资的公益书，没稿费的。能在此公益书中有自己的一篇童话已经很欣慰了。

二〇一三年的元月份又去教育出版社，见到小贺，因为熟悉了，就多说了几句话。我问小贺忙啥呢？小贺说能忙啥，上有老，下有小，也得活呀。说正跑宣传部，争取拿出书的题目。

我说我想出个童话选……你们教育出版社会出我的童话选吗？你们出书你们销，我什么都不要。

小贺说："难。你作协人熟不熟？"

我说："熟，跟董立勃挺熟。"

小贺说："那就好啦，你找董立勃，由作协出面，推荐到宣传部，我们争取出你的书。"

我原以为《新疆儿童文学作品集》只是作协单独扶持的一本书，看了才知道，是纳入"新疆民族文学原创和民汉互译作品工程"的，此工程是自治区党委、政府坚持现代文化引领，丰富新疆各族人民精神文化生活的一项重大举措，具有深远意义。

小贺出主意让我走"工程"的路。

我不自信。

返回家中，想着这个事。有两年没见董立勃了。上次见他是二〇一一年的夏天。我第一次到位于乌鲁木齐水西沟的新疆作家创作基地。所谓创作基地也就是开发商新开出的度假村式的一片房子，面积也不大，每套房子都是独家小院。据说有的房子给牧民定居，一部分对外出售。基地也就是一套小院，不是很大，有一个小小的二层楼。据说这套房子是开发商支持文化赠予的。开两天会。儿童文学创作学习班。由赵光明主持。刘乃亭、毕然等熟悉的人都在。居然还有住的两间集体宿舍,上下铺,远道来的可以住宿。只是吃饭得自己做,因为山上办班时有人,平时没人,不会雇专门做饭的。当天的快中午,董立勃赶上山来,讲了话。他对儿童文学这块也很看重。中午吃饭时,竟然是董立勃跟几个女学员一起忙活,董立勃亲自炒菜——看来我们这个基地还是很艰苦的,让人想起当年的南泥湾,自己动手、丰衣足食。基地虽小,但有这么一块可供文学作者在一块相聚的园地,让人感到温馨惬意,真想常住不走。

这两年,自己在昌吉,除了刘乃亭通知参加儿童文学方面的活动,也没到自治区作协走动,对新疆文坛发生的事情也知之不多。……思考再三,鼓起勇气,从电话本上找出董立勃的手机号码试着打了过去,接电话的是董立勃。我斗胆说了想把写的几十万字的童话出一个童话集子,看能不能推荐参与到"工程"中去。

董立勃说你的童话我看过,不错,可以报上来。

我听了激动万分,连说谢谢。

董立勃说我们刚刚搞完第二批的申报工作,忙得不可开交。有可能,也得等第三批了。

我小心翼翼地问怎么个报法。

董立勃说:"打印成两份稿子,至少是两份,便于专家审稿。"

我连说:"可以,可以,时间上有什么要求?"

董立勃说:"春节前吧。"

董立勃说稿子不要超过三十万字。——也许我犯的最大错误就在字数上了,我整理出四十万字的稿子,复印两套,花了六百元。赶到春节前一个星期,走乌市,走进文联大楼,上到八楼,有作协的一层。这楼盖得年头也长了,每层的房间都不大,只够摆两张桌子,两把椅子。董立勃在,坐着,让把稿子交到对面的办公室。对面的办公室见到了徐和平,也是相识多年了,他还在上班,好像我们在一起变老。

老徐给我一支烟,他也抽烟。

我们俩站着说话。老徐说审查挺严,稿子审查太严了!作协报了一百部作品,才用了三十多部。他说有一部长篇小说真不错,写民族团结的,还是没通过,很是惋惜。

——这也给我敲了警钟,想入"工程"是很难的。

我见徐和平办公室有许多文学杂志，堆在一进门的狭小的空地上，下边是成捆的未打开的，垒成一个小高地，上边散落着一沓沓的，还有《新疆作家》。我说这么多刊物，能不能给我几本。老徐说随便拿吧。

我又拐回到董立勃的办公室，还想说说话。董立勃也抽烟，好像当作家的都有抽烟的习惯，不好改。赵光明说有糖尿病，把烟酒都戒了。董立勃站着瞅着我，问："你和赵光明谁大？"

我说："我们都是一九四八年的，属鼠的，一样大。"

董立勃说："你看光明多精神。"

我知道自己老相，我说起到澡堂子，搓背的说我有七十五了……我念念不忘自己的童话，说起自己的童话都是写环境保护的，正符合'十八大'说的生态文明建设，容于文化建设之中；我说我写的东西虽然是童话、神话等形式但却是"三贴近"（贴近现实、贴近基层、贴近生活）；我说我越来越有种自信，文人圈里对我的童话评价不错；我说起我现在的心病就是希望更多的人读到我的童话；我说起我到昌吉州宣传部，宣传部说与教育局联系，看能不能让学校的学生读到；我现在只是想让更多的人读到。

董立勃建议发到网上去，现在有那么多文学网站，随便可以贴上去，那一定有很多人读。

我说我不会打字，不会上网。——其实有一次我还真下决心把童话发到网上去了，当时看报纸，说有一个搞人工活取熊胆的企业要上市，进入股票市场，遭到一些环保人士质疑，坚决反对其上市。该企业辩解说活取熊胆很科学，熊不痛苦，不能说虐待熊。我看了报纸很生气，几年前我就写过一篇痛恨活取熊胆的童话。闫永孝一天到晚在房子看电脑上的电视剧，我跟他商定，帮我把童话发到网上去。闫永孝找了一个内地的文学网站，往上发，他说网站没有童话这一栏，发到社会一栏了；一次只让发五千字，可连续发；过了几天说不知怎么搞的，网上找不到发的文章了；后来找到了，只剩下半截，前边的没了。我问有没有点击率？他说前边没有了，也弄不清。我觉得网站也是乱乱的，没了信心，再不发了。

……

我不说网站上发童话的话，我说起我写了一部自传体的长篇小说，写了四十年了，该结束了，原来也想结束，但总有要写的东西，结束不了，只得往下写，现在该结束了，再没有往下写的东西，只是不知书写出来后，有没有出版社愿出版，到哪儿去找出版社？

董立勃说知道我写这本书。

我有点尴尬，书还没写出来，跟所有人都说了，却只听楼梯响，不见人下来。

董立勃问写的什么内容？

我说我只用简单的几句话概括，内容简介就是：一个从十四岁立志当作家的人，虽然经历了社会的复杂，人生的坎坷，却终因才气不足，难成大器。

董立勃说："不能说难成大器，大器是什么？"

我说："我也知道，成功的标准是什么？没有一个衡量的标准；但是我真的觉得自己没达到自己的标准。——人家都写怎么成功，我就是要写怎么不成功，一个人怎么竭尽了全力却不成功。"

董立勃大约没见如此写作品的，有点困惑，说了句："向你学习。"

枕头旁一下子多了七八本杂志，有慢慢看的了。而过了几天，又多出几本厚厚的书，那是我到新华书店买的。我是极少去新华书店的，我不喜欢购书，这又有一种尴尬：写书、出书，希望自己的书能摆到书店的架子上，希望有人买；但像我这等喜爱文学的人都不愿意到书店买书，你又指望别人去喜欢买书吗？此次去新华书店买书，是奔着想买一本《邓小平时代》，外国人写的。从报纸上看评价很高，也就动了买此书的心思，毕竟是从那个时代过来的，年轻人看此类书是历史，我这个年纪的人看的是回忆。到了书店，没此书，有的几本已售完，过一阵儿来会有（后来买上了此书）。既然来书店了，也就有一搭没一搭地转着书架看，没有动手去翻一本的欲望，似乎人生已经经历了，看什么都不足为奇了。从一排排的书架转出来，在靠收银台的右侧有一排靠墙的书架，是专门摆放本土作家的书，原来也没多少书，此次却摆得满满的。细细看去，有点惊喜，原来摆的是"工程"出的书。《新疆儿童文学作品集》也在架子上，还不少。其他每本也不少。有好几本小说是民族作家写的。真正汉族写的小说倒不多。我买了三本书，《新疆新世纪汉语中篇小说精品选》、《新疆新世纪汉语散文精品选》、《新疆新世纪汉语诗歌精品选》。看选编的书，内容的信息含量大，基本就能看到眼下新疆文坛作家和作品的方方面面，对新世纪也就是二〇〇〇年以来的文学有个概括的了解，这是我想要知道了解的。

晚上看书，看《新疆作家》，看得挺细，二〇〇九年《新疆作家》的短讯中有一条提到十个作者的长篇小说获得了自治区党委宣传部"五个一工程"文学创作重点作品扶持，说目前这些作品基本都已创作完成，待进一步筛选后出版，并将申报第十一届"五个一工程奖"。其中提到了我的长篇童话《狼与东郭》，令我眼睛一热。只是看到自己的名字留在了白纸黑字中便有了一种感动。记得那年自治区作协开长篇小说会议，其间让有长篇小说创作计划的人写下创作的长篇小说题目、内容。我就报了长篇童话《狼与东郭》，意在利用人们都熟悉的这两个角色，作为人与自然关系的两方，写出反映环保的童话。

后来作协来电话，说经过筛选，《狼与东郭》定为扶持的作品，并给五千元的扶持资金。我感慨万分，不知是应画十字还是双手合十（虽然我不信宗教）——写作原本只是个人的事，关起门来无人理睬、无人知晓，得失利弊、命运好坏只能交到市场上去验证，现在竟然有扶持资金！在你作品还未拿出来时，还不知是否能让人满意时就给了你五千元！想没想到你万一写的达不到要求，不是白给钱了吗？这账怎么算啊？可又感叹新疆对文化支持的力度是多大啊！竟然愿先给你钱，押你这一票，激励你完成作品，拿出好的作品来。

我忐忑不安地到作协去领钱。忘了问谁了，才知道此项政策并不是才实施，之前已经有了。我问有没有拿了钱没交出作品的？说也有。有的报的写作计划挺好，却没写出来。我想问那给的钱呢，没好意思问，也许给了就给了，不会往回要的吧。我欣慰的是报写作计划时，十八万字的《狼与东郭》早已写好了，安静地躺在我的放稿子的柜子里。

过了一段时间，突然催稿子了，要得挺急，要复印两套。我忙复印好，去了作协，交给了《西部》文学刊物的主编董为清。书稿交了也就没下文。过了好一段时间，我打电话想拿回自己的稿子，董为清也同意。我去了。董为清说稿子专家们都看了，童话没必要写得那么深刻。他说有个民族同志写的长篇童话就很好，《楼兰古国奇幻之旅》通过了申报，得到了自治区"五个一工程奖"。

我有种惭愧，惭愧的是要是作协先看到了我的稿子再确定给不给资金就好了，没见到稿子，只是凭写的一张纸就给了，写出来的东西又让他们失望，真的不好意思。——我知道自己写得深刻，太深刻，太贴近生活，贴近得严丝合缝，不留一点余地，特别是对人的鞭挞，毫不留情，是鲁迅那种"哀其不幸、怒其不争"的气恨。也许真的没必要如此，历史的时间还长着呢，人的未来还长着呢，有些事真的不是一时半会儿能解决的，还是循循善诱、润物细无声的好。我又想到一点，是不是我用"童话"这两个字出了问题？一说童话总让人想到写给儿童的，总是单纯、简单点好。我写的内容大人看了不觉浅，就让人觉得离童话远了点。我想如果不标明是童话，而是标明是"传奇"或者"魔幻"什么的，不让人跟"童话"产生联想，是大人也可以读的东西，是不是会好一点？

不管怎么说，自己的一部作品曾经入围某一年的自治区的"五个一工程"，很是有点自豪，像什么奥斯卡什么的，入围也是一种荣誉，我就有这种感觉。我多年写作的东西没得到省一级的什么奖，更不用说全国的了，那一次就算"最高荣誉"了吧。

还是看《新疆作家》，二〇一一年第二期，上面登了一份文件：自治区党委办公厅自治区人民政府办公厅关于印发《新疆民族文学原创和民汉互译作品工程实施方案》的通知。刊登了实施方案的全文。指出"为进一步继承和弘扬我区各民族优秀文化，引导文学创作，扶持鼓励以我区少数民族作家原创作品为主的各民族作家作品，加强各民族作家、作品之间的翻译和交流，培育和发展'一体多元'的现代文化，实现'出精品、出人才'的工作目标。促进我区各民族社会主义文学事业的共同繁荣与发展，特制定'新疆民族文学原创和民汉互译作品工程'实施方案。自治区财政每年拨款一千万元。其中五百万用于各民族作家原创作品扶持资金，五百万用于民汉互译作品扶持资金。"

附件一列出了"双翻工程"领导小组成员名单。

附件二列出了"工程"专家评审委员会成员名单。

我认真地阅读了名单，我发现"双翻工程"领导小组下设有办公室，办公室有两个副主任，其中一个是董立勃。而在评审的专家中也有董立勃。看来，董立勃在评选作品还是很有分量的。我突然有了一种私心，再走走后门，再跟董立勃表述一下自己希望童话进入"双翻工程"。

借到作协去拿新的会员证，我又跑了趟乌鲁木齐。又是先拐到徐和平办公室说了说话。问董主席在吗？说在着呢。我就拐进董立勃的办公室，果然在。

人想求人时总是谦卑的，我说我一到作协就总想见到董主席，一见人不在，心里就变得空落落的。

董立勃笑道："有那么重要吗？"

我说起最近买了"双翻工程"的汉文小说、散文、诗歌，看了他的中篇小说、散文，在另一本杂志上看了他的小说《同桌》，小说的结尾太出人意料了……我一直喜欢董立勃的小说，并非虚话。从《新疆作家》看，董立勃这几年又出了不少作品，有长篇，有的拍了电视剧。

我说起看《新疆作家》，上边有"双翻工程"的文件，才彻底弄清了"双翻工程"是怎么回事。能进入"双翻工程"真的是太有意义了！我又说了看到办公室和评审专家都有董立勃的名字。

董立勃明白了我的意思，说评审的专家很多。而且直言不讳地说，也许因这个或那个的原因评不上……

我挺坦然，说我知道，从我的愿望来说，我真想自己的长篇小说结尾有一个"光明"的尾巴，中国人的传统思维吗。原来想着宣传部能联系教育局让许多小朋友读到就结尾了，"双翻工程"又让我有了想头。其实，我早想好了，不管成与不成，我都会如实写到结尾中去。我再耗不起了，该结束了。

董立勃说"双翻工程"只印六千册。

我说知道，看儿童选就注意看了印的册数，六千二百册，那起码有六千人能读到它了。好像出的作品还发到全疆乡村的阅览室，那读到的人就更多了。——我后来回想董立勃为什么说只印六千册的话，他的作品都是发到大型文学刊物上去，又有转载，或收到一些精品选中，读者多少无法统计，总是以"万"为计算单位吧；所以认为六千册不是个大数字，也是因我总说想让更多的人读到，而提示我的。

我哪有他那个本事啊！

三月份，我算计着学校过了寒假，又开学了。宣传部宣传"十八大"也告一个段落，在新的一年的文化建设方面会不会开始做出安排？便又来到了宣传部，找小韩。

事先，我已写了一页纸的"我的建议"，想给小韩提供点思路，内容是：

一、宣传部牵头与教育局联系，在教育局的文化网站上输进童话作品，公益阅读。让教育局给各学校指示，安排学生（四年级以上至初中）从网上阅读，并可以下载、传播。阅读、传播的面越广越好。统计阅读的人数,提出的宣传词是:"你绿了吗?"

二,给学生安排一篇作文,就是读了"绿色童话"的读后感。可促使学生去阅读、去思考。

三,在州直的学校选出一二十名作文写得好的小读者,开个座谈会。本人愿与宣传部、教育局参加会议,当面交流,并赠书。

四,宣传部与新闻媒体联系,大力宣传报道,作为生态文明建设融于文化建设之中,突出昌吉州注重抓生态环境保护。

五,加强对宣传部抓此工作的宣传,作为宣传部的业绩。

小韩拿上我写的建议去刘部长的办公室。

小韩回到办公室对我说,部长的意思是宣传部就是要搞这个事也要通过教育局,由教育局去搞。你教育局有没有认识的人?

我说我能认识谁。

小韩说我认识教育局思政科的桑红科长,你去找她。

我说我不认识,能不能宣传部给说一下。

小韩说我给她打个电话。接着找出一个电话,打了过去,他简单说了我的情况,然后说:"看你们教育局需不需要做这个事?如果需要让杨老师去找你。"

小韩给了我一张纸条,写了桑红的手机号。

我没马上去教育局,错个时间照着手机号打手机。定下时间,拿上两本童话选去教育局找到思政科。桑红是个女的,四十多岁。听了我的一番介绍,也很动心,觉得这是一件应该做的有意义的事。思政科应该是抓学生们的政治思想工作的,生态文明教育自然应由这个科做。桑红说跟宣传部小韩挺熟,韩科长一直抓着他们科,布置好多任务。

我以为桑红有心去做这个事了,但是她说有主管领导,必须跟主管的书记汇报,让我干脆也一块儿到书记办公室。书记在一张办公桌后边坐着,也很年轻,四十多岁,长得就是坐机关办公室的模样,我有种恍惚,觉得他们都挺年轻,记得我上班时,领导总是比我大一点,好像那才是领导。现在我要见的领导,都是那么年轻,忘了相对论,是我自己太老了。

陈书记听完了我们的介绍,说学生们的课外读物是有规定的,自治区教育厅有个单子,列了五十本课外读物,学生只能读单子里列的书。

我听了有点愕然，不知道教育局系统自有人家内在的行规，如此规定自然是对学生加强精神文明教育，防止社会的不良影响。

陈书记说你能不能到自治区教育厅，把你的书列入推荐的课外阅读的书目，下发下来，就好在学生中展开阅读了。

我说我哪有那个章程，我做不到。

陈书记说我们不便在规定的五十本书之外再自行推荐书。

我感到失望。

桑红说："看能不能在一个学校搞个试点，比如实验中学、实验小学，先在一个学校让学生试读。"

陈书记说："这个方法可以，先让老师们看了，提出意见，老师们觉得可以阅读，再推荐给学生。"

我说："正相反，还是让学生们读了，是好是坏。"

桑红说："这事由我操作吧，就选实验小学，我关系熟，由我来安排。"

陈书记说："你的书是公益，不要收费的。不要有人读了，读得多了，你又提出收费的要求。"

我觉得有点受到侮辱，被贬低了，我说："不会的。"

陈书记突然说："你为什么不在电脑上开个博客，把你的童话放在博客里，让人点击你的博客号，就能看到你的书的内容了。"

桑红也觉得这是个好办法。

我尴尬。我说："我有电脑，但是不会打字，更不知怎么开博客。"不过，我突然想到报社的刘河山，"我可以找一个朋友，把文章输到他的博客里看。"

桑红说："这个问题好解决，我想法找个博客吧。"

最后定下来，找一个小学，试着让学生阅读，反映好了，作为一个信息介绍给别的学生，不作为教育局强行推行的阅读。

返身出来，站在思政科的门口，我对桑红说，不要为难，这事能做就做了，做不成就做不成，没有什么必须的，不要有压力。我知道你们有正常的工作任务，能把你们应做的事做好了就很优秀了。我要求的事，是你们额外的负担，我只是特别关心生态文明这一块，想在有生之年做出点什么，能不能做成也只能看天意了。

桑红说你老人家放心，这个事由我来操作，我会做好的。

我想再给桑红几本童话选，打电话，她说不要了，够了。她那本童话选交给教研组了，由教研组去审查，具体由一个姓吕的老师看。——怎么又多出这么个环节，好谨慎啊！

当我又一次到教育局，想问问情况时，却发现思政科的科长换人了，同样是一个女的，也有四十多岁，心直口快。

我说起实验小学读童话故事的事。

新科长说桑红没跟我说，我不知道这事，我们刚互换科，我对业务也不太熟。

我问桑红在几楼。

新科长说在三楼，说桑红忙得很，正在搞精神文明验收检查评比。

我上到三楼，无意中碰到桑红，说新科长不知道这事，桑红说我回头跟她说说。

过了一个多月，我又到教育局去，其实我已经对此事没有信心了。为什么要等一个月后再去？是教研组姓李的到党校学习一个月，应该回来了，不知他审查书的结果如何？

我到思政科，新科长在。我说了不知李老师审查的结果如何。她当即给李老师打电话，李不在，到伊犁旅游去了，还在山上。我大体也听清了他们的对话内容，李说书的内容还可以，没什么问题，就是有的篇章长了点，插图不生动云云。

新科长思维非常敏捷，马上说你的插图不生动，现在的学生都喜欢看动漫，不会去看全是文字的文章，死板板的；你看是不是这样，你找个动漫公司，配上生动、活泼的画面，搞出来咱们再看。

我有点苦笑。我怎么能再掏钱去找动漫公司配画，动漫公司在哪儿呐？动漫制作的钱是掏得起的吗？再说即使是全国的文学网站，顶多也就是给你设计网上的封面，后边也都是大段的文字，也没说文章中间都搞成动漫画，我含糊说："回头再说吧。"

从教育局出来，知道一切都结束了。我想让众多学生看到我的童话竟如此之难！……从找报社开始到找宣传部到找教育局我是不是想得太简单了点？我是不是脑子出了问题？脑子里想的跟外边的世界不相符？按照哲学上说的主观与客观，想象与现实……

我内心平静，没有一点波澜。天气挺好，阳光明亮。院子里、街上的人都各忙各的，没一个人看你一眼。我曾有个幻觉，在人来人往的大街上，一个走在人群中的人突然消失了，不会引起任何反映，一切都像没有发生，一个人与世界的关系也许就是这样。我突然莫名其妙的无声地哼起了一首歌，印度电影《流浪者》中的拉兹之歌：

> 到处流浪，
>
> 阿巴拉咕。
>
> 到处流浪，
>
> 阿巴拉咕。
>
> ……

我再也不想什么让你的作品有多少人读到，非要想让多少人读到的事了。即使那童话集进不了"双翻工程"也无所谓了（后来因种种原因，也就是没有通过）。我把我还想写的写完，还想出的书出完，至于有多少人读不去管了，把自己此生的写作完成就结束了。

一〇七

一年一度的清明节是我们兄弟姐妹去陵园给父母扫墓的日子。自父亲一九七四年去世后，我们就有一个约定，每年清明节去烈士陵园扫墓。烈士陵园有个高干馆。父亲去世时馆中一排排的木架子还空着，现在早已满了。我们对父亲的骨灰盒能安放在这个肃穆幽静的环境感到满意。烈士陵园的松树成林，环境整洁。这里有众多的烈士碑，包括陈潭秋、毛泽民烈士的碑。每年进行爱国主义教育，青少年都前来扫墓……

晃然到了我六十岁到时候，突然一个问题提出来，那是夫人吴玉娟提的，说是应该把父母合葬，入土为安。只有父母入土为安，才能保佑你们杨家平安发财。吴玉娟在农村长大，受传统思想比较深，有许多礼性讲究。从去年清明扫过墓后她就提过这个问题。这年又提。我原来对怎么处理父母骨灰的事一直一团迷雾，此时我突然眼前一片明亮，我说："真的，我自己都不知魂归何处，却还没有把父母的事情安顿好。"

也就是在这年与妹妹、弟弟共同商定，把父母的骨灰合葬。

妹妹宝琴负责选合葬的地点，选来选去，还是选在烈士陵园。烈士陵园里有一座不高的孤立的土山。正面的山坡下便是那些烈士的石碑。山顶有几片不太大的平地，开辟成了墓地。一排排整齐的墓碑，规格不同，价格也不同。据说此处限定县团级以上（文职工程师以上）才允许立碑。这个门槛也并不高，达到这个级别的多如牛毛，实际上可能也没那么严，实际上也就成了一片公众的陵园。但是因为土山上立的碑有限（有几千吧），所以虽然清明节前来扫墓的人骤然变多，拥挤一时，但总体人还是不算多。

屈指算来，到二〇〇九年，父亲已经去世三十四年，骨灰盒就一直在骨灰堂的架子上静静地待着。而母亲去世已四十四年，骨灰盒在妹妹的阳台的柜子里也放了多年。那是宝琴从北京抱回来的。若放在北京，没人按时交费，就会被清理掉。再有，我们都在新疆，把母亲孤零零放在那儿绝非心愿。母亲生前最喜欢的是妹妹宝琴，能守着妹妹应很满足。

说什么落叶归根，父亲调到新疆工作，也就"客死他乡"了，而我们竟然把母亲的骨灰从内地搬到新疆来，也有违"叶落归根"的古训，但正所谓"哪里黄土不埋人"。至于我们这一代，更不用说，肯定是埋在新疆了，这不挺好吗。

二〇〇九年，我们在烈士陵园的土山上的公墓买下属于心灵寄托的一米见方的墓地，把爸爸妈妈的骨灰并排放进墓坑中……我想爸爸妈妈也愿意最终相守在一起。我们照规定的统一规格立了石碑。正面刻下了父母的名字，背后刻下了父母的生平简历。

入土为安。

我作为家中的老大，总算领着弟弟妹妹们完成了这么一件正事，心可安矣！

事实上，我在还未给父母立碑前，就想着自己死后的去处了，我看上了离昌吉市中心十二公里外的西陵园，据称为"万亩陵园"，是一大片开阔的戈壁滩。其实戈壁滩是个统称，有的地表有土还长草的地方叫戈壁；有的地面都是沙砾的地方也叫戈壁；有的地面全是石头，干净得不见灰土的也叫戈壁，西陵园的戈壁是那种布满大大小小鹅卵石，夹杂着少量沙子的戈壁，更像是水冲过的河床，但想象不出会有怎样大的水冲出如此开阔的河床，而且不知冲了多少年，把所有的石头都冲成了没有棱角的鹅卵石。这个地方搞成陵园还真不错，不占用有土的地方，天高地阔，搞成一小块一小块的墓碑，有多少人埋不下去；而埋得多了，规划整齐，再有规划好的林带的树，将来还能成为一道风景。

我若能躺在如此开阔平坦、干燥的地下，不与活人争地，不与草土争土真的很坦然，这也算最后的一点环保情结。

我曾试着跟吴玉娟说，买了阳宅买阴宅，是不是应该买块墓地了？老婆子却不为所动，而且忌讳说死死死的话。吴玉娟这个人也有一个令人不解的行为，她从来不想到死，或者说不具体地去想死，有意思没意思地这么活着，好像永远不死，能永远活下去……

我倒是越来越多地想到死，甚至想到在墓碑后刻一行字，连刻什么都想好了：

一个作家
未完成心愿——画家

其实想想刻这么一行字又有什么用？你两眼一闭，这个世界跟你有什么关系！你跟这个世界有什么关系！没有了就是没有了，一切的一切都不存在……其实，就我本意，连墓碑也没必要立。塔城的朋友刘大侠、秦炎曾议过，死了不立碑，别给儿女增加负担，过清明节还得大老远跑到坟上去扫墓，没必要。我也不是想不开的人，只是想到吴玉娟是在农村长大的，思想太传统，她不可能只有她一个人的碑，只好百年之后陪陪她了。只是一想到立碑的事，总有点亏心似的，不知是哪点有问题？

——也许是从去年，突然有了个念头，想在父母的碑前好好磕磕头，到了今年这个想法就更加强烈，甚至难以自持。多少年到陵园扫墓，我们都是把摆在木架格子里的骨灰盒擦一擦，摆的小物件擦一擦，重新倒上一小杯酒，摆上三支好烟。……然后又总是妹妹宝琴主持，在场的人站好，每个人默念心里许的愿，然后集体鞠三个躬，整个仪式就是如此。

父母葬到墓地后，沿袭了这种仪式，把墓碑擦洗干净，按一家一束摆上五束菊花，有时也摆点水果、糕点，倒上一杯酒，放上三支烟；与室内不同的是放一个小香炉，每人三炷香，冲着石碑站着拜三拜，把香插进香炉；再有，可以烧纸，在一个瓦盆里烧纸。最后还是由妹妹主持，静静地默念心中的愿望，保佑能够实现，最后集体鞠三个躬。

……可是我越来越想磕头，我想五体着地，头挨着地，两手挨着地，双膝挨着地，与大地紧密地联系在一起。我不知古人何时发明了这种五体着地的礼节，赋予这种礼节很多很深的含义，使这种礼节从古到今，即使在文明至今的当下，仍有一席之地。我是个不注重形式主义的人，但是有时内心的情感不由某种形式表达总觉得抒发不出来。记得在北京时，到八宝山去看母亲的骨灰，在周围没人走动的时候，便冲着母亲的骨灰盒，跪在水泥地上，五体着地，深深地磕头，而且是长时间地把头贴在地上。空大的库房一般的骨灰堂总有一股清凉的风吹过，那是对着大门的高墙上有通风的孔洞，形成空气流通的通道，燕子飞进飞出。清凉的风像水流一样从你弓形的周围流过，五体着地又感到地气从头顶、四肢进入你的体内，与你的心灵的冥想旋转到一起，有一种不以这种姿势、不与地气相接就永远无法体验到的一种境界。

以后多年，这种跪拜的事少了，也没有遇到强迫你跪拜的事。男儿膝下有黄金，动不动下跪是一种人生的屈辱。直到老岳父、老岳母去世，在那偏远的小县城还保留着浓厚的传统习俗，要在墓地里对着坟头下跪磕头。磕头是必然的，不磕头会令人不可思议。我愿意磕头，磕头是我寄托哀思的最直接的形式。我虔诚地圣洁地跪下，膝盖先着地，然后两手撑地，然后把离地最远的头挨地，五体着地，深深地磕三个头……

我为不能在父母的碑前磕头感到烦躁。我想磕头，但我不想因为我是老大，我一磕头，弟弟妹妹们以及小的们也不得不跟着磕头，一个一个地磕……我不想当着弟弟妹妹们的面这么做。由妹妹引领的三鞠躬的形式已经很好，很现代文明，我不想"克己复礼"。

但是我想自己磕头。

我把内心的想法跟女儿说了，我说清明扫墓时还是按正常的程序办，看能不能另找一个时间，爸爸单独到陵园去，好好给爷爷奶奶磕磕头，爸爸到了这个年纪不知为什么太想磕头了！

女儿说："清明扫墓时你也可以磕啊，那有啥？"

我说："倒也没啥，在额敏县还不是给你爷爷奶奶磕头了吗。"

女儿说："就是。"

我说了不愿让大家跟着磕头的意思。

女儿说："那看爸爸愿意什么时间上去，我让小尚开车，我们陪爸爸上去。"

清明节，杨家依照惯例，在家的大大小小都去烈士陵园扫墓。为了避开清明节那一天的高峰期，时间提前了点，恰好是个星期天，小的们也能去，那天反倒成了高峰期。

我头天从昌吉赶到乌市住女儿家，吴玉娟已提前去额敏县给她的父母扫墓。

第二天，约好十一点到烈士陵园，直接在有墓碑的那块地方见。想到今天去陵园的车多，容易堵车，还是早点行动。女儿他们有辆小车，女婿开车，赶到陵园时才十点半。找到一排排的黑色大理石的碑林中自家那一座。相隔一年，落了土，脏了。地面也未见好好地打扫，很脏。

我突然有个想法，趁着他们还没来，我正好磕个头，了了心愿。

女婿就跟女儿说，我们先到一边去，让爸爸完成他的心愿，好好跟爷爷奶奶许许愿。

他俩走出不远，站到水泥路上，望向我。

天气晴好，我忙跪下，朝着尚未清洗的石碑五体着地地磕了三个头，时间也不长，很快地爬了起来，拍打裤子上、帽子上的土。我没有许愿，这是我早想好的。我不相信什么在天有灵，不相信灵魂之说，现在的人已经很唯物了，说这些在天有灵，上了天堂，驾鹤西去等等只是一种文学语言的表述，一种活着的人心灵寄托，听着好听罢了。人死了，无知无觉，没了就是没了。从宇宙、从地球、从人世间消失了，就如同我跪拜的只不过是一种无有。——我不知道父母生前希望我活成啥样，我已经活成了这样，没有功成名就，没有荣华富贵，没有子孙万代，没有……我是不是没有完成自己的人生追求？是不是此恨绵绵何时休？是不是……什么都不是，只是想在什么都不是之下的这样跪拜，只是五体着地，与大地合成一体。

此后，我时时沉浸在自己的精神的跪拜中，用内视的眼睛看着一个像我一样有形的躯体，稀疏的头发，干瘦的身躯，头挨着地，两只手撑着地，膝盖和脚挨着地，一动不动。

五体着地，一动不动。

一丝清凉的风吹过……

二〇一五年十月八日

572